心猿鑽透陰陽竅

破顽空 下

西游知识学

赵毓龙 著

人民文学出版社

第五十一回
心猿空用千般计　水火无功难炼魔

136　金钢琢是见物就套的吗？

这段情节说的是：悟空丢了金箍棒，想到青牛怪说认得自己，猜他十有八九也是从天上来的，就到天庭去，请玉帝察看天上的各宫各殿，又有哪一员神将偷逃下界了。之前，悟空为了降伏黄袍怪，也到天庭要过人。上一次，悟空是大大咧咧的，还带着当年齐天大圣的派头，见了天师，一点不客套，直接说事，没半句废话，等到玉帝处置了奎木狼，悟空觉得还算公道，才朝上头唱了个喏儿。这一回，悟空态度就不一样了，见了四大天师，悟空说话挺客气，不敢直接说事了，身段放得比较低，说道："有一事要见玉帝，烦为传报"，等到见了玉帝的面，悟空就更恭敬了，先朝上唱了个大肥喏儿，把事情的来龙去脉说了一遍，最后说了自己的诉求，还加上一句套话，"老孙不胜战栗屏营之至"。

屏营，就是惶恐的意思。这句套话，是用在下级对上级的文书里的，表示诚惶诚恐的意思。读到这里，我们会觉得好笑——原来悟空也是会一本正经打报告的！他也有被职场整顿的时候。天上的神仙们也觉得不适应。葛仙翁就问悟空，态度为何一百八十度大转弯？悟空老老实实地说，是因为"没棒弄了"。可见，没了金箍棒，悟空也是耍不起威风的。

结果，天上查了一圈，没有天将离岗。玉帝看悟空态度恭敬，就表示善意，要悟空挑几员天将去帮忙。悟空本来觉得，天上的神将水平都一般，但怕驳了玉帝的面子，就选了李天王与哪吒来助战，又带上邓化、张蕃两名雷公。结果，哪吒的砍妖剑、斩妖刀、缚妖索、降魔杵、绣球儿、火轮儿，全被金钢琢套去了。幸亏邓、张两位雷公留了心眼儿，没有第一时间放出雷楔，不然也被收去了。

李天王出主意，说这些有形之物能被圈子套去，无形之物——比如水和火——可能就套不去，悟空便请来火德星君，火德星君放出各种火器，火龙、火马、火鸦、火鼠、火枪、火刀、火弓、火箭，等等，也都被金钢琢收了去。悟空又请来黄河的河伯，河伯放出半河的水来，往金兜洞里灌，都被金钢琢挡了回来。

你瞧，李天王的想法其实是对的，金钢琢确实不套水火这种无形之物——就算套进圈子里了，也没法收拾。所谓"水火无功"，是因为金钢琢有各种妙用。它不套火，但火部神将们放火，要使用各种火器，火是无形的，火器是有形的，要么是浑身冒火的神兽，要么是火制的兵器，这些有形之物是可以被套走的。

作者写这些火器，是很有想象力的，他还特地用一段韵语，写烈火焚烧的场面，说火鸦飞舞，火马奔腾，还有火鼠满地窜，火龙满天绕，又有火旗子摇动、火棒子搅动，还有神将推着火车子，擎着火葫芦，火火火，火火火，搞得金岘山上烈焰腾腾的。

这段场面描写，既有神话的思维，也有历史的根据。神话的思维，主要体现在火龙、火马这些动物形象上。是古人用浪漫的想象，把火这种物质给具象化、形象化、神奇化了。火势来得很快，波及面很广，火焰升腾，烟气滚滚，红光满天，看上去像马在跑，龙在飞，鸦在噪，鼠在窜，这种文学化的表达，在生动形象地描写火场的同时，也可以消解人们对于火这种自然力量的恐惧。

而火枪、火弓、火箭这些兵器，则是有历史原型可循的。

我们知道，明代是我国火器发展的一个重要阶段。元末明初的战争中，就出现了大量的火器，后来官方又由工部、内务府的相关职能部门督造火器。火器在战争中应用的范围越来越广，大众在进行文学想象的时候，也就喜欢放大火器的功能，使火器神奇化。

这样一来，一方面是神话的思维，另一方面又有历史的根据，在明代的小说里，特别是神魔小说里，就出现了各种各样神奇的"火法宝"。比如，《封神演义》里的罗宣就使用了火箭、火龙、火鸦等法宝，罗宣的坐骑是赤烟驹——这赤烟驹，也可以说是火马。《三宝太监西洋记》里火母禅师也使用火箭、火枪、火轮、火马等法宝。

你瞧，这不是《西游记》的作者自己的想象，这些神奇的火器，在当时的小说里是经常出现的，这是一种民间集体想象的产物。

至于河伯放出的水，金钢琢就不收了，而是往外挡。有人问，河伯手里的白玉盂儿为什么没有被收去？答案很简单——水都倒干净了，还要那么个"劳什子"做什么？青牛怪只是要战胜悟空，他又没有收集癖，喜欢收集各家法宝。如果有收集癖，他还坐在金崿洞里干什么？干脆拿着金钢琢，满世界转悠，收各门各派的法宝！腰里可能还要别个大喇叭，循环播放："回收旧法宝，旧兵器，旧手机，旧冰箱，旧空调，旧电脑——"不是更过瘾吗？

这当然是玩笑话，但金钢琢不是见物就套的法宝，这一点要注意。作者想象这个法宝的时候，是注意到变化的。要表现"水火无功"，也得注意变化，特别是考虑到人物、法宝与法术之间的变化关系。

按汪象旭在《西游证道书》里说的，从五行相生相克的角度看，牛对应地支中的丑，五行属于土，牛是青色的，青色五行属于木，土和木，都是不怕水的，再大的水也不怕，所以青牛精可以用金钢琢来抵挡河伯放出的水；而金钢琢是金质的，火克金，所以金钢琢不能把火挡回去，只能把火器收走。再者，金钢琢不是妖魔炼制的法宝，而是太上老君炼制的。妖魔炼制的是假金，假金是怕火的；太上老君炼制的可是真金，所谓"真金不怕火炼"，所以金钢琢可以收走法器。① 这当然还是道教徒的"强制阐释"，但对于当时的人来说，还是有一定说服力的。我们今天来看，这其实也是一种朴素的辩证法，金钢琢能套万物，但不是所有的物什都会被套去的。无形之物，金钢琢就无法直接套去，而是根据生化关系，采取不同的应对办法。当然，即便是有形之物，遇到藏心眼儿的对手，不放出法宝，金钢琢也是一点办法都没有的。

137 雷神有什么难处？

总结起来，百回本《西游记》里，主要有三拨比较集中的客串人物。第一拨是第二十五回，悟空寻找医活人参果树的方子，跑遍了十洲三岛，许多神仙就登场了。第二拨就是第五十一至五十二回，

---

① 参见《黄周星定本西游证道书》，北京：中华书局1998年版，第422页。

为了帮助悟空战胜青牛怪，许多道教的神仙也出场了，还有佛教的两位罗汉。第三拨在第六十五至六十六回，黄眉童子偷了弥勒佛的人种袋子，甭管谁来，都能装进去，被悟空请来的好几路神仙，都吃了这人种袋子的苦头。

单从文人小说的角度看，这种写法，当然有一些套路化，就是"摇人"，一拨接着一拨地"摇"，一路折进去，再"摇"来一路；被请来的人物，没有发挥实质性作用，也不会从根本上决定故事的走向，纯粹是客串——把舞台占满了，把时间填满了，也就可以了。

纯粹案头原创性的文人小说，一般是不会这样写的。但我们知道，《西游记》是世代累积型的作品，故事是像"滚雪球"一样形成的，好多人讲述，而且是重复讲述，最后整合成一个完整的故事，其中重复性、套路化的情节就很多。

况且，当时听故事的人也很喜欢这种"摇人"写法，各路神明，各种IP，聚在一起，一次听个够，听个过瘾。毕竟，《西游记》是通俗文学。通俗文学，就是文化快餐。炸鸡、薯条、汉堡包……说到底是"垃圾食品"，需要做得那么精致吗？当然不需要。我们都吃"垃圾食品"了，还穷讲究什么！吃这个，就是图一痛快，量大、管饱，这才是最重要的。《西游记》的这种"摇人"写法，也是量大、管饱。

具体说第五十二回里出现的IP。

首先亮相的，当然是托塔李天王和哪吒（这对父子，后面专门介绍），而接在天王父子之后的，是两位雷公——邓化与张蕃。

邓化，民间一般将他推为雷神之首。他的原型是宋代开始流行的天元考召邓将军，明代人习惯称他为律令大神邓元帅。民间信仰里,雷神的称呼,一般是姓氏加上"天君"或"元帅"。至于具体的名字,往往是不确定的。比如这位邓元帅,《封神演义》里叫他邓忠,《西游记》里叫他邓化,民间还有其他的叫法。这体现的正是一种民间信仰的随意性。当时许多人都知道"邓元帅",参加各种民间科仪活动的时候,总是能够听到"邓元帅"的大名,知道他是雷部天将,但具体叫什么,就不去较真儿了。

张蕃,民间习惯称他为飞捷报应张使者。《西游记》里将他的名字写成"蕃",其实应该是"燔",《道法会元》里是这样写的,民间又认为他叫张珏。总之也是很随意的。

这两位雷公出场,从情节上看,基本没起作用,但作者借两个人物写出悟空的成长,也写出了神魔世界的人情世故。

悟空本来不想从天庭点兵点将,他认为,"天上将,不如老孙者多,胜似老孙者少",点谁出马也是白费,只是不好驳了玉帝的面子,才点了李天王和哪吒——特别是哪吒,他曾降伏九十六洞妖魔,精于神通变化,手里的法宝又多,倒是一个好帮手。

在这之后,悟空又特地要两名雷公。为什么?这是他的排兵布阵,意思是等天王他们与青牛怪交手的时候,叫雷公在云端里下两个雷挝,照顶门上钉死青牛怪。想当年,他自己与二郎神苦战的时候,就是吃了被人偷袭的暗亏,太上老君抛出金钢琢,砸中他的天灵盖,他才被活捉。现如今,他活学活用,把这套战术拿来对付妖魔,足见悟空确实是一个成长型英雄、学习型英雄。有趣的是,当年他被偷袭,是金钢琢的威力;如今他要去偷袭妖魔,还是因为金钢琢的威力。前后照映,从写法上看,也是比较讨巧的。

两个雷公被点出来参战,却是"不见兔子不撒鹰"的,看了半天，迟迟不下雷楔。等到哪吒的法宝都被金钢琢套去了，两人还暗自高兴——幸亏没放出雷楔，不然被收了去，可怎么向天尊交代呢？看来，天庭上的神仙们，也是各有各的小算盘，不是一条心的。

当然，这事也得从另一个角度看，两名雷公也有自己的难处。他们的级别跟哪吒是没法比的，"小公务员"总得学会看势头，冒尖出头一般是不会有好果子吃的。况且，哪吒的法宝是他自家的，即便都被金钢琢套去了，也只是可惜，不用向谁交代，谁也不能把三太子怎么着。邓化与张蕃若是丢了雷楔，就得向天尊写检讨了。

看来，这雷楔是公家法宝，被派任务的时候才能领到，弄丢了就是事故。有一部姜文主演的电影——《寻枪》，讲的是一名小镇警察，一觉醒来，发现自己的配枪没有了——里面还有三颗子弹呢！由此，他开始了一段不同寻常的找枪经历。邓、张两位雷公若是把雷楔搞丢了，也可以拍一部微电影了，就叫《寻雷楔》。

那么，雷楔是什么东西呢？《西游记》里写成了提手旁，其实应该是木字旁，更严格地说，应该是"楔"。这是人们想象中，雷公用来发出霹雳闪电的工具，是石头做的。民间传说，雷公劈恶人，就放出雷楔，那雷楔会直贯到恶人的身体里。在更丰富的民间故事里，人们还要加上各种演绎，说在雷击现场，甚至在遭雷击者体内，发现了雷楔。

这里还有一个问题，就是丢了雷楔，向哪一位天尊交代呢？当然是九天应元雷神普化天尊了。这是道教系统里，雷界地位最高的神，统御各路雷将。《西游记》里写到，玉帝传旨到九天府下，点邓化、张蕃二雷公，就是发文到普化天尊的衙门里。

至于这位普化天尊到底是谁？民间说法不一。主要有三种说法：其一，认为他是元始天尊的第九个儿子——玉清真王，传说他专制九霄三十六天，职掌雷霆之事；其二，说他就是黄帝，即轩辕氏。《历代神仙通鉴》就是这样说的，说黄帝死后成神，为九天应元雷神普化真王，在神霄玉府之中，身边有三十六员雷将，都是当年辅佐他的大臣；其三，就是更为民间的说法了，说他就是闻仲。这个说法，主要是受了《封神演义》的影响。小说最后，姜子牙封神，闻仲就做了九天应元雷神普化天尊。

无论是谁，总之是由普化天尊统御各路雷神的。邓化、张蕃若是丢了"枪"，就得向天尊交代，可能要暂时停职，写检查，这事就大了。

所以，两名雷公留了心眼儿，出人不出力，加油不发雷，看着哪吒败阵而归，还暗自庆幸，这就难怪天庭到下界征剿妖魔，大都出师不利了。真像曹操《蒿里行》说的，"军合力不齐，踌躇而雁行"，这队伍，带不动，带不动！

138 火德星君与拜火教有什么关系？

在邓化、张蕃两位雷公之后出场的，是火德星君。在《西游记》里，他的全称是南方三炁火德星君，又叫荧惑火德星君（荧惑，是火星的别名）。

这是来源于民间信仰的一位神明。《封神演义》里说，这位神就是罗宣。罗宣是书里比较重要的一个角色。他是截教人物，属于帮助殷商的一派。如果咱们站在"兴周灭商"的立场来看，罗宣就是一个反派角色。这人长相奇特，红头发，红胡子，有三只眼睛，还能神通变化，也有三头六臂的法相。他有五件法宝，分别是飞烟剑、五龙轮、万里起云烟、照天印和万鸦壶，都是火属性的法宝，他的坐骑叫赤烟驹，也是火属性的神奇动物。

他本来在火龙岛修行，被申公豹请来帮忙，他曾经大败黄天化，火烧西岐的惨剧，也是他与刘环的"得意之作"。后来，他被托塔李天王杀死。姜子牙封神的时候，封罗宣为南方三炁火德星君，是天下火部正神，他负责率领本部五位神将（分别是尾火虎朱招、室火猪高震、觜火猴方贵、翼火蛇王蛟、接火天君刘环），掌管天下与火相关的事务。

《西游记》里没有提火德星君就是罗宣，也没交代他的来历。火德星君被悟空请来帮忙的时候，托塔李天王也在场。都说"仇人相见，分外眼红"，但面对杀身仇人，火德星君没有任何敌意，反倒客客气气地跟天王行了礼。可见，《西游记》的作者并没有采纳《封神演义》里的说法。

当然，《西游记》与《封神演义》的成书时间相仿佛，谁先谁后，到现在也说不准。两部书同时提到火德星君，应该是因为，他是当时民间信仰里的一个大 IP。

这时候的火德星君，受到了祆教神明的影响。

祆教，就是古代波斯的琐罗亚斯德教，又叫火祆教，因为这个教派的教徒把火光当作至善之神来崇拜，所以俗称为拜火教。南北朝的时候，祆教传入中国，产生了很大影响。唐武宗灭佛的时候，祆教也受到重创，但直到元明时期，祆教的一些信仰、仪式，还与中国本土的信仰、仪式相结合，产生着影响。

直到今天，许多地方的火神庙里供奉的正神，还是红发红须、三只眼睛、三头六臂的形象。这个形象，看上去还是很接近《封神演义》里罗宣的形象的。

这种形象，与中国本土神话传说里的火神形象是不一样的。

上古神话里的火神主要有两位，一位是祝融，一位是阏伯。

祝融，是炎帝神农氏的后代。但祝融本来不是火神，他原来是南方之神，代表夏天。阴阳五行理论流行起来之后，因为南方五行属火，祝融成为火神。

阏伯，是高辛氏（也就是帝喾，他是"三皇五帝"之一）的大儿子。阏伯有一个弟弟叫实沈，这哥俩生活在一片大森林里，但关系不太好，整天掐架。

帝喾没办法，就让哥俩分开生活。阏伯被分封在商丘做火正，掌管火事。弟弟被分封在大夏。哥俩死后都成为星宿。阏伯成了商星，实沈成了参星。所谓"人生不相见，动如参与商"，说的就是这两颗星。因为阏伯生时掌管火事，死后成为天上的星宿，人们就拜他为火神。

这都是上古神话里的人物，与后来火德星君的关系是比较远的，反倒是以火神为至善神的祆教，对这个形象有比较深远的影响。你瞧，多目、多头、多臂，这明显不是中国本土神话传说里的人物。

唐代的人在描述祆教主神的时候，就指出了：祆教的主神，看起来像摩醯首罗。①

摩醯首罗是谁？即佛经里讲的大自在天，再向前追溯，就是古

---

① 参见刘海威：《也论祆神与火神之融合——以小说〈封神演义〉为例》，《世界宗教研究》2012年第3期。

印度神话传说里的三大主神之一——湿婆。祆教的主神，也受到湿婆形象的影响，有了多目、多头、多臂的形象。传入中国后，一般人也不细致区分祆教与佛教的关系，只是发现了一个火光崇拜的更为具体的形象。华夏民族本来是一个兼收并蓄的民族共同体，这种形象就很快与本土的民间信仰结合起来，进而流行起来了。到了元明时期，民间祭火神的民俗活动，仍旧很流行。人们可能已经不知道火神庙里的那位神明，有祆教的血统，只把他当作本土神，将炎帝的传说，祝融的传说，阏伯的传说，甚至灶王爷的传说，都附会在他身上，牵涉进来的人物更多，故事也越来越丰富——在民间传说里，还有说关羽是荧惑火德星君下凡的。① 祆教本身，早就远离了民众的日常生活；但这位有祆教血统的火神，反而与民众的距离更近了。

与火德星君相对应的，是水德星君。火德星君在南方，水德星君当然在北方，他的全名是北方水德辰星伺辰星君。

只不过，水德星君本人没来帮忙。《西游记》的作者当然不知道——地球表面的71%是水，但世间的水总比火多，这是一个基本经验。

神明要用火，也得"无中生有"，需要火德星君率领火部诸神，携带各种火器，到现场生火——就是"现场办公"了。火德星君本人若是不到场，显得不重视这件事，也不重视取经这个大项目。既然有这个机会，总得在猴子面前做个"全须全尾"的人情。

说到用水，就是另一回事了。天底下的九江四渎、八海五湖，

---

① 参见李道和:《炎帝与关公的历时性传承》,《民族艺术研究》2005年第3期。

哪里的水调不来？随便一条河的水，也够把金兜山浇透了！所以，水德星君没有亲自出马——他若是动身，这事就大了！那就不是神魔片了，而是灾难片了，还是末日级别的！

不过，水德星君也给足了悟空面子，他下令给黄河水伯神王，也就是黄河的河神，这是河神里的绝对"大咖"了，又一位地地道道的本土神明。从上古神话传说开始，我们就认为每条河流都有神灵掌管，像黄河这种"母亲河"级别的大河流，更是有大神灵掌管。道教徒认为，掌管四渎（就是长江、黄河、淮河、济水）的神灵叫"四渎源王"，具体到黄河的河神，叫作"河渎灵源王"或"河伯水帝"。民间说的河伯，就是黄河的河神。这位河神，也是大有讲究的。

139　河伯是善神，还是恶神？

接着上一讲，专门说一说黄河的河神。

在《西游记》里，他的全名是黄河水伯神王。在民间，人们一般就叫他"河伯"。这里的河，专指黄河。

黄河是中华民族的一条母亲河，中原文明是由黄河水域的滋养而产生和发展壮大的。上古时期，黄河不仅哺育着流域沿岸的人们，为他们提供生产、生活的水源，也因为时常泛滥，伤生害物，给他们带来灾难，让他们敬畏，甚至恐惧。在自然崇拜的原始心理作用下，人们就把黄河浪漫化、人格化，幻想这条河有神威，既可以造福人们，也可以祸害人们，后来又认为有一位大神灵掌管这条大河。所以，很早就可以发现关于河伯的记载。

甲骨卜辞中就有不少关于黄河的记载。比如卜辞里有一句:"贞:隹(惟)河害?"就是在占卜,卜问这条大河是否会作乱为害?类似的占卜还有很多,比如"害雨""害云""害禾""害年",等等,主要就是在卜问这条大河是否会影响大家的生产、生活。①

又比如这样的卜辞:"河求我。"裘锡圭先生认为,这里的"求",其实是"咎"。也应该读成"咎"。咎,就是怪罪、灾祸的意思。②

这些卜辞,其实都带有将自然力量人格化的意思。

后来,掌管黄河的大神灵就出现了,他叫冯夷,也叫冰夷、无夷(冯,古时候发音接近凭,所以音转为冰或无)。

《山海经·海内北经》里就记载了冰夷。郭璞注《山海经》时即指出,这里的冰夷,就是冯夷,也就是河伯。《淮南子》里记载了冯夷,《穆天子传》里也提到了无夷,说明这个名称,当时已经比较稳定了。

这当然是一个想象出来的神话形象,人们不仅给他取了名字,还要想象他的模样。《山海经》里说他"人面",驾着两条龙,③ 没透露更多信息。但"人面"之说,本身的信息量就很大:说他长着人的脸,说明他其实与一般人是不一样的。

围绕"人面"之说,古人开始做各种"完形填空"的工作,为冯夷"脑补"出各种各样的神奇形象,有说他是牛头人脸的,有说他是牛身人脸的——为什么经常跟牛有关呢?因为在神话传说里,

---

① 参见史大丰:《河伯神话传说源流探析》,《民俗研究》2021年第2期。
② 参见裘锡圭:《古文字论集》,北京:中华书局1992年版,第11至14页。
③ 袁珂:《山海经校注》,北京:北京联合出版公司2014年版,第275页。

神牛有镇水的能力。之前提到李冰治水，李冰下水斗杀蛟龙，就是化身为一头神牛。今天，许多水边，还可以看到石雕的牛，或者像牛一样的大石头，这些是镇物，是镇水用的，使河水不泛滥。你瞧，这种民俗心理，一直延续到今天。

当然，还是鱼的形象与水的联系更直接。所以，后来比较流行的冯夷形象，是人的脸和鱼的身子。段成式《酉阳杂俎》解释"河伯"，因袭了《山海经》里的说法，又特地补充一句"又曰人面鱼身"，可见这种说法在唐代很流行，作者需要照顾到大家的知识结构，不得不找补一句。① 你瞧，我们很早就有"美人鱼"的形象了。

再后来，随着冯夷形象进一步人格化，与人类世界的联系越来越密切，神话的原始形象就逐渐退去了，河伯看上去就是道教神仙的形象了。

那么，这位冯夷是怎么变成河伯的呢？ 说法也有很多。

葛洪说，冯夷是在八月上庚日渡黄河，溺死在河里，灵魂不灭，天帝就派他做河神。司马彪又说他是因为得了黄河的水汽，所以成仙，变成黄河的河神。②

这些当然都是故事，解释了河伯的来历，但还不够浪漫。其实，富于想象力的人们，早就给河伯添加了浓重的人情味。比如屈原《楚辞·九歌·河伯》，说河伯携着美丽少女，一起游河。乘着水车，用荷叶当车盖；驾起金龙，自由又快活。

---

① 参见段成式：《酉阳杂俎》，北京：中华书局2018年版，第268页。
② 参见徐彻、陈泰云：《民间百神》，上海：上海三联书店2019年版，第281至282页。

如果只读《楚辞》的文字，我们觉得这里讲的是一个人神恋爱的故事，但想到《楚辞》实际上来源于楚地的巫歌，与原始宗教的仪式有关系，故事背后的故事可能就没有那么美了。这应该是以浪漫的方式反映用少女祭河神的仪式。

　　用少女献祭河神，之前说通天河灵感大王的时候，已经提到了。灵感大王吃童男女，反映的是活人献祭；河伯要娶少女做老婆，反映的还是活人献祭。

　　《史记·滑稽列传》里就记载了一个河伯娶老婆的故事。

　　说战国魏文侯时期，邺县有个老巫婆，扬言为河伯娶老婆，形成惯例，官府与豪绅又勾结在一起，在这件事上大做文章，疯狂敛财，坑害百姓。西门豹做邺县县令，破除了这一恶俗，惩治了谋财害命的恶势力，又带领着百姓挖渠筑坝，根除水患。

　　这个故事，主要体现西门豹的政绩，但也反映了更原始的内容——在更早的时候，人们是挨家挨户献祭的，把少女献祭给河伯，以求风调雨顺，五谷丰登。《楚辞》不过是对这种原始仪式的文学化叙述，《史记》则是对这种原始仪式的历史化叙述，它们本来的面貌其实是一样的。

　　到了《西游记》里，作者没有保留这段内容，并不是说河伯娶老婆的故事在当时不流行了，而是它与第五十一回的情节没有关系，河伯只是被派来帮忙的——揭人家老底干吗？

　　河伯用一个白玉做的盂儿，盛了半盂儿的水——就是一半的黄河水——来淹金峣山，这已经是用牛刀杀鸡了。况且，水与火不同。火器能放出去，也能收回来。这河水从盂儿里倒出去了，可就收不回来了。覆水难收，水越多，破坏力也越大。只这半盂儿的河水，已经够灾难片的级别了。86版《西游记》没有拍金峫山青牛怪这一段，可能是考虑到当时的技术条件不允许，没办法生动呈现各种大场面，后来拍摄续集，补上了这一段，但特技效果，看上去还是"五毛钱"的，水漫金峫洞的场面，以及河水被金钢琢挡回来，漫灌四野的场面，显得很不真实，也没有惊心动魄的效果。现在看，要呈现这类场面，得是《流浪地球》级别的特效，起码也得是《封神》（第一部）的特效。否则，都可惜河伯带的半盂儿水了。

第五十二回

悟空大闹金𫗧洞　如来暗示主人公

140　降龙、伏虎为何走在最后面？

这段情节说的是：悟空到金𫗧洞里偷回了金箍棒，连带哪吒、火德星君等人的兵器、法宝，众神再战青牛怪，齐心协力，抛出各家兵器、法宝，结果又被金钢琢套去。悟空只好去灵山找佛祖。佛祖明知青牛怪是太上老君的坐骑，却不说破，只派出十八罗汉，带了十八粒金丹砂去助阵。

这是佛祖世故圆滑的地方。换作别的妖魔，哪怕是有点来头背景的，佛祖也就把妖魔的底细告诉悟空了，但青牛怪的主子是太上老君，这就很尴尬了——佛祖是教主，太上老君也是教主，教派不一样，级别一样。如果把真相告诉悟空，那猴子是个碎嘴子，不注意保护消息源，青牛怪知道是佛祖揭他的底，跑到灵山来闹，到时候就更尴尬了。打狗看主人，佛祖当然可以收拾了青牛怪，但这不是打了老君的脸吗？

然而，取经毕竟是自己设计的大项目，悟空又拜求到面前了，佛祖不能无动于衷，派出十八罗汉这个豪华阵容，就是给足了悟空面子。当然，佛祖也知道，金丹砂最后也是要被金钢琢给收去的，所以特地叫住降龙、伏虎两位罗汉，如此如此，这般这般，把青牛怪的底细告诉二人，等到金丹砂被收去，再告诉悟空真相——这样拐个弯儿，彼此脸上好看。

悟空得知真相，就跑去兜率宫找老君。原来是老君的看牛童子偷吃了七返火丹，青牛趁童子睡着，溜到人间。老君用芭蕉扇收了金钢琢，又拿金钢琢穿了青牛的鼻子，解下自己勒袍的带子，系在牛鼻环上，牵牛回宫去了。

在这一回里，又有一批重要的客串角色出场，就是十八罗汉，其中最著名的就是降龙罗汉和伏虎罗汉。

先说一下罗汉。

罗汉，又叫阿罗汉，这是梵语的音译。意译的话，可以翻译成杀贼、无生、应供。

杀贼，就是杀尽烦恼之贼；无生，指的是解脱生死，不入轮回；应供，指的是应受天上人间的供养。在小乘佛教里，这是佛教徒可以修证的最高的果位了。相传，释迦牟尼在29岁出家，35岁证悟解脱，早期的巴利语系的佛教典籍里就有这样的记载，说释迦牟尼佛是第一位阿罗汉。也就是说，对于早期佛教的信徒们来说，达到阿罗汉果位，就是修行的终极目的了。

我们听佛教徒提到阿罗汉，经常能够听到这两句话：我生已尽，不受后有。

我生已尽，就是说生命里该做的事都做完了；不受后有，就是说脱离各种轮回中的苦难了。这就是达到阿罗汉果位后的没有烦恼的状态，是早期佛教徒追求的终极目的。

后来，到了大乘佛教时期，佛陀与阿罗汉分离开来，佛是佛，罗汉是罗汉。中国人所熟悉的，也是大乘佛教里的罗汉。

因为，小乘佛教的罗汉，是一种"自利"的形象，追求的是个体的解脱；大乘佛教里的罗汉，则更多的是一种"利他"的形象，追求的是集体的解脱，这就是住世罗汉。住世罗汉就是留在世间，不入涅槃，负责护持佛法、惠利众生的罗汉。

受小说、戏曲等通俗文学的影响，中国的读者最熟悉十八罗汉。但是，早期的记载里不是十八罗汉，而是十六罗汉，再早一点是四大罗汉。这是一个逐步增加的过程。①

四大罗汉是怎么来的？传说佛祖涅槃的时候，嘱咐四位罗汉留在世间，护持佛法。《弥勒下生经》等经文里就说释迦牟尼佛即将涅槃时，嘱咐大迦叶、军徒钵叹、宾头卢与罗睺罗四大声闻，留在世间护法、传法，等待弥勒降生。这四大声闻，就是四大罗汉。

为什么是四个呢？这是按东南西北四方来的，仿佛四大天王，各人管一方。

在此基础上，又出现十六罗汉的说法，就是东南西北四方，各有四大罗汉。只不过，十六位罗汉的"大名单"，一开始不是确定的，许多经文里只提到"十六"这个数字，具体有哪些罗汉，没有一一点到。有的经文提到了名字，彼此却有出入。

这是容易理解的。十六罗汉的组合，不是依次凑起来的，而是先有了数的概念，然后才往里面"填"具体的人物。人们先是生成了一个刻板印象，就是东南西北四方有十六位住世罗汉，具体都有

---

① 参见王鹤琴、方圆：《中国罗汉信仰的域外起源及本土再造——以十六、十八罗汉的生成路径为中心》，《西南民族大学学报》（人文社会科学版）2022年第3期。

谁，则根据地域不同、教派不同，流行不一样的说法——换句话说，名单本来是空着的——仿佛一个空白的 EXCEL 表格，只有一个标题"住世罗汉十六名"，表格发到不同人手里，填写的内容是不一样的。

到了《法住记》里，十六罗汉的名单才定下来。

这部经文是非常重要的。它的作者，是斯里兰卡僧人难提密多罗，意译是庆友。它的汉文译者，大家更熟悉了——就是玄奘。可以说，十六罗汉在中国产生深远影响，与玄奘有直接关系。但在具体传播的过程中，十六罗汉具体是谁，其实还是有一些差异的。

再后来，就有了十八罗汉的说法。这就是汉传佛教的创造了。

对于中国人来说，"十八"这个数，比"十六"更有意义。有的朋友可能要说：我看这俩数都很吉利嘛！十八，就是"要发"；十六，就是"要顺"。都是好寓意啊！

寓意的确好，但这样的理解太世俗了。甚至说，太庸俗了。佛教徒怎么会以此逻辑看待数字的寓意呢？

当然，十八罗汉的组合，之所以流行起来，确实有世俗的色彩。毕竟，要想被大众广泛接受，脱离世俗逻辑也不行。但绝对不是"谐音""吉祥话"这种庸俗的趣味，而是一种文化上的象征意义。比如汉高祖分封十八列侯，唐太宗十八学士，等等。特别是十八学士，因为十八罗汉这个组合，主要就是在唐五代的时候流行起来的，不少学者认为，十八罗汉的组合，是受到了十八学士的影响。

当然，十八位罗汉都有谁，原来也是不确定的，各有各的说法。

现存最早的,也是最完整的记录,出自苏轼之手。元符三年(1100),苏轼获赦,离开儋州,回到北方。路过广东清远峡的宝林寺的时候,苏轼看到了晚唐五代的著名画僧——贯休禅师——画的"十八罗汉图"。东坡先生一时技痒,就作了十八首赞言,一位罗汉一首。苏轼特地注出了十八位罗汉的名号。前十六位都出自《法住记》。那么,第十七位和第十八位罗汉是谁呢?

巧了,第十七位罗汉,就是《法住记》的作者——庆友尊者。第十八位罗汉,则是宾头卢尊者。然而,这位宾头卢尊者,其实就是第一位罗汉宾度罗跋啰惰阇,译法不同,实际上是一个人。以免重复,后来就把第十八位罗汉,改换成《法住记》的汉文译者——玄奘。

这下搞清楚了。从十六罗汉到十八罗汉,多出来两位是谁? 就是确立的十六罗汉大名单的《法住记》的作者与译者。他们本来是负责传播故事的,最终又成为故事里的形象。

现在回看《西游记》第五十二回的情节,说悟空与众罗汉出大殿,翻来覆去地查点,只有十六位罗汉。悟空就嚷嚷:"这是那个去处,却卖放任!"卖放,就是受贿私放的意思。悟空是怕降龙、伏虎两位罗汉不想出公差,躲起来了。我们读过小说,自然知道,这是佛祖留下两位罗汉,告诉他们真相。然而,回归故事的演化历史看,十六位罗汉倒是应该说:"猴子这等放刁! 什么卖放? 不要胡说! 我们原本只有十六位! 哪里来的十八位?!"

听到这,有朋友可能又要问:既然第十八位罗汉是玄奘,难道他就是伏虎罗汉吗?

论起来,玄奘的确与伏虎罗汉有一些关系,之后再说。

141　降龙罗汉有什么秘密？

上一讲说到降龙罗汉与伏虎罗汉，指出二者是后来加入队伍的罗汉，是罗汉信仰中国化的产物。比较之下，人们对降龙罗汉更熟悉一些。

这倒不是因为普通读者熟悉佛教知识，而是大家比较熟悉济公传说。在流传最广的版本里，济公就被说成降龙罗汉转世。

比如《济公全传》第一回，李修缘在父母死后，最终看破红尘，立志出家。他来到灵隐寺，方丈和尚元空长老是一位九世比丘僧。元空一看到李修缘，就知道他是西天的金身降龙罗汉转世，奉了如来的法旨，为的是到凡间来度人济世。元空就收了李修缘做徒弟，给他起了道号——济颠。

我们知道，《济公全传》本来就是在民间传说故事的基础之上汇总而成的，不是纯粹的文人原创作品。这里说济公是降龙罗汉转世，说明民间早就流行这一说法。今天不少改编济公传说的影视剧，无论是严肃的，还是搞笑的，也都要特别强调济公是降龙罗汉转世。

这就是用罗汉信仰给济颠禅师造势，增强人物的神圣性，也增加传说故事的神奇性。

还是那句话，传奇性的人物，特别是带有神奇（甚至神圣）色彩的人物，总要有一个不平凡的出身，带有强烈奇幻性的出身；对于古代文艺作品来说，说主人公是一位谪世或转世神明，就是最简便的方式，也最容易被大众理解——主人公为什么与常人不一样？因为他们本来就不是凡人！他们要么是从天上被贬下来的神明，要么是转世投胎的神明,是"来自星星的你",行事风格当然与常人不一样了,成就也不是常人所能达到的。

说济公是罗汉转世,就是在济公传说流行的过程中,被附会上的,这样才能够合理地解释济颠禅师的种种超乎常人观念与想象的言语和举动。这种说法,传的时间久了,散布的地方多了,就成了一种一般知识。大家都这样讲,不加怀疑,甚至当作"常识"来传播。

当然,也不只说济颠禅师是罗汉转世。在济公故事产生和流传的时代,民间本来就喜欢传说某位高僧是罗汉转世。如宋代的高僧道亲、道潜、慧洪、圆智、真歇等人,就被人们视作罗汉转世。还有直接用罗汉来称呼某位高僧的,比如王罗汉、常罗汉等等。济颠也是大众熟悉的一位高僧,说他是罗汉转世,也是顺理成章的事情。比如《如净和尚语录》里有一首写济颠禅师的诗,说:"天台山里五百牛,跳出颠狂者一头。"这里的五百牛,就是对五百罗汉的比喻,说"跳出颠狂者一头",说的就是济颠是五百罗汉之一。据史料记载,济颠圆寂的时间是宋宁宗嘉定二年(1209),而如净和尚曾在嘉定十年和十六年,两次住持净慈寺。可见济颠圆寂不久,认为他是罗汉转世的说法,就已经出现了。[①]

只不过,在早期的传说里,济颠禅师与降龙罗汉不是始终捆绑在一起的。济颠禅师是罗汉转世,但不一定是降龙罗汉转世。别忘了,有五百罗汉之说,具体是哪一位罗汉转世成为济颠,早期的传说里,即便是写定的本子里,也是各有各的说法。

---

① 参见吕堃:《济公故事演变及其文化阐释》,博士学位论文,南开大学2009年。

比如《济颠语录》只说是金身罗汉，《醉菩提传》则说是紫脚罗汉，《麴头陀传》又说是第一百一十八尊罗汉——揭波那光梵尊者。

后来，不同的说法逐渐汇聚，对于大众而言，更熟悉的，还是降龙罗汉。济颠禅师是降龙罗汉转世的说法，就逐渐落实了，也稳定下来了。

特别是到了清中期的时候，乾隆皇帝御笔钦定第十七尊罗汉为降龙罗汉，后来的传说故事里，基本就认定济颠是降龙罗汉了。

今天的影视作品里，也都是这样安排的。由于影视剧等当代的通俗作品更关注济公，更关注降龙罗汉，相比之下，伏虎罗汉就不太抢眼了。甚至说，不能抢眼——毕竟，济公是主人公，降龙罗汉是主人公，伏虎罗汉是他的一个陪衬，当然不能抢眼。

比如有一部20世纪90年代的电影，就叫《济公》。这是一部无厘头搞笑电影。主演是周星驰，配角是吴孟达。周星驰扮演济公，吴孟达扮演伏虎罗汉。吴孟达是一位传奇演员，是港片的"金牌配角"。但金牌配角，说到底还是配角。这部片子的主人公是济公，所以伏虎罗汉的戏份很少，基本就是插科打诨。你看，虽然都是金身罗汉，但在艺术作品里，降龙罗汉和伏虎罗汉的地位是不一样的。只不过，从"西游"故事的演化历史来看的话，伏虎罗汉与故事之间的关系，反倒更近一层。

142　伏虎罗汉有什么秘密？

说一说伏虎罗汉的秘密，特别是他和《西游记》主人公——玄奘——的关系。

之前提到，十八罗汉是从十六罗汉来的，十六罗汉又是从四大罗汉来的。在最早的四大罗汉里，有一位宾头卢尊者。这是罗汉信仰故事里的"老资格"了。后来，十六罗汉的说法流行起来，宾头卢尊者就成为十六罗汉中的第一位。只不过，翻译的方法不同，翻译成宾度罗跋啰惰阇。其实，说的就是宾头卢尊者。再后来，补入了第十七和十八罗汉。由于宾头卢尊者在民间的影响力很大，许多人就认为第十八位罗汉是宾头卢尊者，但这与第一位罗汉宾度罗跋啰惰阇重复了。这是一个低级错误，又是比较显眼的，需要调整一下，后来就替换成了玄奘。

然而，第十八位罗汉是宾头卢，这个说法已经流传很久了，已经形成刻板印象了，现在又改说是玄奘，这怎么能够让市民大众接受呢？

我们知道，大众普遍接受的刻板印象总是"来得易，去得难"的。论起来，一种刻板印象的形成是很简单的，很容易的。接受一种观念与知识，大众经常是不会刨根问底的——既然大家都这样说，肯定是对的！不然怎么会流行呢？这就是一种"从众"心理，至于观念与知识背后的根据，是没有多少人在乎的。这些既成观念与知识被修改，又是比较困难的——大家习惯认定自己已经掌握的观念与知识是正确的，大都不喜欢被纠正，不喜欢自己已经熟悉的观念与知识被颠覆。

具体到宾头卢被玄奘替换这一案例。问题如何解决呢？也好办，把他们说成一个人就可以了！说法变了，但基本知识没有变，这就比较容易为人所接受。大众的处理方式，就是这样"简单粗暴"的，虽然很直接，很粗糙，但确实有效。

所以，民间有了一种认识，所谓"前世宾头卢，现世唐三藏"[1]。也就是说，玄奘其实是宾头卢尊者谪降人间。第十八位罗汉的人选，不是玄奘把宾头卢替换掉了，而是宾头卢换了一个名叫玄奘的"马甲"（使用"马甲"，是民间信仰中一种常见的灵活叙述思路，后台的知识是相对稳定的，前台的人物则可以根据时代的需要、地域的需要、教派的需要，替换成不同的"马甲"。这样可以化解诸多矛盾，极大减少叙述成本，又能够推动后台故事的广泛传播）。泉州有一种傀儡戏（这是一种提线木偶戏），现存一种"西游"题材的剧本，叫《三藏取经》。这部戏的第二十二出里有一个情节，说佛陀把唐三藏封为宾头卢尊者。这就是"前世宾头卢，现世唐三藏"的一个非常生动的文学标本了。

值得注意的是，在关于宾头卢尊者的传说中，佛陀之所以将其留在世间，因为宾头卢尊者总爱出风头，显示神通，卖弄本事，佛陀就斥责他，罚他不入涅槃，住世度人。这在《法苑珠林》《增一阿含经》《杂阿含经》里，都是有记载的。这类情节，与佛祖把金蝉子贬到人间的情节是有一些相似性的——都是被老师责罚的学生。

另外，宾头卢尊者的形象，与三藏的形象也是比较像的。根据相关文献的记载，宾头卢尊者是一个美男子，聪明智慧，博学多才。这不也正是玄奘的形象嘛！一个帅哥才子，置换了另一个帅哥才子，原来他们是一个人。只不过，一个帅哥才子是前世之身，一个

---

[1] 参见胡胜：《叠加的影像——从宾头卢看玄奘在"西游"世界的变身》，《文学遗产》2020年第5期。

帅哥才子是现世才子。这是一幅多么美好的画面！大众也就很乐意接受了。

那么，第十八位罗汉为什么叫伏虎罗汉呢？这也与玄奘有一定关系。因为，古代许多玄奘取经图像里，经常有老虎相伴。

这类图像，其实属于一个更大的图像系统，就是"伴虎行脚僧"图，或者说是"携虎行脚僧"图。① 就是一只老虎，陪伴着一个行脚僧，到西天去求法或取经。或者说，一个行脚僧带着一只老虎，去西天求法或取经。这类图像是很常见的，敦煌壁画里尤其多。

这类图像里的主人公，当然不一定都是玄奘。但之前说过，作为一个文学艺术形象的玄奘，本来也是一个"箭垛式的人物"，各种求法僧、取经僧的事迹，附会在他身上。历史真实中的玄奘法师，当然与老虎没什么关系，但各种求法僧、取经僧的传说故事里，经常有老虎。"伴虎行脚僧"的图像又是如此流行，不可避免地影响到玄奘取经的图像，进而生成以玄奘为主人公、以老虎为主要配角的故事。

这些故事里的情节，差异可能是比较大的。但既然一头老虎愿意陪着一位法师，作一个温驯的伴侣，应该是被这位法师给收服了（元代王振鹏《唐僧取经图》上册第十一幅，题为"飞虎国降大班"，第十二幅，题为"飞虎国降小班"，画面主题就是唐僧伏虎，这可能就是类似故事的一个流行版本）。所以，行脚僧伏虎的传说，就在这种模糊的理解里，渐次传播开来了。而一旦这位行脚僧，被传说成罗汉转世，他又有伏虎的事迹，就很容易被理解成伏虎罗

---

① 参见孙晓岗：《敦煌"伴虎行脚僧图"的渊源探讨》，《敦煌学辑刊》2012年第4期。

汉了。

　　基于模糊理解的逻辑，宾头卢、玄奘、伴虎行脚僧的故事，就串联到一起了。一个帅哥才子，替换了另一个帅哥才子，原来他们是一个人。只不过，一个帅哥才子是前世之身，一个帅哥才子是现世之身。更重要的是，帅哥才子还能降伏老虎——敢情他不仅形象好，气质佳，而且身体好，本领大！这个画面是不是更美了？不得不佩服大众的想象力！虽然"简单粗暴"，但就是这么直接，又是这么可爱，这么美好。

第五十三回
禅主吞餐怀鬼孕　黄婆运水解邪胎

143　唐僧的肚子里有"小鬼"吗？

这回情节说的是：唐僧师徒离开金岘山，走了好些日子，已经开春了。走着走着，又被一条小河给拦住。这小河不宽也不深，看上去没什么危险。河上有个摆渡的驾娘，送唐僧师徒过了河。来到对岸，唐僧口渴了，看这河水干净，就叫八戒拿钵盂，舀些河水来喝。唐僧喝了一小半，剩下的都被八戒喝了。不一会，俩人觉得肚子疼，肚皮也渐渐鼓起来。悟空以为他们腹胀，向周围人家一打听，才知道：这里是西梁女国，国中只有女人，没有男人。这条河叫子母河，国中女子都来这里饮水，喝了河水，就能受孕——唐僧与八戒这是怀上孩子了！悟空又打听到堕胎的方法：正南方向有一座解阳山，山上有个破儿洞，洞里有一眼"落胎泉"，吃了落胎泉的水，便解了胎气。只不过，如今泉水被如意真仙霸占了，得准备花红彩礼，登门乞求，才能得到泉水。悟空找如意真仙讨泉水，不巧，真仙是红孩儿的叔叔，他恨悟空请观音收服了红孩儿，不肯施水。悟空就与如意真仙斗起来。论武艺，如意真仙绝对不是悟空的对手，但他耍无赖，悟空一要取水，他就跑过来偷袭。悟空只好找来沙僧，要他趁着自己和如意真仙打斗的时候，偷偷取水。这也就是回目里说的"黄婆运水"，黄婆，指的就是沙僧。

这一讲主要说前半回的内容，就是"禅主吞餐怀鬼孕"。

有的朋友看到回目，可能会产生疑问：唐僧喝水怀胎，当然是一件奇葩事，但这里为什么叫"鬼孕"呢？这段情节与"鬼"有什么关系？难道说，唐僧和八戒的肚子里，是两个小鬼儿吗？又有朋友可能要替笔者做出解释：这里说的"鬼孕"，跟"鬼"没关系。"鬼孕"就是"鬼胎"，这是一个固定短语，说的是险恶的念头，成语"心怀鬼胎"说的就是这意思。

然而，唐僧和八戒喝了水，只是口渴，也没有坏心思啊！

其实，从训诂的角度说，我们得采用对文训诂的方法，这里的"鬼孕"，与后面的"邪胎"是对应的，"孕"就是"胎"，那么"鬼"也就是"邪"的意思了。

要理解这个鬼胎、邪胎，还得结合道教徒鼓吹的炼养知识。在道教徒们看来，男人也是可以怀孕的。但这不是一种自然的生理现象，而是一种修炼内丹的境界。就是通过修炼，在体内结成圣胎，就是所谓的"婴儿"，或者说"元婴"。这是由人体内的精、气、神锻炼、凝结而成的，火候到了，它就能像婴儿降生一样，脱离人体。这样，修炼的人也就可以摆脱肉身的束缚，实现超凡入圣的目的。修仙题材的作品里，经常可以看到这样的情节，说某位修行者，达到一定的境界，炼出了元婴，他就把自己的躯体藏在深山古洞里，以元婴化身行走江湖。比如《蜀山剑侠传》里的极乐童子李静虚，看上去是一个可爱的小娃娃，这其实不是他的肉身，而是他锻炼出来的元婴。照书里的人物塑造，李静虚已经得道成仙了，只是还有许多俗务没处理完，所以不肯飞升，以元婴幻象行走江湖。

所以说，结成圣胎，炼成元婴，是修道者们孜孜以求的高级境界。只不过，唐僧与八戒怀胎，不是通过精、气、神凝结而成的，是在野外胡乱喝水造成的，这不是正经的圣胎，而是邪胎。或者说，不是真胎，是假胎——这里的鬼就可以理解成"假"。还记得"李逵和李鬼"的故事吗？冒充李逵的叫李鬼，因为他是一个假好汉。

这样就可以理解了，邪胎和鬼孕是一个意思。邪与正相对，鬼与真相对。这样的假胎是必须被打掉的，不打掉假的邪胎，就炼不成真的圣胎。

这一回，主要阐发的就是这个道理，所以道教徒也特别看重这一回。只不过，普通读者对这些道教炼养的知识"不感冒"，不关心这些正正邪邪、真真假假的东西。一些家长之所以乐于把这段故事讲给孩子听，是要借奇幻的故事来警示孩子——不要在野外随便喝水，看着再清澈，也不能喝，会喝坏肚子。你瞧，唐僧和八戒就喝出事儿了嘛！喝完了肯定是要闹肚子疼的。就算不会怀上孩子，也可能养了一肚子的寄生虫！

当然，这还不是从文学艺术的角度来看待子母河情节的。回归文学，回归故事，这段情节最吸引人的地方，还是它热闹有趣。

不得不承认，这段故事本身的文学品位是很高的。"李评本"第五十三回总批盛赞这段情节"奇甚幻甚，真是文人之笔"。[1] 有的朋友可能纳闷：这段故事也没有什么特别奇幻的地方，与神魔斗法的"大节目"比起来，显得有些"小儿科"吧？

---

[1] 吴承恩：《西游记：李卓吾评本》，上海：上海古籍出版社1994年版，第718页。

这种"奇幻"的理解，可能就有一点狭隘了。不是说只有神魔叱咤、鬼怪腾挪的大场面才叫"奇幻"，小场面中富于奇思妙想的生发点染，其实更见功夫。尤其这些奇思妙想落实在生动的场景里，人物的情态、言语、动作，是很抓人眼球的。特别是人物对话，试看下面这一段：

> 八戒见说，战兢兢，忍不得疼痛道："罢了，罢了！死了，死了！"沙僧笑道："二哥，莫扭，莫扭，只怕错了养儿肠，弄做个胎前病。"那呆子越发慌了，眼中噙泪，扯着行者道："哥哥！你问这婆婆，看那里有手轻的稳婆，预先寻下几个，这半会一阵阵的动荡得紧，想是摧阵疼。快了！快了！"沙僧又笑道："二哥，既知摧阵疼，不要扭动；只恐挤破浆泡耳。"

这段对话，是纯粹的白话，全是市井声口，诙谐有趣，强化了人物的喜剧色彩。清宫连台本戏《昇平宝筏》戊集第十五出"子母河误吞得孕"就是搬演这段故事的，其中的科诨，几乎是原封不动地"抄"了这段对话。

我们知道，清代优秀的戏曲家是很重视"科诨"的。如李渔在《闲情偶寄》中说："插科打诨，填词之末技也，然欲雅俗同欢，智愚共赏，则当全在此处留神。"[①] 他又说："科诨之妙，在于近俗，而所忌者，又在于太俗。不俗则类腐儒之谈，太俗即非文人之笔。"[②]

---

① 李渔:《闲情偶寄》，北京：中华书局2014年版，第156页。
② 同上，第159页。

也就是说，插科打诨，要雅俗共赏。张照等御用剧作家，之所以原封不动地"抄"小说原文作为人物插科打诨的对白，可见原著文字正是雅俗共赏的。

144　沙和尚为什么喜欢和稀泥？

回目的后半句的关键词是"黄婆运水"。这既是指情节来说的，也是有象征意义的。

这里的黄婆，指的是沙和尚。"黄婆运水"，一方面说的是沙和尚帮助悟空，在悟空与如意真仙对战的时候，偷偷取走落胎泉的水。另一方面是从内丹修炼的象征意义上说的，指的是土元素在内丹修炼过程中发挥的作用。

我们已经知道，《西游记》的人物和情节设计，与道教的内丹修炼是有关系的。所以清代的道教徒们才鼓吹这是一部"神仙书"，讲的是金丹大道。当然，我们今天主要是把这部小说当作一部文学作品来看的——它不是一部"修道的指南"，尽管书中的人物，总是与阴阳五行观念纠葛在一起的；书中的情节，也总跟内丹修炼的火候境界保持暧昧的关系，但很难精准对应，落实得严丝合缝儿。

毕竟，《西游记》里的丹道学知识，也不是百回本的写定者加进去的，它们早就和"西游"故事结合在一起了。之前说过，宋元时期可能流行过一部"全真本"的《西游记》，就是全真教的道士写的《西游记》。内丹修炼的各种知识，就是在这个时候系统性地进入"西游"故事的。

后来百回本《西游记》的写定者，就是在这种本子的基础上进行艺术加工的。这个写定者应该是一个世俗文人，懂一点内丹修炼的知识，但不多。因为内丹修炼的知识已经与书中的人物、情节、主题结合得很紧密了。他没办法把这些内容都删掉——都删掉了，故事就散了，书中的内容也剩不下多少了；但他也很难再进一步发挥了——毕竟，他也不是很熟悉里面到底讲了什么。所以，他能理解的部分，就保留下来了，又进行了艺术上的发挥；他理解得不透彻的地方，就说得比较模糊，有时候就是给"滑过去"了。

这样一来，书中的内丹知识就是比较浅陋的，人物、情节与这些知识的对应，也不是精准的，有的时候还很矛盾。

总的来说，悟空代表着铅，八戒代表着汞，铅就是元气，汞就是元神，铅汞调和，元气与元神的锻炼配合，这是一个基本关系，也是内丹修炼的基础。然而，铅汞要调和，还有一个重要的元素在起作用，就是黄婆。道教内丹派又叫它土釜——这能够更清楚地说明，这是土元素。当然，听到"黄婆"这个概念，我们也是可以联想到土元素的，因为五行和五色相对应，黄色对应的就是土元素。沙和尚原型之一是深沙神，也就是流沙精。后来，沙和尚从沙精变成水怪，但名字里还有"沙"字，看到沙，就很容易联想到土。所以，沙和尚与土元素的联系，也是自然而然的。

那么，这个黄婆到底是什么呢？不同的派别，说法其实也是不一样的。

总的来说，从具体的内脏对应来说，黄婆对应的是脾土。之前说过，悟空是心猿，他对应的是心火，八戒有时候对应肝木，有时候对应肾水，而沙和尚对应的就是脾土了。

脾土的作用，就是居中调和，它居于五方之中，又是五行之中，所以能够调和五脏之间的关系。这样一来，大家就能够理解为何孙悟空与猪八戒的矛盾，总要沙和尚来调和，即便化解不了矛盾，有沙和尚来"和稀泥"，就能维持一种相对的稳定性，保持取经团队成员的平衡关系。

这个理念并不复杂，当时的一般文人也知道。所以，百回本《西游记》的写定者，就在这方面进行了艺术发挥。悟空与八戒的矛盾是直接的，高频次的，猴哥和老猪的斗嘴，构成了取经小分队的日常。悟空总拿八戒寻开心，搞各种恶作剧，三不五时，就给他下套，要八戒出糗，甚至身犯险境。八戒虽然不敢正面"刚"悟空，但瞅准了机会，就在唐僧面前卖弄口舌，给悟空扣帽子，撺掇唐僧念诵"紧箍咒"。

如果唐僧是一个睿智的、宽和的导师，八戒的小算盘就不会得逞。但如此一来，故事也就没意思了。八戒每次编派悟空，唐僧都呵斥他，批评他，相信悟空，维护悟空，这就没有矛盾冲突了。悟空当然可以少遭罪，但读者是不买账的。所以，唐僧得是一个蒙昧昏愚的导师，耳根子软，偏听偏信。燃点低，被八戒摩擦两下，他就着起来了。这样，沙僧的调和作用也就显示出来了。他不站队，不偏帮谁。他也替悟空说好话，也替八戒说好话。他的立场是从取经团队本身出发的，他的立场是集体的立场。

再拔高一点说，黄婆就是调和铅汞的意念。像《西游原旨》作者刘一明说的，悟空与八戒的矛盾关系，象征真铅制灵汞的关系，黄婆就是沟通调和二者的意念。这不是人们日常生活中的各种意念——这些意念，刘一明称作假意、妄意。这些意念动起来，会干扰修行。黄婆所代表的意念，是一种真意，是修道者的特殊心理状态,是纯净的,是精一的,是与人的先天一炁相通的。

这个理念,说起来是挺玄的,但落实在小说的情节里,还是很生动的。试问,取经小队里,意志最坚定的徒弟是谁?不是悟空,当然也不是八戒,而是沙和尚。他也是徒弟里面日常妄念最少的,他不像悟空那样逞强好胜,他不卖弄名头,也不显摆本事;他也不像八戒那样为庸俗欲望所牵绊,他既不好色,也不贪财,更没有各种小算盘。就像刘一明所说的,修行者要调和铅汞,就要始终保持真意,将自己后天散乱的知识净化了,整合了。沙和尚是黄婆,他就是这种真意,他的形象气质,就是后天散乱的知识被净化与整合的结果。

所以,落胎泉的水,也得沙和尚来搬运,才能成功。

第五十四回

法性西来逢女国　心猿定计脱烟花

145　御弟哥哥到底动没动情？

这一回的回目是"法性西来逢女国，心猿定计脱烟花"。这段情节，大家是比较熟悉的（主要还是印象深刻），说唐僧师徒来到女人国。国中的女人，一看到男人，高兴得像发了疯。女人国的国王更是看中了唐僧，要跟唐僧配夫妻，把整个江山都让给他。悟空出了一个"假亲脱网"的主意，叫唐僧假意答应婚事，先倒换了通关文牒，送悟空等人出城。出城的时候，悟空使一个神通，把国中的女人都定住，他们就可以顺利离开了。这样也不会伤了国王与臣民的性命。

这段情节也是《西游记》里最著名的故事之一。它成熟的时间很早，宋元时期的各种文本里，经常可以看到这一故事；后来影响又很大，影视剧改编《西游记》，也喜欢在这段情节上做文章。

它为什么这么受欢迎呢？这里没有神仙妖魔一类形象，也没有斗法较量的情节，几乎看不到暴力元素，大家为何还喜欢它？这段故事的主要卖点是什么？

卖点就是对唐僧的考验。看唐僧到底能不能经得住世俗欲望的考验。

　　之前在莫家庄，已经有一次考验了。骊山老母联络观音、文殊、普贤三位菩萨，变化成母女四人，来考验唐僧师徒，考验他们是否抵得住"财"和"色"的诱惑。

　　但那场考验，主要是针对八戒的。骊山老母变的莫贾氏，虽然要招赘唐僧，但唐僧是不会对她动心的。这莫贾氏虽然家底丰厚，说到底就是个地主婆；虽然颇有姿色，毕竟已经是半老徐娘了——唐僧怎么会把她看在眼里呢？

　　后来西天上的各路女妖，虽然年轻貌美，但说到底都是异类，美女画皮的背后，是披毛带尾的畜生，唐僧更不可能对她们动心了。

　　所以，这些考验，对于唐僧来说，根本不算事——好比拿一道初中的三角函数题来问数学系的教授，简直是在白耽误工夫。

　　现在，考验升级了，到了足以动摇唐僧心性的地步了。

　　你瞧书里的女人国国王，美艳无比。作者特地借猪八戒的眼去描写国王，写她精致的面容和窈窕的身段。最后总结说："说什么昭君美貌，果然是赛过西施"，又说："月里嫦娥难到此，九天仙子怎如斯"。不仅人间的大美人比不了，连天仙都被国王比下去了。

　　更重要的是，拿天仙跟国王来比较，不只突出女人国国王的美貌，更突出她有一种超凡脱俗的气质。书中有一句，说国王"宫妆巧样非凡类，诚然王母降瑶池"。

　　一般情况下，人们习惯将一位容貌与气质兼备的美女，比喻成许飞琼。许飞琼是传说里西王母身边的侍女，她应该是美女"天花板"了。现在，拿许飞琼来打比方，还嫌不够，干脆直接说成西王母了。这就是为了突出国王身上所散发的雍容华贵的气质，仿佛从氤氲暧昧里走出来的天仙神圣一般了。

容貌气质之外,就是财富了。我们说一个富豪的家底雄厚,习惯用一种夸张的说法:富可敌国,但这毕竟只是一种修辞。这里,女人国国王的财富,就是真正的一国之富了。女人国虽然不是中华天朝,GDP 与大唐是没法比的,但也是西天路上一个大城邦,几十个莫家庄加起来,应该也是比不了的。

更重要的是,莫家庄的老寡妇只能给唐僧财富,女人国国王却能给唐僧权力。女人国国王不是招唐僧来做贤内助的,她要把江山让给唐僧,自己退到内闱,做个贤内助。也就是说,人家不是包养唐僧,而是把家业托付给唐僧,叫唐僧转过来包养自己。这还不是你求人家,是人家上赶子来求你,死乞白赖地求你占人家便宜。唐僧反客为主,只要金口一开,不仅财富滚滚来,还有生杀予夺的权力。这样的好事,真是做梦都不敢想的!

唐僧当然还是经受住了考验,但面对女人国国王,唐僧的表现与对待女妖是不同的。对待女妖,唐僧是害怕,是厌恶,是鄙弃。对待女人国国王,唐僧表现出了一种羞怯。

书中交代,那国王淫情汲汲,爱欲恣恣,一口一个"御弟"叫着。唐僧没有表现出来害怕与厌恶,而是"耳红面赤,羞答答不敢抬头"。好一个"羞答答"! 全书已经过半,我们何曾见过唐长老"羞答答"?

这个情态,就是很耐得住咀嚼的。如果说唐僧对女人国国王没有一丝想法,应该表现得淡定从容。内心平静,像一潭绝望的死水,清风吹不起半点涟漪,脸上也没有任何表情 —— 这就是一具粉骷髅嘛! 谁会因为看到一副人体骨骼模型而面红耳赤,还羞答答呢?

有这种表情，说明唐僧是有想法的——起码他在意了。他注意到了女人国国王的美色，在意了女人国国王的美色，这就是没有超脱。

我们知道，漠视也是一种态度，羞涩也是一种态度，这都是消极性的表态。但两种表态的内心机制，是不一样的。漠视，说明没把某件事、某个人，当作一回事；羞涩，说明是把某件事、某个人，当作一回事了。漠视就是超脱了，羞涩就是没超脱。虽然比猪八戒"雪狮子向火"一般的嘴脸高级，说到底还是没超脱。

只不过，唐僧最终克服了本能欲望，没有沉沦。但这毕竟不是最好的回答。唐僧面红耳赤，羞答答不敢抬头，有了这一点表现，试卷上的分数，最多就只能给到88分了，上不了90分，因为这不是一位大德高僧应该有的样子。

当然，我们也不能苛求唐僧，毕竟诱惑太大了。换作别人，基本就会沉沦在这张"烟花网"里了，唐僧没费什么力气，就挣脱了"烟花网"，已经是超凡的人物了。所以，这段情节很受欢迎。在文艺作品里，我们更愿意看到一个"羞答答"的唐僧。

在《大唐三藏取经诗话》里就有"过女人国处"，国中女子魅惑唐僧，唐僧全然不放在心上。唐僧师徒离开时，女人国国王留下一个偈子，道破真相。原来女人国国王是文殊菩萨和普贤菩萨幻化的。这个故事，后来分成了两个：一是莫家庄故事，一是女人国故事。莫家庄是用来考验八戒的，八戒没经受住考验，陷在"烟花网"里。女人国是用来考验唐僧的，唐僧经受住了残酷的考验，没费多大力气，就跳出"烟花网"，但还是流露出一点人情羁绊。

这一点人情羁绊，读者是表示出同情的。后来的改编者，又在这上面大做文章。有的影视作品甚至让唐僧对女人国国王动了情。对此，笔者是表示理解的。毕竟，观众们更喜欢看人情纠葛的内容，唐僧陷入"烟花网"，一时间无法自拔，眼看要破功，叫人捏一把汗，这才有更强的戏剧冲突。

况且，唐僧的挣扎也只是一时的，他最终一定会脱离"烟花网"的。否则，后面的故事该如何继续呢？说唐僧在女人国结了婚，生了娃，故事到此就画上句号了。后面还能讲什么呢？生两胎，生三胎？幸福得发了福，发了腮？这种庸俗的微信朋友圈里的内容，礼貌性地点个赞也就算了，谁还能抱着热情，一直看下去呢？

终归还是要让唐长老上路的，带着一些遗憾就更好了。就像歌里唱的"不负如来不负卿"。原来的唐僧，肯定是不负如来的；如今的唐僧，"既要又要"，却又两头不讨好。他终归要上路，最后还是负了卿，但上了路，就不负如来了吗？且不说88分的表现，就是负了如来。那后半生里时不时从心底浮涌起来的遗憾与追忆，也都是负了如来。即便把遗憾与追忆都掩埋起来，也是负了如来。毕竟，掩埋的前提，就是它们确确实实地存在。如果不存在呢？没有遗憾与追忆，当初的犹疑与逡巡，也是负了如来。凡心一动，就是负了如来。到了灵山，免不了是要被佛祖教训的。

唐长老真难做，但这也让我们更理解他，同情他。所以，对于这类改编的作品，笔者个人都是可以接受的。既然百回本《西游记》里的唐僧可以面红耳赤，可以羞答答，当代影视剧里的唐僧，动一动真情，也没什么问题。

146 女人国在哪里?

大家喜欢女人国的故事,也会产生强烈好奇——这个奇特的国度,到底在哪里?

单看小说的话,这个问题倒是很容易回答的:女人国就在西牛贺洲。在比较接近中位线的位置。过了通天河,就到了女人国的管辖范围,中间还有一个金𬴃山金𬴃洞,然后是毒敌山琵琶洞,说明女人国的国都在金𬴃山与毒敌山之间。

然而,这个回答是不能叫人满意的。毕竟,通天河在何处,我们也不清楚,只知道它是西天路上的一条中位线,至于它在地图上的具体位置,我们是搞不清楚的,更不用说金𬴃山与毒敌山——这两个纯粹虚构的环境——我们更不知道它们在哪里了!

作者自己应该也是不知道的。他是一个底层的小文人,有文学才华,有一定的知识,但知识储备是有限的。特别是域外的地理知识,他少得可怜。他应该没有出国的经历,阅读的相关书籍也不多,只是听了一些地名、国名,就用在书里了。你跟他较真儿,他也说不明白这些地方到底在哪里。

所以,要回答这个问题,要回到历史中,通过各种文献资料,找到历史上的女人国到底在何处。只不过,这样做可能叫我们更加"迷糊",因为历史文献中关于女人国的记载有很多,国家大小,地理位置,都不一样。国外有,国内也有,先秦时期就可以看到,到了唐五代的时候,还有不少女人国。如此多的女人国,哪一个是《西游记》里女人国的原型,很难搞清楚。

这些女人国的传说，当然是有历史根据的。

所谓女人国，其实就是保持着母系社会形态的原始部族。部族的成员是女人，她们是部族的主要劳动力，甚至是唯一的劳动力，她们有权利分配与享受劳动果实。所以，部族里看不到成年男性——他们不是劳动力，不参与生产，当然没有相应的权利，也无法在部族里容身。未成年男性可能会得到女性长辈的养育和庇护，一旦成年，就会被赶出部族。所以小孩子只知道他（她）们的母亲是谁，不知道父亲是谁，也就是"知母不知父"。

这是我们从历史唯物主义立场来看的，应该还原了一种比较接近真相的历史现场，古人看待这些现象，就带着更多罗曼蒂克的想象。为什么这里没有男人？因为男人在这里是活不成的，男孩子会夭折，只有女孩子能活下来。或者，干脆说这里不生男人，所有的新生儿都是女性。

那么，问题就来了：既然没有男性，女人们怎么受孕呢？我们是人类，不是无性繁殖的植物，生育后代这件事，总得有男人参与。但传说已经脱离了历史真实，不妨把步子迈得再大一点，干脆就说这里是一个无性繁殖的国度，女人自己受孕，自己养育后代，后代也都是女人。这就形成了一个单一性别的"生殖链的闭环"。在这个奇特的国度里，压根儿没有男人，也根本不需要男人。

先秦时期，就已经有这种女人国的神话传说了。《山海经》里就有记载。

《山海经·海外西经》里提到一个女人国，在巫咸之北，是一个被水环绕的国度。郭璞注释《山海经》的时候，提到这里有一个黄池，国中女子进入黄池沐浴，就能怀上身孕。如果生下的是男子，长到三岁就得夭折。可以看到,这里已经被想象成一个无性繁殖的女子国度。而女人们受孕的关键是水,这与后来《西游记》里饮子母河水而受孕的情节,已经产生了一些联系。

《大荒西经》里又记录了一个女人国,原文叫"女子之国"。①

这是一个海岛上的女国,郭璞根据沃沮人(沃沮是公元2世纪到5世纪时,生活在朝鲜半岛北部的部族)传说,认为这个"女子之国"也是只有女人,没有男人。

这个"女子之国",到底是不是沃沮传说里的女人国,还是一个问题。但沃沮传说里的海岛女人国,是非常出名的,许多历史文献里都有记载。《后汉书·东夷传》里就提到了这个女人国,《三国志·魏书·东夷传》里也有记载。《后汉书》还提到一个细节:"或传其国有神井,窥之辄生子云。"②显然,这也是道听途说而来的,但这口神奇水井,令人产生无限遐想,又对后世产生了影响,《西游记》里照胎泉的情节,就与之有些相似。

《梁书·东夷传》里也提到了一个海岛女国,在扶桑东面,可能也和沃沮传说里的女人国有联系。《梁书》里说,这里的女人容貌端正,皮肤白皙,头发很长,一直拖到地上。每年二三月份,国中女子就会进入水中,一入水,就能怀孕,到六七月份就生产。

这里记录得比较详细(其实还是转述传说),好像还原了一个历史现场,但说到底是一种浪漫的想象,书里说这里的女子脖子后面着长毛,长毛的根部是白色的,贮藏着乳汁,婴儿通过吮吸这些

---

① 袁珂:《山海经校注》,北京:北京联合出版公司2014年版,第337页。
② 范晔:《后汉书》,北京:中华书局1965年版,第2817页。

长毛吃奶。这奶水又极具能量,受其滋养,这里的孩子"一百日能行,三四年则成人矣"①。这也太离谱了!时下一些奶粉广告,经常夸大商品的功效,但再敢吹牛皮的广告商,恐怕也不敢说喝了某家奶粉的孩子,三个多月就能走路,四年以后就完成"青春期蜕变"的。很明显,尽管出现在史籍中,但这些海岛女国太遥远,几乎没有人到过那里。史官对这些海岛女国的记录,大多是转述传说,想象的成分很多。

在这些想象里,最突出的一点,就是无性繁殖,女性自己受孕,自己养育后代。而这里又有一个突出的细节,就是受孕总是跟水有关系。这启发了后来的故事,《西游记》里的女人国就受到了影响,不管是子母河,还是照胎泉,明显都是从之前的神话传说里来的。

不过,《西游记》里的"西梁女国"是往西走才能看到的。上文说的女人国,大多数都是在东部的海上——所以归在《东夷传》里。要找《西游记》里女人国的原型,我们应该把目光聚焦在西域,而西域也确实有很多女人国。

147 女人国里当真没有男子?

上一讲说到,《山海经》中记载了多个女人国,郭璞做注释的时候,把《大荒西经》里的一个"女子之国",与沃沮传说中的海上女国联系起来。沃沮传说中的女国,在我国东部的海上,所以史书的《东夷传》里经常提到它。史书中对这些女人国的描述,基本保留着

---

① 姚思廉:《梁书》,北京:中华书局1973年版,第809页。

早期神话传说的样子,用浪漫的想象来解释这里只有女子、没有男子的现象,认为这里的国民是无性繁殖的,女子自己完成受孕,自己生育孩子,而受孕的关键条件是水,要么是入水而孕,要么是饮水而孕,要么是窥井而孕。总之,接触到特殊水域,或者感应到特殊水域,女子就可以怀孕。后来《西游记》里的子母河、照胎泉,就是这种神话传说的变体。

然而,"西游"故事毕竟是以玄奘求法为本事的,寻找女人国的原型,要将目光投向西域,而在上古到中古的文献中,也确实可以看到多个西域方向的女人国。

远的就不说了,单说玄奘西行求法时代的记载,也就是隋唐时期有关女人国的记载。这些女人国都在西域,当时人们对这些特殊国度的记载和描述,已经逐渐脱去了神话传说的浪漫元素,偏于历史。① 因为,这些国家与中华是有联系的,是有外交关系的。

这些女人国,一般统称作"东女国"。请注意,这里说的"东女国",不是沃沮传说里东部海上的女人国 —— 也就是《东夷传》里记载的女人国。而是西域女国 —— 这些女国基本是归在《西域传》里的。那么为什么还叫"东女国"呢?

因为在更遥远的西方地区,还有女人国。比如玄奘在《大唐西域记》就里记载了一个位于拂懔国西南海岛上的女人国,这个女人国是依附于拂懔国的。拂懔国王经常派男子到这里婚配,但如果生下的是男孩,都长不大。所以,国中主要是女人,几乎看不到男人。拂懔国在哪里呢? 拂懔,是当时人们对东罗马帝国及其所属西亚地

---

① 参见张绪山:《中国典籍所载女人国传说研究》,《中华文史论丛》2020年第3期。

中海沿岸地区的称呼。可见，这里的女人国，是当时东罗马帝国的一个附属国。与大唐的距离很远，也没有外交联系。玄奘其实没有到过那里，只是听到相关的传说。既然在遥远的西方，就叫它"西女国"。这样一来，在它东部的女国，即便在西域的境内，也叫"东女国"了。

《大唐西域记》里就记载了一个东女国。这个国家是隋唐时候藏区西部的一个小国，它位于喜马拉雅山以北，在于阗南部，隶属于吐蕃。它的全称是苏伐剌拏瞿呾罗。这里盛产黄金，所以唐人称其为"金氏"。这里不是一个只有女人、没有男人的国度。但女人做主，治理国家，掌管政务。男人只管打仗和种地，就是纯粹的劳动力。

《隋书·女国传》里也记载了这个国度。通过史书，我们可以更清楚地看到，这个女人国是比较接近历史真实的。这里是两性繁殖的，有男有女，是一个可以正常繁衍的国家；这里其实也有男性的国王，但男性国王根本不管事——他只是女王的丈夫，真正当家做主的是女人，女王去世了，还是传位给女人，所以叫女人国。

其实，隋唐时期的青藏高原地区，还有一个女人国。它在青藏高原西部。《旧唐书·南蛮传》里有所记载。只不过，由于都在青藏高原，都叫东女国。后来的文献资料里，经常把这两个女人国，当成一个来说了。

这些位于西域的女人国，也是《西游记》里"西梁女国"的重要原型。这里的一些习俗也间接地演化成后来小说里的情节。

第五十三回里有一处细节：悟空找了一个老婆子家，请这家人照顾唐僧与八戒。老婆子说：幸亏到了我家，一家子几口人都上了年纪了，不再想男女之事了；换了别家，都是大姑娘，如狼似虎的，肯定要强行与唐僧师徒婚配，师徒们要是不答应，"把你们身上肉，都割了去做香袋"。第五十四回，悟空也吓唬唐僧，说女人国的女子可能会蜂拥而上，割了唐僧的肉，回家做香袋。可见，用过路男子的肉做香袋，是这里的一个习俗。

这个习俗太残忍了，一般的影视剧是面向大众的，其中不少未成年人，所以这个习俗一般都不表现出来，只有阅读原著，才能够注意到。而这个细节，就保留着隋唐时期西域女国的风俗。

有学者已经指出，西域女国有制作麝香的习俗。① 制作麝香的过程，就是杀死雄麝，取出带毛的麝香，干燥之后，形成毛壳麝香。杀麝取香，与杀死男子，晒干肉，做成香囊，就很容易产生转喻性的联想。当然，男人毕竟不是雄麝——我们的腺体不香，皮肉更不香。遇到体味重的，可能还会变成"生化武器"。就像猪八戒说的："我是个臊猪，就割了肉去，也是臊的！"

如果有朋友非要"杠"一下：兴许人家就喜欢闻这一口呢！所谓"行走的荷尔蒙"，要的就是这股"男人味"！非这么说，也无可厚非。但"行走的荷尔蒙"，说的是雄性气质爆棚，不是体味爆棚。散发着雄性荷尔蒙的香袋，应该没有多大市场吧！

再说回来。为什么说拿人肉做香袋呢？这倒也可以解释。因为西域女国曾经存在一种特殊的丧葬习俗——瓮棺葬，就是把人的骨肉和金屑装在瓶子里。这种处理尸体的方式，应该也与割肉做香袋有关系。

---

① 参见左怡兵：《西梁女国故事的生成与演化考述》，《民族文学研究》2023年第1期。

笔者以为，这些解释是有一定合理性的。尽管更接近历史真实，但对于中原地区的人们来说，西域女国还是遥远的国度，是陌生的国度。这些国家的习俗，以传说的方式向中原地区流传，不可避免地要带上幻想的成分，制作麝香的习俗，瓮棺葬的习俗，最后糅合成割肉做香袋的情节，也是合理的，起码是可能的。

当然，不管是东部海域里的女人国，还是西域的女人国，都是《西游记》里的"西梁女国"的原型。毕竟，它们都是以传说的形式存在的。故事的传播者，包括《西游记》的写定者，他们没有丰富的地理知识和历史知识，只是经常听到"女人国"的名字，听到各种奇特的说法——偏于浪漫虚构的，偏于严肃纪实的，关于无性繁殖的，关于两性繁殖的，香艳的，骇人的——就把它们杂合起来，成为神魔故事里的女人国。

对于今天的读者来说，神话传说和历史文献中的女人国，都已经很遥远了。人们最熟悉的还是小说里的女人国。这是一种杂糅了神话与历史的文学想象，更奇特，也更生动，后来的改编者也不必拘泥于神话和历史，可以结合当代人的喜好和理想，构造出更多奇特有趣的女人国，我们也乐于看到更多奇特有趣的女人国。

第五十五回
色邪淫戏唐三藏　性正修持不坏身

148　蝎子精是女人国国王的孪生姐妹？

　　这一回情节说的是：女人国国王送悟空等人出城，来到西关之外，唐僧就要上马西行。这时候，突然闪出一个女妖，把唐僧给抢走。所谓"才脱烟花网，又遇风月魔"，唐僧刚刚摆脱了女人国国王的纠缠，又被一个女妖给看上了。看来，西天路上惦记着唐三藏的女性，实在是太多了。

　　那么，这回惦记上唐僧的又是谁呢？原来，这是灵山上的一只蝎子精。当年，她在灵山听佛祖讲经。佛祖嫌她碍眼，就轻轻推了一把。这蝎子应激反应，蜇了佛祖一下，佛祖也疼得受不了。佛祖派金刚捉拿她，她就跑到毒敌山琵琶洞修炼。蝎子精看到唐僧出城，就把他抢来，要和他配成夫妻，好修炼成仙。

　　悟空找到琵琶洞，与蝎子精斗起来。论本事，蝎子精确实不是悟空对手，但她有倒马毒刺的绝招，一刺下去，把金刚不坏之身的悟空也蜇得疼痛难忍。观音菩萨赶来帮忙，但佛祖尚且忌惮蝎子，观音菩萨也没有更好的办法。菩萨指引悟空去找昴日星官，他正是蝎子精的克星。昴日星官来到毒敌山，显出本相——一只大公鸡。

蝎子精见克星来了，便吓死了。

这一回里，唐僧算是真正见识到：女魔头淫性大发，会可怕到什么地步。之前，他也经历过两场情色考验，但都没有被吓到。莫家庄的母女，本来就是女仙和菩萨幻化的，又是针对八戒设置的考验，不可能把唐僧怎么样。女人国的国王虽然对唐僧着了迷，连江山都肯让出来，但她毕竟是人间的国君，不是变态色情狂，也没有对唐僧动粗，反倒是唐僧临行的时候，八戒拿出丑怪嘴脸来，把女王吓得魂飞魄散，一跤跌在御车里——这样一个娇滴滴的弱质女流，又怎么可能对唐僧动粗呢？况且，等到悟空等人腾空而去，女王见识到他们的神通手段，不觉得惭愧起来——你瞧，人家动情归动情，矜持还是有的。忘情之后，还是能够复归理性的。这样一个女王，怎么可能对唐僧做出格的举动呢？

蝎子精就不一样了。这女魔头有的是魅惑人的手段，甜言蜜语，又借着吃喝，引诱唐僧乱性。吃一个肉馅儿馍馍，还撒娇撒痴，要唐僧掰开来给她。

若是换成《金瓶梅》里的西门大官人，或者《红楼梦》的贾珍、贾琏之流，蝎子精的这些小把戏，充其量就是幼儿园的水平。论起"调风弄月"的本事，西门大官人、珍大爷、琏二爷，都是本科水准的——谁着了谁的道儿，还不一定呢！但唐僧太单纯了，纯粹一颗赤子之心。他哪里知道蝎子精的套路啊？傻乎乎地就接了话茬儿。唐僧说，劈开肉馍馍，就是破荤了，"出家人不敢破荤"。蝎子精要的就是这句话，又用言语挑逗。唐僧还没反应过来，竟然还敢接话。如此接来接去，就走进对方的圈套了。若不是悟空跳出来搅场子，估计唐僧真就着了蝎子精的道儿了。

551

不仅用言语挑逗，蝎子精还直接用身体诱惑唐僧，幸亏唐僧心志坚定。换作别人，恐怕早都生出小和尚来了！

　　不只有软招数，蝎子精还有硬手段。看唐僧坚决不从，蝎子精就变了脸，把唐僧捆得跟个麻团一样，丢在房廊下面，逼他就范。女人国国王可不会下这样的"死手"。

　　当然，说不会下"死手"，还要看是哪一个版本里的女人国国王。早期的女人国国王，简直比蝎子精还厉害！

　　比如《西游记杂剧》里，就有一个要对唐僧"霸王硬上弓"的女人国国王，那副嘴脸，要比蝎子精还可怕。

　　这部剧的第十七出，叫"女王逼配"——瞧这个名字，"逼配"，强逼唐僧和她婚配，这就不是后来《西游记》里女王的做派，倒是跟蝎子精很像。这还是说保守了，剧中的女人国国王，都不是淫性大发的地步了，而是色情狂级别的表现。

　　她一见到唐僧，就相中了。越看越爱，用句时髦话说，就是"嘴角止不住流出感动的泪水"。当时还是在前朝大殿上，女王已经欲火难耐，竟然一把抱住唐僧，又摸又亲，搞得唐僧袈裟上、脖子上都是口红印。孙行者与猪八戒上前救护唐僧，女王就把唐僧拖到后宫，还说什么甜言蜜语，哪里有工夫表现柔情蜜意，这些"过场戏"都省掉，直接把唐僧按倒在床上，要成就好事——这比蝎子精还狠，蝎子精好歹还要表演一点铺垫的戏码，还要唐僧心甘情愿，即便欲火焚身，也愿意等待对方点头；虽然耗了大半夜，最后也恼了，也只是敬酒不吃，换罚酒给你吃，没有霸王硬上弓的意思。这里的女儿国国王根本没有这个耐性——等什么等？到了嘴边的肉，先囫囵吃了再说！

最后，幸亏韦陀菩萨现身，镇唬住了女人国王，唐僧才逃出来。但即便面对韦陀，女人国国王还心有不甘，她虽然放了唐僧，还扬言要埋伏下兵将，等唐僧取经回来，再捉拿他。

这样一个变态狂级别的角色，在当时的戏曲舞台上，特别是面对市民大众，还是很受欢迎的——戏剧冲突强烈，场面也很热闹。

然而，这毕竟是庸俗趣味的产物，不符合文人的审美情趣。所以，百回本《西游记》的写定者对这一形象进行了净化。女人国国王仍旧对唐僧着迷，作者也用了"淫情汲汲""爱欲恣恣"一类字眼，但这也就是极限了，变态的言语动作，一点没有——她看上去还是一个雍容的、没有脱离理性的人间国君。

但话又说回来，如果女人见了唐僧，都能"发乎情止乎礼"，故事也就没有意思了，总得有一些出格的东西，才能吸引眼球。于是，蝎子精就应运而生了。

的确，是应运而生，因为这个形象是从原来的女儿国形象里分出来的。回顾"西游"故事的演化历史，几乎看不到蝎子精的故事，说明这是一个后起的故事，资历很浅。就像胡胜先生所说的，蝎子精紧随在女儿国之后，应该是女儿国故事裂变出来的另一个。[①] 蝎子精就是早期女人国国王之变态人格的独立化、具体化。蝎子精就是女人国国王的另一面，正如六耳猕猴是孙悟空的另一面一样。女人国国王身上不应该（不允许）有的气质、性格，都归到了蝎子精身上。一个人间的国君，不应该有变态出格的言行，但大众又喜欢看

[①] 参见胡胜：《女儿国的变迁——〈西游记〉成书一个切面的个案考察》，《明清小说研究》2008年第4期。

人物的变态出格。蝎子精的生成，就满足了这种要求。

所以说，女人国国王与蝎子精可以看成一对孪生姐妹，她们代表了对立的气质；第五十四回与五十五回，本来是一个故事，拆成两个段落，既符合作者的审美趣味，也满足了大众的审美期待。都是烟花魔障，但女人国国王是"发乎情止乎礼"的，所以最后她感到羞愧，也能自省；蝎子精则是变态的、妖魔化的，所以她最后惨死，一点余地也找不到，这也符合"性正修持不坏身"的主旨。

你瞧，这样一来，作者也满意，读者也满意，大家好，才是真的好。百回本《西游记》是文人写定的通俗小说，追求的就是这种"大家好"的状态。

149 《西游记》的神魔人物为何吸引人？

说一个有趣的话题——为什么《西游记》里的神魔人物特别吸引人？

我们知道，《西游记》不是唯一的神魔小说，也不是文学史上的第一部神魔小说。明清时期的神魔小说（包含带有神魔色彩的小说）有很多，其中有各式各样的神魔人物，但给人留下最深刻印象的，还是《西游记》里的神魔人物，这是为什么呢？

这显然不只因为他们是"神"，或者是"魔"。"神"和"魔"这两种形象，都是想象出来的形象，是在我们的经验世界之外的形象——现实生活中看不到。对这两种形象，我们当然是充满好奇的，关于他们的故事，我们也特别感兴趣。各种传说故事里，我们总能看到这两种形象。

神经常是来帮助我们的，帮助我们从事生产生活，繁衍进步。比如，帮助我们发现、培育农作物，帮助我们驯化野生动物，帮助我们发明和改良农具，帮助我们找到水源，帮助我们造房子，帮助我们保护家园，等等。类似的好事，神明们做了许多——当然，我们今天知道，这些好事其实都是我们自己做的，但我们的先民喜欢把这些人类文明史上的重大事件浪漫化、传奇化，让它们显得更神圣，也更有趣。这样一来，被想象出来的神明们就占了不少便宜，我们自己的功绩，都让给神明了。

与神相对，魔大都是来祸害我们的。他们抢夺我们的财富，侵占我们的家园，掠夺我们的妇女和儿童。他们不仅霸道，也很残酷，又很狡猾；他们用各种各样的残忍手段来折磨我们，逼我们屈服，又用各种各样的诡计花招来欺骗我们，叫我们上当吃亏。这些恶魔早期都是我们所面临的自然威胁的浪漫化，代表着我们对于自然力量的敬畏，也代表着我们挑战自然、征服自然的强烈愿望。后来，他们的身上又带上许多伦理的内容，成为各种反面伦理的典型，是种种"恶"的化身。对这些人物的丑化和批判，也代表着我们对于现实生活中各种丑恶现象的反感与谴责。

在战胜恶魔的故事里，我们还经常需要神明的帮助，他们赐予我们力量，给我们送来战胜恶魔的法宝，或者告诉我们找到法宝的路线和方法。这样一来，就构建起了一种"神—人—魔"的稳定关系。

总结起来，在以我们自己为主人公的故事里，特别是探险故事里，神主要是我们的帮助者，魔主要是我们的敌对者。《西游记》其实就是在讲述这样的故事。取经故事，其实可以看成一个唐僧师徒的探险故事。在这个故事里，各路神明主要就是唐僧师徒的帮助者——你瞧观音菩萨，看太白金星，他们跑前跑后，不就是最勤快的帮助者吗？有的神明，虽然只是走一个过场，也发挥了至关重要的作用。比如这一回里的昴日星君，若是没有他，蝎子精就没人能制伏了——佛祖和菩萨可都拿这妖魔没办法。至于大大小小的妖魔，就是唐僧师徒的敌对者了。他们想尽办法阻挠取经队伍前进，给唐僧师徒设陷阱，使绊子，总要把唐僧给掳走，要么把他吃了，要么把他睡了，总之是把唐僧给毁了。唐僧是取经队伍的灵魂，是这支队伍的"军旗"，这"军旗"要是被拔了，整个游戏也就结束了。

可以说，《西游记》的故事之所以打动人，首先就在于它符合我们讲述故事的习惯，符合"神——人——魔"的组合关系。

但话又说回来，在《西游记》之外，这类故事也是如此讲述的——神帮助我们，魔阻挠我们——为什么《西游记》里的人物格外打动人呢？因为作者独特的艺术创造，他笔下的神魔人物，是一种"神——人——物"的三位统一的形象。

这里说的"神"，是包含"魔"在里面的，这是一种"超人"的存在。《西游记》里的神魔人物，无论是好的，还是坏的，都是一种"超人"的存在。他们有各种神奇的能力，有各种法术，有各种法宝；他们的能力，远超我们。他们能腾云驾雾，能呼风唤雨，能指物变化，能变换身形，又拥有各种飞毛腿、迫击炮级别的武器——这都是凡人做不到的。

有趣的是，这些神魔人物总是带有"物"的特征，让我们能够看到他们的原型。比如这一回的蝎子精，她用的倒马毒刺，其实就是蝎子的尾刺，她手里拿的三股叉，实际上就是蝎子的两只螯钳。你瞧，尽管幻化成人形，这些基本的生理特征，还是保留着。

不只保留下来，作者又大加利用，点石成金，生出别样的一种妙趣。魔是这样，神也如此。这一回里的昴日星官，其实就是一只大公鸡。平时在天庭应差，他都穿着朝服，戴着五岳冠，穿着七星袍，氤氲暧霼，环佩叮当……显出本相来，就是一只XXXL码的双冠子大公鸡，也就是公鸡里的哥斯拉。这又让我们觉得神明距离我们并不遥远，感觉他们很可爱。

当然，他们最可爱的地方，还是"人"的一面。不管是妖，还是魔，说到底是跟我们一样的"人"，尽管他们有"超人"的能力，有动物（或植物）的本相，但这都是表面意义的形象塑造，他们骨子里是"人"，有人的七情六欲。往大了说，他们有人的好恶，更有人的期待，甚至说欲望；往小了说，他们有人的脾气性格。

蝎子精为什么跑到毒敌山琵琶洞来？因为她蜇了佛祖。但好端端地，蝎子精为什么要蜇佛祖呢？因为佛祖讲经的时候，她跑到佛祖身边去，佛祖厌恶她，扒拉了一下——敢情佛祖也是有好恶的，也有看不顺眼的家伙。在《西游记》里，观音菩萨的脾气是比较大的，但面对蝎子精，祂也没脾气了，因为祂拿蝎子精的倒马毒刺也没有办法——敢情菩萨也是"看人下菜碟"的。

至于蝎子精，就不只是有脾气的事了，她有人的欲望，尤其情欲。我们已经知道，蝎子精这个形象，是从原来的女人国国王身上分离出来的。既然女人国国王可以迷恋唐和尚，蝎子精怎么不可以迷恋唐和尚呢？只不过，她的迷恋发展到极端，看上去更像是一个色情狂。但说到底，这还是对人的欲望的放大。

总之，《西游记》里的神魔人物，之所以吸引人，因为他们是"神 — 人 — 物"三位一体的形象。明清时期的神魔小说不算少，但很多作品没有塑造出这样的形象，它们的主人公可能都达不到这一点，更不用说跑龙套的角色了。

第五十六回
神狂诛草寇　道昧放心猿

150　悟空为何一再被贬？

这一回的情节，概括起来，其实特别简单，就是悟空打死了一伙拦路劫财的强盗，唐僧恼恨他不服管教，把他赶走了。

这样一概括，大家是不是觉得有一种似曾相识的感觉？第十四回前半部分的情节，与这一段是很像的。有的朋友经常把这两段情节弄混，就是因为它们的故事梗概太像了，在模糊印象里，很难明确区分开来。

这些朋友可能要说：这也不怪我们哪！作者确实写重复了嘛！你们搞文学研究的，不是经常说，文学的创造要富于变化嘛！变化才是高级的。这两段情节重复了，写得不高级，怨不着我们。

这话说得多少有些不讲理了。文学创作确实需要变化，但变化与重复，是一个矛盾的关系，是对立统一的关系。没有重复，如何显出变化来呢？不能说变化就是高级的，重复就是不高级的。为了变化而变化，变得没有节奏，没有逻辑，没有章法，叫人摸不着头脑，这样做其实是不高级的。相反，重复得有层次，有递进，有规矩，这就是高级的。

古代小说评点里有一个术语——犯。这就是一种重复，比如形象塑造的重复，情节设计的重复，场景呈现的重复。金圣叹评点《水浒传》，就强调这个"犯"字。他说《水浒传》经常"故意把题目犯了"①，就是刻意地制造重复。比如写武松打虎，又写李逵杀虎，还有解珍、解宝兄弟争虎；写潘金莲偷汉子，又写潘巧云偷汉子；写江州城劫法场，又写大名府劫法场；等等。这些都是显而易见的重复，但作者能够在重复里写出变化，看着相似，实际上有很大差别。

这些重复的人物、情节、场景，说到底是因为像《水浒传》这样的作品，它们的成书过程是世代累积型的，在"终极文本"写定以前，故事已经流传了很久，在不同的时段和地域里传播，经过不同的人之手，或者通过口头讲述，或者落实到纸头。许多故事，原本都是单独传播的。讲故事，总是有套路的，起承转合，都是那一套规矩，换汤不换药；人们感兴趣的人物，又是类型化的，有一种类型化的形象，一种类型化的气质。这样一来，自然会有许多相同相近的情节与人物了。文人作家要做的，不是刻意回避这些重复，而是在重复中创造出变化，写出表面看上去相同，实际有各种差异的情节和人物来。

《水浒传》做到了这一点，《西游记》也做到了这一点。

放逐美猴王，就可以看成"故意把题目犯了"的情节。表面看上去一样，实则不同。

---

① 金圣叹：《读第五才子书法》，见丁锡根：《中国历代小说序跋集》，北京：人民文学出版社1996年版，第1493页。

况且，对于主题来说，这样的重复也是必要的。只有通过这一次放逐，悟空才能真正消灭内心的魔性，变成一位纯粹的修行者。

我们已经反复说过，《西游记》的主题是修心，悟空是心猿，是心的象征。唐僧象征着身，贬逐悟空，就是身心分离，这是最要命的事情。

实际上，悟空在修心这件事上，始终是带着一种自觉意识的。悟空虽然被贬，却从来没有真正放弃唐僧，从来没有放弃取经事业。不管是第十四回，还是这一回，又或者是因为打杀白骨夫人而被贬的第二十七回，悟空都没有自暴自弃，与取经队伍彻底"切割"。用他自己的话说，就是"身回花果山，心随取经僧"。你瞧，心和身，从来没有真正分离过。

况且，悟空三次被贬，只有一次回到了花果山，重新披挂，做回妖仙。第十四回，悟空本来要回花果山，到东海龙宫站一脚，听了龙王规劝，就回过味儿，扭头回去找唐僧了。这一段情节里，悟空更是直接到南海找观音菩萨——花果山不再是他的避风港，遇到身心分离的巨大困境，他首先想到的是向菩萨求助。此时的悟空，已经变得更虔诚了，重回江湖，做回妖仙，在他心底里，已经不再是一个选项——他已经不是当年那只懵懂无知的猴子了。

然而，心总是躁动的，很难静定下来。它需要外部的束缚，但更重要的是内部质变，就是从内而外地静定下来。那么，怎么静定下来呢？就是自觉地铲除内心的魔性。

《红楼梦》第七十四回"抄检大观园"的时候，探春曾经说过一句非常深刻的话："可知这样大族人家，若从外头杀来，一时是杀不死的","必须先从家里自杀自灭起来,才能一败涂地呢"！①

这话也可以套在修心这件事上。修心,也是要"自杀自灭"的。外部力量只能治标,不能治本,杀得住一时,杀不住一世,内心的魔性,不能靠着外部力量来禁锢、压制,而是要自觉地将其杀灭。

第十四回,观音菩萨送来了紧箍儿。这紧箍儿就是禁锢、压制悟空魔性的外部力量,它的力量很大,也很有效,唐僧一念"紧箍咒",哪怕没念,只是随便说说,悟空就老老实实的了。但成长不能靠体罚,还得是熊孩子自觉认识到错误,改掉毛病。如果只靠外部力量来干预,那么,随着内心的消极力量越积越大,用来压制这股消极力量的外部力量,就得不断加码,最后升级至毁灭级别,整个人也就 GAME OVER 了。所以,还得是内心自觉,把消极力量从内部杀灭。

从第五十六回到第五十八回的这段情节里,六耳猕猴其实就是悟空内心的魔性。这只猴子的出现,其实就是之前的魔性被禁锢、压制得久了,以致释放不出来,又消化不掉,就彻底具象化成了一只和悟空一模一样的猴子,把悟空潜意识里想做,但现实里不能做或没法做的事情给做了。只有打杀了这只猴子,悟空才能消灭内心的魔性 —— 连潜意识里的恶,也不复存在了,以后他就是一只纯粹向善的心猿了。

可见,这又不是情节设计的问题,而是主题设计的问题了。大家说,这次重复是不是很必要呢?

---

① 曹雪芹著,无名氏续:《红楼梦》,北京:人民文学出版社2008年版,第1030页。

151　题目犯了，如何写出趣味？

上一讲说到，这一回的情节与第十四回比很像，是"犯"了题目，但作者写出了差异。那么，差异表现在哪里呢？就是生出了许多波澜。

作者把盗贼分成两拨，悟空前后两次打杀凡人，这就充分暴露出悟空恣意行凶又屡教不改的特点，也给唐僧再次贬逐悟空，提供了充分的理由。

这两段情节，又各有特点，各有内容。

第一拨，悟空打杀的是两个大头目。两个大头目，带领着一帮小喽啰，先撞上了落单的唐僧，他们喊打喊杀，要抢唐僧的衣服和马匹。唐僧学乖了，知道"好汉不吃眼前亏"的道理，撒了一个谎（书中，唐僧不止一次撒谎），说自己有一个小徒弟，随后就到——他身上有银子。两个头目就把唐僧捆起来，吊在树上。悟空变作一个小沙弥，背着蓝布包袱走过来，他说这包袱里有不少金银，要强盗们先把唐僧放了，他就把金银献出来。两个头目也讲理，先把唐僧放了，悟空看唐僧骑马跑远了，才与强盗们饬饬起来，最后把两个头目打杀了。

请注意，这次行凶，唐僧没有看到犯罪现场，就没有受到直接的视觉冲击，这其实在一定程度上削弱了唐僧对悟空的恨意。

按说，悟空打杀两个强盗头目，下手是很残忍的，两个头目被开了瓢儿，脑浆子都迸出来了。然而，这个画面，唐僧没有看到。随后赶来的八戒，倒是看到了脑浆子，但向唐僧转述的时候，换了一种说法，说"头上打了两个大窟窿"。这当然也是很严重的，但与"打出脑浆子"比起来，要"温柔"多了。等到唐僧跟随八戒等人赶过来，只大概看了一眼血淋淋的尸体，就叫八戒挖两个坑，把尸体埋了。

这样一来，唐僧就没有受到残忍画面的直接刺激。刺激小，对悟空的恨意也小——知道一个恶性事件，与目睹一个恶性事件，产生的心理效果是完全不一样的，对当事人的批判强度也会有很大差异；听别人说一桩故意杀人案，与目睹一桩故意杀人案，我们当然都会对行凶者产生强烈的愤怒，但"耳闻"和"目睹"毕竟不是一回事，若是唐僧亲眼看到悟空把两个头目的脑浆子打出来，恐怕当时就要撵悟空回家了。

至于两个被害人，唐僧对他们是没有丝毫歉意的。这俩强盗把他吊起来，让他遭了不少罪，如今被悟空打死，也是罪有应得，替他们念了《倒头经》，唐僧已经是以德报怨了。说不定，私底下唐僧还觉得解气呢！他之所以嘴里一直絮絮叨叨，"猢狲长，猴子短"地骂悟空，主要还是恼恨悟空不服管教。别说打死两个强盗头目，就是伤着了小朋友，伤着了花花草草，也是不好的嘛！

到了第二拨，虽然打死的是小喽啰，唐僧倒是怒不可遏了。

一者，悟空前科累累，屡教不改，不动真格的，还治不了这猴子了！

二者，被打死的小喽啰是老杨头的儿子。老杨头留宿唐僧师徒，又为他们通风报信，劝唐僧师徒及早离开。这算是对唐僧有恩了，悟空打杀了老杨头的儿子，不仅是心无善念，更是忘恩负义。

但这些都不是最要紧的，最要紧的是：这次悟空的行凶场面，被唐僧完整地目睹了。

书里写到，悟空割了老杨头儿子的脑袋，血淋淋地提在手里，拽开步子，跑到唐僧马前，高声叫着："师父，这是杨老儿的逆子，被老孙取将首级来也。"把唐僧给吓得，一骨碌滚下马来。眼见了这一幕，唐僧再也忍不住怒火，从地上坐起来，就念起"紧箍咒"，一直念了十多遍，还不肯住口。念完了咒，唐僧就撵悟空走，一点余地也不留。如此一来，悟空不走也不行了。

具有讽刺意味的是，唐僧撵走悟空的理由，听上去冠冕堂皇的，说他屡次伤生，不知道坏了天地多少和气，像这样的孽徒，心里毫无善念，断不可再留。实际上，唐僧主要还是恨悟空不听管教，又怕悟空行凶犯罪，连累自己。你看他念给两个强盗头目的祝祷词，一顿絮絮叨叨的，话里话外的，只说这事跟他没有"半毛钱"关系，是他徒弟行凶，正所谓："你到森罗殿下兴词，倒树寻根，他姓孙，我姓陈，各居异姓。冤有头，债有主，切莫告我取经人。"八戒等人埋怨唐僧推干净，只把自己摘出去了，唐僧就又补了一句："好汉告状，只告行者，也不干八戒、沙僧之事。"下一回，悟空又转回来找唐僧，请求他谅解。唐僧逼得急了，发狠道："你这猢狲杀生害命，连累了我多少，如今实不要你了！"说到底还是怕被拖累。

瞧一瞧，这哪里有一个大德高僧的样子呢！

但话又说回来，《西游记》的趣味性也就在这里。如果唐僧只是因为悟空伤生害物，就把悟空赶走，叙述的功能倒是实现了，讽刺意味就没有了，读者们是不买账的。

第五十七回
真行者落伽山诉苦　假猴王水帘洞誊文

152　假猴王也是真猴王？

这一回的回目是"真行者落伽山诉苦，假猴王水帘洞誊文"。
先不说情节，仅回目本身，就值得说一说。

这两句是对仗关系。上半句概括了这一回前半部分的情节（当然，篇幅上只占到了三分之一），下半句概括了后半部分的情节。两句的主语，说的是同时出现在这一回里的两只猴子。"真行者"说的是孙悟空，"假猴王"说的是六耳猕猴。

这一点，我们都知道，但两个名号很值得玩味。

这"真"和"假"倒是没有太多说道。从悟空的立场看，一个是货真价实的，一个是冒名顶替的；我们讲述这个故事的时候，习惯说"真假美猴王"，"美猴王"是孙悟空自封的一个名号，以他为真，则六耳猕猴就是假的了。

然而，请大家注意：这里用的不是"美猴王"，而是"行者"与"猴王"，这就需要讲究一下了。

我们知道，"行者"这一名号，是悟空加入取经队伍以后，唐僧赐予的。

这个名号，有特殊的意义。"美猴王"和"孙悟空"，也都是悟空专有的名号，但这两个名号是悟空加入取经队伍之前就有的，一个是他自封的，一个是须菩提祖师赐的。这个时期的悟空，还是一个地地道道的妖仙，虽然修成了长生不老之身，又有通天彻地的本事，但一心挑战权威，搅得天地不宁，是一个具有"破坏性力量"的猴王。

说到底，不管是"美猴王"，还是"孙悟空"，其实都是"齐天大圣"。

这个大圣，是基于古代福建地区的大圣信仰而生成的一个形象。这个形象令人敬畏，本领大，但脾气也大，破坏力更大，绝对不是唐僧身边一个虔诚的信徒。

等到有了"行者"的名号，孙悟空的气质也变化了。之所以变化，固然是人物塑造与讲述故事的需要，但归根到底，因为该形象继承了"猴行者"的 DNA。

这个"猴行者"，晚唐五代的时候就出现了。他的原型，应该是印度神话传说里的神猴哈奴曼。当然，该形象传入中国的时候，又融合了我国西北和西南多民族地区的始祖猴的传说故事。①

在我国西北和西南许多民族的神话传说里，有大量关于猿猴祖先的故事。说猿猴是人类的祖先，他们在人类繁衍发展进程中扮演了重要角色，又帮助人类和照顾人类，是一种具有英雄气质的猴王。

简单点说，齐天大圣是一个躁动的猴王，一个不受拘束的猴王，

---

① 参见拙著：《地方性知识与"西游故事"的多民族地域叙述》，《文学遗产》2023年第4期。

一个破坏性的猴王;孙行者是一个虔诚的猴王,一个自觉皈依的猴王,一个维护性的猴王。

所以,到了西天取经路上,叙述者主要用"行者"来称呼孙悟空,在概述性的语言里很少用"大圣"一词——往往是书中人物称呼他"大圣",作者一般不这样称呼他。

这样看来,所谓"真行者",指的是一个虔诚的猴王——那个皈依了佛门的猴王,那个自觉维护取经事业的猴王,那个无论受了多少委屈,不管经历多少挫折,从来都不荒废取经事业的猴王。

这个猴王,自始至终只有一个,就是那个被压在五行山下五百年,被唐僧救脱后,心心念念保护唐僧到西天的孙悟空。此时的他,被唐僧贬逐,无处可去。回花果山?之前已经说过,那里不再是他的心灵港湾,不再是一个受伤后的"避难所"。回天庭做大罗金仙,或者邀游十洲三岛?面子上又过不去——见了各路神仙,"嘘寒问暖"地拥上来,如何解释?只好去落伽山向菩萨求助。所以,才有了"真行者落伽山诉苦"的说法。

至于"假猴王"一说,这要掰扯一番了。

六耳猕猴,就不是猴王吗?按佛祖的说法,天地间有四种猴子,第四种是六耳猕猴。这猴子能知音,能察理,能知过去未来,也是天地间生成的一个灵物。关键的是,他的的确确是一种猴子。既然是猴子,又有本事,怎么就不能叫猴王呢?

猴王,只是一种泛指。孙悟空这只猴子用得,其他猴子用不得?难道说,孙悟空也要像赵老太爷一样,指着六耳猕猴骂一句:"你也配姓赵?"

我们说真假李逵、真假包公、真假阿凡提、真假奥特曼……这都是成立的。因为它们都是专有名词,确定了一个是真的,其他的必定是假的。

但"猴王"不是一个专有名词,有本事的猴子都可以称王。这个道理是很简单的。比如说"狮子精"这一称号,就不是专有名号,有本事的狮子都可以用。文殊菩萨座下的青毛狮子精可以用,太乙救苦天尊座下的九头狮子精也可以用,连带他收的黄狮、狻猊、猱狮等小喽啰,也都可以叫狮子精。没听说青毛狮子占了这一名号,其他狮子就不能用的。

所以说,六耳猕猴其实是一只"真猴王"。那么,为何又说是"假"的呢?

因为,这只猴子,其实是孙悟空潜意识里各种恶念的外化,是其残存的一点魔性的外部凝聚。好比照镜子,镜子里的那个"我们",不是实像,是虚像。虚像,当然是假的了。

我们照镜子的时候,知道镜子里的那个眉眼儿与我们一样的,只是一个镜像。真正的本体,好端端地站在镜子外头。镜子里的那个人,没有生命,没有灵魂,在现实世界里,"他们"没有任何机会取代我们,变成本体。

只有在文学艺术世界里才会发生这种事情,要么是浪漫的童话,要么是搞笑的动画。当然,也有可能是恐怖片!镜子里的那个"我",来到现实中,取代了"我",享受"我"的权利,占有"我"的资源,被"我"的亲人、爱人、朋友接受,甚至喜欢。原来的"我"已经失去了存在的意义,在生活中找不到任何位置,以致产生怀疑:如果镜子里那个"我"是真的"我",那"我"又是谁呢?想一想,这有多么恐怖!

《西游记》不是恐怖片，也不是恶搞的喜剧片，但它是浪漫的。所以，可以从"我们"的体内，生出另一个"我们"。既然女人国国王可以分离出一个蝎子精，孙悟空当然也可以分离出一个六耳猕猴。

只不过，他本来就是镜像，即便有了生命，有了灵魂，仍是镜像，不是本体。本体还好端端的，镜像早晚是要幻灭的，咱们也就不必担心了。

总之，就"猴王"这个名号看，六耳猕猴也是"真猴王"，但从孙悟空的立场看，从对于取经事业的态度看，从本体与镜像的关系看，他都是一只"假猴王"。

153 假猴王为什么要"誊文"？

这一回的回目，下半句是"假猴王水帘洞誊文"。"誊文"是与上半句的"诉苦"形成对仗的。

"诉苦"好理解，就是孙悟空跑到落伽山，向观音菩萨诉说自己的苦衷，也就是抱委屈的意思。那么，"誊文"是什么意思呢？

文，就是文章。誊，就是誊写、抄录的意思。誊文，就是抄录文章的意思。对应到情节里面，应该是假猴王把抢来的通关文牒，给抄录了一遍。

然而，目前看到的百回本《西游记》里，假猴王并没有把通关文牒抄录一遍，他只是把通关文牒朗读了好几遍。朗读，毕竟不是抄录。一个是从纸头转移到口头上的，一个还是从纸头到纸头上的，不能混淆。所以说，这里又出现了回目与正文情节对不上的情况。

那么，这里是不是写了错别字呢？——像之前说过的"义识"

与"义释"一样。不排除这种可能，但目前看不到合理的解释。

万历二十年金陵世德堂刊的《西游记》（也就是目前能看到的最早刊本）这一回，插图里的字，与回目里的字，倒是不一样的。插图里，用的是"腾文"。

所谓"腾文"，也是固定用法。指的是行文写字，又指卖弄文采。但这距离小说的情节就更远了，假猴王并没有自己另外写一篇通关文牒，也没有写其他文章，他又没有文采好卖弄的，怎么能说他"腾文"呢？插图里的"腾"字，应该是因为发音、字形相近（誊，又写作謄）而出现的错误，不是更早的文字。

一种可能的解释是：在更早的版本里，可能有假猴王抄录通关文牒的情节，但后来改成了现在的样子——假猴王抢夺行李包袱，直接用真正的通关文牒。只不过，情节改了，回目没有改，就出现了这样的矛盾。

话又说回来，这里说"誊文"，也是合理的。

假猴王虽然没有"誊文"，叙述者却"誊文"了——他把通关文牒的文字全部抄录下来了，写在文本里，所以我们才能够看到。

叙述者为何要把通关文牒抄录下来？因为这符合小说的文体特征——文备众体。

之前说过，小说的文本里，可以结合进各式各样的文体，诗、词、曲、赋，都可以插入小说的叙述文字。其实，不仅诗、词、曲、赋，以及其他抒情性的文学体裁，各种各样的文学体裁，都可以被小说吸纳，比如讲到某一段情节，提到某一种文体，或者某一篇文章，就可以把它抄录下来。在这方面，章回体小说是特别擅长的。

作为章回小说的开山鼻祖，《三国演义》就是文备众体的。

比如第四回，写到董卓专权，废汉少帝，改立汉献帝。废帝当天，董卓要李儒宣读一篇废帝的策文，《三国演义》的叙述者就把这篇策文完整地抄录出来了。书里类似的情况，是不胜枚举的。这样做，可以更好地还原历史现场，也能够有效地营造出一种历史氛围，同时也增强了小说叙述的灵活性、多样性。

后来一些书坊主就按照这个路子来编书。当时，许多文人还很轻视小说，不可能下场从事小说创作，但小说的市场需求很大。书坊主看准了商机，又找不到作者，只好亲自下场来编书。这些书坊主的文学创作能力很一般，艺术品位也不高，"攒书"的能力却很强。他们把搜集来的各种文献资料，都"码"进小说，作品的文学性当然没有提升，故事性也没有增强，但文本看起来是很饱满的。

当时福建建阳有一位表现很活跃的书坊主，名叫熊大木，他在编写《大宋演义中兴英烈传》的时候，就是这样做的。这部书，主要是讲岳飞事迹的。熊大木编书的时候，就把与岳飞有关的各种文献资料——比如诏令、奏表、书信，等等，都"堆"进小说里。比如小说第三卷"张浚传檄讨苗傅"一节里，就插入了一篇诏书、两篇檄文和三篇书信，这些插入的资料，已经占了这一节文字的40%，① 整部小说也是用这种方法"攒"出来的。

后来，随着章回小说题材的日常化，一些距离市民日常生活更近的文体——特别是应用文体——也大量出现在小说里。比如契约、合同、请柬、喜帖、悼词、药方、广告，等等，都可以出现在小说里。

---

① 参见陈大康：《明代小说史》，北京：人民文学出版社2007年版，第240页。

对于读者来说，小说里的这些日常文体，还有一种"知识"传播的功能。比如，不会写合同的人，就可以从小说里学到写合同的体例格式和措辞方式。

当然，跟小说学"知识"，要有警惕性。因为这毕竟是虚构文学作品里的内容，本身就是与现实有一定距离的。况且，作者的知识也是有限的，抄录的还好，若是自己创作的，就可能"完全不是那么一回事"。

比如《西游记》这一回里的通关文牒，虽然被完整抄录下来了，不能当真——一看就知道是假的，是作者杜撰的。因为之前第二十九回里，作者也把通关文牒抄录了一遍。比较这两篇文字，差异是很大的。一部通关文牒，两个版本，说明作者都没有做前后统稿的工作。

而第二十九回里那篇通关文牒，问题更大。开篇第一句就错了。牒文上说"南赡部洲大唐国奉天承运唐天子牒行"，姑且不论这里的语法格式错误，仅"奉天承运"四个字，就是不对的。这是明代的圣旨里才有的说法。公元1368年，朱元璋在南京称帝，起造一座宫殿，叫作"奉天殿"，皇帝与大臣在这里议事。为了强调自己做皇帝是应天受命，朱元璋自称为"奉天承运皇帝"。唐代的皇帝是不会称自己为"奉天承运皇帝"的，唐代的牒文里又怎么会出现这几个字呢？显然，《西游记》的作者缺乏相关的历史知识。

当然，作者只是小说家，不是历史学家，我们没必要在这件事上苛责他，主要还是看他讲奇幻故事的才能——今天的我们，也不从文学艺术作品里去学历史知识。

第五十八回
二心搅乱大乾坤　一体难修真寂灭

154　被打死的是真悟空，还是假悟空？

这一回的情节，是很简单的：沙僧到落伽山，向观音菩萨求援，见到孙悟空。悟空与沙僧回到花果山，见了假猴王，两只猴王就争斗起来。他们先打回落伽山，观音菩萨没法分辨出真假；他们再打上天庭，满天神将也分不出真假；他们又打到地府，地藏王菩萨座下的神兽谛听，倒是分辨出了真假，但不想惹事——毕竟，分出了真假，地府的阴兵也不能制伏假猴王，还可能把地府给"拆"了——就建议他们去找如来佛祖。果然，佛祖有广大法力，一眼就看出这假猴王是六耳猕猴变化的。六耳猕猴一听说破了他的真身，变成一只蜜蜂，打算逃跑，却被佛祖扣在钵盂底下。最后，悟空亲手打死了六耳猕猴。

这个最后的结局，是很重要的。之前说过，假猴王其实就是真猴王，他是孙悟空内心魔性的外化，或者说具象化。既然猴王是心猿，则不管真猴王，还是假猴王，其实都是心猿。只不过，一个是"向善之心"，一个是"向恶之心"。所以，这一回的回目是"二心搅乱大乾坤"，说的就是"人生二心"的祸患。

既然"二心"会造成祸患，就要复归一心。这种复归，得是自觉的，所以，必须"向善之心"最终战胜"向恶之心"。这个战胜的结果，又必须由修行者自己实现。通俗地说，就是修行者亲手"解决"掉自己的"向恶之心"。再上一个层次来讲，说"剪断"也行，说"阉割"也罢，说"剿灭"也可以——总之，是解决掉，而且要解决得干干净净，不能搞得"野火烧不尽，春风吹又生"，所以，悟空必须亲手打死六耳猕猴——叙述者还要补充一句："抡起铁棒，劈头一下打死，至今绝此一种"，就是说再无祸患了。

然而，网上一直流行一种说法，说这一回里，被打死的其实是真悟空，留下来的是假悟空；真猴王的故事，到这一回就结束了，之后跟随唐僧上西天拜佛的，其实是六耳猕猴。

这种说法之所以流行，是因为迎合了一部分读者对"阴谋论"的期待。

什么是阴谋论？心理学家一般把它定义为一种广为流传的社会信念，就是认为有权力的组织进行了秘密的联合或协商，要达成某种不为人知、不正当的目的。

阴谋论的传播是很广泛的，古今中外都有。不仅当代社会的各路"小道消息"里充斥着阴谋论，古人也经常用阴谋论来解释历史事件。比如，关于雍正皇帝上位不正的说法，很早就流行起来了，一直到今天，尽管专业人士一再批驳这种观点，但总有人深信不疑，一百头牛都拉不回来。

阴谋论之所以会大行其道，原因当然是复杂的。一个主要的原因，还是因为大多数人习惯凭直觉思维去看待事物，而不是凭理性思维去看待事物。在认知事物的时候，又喜欢快速地形成认知闭合，用简单的事件关系，构成一个粗糙的、不负责任的，却很有效的逻辑闭合链。这种认知闭合，符合一部分人的知识水平与方法论。通俗地说，这就是这些人能够理解世界的"最高级"方式。比如关于雍正皇帝上位的阴谋论观点，之所以受一些人追捧，因为他们缺乏相关的历史研究的知识与方法，只能以近乎"迷信"的方式，把复杂的历史事件装进"阴谋论"的固定程序里——脑子里的程序，是预先编好的，又是固定的（不论遇到什么问题，都是这一个思路），一敲回车键，程序自动就走完了，结论也顺利出来了。至于对不对，符不符合事实，他们是全然不在乎的。他们只是迫切地要得到一个结果，一个他们能够理解（或者情愿理解）的结果，现在，他们有了一个结果，就会感到心满意足。同时，他们又不喜欢这个结果受到任何挑战。结果被挑战，意味着他们的经验、他们理解世界的思路和方法受到了挑战。这样一来，他们会不高兴。

具体到《西游记》的第五十八回，道理是一样的。作者的本意是要写"人生二心"的祸患，最后真猴王打死假猴王，是"二心"复归"一心"，就是这一回结尾说的："神归心舍禅方定，六识祛降丹自成。"但这句话，有几个读者能看明白？换一种说法：被打死的其实是真悟空，留下的是假悟空，这假悟空是佛祖和菩萨培养的傀儡——原来的悟空太不听话，太不服管教，管理成本太高，现在换一个乖顺的，佛祖和菩萨就可以省心了。明着治死悟空的话，舆论压力太大了，借着真假猴王乱斗的机会，用钵盂扣住真猴王，使一个障眼法，用一个调包计，神不知，鬼不觉，就把真猴王给解决掉了。这种说法，就符合一些读者的经验和方法论了，他们听着就舒服了，就心满意足了。

对于这种说法，个人以为，没必要一遍又一遍去纠正。毕竟，各种阴谋论，总是很难杜绝的。对于这部分读者，如果不是拿着阴谋论，问到笔者面前，非要讨一个符合他们心理期待的说法，笔者就只在心里说一句"呵呵"；如果问到笔者面前，笔者多数情况下也只是回一句："您高兴就好。"毕竟，笔者没有"挽救"每一位读者的义务。

所谓"道不同，不相为谋"，这里说的"道"，指的是经验和方法论。咱们"道"不同，没必要争论，各走各的，你走你的阳关道，我走我的独木桥，看谁能走到灵山吧！

155　三只眼的马王爷有何来头？

说一个小细节。书中写道，真假悟空拉拉扯扯，一直打到南天门外，广目天王赶紧率领马、赵、温、关四大元帅来阻拦。这里，广目天王与四元帅没有多少台词，似乎不重要。但他们不只出现过一次，反倒是多次露脸儿的。比如第五十一回，悟空斗不过青牛怪，到天庭搬救兵，还是广目天王率领四元帅来迎接。既然总露脸，咱们就该来说一说。

先说领头的广目天王。这位天王，梵语音译是毗留博叉，汉译全称是西方广目天王。在汉传佛教里，他的形象是以红色为主色调的，右手里盘着一条龙。《封神演义》的魔家四将里，有一位叫魔礼红，他就是以广目天王为原型的，书里也明确交代：魔礼红死后受封西方广目天王。只不过，在小说里，魔礼红的形象也吸收了其他天王的形象符号。比如他手里拿的混元伞，其实是以北方多闻天王手里慧伞为原型的。

不管怎么说，无论作为佛教形象的广目天王，还是作为小说人物的魔礼红，大家都是比较熟悉的。至于马、赵、温、关四大元帅，有些读者就不太了解了。咱们依次说一说。

先说马元帅。

这位马元帅，就是大家平时说的"马王爷"。我们平时总听到这样的说法——我要不给你点颜色看看，你真不知道马王爷有三只眼！这里的马王爷，说的就是马元帅。

他还有别的称谓，比如华光天王，或者华光帝君。听到这个名字，一些读者应该就有印象了。因为明代系列小说"四游记"里，有一部叫《南游记》。《南游记》的主人公就是华光天王。

这部小说全称是《五显灵官大帝华光天王传》，讲的是华光天王出身的故事，书中的华光天王也有"大闹天宫"的经历，闹冥府、偷蟠桃的情节都有。这明显是受到《西游记》的影响。有趣的是，书里说华光天王偷蟠桃，就是假冒孙悟空的名头，以致玉皇大帝以为孙悟空又闹天宫了；而派来讨伐华光的神将，恰恰是孙悟空。从通俗文学生产的角度看，这明显是在"蹭大 IP 的热度"了。

当然，华光信仰本身在民间就是很流行的。论起来，华光信仰是源自佛教的。华光，其实就是莲花光明的意思，是佛教典籍里经常出现的字眼。许多佛陀，名字里都带着这个字眼的，比如无量华光明善智慧佛、清净智华光明佛，等等。专指某个形象，则是华光如来，祂就是释迦牟尼十大弟子之一的舍利弗。鸠摩罗什翻译的《妙法莲华经》里就说，舍利弗将来是要成佛的，名号是华光如来。

在佛教的典籍里，舍利弗是释迦牟尼十大弟子里最有智慧的一个。不仅如此，祂还有大神通。《贤愚经》里就讲述了祂与六师外道斗法，战胜了恶龙、夜叉的故事。

从隋唐时期，一直到宋代，人们是很崇拜华光如来的。许多地方都建有华光庙，比如宋代的南方地区，华光庙（或者华光殿）尤其多。苏轼在《东坡志林》里就记载了，他被贬惠州的时候，就到过当地的华光庙。①

只不过，宋元时期，来自佛教的华光如来，就已经逐渐与道教，以及各种民间信仰糅合在一起了，最终成为大家熟悉的三只眼的马王爷，也就是《三教源流搜神大全》里记载的样子。他本来是至妙吉祥的化身，因为打杀了焦火鬼，佛祖责怪他没有慈悲心肠，把他贬下界。他投胎到马家，一出生就有三只眼。过了三天，就能下海斩龙王了——普通人，出生三天，可能刚刚睁开眼呢，马王爷就已经下海降魔了。后来，他偷了紫微大帝的金枪，被紫微大帝惩罚，他又投胎到火魔王公主的腹中。出生后，公主在他左手上写了一个"灵"字，右手上写了一个"耀"字。所以，人们叫他三眼灵耀，再结合前一世的姓氏，又叫马灵耀。灵耀长大之后，拜太惠静慈妙乐天尊为师父。妙乐天尊教给灵耀各种降妖除魔的法术，又赐给他三角金砖。灵耀凭着浑身法术，又有变化无穷的金砖，降伏了各路妖魔，造福民间，受到天庭注意。玉皇大帝就敕封他掌管南天事务，又专门设了琼华宴，给他庆功。在宴会上，灵耀与金龙太子闹翻了，灵耀借着酒劲，反下天庭，第三次投胎，这次投到鬼子母遗体里。

---

① 参见贾二强：《说五显灵官和华光天王》，《中国典籍与文化》2002年第3期。

在这一世，灵耀闹得动静更大，闹冥府、搅海藏、偷蟠桃、战哪吒、战齐天大圣，天上地下都被他搅翻了。最后，还是如来佛祖出面，化解了各方矛盾。玉帝安抚华光天王，又敕封他在玄帝部下，负责接收民间的各种祈祷。比如求财的、求官的、求子嗣的，甚至打官司遭冤枉的，都可以向华光天王祈祷，据说向他祈祷，诉求可以直达天门，回复效率很高，所谓"妻财子禄之祝，百叩百应，虽至巫家冤枉祈祷之宗，悉入其部，直奏天门，雷厉风行焉"[1]。你说，有了这样的传说，民间百姓能不崇拜华光天王吗？

可以看到，在《三教源流搜神大全》的传说故事里，华光天王就已经不再是一位纯粹的佛教神祇了，而是一个儒、释、道"三教混融"的人物，在他身上，有佛教的因素，还有道教的因素——最后，他还是在道教系统里工作——也融进了许多民间信仰的成分，又有儒家思想，就是强调忠孝。人们把许多民间传说的套路，附会在他身上，比如投胎转世、降妖除魔、大闹天宫，还有各种大IP人物来客串，比如哪吒、齐天大圣，可见人们为华光天王造势有多努力。也正因为有这些故事，最后余象斗把它们整合起来，写成了《南游记》。只不过，在《西游记》里，华光天王只是一个客串角色，不能抢戏，露个面，就退场了。这一回是真假猴王闹天地，若是再加一个喜欢闹天闹地的华光天王，故事就没法讲了。既然是《西游记》，是孙悟空的"大男主"故事，也只好委屈一下马王爷了。

---

[1] 佚名：《绘图三教源流搜神大全（外二种）》：上海：上海古籍出版社2012年版，第221页。

156 骑黑虎的赵元帅有何来头？

再说一说赵元帅。

赵元帅，就是赵公明。对于这位赵元帅，不少读者是很熟悉的，因为他是传说里的武财神。直到今天，许多人家供的财神，还是这位武财神。当然，武财神有很多。但在许多地区的财神信仰里，论起武财神，赵公明总是排在第一位的。

只不过，赵公明信仰（又称玄坛信仰）是一个历史变化的结果，说赵公明是财神，是元代以后才有的事情。在最开始，赵公明并不是财神，而是瘟神。

其实，最开始的时候，赵公明也不是瘟神，而是一个厉鬼。

历史文献中，最早记载了这位赵公明的，应该是《左传》。《左传·成公十年》里记载了一件怪事，说晋景公睡觉的时候，做了一个噩梦，梦到一个头发披到地上的大厉鬼。这厉鬼说，他是赵氏的祖先，因为晋景公杀了赵同、赵括，做了不义的事，他就请求上帝允许，来找晋景公报仇，替自己的子孙讨个公道。后来的故事，大家就比较熟悉了，晋景公找巫师来给他解梦。巫师告诉他：您恐怕吃不到新麦做的饭了。晋景公由此大病，都病入膏肓了。等到新麦子下来，晋景公赶紧叫人做了一碗饭，还特地把之前那位巫师叫来，叫他看看这碗新麦饭，还不解气，干脆把巫师给杀了。只不过，吃饭之前，晋景公感到肚子胀痛，先跑去上了个厕所，最后掉进粪坑里，溺死了。这口新麦饭，到底还是没吃上。后来人们认为，这里的厉鬼，就是赵公明。

因为这一厉鬼的原型,在后来的传说故事里,赵公明就演化成一名管理鬼兵的将领。干宝的《搜神记》记载了一个故事,说赵公明的部下监督鬼卒,到人间勾取司马祐的鬼魂,看到司马祐为官清廉,又很孝顺母亲,就动了恻隐之心,不仅没勾他的魂儿,还赐给良药,救了司马祐。这里,赵公明本人没出场,但他的部下负责监督鬼卒,则赵公明应该是总管这件事的。可以说,他这时候已经是一位鬼将了。

而这个时候,正是道教长足发展的时期,赵公明也被吸纳进道教系统。在东晋的道教传说里,赵公明已经是一位瘟神了。比如《太上洞神洞渊神咒治病口章》里就提到了,赵公明负责散布瘟疫。然而,这位瘟神并不是是非不分的,他散布瘟疫,主要是为了惩治恶行。

到了唐代,随着地狱观念的普及,赵公明又成为一位冥神——他原本是厉鬼,后来做了鬼将,又转身成为瘟神,都与死亡有关系,与鬼信仰有直接或间接的关系,变成冥神,也是自然而然的事情。当时的墓葬里,大都要刻上镇墓文,人们认为,这样做能够镇住死者的阴魂,让它不能来人间作恶,骚扰子孙后代。当时的镇墓文里,就能看到赵公明的名讳,说明他就是负责镇压阴魂的冥神之一。①

到了宋元时期,赵公明的瘟神和冥神形象,依旧流传着,但出现了新变,"赵元帅"的称号,就是这个时候逐渐流传起来的。做了"赵元帅"的赵公明,原来的冥神形象就逐渐消失了——人们不太提这件事了,瘟神的形象虽然还有遗存,但发生了一百八十度的掉

---

① 参见聂晓:《赵公明形象转变研究——兼谈道教与文学的互动》,硕士学位论文,上海大学2019年。

转，原来是散布瘟疫的神，现在则变成了可以消除瘟疫、保障民生的神。这就是由一位"恶"神转向一位"善"神了。

不止如此，在相关的民间传说里，赵公明还有一个特点，就是他特别强调公平。不管打官司，还是做生意，只要本着公平之心，就能得到赵公明的庇佑。你瞧，这就隐约有了财神的模样了——他已经开始管做生意的事了。

到了明代，赵公明就是地地道道的武财神了。在这个过程里，《封神演义》起到了推波助澜的作用。书中交代，赵公明死后受封金龙如意正一龙虎玄坛真君，座下有四位正神——招宝天尊萧升、纳珍天尊曹宝、招财使者陈九公、利市仙官姚少司。你瞧，这些神明是管招财进宝、利市好运的，统管他们的真君，不就是地地道道的武财神吗？

在《封神演义》里，赵公明的战斗力是很强的。在第四十七回，他大显神通，一鞭打死姜子牙，又把哪吒打下风火轮，最后是被雷震子、杨戬、黄天化等人围困，又被哮天犬咬了一口，才休战的。之后，他又鞭打黄龙真人，用定海珠打败赤精子、广成子等仙人。后来从三霄那里借来金蛟剪，更是威力大增。要不是陆压献上咒术——钉头七箭书，周营里的各路仙人，一时间还真拿赵公明没办法。作者之所以把赵公明写得如此厉害，一方面固然是讲故事的需要，另一方面也是因为赵公明信仰在民间特别流行，得照顾大众的情绪。

那么，这位武财神是什么形象的呢？

按《三教源流搜神大全》等书里说的，他头戴铁冠，手拿铁鞭，面庞是黑色的，留着大胡子。座下有一只虎。这只虎，一般认为是黑虎。这只黑虎，本来在人间作乱，赵公明用法术收服它，它就死心塌地地陪伴着赵公明。这个故事在民间很流行，戏曲作品里就有《赵公明单鞭降黑虎》。作为一个形象符号，黑虎又经常与赵公明捆绑在一起。有的时候，赵公明不出现，但看到黑虎，人们也会直接联想到赵公明。在一些民间故事里，人们虔诚向赵公明祷告，赵公明就派黑虎来拯救他们。如《虎苑》等小说集里，就收录了这类故事。这类故事还影响到"西游"故事。比如江淮地区流行的神书（也叫香火戏）里，有讲唐僧出身事迹的段落。神书里说殷小姐怕被刘洪玷污，向观音菩萨祷告。菩萨就赐给殷小姐一只纸老虎，这只纸老虎夜里化成一只黑虎，守在殷小姐门口，刘洪就不敢上楼。这里的黑虎，应该就是从玄坛信仰里借过来的。①

可见，当时的人们是很崇拜赵公明的。今天，民间仍旧可以看到玄坛信仰，特别是做生意的人，习惯供奉这位武财神。只不过，供奉赵公明的生意人得注意了：你做生意，得做到买卖公平，不能欺心。别忘了，赵公明是特别强调公平的。抱着公平之心，赵公明才能叫你如愿；欺心坑人，且不说赵公明本人，就是他座下的黑虎，也不会饶过你。

157　是温元帅，还是瘟元帅？

这一讲说温元帅。

---

① 参见拙著：《论江淮神书对"西游"故事的地域化重述 —— 以"江流儿"故事为例》，《南开学报》（哲学社会科学版）2020年第1期。

温元帅就是温琼。据《三教源流搜神大全》说，他姓温，名琼，字子玉，是东汉时期东瓯郡人。东瓯，就是今天的浙江温州。他父亲叫温望。这温望是位儒生，年纪很大了，还没有子嗣，就和老婆张氏向神明祈祷。一天夜里，张氏梦到一位穿金甲、拿巨斧的神将，神将的手里还托着一颗明珠。神将对张氏说，他是玉帝身边的大将，要投胎到温家，问张氏愿意不愿意。张氏当然愿意，神将就把明珠交给她。张氏接过明珠，就怀了孕——这种感梦受孕的情节，其实是古代神话传说里的老套路。十二个月后，张氏生下一个男娃娃，这娃娃左肋上有二十四道符文，右肋上有十六道符文，一看就不是凡人。果然，温琼天赋异禀，刚十岁就上晓天文，下知地理，经史子集，没有他不会的。只可惜，屡试不第，满腔热血，无用武之地，温琼感到特别愤懑。这时候，飞来一只苍龙，投下一颗明珠，温琼把明珠捡起来，一口吞进肚子。这苍龙又在温琼面前飞舞，温琼就把苍龙围成环，龙尾巴盘绕在他手里。经过这一番"内服"与"外用"相结合的奇异处理，温琼一下子成了神，样子也完全变了：青色的面庞，红色的头发，手里拿着金简，矫健威猛。成神后的温琼，经常显圣，为百姓降妖除魔，治病消灾。东岳大帝知道了他的神迹，就把温琼招到自己麾下，玉帝又封他为翼灵照武将军。东岳大帝麾下的神将，温元帅排在第一位，只有温将军能够直接出入天庭金阙，又能巡查五岳，地位很高，权力很大。

民间的百姓也特别尊敬温元帅，因为他有一个重要职能，就是消除瘟疫。所以，民间也习惯把"温元帅"叫成"瘟元帅"。一些民间传说里，温琼之所以成神，也与瘟疫有直接的关系，但他不是一个散布瘟疫、残害生民的元帅，而是一个消除瘟疫、解救生民的元帅。

我们知道，在古人的观念里，瘟疫是上天对人间过失的惩罚。这种观念，当然是不唯物的，但古代许多神话传说，都与这种观念有关系，这些神话传说又以罗曼蒂克的方式，表达着民众的集体期待，就是在面临灾难性的惩罚的时候，能有人站出来拯救大家。温元帅的传说就是这样的。

《北游记》卷三记载了一个故事，说有一个村子叫斑竹村，村子里的人大都不敬神，不做善事，村子的灶王爷就到玉帝面前打报告——你瞧，腊月二十三祭灶的时候，糖瓜是少不了的，你不给灶王爷嘴上抹蜜，灶王爷真向天庭打小报告。玉帝接到灶王爷的报告，就派行瘟使者到村子里去散布瘟疫，把这一村的人都给灭了。行瘟使者找到斑竹村的土地公公，把一包药粉交给他，要他把药粉撒在全村的水井里，村民喝了井水，遭了瘟疫，就被"团灭"了。土地公公想到，这村里有一个卖豆腐的老头儿，叫雷琼，平日里做了不少善事，不应该横死，就幻化成一个老翁，等雷琼到井边打水的时候，特地嘱咐他：老兄弟，今天可要多打些水，明天就不要再打水了，那时候的井水就有毒了，吃了要死人的。雷琼是个有牺牲精神的人，第二天，他等在井边，果然看到一个老翁来往井里撒药粉，雷琼就一把抢过药粉，全吞到肚里去了，当时就毒发身亡了。土地公公只好带着雷琼的阴魂去见玉帝，玉帝感叹于雷琼的牺牲精神，就封他做了瘟元帅。你瞧，虽然《北游记》里的主人公不姓温，但名字是一样的，故事还是温元帅的故事。

而在《温太保传补遗》里，这个故事更能突出中国古代神明厚生爱民的特点。书里说北方玄武大帝派人给东岳大帝送来一千粒毒药丸，命东岳大帝把药丸发给神将，看人间哪里有不忠不孝、伤生害物之人，就把毒药丸投到哪里，令当地发生瘟疫。东岳大帝把这件事交给温琼办。温琼想着：一丸毒药就能害一千个人，而一千个人背后，是一千个家庭，那得死多少人啊！不如我以一人代千人，替他们遭这个罪吧！就把毒药吞了。你瞧，这个故事里的温琼都已经成神了，还愿意为了拯救百姓而牺牲自己，这就更令人敬服了。

这些传说的背后，隐藏的正是古代民众的集体期待，人们惧怕瘟疫，面对瘟疫大流行的可怕现实，又没有更有效、更科学的办法，只好祈求一个人，或者一位神，能够站出来保护大家，拯救大家。这样的人，人们就愿意把他当神一样崇拜；这样的神，人们也就更虔诚地崇拜他。

值得注意的是，之前讲赵公明元帅的时候，提到他也有"瘟神"的背景。但赵公明做的瘟神，一开始是散布瘟疫的神，当时的人们把赵公明当作"瘟神"来供奉，主要是出于敬畏的心理，祈求这位瘟神不要在人间散布瘟疫，同时能够镇压各种瘟神，叫他们也别到人间来散布瘟疫。而温琼这位瘟神，一开始就是消除瘟疫的神，当时的人们供奉他，是出于爱戴与敬服的心理，希望他能够常到人间行走——因为他走到哪里，哪里就不行瘟疫，哪里的人就可以安居乐业。所以，赵公明的"瘟神"形象，后来就不流行了，取而代之的是"财神"形象，温琼的"瘟神"形象则一直流行——直到今天的民俗活动里，还可以看到。比如温州地区从农历二月初一到三月十六，举行东岳庙会。其中，三月三这一天的"太保庙会"，是最热闹的。这个太保庙会，就是祭祀温元帅的，人们把温元帅的神像从庙里请出来，在城里进行巡游，又有各种相关的祭赛活动，这可以说是"东岳庙会"的一个高潮。之所以有这个高潮,就是人们仍然相信温元帅有驱逐瘟疫的职能。

因为人们十分崇拜温元帅,明清时期的小说里,他的出镜率也很高。比如《三宝太监西洋记》《女仙外史》等小说里,温元帅都有不少戏份儿。只可惜,到了《西游记》里,四大元帅都没有什么特别的戏份,单看《西游记》的话,你就无法知道温元帅还有如此动人的传说故事,也不知道他是一位厚生爱民的古代神明的典型。

158　关元帅到底是什么地位?

四大元帅的最后一位,就是关元帅了。关元帅,就是大名鼎鼎的关羽。

放在最后说,不是因为关元帅不重要。一些朋友参加英语考级,经常要背诵英文作文的模版,所谓"模版",主要就是一些文章里起承转合的套话。其中有一句套话:

last, but not least.

就是说:最后一点,但不是不重要的一点。

这话,也可以用在这里——最后介绍关元帅,不是因为关元帅的地位比不上前三位。之所以放在最后,有两个原因。

其一,马、赵、温、关四元帅,这是一个习惯上的说法,排名不分先后,不是说谁放在后面,谁就不重要。其实,"四大元帅"具体指谁,也有不同的版本。马、赵、温、关,只是最流行的一种。

还有其他的版本，比如马灵耀、赵公明、温琼、周广泽，或者岳飞、赵公明、温琼、康席，也都是有文献记载的。可以看到，赵公明与温琼两位元帅，是四大元帅里比较稳定的两位，马灵耀与关羽，有时候不在这个"团队"里。特别是关羽，在其他版本里甚至看不到。而之所以流行的说法里有关元帅，是因为关羽的影响力太大。

其二，从封号来看，称关羽为"元帅"，其实"降格"了，中国古代的信仰系统里，关羽最后是封"帝"的，所以今天人们习惯称其为关圣帝君。这不只是一种民间信仰，而且是得到朝廷"盖章"认证的官方信仰。

这一从历史人物到公共神明的演变过程，是值得说一说的。

关羽的故事，不必多提，大家太熟悉了。大部分的人熟悉关公，是因为"三国"故事的广泛传播。三国时期，虽然前后时间不足百年，却是一个云谲波诡的时代，从汉末群雄逐鹿中原，到形成魏、蜀、吴三国鼎立之势，以至三家归晋，恢复中华一统，生动地呈现了"合久必分，分久必合"的封建王朝发展周期，有许多历史经验，值得后人总结与借鉴，这个时代，又是一个英雄蜂出的时代——说"辈出"都不足以体现英雄之多，要说"蜂出"，因为大大小小的英雄人物，实在不胜枚举。这些英雄的事迹，一直为后人传颂。历史记载，已经不足以满足人们的期待，于是有了各种各样的文学艺术作品，小说、戏曲、说唱、图像，等等。各个时代的人们，用各种各样的媒介来讲述三国英雄的故事，其中的集大成之作，就是罗贯中的《三国志通俗演义》。

这部小说是元末明初成书的，它以陈寿的《三国志》为主要依据，又整合了各种野史杂传里的故事，以蜀汉政权的事迹为主线，以曹魏、孙吴政权的事迹为副线，编织出一个连续的历史进程。其中，又融入了作者的政治理想、道德观念与美学追求。是历代讲述"三国"故事的文学作品里，思想性和艺术性最高的一部。到了清代康熙年间，毛纶、毛宗岗父子对这部小说进行了"二次加工"，增删了不少情节，调整了一些人物塑造，进一步突出了故事的伦理道德色彩，又对文本进行了艺术上的润色，形成了《三国演义》。这就是后来最通行的本子。

总之，《三国演义》这部小说在中国古代文学史上的地位，是特别重要的。它开创了章回小说这一新体式，也是"历史演义"这种小说类型的开山之作，中国的读者也特别喜欢这部小说，推崇这部小说。

在《三国演义》里，关羽的形象就得到了浓墨重彩的塑造，比如"温酒斩华雄""千里走单骑""义释曹操""刮骨疗毒"，这些经典桥段，不仅突出了关羽的"战神"形象，也着重刻画了他的"忠义"气质。人们爱戴关羽，绝不仅仅因为他是战神，还是因为他被塑造成了忠义的化身。

当然，《三国演义》之所以把关羽塑造得如此成功，因为之前的作品里，已经开始了对这一人物形象的艺术化、浪漫化、崇高化、神圣化的工作，特别是《三国演义》成书与问世的元明时期，正是关羽崇拜逐步走向高潮的时代。罗贯中如果不把关羽塑造成一位崇高神圣的英雄，既不符合之前的艺术传统，也不符当时大众的心理期待。

然而，关羽形象的艺术化、浪漫化、崇高化、神圣化，是一个逐步发展的过程。关羽不是在去世之后，马上就成圣成神的，至于被官方封"帝",已经是明代的事情了。毕竟,民间信仰是一个逐步沉淀、凝聚、蔓延的过程,最后"惊动官方",使得某位神化的历史人物受到朝廷认证,这也不是一件简单的事。

先说作为历史人物的关羽。

要了解历史中的关羽,读《三国演义》是不行的 —— 这毕竟是一部小说,不能当作史书来看。小说,本质上是一种虚构的叙事作品,史传则是纪实的叙事作品。都是讲故事,动机是完全不一样的。尽管罗贯中标榜其创作是依托《三国志》的,但书中艺术发挥的地方也不少。清代学者章学诚评价这部书是"七实三虚",就是说这部书里的内容,七成还算是贴近历史事实的,三成则是文学性的浪漫加工。这一比例分配,是比较合理的,它同时也提醒我们:对待《三国演义》里的内容,要处处小心,不能信以为真。在关羽形象塑造上,就有不少文学性的塑造。

比如上文提到的"温酒斩华雄",许多人在基础教育阶段,就在语文课上学过,语文老师拿这篇当范文,给同学们讲如何塑造、刻画人物,如何运用"实笔"和"虚笔",如何掌握讲故事的节奏……说得起劲,同学们听得也起劲,但这段故事是"假"的,没有真实发生过的。历史真实中,华雄是被孙坚斩杀的,没关羽什么事。但小说里,关羽是蜀汉政权的核心人物,华雄这般骁勇善战的猛将,当然得死在关羽手里。关羽斩杀华雄,还不能费一点周折,得"轻轻松松拿下"—— 酒还没有凉,人头已经提回来了,这才是"战神"应该有的样子。书里类似的情节,还有很多,比如"刮骨疗毒""秉烛达旦",或多或少,都带有一些浪漫想象的成分。这些情节也是为了塑造人物服务的,它们很成功,但不能当历史看。

要了解历史中的关羽，还是应该从陈寿的《三国志》入手，这是正史著作，又是"前四史"之一，史学品位是比较高的。当然，看《三国志》本文，还要配合裴松之的注释，裴注也是古代"四大名注"之一（所谓"四大名注"，指裴松之的《三国志》注、刘孝标的《世说新语》注、郦道元的《水经》注、李善的《文选》注）。裴松之的注释，搜集、整理了大量与三国人物、事迹有关的内容，对《三国志》本文是极大的补充。不过，看裴注的时候也要小心，因为里面有不少资料也属于野史杂传的范畴，与历史事实之间，仍是有一定距离的。

总之，要了解历史真实中的关羽，得从正史入手，配合其他历史文献资料，不能拿小说当历史来看，我们爱戴关羽，不代表可以歪曲历史真实中的关羽。至于关羽是怎样从一个历史人物，最终变成"关圣帝君"的，下一讲细说。

159　关羽是如何成为关圣帝君的？

上一讲说到，要了解历史真实中的关羽，不能看小说，得看正史。陈寿的《三国志》是一定要找来读一读的。史书中的文字，是相对真实而客观的。史官的职责就是如实地记录历史。作为一名史官，陈寿是有"职业道德"的，他写关羽，笔墨是客观的。一方面，陈寿突出了关羽的忠义和勇武，这是关羽在《三国志》中最突出的形象。另一方面，陈寿又客观呈现了关羽心高气傲等气质特点。这说明，在陈寿看来，关羽是一位杰出的武将，符合人们对良将的期待——一位良将，就要讲忠义，就要有武功，这两点，缺一不

可 —— 但他也有自身的问题，有性格上的短板，陈寿没有把关羽当作一个"神"来看，也没有神化他。

这也不是陈寿一个人的态度，魏晋南北朝时候的人，大都是这样看待关羽的 —— 他不是神。即便当作一位英雄来看，当时街谈巷语、道听途说的故事，对关羽也不是很感兴趣。当时的笔记小说（比如裴启的《语林》、刘义庆的《世说新语》、王嘉的《拾遗记》、殷芸的《小说》，等等）中，记载了不少三国时期的人物故事，但几乎看不到关羽的身影。说明当时还不流行传诵关羽的事迹，当然也就不可能神化他。

到了南朝后期，关羽的传说才逐渐流行起来。① 一开始，故事大都集中在荆州一带 —— 这里本来就是蜀汉人物故事的中心。特别是关羽，他一生的成败荣辱，大多与荆州有关。这里也就成为关羽信仰的发源地。荆州地区流行的关羽传说，主要是讲述关羽成神后显灵的事迹，说明此时当地民众已经把关羽当成一个"神"来看了。荆州一带的人们敬重关羽，由此开始神化他、崇拜他 —— 在古人的观念里，一位杰出的人物去世后，他的英灵还在，可以继续与现实世界互动。基于这种观念，荆州一带的人们便幻想出各种关羽显灵的故事，希望能够得到这位忠义勇武之人的庇护，当地也就出现了不少供奉关羽的庙宇。

直到中唐以前，对关羽的崇拜，还主要集中在荆州一带。中唐以后，关羽信仰才逐渐扩展到全国。

那么，荆州地区的关羽崇拜，是怎么扩展到全国的呢？ 主要有

---

① 参见王齐洲:《论关羽崇拜》,《天津社会科学》1995年第6期。

两点原因,一是佛教的参与,二是封建统治者的参与。

先说佛教的参与。

要知道,古时候佛教传入中土,为了扩大影响,是很积极地(也很善于)同中国本土的民间信仰相结合的。在一个地方的民间信仰里,某位本土神灵的影响力很大,佛教徒为了在当地"扎根",招揽信徒,宣教弘法,就会利用这位本土神灵的信仰。

南朝末年,有一位智𫖮禅师(他是天台宗的创始人)来到湖北当阳的玉泉山,觉得这里风景秀美,想在此建一座寺,一时间找不到可以打地基的地方。相传,正是关羽显灵,施展神威,把一处山谷溪涧,化作平地,智𫖮就在这里打地基建庙。这个传说,大概是智𫖮或其弟子杜撰出来的,目的是利用关羽在荆州当地的信仰,给自己来此建庙传法,提供一个强大的根据——就是借地方信仰为自己传教"背书"。后来,北派禅宗的创始人神秀,也在玉泉山上建庙,就是楞伽峰南麓的大通禅寺,神秀也把当地的关羽信仰吸收进来,说关羽是寺院里的护教伽蓝——之前讲过,伽蓝神是佛教系统里守护寺院和僧侣的神明,把关羽作为伽蓝神,就是佛教对中国本土信仰的吸收。不过唐代有关神秀的记载中,没有关羽显圣建寺的记载,这个故事,其实是后人附会出来的。[①] 故事是假的,但佛教徒借地方信仰为自己弘教造势的背景,是真实的。而伴随着这些高僧的传法活动,以及佛教信徒的流动,关羽信仰也就在全国流行起来了。

[①] 参见刘海燕:《关羽形象与关羽崇拜的演变史论》,博士学位论文,福建师范大学2002年。

再来看封建统治者的参与。

唐代开始，武成王（姜尚）成为官方祭祀的对象。武成王的文化地位，当然是不能与文宣王（孔子）匹敌的，但武庙祭祀对象的建制，是比照着文庙来的，也有"十哲"，也有六十四位从祀的神明 —— 只不过，是从历史上选出来的有武功建树的人物。

关羽就在六十四位从祀神明之中。虽然此时关羽在武庙中的地位不高，连"十哲"也没有混上，倒是与周瑜、陆逊、张辽等将领并肩而立 —— 论起来，在历史真实中，他们还是战场上的敌对方，但这毕竟是国家祀典，无疑有利于关羽信仰在全国的传播。

至于宋代，关羽的地位开始迅速攀升。历史真实中，关羽受封汉寿亭侯、蜀壮缪侯，都是侯爵。对于一位历史真实中的武将来说，侯爵已经是相当高的级别了，但对于一位被神化的人物而言，侯爵是远远不够的。宋代的皇帝们，本来就喜欢给神祇加封爵号，对待关羽这位大名鼎鼎的人物，当然更不能吝啬。宋徽宗崇宁元年（1102），就追封关羽为忠惠公，大观二年（1108）又晋封武安王，这就已经直追武成王姜尚了。

宋代之所以不断抬高关羽的地位，一方面与宋代统治者崇信道教有关 —— 不仅佛教徒善于利用关羽信仰，道教徒也善于"拉拢"关老爷；另一方面则与当时的政局环境有关，面对来自北方政权的军事压力，封建统治者格外看重关羽的忠义与武功，不断进封关羽，其实也就是在标榜忠义节烈，更希望全国上下在面对军事压力时能够振作起来。

特别是到了南宋，人们又把关羽的忠义与民族气节联系起来。当时人们讲说"三国"故事（比如瓦舍勾栏里"说三分"的节目），习惯将曹魏政权视作北方政权的化身，将蜀汉政权视作南宋政权的化身——毕竟都是偏安一隅的汉族政权。这样一来，关羽的忠义勇烈，就与精忠报国、克复神州的集体期待融合在一起了。相应地，民间也到处可见关王庙。

到了明代，特别是晚明时期，就不能再叫关王庙了，得叫关帝庙。因为最晚到万历十八年（1590），关羽就已经被朝廷"盖章"，成为协天护国忠义帝了——这就是成了帝君了，地位已经反超武成王。当时民间的关帝信仰，也达到一个高潮，不管男女，无论老幼，或许有不知道武成王的，但没有不知道关帝爷的，民间祭祀的香火，一年四季不断。这阵势，恐怕连文宣王也得退避三舍了。

到了清代，统治者继续在关羽的帝号前面加封号，最后成为"忠义神武灵佑仁勇威显护国保民精诚绥靖翊赞宣德关圣大帝"。民间也就习惯称其为"关圣帝君"了。

可以说，中国古代的杰出将领中，还没有哪一位像关羽一样，身后享受如此待遇。被神化的武将大有人在，关于他们的神异性事迹也不少，但从历史真实中的侯爵，一路攀升，封公，封王，称帝，称大帝，不仅得到民众集体崇拜，更被封建统治者重视，直到当代，依然深刻影响着国人。古往今来，恐怕也只有关羽一人了。人们提到关老爷，见到关老爷的图画或造像，总是要肃然起敬的，本来歪着身子、拉着胯的，都不由自主地坐正了，本来嬉皮笑脸的，也不知不觉地做起"表情管理"，这不只是出于对神明权威的崇拜、敬畏，而是在大众心目中，关老爷是"忠义"的化身，这里说的"忠义"，又糅进太多元素，有精英的伦理教条，也有大众的心理期待和道德追求。今天的人崇拜关老爷，更多的是出于对文化传统的礼敬之心。

只不过，在《西游记》里，关圣帝君还是"关元帅"，偶尔露个脸，戏份不多，"西游"故事与"三国"故事之间没有互动，当代改编作品倒是可以在这方面动一动脑筋，昔有"关公战秦琼"，今有"关元帅战美猴王"。

160　谛听长得像一条狗？

说一个关键角色——谛听。

书中交代，谛听是长年趴伏在地藏王菩萨经案之下的一只神兽。它只要伏在地下，只需片刻工夫，四大部洲，天上地下，所有的倮虫、毛虫、羽虫、介虫、麟虫、天仙、神仙、地仙、人仙、鬼仙，都能听出真假，辨出善恶。

这个本事不是吹的，因为谛听确实辨别出了真假猴王，哪一个是灵明石猴——也就是真悟空，哪一个是六耳猕猴——也就是假悟空，它当时就听出来了。只不过，谛听真正的本事不在于此，作为一个常年陪伴大领导的亲信，谛听懂得"看破不说破"的道理。谙于职场规则，这才是真正的本事。

换一个刚入职场的"青瓜蛋子"，恨不能在领导面前卖弄一下本事，这时候八成要吐着舌头、摇着尾巴，邀功一样地喊："听出来了！听出来了！这个是真的，那个是假的！"

看把你能的！就你能！我且问你，分出真假之后，该怎么办？那个假的，能罢休？别忘了，六耳猕猴的本事，和悟空是一样的，也是翻天覆地的手段。被拆穿了，恼羞成怒，发起狠来，不把地狱十殿也给"强拆"了？幽冥鬼府里，哪一个是他的敌手？如何擒拿他？

有的"大聪明"可能要说：不是还有悟空吗？悟空收拾六耳猕猴不就完了？

但悟空打不过自己！两只猴王的武力值是一样的！就算加上幽冥鬼卒，一拥而上，十有八九不能把六耳猕猴给按住。再说，分辨真假、擒拿凶顽，是地狱的职责吗？不是！

有的"好心肠"要说：不是职责，总可以给悟空送一份人情嘛！

如此讲，这份人情要付出的成本就太大了。没见过哥斯拉大战金刚吗？最后可能是会分出一个高下的，一头巨兽把另一头巨兽踩在脚下，仰天长啸，表示自己是真正的王者。但我们朝四周看一看，看一看这个场景里的一片惨不忍睹的背景——楼全塌了，车全毁了，人死了一大半，文明景观全部湮灭。为了送人情，把一座地府都搭进去，值得吗？悟空有江湖义气，肯定是要领这份人情的。怎么领？无非就是唱个大肥喏，道一声"辛苦"，你指望他负担重建地狱的高昂成本吗？

所以，谛听即便分出了真假，也不能说破，只暗示地藏王菩萨把皮球踢到灵山，地府上下落得个清净。

注意，是暗示，不是明示。说话得讲究艺术，特别是"混官场"，说话总要"玄乎"一些，话说得太白了，容易担责任，把火苗子引到自己身上来。地藏王问谛听怎么办，换作上文提到的"青瓜蛋子"，可能要这样说："领导，依在下浅见，不如把这皮球踢给佛祖，咱们可不能担这个责任。"说这话，自然显得你跟领导关系亲厚，又能揣摩领导心意。

你可真聪明，聪明得跟"小电话手表"似的！别忘了，那手表是说摘就摘的。将来上峰怪罪下来，说你领导不作为，你领导一甩锅，说是你出的馊主意。你这么聪明，猜一猜，最后谁担这个责任？"小电话手表"呗！

谛听是"老油条"，绝不做"小电话手表"，地藏王菩萨幽幽地问一句："似这般怎生祛除？"谛听也幽幽地回一句："佛法无边。"俩人心领神会，口径一致 —— 我们这里办不了这张单子，用不了公章，您老二位还是往上找，往上找！

这样一个老谋深算的谛听，当然会给读者留下深刻印象。

但这个印象，主要是气质上的，不是形象上的，因为书里没描写谛听长什么样。有些影视作品，就充分发挥想象，把谛听塑造成奇奇怪怪的样子。

其实，有一些文化常识的人应该知道，塑造谛听的时候，应该以狗为基本原型。换句话说，不管谛听长得多古怪，它的基本形态应该像一条狗，而且是白毛的，因为它的原型就是一条白狗。

这条狗是从哪里来的呢？地藏王菩萨又为什么要养一条狗呢？这和地藏王菩萨形象的演化发展有关系。

之前介绍了十殿阎王，涉及地藏王菩萨，没有细讲这一形象 —— 毕竟，时候还没到。现在到了，特别是涉及谛听了，就该细讲一下。因为谛听这条狗，正是明代开始进入地藏王形象系统的。这一时期的民间传说里，经常把地藏王菩萨与一位被称为"金地藏"的新罗僧人混在一起，而谛听正是金地藏豢养的。

这位金地藏，是唐代开元末年来到中国的一位新罗僧人（新罗，是当时朝鲜半岛上的一个国家)。他俗姓金,可能是新罗王室的后裔,起码也是王室近支。地藏,是他的法号。据说,金地藏活到九十九岁,在贞元十年(794)圆寂。

他来到中国后,主要就是在安徽的九华山传扬佛法。一开始,他过着苦修的生活,在人迹罕至的高山云岭之间,像苦行僧一样生活。后来,在一些地方信众的资助下,金地藏在九华山建起化城寺。化城寺的香火很旺,得到地方官府的扶持,又受到朝廷注意。德宗建中年间,池州刺史张严就曾经出资扩建化城寺,还上奏朝廷,请皇帝敕赐匾额。由此,化城寺的影响越来越大,金地藏的声明也越来越高。

相应地,各种神异的想象也就产生了。特别是在金地藏圆寂之后,人们传说他的肉身三年不朽,面目如生,体内的骨骼,像连环钩锁一般。这就是把金地藏的事迹和锁骨菩萨的传说,融合在一起了。[1] 既然成菩萨道,法号又是地藏,信徒们就认为他是地藏王菩萨的现世化身。渐渐地,人们也就把两个形象混淆起来了。

在原来金地藏事迹的传说中,就有一条白犬,名字叫善听。这条白毛狗,是金地藏从新罗带到中国的,陪伴他度过了早期的苦修生活,金地藏被神化的过程里,这条白毛狗也被神化了。因为它的名字叫善听,人们就幻想它能够察听天下之事。善听的名字,又逐渐演化为地听,或者谛听。等到金地藏形象与地藏王菩萨形象混淆起来,谛听也就不趴在金地藏的身边了,而是趴伏在地藏王菩萨的经案之下了。

---

[1] 参见焦得水:《金地藏"菩萨钩锁"考》,《池州学院学报》2012年第1期。

都说狗是人类的好朋友，那是因为它们忠诚，人格化以后，在忠诚之外，又可能要加上聪明，被神化之后，就要有各种常人都不具备的能力。然而，在百回本《西游记》里，这条来自外国的白狗，之所以得到地藏王菩萨倚重，绝不仅仅因为它忠诚，也不是聪明，更不是有神力，而是足够精明，换作别的狗，这一回的回目，可能就要改成"多嘴狗道破天机，凶顽猴闹翻地府"了。

第五十九回
唐三藏路阻火焰山　孙行者一调芭蕉扇

161　火焰山在哪里？

从这一回开始，一直到第六十一回，讲述的是"火焰山"故事。这是"牛魔王家族"故事的后半段，加上之前的"火云洞"故事，就凑成了《西游记》里篇幅最长、容量最大的故事单元。作者在叙述该妖魔家族故事的时候，花了很多心思，也取得了不小的成绩。特别是后半段，写得比前半段还要精彩。

一方面，这是书里最精彩的"神魔大戏"之一。尽管每个读者都有各自的偏好，有各自最喜欢的故事单元，但在绝大多数读者的内心"榜单"里，"火焰山"故事都是能够排在前三位的，起码也是"跻身四强"的。作者用三回篇幅，写出了悟空与妖魔斗争的艰难，一调芭蕉扇之后，又有二调、三调，作者在"三段式"的重复结构里，组织情节，安排角色，又写出了丰富的变化，你来我往，有成有败，故事的流淌，是起起伏伏、委曲波折的。其中又有各种各样的法术，书里第二波密集的变身术，就出现在这一段落里。

另一方面，这又是《西游记》里世情味道最重的一段故事，故事里不仅有神魔斗法，还有庸俗的家庭生活，牛魔王尽享齐人之福，

"家里有个能干的，外头还恋着个发贱的"，算是书里过得最滋润的妖魔了。作者把妖魔写得很有世情味，铁扇公主的惆怅、怨愤，玉面公主的娇蛮、跋扈，牛魔王夹在两个女人之间，左也舍不得，右也舍不得，哄了这一头，又哄那头，一个盖世魔头，一跤跌在"温柔乡"里，被两床被窝纠缠、拉扯着，挣扎不起来，不知道是该叫人觉得艳羡，还是觉得可怜。若是滤掉神魔斗法的内容，还以为这是一个反映现实生活的世情故事。这样的内容，在其他段落里，几乎是看不到的。

所以，这一段是很值得细细阅读的。

这一讲，先说"一调芭蕉扇"。

这回情节说的是：唐僧师徒在深秋季节赶路，却越走越热，好像到了盛夏。悟空就向一户人家打听，这里是什么所在。原来，这里是火焰山地界，不分春秋，一年四季，都是热气冲天的。火焰山更是有八百里火焰，烧得四周寸草不生。当地百姓只有定期向翠云山芭蕉洞的铁扇公主纳贡，铁扇公主用芭蕉扇扇灭火焰，人们才能种庄稼。悟空来到翠云山，打听出铁扇公主是牛魔王的老婆、红孩儿的妈妈——还沾亲带故，就想攀交情，借来芭蕉扇。不想铁扇公主正恼恨悟空请观音菩萨收服了红孩儿，搞得一家子骨肉不得相见，见了悟空，言语不合，就打了起来。铁扇公主当然斗不过悟空，就拿出法宝，一扇子下去，直把悟空扇到五万里开外的小须弥山。灵吉菩萨送给悟空一粒定风丹，芭蕉扇就扇不动悟空了。悟空又拿出看家本事，使法子钻到铁扇公主的肚子里，公主经不起折腾，只好答应借扇子。但这是一把假扇子，不仅灭不了火，反而助长火势，把悟空屁股上的毛都给燎光了。

这段情节里，有不少富有谐趣的内容，且按下不讲，只说一个关键问题：火焰山到底在哪里？这是许多读者最关心的问题。

首先明确一点，火焰山肯定是一个想象的产物，现实里没有这样的山，绵延八百里，一年四季，火焰升腾，古往今来，无论中国，还是外国，都没有这样的山，火焰山只能存在于神话传说里。

然而，神话传说里的空间，总是有历史原型的。

有一些读者认为，火焰山的原型，应该是一座活火山。这在书里也有一点影子。这一回开篇，兄弟三人讨论天气炎热的原因，猪八戒说，西方路上有个斯哈哩国，是太阳落入大海的地方，俗名叫作"天尽头"。每天傍晚，太阳坠入大海，会产生惊天动地的轰鸣声。国都里就鸣锣打鼓，吹起号角，来混淆这轰鸣声。不然，可能把小孩子吓死。天气这样热，十有八九，是到了斯哈哩国附近。

不得不说，八戒真有一些地理知识。这个斯哈哩国，历史上确实有，通行的译法，应该叫斯伽里野国。不过，这个斯伽里野国不是"天尽头"，也不是日落的地方。日落之处指的是另一个地方，叫茶弼沙国，宋代人赵汝适编撰的《诸蕃志》记载了这个神秘国度。《西游记》里的文字，与《诸蕃志》上的记载是很像的。只不过，猪八戒产生了知识错位，把茶弼沙国的内容，安到斯伽里野国上了。

那么，这个斯伽里野国有什么特点呢？《诸蕃志》记载，该国在一座海岛上，岛上有座山，山上有深穴，一年四季往外冒火。远远看去，浓烟滚滚，往近了瞅一瞅，就是熊熊的火势。每五年一次，火就从深穴里喷出来，带着被焚烧成灰的石头，一直流到海边。这里的描写，看上去就是在说火山，特别是说火带着石灰流到海边，其实就是在描写岩浆。

照这样讲，火焰山的原型，倒是可以看作某一座活火山的。然而，这里又有几点是对不上的。其一，一般来说，活火山大都在海岛之上，而唐僧师徒走的是陆路，又主要贴合古时候北方丝绸之路的路线，这里是很难看到火山（尤其活火山）的。其二，即便是活火山，也不是一年四季喷发的，比如斯伽里野国的火山，也是每隔五年，才喷发一次，而火焰山是长年有火的。所以，火焰山的原型，还得从当时的西域地区寻找。

有的朋友可能要说：今天的吐鲁番就有火焰山啊，还是个著名的旅游景点呢。那片山看起来是赭红色的，可不就像是着火了嘛！

应当说，作为一个旅游景点，与《西游记》联系起来，借以宣传，没有任何问题。但这座火焰山的名色，应该是受了《西游记》的影响，经后人附会出来的，不是书里火焰山的原型。也就是说，先有了《西游记》里的火焰山，当地人才把这座发红的山头叫作火焰山——我们不能把因果关系给颠倒过来。

那么，火焰山的原型是什么呢？蔡铁鹰先生的意见，是很有启发性的。他认为，火焰山长年着火，是以新疆地区常见的煤田自燃现象为原型的。[1] 我国北方有丰富的煤田资源，煤田大都比较浅，煤质又很好，遇到雷电、野火，很容易发生自燃，难以有效扑救，蔓延的范围很广，燃烧的时间也很长，甚至要把整座煤田给烧干净，古时候经常发生燃烧几个世纪的大火。《宋史·外国传》里就曾记载了高昌国的煤田大火，而高昌国在"西游"故事演化历史上，扮演了重要的角色。这些大火给人留下深刻印象，再加上幻想思维的加

---

[1] 参见蔡铁鹰：《西游记资料汇编》，北京：中华书局2010年版，第22页。

工，变成神魔故事里的火焰山，也就是自然而然的事情。

笔者认为，这种说法是比较可信的，起码比活火山，或者某座土石颜色发红的山头，更叫人觉得可信。

162　火焰山的火为何难灭？

上一讲提到，火焰山的历史原型，很可能是今天新疆一带的煤田大火。在当时的生产力条件下，煤田大火是很难被扑灭的，可能一连烧上几个世纪，即便到了今天，也主要是"防患于未然"，千防万防，还是预防，不要真烧起来。假如真烧起来，蔓延开来，也是要耗费大量的人力、物力、财力去扑救的，还可能造成严重的人员伤亡，何况是古代？所以说，火焰山的火，是很难扑救的。

然而，这是历史真实里的样子，《西游记》里的火焰山，已经成为一个想象空间，人们在现实生活中难以实现的愿望，总要在文学艺术作品里达成。之前说过，幻想的根源，就是人们未能实现的愿望。现实中难以扑灭的大火，在文学艺术作品里，总有克制的法宝。你瞧那芭蕉扇，真是遂人心愿——扇一下，火焰山的八百里大火，就偃旗息鼓了；扇两下，风儿就刮起来了；扇三下，就满天云漠漠，转眼之间，就淫雨霏霏了。若是一口气扇上七七四十九下，就永绝后患了。而且，这芭蕉扇只灭火，不会导致风雨灾害。书中交代得清楚：有火处下雨，无火处天晴，点对点灭火，真是无穷的妙用。这就是人们幻想的产物，有了这样的法宝，就可以一劳永逸了，岂不美哉！

只不过，幻想归幻想，人们还得讲究故事的趣味性。不是说"一劳永逸"吗？人们的幻想当然是"永逸"，就是可以长长久久地享受安逸，起码不用担心；而故事的趣味，恰恰在于"一劳"。就是辛苦一次。从第五十九回到第六十一回，悟空算是挨了一场大辛苦，但这是值得的，辛苦这一场，拯救了一方生民，也是个大大的功德。

在这"一劳"里面，作者还要再拆成三个段落：一劳，二劳，三劳。每一"劳"都有各自的起承转合，有各自的委曲波折，各有各的情态，又能连在一起。这固然是一种讲故事的套路，但套路用得好，文笔生发得妙，还是《西游记》作者的文学功夫。之前，在"三打白骨精"的段落里，我们已经见识了作者的这种功夫，现在又见识到了，不得不生出赞叹。

况且，这一波的"三调芭蕉扇"，又与上一波的"三打白骨精"不同。

上一波，是以人为中心的，矛盾的焦点在白骨夫人身上，又形成了矛盾关系的转化。白骨夫人三次变化，都是假象，悟空要打死的则是她的真身。这些假象，唐长老认不出来，孙大圣认得出来；唐长老拦着不让打，孙大圣拼了命也要打。真与假的矛盾，又从白骨夫人与孙悟空的对立关系上，转化到唐僧与孙悟空的对立关系上，从一组"人"的关系，转移到另一组"人"的关系。这是"三打"故事的逻辑。

这一波，是以物为中心的，情节是围绕着主题物——芭蕉扇——串联起来的，人物也是以它为线索组织起来的。芭蕉扇本身，就是有真有假的。铁扇公主拿出假扇子，悟空认不出来。因而从"一调芭蕉扇"递接到"二调芭蕉扇"。况且，这次得到扇子，是悟空用了不光彩的手段，与明抢差不多——抢来的东西，就是真的，用起来也不正气；第二次搞到的倒是一把真扇子，但这是悟空假变牛魔王骗来的，来路还是不正，拿得自然不牢靠，又被牛魔王变的假八戒给骗回去，因而从"二调芭蕉扇"递接到"三调芭蕉扇"；最后要搞到的当然是真扇子，但真扇子太难到手，悟空自己施展神通变化的手段，卖足了力气，连八戒、沙僧也得卖足了力气。这还不够，还要李天王、哪吒领着巨灵神一班神将，加上四大金刚配合，围追堵截，最终才制伏牛魔王。这时候，不用抢了，也不用骗了，铁扇公主心甘情愿把真扇子献出来，来路就正了，可以大大方方地用，用得痛快，用得彻底，铆足了劲儿扇，一连扇他七七四十九下，把人间活地狱，变成清平自在天！

你瞧，这三次递接关系，是很自然的，是顺理成章的。主题物始终是芭蕉扇——甭管真假，总之是芭蕉扇，但人物的行动始终在变化。从字面上看，似乎没有发生变化，就是一个字——调，但汉语博大精深，一个词（古汉语的一个字，就是一个词）的内涵和用法是很多的。总的来看，这里的"调"，是调取的意思，也有调换的意思。所以芭蕉扇，在不同的人物手里，转来转去——调，就有转的意思。

然而，调的具体方法又不一样：一调是抢，二调是骗，三调才是光明正大地取。悟空与李天王、哪吒等人围攻牛魔王，是有道伐无道，铁扇公主献出宝扇，是无德让有德，这又不只是光明正大的，而且是名正言顺的。但最后的成功，总要有前两次的失败做铺垫，否则功行火候不到，故事的能量蓄积也不够，最后的一次成功，就可能"泄"掉，达不到预期效果。所以，三调之前，必然有一调、二调。

　　这就与三打之前，必然有一打、二打，是一样的。两个降调，最后一个升调，这样的故事才好听。你瞧，在故事的结构框架和叙事策略上，"三调芭蕉扇"又与"三打白骨精"形成了完美的照映。

　　同时，以芭蕉扇为中心，卷入了大量的人物，这在之前"三打白骨精"的段落里，是没有的。之前是相对而言"干巴巴"地打——打，没打死，再打，又没打死，像是做游戏，但没有其他人物参与。悟空和白骨夫人玩，玩得不亦乐乎。这一回，参与游戏的人就多了，不仅有天神、鬼仙，还有各路妖魔——在二调的过程中，就穿插了碧波潭里的万圣龙王，而万圣龙王，与女婿九头驸马合伙，盗走祭赛国的舍利佛宝。这又引出第六十二回到第六十三回的故事。作者在紧锣密鼓地叙述"火焰山"故事的时候，还不忘给下一回故事埋下伏笔，使得之后的故事在时间和空间上都更连贯。这又与"三打白骨精"故事在叙述功能上，形成了照映。别忘了，正因为打杀白骨夫人，唐僧贬走悟空，才引出后来在宝象国里的大罗乱。

　　瞧一瞧，一处妖魔山场，接着一个人间国度。妖魔山场里的故事，自己形成重复而变化的结构，又在空间和时间上联系着人间国度的故事。从结构上看，很相似，仔细看进去，又有不同。怎么能不叫人佩服《西游记》写定者的艺术功力呢？

　　这一切叙述的乐趣，"一调芭蕉扇"肯定是不能实现的。别说作者不答应，就是我们读者也不答应。火焰山的火，怎么能那么快就被熄灭呢？反正它终归是要被熄灭的，而且是被彻底熄灭的——一劳永逸嘛！"永逸"是一个必然的结果，就在那里，总能达到的。

我们还是喜欢看孙悟空的"一劳",还有二劳、三劳。所谓"能者多劳",孙悟空是"能者",多劳几场,又有何妨呢?反正悟空是把这些辛苦,当作游戏的乐趣。悟空觉得有趣,我们自然也觉得有趣。

163 悟空为何不把话一次问清楚?

这一讲,我们细读一个精彩的场景。

有朋友可能要说:这一回里,牛魔王还没出现,还没有密集的神魔斗法情节,哪来的精彩场景?若是"在矬子里拔大个儿",单看这一回,可能是悟空钻到铁扇公主的肚子里,还有一点意思,是要讲这一段吗?

当然不是。这位朋友的逻辑,倒是成立的。《西游记》是神魔小说,当然要看神魔斗法的场景;《西游记》是一部有趣的小说,当然要看滑稽热闹的场景。《西游记》是神魔小说的扛鼎之作,是深受广大市民欢迎的一部通俗小说,本来大家也关注这些场景,古时候的人关注,我们今天的人当然也关注。

话是不错,但我们也不要忘了,《西游记》是"四大奇书"之一,也是"四大名著"之一,是一部当之无愧的文学经典。既然是文学经典,就不能只关注神魔场景,不能只关注滑稽热闹的场景。这些都是热闹处,热闹处写得好,当然也是本事,但算不上绝高手段;还要看冷淡处,若是一般人都会忽略或者糊弄过去的冷淡处,都能写得好,才是绝高手段。

所以,我们就挑一个冷淡处来分析。

哪一个呢?就是这一回开始,悟空打听消息的一组对话。

有的朋友可能要说：嘻！敢情说的就是这个啊！有什么好说的呢？这就是交代必要的信息嘛！通过人物对话，知道这里是火焰山，凡人过不去，得去翠云山找铁扇公主，借到芭蕉扇，知道了这些关键信息，悟空就可以采取行动了。这些信息本身并不重要，也不复杂，三言两语就可以概括。非要以对话场景呈现出来，一个人，一会儿工夫，全交代明白了，不费劲！

说这话的朋友，可能是狗血的电视剧看多了，已经忘记精彩的对话场景，到底是什么样子的了，好像所有的对话场景，都是"餐桌对话"似的。

在眼下泛滥成灾的狗血电视剧里，笔者个人最厌恶的一类场景，就是"餐桌对话"，这也不是笔者一个人的感官，许多人都对此提出批评。

所谓"餐桌对话"，就是几个人物围在餐桌边交谈。当然，不一定是餐桌，也可能是酒吧的吧台边上，又或者茶几边上。这类场景，在电视剧里俯拾即是，它们是日常生活的一种再现，本身没有问题，关键看编剧是如何利用这些场景的。

有一些编剧，很善于利用这些场景，塑造人物，推动情节，比如暗示、预叙，或者让情节的转折点，就发生在这里，另外一些编剧就很不负责任了，一遍又一遍地让我们看到可恶的"无效对话"。

什么是无效对话？主要有两种：一种是对话里全部是废话，人物当然在说话，但一点有价值的信息都没有，既不能让我们通过对话发现人物的真实性格，或者在特定对话场域里的心理、情绪，对情节也几乎没有帮助。另一种，则跳到另一个极端——信息量太大，编剧恨不能把全部有价值的信息——那些我们应该在之后的情节里慢慢采集、逐步发现的关键信息，一股脑地"灌"到这段对话里。比如 A 得了食道癌，B 未婚先孕，C 定期从公司的大户头里黑钱，D 其实没那么喜欢 E，F 从初中开始就暗恋 G……这些信息，可能与人物塑造有关，与情节的起承转合有关，甚至与主题有关，我们应该慢慢去发现。如何发现？ 在特定场景里，在关键镜头里，在一些暗示性的表情里，在一些得到特写的动作细节里。我们观众又不傻，我们会自己发现这些关键信息，这本身就是一种接受故事的乐趣，为什么要一股脑儿地告诉我们，剥夺我们的乐趣？

第一类编剧，还可以说是"蠢"，不会写对话，写了一堆废话，一点作用都没有；第二类编剧，就有一点"坏"了，未必是黑心眼，但太懒惰了，不想花心思去写动人的场景，只想用最省事的方式，交代最多的信息。多省事！ 连机位都不用移动，演员也不用走位，来回切换画面就行了；信息量多大！ 该我们知道的，不该我们知道的，全知道了！ 这样的话，我们还耐着性子看影视作品干吗？ 你们还好意思向我们分集收费？ 一集好几块钱！ 就为了看你们说废话？ 干脆在第一集，找一个看上去就是"八卦脸"的演员，扮演一个"大嘴巴"的角色，把所有的情节，给我们讲一遍就好了！

《西游记》的作者是不懒惰的，而且是擅长写对话的。

你瞧这一回，先是唐僧问当地的老翁，这里是什么地界。老翁只告诉他，这里距离火焰山只有六十里远近，火焰山周围寸草不生，就是铜脑袋、铁身子，走到那里也化了，其余信息，都没有交代。唐僧只听了这话，就吓得"憋茄子"了，哪里还敢再问？ 接下来换成悟空问卖米糕的年轻人，又不直接问，而是在这米糕上做文章。悟空好奇：你这里寸草不生，怎么会有庄稼？ 没有庄稼，米糕又是从哪里来的呢？这才通过青年的回答，引出铁扇公主，知道芭蕉扇可以灭火。悟空是个猴急的性子，只听这一句，就抽身回来，要去借扇子。但铁扇公主住在哪里，悟空忘记问了。最后还是老翁，把路程远近，细细说明，悟空这才一路找到翠云山。但老翁是火焰山的百姓，敬畏铁扇公主，张口闭口，都叫"铁扇仙"，悟空拿着这个名字在翠云山打听，当地人不知道，后来才闹明白，说的是铁扇公主，并透露了一个关键信息——她是牛魔王的老婆。悟空一听，大惊失色，心里叫苦："又是冤家了！"你瞧，没有这一层层铺垫，一开始就把所有信息都透露出来，悟空知道了底细，也就没有后来的一调、二调的情节了。抢扇子、骗扇子的事，也就谈不上了。

所以说，千万不要把信息一股脑儿地告诉读者，要一点一点地透露，读者会获得捕捉关键信息的乐趣，情节也能被组织起来。只可惜，有的朋友，狗血的电视剧看太多，文学经典读得太少，反倒觉得这样写对话很啰唆。笔者只能劝您，多接触经典，远离文化快餐，先把自己的舌头锻炼起来。否则，就是给您真鱼翅，您也吃不出味道来，还要说这是假鱼翅！工业制品吃多了，怎么会知道真鱼翅是什么味道呢！

164 铁扇公主本是单身老姐姐？

说一说本回的关键人物，甚至说女一号——铁扇公主。

从名号看，书中交代，她有多个名号：铁扇仙、铁扇公主、罗刹女。铁扇仙，是火焰山百姓的叫法，当地百姓有求于她，得捧着她，所以称她是一位女仙。翠云山的百姓，没受过火焰山的罪，求不着她，只知道当地有个芭蕉洞，洞里有个女魔头，手里有一把芭蕉扇，有点本事，但平时不骚扰、祸害当地人，当地人也犯不着抬举她，就叫她铁扇公主，甚至干脆叫她的俗名——罗刹女。从这里，我们也能看出来，甭管是谁，人、魔、仙、佛，对名头没必要太计较。人家如何称呼你，关键是看有无利害关系。有利害关系，人家捧着你，带着你的职称，带着你的行政职务，带着你的荣誉称号；没有利害关系，人家跟你"过"不着，就指名道姓地喊你，甚至"哎，哎"地叫，你也没脾气——都别拿自己太当回事，人家赶着叫你美称，就飘飘然了，真以为自己牛得不行。

从身份看，书中交代得也清楚，说她是大力牛魔王的妻子，红孩儿的母亲。这就算《西游记》里的头一个"全乎人儿"了。古时候讲"相夫教子"，对于封建时代的女性来说，这算是一种理想生活了。

况且，铁扇公主的"夫"和"子"，又是那样出色。丈夫牛魔王，在江湖上是赫赫有名的人物，跺一脚，几座山场，都要颤上一颤。儿子红孩儿也是一个有出息的，小小年纪，就靠着杀手锏，横行江湖，又经营着钻头号山这样的大山场，连山神、土地这些鬼仙，都供他呼喝、驱使。一老一小，两个家里的"爷们儿"，理论上都是铁扇公主炫耀的资本。平时出门遛狗、烫头、逛商场，和张太、王太、李太喝下午茶、打麻将、做纤体SPA的时候，铁扇公主可是有的吹了。凭着这一夫一子，铁扇公主也有十足的底气，若是西牛贺洲组建妖魔界的妇女联谊会，铁扇公主十有八九是可以做会长的，起码一个副会长是没跑儿的——说不定还是常务的呢！

所以，从人物塑造看，铁扇公主是一个"成功女性"，而她之所以成功，因为她有一个看上去幸福美满的家庭。

然而，这种人物塑造，是故事后来演化的结果，大概是到了明代中后期，才实现的。在元末明初的故事里，铁扇公主的人物塑造，不是一位妻子或一位母亲。她依旧是一位"成功女性"，但她的成功，完全在于自己，而不是作为某个人的妻子，或某个人的母亲。不是因为她的丈夫和儿子不成功，而是那个时候，她压根儿没有丈夫和儿子，是一个单身老姐姐。

在《西游记杂剧》里，铁扇公主的形象就已经很成熟了。这部剧的第十八到十九出，讲的是铁扇公主故事（全剧一共二十四出，铁扇公主自己占了两出，其重要性可想而知）。在剧中，铁扇公主占领火焰山，阻拦唐僧师徒，最后是观音菩萨派遣雷公、电母、风伯、雨师等神明，用雨水浇灭山火。

这就是元末明初的"火焰山"故事。火焰山这一空间是稳定的，但与该空间最先联系在一起的，只有铁扇公主。当然，铁扇公主不住在火焰山——这里野火腾腾，狗不拉屎，鸟不下蛋，有什么好住的？但她也不住在翠云山，而是铁镲山，大概这座山，峰尖矗立，看上去跟铁镲一样。

铁扇公主独自一人，住在那里，洞府又设在峰尖之下。我们总说，环境是人物性格的外化，单看这个环境，我们也能猜到，铁扇公主的性格，跟铁镲尖一样。

果然，据铁扇公主自己说，她是风部下祖师，普天下的风神，都归她掌管——原来，她本是天界的一个大神明，难怪她手持铁扇，这铁扇不是用来灭火的，本是用来生风的，因为风能吹灭火焰，所以占了火焰山。她在天庭的人脉又很广，黎山老母和她是姊妹，

"角木蛟井木犴是叔伯亲，斗木獬奎木狼是舅姑哥"①。当然，这里可以看作一种借代的修辞手法，说的是铁扇公主与天上的许多神明都沾亲带故，不止上面提到的几位。

既然在天庭有位子，她为什么到人间占山场呢？原来，她在蟠桃宴上，喝了酒，借着酒劲儿，与王母争执起来，一气之下，反下天宫。天仙不做了，改做女魔头。

看来天庭得施行严格的"禁酒令"了。各宫各殿的神明，反下天宫的，大都出于两个原因：一是思凡，一是借酒闹事。悟空反天宫，就因为酒宴，华光反天宫，还是因为酒宴，现在轮到女仙，也是因为酒宴。真应了那句话——御酒虽好，可不要贪杯哟！贪杯，容易借酒生事。况且，许多思凡的念头，也是被酒劲儿勾起来的，早期沙和尚带酒思凡，后来改成猪八戒带酒思凡，不都是这个原因吗？总之，酒要少喝，能不喝，就不喝。

当然，也不是谁都会借酒生事的。现实中，借酒生事的，大都是日常生活里老实巴交的人，甚至有点怂，委屈憋得多了，借着酒劲儿，把闸门一开，就一泻千里了。传说故事里借酒生事的神明，却往往是有本事的，但脾气太大，一言不合就"出走"。像这部剧里说的铁扇公主，性子跟铁镞一样，本来就不好相与。酒宴之上，西王母要压铁扇公主一头，说"金能欺风木催槎"②，两人为这话拌起嘴来，铁扇公主就反下天宫了。

论起来，西王母的话，说得没毛病。西王母在西方，西方五行

---

① 胡胜、赵毓龙：《西游戏曲集》，北京：人民文学出版社2018年版，第103页。
② 同上。

属金，而铁扇公主是风部祖师，风在方位上属于巽位，在东南方，五行属木。按五行相生相克的道理，说金克木是没有毛病的。况且，西王母地位本来就比铁扇公主高。之前说过，在道教神谱里，西王母是女仙之长，统领女仙，领导在酒桌上拿一句大，也是自然而然的事情。

换作别人，换作平时，估计也就没事了，但偏偏是铁扇公主，又带了酒，这一下就尴尬了。反下天宫的铁扇公主，倒也逍遥快活，她住的铁镲峰，风景秀丽，她自己靠着一把铁扇子，纵横江湖，用她自己的话说，"我且着扇扇翻地狱门前树，卷起天河水上波，我是第一洞妖魔"[1]，这与《西游记》里孙悟空自我标榜的"我是历代驰名第一妖"，倒是有异曲同工的妙趣了。

既然是"第一魔"与"第一妖"相遇，不是应该惺惺相惜吗？怎么会闹起来呢？铁扇公主这时候还没有收养红孩儿，既然没有夺子之痛，铁扇公主为何不将扇子借与悟空？因为悟空调戏她！之前说过，《西游记杂剧》里的孙行者，带着浓重的流氓气息。铁扇公主又是一个单身老姐姐，最厌恶的就是言语轻薄，两人话不投机，就闹起来了。可以说，在《西游记杂剧》里，也可以用一个"调"字，但不是"调取"之调，而是"调戏"之调，不是调取芭蕉扇，而是调戏铁扇仙，还是一个单身老姐姐。你说，孙行者能有好果子吃吗？老娘不扇你个十万八千里！还天尽头？直把你扇到宇宙的尽头！

---

[1] 胡胜、赵毓龙：《西游戏曲集》，北京：人民文学出版社2018年版，第104页。

第六十回

牛魔王罢战赴华筵　孙行者二调芭蕉扇

165　是结发夫妻，还是半路夫妻？

这一讲说"二调芭蕉扇"。

这段情节说的是：悟空发现扇子是假的，火焰山的当坊土地建议——太太说不通，转去求老公——可以去积雷山摩云洞找牛魔王。原来摩云洞里有个玉面公主，招赘了牛魔王。悟空找到牛魔王。当年的拜盟兄弟，如今却是"仇人相见，分外眼红"，一言不合，就争斗起来。打到一半，牛魔王接到万圣龙王的请柬，就停了刀兵，骑了辟水金睛兽，到乱石山碧波潭的龙宫去赴宴。悟空假变成牛魔王的模样，骑了辟水金睛兽，来骗铁扇公主。公主不知真假，把真扇子拿出来，又泄露了将扇子变大的口诀。悟空将扇子变大，却不会变小，只好扛着扇子往回走。真牛魔王赶回家，知道悟空得了手，便赶去追悟空。

既然这一回，牛魔王也出场了，我们可以把他与铁扇公主放在一起谈，分析一下他们的夫妻关系了。

从缔结婚约之先后来看，夫妻关系无非两种：结发夫妻与半路夫妻。一般是结发夫妻在前，结发夫妻没了，才续弦、改嫁，结成半路夫妻。而在古人的习惯认知里,半路夫妻,总比不上结发夫妻?菀菀类卿,望文生义,说到底还是"类卿",甭管是谁,怎么能与纯元皇后相提并论呢?

话是这样讲。但这里说的两种夫妻关系,是从不同立场讲的。

说半路夫妻,是从故事演化历史来看的。之前说过,早期"火焰山"故事里,只有铁扇公主一个人物,她是单身女性,没有丈夫。后来,牛魔王的故事嫁接过来,两个魔头才结成夫妻,虽然是"原配",还是半路结合到一起的。

说结发夫妻,是从百回本《西游记》对故事的整合结果来看的。在百回本里,铁扇公主与牛魔王就是正经的结发夫妻。就在这一回,铁扇公主给假牛魔王斟酒,说道:"大王,燕尔新婚,千万莫忘结发,且吃一杯乡中之水。"这已经交代得很清楚了。

既然人物关系变了,人物的情态自然也会变。结发夫妻的感情,和半路夫妻,应该是不一样的。如此一来,我们也可以深入分析铁扇公主的心理。

有的朋友把铁扇公主看作《西游记》里的第一"弃妇"。

这样讲,是不严谨的,因为铁扇公主并没有被休弃,怎么能叫她弃妇呢?但话又说回来了,自从恋上玉面公主,入赘积雷山摩云洞,牛魔王确实冷落了结发妻子,长年不回家。火焰山的当坊土地就说,"那牛魔王弃了罗刹,久不回顾"。土地是一位知情者,他在这里用了一个"弃"字,说明虽然铁扇公主没拿到那一纸休书,但她过的日子,实际上和弃妇差不多 —— 不是名义上的弃妇,倒是事实上的弃妇。

这样一来，古代许多"弃妇诗"的句子，是可以用在铁扇公主身上的。比如《诗经·卫风·氓》的"女也不爽，士贰其行"，再比如《怨歌行》的"弃捐箧笥中，恩情中道绝"，又比如杜甫《佳人》的"但见新人笑，那闻旧人哭"，等等。这些句子用在铁扇公主身上，倒是也挺贴切的。

只不过，铁扇公主并不是一个典型的弃妇，或者说，刻板形象中的弃妇。在人们的刻板形象里，弃妇都是一种"被侮辱与被损害"的弱质女流，处在下位，处于被动的地位，没有选择权，沉浸在怅怨、幽愤的情绪状态里，看着叫人唏嘘不已。

铁扇公主是这个样子的吗？仔细阅读原著，其实不是的。

起码，作者没有刻画她怅怨、幽愤的形象，没有这样的镜头，看不到这样的画面。铁扇公主像《长门赋》里写的陈皇后——"魂逾佚而不反兮，形枯槁而独居"？每天失魂落魄，一副形容枯槁的样子？不是的。人家该吃就吃，该喝就喝，连忧愁都算不上，更不用说怅怨、幽愤了。等牛魔王回到家里，铁扇公主接着丈夫，又像《上山采蘼芜》里的女主人——"长跪问故夫，新人复何如"？一副哀怨的样子？也不是的。她大大方方，给丈夫道了万福，说道："大王宠幸新婚，抛撇奴家，今日是那阵风儿吹你来的？"话里有埋怨的意味，但这实在不像亲两口子之间说的话，更别说结发夫妻了。

要么，她与负心丈夫恩断义绝，就像《白头吟》所说，"今日斗酒会，明旦沟水头"，咱们好聚好散，你别搭理我，我不搭理你！《金瓶梅》里，因为潘金莲从中挑拨，吴月娘与西门庆闹矛盾，夫妻俩见面不说话，孟玉楼等人劝月娘，月娘当着众人面说："一日不少我三顿饭，我只当没汉子，守寡在这里！"①瞧一瞧吴大娘子，尽管后来又有"扫雪烹茶"的尴尬场面，好歹人家说过硬气话，铁扇公主连这种硬气话也没有。

要么，她撒泼打滚，拿出妒妇的手段来，学"河东狮"，学"醋葫芦"，一哭，二闹，三上吊！虽然不雅相，也是有真情在。结果，铁扇公主只是"舔"着说，不敢指责丈夫停妻再娶，倒恭喜丈夫"新婚燕尔"，只是嘱咐一句："千万莫忘结发。"这哪里是结发妻子应该有的样子，充其量就是"露水夫妻"。如今，丈夫的露水，洒到别人家去了，只好巴结着，再来这边焦枯龟裂的田埂上灌溉一番。说得可怜巴巴的，却不是怅怨、幽愤。

可以看到，虽然从人物关系上看，百回本《西游记》将牛魔王与铁扇公主安排为结发夫妻，但从实际的情态看，铁扇公主对丈夫用情不深，所以被冷落之后，也没有表现出强烈的怅怨、幽愤之情。套一句小品里的话，"凑合过呗，还能离咋的？"

的确，在庸俗的日常生活中，这不是一种常态吗？人间如此，魔界也是这样。婚姻是什么？是夫妻组成的"经济互助组"。如果维系互助组的经济成本，远远低于独立生活的经济成本，甭管什么狗血的矛盾，什么罗乱的关系，什么鸡零狗碎的懊糟事，放心，能凑合，大都会凑合的。这是一种实用主义的选择。婚姻生活里，没有那么多浪漫的事，那么多理想主义的事——甭拿文学作品里的浪漫爱情，给自己加戏——文学家们一遍又一遍地叙述、描写这些

---

① 兰陵笑笑生著，张竹坡批评：《张竹坡批评金瓶梅》，济南：齐鲁书社2014年版，第249页。

内容，就是因为他们从来也没在现实生活中收获浪漫的爱情，如果能够在现实中得到满足，谁还在文学想象里寻求慰藉呢？文学，不就是人们的白日梦吗？

何况，眼下这种关系，又能保持家庭的最大收益，因为积雷山摩云洞的财富，正在不间断地向翠云山芭蕉洞输入。你以为铁扇公主是傻子？利益最大化，好处明摆着，还说什么"河东狮"，又论什么"醋葫芦"，全都给老娘往一边稍息！嫉妒总是有的，醋意也是掩不住的，说几句不软不硬的风凉话，足够了，当真闹翻了，谁也没好处。人家吴大娘子，最后不是也"扫雪烹茶"吗？有经济头脑的大娘子，谁会把下蛋的母鸡给宰了？

166 玉面公主是小三吗？

说完铁扇公主，再讲当事另一方——玉面公主。

有人说：这位玉面公主，是《西游记》中一个最典型的"小三"。

且不论典型不典型，单说"小三"这一概念，安在玉面公主身上，合不合适。

何谓"小三"？字典里找不到解释。这是一个通过网络流行起来的词，含有贬义，是人们对"第三者"的一种轻蔑的称呼。那么，什么是"第三者"呢？从法律规定上看，这指的是介入他人婚姻的人。可以看到，这是一个现代社会才有的概念，特别是以现代婚姻伦理为价值标准而生成的概念。换句话说，在古代社会里，这一概念是不适用的。不是说当时没有介入他人婚姻的人，而是当时的婚姻伦理，与现代社会以来的婚姻伦理，有很大的距离。

又有人说：若是按照当时的婚姻伦理来看，玉面公主理应是牛魔王的妾。

应该说，"妾"这一概念是适用于古代社会的。现代以来的社会，特别是当代社会，家庭里肯定是没有妾这一角色的。然而，玉面公主是妾吗？

首先明确一点，"妾"这个词，也是有不同含义的。古时候，这个词经常用作女子的自称。比如"妾弄青梅凭短墙，君骑白马傍垂杨"。这里"妾"，就是女子自称。再比如"贱妾留空房，相见常日稀"。焦仲卿的老婆是正妻，还是以"妾"自称的。作为一种封建时代的家庭角色，妾指的就是男子的侧室了——为何叫侧室？正妻是正室，妾当然就是侧室，或者叫偏室。民间又俗称"小老婆"，晚清民国的时候，也叫"姨太太"。

那么，玉面公主是牛魔王的妾吗？可以说是，因为牛魔王就是这样对外宣传的。他一见孙悟空，就责怪道："你才欺我爱妾，打上我门何也？"后来又说，"常言道：'朋友妻，不可欺；朋友妾，不可灭。'你既欺我妻，又灭我妾，多大无礼？"这里的妻，指铁扇公主，这里的妾，当然说的是玉面公主了。

只不过，这是牛魔王自己说的，未必可信。因为牛魔王好面子，不好意思道破他与玉面公主的实际关系，怕减了自己的雄风，对不起自己在江湖上的威名。

那么，牛魔王和玉面公主，到底是一种什么关系呢，牛魔王为何不说破呢？

我们看火焰山土地是怎样讲的。说积雷山摩云洞里有一个万岁狐王，狐王死了，只留下一个女儿，守着狐王的百万遗产，独立经营。两年前，听说牛魔王神通广大，情愿"倒赔家私，招赘为夫"。这是书中原话。火焰山土地不受牛魔王辖制，犯不着替老牛遮遮掩掩，他与牛魔王也没有过节，犯不着故意抹黑老牛，他的话是比较客观的。

现在我们明白了，敢情牛魔王是被招赘到摩云洞的，通俗的说法，就是上门女婿，或者方言里说的"倒插门"。

按说，在明代的时候，"倒插门"已经不是新鲜事了，也不是一件丢脸的事（后文详细讨论），但牛魔王毕竟是在江湖上赫赫有名的人物，老婆和孩子，也都是江湖上的重量级人物，这样的家庭，总是要顾一些体面的，牛魔王自己也怕被人捡了"话柄"，怕别人说他"吃软饭"，出卖身子，骗取万岁狐王的遗产，做了倒插门，还要说自己是纳妾，这倒真应了今天一种流行说法——软饭硬吃。起码，话说得是足够硬的。

但在玉面公主看来，她是坐产招夫，与莫家庄的母女四人一样，弱质女流，守着万贯家私，总是不保靠，家里有了男人，才有了主心骨。毕竟，那是封建时代，女性的独立意识还不强，总有一种"菟丝附女萝"的情结。按说，菟丝附女萝，指的是夫妻相互扶持，但在讲究"夫为妻纲"的封建时代，这里的"附"总不是相互攀附，而是女子对男子的依附。

而在"菟丝附女萝"的关系里，又有一种现实的考虑。

这万贯家私，是万岁狐王积攒下来的。狐王在世的时候，这些家私是能守住的。想那狐王，既然活了一万岁，虽然没有修成天狐，最后还是"进入时间范畴"了，总归是有一些道行的；一万年里，也在江湖上混出一些名堂。即便有人觊觎这笔财富，也不敢轻易下手。

如今，狐王过世了，玉面公主没什么大本事，可能守不住父亲的遗产，就需要找寻一个顶门立户的男人。这样的男人，得有江湖声望，能镇住山精野怪，以及地方上的无赖妖魔。牛魔王就是一个绝佳人选。

如此考虑，玉面公主才肯倒赔妆奁，招赘牛魔王。倒赔妆奁，其实也是保住妆奁。

既然倒赔了，招赘了，就是把牛魔王"买断"了。所以，玉面公主说话是很硬气的 —— 她不是给人家做妾，而是花大价钱，给自己买了一条"小狼狗"。不对，是"大狼狗"。

你看这一回里，悟空来到摩云洞，假称是铁扇公主派他来的。玉面公主一听这话，当时就破口大骂，道："这贱婢，着实无知！牛王自到我家，未及二载，也不知送了她多少珠翠金银，绫罗缎匹；年供柴，月供米，自自在在受用，还不识羞，又来请他怎的！"这哪里是妾室对正妻说话的口气？这话的言外之意：老娘不是给你家做妾的，你寻什么老公？你这老公，是停妻再娶，如今被我买断了！别说他，连你这守活寡的，也被老娘养起来了，你拿了好处，就该老老实实待着，又来作什么妖？！

回到洞里，玉面公主又劈头盖脸地把牛魔王骂了一顿，说他是个没用的货，而且当着牛魔王的面，也明确说是"招"他做相公，牛魔王也不敢反驳。

读到这里，咱们不得不感慨：还是腰包鼓的底气足！

只不过，底气还能足多久，就不好说了。牛魔王为什么情愿入赘？铁扇公主为什么不上门找玉面公主"扯头花"，只在家里吃干醋？说白了，都是实用主义 —— 眼见着万岁狐王遗下的万贯家私，正不间断地向芭蕉洞输送,玉面公主这只"傻白甜",还蒙在鼓里,老牛两口子怎么会道破机关呢?

之前说过,神魔世界,也是"利"字当头的。母子情义也好,兄弟情义也罢,在利义面前,都是要靠边稍息的。只要有利可图,大家都愿意做样子。夫妻情义又如何?俩鸡蛋,烩在一个锅里炒——还是一个味儿!既然那骚狐狸,馋咱铁牛哥哥的身子,索性让给她!醋是一定要吃上几口的,不耽误老娘数钱!可以蘸着醋数钱!

167 倒插门,丢人吗?

上一讲说到,玉面公主是坐产招夫,不是给牛魔王做妾,牛魔王倒是贪图万岁狐王留下的巨额遗产,情愿倒插门。说得好听一些,就是入赘。

入赘这件事,在今天看来,就是个人选择的事。其中,可能有情感方面的考虑,也可能有经济方面的考虑,不管怎样讲,是当事人自己的事。有些家庭,观念偏于保守,不希望自家儿子给别人做上门女婿,觉得矮人一头,但大部分人的想法,还是很开明的——现代社会的基本单元,是核心家庭,也就是由父母与未婚子女构成的"小家庭"。这种小家庭,本身就是在解构传统社会的族亲观念,本来没有"嫁过去"或"娶进来"之说,也就无所谓"上不上门"了。总归是人家两口子,关起门来过日子,碍不着谁,也不怕谁笑话。

这是在现代,换作在古代呢?给人家做上门女婿,会不会被笑话,甚至被歧视呢?

这也要看具体处在什么时代，因为古人对赘婿的态度，也是随时代变化的。

从文献的角度看，目前所见最早出现"赘婿"一词的，是《史记·滑稽列传》，其中提到淳于髡，就点明他是"齐之赘婿"。

当然，专有名词是这个时候出现的，不代表这时候才出现入赘婚现象。男子入赘女家的情况，其实很早就有了。

原始社会的婚姻形态，经历了"从妻居"到"从夫居"的转变。①从妻居，就是丈夫跟随妻子的家族生活；关系调过来，就是从夫居。

为什么先是"从妻居"呢？因为在母系氏族社会，女性是主要劳动力，是社会生活的主导者。男性要"嫁"到女性的家族里，生育的子女，也要跟女家的姓。后来，进入父系氏族社会，关系就调过来了。

然而，奴隶制社会是有阶级的，社会分工又在逐步细化，这就必然出现政治地位、经济地位上的差距。虽然已经普遍采用"从夫居"的婚姻形式，但有一些男方家庭，政治地位和经济地位，比不上女方家庭，甚至可能差得很远。要女方"嫁"到夫家，就不太现实。

特别是这个时候，私有观念已经形成，而婚姻关系，总是跟经济利益牵扯在一起的，不对等的经济地位，必然造成受损失的一方，这就需要另一方提供相应的补偿。当时，人们的货币观念又不是很成熟，还不习惯用财物来完成补偿，就出现以人力作为补偿的情况，如果男方的经济地位不如女方，就需要到女方家里服一段时间的劳

---

① 参见盛义：《略论赘婚》，《西南民族学院学报》（哲学社会科学版）1991年第6期。

役，作为补偿，这就是"服役婚"的一种常见方式。这种服役婚，就是入赘的原始雏形。

明白了这一历史背景，大家也就可以理解为什么人们后来把这种婚姻形式，叫作"入赘婚"了。试看"赘"这个字，是"贝"字旁。我们知道，用这个偏旁的字，大都与财产、货币有关系。"赘"的本义是什么？按《说文解字》所说："赘，以物质钱。"① 就是用物品来抵钱（质，就是抵押的意思）。所以说，"入赘"行为，就可以看成是把人当作抵押品，用某个人（也包括这个人的劳动成果）来抵押钱财——什么钱财？就是在不对等的经济关系中，女方家损失的钱财。

这种被当作抵押品来看的丈夫，地位怎么会高呢？

再后来，人们更从"赘"的引申义来看这个词。赘的一个主要引申义，就是多余。比如说累赘，再比如说赘疣。赘疣，就是皮肤上生的肉瘤。汉代就有人是这样理解的。贾谊《治安策》里就说：秦人"家贫子壮则出赘"。② 也就是说，当时秦国贫苦人家的男孩，长大以后要入赘到别家去。应劭就解释说：这就是所谓赘婿。颜师古又进一步解释：之所以叫赘婿，指这些男子本来就不应当跟随女方家族生活，现在入赘到女方家，好比人身上长的肉瘤子，是多余的，不应当有的。可见，这也是当时一种比较主流的见解了。

既然被比喻成肉瘤子，又怎么会不遭人白眼呢？这些遭人白眼儿的赘婿，当时也就自然而然地成为社会里的边缘人。

---

① 许慎撰，徐铉校定：《说文解字》，北京：中华书局1963年版，第130页。

② 班固：《汉书》第8册，北京：中华书局1962年版，第2244页。

秦汉的时候，有一种制度——七科谪。当时如果国家遇到战事，有七种人要被强迫服军役，到边疆去戍守。哪七类人呢？分别是：获罪的官吏，逃亡的人，赘婿，商人，曾经做过商人的人，父母做过商人的人，祖父母做过商人的人。被列入这个名单的，都是官方认定的贱民。同时要注意到，这个名单，排名不是不分先后的，排名越靠前，说明地位越低贱。

我们知道，古代社会重农抑商，商人的地位是很低的，而赘婿排在商人前面，仅次于逃亡者，可见当时的人对赘婿是什么态度。

总结起来，在秦汉时期的人看来，赘婿虽然名义上是丈夫，实际上的地位，与女方家的仆役差不多。

到了唐宋时期，赘婿的"生存环境"得到了改善。特别是在宋代，入赘现象已经是比较普遍的。① 官方不再把赘婿视作贱民，民间对赘婿的接受度，也提高了。大部分的赘婿，不再是女方家的仆役，而是真正的丈夫。有的赘婿，能力强，社会地位高，在女家不受气，还享受优待。比如北宋的时候，有个叫赵之才的进士，他就是给牟家做了上门女婿。这牟家是地方上的土豪，赵之才心甘情愿做上门女婿，也是看中了牟家的豪富。然而，赵之才的家庭本来也不差钱，他又是进士出身，社会地位高，所以在妻子家里，想做什么就做什么，甚至还能纳妾，这就与一般的丈夫没有区别了。

当然，这是个别现象。当时的文人士大夫，还是瞧不起这种行为的。毕竟，这还是把自己"抵押"给妻家，不是君子所为。普通市民对这类人的态度，虽然宽容了，骨子里也还是瞧不起的。

---

① 参见李云根：《宋代入赘婚略论》，《江西社会科学》2012年第8期。

当时有一种说法，管赘婿叫"布袋"。为什么叫"布袋"？一种说法，说给人家做上门女婿，以后的日子活像闷在布口袋里，喘不出气。另一种说法，用谐音来解释，"布袋"就是"补代"。也就是补偿、代替的意思。如果女方家没男丁，就以优厚的条件，招一个女婿进门，替自己家延续香火。不管是哪一种解释，话里话外，都说上门女婿做人窝囊，又怎么会瞧得上这类人呢？

照此一看，牛魔王肯定是不愿意被人看成"窝囊废"的，怪不得他不好意思向外人承认自己入赘摩云洞的事实。然而，百回本《西游记》是在明代写定的，我们还要看明代人对赘婿的态度。

168 明代的赘婿，还遭人白眼吗？

上一讲说到，入赘婚的现象，在上古的时候就有了，当时的赘婿，被视作贱民。在家庭里，入赘的丈夫，地位与奴仆差不了多少。到了唐宋时期，入赘婚变得更普遍，人们对赘婿的态度，也宽容了许多，但总体上还是轻视他们的。

那么，到了明代，也就是百回本《西游记》写定的时代，赘婿还遭人白眼吗？

先说一下元代的入赘婚。正是因为元代的过渡，赘婿的地位才发生了变化。当时，入赘婚主要有四种情况：一是"养老"，类似今天说的养老女婿，一直在女方家生活，给岳父母养老送终。二是"年限"，就是在婚前约定好年限，年限满了，就可以带着妻子回自己的家族生活。三是"出舍"，就是带着妻子，自立门户。四是"归宗"，要么是妻子离世了，要么是与妻子离异，这样的话，男子可以回到自己的家族。

可以看到，这些形式，是随着男性地位提高而出现的。虽然还是入赘，但总是在想方设法保障男子的权益。

到了明代，官方对赘婚的权利还是有诸多限制的，比如赘婿不能参与家政，生子只能随母姓，等等。士大夫阶层对这种婚姻形态，还是轻视的，认为这是对于封建社会的宗法秩序和伦理道德的破坏，是"非礼"的表现。但普通市民对赘婚的态度，比之前宽容多了，不再觉得这是一种"卖身为奴"的行为。

毕竟，市民社会的道德，与士大夫道德是有一定距离的。市民当然也自觉地接受儒家道德的约束，但在日常生活的实践里，表现得更灵活，没有那么教条、僵化。更重要的是，市民的道德更务实，更功利。一些男子选择做上门女婿，本来就是一种务实的选择，出于功利主义的考虑，市民大众也就能够理解和接受这种行为。

为什么甘心给人家做上门女婿？十有八九，离不开两个字——富贵。

要么，是看中岳丈家的财富；要么，是看中岳丈家的权势。当然，两样都占上，就更好了，把自己"出卖"给女家，有丰厚的物质回报，甚至能够实现阶级跃迁，这样的诱惑，许多贫寒家庭的男子，是抵挡不住的。

反映在当时的小说里，就是出现了许多赘婿形象。长篇小说里有，短篇小说里也有；白话小说里有，文言小说里也有。这些赘婿形象，当然是文学想象的产物，但文学毕竟是现实生活的反映，小说里有如此多的赘婿，说明当时社会上入赘婚的现象已经很普遍了。入赘婚的现象越来越多，说明人们越来越不拿这当作一回事。

这些小说里的赘婿形象，整体上看，还是负面人物多，他们有一个突出的共同点——贪财。这也是基于社会现实。毕竟，阶级跃迁并不容易，但丰厚的物质回报总是有的。在小说里，这种入赘求财的行为，就被艺术夸张了。一方面，岳家的财富被夸大，钱过北斗，米烂陈仓，这都是标准配置，万贯家财，也是司空见惯。另一方面，赘婿求财的心理被放大、扭曲，从求财，变成贪财，甚至为了攫取、霸占财富，做出违背道德、触犯法律的事。

比如《醒世恒言》里有一篇《张廷秀逃生救父》，其中有个人物，叫赵昂，他是王员外的上门女婿。王员外没有儿子，赵昂就认定王家的财富，将来都是他一个人独占了。为了保证这一点，就要迫害潜在的继承人，为了达到这个目的，赵昂处心积虑，无所不用其极，男主人公张廷秀就被他害得很惨。再比如《拍案惊奇》里有一篇《占家财狠婿妒侄 延亲脉孝女藏儿》，其中有一个叫张郎的赘婿，也是这种贪得无厌、心狠手辣的选手。这类形象，当时的小说里有很多，不能一一列举。通过这些形象，作者想引导读者批判破坏宗法家庭秩序的行为。

然而，当时的小说里，也有一些正面的赘婿形象，他们正直、善良，不渴望霸占岳丈家的财富，还全心全意地为岳丈家出力。比如《醒世恒言》里有一篇《张孝基陈留认舅》，男主人公——张孝基——就是赘婿，他帮助岳丈管理家产，却没有霸占财富的私心，还帮助大舅哥改邪归正。岳丈临终的时候，把家产都留给张孝基，张孝基却把家产都让给已经浪子回头的大舅哥，自己分文不取。这一形象，显然太理想化了，看起来很假。但当时人们愿意把美好的品质，安在赘婿身上，说明多数人不再轻视这类人。

具体到《西游记》里，大家会发现，书里的赘婿是很多的。人间有赘婿，妖魔界也少不了赘婿。从取经团队看，猪八戒就是上门女婿，而且是一个不错的上门女婿，除了长得不称岳丈家的心意，其他条件，都是顶好的。高老头之所以能过上员外老爷的生活，主要就是猪八戒出的力，给高家挣下好大一份家业。

普通人家招赘，皇家也招赘。比如天竺国，就是国王招驸马，唐僧为了过关，不是也答应了婚事，举行了婚礼吗？论起来，唐僧也做过一天的上门女婿呢！

妖魔们也是乐于做上门女婿的。这一回的牛魔王，下一回的九头虫，不是都心甘情愿入赘吗？之前说过，妖魔世界也是"利"字当先，有利可图，为什么不卖身投靠呢？

况且，从作者的态度看，他对赘婿也没有什么明显的偏见，写到赘婿，笔墨之间，我们几乎看不到任何批评的意思，更不用说批判了。

有的学者认为，《西游记》之所以写到许多赘婿，又不带有偏见，与吴承恩的家庭出身有关系，他的父亲吴锐就是依附岳丈家生活的，也算是个赘婿。但是，之前说过，百回本《西游记》的写定者，到底是不是吴承恩，现在还不能确定。即便是吴承恩，他的父亲到底是不是严格意义上的赘婿，还可以再讨论。但不管怎么说，《西游记》的作者，确实不轻视、不排斥赘婿现象，不像传统的文人士大夫那样，认为这是"非礼"的做法。可以肯定的是，作者遵循的是一种市民道德。

所以说，在《西游记》的世界里，理论上，牛魔王是不会遭人白眼的，他也不用为了入赘摩云洞，感到难为情。但他毕竟是江湖声望很高的大魔头，要面子，要威风，给人家做上门女婿，对他来说，总是一件不光彩的事，不能大张旗鼓地宣扬。况且，这还不是简单的入赘，而是"停妻再娶"，换作今天来看，就是重婚。这是违背公序良俗的，也是触犯律法的。做出这种丢人现眼的勾当，老牛怎么会承认呢？！

俺老牛是纳妾，不是入赘，更不是停妻再娶！别胡说，俺老牛怎么能干那缺德事呢！

这话，悟空是信了，但火焰山的土地不信。悟空本来对男女婚姻之事"不感冒"，也不去计较，听到什么，就信什么；火焰山的土地是知情者，他倒是不鄙视赘婿，但做了人家的赘婿，又"软饭硬吃"，他是看不过去的，所以要在悟空面前，揭牛魔王的底。

第六十一回

猪八戒助力破魔王　孙行者三调芭蕉扇

169　牛魔王到底是什么牛？

这一讲说"三调芭蕉扇"。

这回情节很简单，概括起来，就是悟空兄弟同心协力，外加李天王、哪吒、四大金刚等神将帮忙，最终制伏牛魔王，铁扇公主献出芭蕉扇，悟空把芭蕉扇，一连扇了四十九下，彻底熄灭山火，永保一方太平。

其间，有悟空与牛魔王赌斗变化的情节。说实话，这段赌斗变化写得不如上一段——就是第四回悟空与二郎神较量的情节——精彩，笔法有一些呆板，趣味性也少。然而，这段情节的结尾，是很值得关注的：牛魔王变化各种飞禽走兽，悟空就变化对应的克星。最后，牛魔王只好显出本相。这就涉及一个关键问题：牛魔王到底是一头什么牛？

我们看今天改编《西游记》的影视作品，在牛魔王的造型上，都是很花心思的。做造型的人，大都是本着这样的目的：凸显牛魔王的魁梧身形与凶恶气质。基本的方针是：保留牛的本相，比如牛眼睛、牛鼻子、牛犄角，再进行各种夸张和变形。

但无论怎样夸张和变形，有个基本问题得解决，就是牛的品种。不同品种的牛，长相是不一样的。不同的人，经验不一样，艺术创造的习惯不一样，塑造出来的牛魔王，也就不一样。有的是黄牛，有的是水牛，有的是"杂交"品种：黄牛的脸型，水牛的犄角。还有更离谱的，为了满足夸张的效果，牛魔王的犄角又长又大，弯弯曲曲，好几道弯儿，不知道的，还以为是大角羚羊成精呢！

那么，牛魔王到底是一头什么牛呢？其实，书中交代得很清楚——白牛。

与悟空赌斗变化的最后，牛魔王就显出了白牛的本相，被李天王、哪吒和四大金刚团团围住，牛魔王一发急，又显出本相，还是一头白牛。最后，李天王把这头白牛牵回灵山，向佛祖汇报去了。

有朋友可能要说：说牛魔王是一头"白牛"，只是说明了毛色，没交代品种，许多品种的牛，都有白毛的嘛！

确实，毛色是不能从根本上区别牛之种类的。中国古代生产、生活中常见的牛，主要就是三种：黄牛、水牛与牦牛。这三种牛，都有白色的。黄牛种里，经常可以看到白色的，白色的牦牛，就更常见了。水牛种，大都是黑色的，或者灰褐色的，但白色水牛也能见到。光从毛色看，分不出品种。但这个白色，是有寓意的——牛魔王必须是白牛，不能是其他毛色的牛。

上文提到了，这一回最后，李天王牵着牛魔王回灵山见佛祖，作者写了一首诗，诗中有一句："牵牛归佛休颠劣。"就是照映这段情节的。为什么最后去见佛祖？因为白牛，正是佛教文化里的一个重要意象。

我们知道，佛教是很重视譬喻的，就是为抽象的佛教观念、思想，找到一个生动的，特别是贴近人们日常生活的喻体，使这些观念、思想更容易传播。

佛教里有一个概念，叫“一佛乘”，指的是唯一成佛的教法。如何帮助民众理解这个概念呢？《法华经·譬喻品》就把一佛乘比喻成大白牛车。

为什么是大白牛车？因为古印度的民众是很熟悉白牛这个形象的。

这种白牛，一般认为，就是印度瘤牛。这种牛，又叫犦牛，或者犎牛，因为鬐甲部位有一块隆起的肌肉组织，像肉瘤子一样，所以人们习惯叫它瘤牛。

一方面，瘤牛在古印度民众的生产、生活中扮演了重要角色。这种牛体形大，耐旱、耐高温的能力强，产奶量比较大，也是家庭里的重要畜力。另一方面，牛在古印度的神话传说中扮演着重要角色，许多神话形象，都与牛有关。别的形象都不用说，湿婆神——古印度神话三大主神之一——就化身成牛，古印度教就把牛看成湿婆神的化身，崇拜牛，敬畏牛。牛的形象，在古印度文化里，也就显得十分神圣。白色的印度瘤牛，因此也被赋予了神圣的色彩。佛教兴起以后，吸收了这种形象，用作譬喻。在传播的过程中，民众也形成了刻板印象式的知识，一提到“白牛”，会自然而然地想到大乘佛法。

这种知识，也传入中国。比如杜甫的《上兜率寺》诗，有一句："白牛车远近，且欲上慈航。"①用的就是这个典故。在这句下面，杜

① 彭定求等编：《全唐诗》第7册，北京：中华书局1960年版，第2462页。

甫还加了注释，说："《法华经》以大白牛驾宝车。"这条注释，本身就有丰富的信息量：一方面，说明这种譬喻，刚刚在中国本土的世俗社会流行起来，只有一部分文人知道与理解，还不是尽人皆知的。否则，杜甫没有必要自己加一条注释；加注释，就是怕人看不明白。另一方面，世俗社会对这一概念的理解，是更加生动的。杜甫只知道该譬喻来自《法华经》，但具体的本体和喻体，究竟是什么，杜甫也是不大清楚的 —— 毕竟，他也不是一个佛教徒，更不是佛学家。按他的理解：为什么白牛象征着大乘？因为白牛拉着佛祖的宝车。这种理解，距离《法华经》的原旨，有相当距离，但不得不承认，又是很生动的。

伴随着"三教混融"机制，白牛形象，也逐渐被其他教派吸收，比如明代张三丰的《玄要篇·五更道情》里就有一句："目前仗起青锋剑，倒跨白牛走上山。"[1] 可见，道教徒也在用这个形象，来隐喻修炼的境界了。

而"三教混融"的机制，本来也是一种古代世俗社会理解与传播宗教知识的基本逻辑和方式。所以，用白牛比喻没有丝毫烦恼污染的清净境界，也就被大众广泛接受了。大家在一些古代文玩、书画上看到"童子牵白牛"的图像，一般都用的是这个象征。

当然，这里不是非要坐实一件事：牛魔王就是白色的印度瘤牛。今天影视剧改编《西游记》的时候，没必要按印度瘤牛的形象来塑造牛魔王 —— 那样，也不好看。牛魔王的白牛本相，受到了佛教的影响，这是毋庸置疑的。但这种佛教知识传入中国以后，又经过

---

[1] 参见李天飞校注：《西游记》，北京：中华书局2014年版，第796页。

了"三教混融"的文化机制的过滤，又同中国民众的日常经验结合在一起，大家看一看文玩或书画上的"童子牵白牛"图像，不是黄牛种，就是水牛种。试想中国的童子，怎么会牵着一头印度瘤牛呢？

总之，不管以哪个品种的牛为原型，牛魔王得是一头白牛，这一点不能变。如果牛魔王不是白牛，与佛教无关，李天王、哪吒和四大金刚，也不会这般卖力帮忙了。至于各种生理细节，就是塑造者的艺术自由了，只要别太离谱，我们都是乐于接受的。

170 巨灵神有何来历？

在收服牛魔王的过程里，李天王与哪吒当然是主力，特别是哪吒，最后制伏牛魔王，全凭哪吒的神通变化，但父子二人，我们放到"无底洞"故事去介绍，这里只说李天王麾下的一位神将——巨灵神。

早在第四回，巨灵神就登场了。在第六十一回里，巨灵神只是被作者提了一嘴，没有多少戏份，还不如四大金刚——四大金刚起码有台词，一人一句，好歹有个特写镜头，巨灵神则跟在李天王身后，没有存在感。但在第四回里，巨灵神是征伐悟空的先锋官，花果山第一场搏杀，就是他与悟空对阵。今天人们在较量的时候，经常使用一句话：快快投降，"若道半个'不'字，教你顷刻化为齑粉！"这句狠话从哪里来的？ 就是巨灵神说的。影视作品改编《西游记》的时候，也很关注巨灵神。比如上海美术电影制片厂的《大闹天宫》，其中巨灵神的形象塑造，就是很讲究的，也给观众留下了深刻印象。总之，巨灵神在中国古代的神话传说里，是一个重要人物。

那么，这位巨灵神有何来历？他为什么是托塔李天王麾下的先锋官？

其实，巨灵神最早不是李天王麾下的人物。托塔李天王的形象塑造，有佛教神话传说的成分，他的儿子们，以及麾下神将，也大都来自佛教的神话传说，比如鱼肚神和药叉神，都是梵语的音译，他们又经过本土信仰的改造，是"中西合璧"的产物。

而巨灵神，是一位地地道道的本土神祇。

要说这位神祇的来历，先看他用的兵器。书中交代，巨灵神用的是宣花斧。

那么，巨灵神为什么要用斧子呢？大家知道，斧子的用法，主要就是"劈"——所谓枪刺、刀砍、斧劈，即便不是武术行的练家子，也知道这些"固定搭配"。既然是劈，这就暗示我们：在关于巨灵神的神话传说里，他的一个突出事迹，是劈开过某种东西。

劈开的是什么东西呢？可不是小东西，而是大东西——他劈开的是华山。

有朋友可能要问：劈开华山的不是二郎神杨戬吗？

的确，杨戬劈山救母，这一传说故事，我们更熟悉。但这个故事，是一个带有浓重的伦理色彩的故事。我们知道，一般说来，伦理色彩很重的故事，都不是最早的故事，或者说原初故事，因为在原始蒙昧时期，催生故事的动力，不是伦理，而是先民对世界（特别是自然界）的各种解释，这些故事背后，是先民面对生存困境的焦虑，以及解决这些困境的强烈期待，是焦虑与期待的浪漫化，催生了一个又一个神奇故事。

神祇劈山，这类神话很早就有，问题是先民们为什么要幻想神祇劈开高山大岳？

原因很简单——在先民看来，高山大岳是阻碍，不只阻碍陆路，也阻碍水路，如果有一股强大的神奇力量，能够劈开这些高山大岳，陆路也畅通了，水路也畅通了。

尤其水路问题，这又很容易与洪水神话结合在一起。在大水漫溢的时候，人们幻想高山大岳能够被打通，这样一来，大水就可以被疏导，向四面八方流去，水灾自然就解除了——鲧禹治水的神话，就是这种幻想的反映。鲧用息壤填塞山谷，筑起比今天的三峡大坝还要雄伟的水坝，试图阻挡洪水；禹却带领人们开辟山岳，形成一条一条水道。

巨灵神劈华山，也是这种神话思维的反映。只不过，在这一故事里，人类的能动性要小一些，自然力量的能动性要大一些，因为"巨灵"本身就是一位河神，该故事反映的是河神开辟水道。

《搜神记》记载了该故事："二华之山"（太华与少华二山）本是一座连绵的大山，挡住黄河的去路，河水流到这里，就得绕着走，很麻烦。"河神巨灵"就用手掰开山峰，用脚踹开山底，硬生生把一座大山，分成了两座。这样一来，河水就可以直接流过去了。据说西岳华山上还留着巨灵神的手指印，首阳山下还留着巨灵神的脚印。[①]

这一故事版本，保留了上古神话的色彩，气势恢宏，画面震撼。

[①] 干宝：《搜神记》，见《汉魏六朝笔记小说大观》，上海：上海古籍出版社1999年版，第376页。

可以想象一下：大河凝精聚神，形成一个巨人的形象，用手掰，用脚踹，硬是把连绵的山峦，分成了两座。比古希腊神话里的泰坦神还有气势。李白《西岳云台歌送丹丘子》就说："巨灵咆哮擘两山，洪波喷箭射东海。"①可以看到，巨灵劈山的恢宏气度，正与李白诗歌瑰丽壮大的风格相适应，所以诗仙在感慨大自然之鬼斧神工的时候，自然而然地引用了这一典故。

只不过，河神巨灵的神话，没有其他神话影响大，后来被其他神话拆解掉了，比如《历世真仙体道通鉴》就说，巨灵神是西王母的女儿——云华夫人——手下神将，被借调到大禹手下，负责开山引水。这已经是一个道教传说，但它反映了神话的拆分，巨灵劈山的神话被西王母神话与鲧禹治水神话分别吸纳了。

我们还要考虑到一点，就是"河神巨灵"，本来不是一个严格的名字。

巨，就是大的意思。所谓巨灵，就是巨大的神灵。这不是黄河河神专有的名字。比如《汉武故事》里，说东郡献上一个七寸高的小矮人，汉武帝怀疑他是山精，找东方朔来问。东方朔一见这小人儿，就喊出他的名字。原来，他叫"巨灵"，是西王母手下的一个信使。西王母派他来告诉汉武帝修道的基本方法，所谓"唯有清净，不宜躁扰"②。而七寸高的小人儿，居然以"巨灵"为名，这种反差命名，也是富有谐趣的。

这样，我们也就明白，为何巨灵劈山的神话，能够与西王母神

---

① 彭定求等编：《全唐诗》第5册，北京：中华书局1960年版，第1717页。
② 佚名：《汉武故事》，见《汉魏六朝笔记小说大观》，上海：上海古籍出版社1999年版，第173页。

话融合在一起，因为西王母神话里，也有一个叫"巨灵"的神祇。

之前又说过，黄河河神很早就有了专门的名字，叫冯夷，民间习惯称呼他河伯，到了道教神仙系统里，又尊称为黄河水伯神王，这里都没有"巨灵"的名字。这样一来，巨灵神的河神原型，也就逐渐消退了，他变成了一个道教系统里的神将。

既然是神将，在谁手下讨生活，都是一样的。借调的事情也就常有，调来调去，到了《西游记》里，就调到大元帅托塔李天王手下，成为威风凛凛的先锋官。

只不过，在作者笔下，这位先锋官外强中干，名不副实，口气很大，本领太小，与悟空没斗上多久，就败下阵来，连宣花斧的斧柄，也被金箍棒震断了。

饶有趣味的是，巨灵神的宣花斧，原本是用来开河的，金箍棒又是大禹治水时留下的定海神针，都与鲧禹治水的神话有关。两般兵器，都是治水的法宝。论起来，还是宣花斧的战斗力更强才对——毕竟，斧子是开河用的上古神器，定海神针只是测量水位的定子。但工具的威力大不大，还要看在谁手上。巨灵神对孙悟空的话，开山斧反倒不如测量杆厉害了。

作者大概是不知道这个背景的。不然，以他的才力，应该在这上面大做文章的。

第六十二回

涤垢洗心惟扫塔　缚魔归正乃修身

171　万圣公主是美猴王的继承者？

这段情节说的是：唐僧师徒来到祭赛国。这祭赛国是西天路上的一个上邦大国，国中有一座金光寺，寺里的宝塔之上，供奉着佛宝舍利，霞光万丈，周围的国家都能看到，以为这里是天府神京，心生敬畏，所以年年朝贡。三年前，佛宝丢失，朝贡就断了。国王认定是金光寺僧人监守自盗，追逼他们归还佛宝。唐僧离开长安时，曾发下心愿：逢庙烧香，遇寺拜佛，见塔扫塔。他就带着悟空去扫塔。塔有十三层。玄奘扫到第十层，体力不支，叫悟空替他扫完。悟空扫到第十三层，抓到两只鱼精——奔波儿灞和灞波儿奔。原来他们是碧波潭万圣龙王的手下，万圣龙王伙同女婿九头虫，盗走了佛宝。唐僧师徒把鱼精交给祭赛国王，为金光寺僧人开罪。国王设宴招待唐僧师徒，又请悟空擒拿贼首，取回佛宝。

这段情节，与"火焰山"故事连在一起。碧波潭的万圣龙王，在"二调芭蕉扇"的时候就出现了。他是牛魔王的朋友。哥俩的关系，应该是很热络的。所以，万圣龙王一下请柬，牛魔王也顾不上与悟空对战，甚至撇下孤零零、娇滴滴的玉面公主，赶着去碧波潭赴宴。

然而，关系再热络，也只是酒肉朋友。万圣龙王巴结牛魔王，是看中其家族势力，想沾一点光，在大树底下，借一片清凉。牛魔王肯和万圣龙王拉一拉手，是为了卖弄威名，满足虚荣心。相互利用，各取所需罢了。当年孙悟空在花果山聚义，热结七兄弟，感情比这还深厚，最后也是"树倒猢狲散"，何况这种杯酒交欢的朋友？所以，牛魔王被天兵围追堵截的时候，万圣龙王没露面，一宫里的龙王、龙婆、龙子、龙孙……都变成一个模样——缩头乌龟。我们倒也不必发出世态炎凉的感慨，小巫见大巫罢了，最多鼻子里"哼"一声。

那么，万圣龙王，与一宫的老小，为什么甘做缩头乌龟呢？这和他们的家风有关。

之前说过，神魔江湖，利字当先，这是赤裸裸的口号。但赤裸裸的口号之上，也得做一点面子工程——毕竟是江湖，总得表演出来一些义气。所以，"守望相助"的形式，总是要走一走的。花果山被天兵围剿的时候，其他几个兄弟，总得率领一伙山精野怪，出来比画两下，应个景儿。平顶山遭难的时候，特别是压龙洞九尾狐殒命，狐阿七大舅也得拿出一点破釜沉舟的"勇气"来。红孩儿被收服之后，如意真仙不能当作什么事都没发生，总要难为一下悟空——不然，以后在江湖上如何做人？！

然而，万圣龙王一家，连面子工程都不做，宁肯顶着缩头乌龟的恶名。为什么？因为他们家族不是喊打喊杀的大盗，而是鬼鬼祟祟的小偷。

这一家子都是小偷。万圣龙王与九头虫合伙，偷走佛宝舍利，万圣公主也不遑多让，居然从灵霄殿偷来王母的九叶灵芝，用以养护佛宝，一家子都是"三只手"行业的翘楚。

以前有一个相声作品，叫《小偷公司》，我们可以借这个名字，换一下表述，说乱石山碧波潭里这家人，是一个"小偷家族"。

当然，《西游记》里好偷东西的人物，其实不少。悟空就是书里的第一大"惯偷"，偷蟠桃、偷金丹、偷仙酒，这在江湖上都是有名号的。所以，第三十九回，太上老君一见悟空来到兜率宫，就嘱咐童子们加倍小心："偷丹的贼又来也！"第五十一回，各路神将的兵器都被青牛精用金钢琢套去，也是邓、张两个雷公出主意，叫悟空去偷回来。可以想象，天庭各宫各殿，平时都是如何议论悟空的——除了那场惊天动地、搅乱三界的"闹"，就是这个不光彩的"偷"了。

其他人物，也有爱偷东西的。黑熊精偷袈裟，地涌夫人偷香花宝烛，黄狮精偷钉钯，看来《西游记》里的不少妖魔，都是见了"爱物儿"就挪不动步的货色。然而，只有万圣龙王一家子是集团作案，这在《西游记》里还是蝎子粑粑——独一份！

当然，虽说是偷，但万圣龙王一家，不屑于小偷小摸；鸡鸣狗盗，不是他们的做派。要偷就偷大的，能显示业务能力的，见得出神奇手段的。仨瓜俩枣，有什么可偷的？偷来也是寒碜！顺手摸一把，跟"拿"似的，那也能叫偷？不把祖师爷的鼻子气歪了才怪！

地涌夫人偷香花宝烛，说到底是为了口腹之欲，磨牙打洞，鬼鬼祟祟，叫人看不上。黑熊精偷袈裟，是临时起意，趁火打劫，没体现出任何职业素养。

更不用说那些从天庭下来的神仙手下，说是"偷"，跟"拿"有什么区别？金角、银角是偷了太上老君的五件法宝吗？鬼才信他们——十之八九，是太上老君亲自给他们装备上的。兕大王是偷了太上老君的金钢琢吗？那金钢琢不就穿在牛脖子上吗！赛太岁是偷了观音菩萨的紫金铃吗？紫金铃不就套在狮子犼的脖子上吗！难不成你家猫走丢了，你指控这只猫，把你买给它的项圈给偷走了？！

有朋友可能要说：黄眉童子偷弥勒佛的人种袋子。这总该是偷吧？的确是偷。但徒弟偷师父，这能叫偷吗？孔乙己怎么讲的？窃书不能算偷……窃书！读书人的事，能算偷吗？这话套在《西游记》里，徒弟偷师父，那叫窃！人家师门的事，怎么能是偷呢？即便今天，徒弟给师父洗稿子的事，还少见吗？师父装看不见，睁一只眼，闭一只眼，不痴不聋，不做家翁罢了！

人家万圣龙王一家子，是不屑于如此勾当的。玩，就玩大的！

从上邦大国偷佛宝舍利，这是影响人家的国运的，甚至撼动了祭赛国的根本。灵芝草更是从灵霄殿偷来的。虽然，天庭经常丢东西，但那是从上往下偷，万圣龙王是下界的一条野龙王，万圣公主虽然名为"公主"，又没在玉牒上注册，说到底是一个下界的野姑娘。一个野姑娘，胆敢去偷王母的九叶灵芝草——况且，这九叶灵芝草，不是长在瑶池里的，而是长在灵霄殿前的。灵霄殿是什么所在！可见这姑娘的胆子不小，本事更不小。

悟空算是《西游记》的第一大"惯偷"，但他在下界做妖仙的时候，也没想过这种冒天下之大不韪的事，偷蟠桃等勾当，都是受箓齐天大圣以后的事，那是监守自盗，技术含量又不高。

论起来，悟空做妖仙时的魄力，还不如万圣公主，倒是早期故

647

事里的悟空——比如《西游记杂剧》里的孙行者——还保有这样的魄力。

如果悟空还记得自己的原型的话,看到万圣公主,可能要由衷地夸赞一番:"不错!不错!有俺老孙当年的风采!这种勾当,俺老孙这一世,是再做不出来喽!"

当真做不出来了。百回本《西游记》里的孙悟空,绝不是《西游记杂剧》里的孙行者。况且,这已经是第六十二回了,经过"真假美猴王"的段落,剪灭魔障的悟空,怎么可能再有这种盗窃举动呢?

172　祭赛国在哪里?

上一讲说到,这一回里的祭赛国,是西牛贺洲上一个真正意义的"上邦大国",疆域辽阔,国都壮观,又享受四方小国的朝贡。

这样一个上邦大国,我们自然好奇:它到底在哪里?

读过原著的话,回答这个问题,并不困难。书中交代,说祭赛国东边是西梁女国,北边是高昌国,西边是本钵国,南边是月陀国。但这是作者的空间设计,用四个国家一围,围出一个祭赛国。这国家到底在哪里,我们还是不知道。

之前说过,在中国古代的神话传说里,有很多女人国。回到唐代的历史真实中寻找,很可能就是《大唐西域记》里记载的苏伐剌拏瞿呾罗,也就是"金氏国"。这个国家,在于阗的南部,隶属于吐蕃。既然女人国在祭赛国东边,祭赛国就要再往西偏一偏,但应该不会偏得太远。因为还要在北边对上高昌国——偏得太远,就对不上了。这样看来,祭赛国的位置应该还在吐蕃境内。

但书中又说它在月陀国北面。月陀国，历史上没有记载。

这可能是音误。笔者怀疑：月陀，说的其实是于阗。月陀，于阗，发音相近，换了记音的文字，把"于阗"写成了"月陀"。如果是这样，问题就更大了。如果祭赛国在于阗国北面，它就不可能在吐蕃境内了，也不可能在高昌国南面，距离金氏国就更远了。

再加上本钵国，问题就更罗乱了。本钵国，历史上也没有记载。所谓"本钵"，可能来源于藏区流行的原始宗教——苯教。这种原始宗教的音译，就是"本巴"或者"本波"。本钵国，可能是一个以苯教为国教的国度。既然本钵国在祭赛国西边，则祭赛国又在吐蕃境内了。

看来看去，真是一笔糊涂账。可见，作者脑子里也没有一张清晰的地图，他把道听途说来的几个国名，随便一组合，围出一个祭赛国。这国家在哪里？他也不知道！

既然不知道祭赛国的地理空间，国都的具体位置，作者当然也不知道了，至于国都里的城池建筑，他就更不知道了。

怎么办？只能编！怎么编？照着现成的文字抄！西域国家的国都不知道，中华上国的国都还不知道？

于是，这一回里就出现了一段奇葩的韵文。作者借悟空的"超级视力"看过去，写到国都是"龙蟠形势，虎踞金城"，这当然都是套话，虎踞龙盘，古代哪一个国家选址定都，不要做一做地理堪舆的工作呢？

但接下来就越跑越偏了，用了一句："真个是神州都会，天府瑶京。"天府，倒还可以理解。天然府库，物产丰饶的地方，都可以叫天府。但"神州"一词，可以随便用吗？

649

神州，来自"赤县神州"之说，是古时候对中国的别称。这不是已经到了西牛贺洲地界吗？而且走了老半天了，怎么还用"神州"一词呢？

再接下来，作者的措辞，越来越荒唐，说道："万里邦畿固，千年帝业隆。蛮夷拱服君恩远，海岳朝元圣会盈。"我们不禁要问问作者：您这是站在谁的立场说话？您这是在替哪个朝廷撑口袋？到底谁是"万里邦畿固"，哪一个配得上"千年帝业隆"？还一口一个"蛮夷拱服"，区区一个祭赛国，配得上这句话？那我们天朝上国，算是什么？

这些话，换作今天，也就是在网络上跟帖，杠上一杠。过去则讲究"华夷之辩"，到底谁是华夏，谁是蛮夷，总要较一较真儿的。

当然，可以说这是作者缺乏足够的人文地理知识——毕竟，他应该没出过国，甚至没有边疆旅行的经验，对西域诸国的风土人情、关防交通、山川地理，一点不了解。

但今天再看，其中就没有别的用意吗？

请注意一个细节。接在这段韵文之后，还有悟空师兄弟的一番讨论。沙僧夸悟空目力了得，看得远，看得真，又追问了一句：这是什么国家？悟空回答：没有牌匾旌旗，怎么会知道国名呢，得到城里问一问。

这当然是卖关子，但这个关子又太小，转眼师徒就知道国名了。

那么，作者为什么还要在这里故意"顿挫"一下呢？可能是要我们再咂摸一下这段奇葩的韵文，闭上眼睛，品一品——你品，你细品——这是在说一个"西邦大去处"，还是就在写中华帝都——先不告诉你国名——是不是咂摸出点味道了——我都写得这么直白了,"蛮夷拱服君恩远,海岳朝元圣会盈"。这不是中华帝都,又是哪里呢?

作者这样做,其实就是在影射当时的明王朝了。

我们知道,《西游记》有很强的影射时局的意味。大家经常引用书里的一句话,说"文也不贤,武也不良,国君也不是有道",就是说官僚集团疲软,士气不振,普遍缺乏精英的道德感,治国理政、安邦定边的能力也不强,封建君主不能作则垂宪,更缺乏统治智慧。这说的就是明代中晚期的社会现实。

作者不能(或不方便)直接说,就找一个外邦来"寄托",好比唐代诗人,总是"借汉言唐",像杜甫《兵车行》里的"汉家山东二百州,千村万落生荆杞",韩翃《寒食》里的"日暮汉宫传蜡烛,轻烟散入五侯家",白居易《长恨歌》里的"汉皇重色思倾国,御宇多年求不得",都是"借汉言唐",说的是汉王朝的事,实际上是影射唐王朝的事。因为有讽刺的意味,不能明说,只好从上古的"黄金帝国"里,借一个来"寄托"。小说里也是一样的,具体到《西游记》这类神魔小说里,就不是从古代的历史真实里找一个寄托了,而是想象出一个寄托。虚构出来的国度,幻想出来的地理空间,真真假假的,虚虚实实的,说的是某国某地,其实影射的就是中华的封建王朝。

那么,经常被引用的这句话,出自哪里呢? 就出自第六十二回,说的就是祭赛国,但实际上,说的是中晚期的明王朝。

还要注意的是国名——祭赛。何谓"祭赛"? 就是祭祀酬神的宗教活动。

这里的赛,不是比赛的意思,用的是这个词的本义——报,酬。

赛神，就是报答、酬谢神的恩赐。

明代中晚期，皇帝迷信道教，宫内宫外，经常搞各种祭赛神恩的仪式，兴师动众，劳民伤财，文官武将一味迎合封建统治者，积极参与相关活动，卖力表现，大拍马屁，借机捞取政治资本。民间又兴起各种秘密宗教，各教派鼓吹自己的教义，招揽信徒，蛊惑大众，也在祭赛神明的仪式上下功夫。至于民间本来就存在的迎神赛社活动，到了这个时候，更是如火如荼的。

这些现象，作者是看在眼里的，也是带着批判态度的。他当然不会像今天的知识分子一样，从历史唯物主义的立场去看待问题，也不可能从根本上否定这些宗教仪式的合理性，但总会产生怀疑：钟鼓梵呗，香烟弥漫，当真能够保证国运昌隆吗？政治清明、社会安定、生活富足，是靠大大小小的宗教仪式实现的？王朝的形象，是靠宗教幻想建立起来的？

他可能没有更深刻的思考，也没有获得具体的答案，但批判的态度是有的。所以，在他笔下，祭赛国就是这样一个活在宗教幻想里的国度。它之所以是"西方大去处"，不是因为比周边各国更文明，它没有掌握更强的科学技术，不具有更先进的生产力，也没有更成熟的政治体制。总之，经济上，政治上，文化上，都没有突出成就。只因为供奉佛宝舍利，它就成了周边各国的"灯塔"，而番邦小国也仅仅因为这一点幻象，就甘心年年向祭赛国朝贡。你说可笑不可笑？

第六十三回
二僧荡怪闹龙宫　群圣除邪获宝贝

173　九头虫到底是什么妖怪？

这一回的回目是"二僧荡怪闹龙宫，群圣除邪获宝贝"。

二僧荡怪，说的是悟空与八戒合力对战九头驸马，以及碧波潭的水族。因为沙僧留在祭赛国，保护唐僧，悟空只好与八戒打配合。而悟空不善水战，八戒斗志不高，加上九头虫确实有手段，又凶猛异常，战斗就比较艰难。头一次较量，悟空与九头虫在空中打斗，三十回合，还不分胜负，八戒赶上来助阵，把九头虫逼急了，显出本相，张开血盆大口，将八戒捉回龙宫。悟空孤掌难鸣，也没法在水下和九头虫展开较量，就变成一只螃蟹，溜进龙宫，放了猪八戒。八戒重获自由，卖足了力气，在龙宫里一顿乱打，宫里的门扇、桌椅都被打破了，各种装饰，比如玳瑁屏、珊瑚树，碎了一地，仿佛暴力强拆，即所谓"闹龙宫"。回到岸上，悟空要趁热打铁，八戒却意兴阑珊。眼看战斗进行不下去，赶上二郎神带着梅山六兄弟，牵狗驾鹰，到此地打猎，帮助悟空打败九头虫，即所谓"群圣除邪"。最后悟空取回佛宝舍利，交给祭赛国王，又建议国王把金光寺改成伏龙寺，以保江山万年。

在这一回里，九头虫两次显出本相，让我们看到，他到底是什么怪物。然而，今天一些改编《西游记》的影视作品，懒得阅读原著，在塑造九头虫形象的时候，望文生义，把他的形象，设计成九个头的怪虫子，就暴露出知识的匮乏，以及改编原著时不负责的态度。

其实，书中交代得很清楚——九头虫，不是虫子。

虫的本义，不是昆虫，而是泛指动物。九头虫，不是九个头的虫，而是九个头的动物。

那么，它是什么动物呢？其实是一种鸟。

作者描写九头虫的本相，用了一段韵语，开篇八个字就是："毛羽铺锦，团身结絮。"也就是说，它长了一身锦绣斑斓的羽毛，如果是虫子，怎么会长羽毛？接下来，作者又用其他代表性的鸟类，与九头虫做了一番比较，说它比大鹏飞得还高远，比仙鹤叫得还响亮，最后总结道，"气傲不同凡鸟类"。说九头虫的气质高傲，凡鸟都比不上。比不上归比不上，但九头虫毕竟还是鸟。

这种鸟，就是上古神话传说里的九头鸟。

那么，九头鸟的形象，是怎么来的呢？一般认为，九头鸟的原型，是"九凤"。目前所见记载"九凤"的文献，是《山海经·大荒北经》：大荒之中有座山，名叫北极天柜。山上有神，长着九个脑袋，鸟的身子。九个脑袋上，都是人面。这就是九凤。

可以看到，这是一个半人半鸟的形象。这种形象，在《山海经》里是很常见的，反映的是上古先民的幻想。当然，幻想也有现实根据。神话中的形象，多多少少，总是能从历史真实里找到影响的。有学者认为，九凤的原型是华夏神话的凤，其现实根据则是猫头鹰。古代的人称猫头鹰，叫鸱，又叫鹏鸟，或者鸧鹠，这些称呼，也用来指九头鸟。①

这是容易理解的。猫头鹰有一个特点——脖子异常灵活，脑袋可以转动270度左右，身子不动，就能向前看，向左向右看，又能向后看。古人关注到这一奇特的生物学现象，却无法如今人一样，更合理地解释它，就用幻想思维来描述，说它长着很多头。《西游记》里就写到了这一点，说这九头虫：前有眼，后有眼，四面八方都能看到。这不就是在描述猫头鹰吗？只不过，前后有眼，不是脖子灵活，而是有很多头。

请注意，说的是有很多头，不是只有九个头。这里的九，是约数，不是实数。因为九是阳数之极，用"九"代指"多"。

多头的形象，在上古神话传说里，不算新鲜事，也不象征着吉凶。然而，随着形象的流传，九头鸟，逐渐变成了一种凶鸟，也就是不祥的鸟。

它有一个特别的名字——鬼车鸟。

为什么用"鬼"字？因为在上古汉语里，"九"与"鬼"发音相近。传着传着，"九"就变成了"鬼"。② 本来都是记音的字，但字眼一换，意思就附带进来了。所谓"鬼车鸟"，就是人们认为：九头鸟的叫声怪异，骨碌碌——骨碌碌——像鬼车在夜里碾过一样，预示着不祥。《荆楚岁时记》就说，夜里听到鬼车鸟的叫声，要吹灭灯烛，捶床板，打窗框，让狗狂吠起来，把不祥的气息给赶跑。我们知道，《荆楚岁时记》是南北朝时记录楚地（即江汉地区）风土人

---

① 参见李零：《九头鸟》，《读书》2023年第11期。
② 参见胡晓蓓：《"九头鸟"的形象流变及其文化内涵》，《华中科技大学学报》（社会科学版）2006年第2期。

655

情的笔记小说，而楚地正是九头鸟传说的发源地——有学者认为，《山海经》里记载的北极天柜就在楚地，九凤是上古时期楚地民众信仰的神鸟①——连《荆楚岁时记》都说九头鸟不祥，说明到了中古时期，这种认识已经比较普遍了。

为何会产生这种变化？可能与上古以来多民族、跨地域交融过程中，中原文化对周边文化的刻板化构造有关系。

我们知道，在古代民族文化交融的过程中，总是带着偏见的。这种偏见，又经常是中原文化对周边地区文化的偏见。这当然是妨碍文化交流的，却又是不可避免的。各种文化形象的传播、嬗变，也绕不开偏见心理的作用。

单说"九凤"形象，既然楚地民众崇敬它，其他地区的民众可能就要对它污名化，让它从一种吉祥的鸟，变成一种凶恶的鸟，这样一来，也是在借机贬抑楚地文化。

随着这种形象持续传播，更多负面色彩更强的情节也加进来。比如宋代周密的《齐东野语》里就记载了这样的民间传说，说九头鸟本来有十个头，被狗咬下了一个，留着血淋淋的脖腔子，"至今血滴人家，能为灾眚"②。这就不仅是不祥了，而是祸害人了。

该传说流传很久，到了《西游记》里，还保留着基本的样子。大家注意，九头虫是《西游记》里一个"特例"：他是民间野生的妖怪，没有后台，这样的妖精，一般都是被孙悟空赶尽杀绝的。九头鸟却被放跑了。书中交代，哮天犬咬下九头驸马一个头，九头驸马

---

① 参见赵爱武、尹晓婷:《也说"九头鸟"》，《语文知识》2013年第4期。
② 周密:《齐东野语》，见《宋元笔记小说大观》，上海：上海古籍出版社2007年版，第5667页。

负痛，捂着脖子，往北海逃去。八戒还要追过去，悟空拦阻他，说："穷寇勿追。"二郎神惋惜道：只是留下这样的祸害，以后人家要不太平了。作者又补充一句：至今有个九头虫滴血，是遗种也。可见，到了晚明时期，这一说法还流传着，情节很稳定，以至于为了确保情节稳定，连悟空都一反常态，不对野生妖怪赶尽杀绝了。

为何到了晚明，人们还传这件事呢？一般认为，这与大众贬损张居正有关系。当时流行一首《九头鸟歌》，说"天上九头鸟，地下湖北佬"。张居正是湖北人，这里的"湖北佬"说的就是张居正。人们可能是在用"九头鸟"比喻张居正，借机挖苦他，贬损他。

这句话，今天还流传着。笔者认为，用九头鸟比喻湖北人，没有问题。毕竟，楚地是九头鸟传说的发祥地，该形象沉淀着江汉流域民众的历史记忆，凝聚着他们绵延不断的文化精神。然而，今天仍用这句话表达偏见，是不合适的。"地域黑"是要不得的。你瞧，九头鸟飞得高远，大鹏都比不上；叫声清亮，仙鹤也显得逊色。用九头鸟昂扬振奋的气质来比喻楚人，比喻今天的湖北人，不是也很合适吗？我们应当从上古神话传说里，重新发掘地域文化的古老图腾，用以褒扬积极的地域文化精神，为何要停留于"地域黑"的恶俗趣味呢？

174 制伏九头鸟，为何劳动二郎神？

上一讲指明九头驸马的原型是九头鸟。明白这一点，就知道为何由杨二郎收服九头驸马了，原因很简单——九头鸟怕狗。

早在中古时期的文献里，就可以看到九头鸟怕狗，人们听到九头鸟那种像鬼车碾过一样的叫声,就要唤起自家的狗来,把九头鸟赶走。后来,为了更生动地解释这种民间信仰,又说九头鸟本来有十个头,被狗咬下一个,所以见了狗就害怕。

这就好办了,寻一条狗来,就可以把九头鸟制伏了。只不过,九头驸马毕竟是有修行的九头鸟,凡间的小狗,不是他的对手——甭管是藏獒,还是吉娃娃,是赶不跑他的,得找一条有神通的狗来。找谁呢?

地藏王菩萨座下的谛听,原型是一头白犬。理论上讲,九头驸马肯定是怕谛听的。但谛听长年伏在地藏王菩萨的经案下,地藏王菩萨又不离地狱,就算悟空知道九头鸟怕狗,也没法把谛听请来。

二十八宿里有娄金狗,他是奎木狼的哥们,也属于西方白虎七宿。但《西游记》从来没有单独提到娄金狗。别说孙悟空想不到他,连读者都想不到他。况且,二十八宿是星官,不得擅离职位,私自下界,没有玉帝敕旨,娄金狗怎么会出现在乱石山碧波潭附近?说他是到这里闲逛散心的?这不合理嘛!

那么,《西游记》里还有哪条狗,堪当此重任呢?现成的"狗"选,就是哮天犬。

在"大闹天宫"的段落里,哮天犬已经表现得很出众了。没有它,悟空也不会被二郎神给擒住。哮天犬的杀手锏,就是"咬合能力"强。悟空是金刚不坏之身,哮天犬都能咬住他的小腿肚子,咬下九头驸马的一个脑袋来,是"分分钟"的事。

同时,哮天犬出现,也比较合理。二郎神在下界享受人间烟火,不受天庭996工作制的折磨,终日带领兵将仆从,满世界溜达,放纵鹰犬,恣意玩乐,哪里不可以去?说二郎神带着哮天犬,来乱石山碧波潭附近打猎，就显得很自然，也很合理。

所以，要在《西游记》里制伏九头驸马，哮天犬是最佳"狗"选。既然哮天犬来了，二郎神也就出现了，连带他手下的兵将，又露了一回脸。说句玩笑话，这一回增加出镜率，倒是托了哮天犬的福。

然而，二郎神出现，作者还要解决一个问题，就是化解之前的人物矛盾。悟空一生要强，被二郎神活捉，是履历档案里的一个"污点"，要背一辈子，心理上肯定是有负担的。他怎么好意思求二郎神帮忙呢？

别忘了，此时的悟空，已不是当年花果山上的齐天大圣，也不是取经前半段魔性还未退尽的孙行者。他对取经事业的意义，理解得更深刻了；对这个世界的悦纳力，也更强了。况且，悟空到底是一个大丈夫。大丈夫，讲究能屈能伸。虚心下气地请人帮忙，对现在的悟空来说，并不是问题。

当然，过了心理这道关，还有话术这道关。请人帮忙，不是上下嘴皮子一碰，大剌剌说出诉求，就能如愿的，得讲究方式方法。

你瞧，悟空请二郎神出手，不直接出面，而是先叫八戒替他带个话。一来，毕竟是二郎神手下败将，面子上不好看；二来，八戒前身是天蓬元帅，在二郎神面前也说得上话——别忘了，二郎神心高气傲，不是任谁带话，他都给面子的。

悟空又特地嘱咐八戒，要这样讲："真君，且略住住。齐天大圣在此进拜。"

不得不佩服，悟空是"懂说话"的。求人办事，得层层铺垫，寻机而动，不能像狗血的电视剧里那种拦轿喊冤的情节，看着挺带劲儿，现实生活里，是办不成事的。不能硬拦住二郎神的车驾——

人家若是不睬你，只管马嘶犬吠，狂风滚滚，惨雾阴阴，一脚油门，扬长而去，你不只碰了一鼻子灰，这事也就没"缓儿"了。先不说事，只请人家站一脚，人家要是肯把车子道边停靠，降下车窗，瞥你一眼，这事就有门儿了！

称谓上也是有讲求的。对二郎神，要称呼"真君"。按中古时期蜀地百姓的称呼，二郎神是"护国显应王"，虽然是王号，没有得到朝廷认证，宋仁宗的时候，封二郎神为"灵惠侯"，虽然有朝廷盖章了，但爵位不高。这两个称呼都不适合用。还是称呼"真君"，地位崇高，在民间传播得广，对方听了也受用。

自称，就得用谦称了，但也没必要自轻自贱到不堪的地步。为了求人办事，把自己贬得一无是处，实在不雅相，也不是悟空的性格。称"齐天大圣"就好。一来，这是官方盖章的封号，也是能与二郎神攀交情的称号——二郎神又不在乎取经成与不成，也不用巴结佛祖和菩萨，你拿出"孙行者"的名片，人家也不睬你。二来，自称齐天大圣，也说明悟空甘心承认作为二郎神手下败将的事实，能大大方方地讲，说明这事已经"翻篇儿"了，旧恩怨已经化解了，新交情就可以建立了。有一些人，拿得起，放不下，总喜欢舔舐伤疤，纠结在旧恩怨里，自己活得憋屈，旁人看着也尴尬。悟空绝不是这种人，他拿得起，放得下，那伤口早已结痂，轻轻一摩挲，就把痂皮子揭掉了。你自己揭掉了痂皮子，大家也就不尴尬了。

二郎神是一个体面人，也是一个"说翻篇儿就翻篇儿"的大丈夫。悟空既然自称"齐天大圣"，又用了"进拜"这样谦恭的字眼儿，面子已经给足了——来而不往非礼也——二郎神就叫梅山六兄弟，把悟空"请"过来。

俩人见了面，二郎神先祝贺孙悟空皈依佛门，这是客套话，却也有实际作用——这就是变相地说明了，之前道教系统里的旧恩怨，都是陈年往事了，咱们重新结交。悟空是一个聪明人，自然听懂了，所以不明说被擒的"黑历史"，用"向蒙莫大之恩，未展斯须之报"这样的套话给含混过去，直接称呼二郎神"兄长"，这就是接下了对方抛过来的橄榄枝。接下来，什么事情都好谈了。

你瞧，这段对话，写得是很真实的，表面上看，是一段"英雄惜英雄"的情节，实际上看，还是人情世故的内容，不会说话的朋友，倒可以把这一段当范文读一读。

175 哮天犬也吃月亮吗？

专门说一下哮天犬。

许多朋友都知道，哮天犬这一形象，与中国古代"天狗食月"的传说有关系。这话说得对，也不对。说它对，因为"天狗食月"的传说，在中国民间的影响力很大，神奇故事里的狗儿们经常与其扯上关系，即便原来没有关系，后来也会被人们附会出对应的情节；说它不对，因为中国古代神话传说里的狗儿们，不是只有吞吃月亮这一件神奇事迹的。这个故事影响大，流行的时间其实并不早——明代才流行起来。哮天犬的形象里，含有历代天狗传说的诸多情节元素，之前的天狗们，没有吃月亮的"恶习"。也就是说，哮天犬是天狗，但不能反过来讲——天狗就是哮天犬；"天狗食月"的传说很流行，但天狗传说的情节元素还有很多。

论起来，天狗形象出现是很早的。毕竟，狗是最早被人类驯化的动物之一。在人类文明演进史里，尤其在民众的日常生产、生活里，狗儿们始终扮演了重要角色。一提到人类最好的动物朋友，十个有九个人，最先想到的可能就是狗。今天的人，把狗当朋友看，甚至当家人看，喜爱它们，信赖它们；古代的人，不只这样做，也赋予它们神奇的想象，构造出各种各样的天狗形象，或者崇拜它们，或者敬畏它们。

目前所见最早出现"天狗"一词的文献，是《山海经》。据《西山经》记载，阴山之上有一种动物，长得像狸猫，脑袋是白色的，叫声是"榴榴"的（郭璞注称"猫猫"），它就叫"天狗"。[1] 有学者认为，这种叫"天狗"的生物，当时可能是真实存在的，是狗獾的一种。[2] 笔者以为，这种说法是有合理性的——《山海经》里记载的许多神奇动物，其实大都是有历史原型的，或者说，当时是真实存在的，只不过超出中原地区民众的生活经验，在描述的过程中被陌生化、怪奇化了，看上去"怪怪的"。但我们同时也得承认，这种动物身上，带着上古先民的想象，是被神奇化的生物，与当时人们的期待联系在一起。

读过《山海经》的朋友知道，书中描述完某种奇异的动植物之后，往往要交代一下它们的功能，比如见到它们，会有什么奇异功效。那么，天狗有什么奇异功效呢？书上说，它可以"御凶"。就是抵御凶邪。你瞧，这就是从现实到幻想的过程。我们驯化犬类，主要是为了看家护院的，狗的形象，是防御性的、保护性的。到了

---

[1] 袁珂：《山海经校注》，北京：北京联合出版公司2014年版，第47至48页。
[2] 参见郭郛：《山海经注证》，北京：中国社会科学出版社2004年版，第187页。

幻想世界里，形象功能的原型还保留着，又被放大了，不是防御盗贼，而是防御凶邪——隐秘的、邪恶的力量。

《大荒西经》里又提到一种神奇动物，说金门之山上有赤色的狗，叫"天犬"。"其所下者有兵"①，也就是说，天犬落到哪里，哪里就有战争。

该故事对后来天狗传说的影响更大。这里已经含有星辰占卜的思维，它将古代流行的占星巫术形象化了，或者说把天狗星给形象化了。

天狗星是什么星？有人认为，这就是天狼星，苏轼《江城子》词里说的"西北望，射天狼"，指的就是它。其实，古代文献里的天狗星，最早指的是一种流星。《史记·天官书》里就记载了，说天狗星是奔腾而来的，带着声音，形状像狗。它落在哪里，哪里就是火光冲天的，千里之内要发生兵灾。类似的描述，在后来的文献里，经常可以看到。

所以说，《山海经》里描述的天犬，其实就是对天狗星的形象化、浪漫化想象。

因为与军事有密切的关系，哮天犬形象的一个重要形象来源，就是天狗星。

当然，御凶的功能仍是最主要的，所以天狗传说才与九头鸟传说联系起来。九头鸟就是凶邪，给人带来灾祸；天狗能够御凶，九头鸟就怕它。之前说过，九头鸟本来有十个头，被狗儿咬下一个，这只狗就是天狗。欧阳修的《鬼车》诗说："射之三发不能中，天遣

---

① 袁珂：《山海经校注》，北京：北京联合出版公司2014年版，第343页。

天狗从空投。自从狗啮一头落，断颈至今青血流。"[1]描述的就是这个故事。

可以看到，这里的天狗，也是从天上下来的，但它不是预示着兵灾的流行，而是能够帮助人们驱赶凶邪的灵犬、神犬。

特别值得注意的是"天遣"两个字。这说明天狗是被派下来的，它听从天上神将的指令。换句话说，它是天上神将豢养的。可以想象，它平时在天宫守卫，人间有凶邪，它就被派去驱赶。后来的故事里，这类情节是不少见的。特别有趣的是，明代有一种幻术（类似今天的魔术）表演，表演者上天偷蟠桃，守园子的天狗来追咬他，把小腿肚子都咬破了。这在宋懋澄的《九籥集》里就有记载。这让我们不由得想起哮天犬咬住悟空小腿肚子的情节。哮天犬咬悟空，当然是帮助二郎神，但悟空之前也有偷蟠桃的经历，可能在更早的故事里，悟空偷蟠桃园的桃子，就被看园子的神犬咬过，这里被"移形换位"，安到哮天犬身上了。

至于天狗食月的传说，是对月食现象的解释。古人解释月食，认为是天狗在贪婪地吞食月亮，所以要敲锣打鼓，制造各种噪声，吓唬天狗，逼它把月亮吐出来。这种观念，与天狗犯月的星象有关系。它本来不是月食现象，这里的天狗，也不是天上的神狗，而是古老的天狗星。但大众不知道，望文生义，以为天狗犯月，就是天狗在"侵犯"月亮，如何侵犯呢？就是在"吞食"月亮——敢情，这就是月食啊！你瞧，民间的想象，经常是一种缺乏知识性的理解，甚至说就是误解，但它又是如此生动而有趣的。再后来，天狗不仅

---

[1] 傅璇琮等编：《全宋诗》第6册，北京：北京大学出版社1991年版，第3660页。

食月，也食日。总之，都是发光的天体，圆咕隆咚的，惹得天狗流涎。

这种误解而成的传说，主要是明代流行起来的。之前的文献记载里，主要是三足乌食日，蟾蜍食月。太阳里有一只三足乌，月亮里有一只蟾蜍，日食和月食的发生就与它们有关系。后来，两种动物都被天狗替换了。宋代可能就有这种说法了，但不流行，到了明代，就几乎成为家喻户晓的传说了。

只不过，《西游记》的作者没有引入"天狗食月"的传说。它距离主干故事太远，容易生出枝蔓，使故事变得冗长而零碎。哮天犬赶走了九头驸马，它的任务就完成了。至于它是否吃过月亮，或者太阳，不是悟空操心的事，当然也不是作者要操心的事。

176　梅山六将为何与悟空称兄道弟？

梅山六将，也是二郎神传说的重要组成部分。之前，二郎神奉命征剿花果山，梅山六将就是主力。我们知道，二郎神不受天庭拘束，在灌江口享受人间香火，连玉皇大帝也只能用调兵的旨意，才能"请"得动他。他又心高气傲，瞧不上天庭的兵将，只用本部神将卖力，打得赢，打不赢，都是自家兄弟的事，与天庭"没有半毛钱的关系"。二郎神对李天王等人说得明白：若我输与他，不必列公相助，我自有兄弟扶持；若赢了他，也不必列公绑缚，我自有兄弟动手。话里话外，都是自家"兄弟"。可以看出二郎神的高傲和江湖做派，也能见出他对梅山六将的信任和倚重。

梅山六将也没有辜负二郎神，带领草头神，用力厮杀。之前，李天王率领天兵天将，围剿花果山，只抓了一伙山精野怪，狗熊、豺狼、獐子、兔子……捉了一堆，花果山的小五万只猴子，却一只没有伤到。所以，第五回回目的后半句是"反天宫诸神捉怪"，而非"诸神擒猴"——这是春秋笔法，含有贬义。转到第七回，梅山六将下场，一阵厮杀，就活捉了两三千猴精，可见其战斗力之高。最后，也是六将与二郎神合力围攻，才收服了悟空，若论单打独斗，刀对刀，枪对枪，二郎神也奈何不了悟空。

这样的好兄弟，二郎神当然特别信赖了，六兄弟也一口一个"大哥"叫着，显得十分亲热。然而，他们不光跟二郎神亲热，来到第六十三回，我们突然发现：他们与悟空其实是很熟悉的，也是很亲热的。书中有一处细节，梅山六将奉命来请悟空，是这样讲的："孙悟空哥哥，大哥有请。"

这个"哥哥"，用得吊诡。场面上，神将见了悟空，都称呼一声"大圣"，即便有江湖情谊，叫一声"兄长"，也就算够亲热的了。又不是李铁牛见宋公明，一口一个"哥哥"，怎么叫得这样腻味？肉麻兮兮的！看来，他们这伙人的关系，非同一般。

当然，这种非同一般的关系，经历了一个因缘嬗变的过程。

一开始，梅山六将与孙悟空是没有关系的。也不是六位神将，而是七位神将。人们习惯称其为"梅山七圣"，或者"眉山七圣"。

有朋友可能以为，算上二郎神，六加一，才合成"七圣"。其实，原本不算二郎神，就有七个人。他们是与二郎神一道成神的。

之前说过，二郎神有多个原型。其中一个原型，就是赵昱，后世称作赵二郎。据《三教源流搜神大全》记载：当年，赵昱下水斩蛟龙的时候，与他一起下水的有七个人。赵昱成神之后，这七人也成为其部下神将，人称"七圣"。赵昱做的是嘉州太守。嘉州，原来叫眉山郡，所以称作"眉山七圣"。后来，这个故事又被移植到李二郎、杨二郎身上。

你瞧，这七位神将，本来与孙悟空没有任何关系，"七圣"出身清白，履历干净，从人到神，没有一丝妖气。好端端地，他们为何叫悟空"哥哥"？

原来，在演化过程中，"七圣"与另外一个集团——"七怪"——混融在一起了。

所谓"七怪"，是七个由动物修炼成道的妖怪，后来被杨二郎收服了。《封神演义》里记载了该故事。七个妖怪，分别是袁洪、戴礼、金大升、朱子真、吴龙、常昊、杨显。袁洪是他们的首领，他的本相是一只白猿。戴礼的本相是狗，金大升的本相是水牛，朱子真的本相是野猪，吴龙的本相是蜈蚣，常昊的本相是白蛇，杨显的本相是山羊。

你瞧，"七圣"是神将，"七怪"是妖精，但都是七人"男团"，又都与二郎神有关，在民间传来传去，就很容易混淆了。

到了《西游记》里，观音菩萨向玉帝举荐二郎神的时候，就是这样说的："他昔日曾力诛六怪，又有梅山兄弟与帐前一千二百草头神，神通广大。"

虽然还是把妖怪和神将分开来说的但形象已经暧昧不清了。

首先，原来的七怪，变成了六怪。

为何减去一个？减去的又是哪一个？就是首领袁洪。因为他是一只白猿精，而孙悟空的本土原型之一，也是白猿精，这就很容易造成混淆，产生误会。所以，只有狗精、牛精、猪精、蜈蚣精、蛇精和羊精。妖怪组合减去了一个，神将组合也得减去一个，变成康、张、姚、李四太尉，郭申、直健二将军。

但算数问题，都是双向的，既然能减下去，就能再加回来。"眉山七圣"毕竟是一个流行说法，要重新补齐人数，于是把杨二郎算进来，一个主帅，率领麾下六将，重新合成"七圣"。既然神将的人数可以加回来，妖怪的人数当然也可以加回来。但做算数问题的时候，出了纰漏，加回来的不是袁洪，而是孙悟空。

其次，"六将"与"六怪"的气质融合了。康、张、姚、李四太尉，郭申、直健二将军，看上去更像梅山六怪，因为猴精是六怪的老大，所以六将赶着叫悟空"哥哥"。

现在，我们可以重新捋一遍计算的历史过程：先是七减一，由七圣到六圣，由七怪到六怪。再是六加一，补回七圣，补回七怪。只不过，加回来的都不是原来的成员，里外里多出两个人，就成为八人"男团"了。整合之后的"男团"，既然编制在灌江口，当然以二郎神为老大，猴精只能屈居老二。《西游记》里，康、姚、郭、直等人，就是这样称呼的，管二郎神叫"大哥"，管孙悟空叫"二哥"。虽然这大哥、二哥，都不是名副其实的，但人家叫得倒是很热乎。

这种混淆理解，应该不是《西游记》作者的原创。在此之前，民间就已经流行这种模糊的认识了，作者只是依循约定俗成，进行艺术创造。

第六十四回
荆棘岭悟能努力　木仙庵三藏谈诗

177　又有一拨"插队"的妖怪？

这段情节说的是：唐僧师徒离开祭赛国，来到一条长岭。这岭长八百里，岭上有路，但周围荆棘密布，无法行走。八戒发扬了一回吃苦耐劳精神，变成二十丈高的法相，用钉钯搂开荆棘，给唐僧开路。这样走了两天，师徒们来到一座古庙。庙里走出一个老头，带着一个红胡子的鬼使。老头自称是当坊土地，给唐僧送一盘蒸饼。悟空火眼金睛，喝退了老头。老头化作一阵阴风，掳走了唐僧。原来，这老头是一只松树精，名叫十八公。他把唐僧带到一个文学沙龙，沙龙成员还有柏树精孤直公、桧树精凌空子、竹子精拂云叟，后来又加上一只杏树精。唐僧与这些草木精灵酬唱应和，过了一回诗瘾。最后，几只树精硬要做主，叫杏树精嫁给唐僧。唐僧执意不从，正巧悟空等人赶来解围。八戒一顿钉钯，把成精的草木都给断了根，免得他们以后成了气候，再组团祸害人。

从文学性上来讲，这一回写得很无聊，缺乏趣味性，"画风"也与整部作品不搭——没有神魔赌斗的内容，也没有游戏性的内容，纯粹就是"扯淡"。

所谓"扯淡",肯定不是好话,但不是笔者说的,原文就用了这个字眼儿。在孤直公作完一首七言律诗后,凌空子说道:"好诗!好诗!真个是月胁天心,老拙何能为和?但不可空过,也须扯淡几句。"看来,凌空子对自己的诗歌水平,还是有自知之明的。只不过,何止凌空子的诗,这一回里所有草木精灵作的诗,连带唐僧作的诗,其实都是"扯淡",没完没了地"扯淡"。

之前说过,在中国古典小说的散文叙述里穿插诗词,是一种十分常见的现象,或者说是一种"正规操作",没有诗词的穿插,也不符合古典小说的文体规范。但穿插的诗词,在比例上要适当,不能喧宾夺主。这些诗词,是散文叙述里的"点缀",是锦上添花的成分,比例适当,又结合着人物塑造、环境描写、场景营构、主题暗示等功能,就会更好地为散文叙述服务。否则,就会令读者感到乏味,甚至心生厌恶,骂一句"扯淡"。

何谓"扯淡"?就是说没有意义的话,叫人觉得无聊,甚至厌烦。在日常使用时,它经常缀在句子后面,相当于骂一句:"说的都是废话!"我们今天这么讲,明代的人也是这么讲的。比如《金瓶梅》第十四回,李瓶儿来给潘金莲过生日,当时天色晚了,西门庆就趁机挽留李瓶儿,叫她住在家里。李瓶儿假模假式地拒绝,说家里没人照顾,不放心。西门庆就说了一句:"没的扯淡!这两日好不巡夜的甚紧,怕怎的!"①再比如第六十回,西门庆叫应伯爵拿五十两银子,替常侍节租房子店铺。应伯爵假模假式,请西门庆再

---

① 兰陵笑笑生著,张竹坡批评:《张竹坡批评金瓶梅》,济南:齐鲁书社2014年版,第182至183页。

派个人，一道去，监督他使用银子，西门庆也随口骂了一句："没的扯淡！"①西门庆习惯说这句话，正是他大官人的做派，花钱大手大脚，做事大包大揽，又看不惯小人物拿腔作势的派头，假惺惺的，在他看来都是扯淡。《西游记》里也说这句话，猪八戒就喜欢说。比如第六十九回，赛太岁来到朱紫国，国王大臣都躲起来，悟空反要拉着八戒、沙僧去认一认妖怪。八戒就说："可是扯淡！认他怎的？"这些话，翻译过来，套一句本山大叔小品里的台词，就是："你整那些臭氧层子干啥呀？！"

你瞧，只有一两句的废话，大家都会觉得烦。何况是连篇累牍的废话呢？

这一回里，唐僧和草木精灵们，有两首联句（就是每人一句或几句，合成一首诗），又各自作了两首七律，杏树精登场后，也作了一首七律，加起来就是十三首诗。这淡扯的，都扯到斯哈哩国了！

如果这些诗的艺术品位在线，我们还能忍一忍，从诗艺的角度去鉴赏一下。但仔细看过去，这些诗写得——怎么评价呢？不能说不好，但也不能说好，就是"爱好者"的水平。创作热情是很高的，但缺乏天赋，没有灵性，艺术造诣很低，几乎也看不出受过良好训练的技术性操作；产出的量很大，但从流水线上走下来的都是次品；自我感觉又太好，自家照镜子，怎么看，怎么漂亮，几个臭味相投的老伙计凑在一起，相互吹捧，给彼此加滤镜，那就是

---

① 兰陵笑笑生著，张竹坡批评：《张竹坡批评金瓶梅》，济南：齐鲁书社2014年版，第741页。

越看越美，美得都冒泡儿了！许多爱好者级别的文学沙龙，基本就是这种样子的。

一般情况下，受邀参加这种文学沙龙，笔者都婉言谢绝——水平有限，不敢高攀。实在推不过去，也只是低头吃饭，抬头举杯，碰杯就干："你叫我品鉴？来来来，碰！都在酒里了！"木仙庵里没有酒，却有茶，若是被迫参加这里的沙龙，笔者只好做"牛饮"了——"你问我凌空子的七言律好不好？就像这茶！吃茶嘛，要吃出回甘。还没品出来，再咂摸，再咂摸！你问我孤直公的顶针怎么样？嗨！茶凉了，再续上，再续上！"

只能这样打哈哈了。但如此吃酒品茶，总归是伤身体的。这倒不是茶酒性寒的问题，而是"憋出内伤"的问题。如果不想内伤严重，就得拂袖而去，骂一句："没的扯淡！"

那么，作者为何搞出这样一回扯淡文字呢？

有相当一部分学者认为，这一回不是原著的文字，是后人补进去的。[①] 明代的盛于斯就提出了这一观点。他在《休庵影语》里说，自己小时候读《西游记》，就觉得第六十四回怪怪的，可能是后人伪作的。成年后，朋友周如山（可能是南京的一个书坊主）告诉他，《西游记》的早期抄本，是从藩王府（应该是大梁周王府）流出来的，原来是九十九回。因为是奇数，难以装订，就有好事者，加入了这一回，凑成一百的整数。

这一说法，后来的学者意见不一，但大部分还是相信的。姑且

[①] 参见韩洪波：《〈西游记〉中的闲笔——从木仙庵谈诗说起》，《河西学院学报》2021年第1期。

不论版本问题，单看这一回的文字，多数学者相信是后人补作的，所以"画风"不对，艺术品位也"拉胯"。

只不过，从文本阐释的角度来说，画风突变，艺术拉胯，也是有意义的——我们可以把这一回理解成一种讽刺，讽刺附庸风雅、欺世盗名的社会风气。

这种风气，在晚明社会是很流行的，一直延续到清代。吴敬梓的《儒林外史》里，就批判了这种风气。比如娄三、娄四公子组织的莺脰湖大会，看上去诗意风雅，实际上只是一帮沽名钓誉、欺世盗名之徒的聚会。娄三、娄四公子是世家出身，却是科举路上的失败者，索性破罐破摔，既然不能年少成名，就走寄情江湖、蓄养门客的路线，说到底是为了博一个虚名，权勿用、杨执中、张铁臂等无赖和混子，就投其所好，装模作样，说到底是骗子哄着傻子玩。再比如赵雪斋，一个医生，不好好钻研医术，偏偏要做名士，整天招揽一帮市井之徒，作诗文、写斗方。都是烂诗，相互吹捧；一笔烂字，到处送人。不辨良莠的官僚士绅又以和这帮假名士结交为荣，来来往往，好不热闹。说到底是一拨没文化的，巴结着另一拨没文化的，彼此都装作"有文化"。

明白了这一点，回看《西游记》的第六十四回，不也是这样吗？一帮草木精灵，既然能够幻化形象，说明也有了几分道气儿，却不思潜养性灵，加倍精进，倒玩起世人附庸风雅那一套，每天搞文学沙龙，扯淡取乐。扯淡也就罢了，更欺世盗名。按说，松、柏、桧、竹等树木，都是具有象征性的文化意象。它们象征孤直傲岸的品格，代表着传统文人士大夫对高尚节操的追求。结果，话说得漂亮，事办得龌龊。铺垫了半天，最后还是给人保媒拉纤的庸俗乐趣。看上去仙风道骨，凑近了闻一闻，还是一股子市井烟火气。

看过这一回，再放眼现实生活，类似的孤直、凌空、拂云、劲节，不要太多了！对这些人，我们还是敬而远之的好，连茶酒也不要跟他们吃。

178　木仙庵为何被"摘牌"？

上一讲说到，这一回很可能是后人伪作的，不是原著文字。为了凑足一百回整数，补作者没有敷演神魔斗法的情节，只是堆砌了大量艺术品位不高的诗歌，等到悟空等人赶来，搅黄了沙龙，给木仙庵摘了招牌，这一回的故事，也就草草收场了。

悟空等人给木仙庵摘牌，当然是因为草木精灵们迷惑唐僧，妨碍取经大业，但从草木精灵的活动本身来看，木仙庵也是应该被摘牌的。调查一番就会发现，木仙庵有"三宗罪"。

哪三宗？违规经营、虚假宣传、过度包装。

先看违规经营。这里说的，是超范围经营。本来，木仙庵是草木精灵聚会之所，树精们在这里搞一搞文学沙龙，写点歪诗，互相吹捧，自娱自乐，倒也无可厚非。如果能找一个文化名人来站台，当然就更理想了。这次把唐僧劫来，虽然方法不光彩，用心也是可以理解的——毕竟，这荆棘岭上常年无人，岭上的石碑写得清楚："荆棘蓬攀八百里，古来有路少人行。"平时连一个往来的行商过客都很少见到，何况唐僧这样的大名人？说"千年等一回"，固然有一点夸张，但"百年不遇"肯定是有的。所以，要玩一点手段，把这个"宝贝"弄来。

到此，还是在经营范围之内的。但木仙庵的"经营许可证"上没有婚姻介绍的项目。好好一个文学沙龙，搞成相亲大会，就是超范围经营了。没有婚介所的资质，又要做婚介所的生意，不摘你的牌子，摘谁的牌子？

再来看虚假宣传。这一点，上一讲已经提到过，没展开细说。木仙庵的草木精灵，都是欺世盗名之辈，你瞧"木仙庵"这个名字，就是典型的虚假宣传。甭管劲节公、孤直公，还是凌空子、拂云叟，哪个担得起一个"仙"字，更别说杏树精，竟敢自称"杏仙"！

什么是"仙"？人老而不死，长生久视，这才叫仙。劲节公等人只是物老成精，深山古树，年头久了，汲取日精月华，有了性灵，能走动，能说话，又能幻化人形，但距离成仙了道，还差得远。不是说他们不能修仙，但以目前的道行来看，连草木形骸都没有脱掉，距离修仙，还有十万八千里呢！

但江湖上总有这样的骗子，假学历，假职称，假职务，假头衔，印在名片上，都往大了扯。明明只是一个在读博士生，尚未取得学位，却逢人就自称"某博士"。这也就罢了，又给自己加上专业技术职称，讲师、副教授都嫌小，直接奔着教授去。不少学者，经营大半辈子，可能也只是副教授荣休。到他这里，"分分钟搞定"！即便如此，这些人心理还是不能满足的——职称，哪有职务能镇唬人？于是，各种所长、院长、主任，就罗列在名片上了，各种研究所、研究院、研究中心……听上去"高大上"，蛮像那么一回事，实际都是没有官方注册的空壳子。最后，再"锦上添花"，弄一串花里胡哨的头衔，要么是"首席专家"，要么是"客座教授"，或者干脆自称"大师"，不把自己镶在镜框里，挂到墙上，决不甘心。

当然，光有名头是不够的，还得牵连各种文化信息，填充假大空的形式，这就涉及第三宗罪——过度包装。

只不过，从读小说的角度说，发现这些过度包装，也是很有趣的一件事。草木精灵们的诗歌，多多少少，都涉及自己的本相，各种典故就用上了。虽然大都是古人的常见典故，对于今天大部分读者来说，可能还有一点陌生，弄清这些典故，倒也可以作为一种文史知识上的补充。

比如松树精，他自称十八公。这倒不是典故，只是拆字游戏。"松"字拆开，就是一个"十"字，一个"八"字，一个"公"字。

这不是《西游记》作者的原创，很早就有这种说法了。比如三国时候的丁固，梦到肚子上长了一棵松树，特别高兴。认为十八年后，自己能位列三公。果然，十八年后，丁固做了司徒。司徒，就是三公之一。

这松树精，又自号"劲节"，这就是有典故的了。节，指的是树木分杈处，因为树节的质地更为紧实，所以称作劲节。劲，是强而有力的意思。劲节，引申出来，就代表一种坚忍不拔的品格。古人题咏松树的时候，又习惯用这个字眼。比如南朝诗人范云《咏寒松》就说道："凌风知劲节，负雪见真心。"这就是用寒松凌风傲雪，坚忍不拔，来比喻人的节操。

唐僧平时经文读得多，诗文读得少，对这些典故，不是很敏感。换作别人，眼看这老头的形貌，还有草木遗骸，自称十八公，又号劲节，就该猜出来是松树成精。

即便一时还不能确定——毕竟，劲节一词，不是专指松树的，古人咏竹子，也多用这一字眼，比如欧阳修的《初夏刘氏竹林小饮》："虚心高自擢，劲节晚愈瘦"，这里的虚心和劲节，说的都是竹子。但再往后听，暴露的内容愈来愈多，就可以确定了。

比如参与唱和的七言律诗，开篇一句诗："劲节孤高笑木王，灵椿不似我名扬。"这是通过贬低其他树种，自我美化。木王，指的是梓树。古人认为，梓树的木质最好，其他树种都比不上它，所以尊它为木王。灵椿，就是传说里的椿树，《庄子·逍遥游》里有记载。由于松树身上寄托了文人的精神期待，所以显得格调更高，被尊为"百木之长"，除了松树，还有哪一种树，敢说这样的大话呢？

接下来，十八公说："山空百丈龙蛇影，泉沁千年琥珀香。"最后又说："衰残自愧无仙骨，惟有苓膏结寿场。"提到了茯苓和琥珀，就应该猜出来是松树了。

只不过，唐僧知道的典故少，从始至终，都是懵懵懂懂的，直到悟空指破这些草木精灵的原型，唐僧才恍然大悟——说到底，还是悟空学得杂，见得多，知识也更丰富。

其实，不只十八公，孤直公、凌空子、拂云叟、杏仙等人作的诗里，也有各种各样的文史典故。朋友们如果觉得这一回读起来没意思，不如换一种读法，去发现诗句里的典故，补充文史知识，未尝不是另一种乐趣。

第六十五回
妖邪假设小雷音　四众皆遭大厄难

179　亢金龙凭什么站C位？

这回情节说的是：唐僧师徒离开荆棘岭，翻过一座高山，就看到一片雄伟辉煌的殿宇楼阁，走近一看，原来是一座寺院，名为"小雷音寺"。唐僧有见庙拜佛的誓言，不顾悟空阻拦，硬要进寺里拜佛祖。原来，这座寺院是黄眉童子变化的。黄眉童子用铙钹扣住悟空，捉了唐僧、八戒和沙僧。玉帝派二十八星宿来帮忙，亢金龙硬把龙角挤进铙钹缝里，悟空在龙角尖上钻了一个小孔，他藏身到这小孔里，跟着龙角一齐被带出来。脱身之后，悟空率领二十八星宿大战黄眉童子，全被人种袋子套进去。夜里，悟空解救了大家，送他们出洞，他自己留下来寻找行李包袱，不小心惊动黄眉童子。黄眉童子追上众人，又放出人种袋子，悟空眼疾手快，躲过一劫，其余的人又给套回去了。悟空不好意思再去找玉帝，就去武当山请真武大帝帮忙。

可以看到，这一回，悟空又遇到对手了。

之前说过，过了西牛贺洲，唐僧师徒离灵山越来越近，遇到的妖魔也越来越厉害。这些妖魔里，许多是天庭或灵山大佬的身边人，自家道行深，武艺了得，带来的法宝，也都是终极武器。前有兕大王，这回又来一个黄眉童子。单论武艺，他们都是能跟悟空打平手的选手，战斗值都很高；加上法宝，悟空就只有被按在地上摩擦的份儿了。

有趣的是，兕大王和黄眉童子的法宝，有一个共同点，关键词都是"套"。

兕大王的金钢琢，能套天下万物，甭管是道家的，还是佛家的，各种兵器、法宝，都给你套了去。黄眉童子的法宝，则是套人。铙钹是套人的，人种袋子也是套人的，又都能如意变化。你看那铙钹，虽然是金器，却像皮肉生成的一般，严丝合缝，把人紧紧地包裹着，叫你喘不上来气。你大，它就大；你小，它就小。拱又拱不开，掀又掀不起，凿又凿不动。悟空当年被八卦炉熬炼了七七四十九日，西天路上，又被不少人"套麻袋"，镇元大仙的袖里乾坤，银角大王的紫金红葫芦，也都算厉害，却没叫悟空遭什么罪。这铙钹包裹的苦楚，悟空还是第一次受。

这一细节也提示我们——铙钹的来历非凡。这铙钹的主人来头更大，级别更高。

当然，之所以把铙钹写成这样，还有一种耍笑的意味在里头。有学者已经指出了，黄眉童子的兵器和法宝，都带着一种生殖崇拜的色彩。狼牙棒、铙钹、人种袋子，其实说的是男性和女性的生殖器官，[1] 这里不方便展开说。

---

[1] 参见杜贵晨：《从"钹"之意象看〈西游记〉作者为泰安或久寓泰安之人》，《明清小说研究》2007年第3期。

这种解释，是合理的，也符合《西游记》作者的创作观念。他写小说，本来就是抱着玩世不恭的态度，既不是为道教扬名，也不是替佛教张本，他喜欢谐谑，爱开玩笑，偶尔还要带一点"颜色"。距离灵山胜境越来越近，"颜色"不仅没有淡去，反而越来越浓，风情的（甚至近于色情的）笔墨不减反增，之后的无底洞、盘丝洞、天竺国，都带着"颜色"，叫人遐想。读到这些内容，我们不禁发笑：灵山胜境也是灯下黑，照得见别人，照不见自己。而作者的讽刺意图，也就含在这些笔墨里。

当然，《西游记》不是《金瓶梅》，作者的笔墨都是收敛的，点到为止，绝不露骨。目的是插科打诨，寓含讽刺，大家伙笑一笑，再想一想，就足够了。

这一回即如此。只有成人能读出文字里的信息，未经人事的小孩子，是绝对想不到那一层的。他们关注的，还是行列而来的神魔人物，比如再次出场的二十八宿，或者说，是隆重登场的二十八宿。

在降伏奎木狼的段落里，二十八宿就出场了，但作者没把他们一一点出来。这一回，作者把他们全点到了，又把聚光灯照在亢金龙身上，叫他过足了戏瘾。既然作者在这个人物身上不吝笔墨，我们就单独介绍一下他。

亢金龙是东方苍龙的第二星。第一星，是角木蛟。这本来是按星宿布局位置的排序，但民间认为顺序代表着位次，所以认为角木蛟是老大。这一回里，黄眉童子追过来，就是角木蛟振臂高呼：兄弟们，怪物来了，给我上！看来，作者也是把角木蛟当作二十八宿的"带头大哥"来塑造的。

有朋友可能要说：既然角木蛟是"带头大哥"，他应该站 C 位，把角伸进铙钹的为何不是他？他是怕疼吗？

这就冤枉角木蛟了。别看带一个"角"字，角木蛟的形象，应该是没有角的。

这里的"角"，指东方苍龙的角，说的是这一星所在的位置。对应的星禽是蛟。蛟固然是龙的一种，但在民间的一般知识里，蛟龙是没有角的。《韵会》就说："无角曰蛟。"①《韵会》是元代人黄公绍编撰的一部韵书。《韵会》上这样讲，说明近古以来，许多人认为蛟是一种没有角的龙。既然没有角，如何往铙钹里钻呢？

亢金龙的形象是龙，是有角的。作为二号人物，这个时候，亢金龙就需要冲上来。

况且，之前说过，在人们的联想里，二十八星禽各有脾气，各有性格。角木蛟的性情是聪睿勇智，这种理想型人格，做大哥是绝对没问题的。而亢金龙的性情是淳厚清平，通于战阵。现在是"上战场"的时候，要有一定的机变能力，但归根到底，还得淳厚清平，不然受不得疼，遭不得罪。如此看来，亢金龙就是不二人选了。

亢金龙也不负众望，成功解救了大圣，最后使尽浑身力气，一屁股坐在地上。堂堂东方苍龙第二星，为助力取经事业，搞得筋疲力尽，不由得叫人赞叹一句：好二哥！

180 龟蛇二将凭什么挑大梁？

上一讲说过，兕大王和黄眉童子的形象类似，一个来自道家，

---

① 参见段玉裁：《说文解字注》，上海：上海古籍出版社1988年版，第670页。

一个来自佛家，都是大佬身边人，法力高，法宝强，叫悟空吃尽了苦头。这是从形象塑造来看的，从情节上看，两段故事也是相近的：都是悟空请来一拨又一拨援兵，不能取胜，最后还是主人公出马，叫妖魔显出本相，领回家去。

所以，从第六十五回到第六十六回，作者先后引出了三拨神将，第一拨是二十八星宿，第二拨是龟蛇二将与五龙神，第三拨是小张太子。

其中的龟蛇二将，是北方真武大帝手下。

北方真武大帝，又称玄天上帝。按照道教神霄派的神谱设计，他是四府元帅之一，号为佑圣真君，隶属于北方紫微大帝。悟空大闹天宫的时候，就是佑圣真君发文给雷府，调来三十六名雷公，围堵悟空。悟空在危难之时，突然想到真武大帝，应该也是敬服这位军事统帅的动员与组织能力。

当然，更重要的是真武大帝扫荡群魔的威风。民间称其为"荡魔祖师"。

所谓"荡"，就是清除的意思。"荡魔"就是扫荡、剪除妖魔的意思。这就不是制伏一两个妖魔的事，而是大规模征剿，彻底歼灭。在这方面，真武大帝又是"祖师"级别的，妖魔鬼怪，见了真武大帝，是要望风披靡、魂飞魄散的。

因此，真武大帝在民间的影响极大。大家可以注意一个细节：在第六十六回，作者特地用叙述语言，交代了真武大帝诞生的事迹。这在《西游记》里是比较少见的，可见作者对真武大帝的重视。这段文字其实是从《元始天尊说北方真武妙经》里抄来的，将道藏原文码在通俗小说里，也反映出当时大众对真武大帝出身、成道事迹的熟悉，以及对这位荡魔祖师的狂热崇拜。

之所以是荡魔祖师，固然因为真武大帝自身的道行高深，法力高强，另一方面，也因为他手下人马强壮。书中交代，真武大帝成道后，受玉帝敕旨，威镇北方，征剿天下群魔。后来又奉元始天尊符召，显出降魔除妖的法相，披发赤脚，足踏龟蛇，率领五雷神将，以及巨虬狮子，毒龙猛兽，收降东北方的妖气。最后在武当山享受香火，保障一方安泰。之前又说过，真武大帝手下有五百灵官，是与他一齐成道的。值殿王灵官，就是五百灵官之首。

可以看到，真武大帝手下众多，兵强马壮，都是有本事的。

但问题也来了：如此多的人马，为何只派龟蛇二将与五龙神？

这就是《西游记》写的人情世故了。再大的神明，成为《西游记》里的人物，也是要讲人情面子的，也是要考虑人际关系的。

真武大帝也不例外。请留心一处细节：第十八回，猪八戒夸耀自己的出身，安抚悟空变的假高小姐，有一句话："怕甚么法师、和尚、道士？就是你老子有虔心，请下九天荡魔祖师下界，我也曾与他做过相识，他也不敢怎我。"就是说，即便真武大帝来了，猪八戒也是不怕的。为何不怕？猪八戒前身是天蓬元帅，也是四府元帅之一，按神霄派的神谱，与佑圣真君是平级的，按顺序来说，天蓬元帅还是四府元帅之首。所以，就算真武大帝知道八戒霸占凡间女子，也是要睁一只眼、闭一只眼的。荡魔祖师，也不是什么妖魔都扫荡的。

到了这一回，悟空能在玉皇大帝之外，首先想到他这位荡魔祖师，真武大帝心里肯定是很受用的。悟空又皈依了佛教，将来正果斗战胜佛，地位崇高。所以，真武大帝对悟空十分客气，亲自下殿，将悟空迎进太和宫。口称悟空"下降",用了谦辞。这个招待规格,是相当高的。

斗战胜佛求到门上,当然是要帮助解决问题的。但这事有些棘手,不太好办。一来,从人情上讲,黄眉童子的靠山是弥勒佛——未来佛,娑婆世界的继任者,"咖位"太大,打狗还要看主人,收伏黄眉童子事小,得罪了弥勒佛事大。二来,从更大的世故考虑来说,这事发生在西牛贺洲,真武大帝管得了南赡部洲与北俱芦洲的事,不好插手西牛贺洲的事,这是砸人家场子,不合规矩。三来,从程序上说,就算为了取经大业,师出有名,但没有玉帝发出的旨意,也无法采取大规模军事行动。

但事不能不办。真武大帝便把公事,办成私事:自己不下场,也不动用大批神将——五百灵官一行动,三界都知晓了,玉帝与弥勒那里也不好交代。只派龟、蛇两名亲信,带领五龙神,这就是"跑私活"了。江湖兄弟,彼此照应一下,不走官方程序,别人问起来,只说是他们兄弟私下商议的——我知道,没同意,也没反对。

悟空在天上人间混了这么久,人情世故是懂的。即便知道龟、蛇二将起不了大作用,情意总是要领的。所以,二话没说,就带着龟、蛇二将与五龙神,转回西牛贺洲了。

至于龟蛇二将的形象,其实就是玄武。

论起来,玄武信仰是早于真武信仰的。

玄武,是"四象"之一。所谓东方青龙,南方朱雀,西方白虎,北方玄武。这是先民想象中的四种灵兽,人们用它们来对应天上地下的四方布局。

"四象"灵兽中,青龙、朱雀、白虎,虽然也都是想象出来的神奇动物，各自的原型仍是一种生物。玄武的原型，却是两个——龟与蛇，二者纠缠在一起，形成新的形象。

如果在这两个形象内部比较，谁主谁次？当然是龟为主，蛇为次。从演化历史来看，玄武的原型本来就是龟。按阴阳五行理论，北方对应的是五行中的水，而象征水的生物，龟是很有代表性的。后来才融合腾蛇的形象，腾蛇缠绕灵龟，形成新的神奇动物。

之所以这样，有民俗学家认为，因为龟与蛇都有冬眠的习性，人们经常可以看到龟蛇同穴的现象。在此基础上，古人又进一步联想，"脑补"画面，认为龟蛇同穴的现象，是因为龟类没有雄性，需要与蛇类相交，才能繁育后代，如张华所说，龟鳖之类"无雄，与蛇通气则孕"，① 玄武这种奇葩生物，就是由此而来的。

另有学者认为，玄武的出现，与古人的阴阳观念相关。基于这种朴素的辩证法，人们认为：龟是一种性情温和的动物，善于防备；蛇是一种性情凶恶的动物，善于进攻。两相结合，阴阳辩证。而这种组合，正是在阴阳五行理论流行起来的汉代发生的。② 这种说法看上去更靠谱一些。

随着道教兴起，玄武开始人格化、人形化，成为道教神祇。原来的神兽，最终成为地位崇高的玄天上帝。本来，在上古神话传说中，北方天帝是颛顼，玄武是颛顼手下。然而，随着历史发展，颛顼逐渐从神话形象，变为历史人物。反倒是其手下的玄武，被道教

---

① 张华：《博物志》，见《汉魏六朝笔记小说大观》，上海：上海古籍出版社1999年版，第199页。

② 参见徐昭峰、杨弃：《"玄武"析论》，《辽宁师范大学学报》（社会科学版）2014年第1期。

徒利用起来，提拔起来，取代了北方天帝的位置。①

到了宋代初年，为了避赵玄朗的讳（宋代是中国古代避讳制度的一个高峰；宋代皇帝称其圣祖为赵玄朗，即赵公明），就改"玄武"为"真武"，这就是后来的真武大帝了。

原来，从玄武到真武，经历了由灵兽到人格神的转变，其中又伴随着上古神话向中古道教传说的过渡。再回看真武大帝扫荡群魔的法相：为何足踏龟蛇？因为该形象的演化，本来就是以龟蛇为原型的。这是"一而二，二而一"的关系。

《西游记》里的真武大帝讲人情世故，把公事变成私事，只派龟蛇二将出马，悟空懂人情世故，所以不挑礼；如果悟空再懂一些文史知识，就更不会挑礼了。龟蛇即玄武，玄武即真武，灵兽与大帝，实则是"一而二，二而一"的关系。龟蛇二将挑大梁，与真武大帝亲自下场，本质上是一样的。悟空怎么还会挑礼呢？应该偷着乐！

---

① 参见毛钦：《从玄武到真武：宋代真武信仰及其现代价值探析》，《史志学刊》2018年第5期。

第六十六回
诸神遭毒手　弥勒缚妖魔

181　悟空何时犯在泗州大圣手里？

这一回的回目是"诸神遭毒手，弥勒缚妖魔"。语句简练，没有任何象征性成分，只是高度概括了本回情节。"诸神遭毒手"，是说悟空请来的三拨神将，都被黄眉童子收进人种袋。"弥勒缚妖魔"，则是道破主人公——黄眉童子这样凶恶，因为导师的"咖位"太大。解铃还须系铃人，顽劣的学生，天不怕，地不怕，导师一瞪眼珠子，学生就吓得屁滚尿流了。

这一讲，专门来说第三拨神将。

有的朋友可能要好奇：孙悟空拜求真武大帝，因为当年大闹天宫的时候，见识过大帝的动员和组织能力；大帝又是荡魔祖师，民间影响力极大，悟空理应首先想到他，但悟空为何会想到泗州大圣？泗州大圣是谁？

其实，悟空想到泗州大圣，是顺理成章的事。从形象的历史演化来看，悟空在泗州大圣手里吃过的苦头，其实更大。如果说真武大帝的本领，悟空是从侧面观察出来的，泗州大圣的本领，悟空则是亲身领教过的。

有的朋友可能又要说：百回本《西游记》，我们也是读过的，别糊弄我们。在悟空大闹天宫的段落里，就没看到泗州大圣的身影。西天路上，直到遇见黄眉童子之前，也从来没有提到泗州大圣。悟空何时吃过泗州大圣的苦头？

的确，单看百回本小说，孙悟空与泗州大圣没打过交道。但"西游"故事是在漫长的历史时期里演化传播的，孙悟空的形象也是杂合中外各种猴神的形象，经过扬弃嬗变而成的。在百回本小说写定之前，孙悟空的原型与泗州大圣是有密切关系的。

那么，泗州大圣是谁呢？

泗州，就是今天的江苏盱眙。泗州大圣，本来是江淮地区的一位地方神祇，他的原型是唐代的高僧——僧伽大师。

僧伽大师，不是中原僧人，他来自西域何国。何国，是根据阿拉伯语音译而来的，又可翻译成"贵霜匿"。据考证，何国的位置在碎叶国东北，具体位置大约在今天乌兹别克斯坦的撒马尔罕西北方。这是一个以粟特人为主的国家，是北方丝绸之路上一个重要的贸易枢纽和文化中转地。

据赞宁的《僧伽传》记载，僧伽大师是在何国出家的，大约三十岁的时候，带着弟子木叉来中华传教。他们先在西凉传法，驻锡在圣容寺。古时候的西凉，相当于今天甘肃、宁夏和青海的湟水流域，以及陕西西部地区。僧伽的传教活动，在这一带产生了很大影响，相关的壁画、碑文，到今天仍能看到。

大约在唐高宗龙朔初年，僧伽来到长安，驻锡在终南山上的云居寺。这个时期，僧伽与京师的许多高僧大德密切交流，在中原佛教界赢得了极高的声誉。高宗乾封二年（667），南山律宗祖师道宣

（他是当时佛教界的领袖）曾经奉召举办过两次开坛传戒的盛会，在他撰写的《关中创立戒坛图经并序》里，记载了当时参与盛会的最具声誉的高僧，其中列在第一位的就是僧伽。可见，僧伽受到当时佛教界极高重视。

后来，僧伽离开长安，经过洛阳、太原，登上五台山，又沿着运河，一路南下，走遍吴越大地，在今天的溧阳、无锡、宁波等地，都可以看到与僧伽有关的文物和文献记载。

最后，僧伽来到江淮地区，并选择在盱眙建造普照王寺。这里也成为僧伽晚年传教弘法的大本营。僧伽传教，不是只有高台教化的，也有深入民间的躬身实践。他劝善化恶，救危扶困，特别是帮百姓治病消灾，当地民众盛传：僧伽是闻声救苦，不请自来。种种传说，越来越多，越传越神。一方面，把僧伽塑造成一位神僧，不仅能用神奇的手段治愈顽疾，还能祈雨降妖，保护生民；另一方面，又突出和强化了他救苦救难的慈悲形象。这都使得僧伽在江淮地区受到狂热崇拜。

可以注意到，这种形象与观音菩萨的形象，是有几分相近的。有趣的是，民间传说僧伽治病的手段，也能够让人联想到观音的法相。比如《大士生存应化灵异事迹一十八种》里记载了一件事，说有一个得麻风病的人，眼看要死掉了，僧伽用杨柳枝，拂扫病人的身子，用自己带的净瓶水，给病人灌顶。病人立马就好了。又有一件事，说山阳有个裴思训，他的妻子辛氏久病不愈。僧伽到来，抛出净瓶，喝令辛氏起床。辛氏仿佛受了指令，登时就从床上坐起来了，病也好了。① 这些故事，看着就很像观音给人治病消灾。

---

① 参见孙应杰：《僧伽大师——从古丝路走来的唐代高僧》，《江苏地方志》2021年第1期。

所以，很早的时候，人们就传说僧伽是观音化身了。唐高宗曾经问过万回（万回是当时一位神僧，也是唐三藏的一个重要原型）：僧伽在民间影响这么大，他到底是什么来历？万回说：他就是观音化身。

你瞧，万回都这么说了。唐高宗信不信，不好说；民间百姓肯定是深信不疑的了。

再后来，随着僧伽的影响越来越大，也演化出独立的信仰，就是僧伽信仰，或者说泗州大圣信仰。

在僧伽信仰的传说故事里，最著名的就是降伏水母的故事。

这是容易理解的：僧伽大师长年活动在江淮地区。这里水系发达，以航运交通为主，水患、船难是人们最担心与畏惧的事情。既然泗州大圣救苦救难，保一方平安，当然可以帮助百姓们消除水患、解救船难。

而在古人的想象里，水患与船难的发生，十有八九，是江河湖泊里有水怪作祟。只要制伏了这些顽劣的水怪，水患与船难也就不会发生了。

泗州大圣降伏的水怪，就是水母。

一提到水母，有的朋友可能会联想到海洋里各种漂浮着的腔肠动物，这其实是望文生义的理解，又用现代生物学知识去理解古人的知识。

这里说的水母，是一种古老的水神。它的形象，可能是龙、蛟，也可以是龟、蛇，总之是想象中的水生物。在后来的民间故事里，人们将水母人格化，形成水母娘娘的形象。这是一位妖气未退的女性水神，容貌美丽，脾气大，爱搞事情，叫百姓不得安宁，最后泗州大圣出手，镇压了水母。

有朋友可能要问：这个水母，与孙悟空有什么关系？

因为江淮地区流行的水怪还有一个，就是无支祁（又作巫枝祈、乌支祁等）。这是《山海经》里就已经记载的淮涡水神。自中古以来，无支祁的一个比较稳定的形象，就是一只巨大的猿猴。唐代李公佐的《古岳渎经》里，对该形象有过生动描述。

因为都是江淮地区流传的故事，都是水神或水怪的形象，与民众对水患与船难的焦虑和恐惧有密切关系。渐渐地，两个故事就合流了。人们认为，泗州大圣降伏的水母，其实是无支祁化身成的。这样一来，上古时期的神话与中古时期的传说，就嫁接到一起了（其实，还牵合了许多神话传说，比如观音故事、大禹故事等①）。

本来，孙悟空身上有无支祁的 DNA，但后来主要集成了哈奴曼的 DNA 和福建地区通天大圣、齐天大圣的 DNA，无支祁的影子就越来越淡了——照理，孙悟空有水神（怪）前身，应该是擅长水战的，但百回本小说里，孙悟空的水下功夫很一般，还比不上沙僧——但无支祁不是彻底淡出了"西游"故事，而是转变了一个形象。比如《西游记杂剧》里，孙行者自称是兄弟姐妹五人，他的二姐是巫枝祇圣母。这里，巫枝祇是一个女妖，又称"圣母"。明显是受到了水母娘娘传说的影响。

你瞧，这段情节背后，还有一个复杂的演化历史。就算孙悟空忘却了前身，他二姐还被泗州大圣镇压着；就算四值功曹不提醒他，

---

① 参见朱佳艺：《地方传说的"合并—分流"模式——以"僧伽降水母"为例》，《民族文学研究》2022年第5期。

他自己也该知道泗州大圣的本领。况且，泗州大圣是佛教集团的人物，插手这件事，总比真武大帝更合适。

只不过，当时正是初夏季节，赶上淮水汹涌的时候，泗州大圣担心离开之后，无支祁又要兴风作浪，只好派小张太子前往（有创作兴趣的朋友，倒是可以在这一段做文章，悟空拜求泗州大圣，是否意在给二姐制造"越狱"机会？泗州大圣不离法座，是否已经看穿了悟空的"阴谋"，只是"看破不说破"罢了。之前说过，"阴谋论"不适合用来解读文本，但用"阴谋论"的逻辑进行文学创作，生发故事，还是很有趣的）。小张太子也敌不过人种袋，最后还是被套去了。

到此，已经有三拨神将登台献艺了。所谓"事不过三"，没必要再重复一次了。悟空被折腾得够呛，读者也正在失去耐心。弥勒佛应该出场，给学生收拾烂摊子了。

182　弥勒佛是什么地位？

这一讲专说弥勒佛。

弥勒，是梵语的音译，意译是慈氏，这是祂的姓氏，名字的音译是阿逸多，意译是无能胜。传说，弥勒出生在南天竺波罗捺国的一个婆罗门家族，父亲名叫修梵摩，母亲名叫梵摩越。弥勒成年之后，出家修道，拜在释迦牟尼门下。他寿算不长，先于释迦牟尼涅槃（也就是死在释迦牟尼前面）。这本来是一个历史真实，但在佛教的传说里，释迦牟尼在弥勒去世之前，就为祂授记，预言其涅槃之后，在六欲天的兜率天，以菩萨身为天人说法。所以，人们也称祂是慈氏菩萨，或者阿逸多菩萨。

如果只是这样，其他神明，似乎也不必"忌惮"弥勒。然而，弥勒将来的身份，是无比崇高的。传说，在祂上升兜率天的四千岁（这里的四千岁，换算成人间的时间，是五十六亿七千万年）之后，将要下生人间，在华林园龙华树下成佛。所以，人们又称祂弥勒佛。弥勒佛将会继承释迦牟尼佛，成为娑婆世界的教主。所以，人们又称祂为后补佛、未来佛。

既然是将来的教主，诸神怎能不尊敬祂呢？祂手下的人，哪怕只是一个司磬的黄眉童子，也是不能随便得罪的。

理解了这一点，我们也就明白为何黄眉童子敢假冒佛祖了。按说，西天路上与黄眉童子法力相当的妖魔并不少，来头大的也不少，但敢假冒教主名义的，只有黄眉童子一个——红孩儿敢假变观音，犀牛怪敢假变佛祖，但没有明确说就是释迦牟尼佛。黄眉童子却敢点化出一座"小雷音寺"，俨然娑婆世界的小教主，正因为他的导师是后补佛、未来佛。自己的师父是将来灵山的继任者，自己搞一个灵山"分社"，操演操演，各路神祇即便听说了，甚至见着了，最多只是腹诽几句，嘴上是不好说出来了。

这是从小说反映的人情世故来说的。如果从弥勒佛与"西游"故事的历史关系来看，这位佛祖也是相当重要的。我们知道，"西游"故事的历史本事是玄奘西行求法，而玄奘的佛教宗旨，主要就受到弥勒上生信仰的影响。可以说，弥勒"代佛说法"，也就是以后补佛身份对众生的教化，是取经故事发生的一个主要的原动力。

什么是弥勒上生信仰？这是根据祂的传说事迹来的。据《观弥勒菩萨上生兜率天经》等文献的记载，因为弥勒在兜率天为天人说法，将来要下生人间成佛。所以，如果世人能够持戒修行，称颂弥勒菩萨尊号，死后就可以往生兜率净土。这个兜率天，是欲界六天之一。这里是一个琼楼玉宇、金碧辉煌的"天堂"，土地肥沃，物产丰饶，莲花常开，仙乐不断。人们死后能够来到这里，就可以不入轮回，还可以经常听到弥勒讲经说法，将来与弥勒一起下生人间，最终解脱成道。可以看到，弥勒上生信仰，没有提供最终的解脱，而是提供了一个获得最终解脱的"中转站"，而这一天堂境界里的中转站，对于旧时渴望摆脱苦难、往生净土的僧侣和佛教信徒来说，已经具有极大的吸引力了。

这种信仰，在北魏时期就已经流行起来了。到了隋唐时期，更成为中上层社会的一种主要信仰。比如，大诗人白居易，晚年就是一位弥勒信徒，他在《答客说》一诗里就说："海山不是吾归处，归即应归兜率天。"[①] 有的人说，白居易的这首诗是在批评那些为了追求神仙之道而遁入空门者，自己虽然也从宗教观念中汲取营养，却是在追求平静澄澈的心境，这里说的"兜率天"，是一种比喻。这样讲，其实是在刻意拔高作为真实作者的白居易。诗里说的兜率天，就是弥勒上生信仰所描述的兜率净土。白居易确实有这种信仰，其诗下自注就明确交代："予晚年结弥勒上生业，故云。"诗人自己都这样坦白，后人又何苦为其拔高呢？ 再如其《画弥勒上生帧记》也说："常日日焚香佛前，稽首发愿，愿当来世，与一切众生，同弥勒上生，随慈氏下降，生生劫劫，与慈氏俱"，[②] 他又写过赞语："仰慈

---

① 彭定求等编：《全唐诗》第14册，北京：中华书局1960年版，第5234页。
② 白居易：《白居易集》，北京：中华书局1979年版，第1498页。

氏形，称慈氏名。愿我来世，一时上生。"① 这都是信奉兜率净土思想的真实表现。

世俗文人尚且受弥勒上生信仰影响，佛教徒受其影响当然更深了，玄奘本人就受到了弥勒上生信仰的深刻影响。

之前说过，玄奘之所以要去五天竺求法，因为当时佛教界形成了各种派系，各家有各家的理论，这些理论的分歧很大，基于这些分歧，佛教界展开激烈争论，以致青年学者们无所适从。玄奘试图找到解决这些纷争的办法，在他看来，解决问题的关键，就是吃透《瑜伽师地论》，而这部经典相传就是弥勒所造。弥勒在兜率天为众生说法的传说，也塑造了祂为众生释疑解惑的形象，玄奘一心追求真解，也就格外信奉弥勒。

在西行求法的路上，玄奘也经常向弥勒祈祷，寻求帮助。按《大慈恩寺三藏法师传》里记载，玄奘出玉门关的时候，希望找到一个引路人，他就到一座寺院里，在弥勒佛的塑像前祷告，后来果然出现了一个引路人。在五天竺访学期间，玄奘曾经遭遇过土匪，面对死亡的威胁，玄奘入定，冥想入弥勒所在的妙宝台，身心欢喜，忘记土匪的存在。《续高僧传》里又记载，临终之时，玄奘也是不断念诵弥勒名号，并嘱咐弟子们齐声念诵弥勒名号，祈求往生兜率净土。

可以看到，历史真实中的玄奘深受弥勒上生信仰的影响，在以其为原型的唐僧身上，这种信仰的关联已经淡去，几乎找不到痕迹了。唐僧从来没有提过对弥勒佛的特别崇拜，但故事的因缘历史总是有的。所以，弥勒佛总是要亮相的。

---

① 白居易：《白居易集》，北京：中华书局1979年版，第1476页。

只不过，玄奘脑海中的弥勒形象，应该不是《西游记》里描述的那副样子，隋唐时期的弥勒佛是另一种形象。玄奘本人若是见了小说里那位笑口常开、大腹便便的佛爷爷，应该认不出是谁。

183 弥勒佛原本就是大腹便便的吗？

上一讲说到，历史真实中的玄奘，受到了弥勒上生信仰的影响，但在他入定冥想的画面里，弥勒佛应该不是后来《西游记》里描述的形象。

《西游记》描写的弥勒佛，是一副什么样子？书中刻画得很清楚：

> 大耳横颐方面相，肩查腹满身躯胖。一腔春意喜盈盈，两眼秋波光荡荡。
> 敞袖飘然福气多，芒鞋洒落精神壮。极乐场中第一尊，南无弥勒笑和尚。

总结起来，就是方面大耳，大腹便便，笑眯眯的，看上去一团喜气。这一形象，近古以来的民众是很熟悉的，但早期的民众应该是不认识的。

那么，这一形象是如何生成的？

这要从弥勒信仰的另一部分——下生信仰——说起。

上一讲说过弥勒上生信仰，下生信仰与之联系，根据《观弥勒下生成佛经》等文献的说法，当弥勒从兜率天下降人间的时候，大地充满光明，到处是一派祥和的景象。这时候，弥勒所面对的人间，称作阎浮提。阎浮提，是梵语音译，意译是秽土。秽土世界还是人间，但已经不是释迦牟尼佛所面对的五浊恶世了，而是一个理想国。这里的自然环境和人文环境都是理想化的。社会结构高度完善，物质文明和精神文明达到全新的高度。这个世界，不是弥勒恩赐的，而是勤劳智慧的人们亲手实现的。正因为这个世界满足了弥勒的"本愿"，祂才会下生到此。这样一来，弥勒下生人间的行为，就与实现理想世界的愿望，捆绑起来了。这也就给当时处于苦难之中的民众，特别是中下层民众，带来了极大的心理安慰。

这种弥勒下生信仰，也是在北魏时期就流行起来的，但它比上生信仰流传更久，影响也更大。隋唐时期，中上层社会更多地接受弥勒上生信仰，下层社会则更多地接受弥勒下生信仰。封建统治者也注意到这一点，并利用这一点。比如武则天，就利用弥勒下生信仰，宣传自己是弥勒下降，当时的社会就是阎浮提世界，自己注定是这个阎浮提世界的新主人。这就为她建立大周朝，提供了一种宗教上的依据。她还给自己加了一个露骨的帝号——慈氏越古金轮圣神皇帝——硬贴标签，生怕臣民们不承认她是弥勒降世。

有趣的是，封建统治者自上而下的洗脑宣传，要利用弥勒下生信仰，封建时期的农民起义领袖——那些自下而上的反抗者与挑战者——也经常利用弥勒下生信仰，打着弥勒旗号的农民起义队伍，在中国古代历史上，是此起彼伏的。

隋唐以后，弥勒的净土信仰——包括上生信仰与下生信仰——趋向衰退。这主要是因为崇拜阿弥陀佛的西方净土信仰流行起来，影响越来越大。但跟上生信仰比起来，下生信仰的生命力要更久一些。它又转化出另一种观念,就是弥勒化身信仰。

这种信仰,就是说当时的社会,还远远达不到阎浮提的理想状态,弥勒是不会下生成佛的,但祂可以化身到人间,度化世人。毕竟,佛教文献里画的大饼,看上去很美,但距离自己太遥远,民众失去了耐心,更渴望得到切实的、当下的解救。在这种心理作用之下,种种弥勒化身的传说就出现了。

其中,最著名的就是"布袋和尚"的传说。

这一传说是五代时期流行起来的,其原型是后梁时期浙江奉化的契此和尚。

在当时人们的眼里,这是一个丑和尚,也是一个怪和尚,甚至说疯和尚。契此和尚是个矮胖子,肚子圆滚滚的。他总是用一根破木棍,挑着一个破布口袋,布袋里装着他的全部家当。他经常说一些疯疯癫癫、没头没脑的话。这些历史本相,进入传说过程,就被看作种种神异的表现,人们认为:他绝不是凡僧!更多带有幻想色彩的传说,也就流行起来了。比如说他经常睡在冰雪里,衣服却不会被雪水沾湿。又说看他换鞋,就知道要变天——若是穿草鞋,天就要下雨;若是穿木屐,就是要大旱。他到处乞讨,人们给他什么,他就吃什么,而施舍过他的商铺,生意总会格外好。他还能预言祸福吉凶,没有不灵验的。人们就尊称他是布袋师,或者干脆叫他布袋和尚。

据说,后梁贞明三年(917)三月的一天,布袋和尚来到奉化的岳林寺,找了一块大石头,端坐其上,说了一句偈子:"弥勒真弥勒,分身千百亿。时时示时人,时人自不识。"意思是说,他是真佛弥勒的化身,来世间行走,希望能够警示世人,但世人肉眼凡胎,认不出他这尊真佛。说完偈子，布袋和尚就圆寂了。人们恍然大悟，有关布袋和尚的事迹，在他身后，也就越来越多，越传越奇了。

直到今天，布袋和尚的传说故事，还是很流行的，文艺形象也有所借鉴。比如《倚天屠龙记》里有一个人物——说不得和尚，他是明教五散人之一，是一个大胖子，整天袒胸露乳，在街上晃荡，见人总是嘻嘻哈哈的。他身上常背着一个布袋，叫作"乾坤一气袋"。这布袋，刀剑都刺不穿，是一个法宝。后来张无忌练成九阳神功，就与乾坤一气袋有关系。说不得和尚的江湖诨号就是"布袋和尚"，可见金庸在塑造这个人物的时候，是比照民间传说里的契此和尚来想象的。

正是在这样一个信仰递变的过程里，弥勒的形象也在不断转化。

北魏时期的弥勒形象，主要是一种交脚而坐的菩萨形象：头戴花冠，身披璎珞，身形修长，双腿交叉地坐在宝座上。另一种站姿的弥勒形象，也是菩萨装束。这两种形象，都是弥勒上生信仰的反映。后来，又出现一种身穿佛陀装束的弥勒造像。乍看上去，与释迦牟尼佛的形象仿佛，这明显是弥勒下生信仰的反映，即以之为娑婆世界的未来佛。随着布袋和尚的传说流行起来，弥勒的形象也就更接近我们今天熟悉的样子了。

当然，早期的布袋弥勒形象，还没有今天看到的如此夸张。人们多是根据历史原貌，结合契此的形象，塑造出一个大肚子、拿布袋的形象。慢慢地，为了迎合大众期待，弥勒佛的形象越来越富态，肚子越来越大，笑得越来越喜兴。这种形象也符合中国古代朴素的辩证审美理念。丑中寓含着美，诙谐中渗透着庄严，揶揄的面孔之下，是一副广大的慈悲心肠。因此，人们也更喜爱弥勒佛，崇敬弥勒佛。

说到这里，不得不再说一下那只布袋。早期的布袋弥勒形象里，布袋子还是一个必要的组成部分。关于这只袋子，又有很多传说。比如，在一些绘画和雕像里，经常有小儿抢布袋的场景。就是一群小孩子，缠着弥勒佛，争抢祂的布袋子，弥勒佛依旧是一副笑呵呵的模样。仿佛孩子们抢得越凶，祂笑得越开怀。小孩子的数量，有十六个的，也有十八个的，人们多以为这与十六罗汉和十八罗汉有关系。然而，在世俗民众看来，这种画面很生活化，又被赋予了美好的寓意——多子多福。

明白了这一点，再回看《西游记》里的人种袋。弥勒佛说这是祂的一个后天袋子，原型当然是契此的破布袋，但袋子名叫"人种"，明显含有生殖崇拜的寓意。这里除了作者开玩笑的成分，也有民众的一种美好期待在里面——毕竟，这布袋本来就和求子有关系。

第六十七回

拯救驼罗禅性稳　　脱离秽污道心清

184　大蟒精为何不会说话？

这一回故事是很简单的：唐僧师徒来到驼罗庄，悟空帮乡民们斩杀了一条伤生害物的红鳞大蟒，八戒又变成一头大黑猪，拱开稀柿衕的污秽，师兄弟做了一场大功德。

这一讲，先说悟空的事迹。

论起来，降妖除魔，对悟空来说是家常便饭。他又把这看成"买卖"，但凡听说有降妖除魔的勾当，就说"买卖上门了"。当然，悟空所谓"买卖"，是不求财、不图利的。这在小说里有明确交代。乡民们要用真金白银来酬谢悟空，悟空说"金子幌眼，银子傻白，铜钱腥气"，话里话外，不把黄白之物放在眼里。乡民们又要送唐僧师徒一千亩良田，为他们盖一座庙，叫他们在这里享受供养，不必再受云游奔波的辛苦。悟空又说：有了产业，就得起早贪黑地照顾、经营这产业，更拖累人。一杯茶水，一顿斋饭，表示谢意，就足够了。你瞧，在世俗人眼里的财富，在悟空眼里却是垃圾，是累赘。他热衷斩妖除魔，只是图好玩，当然也有卖弄本事的意思。

只不过，这一回里的妖怪，也显不出悟空什么本事——对手太低级，根本不费事。以往悟空遇到的妖怪，总是有足够道行的。兕大王、黄眉童子等有背景、有靠山的大魔头，就不用说了，黑熊精、九头虫等民间野生的大妖精，也不用提。即便寅将军这样的低级妖精，只会挖陷阱抓人，起码也已经幻化成人形，能够像人一样行动、说话。

比较之下，驼罗庄的红鳞大蟒就太低级了。它只是体形巨大，还没有修成人形。更重要的是，它连横骨都没有化去，不会说人话。通天河的老白鼋，尽管也没有修成人形，起码是能开口说话的。红鳞大蟒连话也不会说，充其量是一只低级的巨型怪物。对付这样一只怪物，悟空显不出什么本事。

不过，红鳞大蟒的低级形态，倒让我们咂摸出其他的滋味来。

其一，是从讲故事的角度考虑的。这段故事只有一回篇幅，如果蟒精能够幻化人形，作者就要把故事拆分成两个段落：一是与人形的妖怪赌斗，一是与现出原形的妖怪赌斗——比如之前收伏九头驸马，就是这样处理的。在短短一回里呈现这两个赌斗段落，本身篇幅就有一些紧张。况且，后文还要写八戒清理稀柿衕污秽的情节，篇幅就更紧张了。只写一个段落，就能集中笔墨写细节，写悟空与八戒联手打蛇，各种有趣的场面，如何斗蛇、如何追蛇、如何抓蛇、如何堵蛇、如何在蛇肚子里捣乱折腾……可以生动地呈现出来。蛇不会说话，悟空与八戒的对话，却是妙语连珠的；蛇的行动简单，悟空与八戒围追堵截，却很热闹。

其二，是从艺术效果来考虑的。红鳞大蟒保持原形状态，也能增强作品的讽刺意味。驼罗庄位于小西天。既然称为小西天，就是离灵山不远了。按说，距离灵山胜境越近，地面上应该越太平，妖怪应该越来越少。当年，佛祖在盂兰盆会上评论四大部洲，说祂所在的西牛贺洲是一片不贪不杀、养性潜灵的净土。结果，过了流沙河，进入西牛贺洲之后，妖魔就一个接一个冒出来。过了通天河，距离灵山更近，妖魔的本事反而越来越大，性格也越来越跋扈。如今已经到了小西天，眼看就要到"冲刺阶段"了，妖魔倒显得更加嚣张了，不要说上一回的黄眉童子、下一回的赛太岁，以及后来狮驼岭上的三个魔头，就连红鳞大蟒这样的低级生物，在佛祖的"灯下黑"里，也能祸害一方百姓。是不是但凡受了佛爷的荫庇，随便什么湿生卵化、披毛带尾的畜生，就可以变异成怪，就算不能化去横骨，修成人形，也够叫地方百姓"喝一壶"的。大佬家的打手不好惹，大佬家的阿猫、阿狗，也叫人吃不消啊！

另外还有一点，就是悟空打杀低级形态的红鳞大蟒，让我们隐约可以看出一些上古时期英雄斩蛇神话的影子。

蛇这种生物，很早就进入先民的生产、生活经验了。早期，它在民众心目中，是具有神圣性的生物。许多神话形象，都有蛇的符号。比如我们的始祖神——伏羲和女娲——都是人首蛇身的形象。此外，如神农氏、夏后氏，以及共工、相柳等神话人物，也被人们传说为人首蛇身的形象。《山海经》里记录的创世神盘古，就是耳朵上戴着两条黄蛇，手里又攥着两条黄蛇。这都说明，蛇在原始崇拜时期的地位。它经常作为原始图腾出现，是某些部族的图腾动物，或者是图腾的重要组成部分。其他毋论，单说华夏民族共同的图腾动物——龙——就是以蛇为构型主体的。可见蛇在原始信仰中的重要性和特殊性。

然而，古人的心理总是辩证的，文化符号的象征性，也经常是两面的。就是钱钟书先生所说的"比喻之两柄"，同样一个符号，可以激起人们不同的情绪和心理，带上不同的情感色彩和道德意味。可以代表美，也可以指向丑；可以比喻善，也可以象征恶。

蛇就是这样的文化符号。同样是先民崇拜的对象，蛇可以是图腾动物，也可以是自然力量的具象化、妖魔化。比如后羿神话里，后羿的英雄事迹，除了射落九个太阳，还有斩杀猰貐、凿齿、九婴、大风、封豨、修蛇等怪兽。这些怪兽，可以被看作其他部落的图腾，也可以被理解成某种自然力量的具象化、妖魔化。其中的修蛇，就是一种大蛇怪。

后羿斩杀修蛇的地点 —— 洞庭 —— 是很值得注意的。换句话说，修蛇是在洞庭一带作乱害人的，它其实象征着洞庭水患，斩杀修蛇的行为，可以被看成部落首领治理水患事迹的浪漫化、文学化表述。

在古人的朴素认知里，水患的发生，主要是水生动物作怪。这些怪物，基本属于麟虫一类。而麟虫这一类里，蛇是最具有代表性的。一旦发生水灾，"屎盆子"就容易扣在蛇类的头上。什么河水改道，什么潮汐运动，什么降雨带迁移，先民都不懂，只有想象 —— 某条大蛇又在水里作妖了！

这种想象，不是到了后羿神话里才有的，更早期的神话里就已经存在了。比如女娲神话里，《淮南子·览冥训》里就说女娲在冀州斩杀黑龙。这里的黑龙，其实就是一种大蛇。既然叫黑龙，应该也是跟水有关的。再比如大禹神话里，《山海经》就说大禹斩杀相柳，相柳被描述成九个头的大蛇。既然是大禹神话的一部分，它应该也与治水有关系。

再后来，蛇与水患的联系不再是唯一的，人们面对自然力量的各种恐慌、焦虑，以及战胜自然力量的渴望，也都与蛇联系在一起。斩蛇的故事，不但没有减少，反而增多了，又发生了变形。斩蛇不一定是为了缓解某种恐慌、焦虑，而是突出斩蛇者的神圣性，把历史中的人物，与上古时期的英雄联系起来。这类故事里，最著名的就是汉高祖斩白蛇。刘邦到底斩杀过白蛇没有，即便斩过白蛇，这白蛇到底是什么生物，是否就是一条草窠里蹿出来的普通白蟒，又或者只是一张蜕下来的蛇皮（我们知道，不管什么花色的蛇，蜕下来的皮，看上去都是白的），都要打上大大的问号。但人们乐于传播这类故事，封建统治者又善于利用这类故事，因为它们让人产生遐想，把普普通通的人，想象成超人，甚至半神一样的存在，叫人推重、敬畏、景仰，甚至狂热崇拜。

民间的斩蛇英雄，也是俯拾即是的，数也数不过来。不只有男英雄，还有女英雄。《搜神记》里记载的"李寄斩蛇"故事，许多朋友都是知道的。该故事里，蛇的形态，就是很低级的，不能化成人形。但当地的官员与百姓愚昧而怯懦，只知道向蛇怪贡献牺牲，直到李寄出现，才为官民铲除了祸害。

尽管时代变迁了，斩蛇的主人公也各有来历、各有身份，但这些故事里，多多少少，总带有上古神话的色彩。有勇气和智慧斩杀蛇怪的人物，总不是平凡人，他们的气质卓荦，身上寄托着民众的集体期待。不管是帝王将相，还是平民百姓，能做出这样的事迹，总被人们想象为英雄。

而悟空本来就是一位大英雄。既然是英雄，斩杀一条低级形态的大蟒蛇，还不是"分分钟"的事儿？所以，这一回就用一半篇幅，写这个"分分钟"，如果大蟒幻化成人形，就体现不出"分分钟"的效果了。这样看来，我们倒要感谢蟒怪，感谢它的低级，感谢它的"原生态"，感谢它的职业操守——尽快领盒饭。

185　如何写出故事的味道？

再说八戒在这一回里的表现。

我们知道，八戒是一个教人又恨又爱的人物。他的形象气质里，有消极的一面，叫人厌恶愤恨的一面，比如庸俗、懒惰、胆怯、贪财、好色，等等；也有积极的一面，叫人喜爱赞赏，或者感觉亲切，起码让人理解和肯定的一面，比如憨傻、单纯、直率，在必要的时候，也能表现出足够的英雄气质。所以，我们在分析这一人物形象的时候，总要辩证地讨论。

而在讨论八戒的积极侧面的时候，第六十七回总是绕不开的。毕竟，八戒在书里的"高光时刻"不多，有时候还是迫于无奈才暴露出来的。老猪主动请缨，积极表现，这样的时候实在少得可怜。第六十四回荆棘岭立功，这一回稀柿衕立功，是八戒自觉展现英雄气质的屈指可数的段落。所以，人们夸奖八戒的时候，总喜欢拿这两回举例子。

比较起来，这一回，又比第六十四回写得有味道。

有味道，当然首先是从艺术效果上讲的。

我们知道，中国传统的文学鉴赏观念，是带有很强的"通感"特点的。所谓通感，简单地理解，就是追求这样一种高级的艺术效果：通过生动的语言，调动文学接受者的多感官接受，听觉、视觉、嗅觉、味觉、触觉等互相沟通、转移，最终在心灵世界整合起来。文学的生产追求这种效果，文学的接受与批评，也追求这种效果。所以，我们古代文学批评术语里有很多带有"通感"色彩的概念。味道，就是其中之一。

这个味道，当然首先说的是舌头的味觉。就是所谓的"滋味"，我们总说某篇作品有滋味，经得起咀嚼、咂摸。越咀嚼，越有收获；越咂摸，越有味道。比如《红楼梦》里香菱形容王维的诗句，"念在嘴里倒像有几千斤重的一个橄榄"，① 就是这种滋味说的生动体现。

但是，味道不光是用舌头尝的，也可以用鼻子来闻。这就涉及另一种感官——嗅觉。

当然，人类的嗅觉是相对低级的。许多动物的嗅觉，异常灵敏，不仅能够闻到遥远距离的味道，还能处理复杂的嗅觉信息，在复杂的气味中，辨别出哪些是来自天敌或克星的，哪些是自己的午餐。更能准确地捕捉到来自同类的信息，还能提取出性别、年龄、族群等重要信息。比较起来，人类的嗅觉能力实在是太差了，太低级了。

然而，正是因为这种低级，使得嗅觉信息非常稳定。在人类的各种感官里，嗅觉差不多是最稳定的一种。特定的味道，总是与特定的符号信息捆绑在一起，从而被我们记忆的。

其他感官经常是实时性的，甚至是反思性的。尤其视觉，它处理信息的能力很强，也是我们平时接受外部世界信息的主要途径。但视觉的反思性太强了，它总是在"脑补"各种画面。都说"眼见为实"，但被看到的画面，经过大脑的处理，会不断补入信息，这些

---

① 曹雪芹著，无名氏续：《红楼梦》，北京：人民文学出版社2008年版，第647页。

信息经常不是来自事实的（这里说的事实，是确实发生的），而是许多经验。这些经验，当然也可能是真实的，但不是事实——它们符合经验的逻辑，却不一定真正发生过。经过这样的"脑补"，我们"看"到的画面，经常与事实有很大距离。

而嗅觉的反思性很差。一种嗅觉被我们记忆，就很难变化，特别是它与我们的特殊经验联系在一起，就会成为一种稳定的情绪（甚至情感）链接。正如美籍华裔人文地理学家段义孚先生所说，"气味能够唤起人们对过去事件或场景的丰富情感与生动记忆"[1]，比如某种酒的味道，某种香水的味道，某个房间的味道……如果它们与特定的人、特定的经历，尤其被唤起的事件序列和场景序列联系起来，就有了对于个人来说的特殊意义。比如前女友喜欢的香水，前男友喜欢喝的酒，或者喜欢抽的烟，老家旧房子的味道，家乡海风的味道，妈妈的味道，等等。

一旦作者能够用生动的语言，描述出这种味道，人们仿佛就能闻到这股味道。

所以说，这里说的有味道，又是狭义的说法，指的是故事写得有味儿。

从广义上来说，《西游记》的绝大多数段落，写得都很有味道。但从狭义上来说，《西游记》里最有味道的，也就是第六十七回——好家伙，太味儿了！

只是想到这一回，许多读者可能就要捂住鼻子了。

驼罗庄附近就是七绝山。为什么叫七绝呢？因为满山八百里，

---

[1] 段义孚：《恋地情结》，北京：商务印书馆2018年版，第12页。

密密层层的，都是野生的柿子树。古人认为，柿子有七个特点，就是七绝。

所谓"七绝"，一是益寿，二是耐阴，三是无鸟巢，四是不生蛀虫，五是霜叶可玩，六是果实肥厚，七是落叶肥大。这本来说的都是柿子的好处。但我们是讲辩证法的，环境条件不一样，好处也会变坏处。

驼罗庄的百姓，人口并不多，又是传统的农业社会，以种植业为主。对于非粮食类的经济植物"不感冒"。守着满山好东西，不知道加以利用，转换成白花花的银子。

换作今天，这就是地方优质资源，是要充分开发利用的，搞一个农业生产合作社，进行深加工，做成柿子饼、柿子干、柿子酒、柿子茶，圈一票"网红"来直播带货，一定大卖特卖。还可以发展旅游经济。别忘了，柿子的第五绝，就是霜叶可玩。特殊的季节，组织了观光团，到驼罗庄观赏满山霜叶。连看带玩，回村再吃柿子主题农家饭，岂不美哉？

但俗话说：要想富，先修路。七绝山自古无人行走，只有一条窄路，类似胡同。满山的柿子，乡民就是想采，也采不了多少；采得下来，也运不出山。于是，每年的柿子，都是熟透了落到地上，堆积着，又处理不了，烂透了，发霉了，就沤在那里。一年接一年，千百年来，沤成一片稀烂的糊糊。那味道，简直无法想象。

臭是极臭的，但没有具体的形容，人们的感官也无法被调动起来。

作者应该也没闻过极臭的东西。他能想到的，就是日常生活中常见的掏大粪了。

今天一些地方，也是有旱厕的。清理旱厕，俗称掏大粪。许多人有相关生活经验，那味道闻过一次，以后不必在现场，只要想上一想，脑海里还没出现具体画面，恐怕肚子里已经有翻江倒海的感觉了。古时候，掏大粪就更是生活的必需了。只不过，书里叫"淘东圊"，说得比今天雅一些。

为什么叫东圊呢？因为古代的建筑，厕所大都在东边角落里。所以叫东圊。圊，就是厕所的意思。为什么在东边呢？一方面，东边采光好，能够保持旱厕干燥，在一定程度上抑制细菌滋生。另一方面，古人讲究五行，东方属木，厕所总是与水有关的，水能生木，所以把厕所建在东侧。

作者说七绝山的恶臭，连淘东圊都比不上，应该还是说保守了。但我们的承受能力毕竟有限，光是想到淘东圊，就已经快被熏晕了，程度再强一点，哪怕只有"一丢丢"，就是生化武器级别的了。我们凡夫俗子，是断断承受不起的！

这个时候，就显出八戒的英雄气质了。在悟空的激励下，八戒抖擞精神，甩开膀子干。在荆棘岭上，他还保持着人身，用钉钯搂开荆棘。到这里，他干脆变成一头大黑猪，用猪嘴拱开沤在稀柿衕的烂糊糊——那画面，简直无法形容！满嘴、满脸的烂糊糊，又黏又臭，看着就叫人反胃，八戒居然一连拱了几天。实在叫人佩服！

第六十八回
朱紫国唐僧论前世　孙行者施为三折肱

186　会同馆是什么衙门？

从这一回开始，一直到第七十一回，讲的是收伏赛太岁的故事。作者用四回篇幅讲述这段故事，可见其重视程度。

之所以重视，有一个主要原因，就是这段故事的讽刺性。

我们知道，观音菩萨是取经项目的"常务副组长"，从项目策划、筹备到实施、推进，再到最后结项，祂是全程参与的，可谓有始有终；祂又是"救火队长"，悟空捅了篓子，经常是观音菩萨帮他收拾烂摊子。

只不过，观音菩萨一面忙活着给唐僧师徒解决麻烦，一面又张罗着给他们制造麻烦，比如联合黎山老母、文殊菩萨、普贤菩萨，试炼猪八戒，再比如从太上老君手里借来金角、银角两个道童，在平顶山称王称霸，阻挠唐僧前进。同时，祂手下人又不长俊，比如观音禅院的金池长老、通天河的灵感大王，都叫菩萨在悟空面前理亏气短。

这一段故事里，菩萨的坐骑金毛狮子犼又偷逃下界，拆散朱紫国王与王后，玩得更大，负面影响也更大。对此，观音菩萨倒没表现得不好意思。原来，朱紫国王曾得罪佛教大佬，佛祖有意惩罚他，叫他与妻子离散。这又不单单是讽刺菩萨，而是讽刺更多佛教神祇了。佛教宣扬戒断贪、嗔、痴，但小说里的菩萨总有嗔念，佛祖也有嗔念，不仅睚眦必报，还要变本加厉，空洞的教条，自己都无法践行，这不是更大的讽刺吗？

然而，这一段故事，还有另一个层面的讽刺。就是借着朱紫国这一异域大邦，讽刺中华的封建王朝，更明确地将矛头指向朱明王朝。

之前说过，西牛贺洲的人间邦国，看来看去，都是一副中华的样子。过了通天河，距离灵山越来越近，但中华色彩不仅没有越来越淡，反而越来越浓。前文里的祭赛国，就已经是中华的样子了。这一回的朱紫国，更是明确点出一个"朱"字，明言朱明王朝——就差直接报出老朱家皇帝的身份证号了！

为了强化这些异邦国家与朱明王朝的联系，作者经常直接移用明代的官制。比如反复出现的司礼监、锦衣卫，等等。

这一回提到的会同馆，也是一样的。

当然，会同馆不是明代才有的。辽金时期就有了。于敏中编纂的《日下旧闻考》里引述了《石湖集》的一段话，说明辽代就已经有会同馆了。宇文懋昭编纂的《大金国志》里也记载了金朝在燕京（也就是今天的北京）设立会同馆，作为接待使节的地方。①

到了元代，承袭前代制度，也设立会同馆，并且完善了建制。元代的会同馆，品级是比较高的，由礼部尚书领馆事（也就是说，会同馆的对口主管领导是礼部尚书），馆内设大使两人，从四品官，

---

① 参见夏丽梅：《元明时期会同馆差异初论》，《青海民族研究》2011年第4期。

副使两人，从六品官。这个级别，是不低的。要知道，元代的六部，也就是正三品的衙门，六部里的侍郎，也只是正四品官。会同馆是从四品，已经不低。况且，朝廷经常令礼部尚书（正三品），甚至平章政事（从一品），兼领或提调会同馆的事务，可见这一机构的重要性。所以，在元代人眼里，会同馆是一个很重要（甚至说显耀）的机构。

可以说，在会同馆当差，是很风光的。比如元世祖的时候，中书左丞崔斌上书皇帝，批评平章政事阿合马，说阿合马身处显要，又把家里的子弟都安排在重要部门。其中就有礼部尚书，兼领会同馆事。① 可见，负责会同馆的业务，是很叫人眼热的。

为何教大家眼热呢？一方面，元代的会同馆大使，不仅负责接待外国使节，还可以公派出国，从事外交活动——这就是正儿八经的外交官。另一方面，元代一些人就是先在会同馆做大使，显示出政务能力，被提拔到更高级衙门——会同馆又成为晋升显要的关键跳板。这样看来，谁能不眼热呢？

到了明代，会同馆的制度保留下来，但地位下降了很多。

明代的会同馆，设一名大使，正九品的官，两名副使，都是从九品的官。这都是勉强挤进"入流"行列的，至于下面设的医官、通事、杂吏，都是不入流的。

弘治五年（1492），为了提高会同馆的地位，增加一名礼部主事来提调会同馆。② 但明代的礼部主事，也没有什么大权，只是正

---

① 参见王静：《元代会同馆论考》，《西北大学学报》（哲学社会科学版）2002年第3期。

② 参见王静：《明朝会同馆论考》，《中国边疆史地研究》2002年第3期。

六品的小官，与元代负责提调会同馆的礼部尚书比起来，中间隔着好几层呢！

为何地位下降这么多？因为在明代人眼里，会同馆算不上重要的外交部门，只是设立在京城的一座大驿站。既然是驿站，就是负责照料往来使节的吃喝拉撒——纯粹服务性部门。做得好，捞不着升官发财；做得不好，倒经常挨批。

明白了这一点，再看《西游记》里的会同馆，就会发现：它是一个明代机构。

书中明确说，会同馆里有一名正使，这就是明代的官员设置。这正使和副使，当时正在大厅里忙活，查点人员，准备出门迎接其他官员。可见，这个会同馆的工作，主要是负责迎来送往，谈不上外交职能。再看他们的嘴脸，起初见了唐僧，虽然礼貌地接待了，却没有提供更多照顾，后来看到悟空有手段，能给国王治病，就跪倒在悟空面前，连连叩头，一口一个"神僧老爷"。这种前倨后恭的表现，也是底层官吏的拿手戏。刚入流，品级不高，没见过大世面，既无城府，也缺乏雅量，喜欢看人下菜碟。见了比自己地位低的，用下巴跟人家说话，鼻子里出声；见了比自己地位高的，身子当时就矮下半截去，人家赏一点好处，简直乐得屁滚尿流。元代的会同馆大使，是从四品官，国内国外，见识得多，将来有可能进通政院，甚至到中书省，吃相应该不会如此难看；明代的会同馆大使只是"九品芝麻官"，摆出两副面孔来，也就是自然而然的事了。

当然，作者这样写，是因为历史知识有限——他只了解明代的会同馆（其实，了解得也不是很详细，比如他说会同馆里有一个正使、一个副使，其实是有两个副使的），不知道元代会同馆的地位有多高。但这样写,对推动故事有帮助,因为会同馆大使轻慢唐僧师徒,伤了悟空的自尊心,悟空才要揽事情,给国王治病,叫大使高看自己一眼。如果作者历史知识比较丰富,按元代的会同馆来写故事,恐怕就没有后来的情节了。

187 心魔已除,猴性为何不改?

上一讲说到,悟空见会同馆的馆使冷遇唐僧,就憋着劲,要"搞事情",叫馆使奉承自己,这才引出后面揭皇榜、医国王的事。

有朋友可能要说:在"真假美猴王"的段落之后,孙悟空不是应该变了一个人吗?怎么还是这副德行?

这样讲,只说对一半。亲手打死六耳猕猴,代表悟空自觉地铲除了心魔。此后,他确实变成"另一个"猴王。然而,这说的是他的精神境界与之前不一样了:他对取经事业的意义,理解得更透彻了;对于佛法的要义,领会得更深刻了;他更虔诚了,更笃定了。总之,他在精神上达到了一个全新的高度,一个纯粹的"护法猴"的高度。

但这与脱胎换骨的境界,还差得远。唐僧师徒要脱胎换骨,还要等到灵山脚下,跨过凌云渡的时候。在凌云渡,他们才最终脱去肉身,以精神形态进入胜境,这意味着他们真正修成正果了。在此之前,他们还处于修行的"正在进行时",而非"完成时"。

况且,即便修成正果,本性的东西,特别是人性的东西,是脱不干净的。《西游记》的神魔人物,总是有人性的,即便佛祖、菩萨,已经成了正果,还是有复杂的人性。何况孙悟空这样一只个性极强的"小吗喽"呢？

精神境界上去了，猴子的本性还在。这些本性，主要体现在两个方面：一是好胜，一是促狭。这两方面，在这一回里都有所体现。

先说好胜。悟空是只好胜的猴子，凡事咬尖，总要抢一个头槽。受不得委屈，总要别人抬举自己、奉承自己。做"齐天大圣"的时候就这样；做了"孙行者"以后还这样；即便打杀六耳猕猴，铲除了心魔，依旧这样；将来做了"斗战胜佛"，恐怕还这样。动画片《宝莲灯》里有一个经典桥段。沉香找到悟空，要认他做师父，学习法术，好打败二郎神。悟空一再说自己已经得道成佛，不再理会俗世纷争——在他口中，自己已经不是当年那只好勇斗狠的小猴子了。然而，沉香一用激将法，悟空的本色就暴露出来：袈裟一扯，小腰一掐，眉毛一立，眼珠子一瞪，还是当年那只暴脾气的猴子。陈佩斯在给该角色配音的时候，又套用了一首歌名："我要不给他点颜色看看，他就不知道花儿为什么这样红！"这一艺术处理是很成功的。如果悟空真的脱胎换骨，泯灭了人心，我们广大人民群众也不答应。

话说远了，说回第六十八回。按说，会同馆的正副使，算不上轻慢唐僧师徒。当时他们正忙着接待其他官员，见了大唐来的取经僧，还是礼貌地接待了，安排了住处，又给他们派发了米面。换做别人，就该满足了。但悟空不答应，在他看来，没请唐僧居住在正厅，就是一种轻慢的态度：我师父是谁？大唐天子驾前御弟！御弟，知道不知道！唐天子，知道不知道！但朱紫国远在西方，与大唐不接壤，更不受大唐辖制。两国没有外交关系，连"代办级别"的关系都没有。朱紫国的馆使凭什么把唐僧请进正厅？这一点，唐僧心知肚明，所以耐心开导悟空。结果悟空来一句："我偏要他相待！"

这就是与对方致气了，是没事找事。西天路上不少矛盾，就是悟空没事找事，惹出来的麻烦。

悟空若不与会同馆的正副使致气，就不会给朱紫国王治病，不给国王治病，就不知道赛太岁在这里作恶。然而，赛太岁好端端地过自己的小日子，压根儿不想吃唐僧，也没主动招惹悟空，反倒是悟空逞强好胜，一个活接一个活地揽，由小到大，最终破坏了赛太岁的人间美满。想一想，倒要替赛太岁抱委屈。

再说促狭。促狭，就是喜欢捉弄人。这一点，在悟空身上也是格外突出的，他尤其喜欢捉弄八戒。比如第三十二回，悟空骗八戒去巡山，又要跟去监督。唐僧就说："你却莫去捉弄他。"说明唐僧对大徒弟的坏毛病，是心知肚明的。八戒虽然憨傻，也不至于笨到无可救药的地步，尽管经常慢半拍，但最后总能反应过来：是悟空捉弄自己。他也就经常给悟空贴标签，说师兄爱捉弄人。比如第七十四回，八戒就对唐僧说："师父，莫怪我说。若论赌斗变化，使促掐，捉弄人，我们三五个也不如师兄。"这里的促掐，是借音字，还是促狭。八戒说得真对，但还是保守了。别说取经团队合起来，都比不上悟空这个促狭鬼；西天路上的魔头们加起来，恐怕也比不上悟空。

当然，悟空这一个促狭鬼，就够八戒受的了。也怪八戒自己不长俊，一听说有便宜占，脑子就短路。见了饵，就咬钩。

我们看这一回，悟空有心上街惹事，就拉上八戒。八戒是有几分警惕的：这里不是山村野店，乃是西方大邦的国度，人烟密集，自己长相丑陋、狰狞，出去肯定要出事。悟空就诱惑八戒，说街市上有各种小吃，糖糕、蒸饼、点心、蜜饯，应有尽有，惹得八戒流口水。悟空又说自己情愿出几个钱，请八戒饱餐一顿，八戒一听这话，警戒线就全拆掉了，屁颠屁颠地跟悟空上街。到了街上，悟空只找人多的地方钻，这就是有心惹事了，八戒满脑子都是吃食，一脚一脚，跟着悟空来到鼓楼。

悟空本来要扯着八戒去看热闹，八戒只想占口腹的便宜，不想惹事。悟空就要他站在原地，老老实实，一动不动。书中特地刻画了八戒此时的情态：

> 那呆子将碗盏递与行者，把猪嘴拄着墙根，背着脸，死也不动。

这画面，活像一个受罚的熊孩子，看着叫人又好笑，又心疼。

悟空吹落了皇榜，又用隐身法，把皇榜揣在八戒怀里，他自己直接溜回会同馆，等着看热闹。直到看榜的校尉、太监围上来，和八戒拉扯，走又走不掉，讲又讲不清，八戒才反应过来："那猢狲害杀我也！"还是晚了半拍，又被捉弄一次。

以上这些情节，就是第六十八回的主要内容。故事发展的原动力，就在于悟空身上保留的个性，没有好胜的性格，没有促狭的性格，就没有这一回热闹好看的文字。

我们当然同情猪八戒，但我们也喜欢保留个性的悟空，如果打杀六耳猕猴之后，悟空变得与沙和尚一样，凡事中规中矩，心心念念，只要平平安安到灵山、见佛祖，那还有什么看头呢？《西游记》在第五十八回，就可以结束了。

第六十九回

心主夜间修药物　君王筵上论妖邪

188　悟空懂脉理吗？

这一回的回目是"心主夜间修药物，君王筵上论妖邪"，正好概括本回两段情节。

心主夜间修药物，指悟空夜里带着八戒、沙僧制作乌金丹。悟空是心猿，按道家内丹理论，悟空象征铅，铅是五金之主。所以，这里说他是"心主"。这样讲，也是为了与后半句的"君王"形成对仗的关系。君王筵上论妖邪，指朱紫国王病愈之后，宴请唐僧师徒，在酒席上讲出自己生病的因由，原来是赛太岁掳走金圣宫娘娘，害得他忧思成疾。

这一讲，先说第一段。这段情节是本回的重点，篇幅占到将近60%，作者的主要精力也用在了这一部分。

这段情节又可以分成两个单元：一是诊脉，一是用药。这是诊治疾病的两个程序，我们也可以借这两个程序，看一看悟空的医术到底如何。

首先要解决一个问题，就是悟空到底懂不懂医术？他是真会看病，还是在糊弄人？

都说悟空是超级英雄，但超级英雄也不是"万事通"，他也有知识盲区，但说到诊脉用药之事，他还是懂一些的。

别忘了，悟空当年在斜月三星洞修道，其导师须菩提祖师，就是一位"杂家"，各个学科的知识都懂，都可以讲授。在须菩提祖师公布的培养计划里，有一个"流"字门。

何谓"流"字门？因为讲授的是流派知识。"九流十家"里的"流"，就是这个意思。我们知道，传统书目分类（也就是知识分类、学科分类）有四部分类法，就是经、史、子、集四部。须菩提祖师讲的"流"字门，指的是子部知识。这里，就包括医家。

因为"流"字门不能实现长生不老的目的，所以悟空不走这个培养计划。但斜月三星洞是讲究"通识教育"的，即便不专修"流"字门，选修课应该是有的。说不定，悟空还写过关于《素问》《本草》的期末小论文呢！

有朋友可能要说：悟空既然懂医术，之前怎么没看到？别说大家没看到，连唐僧也没看到。书中写道，悟空揭了皇榜，消息传到王宫，国王问唐僧，唐僧说自己的徒弟是一帮"山野庸才"，只有"打怪"的本事。至于懂药性、通医理的，绝对没有。唐僧这样讲，就是在拿自己的经验来说事了。他没见过，不代表徒弟们不懂。

毕竟，在取经路上，徒弟们没机会展示这些技能。取经路上遇到的问题，本质上讲是修心的问题，这是一个精神层次的问题。形式上讲，是降妖除怪的任务。至于头疼脑热，悟空与八戒、沙僧，都是"超人"式的英雄，没有这种苦恼。唐僧虽然是肉身凡胎，却是金蝉子转世，身边又长年围绕着四值功曹、五方揭谛、六丁六甲、十八位护教伽蓝，这都不是N95级别的防护了，是N99.999级别的! 况且, 他还吃过人参果, 体质改变。小病小灾, 平时也找不上唐僧。至于大病大灾, 就不是《黄帝内经》上的知识能解决的了。比如在宝象国变老虎, 在子母河怀孩子, 这都不是诊脉用药能解决的问题。所以, 悟空就是懂医术, 也没有表现的机会。

到这一回, 悟空的机会就来了。当然, 更准确地说, 是作者的机会来了。他可以借这段情节, 抖一抖自己的知识。那么, 悟空的医术 —— 不对, 作者的医术 —— 怎么样呢? 咱们先说诊脉的本事, 也就是他懂多少脉理。

严格地说, 懂一点, 但不多。

第六十八回, 悟空用一首诗, 说明看病的过程, 分为: 望、闻、问、切。

望, 就是观察病患的气色; 闻, 就是听病患的声息; 问, 就是询问症状, 了解病史, 查找病原和病因; 切, 就是切脉象。讲到切脉问题时, 悟空说了一句: "四才切脉明经络, 浮沉表里是何般", 说明他知道经脉和络脉的区别, 也知道浮脉和沉脉这两种脉象。

但这些对于当时的知识分子来说, 就是一般性知识, 算不上懂医术。

到了第六十九回, 作者具体描写悟空切脉的场景, 说悟空按寸、关、尺三个部位切脉, 切脉时要调定自己的呼吸, 分定四气、五郁、七表、八里、九候、浮中沉、沉中浮。

这里的四气, 指四种药性, 分别是寒、热、温、凉。五郁, 指五气变化, 导致的五种郁结, 对应五行, 就是土郁、木郁、金郁、火郁、水郁。七表, 是浮、芤、华、实、弦、紧、洪; 八里, 是微、沉、缓、涩、迟、伏、濡、弱。这些都是脉象的名称。九候, 是九种切脉的手法。寸、关、尺各三种，合起来九种。浮、中、沉，指的是切脉时候的三种力道。

这些知识，相对专业一些，但在当时的知识环境里，也不是只有职业医生才懂的。

古代的知识分子讲究博闻多识，杂学旁收，除了如《儒林外史》里的周进、范进一类死守"考试大纲"，在"四书""五经"以外，什么都不懂的可怜虫，多数知识分子还是注意杂学的，史部知识、子部知识、集部知识，总要懂一些。

至于后文悟空说的脉象，"左手寸脉弦而紧，关脉涩而缓，尺脉芤且沉；右手寸脉浮而滑，关脉迟而结，尺脉数而牢"，以及具体的解释，比如"左寸弦而紧者，中虚心痛也；关涩而缓者，汗出肌麻叶；尺芤而沉者，小便赤而大便带血也"，听着好像头头是道，实际上在《脉经》一类典籍上，可以找到类似的话。查一查文献，拼拼凑凑，就能做出来。

所以说，作者对脉理的了解，还是有限的。他有日常生活的观察，也阅读过相关典籍，但应该是"纸上谈兵"，没有诊脉实践的本事。

然而，这些知识已经足以帮助他写成一段精彩的奇幻情节了。别忘了，悟空用的是"悬丝诊脉"之法，这本来就是一种想象中的切脉方法，根本没有科学依据。说到底，悟空还是在玩花活，把简单的问题复杂化，用空洞的专业术语，掩盖可怜的事实。他一眼就看出朱紫国王得了什么病，但凡夫俗子们更看重花活，看重空洞的形式，没有花活，没有形式，感觉上就没有真本事，起码没有大本事。1+1=2，这是再简单不过的道理。但形式简单，看着就不够高

级，不够专业。说成 |(-7)+(+5)|，结果还是2，看着就比较高级，如果再用狄拉克函数来表示，那就更高级了。

悟空对脉理的理解，可能不够透彻；但他对人们庸俗习惯的理解，是足够透彻的。一个屁大点的毛病，医治方法得是冠冕堂皇的，诊疗过程得是啰里巴唆的。这样，病患才能获得心理慰藉。诊脉如此，用药也如此。这一讲说了诊脉，下一讲说用药。

189 乌金丹是什么药？

上一讲说了悟空对脉理的了解，这一讲说他对药性的理解。

与诊脉一样，悟空用药，也是在玩花活。架势摆得很足，摊子铺得很大，其实用的就是民间土方子。

悟空道破了朱紫国王的病症，太医就问他，应该如何用药。照理，悟空就该开方子，叫太医们去抓药。但悟空说了一句："不必执方，见药就要。"这话，前半句有道理，所谓"执方"，就是用固定的方子。的确，中医讲究制宜，就是根据不同的条件，采取不同的方式和方法。病症相同，环境不一样，病患体质不一样，病原不一样……都不能用同一个方子。但后半句就不讲理了，哪有"见药就抓"的？古人讲病有四百零四种、药有八百零八味，这当然是约略的说法，但即便是八百零八味药，也不可能都用到，就是八十八味，都嫌复杂。况且，每味药抓三斤，这是给人看病呢，还是给牲口看病呢？即便是牲口，每味药三斤？这是牛犊子，还是哥斯拉？所以，八戒收了药以后，开玩笑说：师兄这是打算就地开药铺了！可不是吗！知道的是医生看病，不知道的，还以为是药铺进货呢！

但这正是悟空聪明的地方。太医们不是吃干饭的，悟空把真实配方说出来，哪怕有一些包装，人家也一眼就把你的底裤看穿了，简单的排除法，专业人士是很拿手的。现在，把选项扩展到极致，排除法也就做不成了。

不仅配方不能露底，制药的过程，也得保密。所以，悟空趁着夜深人静，与八戒、沙僧制作乌金丹。

这乌金丹的配方，其实十分简单，主要成分就是两味药——大黄和巴豆。在讨论这两味药的时候，我们又看到，原来八戒和沙僧也是懂一些药理的。

悟空教八戒取一两大黄，研成细末，沙僧就接口说："大黄味苦，性寒，无毒。其性沉而不浮，其用走而不守；夺诸郁而无壅滞，定祸乱而致太平；名之曰将军。此行药耳，但恐久病虚弱，不可用此。"

悟空又教沙僧取一两巴豆，去了壳，去了膜，再捶去油毒，也研成细末。八戒又把话头接过来，说："巴豆味辛，性热，有毒；削坚积，荡肺腑之沉寒；通闭塞，利水谷之道路；乃斩关夺门之将，不可轻用。"

这两段话，不像日常口语交际，都是书面语，也不符合两个人物的气质。此时的八戒和沙僧，就像 AI 工具人，照着本子念台词。其实，这两段文字，在明清时期的医书里是很常见的，作者就是抄了两段现成的话，让书里的人物"读"出来。

这两味药，是很常用的。所以叫"行药"，就是普遍有效的药。它们主要的功能，就是宣泄——旧时泻药的主要成分就是它们。

悟空又叫沙僧取半盏锅底灰来。沙僧纳闷：从来没听说用锅底灰入药的。

这就是他孤陋寡闻了。这个锅底灰，有个学名，叫"百草霜"，民间也叫它灶头墨，确实是一味药。按《医林纂要》上讲，百草霜可以用来清热去火、消化积食。悟空还叫八戒取半盏马尿来，要用这马尿来和成丸药。这也是一味药，按《本草纲目》讲，白马尿也有消化积食的作用。

应该说，悟空用的这几味药，是比较对症的。朱紫国王的症状，主要就是积食不化，用大黄、巴豆、锅底灰和白马尿，是对路的。但是，古人用药讲究君臣佐使，从悟空的这个方子看，他只是把泻药成分用足，不讲药性之间的相辅相成、相制相克，药量也没有轻重。简直是在用"虎狼药"了。

但话说回来，悟空敢这样做，因为他用的白马尿，不是来自凡马的，而是来自龙马。书中交代：小白龙的尿，撒在水里，鱼吃了就能成龙；撒在山上，草头能变灵芝，人吃了就可以长寿。有了这龙尿和成的丸药，就是半斤砒霜吃下去，估计也是死不了人的。

再有一点，悟空嘱咐医官：这乌金丹需要用无根水送服，就是用无根水做药引。按《本草纲目》的记载，民间说的无根水，就是直接从井里打出来吃的水。但悟空换了说法：雨水不落地，才叫无根水。为什么要这样讲？因为那一阵轻阴小雨，其实是东海龙王打的两个喷嚏。

敢情朱紫国王吃的就是足量泻药，之所以没弄出事，排出积食后，半天工夫，就活蹦乱跳，说到底是因为吃了龙的尿液和鼻涕。

这事，想一想就叫人犯恶心，怎么好明白讲出来呢？所以要秘密进行。还要给这药起一个别致的名字——乌金丸。乌金，就是炭。用锅底灰做的丸药，当然是乌金丸了。

有趣的是，悟空不仅略通脉理，略知药性，对当时江湖郎中用来糊弄人的手段，也是知道的，玩得也挺明白。

悟空给太医院开的药引子，在无根水之外，还有六种：

> 半空飞的老鸦屁，紧水负的鲤鱼尿，王母娘娘搽脸粉，老君炉里炼丹灰，玉皇戴破的头巾要三块，还要五根困龙须。

这六样东西，都是搞不到的。乌鸦和鲤鱼，固然是现实中有的，但乌鸦在半空里飞，放出来的屁，随风就散了；鲤鱼在急水里游（紧水，就是流速很快的水。负，同凫，这里是游的意思），撒出来的尿，当时就融进河水了。这都是抓摸不到的东西。至于后四样，更是世间不存在的事物，即便古人相信它们存在，但谁有这上天入地的手段呢？

那么，悟空为什么要这样说呢？一来，是为了引出无根水。二来，当时不少江湖郎中确实习惯用这类手段糊弄人——君臣佐使，方子里的药材好找，但药引子不好找。找不到药引子，怪不着我的药；药不灵，是找药引子的人心不诚，能力不济；即便有的药引子，不像老鸦屁、鲤鱼尿那般难以抓寻，但找起来也要耗费许多工夫，等到药引子找回来，可以验证药效了，江湖郎中早就溜之大吉了——哪里寻这帮骗子去？比老鸦屁和鲤鱼尿还难寻！

比如《儒林外史》第二十三回，盐商万雪斋的第七房小妾得了寒症，医生开的方子里有一味"雪蛤蟆"，实在不好找，拿着几百两银子，满扬州城也找不到。这个雪蛤蟆，也是医书上有的药材，但不容易找，有些医生就拿它当药引子，故意耽搁时间。《儒林外史》

是一部现实主义的小说,书中的情节,可以看作当时社会生活中实在的内容。

当这些内容进入浪漫色彩更强的作品,就会发生变异,表达其他的意思。

有一种,是突出治病救人者超凡脱俗,药不稀奇,药引子稀奇,能说出这种"古怪"药引子的人,自然不是凡人。比如《济公全传》第三回,济公给小孩子治病,说道:"我可能治,就是药引子难找,非有五十二岁男子,还得是五月初五日生人;十九岁女子,八月初五日生人。二人的眼泪合药,才可治好。"① 这药引子,到哪里去找呢? 人们便觉得济公不是一个普通和尚,是一位神僧。

另一种,是用药引子考验病患亲属的诚心。这药引子,倒不用满世界去寻找,但要用到药里,需要病患的亲属(特别是血亲)做出巨大的牺牲,古代故事里常见的"割股疗亲",其实就是这类故事。②

割股,就是剜下身体一部分肌肉组织。股,本来指大腿。这里则是一种泛指,当时的人认为,举凡割大腿、手臂、手指,以及肝、肠、心、脑、乳、目,都算割股。后几种的操作性不强,牺牲也太大,真要做成了,割股者也就修成正果了。比如观音菩萨成道的故事里就说,观音成道前,是妙庄王的女儿香山,妙庄王得了病,需要至亲的手眼做药引子,香山就割了自己的手眼,最后生出千手千眼,成为千手千眼观音。

---

① 郭小亭:《济公全传》,天津:天津古籍出版社2006年版,第7页。
② 参见井玉贵:《从知识到信仰:历史上的"割股"行为及其文学书写》,《国学学刊》2020年第3期。

凡夫俗子，是做不到这一点的。真做到了，也"修成正果"了！一般来说，就是割手臂上的肉。还记得《甄嬛传》里的安陵容吗？她为了向甄嬛示好，就是这样做的。只不过，太露骨，也太矫情了，叫当事人觉得心里不舒服，甚至反感。

孙悟空说这六种药引子，当然不是考验朱紫国王身边人的诚心，还是为了体现自己的医术，说不出这么"古怪"的药引子，他如何当得起"神僧孙长老"的名头呢？

你瞧，悟空的医术一般，对旧时这种行医的噱头花活，玩得倒是挺明白的。

190 朱紫国王到底得了什么病？

说完了医生，再掉过头说病人。

讨论一个最关键的问题：朱紫国王到底得了什么病？

有朋友可能要说：这个问题，之前就解决了，从悟空说的脉象和开的药方来看，朱紫国王得的病，其实就是积食。悟空用的大黄、巴豆、锅底灰、白马尿，都是用来排出积食的。从结果看，事实也如此——朱紫国王的排泄物里，最显眼的，就是那块没被消化掉的粽子。

这话说得不错，但问题也就来了：既然是积食这样的寻常病症，朱紫国的太医们，怎么看不出来呢？或者说，看出来了，为何不下手治呢？连隔壁的王奶奶，都知道给孙子吃点健胃消食片，区区一个积食，都搞不明白，还当哪门子的太医？

说这话，真是委屈太医们了。毕竟，积食只是表面的病症。朱紫国王的病，说到底是心病，"心病还需心药医"，太医们对此也是束手无策的。

朋友们可以注意一个细节：朱紫国王听说唐僧是为了满足唐太宗还阳后的心愿，超度天下亡魂，才去西天取经的。就发了一句感慨："诚乃是天朝大国，君正臣贤！似我寡人久病多时，并无一臣拯救。"言外之意，这不是太医能解决的事，需要一个有智慧的臣子，道破其中机关，给国王解开心里的结。

悟空就帮他解开了这个结。表面看来，悟空是用对了药（尽管是虎狼药），给朱紫国王排出了那块粽子，实质上，悟空是说着了病因，一根指头，直戳到国王心里的疙瘩。

那么，朱紫国王的心病是什么呢？

看起来，似乎是相思病。金圣宫娘娘被赛太岁掳走了，国王朝思暮想，忧愁抑郁，导致五内郁结，消化不良。

这样讲，不能说错，因为悟空给出的解释，也是"双鸟失群之症"，听了这个名字，很容易想到相思病。只不过，这样的理解，流于表面。说到底，是没有细读原文。

咱们来把原文捋一遍。这一回，悟空说了脉象之后，给出一个明确的诊断，国王的病是"惊恐忧思，号为双鸟失群之症"。国王一听这话，"满心欢喜"。当时就打起精神，调门儿提高一个八度，叫："指下明白！指下明白！果是此疾！请出外面用药来也。"

国王的这个反应，可以说是"兴奋"。但这种兴奋的反应，叫人觉得古怪：好像他早知道这个病的名称，就等着有人说出来。打个比方，这好像是"你比我猜"的游戏，你一通比画，焦急地、热切地等待我说出答案；我准确说出答案，你就兴奋地叫起来："对对对！

就是这个！你太聪明了！"

但医书上没有"双鸟失群之症"的说法，这名字是悟空现诌的。即便有，朱紫国王又不是医生，他怎么会知道这个病名，等待悟空说出这个病名呢？

有推理经验的人，应该知道，我们第一次捕捉到的信息，往往不是关键信息，它们可能是"烟幕弹"，太晃眼，太容易捕捉，就掩护了真正的关键信息。

那么，这句话里的关键信息——让朱紫国王异常兴奋的信息——是什么呢？是病名前面那四个字：惊恐忧思！说白了，国王的病是吓着了，是愁着了。

有朋友可能要问：这有什么可兴奋的？

原因很简单，因为悟空帮朱紫国王找到了一种最恰当的说辞，或者说，一种最合理的借口，用来掩盖国王真正的病因——他自己心知肚明的病因。回想国王说的那句话，"似我寡人久病多时，并无一臣拯救"，换句话说，始终没有一个明白人，帮他说出这个借口——哎呀妈呀！神僧孙长老，你咋不早来呢！

悟空说出这个病名，当然是无意的，他没有未卜先知的本事，不了解具体情形，只是结合脉象，歪打正着，说到了朱紫国王的心坎上。国王异常兴奋的表现，倒是提醒了悟空——可以沿着这个思路，进行对外宣传。不得不说，悟空这只猴子的脑子真快！

你瞧悟空出了内宫，来到外殿，文武百官围上来，争着问病症、病因。悟空就给出了一个"完美"的解释："有雌雄二鸟，原在一处同飞；忽被暴风骤雨惊散，雌不能见雄，雄不能见雌，雌乃想雄，雄亦想雌：这不是'双鸟失群'也？"百官一听，齐声喝彩："真是神僧！真是神医！"

这个反应，就更吊诡了。好像文武百官就在等这样一个说法，有人说出来，大家就表现得异常兴奋——哎呀妈呀！我的嫡嫡亲的神僧孙长老，你咋这么会说呢！我们咋就没想到呢？！还是你高！高！实在是高！

那么，悟空到底做对了什么，叫国王与百官如此兴奋呢？

就是使用了一个"完美"的说辞，掩盖了国王的难堪，给他找了一个台阶，国王不尴尬，百官也就不尴尬，朱紫国上下，以后还是一派祥和。

这个难堪，或者说事迹的病因是什么呢？是另外一种心理——惭愧！

赛太岁拆散了国王和王后，这不假。但书中交代得清楚：赛太岁威逼国王交出金圣宫娘娘，国王被吓得半死，亲手将娘娘推出海榴亭外，叫赛太岁抓走了。

当然，我们知道这件事，还是国王的描述：

> （赛太岁）访得我金圣宫生得貌美姿娇，要做个夫人，教朕快早送出。如若三声不献出来，就要先吃寡人，循吃众臣，将满城黎民，尽皆吃绝。那时节，朕却忧国忧民，无奈，将金圣宫推出海榴亭外……寡人从此着了惊恐，把那粽子凝滞在内；况又昼夜忧思不息，所以成此苦疾三年。

按：引文中的着重号为笔者所加。这样做，一方面是提醒朋友们注意措辞，另一方面也帮助朋友们找到逻辑重音，还原朱紫国王的情态。这是国王叙述的版本，是他在受了悟空启发之后，重新叙述出来的事件经过，所以紧扣"惊恐"和"忧思"两个关键词，又自己发挥出来一个"忧国忧民"的大理由。

这个版本听上去更好听，却终究掩盖不了事实：金圣宫娘娘，是被国王无情舍弃的，而且是亲手推出去的。不是影视作品里呈现的狗血镜头：用 overlapping（镜头重叠）的方式强化效果，一面是金圣宫娘娘伸着手，一面是国王伸着手，挣扎着伸向彼此，却最终被拉开 —— 好像《新白娘子传奇》里白素贞被法海拉入雷峰塔的场景序列。事实是，金圣宫娘娘伸没伸手，我们不知道，国王确实伸了手，但不是往回拉，是硬生生往外推！

这一幕，文武百官都看到了，国王自己也清楚。大家惭愧，彼此尴尬。国王盘算着：怎样能够挽回局面，抹去自己薄情郎、负心汉的形象。群臣不敢谴责国王 —— 毕竟，自己在危难之时也没做出贡献，而是漠视"替罪羊"被推出去，又想不出合理的说辞，帮国王挽回局面，成为国王热盼的那位"拯救"之臣。

这样一来，三年的时间里，国王与百官都陷入尴尬的表演。国王尴尬地表演生病，表演相思之苦 —— 明明可以通过泻药排出来的粽子，成了丢不掉的道具；明明可以起床，却要做出缠绵病榻的样子。多情种子的戏码，得做足了。说不定，国王还要反复吟诵元好问的《摸鱼儿·雁丘词》："问世间，情是何物，直教生死相许！"又或者，带着颤音，唱一段《爱江山更爱美人》。百官尴尬地表演焦虑，腹诽国王，表面上却东奔西走，求医讨药。最尴尬的还是太医们，明明一两巴豆、一两大黄就能解决的事，愣是不敢下药 —— 合适的借口，冠冕堂皇的理由，还没有找到，怎么敢把关键道具给打下来呢!

　　直到悟空给出"惊恐忧思"的诊断,又描绘出"双鸟失林"的画面,尴尬局面一下子被化解了。官方通报需要的关键词找到了,国王和百官都释然了。

　　悟空应该没料到这个局面,他理解的"双鸟失林",还是沿着相思病的路子去的。但我们搞清前因后果,就会明白:双鸟失林,不是劳燕分飞,而是夫妻本是同林鸟,大难临头各自飞。不对,不是各自飞!而是雄鸟硬生生折断了雌鸟的翅膀,把她留在陷阱里,自己逃之夭夭了。国王怎么好意思吟诵《雁丘词》呢?他是那只至死不渝的大雁吗?人家是眼见伴侣陷入罗网,不肯苟活,从天上直坠下来,自杀殉情了!您老人家则是亲手把伴侣送到猎人的罗网里!国王怎么有脸唱《爱江山更爱美人》呢?既然爱江山,就甭提爱美人的事!您老人家那是《爱江山更爱自己》!

　　古往今来,多少薄情寡义之辈,就是用这种表演给自己"洗白"的。悟空的出现,只是给国王的表演,做了一个完美的收场。

　　眼下,表演可以收场了。国王和百官都不尴尬了,至于金圣宫娘娘回不回来,其实已经不重要了——毕竟,国王还有玉圣宫娘娘和银圣宫娘娘。要不是悟空好揽事,金圣宫娘娘可能真就回不来了。别忘了,把金圣宫娘娘接回来,是悟空主动说的,而非国王恳求的。也正因为悟空好揽事,爱打抱不平,才有了后来的第七十和七十一回。不然,朱紫国的故事,到这里就可以结束了!

第七十回

妖魔宝放烟沙火　悟空计盗紫金铃

191　古今多少痴男女？

说完朱紫国国王，再说另外两个当事者——赛太岁和金圣宫娘娘。

论起来，赛太岁和金圣宫，这对"美女与野兽"的奇葩组合，一妖一人，一男一女，一丑一俊，天缘凑巧，做了三年夫妻，虽然貌不合，神更不合，倒是有一个共同点——都是痴情种子。

中国古代文学人物长廊里，痴情种子是很多的，男女都有，我们习惯统称他们为"痴男骏女"，或者"痴儿骏女"。

这些人物执着于爱情，痴迷于爱情，动机单纯，行为率真，看上去总是"呆呆的""傻傻的"——不一定是笨头笨脑，而是因执着与痴迷，言行显得与常人不一样。

你瞧，他们没有花花肠子，没有九曲十八弯的心路轨迹，一心想着获得爱、奉献爱和维护爱，他们的心灵世界，仿佛一潭清澈的水，一眼就能看到底。外在的表现，也没有那么多伪装，尤其矫揉造作的行为装饰。然而，他们为了爱，可以做出种种违背社会集体规约的举动，说出种种叫人瞠目结舌的话。在人们的庸俗目光审视之下，这样一群人，自然显得有一些呆，有一些傻。这是一种批评，但其实也带着一种同情，甚至一种羡慕。毕竟，现实生活中的人们，虽然标榜爱情，渴望爱情，却没有几个人有那"天分中生成的一段痴情"，也无法负担对爱情的执着与痴迷，特别是为此做出巨大的牺牲，违背社会集体规约。正因为现实生活中不可得，我们才在文学艺术作品中寻求替代性或补偿性满足。

特别是在人情类的作品里，痴男骏女，数不胜数。《金瓶梅》里的李瓶儿就是痴女，宋惠莲也是一个痴女。《牡丹亭》里的柳梦梅与杜丽娘，更是典型的痴男骏女。《聊斋志异》里的痴男骏女就更多了，狐鬼花妖，大多是痴女，与之对应的书生，大多是痴男。《阿宝》中的孙子楚就是痴男，不痴的话，怎么会因为一句戏言，就把自己的枝指切掉了？《婴宁》中的王子服也是痴男，不痴的话，缘何因为婴宁撇在地上的一枝花，就相思成疾？《画壁》里朱孝廉还是痴男，不痴的话，为何看到古庙壁画里的散花天女，就神摇意夺，灵魂出窍，进入画中呢？至于《红楼梦》里的贾宝玉，更是古今第一痴男，而大观园里"千红一哭，万艳同悲"的少女们，哪一个不是骏女呢？

到了当代的影视作品里，痴男骏女就更多了。《甄嬛传》里的果郡王不痴吗？浣碧不痴吗？乌拉那拉氏不痴吗？《如懿传》里的如懿不痴吗？凌云彻不痴吗？《漫长的季节》里的王阳不痴吗？《繁花》里的李李不痴吗？"霸王别姬"——他不痴吗？

这些痴男骏女，叫人同情，更叫人嫉妒。他们是现实生活里的"灭绝物种"，或者说他们从来就没有存在过，所以才能拨动我们的心弦，叫我们感到慰藉。

神魔题材的古典文学里，这类人物就比较少了。《西游记》里尤其少，之前谈到的黄袍郎，算是一个。这一回的赛太岁和金圣宫也算得上。

说起来，朱紫国王也算是一个痴男。只不过，他是假痴，不是真痴。他的痴，是表演出来的。这一回里，他已经离开病榻，就可以换一种演法了。悟空要国王拿出一个金圣宫的旧物，他好带到獬豸洞，使金圣宫信任自己。国王就说金圣宫的减妆（又名拣妆，即首饰盒）里，留着一副黄金宝串，怕勾起相思之痛，三年来，国王都不忍再看这副宝串。等到宝串取来，国王见了，就叫一声："知疼着热的娘娘！"这表演，仿佛《甄嬛传》里的"四郎"，叫人犯恶心。

比较之下，赛太岁和金圣宫就是真痴了。

赛太岁对待金圣宫，比黄袍郎对待百花羞，更在意，更珍重。黄袍郎还有家暴行为，赛太岁看待金圣宫，真是含在嘴里怕化了，捧在手里怕碎了，千小心，万小心。但这也是一种奢望——金圣宫穿着五彩霞衣，浑身生刺，碰也碰不得。即便如此，赛太岁不恼不怒，还是心疼着金圣宫，呵护着金圣宫。金圣宫但凡给一点好脸，这头憨傻的狮子精，心里就乐开了花。金圣宫要把他的杀手锏——紫金铃——收在自己手里，赛太岁想都不想，就交出来。半点便宜没占着，倒屁颠屁颠地把工资卡上交了。没有夫妻生活，还花各种心思，装点金圣宫的寝宫，把一座魔窟改造得富丽堂皇的，只要能博老婆一笑，完全不计较经济成本。真是一个可爱的老公！

看到这里，叫人不由得同情赛太岁。黄袍郎好歹还得到了一点回馈——百花羞陪他过了十三年的夫妻生活，又生育了两个孩子。赛太岁每天看着肥肉，不能到口，最后也没有得到金圣宫的回馈，只落得一身狼狈。

至于金圣宫，就更叫人同情了。不是同情她身陷魔窟，而是同情她对朱紫国王的痴。难道她忘记了是谁把自己推出海榴亭的？三年来，朱紫国王也没有设法营救过她。她倒每日思念渣男丈夫，就像原文里说的："一片心，只忆着朱紫君王；一时间，恨不离天罗地网。"

金圣宫不明白：失去的，才是最美好的。赛太岁没来时，朱紫国王也不是专情于金圣宫的——玉圣宫和银圣宫不是用来摆样子的。身陷魔窟的三年，反倒是她在朱紫国王心目里最美好的时光，种种回忆，混着惭愧、羞怯，都带上了玫瑰色的滤镜，好比四郎苦苦思恋着纯元皇后，这时候，谁要是提起玉圣宫和银圣宫，朱紫国王大概也要立起眉毛，骂上一句："玉圣宫和银圣宫，怎可与金圣宫相提并论！"等到被悟空救回来，可以与国王重温鸳鸯梦了，渣男心里头的疙瘩，总是横在那里的，伉俪情深，也就是场面上的样子，情深情浅，只有他们两口子自家知道。在魔窟里与赛太岁，是貌不合，神也不合。如今与国王，貌倒是合了，至于神合不合，只有地藏王菩萨座下的谛听晓得了。

192 悟空应当与刽子手共情吗？

补充概括一下第七十回的情节：赛太岁派了一个先锋官，到朱紫国讨要两名宫女，孙悟空打跑了先锋官，又往獬豸洞去。半路上，遇到一个小妖，名叫有来有去。这小妖是被派来向朱紫国王下战书的。悟空变成一个小道童，向有来有去打听消息。有来有去心地单纯，告诉悟空许多内幕消息。悟空打死有来有去，又变成他的模样，混进獬豸洞。在金圣宫的帮助下，悟空把紫金铃骗到手，但他不懂得使用窍门，误放烟火，惊动赛太岁。悟空慌了手脚，丢下紫金铃，打出獬豸洞。

可以看到，悟空还是猴急，又是小孩子心性，搞到一个新玩意，没弄清楚用法，就急着拆包，急着摆弄。他只看见过紫金铃依次放出烈火、毒烟、黄沙，不知道其中的窍门，见铃铛上塞着棉花，一把就给扯掉了 —— 真是无知者无畏！霎时间，火、烟、沙一齐冒出来，把悟空也吓了一跳，撇了铃铛就跑，活脱一个小孩子。整个画面，看着也很好笑。

当然，这类场景只是一种调剂，作者着重刻画的，还是悟空的英雄气质，尤其是除恶务尽的气质。这一点，在对待有来有去的态度上，表现得很清楚。

论起来，这有来有去，算是《西游记》小妖队伍里的一个另类了。他也称得上魔王的一个心腹了，起码是在魔王跟前说得上话的，但他不像其他小妖 —— 有一肚子鬼心眼。试想一想精细鬼、伶俐虫，再想一想奔波儿灞、灞波儿奔，脑海里就会浮现出一个共性的样子：贼头贼脑，左顾右盼，眼珠子滴溜溜地乱转 —— 西天路上的小妖，大概都是这副样子。

有来有去却不是这样的。他当然也长了一副丑怪样子，他腰间挂的牙牌上，写着他的相貌：五短身材，挖挞脸，没胡子。五短身材，指身体矮小。五短，指脖子短，四肢短。挖挞脸，就是一脸疙瘩，麻麻癞癞的，这倒不是说有来有去满脸痤疮 —— 小妖们是没有容貌焦虑的，痤疮脸不是问题。这可能与他的动物本相有关系 —— 手短，脚短，没脖子，皮肤又麻麻癞癞的，说明他可能是一只蛤蟆变的。后面说他没胡子，也是证明。起码说明，有来有去的本相应该不是哺乳动物（尤其啮齿类动物），很可能是蟾蜍、蜥蜴之类的爬行动物。

这样一副相貌，当然不好看，但有来有去挺讨人喜欢。他没心眼，送战书的路上，叨叨咕咕的，是个心里藏不住事的人。悟空都没上什么手段，有来有去就把重要信息，一股脑儿地交代出来，也说明他对陌生人不设防，自来熟，说话不藏私。

照说西天路上的小妖，大多是"自来熟"，见了其他披毛带尾的小家伙，就感到亲切，甭管是哪座山头的，不管是谁的手下，都愿意停下来，攀谈一番。所以悟空经常变化成小妖，与他们套近乎，做大魔王们的"背调"。但大部分成小妖，说话是有保留的，要么警惕性高，像小钻风那样；要么，小算盘打得响，不见兔子不撒鹰，像精细鬼、伶俐虫那样。有来有去这种一按开关，就自动打印全部核心资料的小妖，的确是一朵奇葩。所以，金圣宫在獬豸洞的处境，悟空全掌握了。若不是悟空猴急，少问一句话，说不定有来有去把紫金铃的用法也告诉他了！

更重要的是，从有来有去的话里，我们知道：他是个良心未泯的小妖。他批评赛太岁心狠手辣，同情被掳来的一拨又一拨宫女，替她们感到惋惜，更认为赛太岁屠杀国民、霸占城池的计划，是天理难容的，自己将来也能混上一官半职，却要拿无辜者的性命做代价，实在说不过去。这种发自肺腑的批评与自我批评，还是头一次从一个小妖的嘴里说出来。连悟空也夸赞：这是一只好妖精。

然而，面对好妖精，悟空动了恻隐之心了吗？完全没有！

在获得重要信息之后，悟空毫不犹豫，一棒打死有来有去。下手一点不留情，书里是这样描写的："可怜就打得头烂血流浆迸出，皮开颈折命倾之。"之后，悟空又把有来有去的残尸，挑在棒子上，带回朱紫国示众。对于这样一个良心未泯的小妖来说，悟空的做法，实在有些过分。

我们认为悟空做得过了，就是站在小妖的立场上看问题了，甚至跟小妖共情了。

共情，当然是一种重要能力。在现实生活里，共情能力强的人，交流能力更强，也能表现出更强的宜人性。在欣赏文学作品的时候，共情能力强的人，能够收获更丰富、更生动的审美体验。这是一种积极的能力。但共情不是同理心泛滥，总要看是对谁共情。说白了，站在谁的情感和道德立场上看问题。

跟有来有去共情，这其实是跑偏了。

当然，不少读者对有来有去共情，是有一定道理的。

一方面，虽然悟空是《西游记》的主人公，但读者很难与他共情。因为悟空是超人式的存在，他所处的环境，他的能力，都远远超出我们。这是一种保留着神话色彩的英雄，起码是罗曼司里的人物。对于这种人物，我们是无法产生共情的。我们当然喜欢听阿基琉斯的故事，为"阿基琉斯的脚踵"而惋惜，但很少有人会与阿基琉斯产生共情。而有来有去这样的小妖，看上去就是我们中的一员，他所处的环境并不比我们优越，他的能力和道德也不比我们强。用弗莱的话说，这是一种"低模仿"的人物。对于这类人物，我们就很容易共情，同情和理解他们，其实就是在同情和理解我们自己。

另一方面，我们看到的人物，不管是在文学作品里，还是在现实生活里，总是区间性的人物，特别是被叙述的人物。他们是区间故事里的主人公，某一个侧面得到曝光，其他侧面被忽略，甚至被掩盖掉了。我们就会不自觉地站在他们的立场上思考问题，理解他们采取行动的心理根据，同情他们的遭遇。这一回里，我们看到了有来有去的自我检讨，看到了他良心未泯的一面，觉得他与我们一样，是应该得到自新机会的。然而，在赛太岁手下办差的三年里，有来有去难道没有杀过人，喝过血？他没有帮助赛太岁折磨过无辜者？獬豸洞剥皮亭上的累累骸骨，有来有去没做过贡献？我们不与这些死难者共情，难道跟刽子手共情？哪怕刽子手有所忏悔，他毕竟犯下了罪行。

悟空是不会与刽子手共情的，无论大刽子手，还是小刽子手。在悟空看来，他们都是要被铲除的，拔了草，还要掘了根。不能对刽子手共情，对他们共情，就是对死难者的二次犯罪。我们当然会对有来有去共情，这是不由自主的、自然而然的——毕竟我们不是悟空那样的审判者、行刑者，但我们还是要收紧同理心的篱笆，不要陷进共情的泥淖里。

说到这里，笔者想起一部很受欢迎的动画短片《中国奇谭·小妖怪的夏天》。这部动画短片之所以受欢迎，就是因为观众跟主人公产生了共情。片子的结尾是暖心的——悟空假装打死了小野猪，最后的画面里，悟空伸出了一只手，意味着小野猪得到了拯救。我们喜欢这一结局，不只因为小野猪被英雄拯救了，更因为我们知道：自己也是有机会、有资格被英雄拯救的。

然而，那是当代改编故事里的悟空，不是百回本《西游记》里的悟空。在当代，悟空可以有恻隐之心，可以对一只陌生的小野猪手下留情，甚至帮助他改变处境；在百回本《西游记》里，悟空没这副好心肠，也没有闲工夫。他是一位冷静（请注意，不是冷血，是冷静）的审判者、行刑者，只要暴露在审判者、行刑者的火眼金睛之下，都要被金箍棒打得脑浆迸流，不管是大老虎，还是小苍蝇。

第七十一回
行者假名降怪犼　　观音现像伏妖王

193　又是一段换汤不换药的故事？

这段情节说的是：悟空教金圣宫娘娘摆酒宴笼络赛太岁，他自己假变成玉面狐狸，侍奉左右，准备二次盗取紫金铃。酒宴上，悟空变出一堆虱子、臭虫、跳蚤，撒在赛太岁的衣服里。赛太岁脱衣服抓虫子，顺带取下了腰间的紫金铃。悟空就趁机用假紫金铃，换回真紫金铃。悟空用真紫金铃放出烈火、毒烟、黄沙，逼得赛太岁走投无路。观音菩萨赶来，救下赛太岁，又说明了因果。原来，朱紫国王做太子的时候，喜欢打猎，曾经在落凤坡前射伤了一对小孔雀。这小孔雀是佛母孔雀大明王菩萨的一双儿女，佛母忏悔发愿，要朱紫国王得到报应：夫妻分离三年。当时，观音菩萨也在场，祂的坐骑金毛犼听到这件事，就溜到人间，想白占三年便宜。幸亏紫阳真人送给金圣宫娘娘一套五彩霞衣，使她不受妖怪玷污。菩萨带着金毛犼回南海，悟空用草龙送金圣宫娘娘回国，夫妻团聚。

这段故事，总给人一种似曾相识的感觉。

一方面，它与《西游记》里的乌鸡国故事仿佛。都是国王得罪了佛教人物，佛教人物发愿，叫国王遭报应。国王都经历了夫妻分离，自己也遭了大罪——乌鸡国王死掉了，在井里泡了三年的水；朱紫国王虽然没死，在龙床上倒了三年，半死不活。不仅国王受罪的时效都是三年，负责执行复仇计划的，也都是菩萨的坐骑。此外，王后都没有被妖魔玷污，青毛狮子是被骗过的，一心扑在国家事业上，压根儿不想男女之事；金毛犼倒是满脑子都是男女之事，但金圣宫娘娘浑身生刺，金毛犼只有眼馋的份儿。最后，都是菩萨现身解救坐骑，并说明因果。这大大小小的相同点，捋过一遍，不得不说：两个故事太像了！有种换汤不换药的感觉。

另一方面，朱紫国的故事，又依稀保留着原型故事的影子。之前说过，"西游"故事受到印度史诗《罗摩衍那》的影响。这种影响，主要是在孙悟空的形象塑造里，能够看到神猴哈奴曼的DNA。其实，在一些故事情节上，我们也可以看到相似性。比如这里说朱紫国王遭报应，因为他做太子的时候得罪了神明，导致夫妻分离。《罗摩衍那》的主人公罗摩，其实也有类似的经历。罗摩的前身是大神毗湿奴（毗湿奴是古印度教三大主神之一），毗湿奴曾经破坏了那罗陀仙人的婚礼，后者发愿忏悔，诅咒毗湿奴转世后遭受夫妻分离的痛苦。这两段情节，也是有一些相似的。因为孔雀大明王菩萨的一对儿女，既是兄妹，也是伴侣。朱紫国王射伤了他们，雄鸟留在人间，雌鸟逃回灵山，也是夫妻分离。可以说，朱紫国王曾经害得别人夫妻分离，所以自家夫妻分离。这与罗摩的故事，本质上是一样的。

当然，指出这些相似性，不是拉低《西游记》的艺术品位，好像作者只会抄袭自己，抄袭别人。这些相似之处，应该与百回本的写定者没有直接关系。

毕竟，《西游记》是世代累积型成书，"西游"故事的演化和传播，经历了一个漫长的历史过程。在这一过程中，许多故事都是独立发育的，在不同的地方，经过不同人的口头和笔头讲述，最终聚合到一起。单元故事出现相同、相近的地方，是不可避免的。

说《西游记》的故事和《罗摩衍那》相似，也不代表故事的讲述者就直接抄袭《罗摩衍那》——许多讲述者，可能都不知道《罗摩衍那》这部书。但罗摩的故事，很早就已经随着古代的"一带一路"传入了中国。要么，从河西走廊（北方丝绸之路）传过来；要么，从川滇缅印通道（南方丝绸之路）传过来；要么，走海上丝绸之路，在泉州登陆，再向中原地区传播。这不是某一部文本的传播，而是一个故事集群的传播。这些故事进入中国，与本土的神话传说相结合，经过改造，已经变成比较纯粹的中国故事，只是在故事核的层面，依稀保留着本来面目。

这不是谁抄谁的问题。在故事的口头传播时期，"抄袭"是必然的。严格地说，这就不是"抄袭"，因为不存在原创的故事。起码，故事的源头太遥远了，已经寻摸不到了，我们能够看到的，只是大家在共享某一类型的故事。比如，灰姑娘型的故事，各个国家，各个民族，都能看到，传播的时期都很早。你说，到底是谁"抄袭"谁呢？

所以说，百回本《西游记》的作者，不是在抄袭，他是继承了以往的叙述经验。作为一位文人小说家，他要做的是在这些集体性叙述经验的基础之上，加入个性化的艺术表达，特别是增加文学的讽刺效果。

他一再向我们暴露一件事：《西游记》里的佛教人物，是难以戒断贪、嗔、痴的，又是睚眦必报的。在凡人那里受了委屈，就要他们加倍补偿。他们又疏于对手下人的约束，有意无意纵容手下人到人间作恶，捅出娄子，他们也只是斥责两句，收拾了烂摊子，就像什么事都没发生过一样，潇潇洒洒离开，不带走一片云彩。

更具讽刺意味的是，他们还总能给手下人找各种说辞，美化恶行。比如这一回，观音来解救金毛犼。不说替金毛犼赎罪，倒说替朱紫国王消灾。先给受害者定个罪名，施暴者反倒成了占理的一方——有一种"受害者原罪论"的感觉。

不得不佩服佛教人物的辩才，他们讲因果，说因缘，但因与果，本就是辩证的关系。因即是果，果即是因，无因无果，无果无因，颠来倒去地掰扯几回，不仅整个事件的"时间—因果"关系被重新排列、组合了，连其中蕴藏的价值观，也被轻轻拨转了。是非、善恶、正邪、真假……都成了相对而言的。是，变成了非；善，转化为恶。悟空就是生了八张嘴，也是辩不过菩萨的。可以说，在"相对主义"的诡辩逻辑里，不管菩萨拿到什么辩题，不管祂是正方，还是反方，祂总是胜利的那一方。

若论辩才，《西游记》里的道教人物，当然是敌不过佛教人物的。但他们也不闲着，忙着炼化宝贝，给故事里的人物送装备。这回故事的主题物——紫金铃——其实就是道教人物送的。书中交代，这是太上老君炼丹炉里加工出来的宝贝，是道教的法器。后来，太上老君送给观音菩萨，菩萨就拿它做了宠物的项圈。

之前说过，《西游记》里的太上老君，是一个喜欢巴结人的角色。想来，老君每天在兜率宫，撸胳膊，挽袖子，带着小道童们，加班加点忙活，不只给玉帝炼九转金丹，还接各种私活，锻炼各种法宝，什么宝剑、扇子、葫芦、净瓶、铃铛、吊坠、手串、扳指、如意、镇纸、冰箱贴、手机链、帆布袋……王母在天庭派送蟠桃，镇元大仙在人间派送人参果，太上老君就带着徒弟们，在各个party之间串场，见了大佬，甭管是道教系统的，还是佛教系统的，先送上一个伴手礼："小玩意，不成敬意！……收着，收着！又不是给你的！给孩子的——不对，给坐骑的！"只可惜，这些小玩意，到了人间，就成了大杀器。菩萨说了，若不是悟空偷了真的紫金铃，就是十个悟空，也拿金毛犼没辙。

太上老君这样的道祖都忙着送人情，其他真人，当然也不闲着。这一回，金圣宫娘娘的五彩霞衣，就是紫阳真人送来的。

紫阳真人，就是张伯端。他是宋代著名道士，被奉为南宗祖师。他的丹道思想，对金元时期的全真教，产生了深刻影响。之前说过，全真教在"西游"故事的演化、传播史上扮演了至关重要的角色。《西游记》里提到张伯端，也是自然而然的事情。

与太上老君比起来，紫阳真人的"咖位"当然低了不少，送来的玩意也不是稀罕物。所谓五彩霞衣，其实就是一件穿旧的破蓑衣，用棕叶制成的，所以扎人。但小蓑衣派上了大用场，没有它，金毛犼的罪行就升级了。甭管菩萨怎么辩，也救不了它——难道，还要把金毛犼给骟了吗？可见，道教人物是很会送人情的，礼轻礼重，都能送到人心坎上。

194 犼到底是什么动物？

说一个有趣的话题：犼，到底是什么动物？

读过《西游记》的朋友应该知道，书中妖魔的一个主要来源，就是神界大佬的坐骑。道教神仙的坐骑，就喜欢私逃下界，比如太上老君的青牛、太乙天尊的九头狮子、南极仙翁的白鹿。佛教神明的坐骑，也非常活跃，比如文殊菩萨的青狮（它还两次下界）、普贤菩萨的白象。但这些坐骑，都是有现实原型的，它们是现实动物的夸张、变形，基本保持了原始动物的形态。唯独观音菩萨座下的金毛犼，不是现实里的动物，古代没有，今天更看不到。它是一种想象中的动物。

那么，金毛犼长什么样呢？有趣的是，作者没有刻画它的动物形象。

要知道，作者是很喜欢用韵语来描写坐骑们的原型的，这也是一种趣味。比如第三十九回里，青狮在照妖镜下现出原形，作者就描写了这头狮子的模样。第七十九回写白鹿，也有对应的文字。虽然艺术品位有限，基本是套话，好歹能让我们看到它们的样子。倒是这头金毛犼，作者写它现原形，语言很简单："只见那怪打个滚，现了原身，将毛衣抖抖。"金毛犼到底长什么样，我们都是很好奇的，作者偏偏不写，真是煞风景！

没办法，我们只好从赛太岁的"半兽人"形象中寻找蛛丝马迹。第六十九回，作者借悟空的视角去看赛太岁部下先锋，说它：

> 九尺长身多恶狞，一双环眼闪金灯。两轮查耳如撑扇，四个钢牙似插钉。鬓绕红毛眉竖焰，鼻垂糟准孔开明。髭髯几缕朱砂线，颧骨崚嶒满面青。两臂红筋蓝靛手，十条尖爪把枪擎。豹皮裙子腰间系，赤脚蓬头若鬼形。

后文对赛太岁的描写，与之相似。这类刻画，固然是生动形象的，但有价值的信息不多。概括起来，赛太岁的身高接近一丈，五官夸张而狰狞，眼睛像灯泡，耳朵像扇子，一个大大的酒糟鼻子，鼻孔大张，四个獠牙向外翻；头发、眉毛、胡须都是红色的，脸是青色的。

这副形象，看起来像一只饿鬼。所以，悟空想起醮面金睛鬼。传说这是观音的一种化身——菩萨化身焦面鬼，去饿鬼界施行教化。

这倒是暗示了赛太岁与观音菩萨的关系，但它的动物本相到底是什么，我们还是不知道。

看来，只能从"犼"这个字本身来考察了。

然而，翻阅文献会发现，典籍里记载的犼，来源是很复杂的。

有一种，形似狗。我们可以叫它犬犼。比如《玉篇》解释"犼"，就说它长得像犬。《集韵》也说它长得像犬，又说这是一种北方动物，能吃人。不过，犬犼的体形不大。比如《偃曝谈余》里就说犬犼与兔子类似，"两耳尖长"，① 身长也就一尺多一点。这种身形，对神明而言，做个宠物还可以，当坐骑是够呛的。

再一种，是龙的后代，叫龙犼。民间习惯叫它朝天吼，或望天吼，就是华表上蹲坐的那只小兽。相传，它属于"龙生九子"的传说体系。之前说第四十三回，提到泾河龙王的第七个儿子叫敬仲龙，给玉帝看守擎天华表。说的就是这种龙犼。甚至有人认为，它就是蒲牢。蒲牢的一个习性，就是喜欢吼叫。谐音转写，换了偏旁，就成了犼。这种动物，有固定的功能和位置，也不适合当坐骑。

---

① 陈继儒：《偃曝谈余》，济南：齐鲁书社1995年版，第852页。

又一种，就是狮犼。这种动物，其实就是狮子的别称，起码与狮子很像。

笔者以为，倒是这种动物，更接近金毛犼。

在神奇故事里，狮子这种威猛的大型猫科动物，本来就经常作为神明的坐骑。在佛教传说里，它的"出镜率"就更高了。而在观音的形象符号里，也确实可以看到狮子，就是观音三十三化身之一的"阿摩提观音"。这种法相里，观音骑在一头白狮子上。所以，民间也习惯称其为狮子吼观音。这一回的回目里，有"观音现像"四字，其实也是一种暗示，就是指祂显出"狮子吼观音"的法相，收服了赛太岁——后者本来就是该法相的构成符号之一。

本来，说"狮子吼"，指的是狮子吼叫。这在佛教典籍里，又有一种象征性，指佛陀的说法，可以摧服一切邪说。为了把这种宗教譬喻具象化，更形象化，出现在佛教人物身边或座下的狮子们，不管是图画，还是造像，经常被处理成张口吼叫的模样。世俗众人对这一宗教譬喻，不是很清楚，但经常听到"狮子吼"，以讹传讹，就把它想象成一种动物。好比之前提到文殊菩萨的青毛狮子，被人称作"狮猁"，也是从"文殊师利"的音讹而来的。

那么，白色的狮犼，如何变成了金色的狮犼呢？

这是大众望文生义的结果。其实，"金毛"不是犼的颜色。这个词，本身就是用来代指狮子的。中国本来是不产狮子的，虽然常有外国进贡来的狮子，只有王公贵族能看到，普罗大众是没几个亲眼见过狮子的，只能道听途说。当代人当然知道，狮子的毛色是棕黄色，可能还要夹杂着黑色，但在古人的描述中，这种棕黄色被提纯了，进而转喻成金色。比如唐代著名诗僧齐己的《送彬座主赴龙安

750

请讲》诗就说："白发老僧听，金毛师子声。"①说明这种金毛狮子的形象，当时就已经深入人心了。

而中国人说话，喜欢用借喻的修辞，又经常省写。渐渐地，人们就习惯用"金毛"两个字来代指狮子了。比如唐代某大德所作偈语："云中纵有金毛现，正眼观时非吉祥。"②这里的"金毛"，就是狮子。如此一来，原来说的"狮子吼"，就可以变成"金毛吼"了。齐己的这句诗，就是一个生动的标本。所谓"师子声"，就是"师子吼"，前面既然有了"金毛"二字，"师子"两字就可以省掉了。比如王冕《送僧住院》里有一句："传临济正宗，底用着金毛大吼。"③就是直接把"狮子"（或"师子"）省掉了。

然而，民间百姓不明白这背后的门道儿，只是经常听到"金毛吼"，又把"吼"误认作一种动物，更不知道"金毛"二字是用来代指狮子的，就想象出一种金色皮毛的神异动物。

等到脱离了狮子的本相，民间传说的犼形象，就更加奇怪了。清代传说里的犼，有说像马的，还有说像熊的，甚至有人认为，犼是僵尸变来的，比如袁枚的《续子不语》里就记载了一种说法：如果发生了尸变，先是变成旱魃，再变就是犼了。

大概，《西游记》的作者也叫不准这到底是什么动物，所以没有具体刻画其形象，他应该知道"阿莫提观音"的法相，但知识学得有点杂，知道文献中还有犬犼、龙犼一类稀奇的动物，一时拿不准，索性就划过去了。

---

① 彭定求等编：《全唐诗》第24册，北京：中华书局1960年版，第9487页。

② 普济：《五灯会元》，北京：中华书局1984年版，第199页。

③ 王冕：《王冕集》，杭州，浙江古籍出版社2012年版，第279页。

第七十二回

盘丝洞七情迷本　濯垢泉八戒忘形

195　蜘蛛精因何傍上蜈蚣精？

这段情节说的是：唐僧师徒离开朱紫国，历秋越冬，走到第二年开春，来到一片平坦开阔的田园，见到一座茅庵。唐僧自告奋勇，到茅庵里化缘。这茅庵里住着七个女怪，她们把唐僧捆了，吊在房梁上，却不着急吃，要先到温泉里泡澡。悟空拘出当坊土地，问明白妖怪的根脚。原来，这里是盘丝岭，岭下有个盘丝洞，洞里住了七只蜘蛛。洞外有个濯垢泉，原本是织女沐浴的地方，被她们霸占了。一天三趟，女妖们都来泡澡。悟空变成雄鹰，叼走了蜘蛛精的衣服，打算趁女妖们上不了岸，救下唐僧，拍屁股走人。八戒动了歪心思，自告奋勇去打妖怪，实际是在濯垢泉里猥亵蜘蛛精。蜘蛛精被逼急了，使出看家本事，用蛛丝缠了八戒，逃回洞中。蜘蛛精留一帮干儿子（蜜蜂、蚂蚱、蜻蜓之类）拖住悟空等人，自家逃往黄花观找师兄，商量报仇。悟空等人赶到洞中，杀灭一帮虫妖，救出唐僧，继续赶路。

这段故事，与后面的黄花观蜈蚣精故事，是连在一起的。盘丝洞和黄花观相距不远，走路用不上半天工夫；蜘蛛精和蜈蚣精是兄妹，因为妹子受了侮辱，蜈蚣精才下毒暗害唐僧师徒的。

然而，从故事的演化历史看，两个故事本来是不搭界的。

在宋元时期的《西游记平话》里，两个故事就不是相连的关系。按平话的顺序，唐僧师徒遭遇的几处魔障，分别是：狮驼国、黑熊精、黄风怪、地涌夫人、蜘蛛精、狮子怪、多目怪、红孩儿、棘钩洞、火焰山、薄屎洞、女人国。

这里的"多目怪"，就是后来的百眼魔君蜈蚣精。可以看到，多目怪故事和蜘蛛精故事之间，还隔着一个狮子怪的故事。这个狮子怪，究竟是哪个故事，还不能确定——毕竟，故事里的狮子太多了，可能是乌鸡国降青狮的故事，也可能是朱紫国降狮犹的故事，还有可能是玉华国降九头狮子的故事。不管是哪一个故事，都是神魔斗法较量的大段落，篇幅应该是比较大的，被这样的大故事隔开，蜘蛛精和蜈蚣精，应该是没有什么关系的。

但这是宋元时代的故事形态。宋元时期，是"西游"故事的聚合期。这个时期，大量原本独立发育的单元故事，开始向取经故事的主干聚合，彼此之间的"时间—因果"关系还是很松散的，自己的位置也不固定——比如，地涌夫人就是很靠前的，但在后来的故事里，其位置是很靠后的，再比如，狮驼国是第一处魔障，但在后来的故事里，它被移到后面，成为压轴的段落。

到了百回本《西游记》的作者手里，故事被重新组合了，他又很善于帮妖怪们攀上各种关系，蜘蛛精和蜈蚣精就成了兄妹。

之所以能攀上关系，主要是两点：

其一，蜘蛛精本事有限，需要傍一位在江湖上吃得开的大哥。从《西游记》的形象塑造来看，蜘蛛精的战斗力是比较弱的。她们

753

是清一色的女妖。我们今天说妇女能顶半边天，这七只女妖，加起来也是"3.5个天"了。但在传统社会的意识里，女性处于边缘的、被动的地位，甚至是被侮辱、被损害的地位，即便是妖怪，"娘子军"的战斗力也是不高的。盘丝岭的土地以为她们有大本事，根据是织女们肯让出濯垢泉，所谓"我见天仙不惹妖魔怪，必定精灵有大能"，但织女们只是嫌脏，不与蜘蛛精一般见识——好鞋不踩臭狗屎！自家是清高的名媛，指定的SPA会馆里，居然出现了"小太妹"，果断退会员，另寻别家，这一池子脏水，就留给小太妹们糟践吧！

从杀手锏看，蜘蛛精们的本事，只是从肚脐眼儿往外吐丝，这是由蜘蛛原型的生理特性夸张、变形而来的。想象很奇特，但杀伤力有限。对付行商过客，绰绰有余，遇到悟空这样有手段的家伙，就不灵了。

所以，需要就近找个江湖大哥，一口一个"哥哥"叫着，求人家照拂、庇护。

好比《繁花》里在黄河路上开饭馆子，甭管金美林，还是红鹭，又或者其他馆子，不管是高调，还是低调，前面是一个又一个精明强干的老板娘支撑着，背后没有江湖势力罩着，总是玩不转的。黑道，白道，有大哥打一声招呼，可以免去多少罗乱，省下多少功夫！蜘蛛精既然接手了濯垢泉SPA馆，若要长久经营下去，不认地头上的大哥，也是不行的。

其二，是作为文化符号，蜘蛛和蜈蚣具有相似性——它们都是毒虫。

蜈蚣是"五毒"之一。所谓五毒，指的是蝎子、蜈蚣、蛇、蟾蜍、壁虎。这只是一种通行版本，在一些地区，蟾蜍是可以被蜘蛛置换的。民间传说里，有许多讲述蜘蛛或蜈蚣毒害人的故事。比如《玉堂闲话》里有一篇故事，叫《老蛛》，讲一只成精的蜘蛛，藏身在岱岳观里，夜间出来害人，特别是盗食小孩子，它的手法，就是用蛛网困住人。这一形象，已经比较接近后来的故事了。

只不过，"毒"这个标签，作者是放在下一回突出的。这一回里，作者突出的是另外一个关键词——情。

蜘蛛吐丝，"丝"谐音"思"，也可谐音"私"。世俗中人，不能净化思想，更不能杜绝私欲，反而像陷在蜘蛛网里，被种种杂念、私欲牵缠着、裹缚着，由此生出七情——所以，蜘蛛精得是七只，对应的就是七情。

我们总讲七情六欲。在许多道教徒看来，六欲在外，七情在内，所以用男性角色来象征六欲，用女性角色来象征七情。比较起来，在外的六欲，是容易剪断的，在内的七情，却不容易杀灭。所以，悟空杀六贼，是手起棒落的，干净利索；对付蜘蛛精，就有忌讳。

从形象塑造看，固然因为悟空是英雄，是男子汉大丈夫，不与女流之辈动手。从象征意义上讲，心猿对付外在的六欲容易，对付内在的七情，就要费一些事了。所以，这一回的故事要延宕到下一回，才把盘丝岭的老板娘一网打尽。

196　濯垢泉里有"天鹅"？

上一讲说过，悟空看到正在泡温泉的蜘蛛精，不直接打死她们。一方面，是他有大男子主义，认定"好男不跟女斗"的教条。另一方面，因为蜘蛛精象征七情，杀灭七情，不是一件容易的事，不可能像第十四回的六个蟊贼，说打死就打死。

那么，悟空是如何做的呢？他变成一只老鹰，把蜘蛛精脱下的衣服都叼走，教她们没法子上岸。这样做当然是挺损的，但在古今中外的故事里，做这种损事的男子，实在很多。

因为这个情节，属于一个古老的、遍布世界的故事类型——天鹅处女型。①

什么是天鹅处女型故事呢？

这个故事，讲述的是凡间男子与化作鸟类的仙女相爱，又叫"毛衣女"故事。

这种故事类型，在许多国家和地区都可以看到。美国故事学家斯蒂·汤姆森就指出，该类型故事在欧洲、亚洲、非洲、美洲、大洋洲，都有发现，口头的、案头的，数不胜数，这是一个被不同种族和地区的人们共享的故事类型。

该故事最早起源于哪里，学界还在讨论——可以肯定的是，这是一个公元前就出现的故事类型。其成熟与广泛传播，可能与哈萨克族的祖先有关。②哈萨克，就是天鹅的意思；哈萨克族的史诗也用"天鹅处女"型故事，解释自己的民族起源。从文献资料看，最早的成熟文学记录，是出现在中国的（不是说该故事起源于中国，而是在中国典籍中发现了最早的文字记录），就是《搜神记·毛衣女》。

《毛衣女》的故事非常简单，不到100字。说豫章新喻县有一个

---

① 参见萧兵：《盘丝洞——兼论志怪中"天鹅处女"之意蕴》，《明清小说研究》2004年第3期。

② 参见刘丹：《天鹅处女型故事渊源考略》，《民间文学论坛》1991年第6期。

男人（大概是一个农夫），看到田里有六七个少女，都穿着毛衣（用羽毛做成的衣服）。他把其中一个少女的毛衣藏起来。少女们发现了这个男子，就变成鸟儿，飞走了。失去毛衣的少女，无法变化，只得留下来，与这男子结成夫妇，又生下三个女儿。后来，妻子得知毛衣藏在哪里，就重新穿上毛衣，飞走了。又过了几年，妻子飞回来接女儿，女儿们也变成鸟儿，飞走了。

豫章，就是今天的江西。不少学者认为，江西是这个故事在中国传播，并且在中古时期对东亚地区产生辐射影响的中心，这是有道理的。

随着故事的演化与传播，在不同的民族，不同的地域，故事发生了各种变化，出现了许多装饰性的情节，甚至催生了一个著名的民间故事，就是"牛郎织女"故事。

"牛郎织女"故事，大家都熟悉，不用介绍。在该故事里，牛郎当然是一个善良的、正直的青年，但他也必须按照故事的传统，做一件损事，把织女的仙衣藏起来。不然，玉帝的宝贝女儿，怎么会看上他这个人间的穷小伙呢？

有朋友可能要说：织女爱上牛郎，不是因为他的美好品质吗？牛郎是个善良、正直的青年人，又是个聪明、勤劳的青年人。这样的男青年，哪个姑娘不爱？

但我们回顾故事，织女对牛郎的爱，其实是由被动转向主动的过程——这可不是《天仙配》，《天仙配》里的织女，是一个主动型的女主人公，男主人公董永，倒是一个由被动转向主动的人物。

在比较纯粹的"天鹅处女"型故事里，女主人公的行动起点，都是被动的。男主人公必须藏起她的仙衣——或者其他能够让她飞走（或者返回仙境）的东西。毕竟，天底下善良而正直的青年人有很多，能碰上仙女洗野澡的，一千万里，也挑不出一个。

所以，"偷仙衣"就是该类型故事的充分必要条件，一个绝对不可缺少的事件。

明白了这一点，回看《西游记》，悟空做的事，不也是豫章男子所做的吗？

悟空也是"偷窥"女子洗澡——尽管不是有意的，但行为本身还是偷窥；又藏起了女子的仙衣，教她们不能行动。

更重要的是，作者有意保留了故事类型的痕迹。书里特别强调，濯垢泉"原是上方七仙姑的浴池"，这就直接把"西游"故事和"牛郎织女"故事嫁接在一起了。

同时，作者又把符号性的内容，进行了转移。在原始故事里，女主人公要化作鸟，但蜘蛛精是不会化作鸟的，为了使故事看上去"原汁原味"，作者就做了角色对调，偷衣服的男性化作鸟。所以，悟空要变成一只老鹰，叼走衣服。

当然，"原汁原味"是相对而言的，作者的目的，不是讲述一个纯粹的"天鹅处女"型故事，而是利用这个故事，为神魔斗法的情节服务，为主人公的形象塑造服务。所以，他只截取了"天鹅处女"的前半段，后半段就自由发挥了。

本来，男子藏起仙衣，是为了与女子结合。悟空肯定没这歪心思——他压根儿没有这个神经。但悟空没有，八戒有！照八戒的意思："猴哥，你不图快活，叫老猪去快活快活！"悟空当然清楚八戒的歪心思。换作别的地方，悟空肯定不答应。但蜘蛛精是淫邪的女妖，叫老猪去给她们一些教训，也是应该的，悟空就默许了。这倒是应了那句话——前人栽树，后人乘凉。在原始的"天鹅处女"型故事里，偷女子仙衣、与女子快活的男子，是一个。到《西游记》里，一分为二：男一号偷仙衣，男二号求快活。两下里相宜。

由此，也出现了《西游记》里最香艳的一幕：八戒变成一条鲇鱼，在水里乱钻，调戏蜘蛛精。这段情节，有明确的性隐喻——想一想，八戒为什么变成鲇鱼？为什么不是螃蟹，或者青蛙一类水生物？这里不方便展开讲，家长们陪同孩子阅读《西游记》的时候，自己咂摸咂摸滋味就可以了，不要跟小朋友深说（这里，也要再强调一遍，百回本《西游记》不是儿童读物，小孩子阅读原著，一定要有家长的陪同和指导）。

这个场面，唐僧是没见着。不然，鼻子也要气歪了，八成要逼着悟空摘下金箍，套在老猪脑壳上，把"紧箍咒"念上一百遍，非咒死这头大臊猪不可！

当然，作者对"天鹅处女"型故事的吸收，也就到此为止了。故事后来的事件，都被省略掉了。蜘蛛精不是没了衣服，就无法变化了——正相反，她们使出杀手锏，还要脱去衣服才好操作；她们的羞耻心，也只是一时的。最后，她们也赤身裸体地跑回洞了，还笑嘻嘻地从唐僧面前跑过去——真是没羞没臊！

俗语说：癞蛤蟆想吃天鹅肉。这句话，倒是可以用在"天鹅处女"型故事的，人间的穷小伙，不是也想占天鹅的便宜吗！只不过，蜘蛛精不是"天鹅"，悟空不是"癞蛤蟆"，八戒虽然龌龊，也不是"癞蛤蟆"。唐僧才是"天鹅"，蜘蛛精不识好歹，居然想把唐和尚给蒸吃了，倒像是七只"癞蛤蟆"。

第七十三回
情因旧恨生灾毒　心主遭魔幸破光

197　蜈蚣精称得上"绝命毒师"？

　　这段情节说的是：唐僧师徒离开盘丝洞，来到黄花观。黄花观主一来为妹子报仇，二来要吃唐僧肉，就暗中下毒，谋害唐僧师徒。悟空看破诡计，先破了蜘蛛精的丝网，打杀了蜘蛛精，又与蜈蚣精打斗。论武艺，蜈蚣精不是悟空的对手，但他胁下有上千只眼睛，眼中放出的金光，着实厉害。悟空只得变作一只穿山甲，逃离战场。黎山老母指点悟空，请来毗蓝婆菩萨，用一枚绣花针，破了魔光，收服了蜈蚣精。

　　之前说过，蜘蛛精的故事与蜈蚣精的故事，能够联结、黏合到一起，因为蜘蛛和蜈蚣都是传统文化符号里的毒虫。但蜘蛛放"思"，又代表"情"，杀灭蜘蛛精，是斩断七情。比较之下，蜈蚣就纯粹表示"毒"了，收服蜈蚣精，是在排"毒"。

　　这一回，作者也用心在"毒"字上做文章。

　　论起来，西天路上的妖魔们，都是极其凶狠的家伙，性格顽劣，手段残忍，但也大都心思单纯，不会使"阴招儿"。玩些花活，也多是变化一处庄院，诱捕唐僧，或是变化成老弱妇孺，骗取唐僧的信任。懂得给人下毒的,只有蜈蚣精一个。

当然,这也是有客观原因的。毒死唐僧容易,但污染了食材,自己也没法享用了。蜈蚣精敢于毒死唐僧,因为他自己是毒虫,对毒素免疫——下毒,只当是放佐料。

蜈蚣精用的毒,也是非同一般的。换作别的妖怪,大概只知道砒霜,蜈蚣精的毒药,却是独家配方。书里交代,这毒药的主要原材料是鸟粪。

这是古人的医药经验。比如传说中的鸩鸟,人们认为它的粪便和尿液,具有极强的腐蚀性,石头都能被化掉,更不用说人的肠胃了。而现实世界中的某些鸟,粪便也是有毒的。比如《本草纲目》就记载,鸬鹚的粪便,有毒性,可入药,学名叫作"蜀水花"。[1]

而蜈蚣精用的鸟粪,不是某一种,或某几种,是深山中的百鸟粪便,长年累月,耐心收集,攒了上千斤。加工的方法,也很复杂,先放在铜锅里,加水熬煮,慢慢提纯。上千斤的粪汁子,只能提炼出一勺毒液。再精炼这一勺毒液,留下三成的精华。之后还要经过烘烤熏蒸的处理,形成药末。可以说,蜈蚣精是一个化学高手了。

经过这样一番提纯加工,毒性自然是超强的,据蜈蚣精自己讲:给凡人用,只需一厘的量,给仙人用,也不过三厘,保管当时气绝身亡。好家伙,这又不是化学高手,简直是"绝命毒师"了!

用毒的手段,也是十分高明的。换成狗血的电视剧,恶人经常是把毒药直接下在茶水里的。茶水味重,又有颜色,可以在一定程

---

[1] 参见李天飞校注:《西游记》,北京:中华书局2014年版,第937页。

度上掩盖药性。但当时的制药工艺有限，哪里去找无色无味（或者色轻味淡）的毒药呢？毒药下在茶水里，搞得浓盐赤酱的，连傻子都能看出蹊跷，这还怎么下毒呢？蜈蚣精就想了一招，把枣核剔出来，将毒药嵌进枣肉——茶水没毒，泡茶的辅材有毒，这就高明多了。

只可惜，蜈蚣精画蛇添足，给唐僧师徒用红枣，给自己用黑枣，悟空看出端倪，没着蜈蚣精的道。只是苦了唐僧、八戒和沙僧，一口茶下肚，就口吐白沫，晕倒在地了。

至于他的杀手锏，也是极狠毒的。说蜈蚣有千眼，不是《西游记》的首创。这种想象大概来源于蜈蚣多足的生理特征。神奇故事里的生物，多足多眼，经常是联系在一起的。蜈蚣既然是多足生物，有多只眼睛，也是符合这一逻辑的。而民间夸张的说法，是千足蜈蚣，对应地，也就有上千只眼睛了。《西游记》又说这上千只眼睛，长在蜈蚣精两胁之下，就是从两个腋窝，一直到肋骨的尽头，密密麻麻，排列着眼睛——有密集恐惧症的朋友，想到这个画面，大概是要引起生理不适的。

既然长了魔眼，当然要放魔光。想当年，悟空出世时，目运两道金光，射冲斗府，后来又炼出火眼金睛，是一只有"镭射眼"的猴子。只不过，与蜈蚣精的上千道"激光剑"比起来，悟空的电眼，就是小巫见大巫了。被金光一罩，悟空就像失明了一样，跌跌撞撞，兜兜转转，一身本事，施展不得。使出吃奶的力气，撞破金光，结果金刚不坏之身都破了功，铜头铁额，愣是被金光冲软塌了。不得不说，金光够毒！

当然，这些还只是表面上的毒，内在的毒，才是真正的毒——

蜈蚣精,主要是心毒。

他不只对唐僧师徒狠毒,对自家的妹子也是下得了狠心的。

书中交代,悟空破了蛛网,把蜘蛛精打回原形。七只蜘蛛,哀哀求告,希望蜈蚣精放了唐僧,换她们活命。结果,蜈蚣精高声叫道:"妹妹,我要吃唐僧哩!救不得你了!"论起来是兄妹,却一点骨肉情分都不讲。

之前说过,《西游记》构造的神魔世界,都是"利"字当先的,各种干亲戚,无非是相互利用,面对实在利益,都是自己顾自己。然而,场面上的功夫,也是免不了的。相互应援的架势,总要摆一摆。像蜈蚣精这样,当场撕破面皮,目睹干妹子惨死的,西天路上也是少有。若是不考虑立场的话,我们不得不竖起拇指,赞一句:毒!真是毒到家了!

什么是真正的"绝命毒师"?不仅对外人下手狠,对自己人也下手狠。古语云:量小非君子,无毒不丈夫。蜈蚣精不是君子,但从某种意义上说,倒是个"大丈夫",他又是五毒之一。我们不妨套用这句话,再取个谐音,说蜈蚣精是"五毒大丈夫"吧。

198 黎山老母到底站在哪一头?

说一位重要的客串角色——黎山老母。

黎山老母,又写作骊山老母。

我们知道,百回本《西游记》里有许多客串角色,他们的镜头有多有少,戏份也有轻有重。有的只是匆匆一瞥,登台亮一个相,旋即退场,比如燃灯古佛、翊圣真君,有的虽然反复出场,但戏份不重，比如马、赵、温、关四元帅，有的则多次出场，又有重要戏份，骊山老母就是一个典型。

第二十三回"四圣试禅心"，就是骊山老母联合三位菩萨，考验唐僧师徒。老母扮演的莫贾氏，本色当行，实力派发挥。整段故事里，除了猪八戒，焦点基本都在她身上。到了这一回，她再次出场，充当了一回悟空的"帮助者"，指点他寻找毗蓝婆，把观音菩萨与太白金星的活儿给揽了。

之前说过，《西游记》里有两个热心肠：第一是观音菩萨，第二是太白金星。俩人为唐僧师徒出力最多，忙前忙后，亲密合作。马伯庸的《太白金星有点烦》，就是借这两个"帮助者"为主角，将叙述的重点，转移到取经项目的后台，又融入体制内"打工人"的工作经验和人生体悟，生发点染，构造出一个委曲波折的故事。这就是受了原著的启发。

然而，神界的热心肠，不止观音菩萨和太白金星。取经，是佛道两界都关注的一个重点工程。取经团队的成员，将来都成正果。唐僧、悟空得佛道，八戒、沙僧成菩萨道。以后龙华会上，都是座上宾。趁着他们还没发迹的时候，送些人情，做点感情投资，神明们都是乐而为之的。

只不过，观音和金星太能张罗，抢功心切，不给别人留空间。只有瞅准了空当，其他神明才能见缝插针，偷偷给唐僧师徒送福利。这一回，就被骊山老母捞着了。

为什么能捞着呢？因为赶上空档期了。上一段故事，观音菩萨降伏了金毛犼。下一段故事，太白金星要给悟空报信。俩人都有比较重的戏份。中间这段，无论是谁出现，都显得重复。所以，作者只好再"调"一个神明过来。

调谁呢？ 没出现过的神明，调动成本太高 —— 新出现一个神明，读者可能不熟悉，需要介绍一番来历，这就要占用更多的篇幅，影响叙述效果。毕竟，收服蜈蚣精的故事，需要在一回的篇幅内讲完，又要写悟空和蜈蚣精赌斗的段落，又要写毗蓝婆收服蜈蚣精的段落，这都是叙述的重点，没有更多篇幅完成人物介绍的工作。

调动已经出现过的神明？ 成本倒是降低了，但许多神明的形象塑造是固定的，比如灵吉菩萨，以小须弥山为应化道场，祂按佛祖预先布置，两次帮助悟空，已经完美收官，这时候又出场，解释不通。再比如北方真武大帝，虽然是"荡魔元帅"，但碍于管辖范围，不喜欢插手西牛贺洲的罗乱事。又比如泗州大圣，时时提防无支祁兴风作浪，也没工夫帮忙。得找一个比较闲的，又爱管事的。看来看去，骊山老母就是最佳人选了。

那么，骊山老母在神界，是什么地位呢？

论资历，骊山老母算是神界的老资格了，她是上古女神。请注意，是女神，不是女仙。早在道教兴起之前，骊山老母的形象就已经出现了。

既然叫骊山老母，骊山当然是传说的发源地。骊山，在今天陕西省西安市临潼区。商周时期，这里是骊戎人的栖息地（骊戎，是上古西戎人的一个分支）。在骊戎人的传说里，很早就出现了一个骊山女。

这个骊山女，应该是神话与历史结合的产物。一方面，她受到女娲神话的影响 —— 女娲宫就建在骊山上，有学者就认为，今天骊山上的老母宫，就是由原来的女娲宫演化来的——身上保留了母系氏族社会神话的影子。① 另一方面，她可能来自一位骊戎女英雄。《史记·秦本纪》就记载了一位保卫西陲边疆的女英雄（她可能是一位酋长），骊山女的传说，可能就是以这位女英雄的事迹为原型的。不管怎样讲，骊山女的传说，很早就出现了。这是后来骊山老母信仰形成的基础。

到了唐代，"骊山老母"的名字就出现了。《太平广记》卷六十三引述了《集仙传》里的一个故事，说道士李筌遍访名山，渴望成仙。他在嵩山虎口岩的石室里，发现了一本叫《阴符经》的典籍，可惜不明白其中奥义。后来，他来到骊山脚下，碰到一位老婆婆。这老婆婆穿得破破烂烂，拄着拐杖，嘴里叨叨咕咕，念诵的正是《阴符经》原文。李筌很诧异——这是"内部资料"，一个老太婆，怎么会知道？他上前询问老太婆，老太婆说："吾受此符，已三元六周甲子矣。"② 换句话说：小道士，你太嫩了！老身早在一千多年前，已经开讲"《阴符经》概论"这门课了！李筌一看，这是见到活神仙了，赶紧虚心求教。老太婆给他讲解了经文的奥义，又给他留下麦饭。李筌服食麦饭以后，就能够辟谷了。这老太婆就是骊山老母。

其实，这部《阴符经》是李筌自己编撰的（当然，假托黄帝之名，显得既古旧，又权威）；这个故事，应该就是李筌自己编的——自己的著作，自己炒作，编一个遇仙故事，著作的神圣性、权威

---

① 参见杨柳：《"骊山老母"历史形象及其文学流传研究》，《云南民族大学学报》（哲学社会科学版）2014年第3期。

② 李昉等编：《太平广记》，北京：中华书局1961年版，第394页。

性，也就得到突出了。这种营销手段，古人其实已经玩得很明白了。而李荃借骊山老母编故事，说明当时骊山老母的信仰已经很流行了——编故事，当然得找名人来站台，一个名不见经传的"小神仙"，是达不到炒作效果的。

有趣的是，尽管道教徒看重骊山老母，却没有把这个形象严整地纳入道教神谱。骊山老母的信仰，主要还是一种民间信仰，带着明显的"三教混融"色彩。民间看待这位女神或女仙，经常与其他女神或女仙形成模糊联想，女娲、西王母、斗姆、观音……不管是上古女神，还是道教女仙，又或者女相的菩萨，总是与骊山老母形象糅合在一起的。

这样，我们就可以理解，为什么第二十三回，骊山老母与三位菩萨联袂演出了，因为她本来就和佛教传说，有着"剪不断、理还乱"的关系。

有趣的是，在民间传说里，骊山老母还带着魔性。比如《西游记杂剧》里，通天大圣姊妹五个，大姐就是骊山老母——原来，她还被传说成黑社会组织的"大姐大"。这部剧里的铁扇公主又说，她和骊山老母是姐妹。可见，在元明时期的想象中，骊山老母就是一个神魔两界通吃的"狠角色"了。

马伯庸的小说里，也吸收了这一形象。骊山老母作为"调查组"成员之一，对太白金星进行传讯，与阿难、迦叶的"雷霆"问讯不一样，骊山老母态度暧昧，表面公正，暗里帮助太白金星脱困。笔者觉得，这一艺术处理是很巧妙的。毕竟，从民间传说来看，骊山老母本来就是一个"中间派"，而这种"中间派"人物，就很适合在各种情节里串场。所以，明清时期的各类小说里，总能看到骊山老母的形象,她又经常是女仙的导师。比如三霄仙子、樊梨花、刘金锭都是她的得意门生。而这些得意门生的立场,也是有邪有正的。毕竟,导师的风格就是中立的,教出来的学生,也是有走阳关道的,有走独木桥的。这也算因人而异,有教无类吧!

第七十四回
长庚传报魔头狠　行者施为变化能

199 "耳报神"的模板，该是什么样？

从这一回，一直到第七十七回，讲述的是"狮驼国"故事。这也是一个用四回篇幅才讲完的大故事。

之前说过，在宋元时期的《西游记平话》里，"师陀国"是唐僧启程后的第一站，到了百回本《西游记》里，作者把这一大故事移到后面，作为后半部分的高潮。而它的位置，恰好在"黄金分割点"上。可以说，作者这一艺术处理，是很有匠心的。

先讲故事的序幕，就是"长庚传报魔头狠，行者施为变化能"。故事情节比较简单：唐僧师徒来到狮驼岭，太白金星变化成老翁，提醒他们，这里的三个妖魔来头大、本领强、人马壮，要师徒们加倍小心。悟空遇见巡山的小钻风，盘问出三个魔头的特长本领。他一棒打死小钻风，变作他的模样，到狮驼洞门口，恐吓正在操演的小妖，吓得他们一哄而散。

可以看到，这段故事是一个纯粹的"铺垫"，三个魔王尚未出场，也没有赌斗变化的激烈场面。作者的兴趣，在于两个插科打诨的场景序列：一是悟空与李长庚的对手戏，一是悟空与小钻风的对手戏。

先说前一个。

之前说过，太白金星是《西游记》里最喜欢给唐僧师徒通风报信的。古时候，习惯把这类人说成"耳报神"（这种说法，今天还能看到），我们就可以说，太白金星是全书"第一耳报神"。当然，要坐定"第一"的交椅，只靠出镜率高是不够的。相关情节和场景，还要具有典型性。可以说，这一回的"长庚传报魔头狠"，就是一个典型，甚至说模板。

为什么是模板呢？因为其他情节，可以抄这段。比如第三十二回"平顶山功曹传信"就是抄袭这段。我们知道，金角、银角大王的故事，可能是后人补入的，补写者参考书里其他段落，东拼西凑，攒出了一段故事。功曹假变樵夫，给悟空报信的情节，与这一回金星假变老翁，给悟空报信的情节，就是高度相似的。

只不过，补写者没能在模板的基础上生发点染，反而"点金成铁"，对情节进行了压缩——这一回的报信情节，占到整回故事50%的篇幅，第三十二回的报信情节，只有整回故事30%的篇幅。笔法也很平淡，远没有这一回情节有趣。

当然，书里还有其他神仙报信的情节，但比较来，比较去，还是这一段写得最好，也最具典型性。所以，我们就仔细分析一下这段情节。

首先，神仙报信，总要变化一番。以法相登场，"服化道"成本太高，特技成本也太高——从氤氲瑷瑷里走出来，霞光缭绕，瑞气升腾，还有仙乐伴奏，场面太大，也太高调。既然做耳报神，就该"悄悄地进村，打枪的不要"，这样兴师动众，不仅会吓到唐僧，也会惊动妖魔鬼怪。通风报信的效果，也就达不到了。

不过，变化出来的形象，又不能太"自然主义"了，总要略显突兀，略为刻意，才能叫对方引起注意。这个"自然"与"刻意"之间的分寸，不好拿捏。得是江湖老手，才能做得既自然，又不自然。在这方面，太白金星就是"行业标杆"。

你瞧，他变化成一个老翁。近古时期的太白金星形象，本来就是个白胡子老头，变化成人间的老翁，就是一个"化装"工作，都用不到法术。但这位老翁，不是一般老翁，书里描写："鬓蓬松，白发飘摇；须稀朗，银丝摆动；项挂一串数珠子，手持拐杖现龙头。"虽然是凡间老翁，却仙风道骨。更重要的是，他孤零零地站在山坡上，就叫人生疑。按太白金星所说的，狮驼岭有八百里，岭上妖魔有四万七八千人。周围的庄户，就算没被吃绝，也跑干净了。怎么会有这样一个衣着体面的老头，安闲自在地在山坡上散步？

如果引起这一质疑，目的就达到了：既使对方格外关注，又不惊动魔头。

其次，通风报信，得传达关键信息，但结合取经项目的特殊性，又得隐藏一些信息。关键信息是什么？就是这一回的妖魔，是有来头的，有靠山的。太白金星说得清楚，那魔头一封信送到灵山上，五百罗汉都要来迎接；一张名片递到天庭，十一曜星君都得给面子。更不用说八洞神仙、四海龙王、十殿阎罗，都和他们以兄弟相称。这个地位，比悟空还要高出一头。悟空的人脉，当然也是很广的，却还没到灵山五百罗汉都恭敬他的地步，即便日后正果斗战胜佛，恐怕也享受不到这种排场。这一点，已经暗示了：魔头里有佛祖的亲戚。

771

再一个，就是人马数量——这也是重要的军事情报。摸清了敌方人数，才好采取相应的措施。五百人的山场，有一套策略；过万人的山场，有一套策略；数万人的山场，就是另一套玩法了。要知道，即便魔头的来头大，悟空也是不怕的——他从来没怕过谁，凭你是谁家的大舅哥、小姨子，更不用说手底下的秘书、司机，悟空都是敢正面"杠"的。但俗话说得好：双拳难敌四手。更不用说这狮驼岭有四万手。悟空就算浑身是铁，能打几颗钉？悟空是大无畏的英雄，却不是傻子。在这方面，他是有权衡的，有盘算的。后来采用"不战而屈人之兵"的战术，就是基于这一人数上的重要军事情报。

但话又说回来，西天取经，毕竟是一场又一场试炼，过程必须走完，其中的委曲波折也是免不了的。所以，妖魔的底细不能漏。如果一开始就说出青狮、白象是菩萨坐骑，鹏魔王是金翅大鹏鸟——如来佛祖的舅舅，悟空就直接去灵山找它们的主人了。青狮、白象，老孙还有手段去对付；金翅大鹏鸟，这怎么搞？还是直接找外甥解决问题吧！这样一来，整场试炼，就被太白金星给搅黄了，这不成了好心办坏事吗？太白金星是老江湖，尺寸劲头拿捏得好，既送了人情，又不坏佛祖的事，半明半暗，谁也挑不出毛病。

最后，耳报神总要叫对方知道自己的身份。不然，岂不是白耽误工夫？平白无故传闲话，那是碎嘴子。耳报神是要送人情，最后不现真身，悟空也不知道锦旗该往哪里送。所以，太白金星每次传递完消息，都要亮明身份。悟空当然不至于大礼回报，但功德是一点一滴积累起来的，一次两次，悟空不放在心上；次数多了，悟空也得掂量一番人情的轻重。等到后来"无底洞"故事里，太白金星劝说悟空，我们就能看到他做功德的回报了。

这些做法，都为其他情节提供了样板，补写者照着抄，就能写出一段报信情节。其他小说的作者，也可以模仿着写类似情节。至于艺术品位怎么样，就看个人本事了。

200　谁才是历代驰名第一"小"妖？

再来说悟空与小钻风的对手戏。

如果做一个街边访谈，调查一下普通读者心目中，谁是《西游记》的第一大妖。答案可能是五花八门的。论本事、讲背景，金翅大鹏鸟可能是榜首；论结果，讲归宿，黑熊精和红孩儿可能在伯仲之间；说形象，讲性格，赛太岁可能是最可爱的，最受欢迎的……各有各的心头好，无所谓高下，也说不上对错。

然而，如果问到笔者，笔者会毫不犹豫地回答：孙悟空！

许多朋友，可能没想到这个答案，但孙悟空确实是妖猴出身，除了在天庭应卯当差的短暂岁月，在正果斗战胜佛之前，他的主要身份就是妖仙。

悟空也从来不避讳这一身份，他又一贯自负，自卖自夸，既然做妖，也要做最大的。只做《西游记》里第一大妖，猴哥都不满足，他要做古往今来第一妖！第十七回，他在黑熊精面前自夸身世，说了一番自己出世访道、大闹天宫的经历，最后总结一句："你去乾坤四海问一问，我是历代驰名第一妖！"你瞧，悟空自己都这样讲，自己给自己贴标签，我们又怎能不把"第一大妖"的绿头牌，双手捧给猴哥呢？

773

那么，谁是历代驰名第一小妖呢？

之前，已经说过不少小妖，比如精细鬼、伶俐虫、巴山虎、倚海龙、奔波儿灞、灞波儿奔、有来有去……与大妖魔比起来，小妖们显得更单纯，更伶俐，更可爱，更讨人喜欢。许多大妖魔，读者想一想，就恨得牙根痒痒，小妖们也做了不少坏事，却实在叫人恨不起来。

与大妖一样，读者对小妖的评骘，也是各有标准的。笔者心目中的第一小妖，还是这一回的小钻风，该形象的影响力大，艺术品位也高。

有一首脍炙人口的歌曲——《大王叫我来巡山》，这首歌的灵感，来自影视剧里演员的临场发挥，而对应的角色，就是小钻风。巡山，也成了小钻风行动的主要标签。

从这个名字，我们也能看出他在狮驼洞的主要职掌。

论起来，"钻风"本来指的是一种船。《天工开物》里介绍过，元末明初的时候，朝廷修造的海船里，有一种叫"钻风"。这种船的造价相对低廉，安全系数却很高，适合在近海区域航行。《荡寇志》第八十六回，就提到了这种海船。

但小钻风的形象，跟海船有什么关系呢？因为这种船有一个俗名，叫海鳅。海鳅，就是我们今天说的露脊鲸。古人认为，海鳅的作息，会影响海洋潮汐，按《水经》上讲的，海鳅进入海底巢穴，潮水就涨起来；钻出巢穴，潮水就退去。换句话说，小小生物，却能掀起大风浪。古人又用这种生物，给体形小、速度快的战船命名，把这类战船当"弄潮儿"看。如此看，小钻风也是狮驼洞里的一个"弄潮儿"了，怪不得受到青狮精、白象精器重。

这种战船，又主要负责海洋巡警，这就与小钻风的职掌对应上了。书里也说，"钻风"又叫"巡风"。

巡风，不是简单的巡山。巡山，就是一个流动哨，是个苦差，没人钻营巴结这种出力不讨好的差事。巡风，则不仅巡查敌情，也包含搜集基层舆论情报的工作。小钻风每天在狮驼岭转悠，名义上是提防外贼，实际上是查勘各寨各队，有没有懈怠迟慢的，有没有吃酒耍钱的，有没有私相传递的，有没有背地嚼舌根，讲自己甚至主子坏话的？可以说，这是一个督查工作。做这种督查工作的，都是主子的心腹。《西游记》里的小妖不少，但大多是做苦差事的，来回奔波，提灯笼，抬轿子，送东西，下战书，极少像小钻风这样，巴结上督查组的工作。

从形象塑造看，小钻风也是《西游记》里最丰满的一个小妖。

与其他小妖一样，他也活泼可爱。一方面，肚子里藏不住事，喜欢自言自语（这一点跟有来有去很像），没等对方问，壶嘴儿就斜过来，许多信息都"倒"出来了。另一方面，他也是个"自来熟"的脾气，见了其他小妖，也喜欢攀谈几句。

然而，作为巡风人员，他还是有一定警惕性的。悟空变的小妖，在身后喊他。他回过身来，先说了一句："你是哪里来的？"不是热情地打招呼，不是"四海之内皆兄弟"，而是审查对方的来路、根脚，这就体现出一种良好的职业素养。

悟空假称是"一家人"，小钻风马上回答："我家没你呀！"说明他对狮驼洞的成员（尤其基层工作人员），是很熟悉的，一眼就看出对方"非我族类"。小钻风又能具体指出，悟空的嘴太尖，这副形象，不在狮驼洞人事处的档案卡片里。这个业务能力，是相当强的，

775

一般的小妖，是绝对做不到的。要知道，狮驼洞不是黄风岭，也不是平顶山，不是四五百人的小单位，而是四万七八千人。当时没有网络数据库，小钻风仅凭有限的脑容量，就能够把这些山精野怪的相貌，记一个大概，还能区别五官，CPU已经满负荷了。

悟空谎称自己是烧火的，小钻风又立即指出破绽：狮驼洞分工明确，烧火只管烧火，巡山只管巡山，不存在部门借调的问题。可见，小钻风确实不是一线员工——只在自己的格子间里忙活手头工作，他对单位的组织构架和人事成规，是很清楚的。

即便相信悟空得到升迁，小钻风还要检查一下腰牌，说明他是很认真的，始终保持足够警惕性的，换作巴山虎和倚海龙一流的货色，早就深信不疑、屁滚尿流地巴结长官了。

可以说，与其他小妖比起来，小钻风更老练，更沉着，不像幼儿园的孩子，倒像小学一年级的孩子，还是班长级别的。

只不过，虽然升入小学，与悟空这样的高年级孩子比起来，小钻风还是嫩的。七绕八绕，就被悟空绕进去了。青狮、白象有什么本事，金翅大鹏鸟有什么法宝，他讲得清清楚楚，为太白金星透露的情报，又做了一番补充，叫悟空心里有数。

你瞧，这样一个既憨傻又伶俐的小妖，既受到魔王信任，又帮了悟空大忙，既有《西游记》小妖的共性，又有突出的个性，不只活在百回本《西游记》里，还启发了当代的流行文艺，实在是一个成功的艺术形象。"小钻风"也成为西天路上一个最响亮的小妖名号。如果说孙悟空是历代驰名第一大妖，小钻风就是历代驰名第一小妖了。

第七十五回
心猿钻透阴阳窍　魔王还归大道真

201　《西游记》里也有一支猎枪?

到第七十五回，悟空就和魔头交上手了。

这段情节说的是：悟空变的小钻风，被鹏魔王识破——原来，悟空变化，只能变脸，变不了身子，尤其遮不住屁股和尾巴。魔头们叫人把悟空捆了，扒开衣服一看，果然还是猴身子。魔头们搬出阴阳二气瓶，收了悟空。悟空不知这只宝瓶的关窍——不闻人声，机关就不发动；一闻人声，就烧起火来。悟空是怕火的，虽然可以用避火诀抵御一时，经不住三条火龙盘绕，把他浑身的金刚毫毛都给烧软了。危难关头，悟空想起当年观音菩萨送的三根救命毫毛，用它们变成篾片弓子，钻透阴阳瓶，打出狮驼洞。悟空带领八戒再来洞口叫阵，狮魔王出门应战。论武艺，狮魔王跟悟空打平手，但有八戒做帮手，狮魔王只得佯装败阵，往洞口跑。临到洞口，一个回身，显出本相，要吞八戒和悟空。八戒眼尖，躲了过去，悟空却迎着狮口冲上去，钻进狮魔王的肚子。狮魔王使了各种方法，悟空只是不出来，还扬言要在狮魔王的三叉骨上支一口铁锅，把他的五脏六腑都煮了吃。狮魔王用药酒灌悟空，悟空喝得大醉，在狮魔王

777

肚子里打把势，把老妖怪折磨得不轻。

在这一回里，悟空的各种看家本事几乎都使出来了。腾挪变化，无所不有。变形术、分身术、拔毫毛、钻肚子……可以说，悟空给狮魔王安排了一个完整的"降魔套餐"，也可以看出来，狮魔王确实有本事，倒逼悟空使出浑身解数。

悟空当然不嫌折腾，也不觉得辛苦。在他看来，这些动作，说到底还是游戏。但鹏魔王的阴阳二气瓶，着实厉害。悟空差点就死在瓶里。

照说，悟空不是第一次被装在法宝里，老君的葫芦、弥勒的铙钹，悟空都消受过。虽然逃出生天的过程，有易有难，最后都没有大碍。况且，他早年在八卦炉里，待了七七四十九天，被关"小黑屋"，悟空是不怕的。

然而，阴阳二气瓶是法宝中的"极品"，既然以阴阳二气为名，合着两仪变化，代表一切矛盾的对立统一，各种机关，无所不有，都在二元关系里，互生变化，凭你是什么金刚之躯，也要形销声灭。悟空所遭遇的，其实还只是第一重折磨——冷热。

悟空本来就怕火，上次丢掉性命，就是因为火。如今，三条火龙围绕，悟空躲不得，逃不掉，越来越炮燥，眼看要火气攻心。他本来经过八卦炉锻炼，五壶九转金丹与他的肌体凝成一块，变成金刚不坏之身——这倒有一些像"漫威宇宙"里的金刚狼——如今没一会儿工夫，脚踝就被烧软了，可见小钻风说的"一时三刻，化为浆水"，不是虚假宣传。换作其他法宝，总归伤不到悟空的毫毛，悟空可以变出各种工具，破坏法宝。但在阴阳二气瓶里，连毫毛都烧软了，发生了物理变化的毫毛，法术也失灵了。

这时候，前后照映的情节就出现了。

回想第十五回，悟空抱怨工作辛苦，观音为了安抚猴子，用净瓶里的三片杨柳叶，变作三根救命毫毛，嘱咐猴子："若到那无济无生的时节，可以随机应变，救得你急苦之灾。"请注意：这是一个关键情节，三根毫毛是关键道具。

契诃夫说过，如果在一部剧的第一幕里，墙上挂着一支猎枪。在最后一幕之前，这支猎枪一定要响。否则，它就是多余的。这就是著名的"契诃夫猎枪理论"。《西游记》的作者肯定不知道契诃夫是谁，但讲故事的法则，古往今来是一致的。前文出现的关键道具，在后文总要派上用场。

当然，长篇小说的写作，经常发生把道具写丢的情况，作者原来对于某个道具，有长远规划，后来写着写着，就忘记了。在《西游记》里，这种情况也不少见。比如杀死犀牛怪之后，悟空把犀牛角留下来，准备到灵山上送给佛祖。后来的情节里，却没提到。

但作者没有忘记三根救命毫毛。第四十二回，悟空请观音降伏红孩儿，观音就要悟空把三根救命毫毛还回来。悟空不答应，菩萨就取笑他，说："你便一毛不拔，教我这善财也难舍。"这段情节，当然是为了关照"一毛不拔"这句俏皮话，写出悟空的滑头，但也说明作者确实没有忘记这一关键道具。

现在，已经到了第七十五回。尽管还不是最后一幕，"狮驼岭"是四回篇幅的故事，后面四回篇幅的故事没几个了，阴阳二气瓶也是最后一件致命大法宝。三根救命毫毛，此时不用，更待何时呢？猎枪再不响，就要错过最佳时期了。或者说，福利券再不使用，就要过期了。所以，作者蘸了蘸笔，写出这样的情节：悟空全身的毫毛都烧软了，往脑后一摸，只有三根硬挺。就拔下来，变了篾片弓子，钻透阴阳二气瓶。

有朋友可能要说：阴阳二气瓶如此厉害，怎么会被篾片弓子钻透呢？别忘了，那是观音净瓶里的杨柳叶，观音大士无上法力，料理一个净瓶，不是轻轻松松吗？

读到这，我们似乎又能咂摸出格外的意思。

乍看第十五回，观音只是安抚悟空，给他吃一颗定心丸。现在看，毫毛的应用场景，观音似乎已经料到了，只是没有说破。

为何不说破？不是卖关子，而是投鼠忌器。毕竟，青狮、白象是文殊菩萨、普贤菩萨的坐骑，观音菩萨帮悟空解难，相当于"背刺"两位菩萨。更何况，还有一层特殊关系，使观音的处境，显得更加尴尬。之前说过，文殊、普贤才是释迦牟尼佛的胁侍菩萨，祂们属于娑婆世界的系统。观音菩萨是阿弥陀佛的胁侍菩萨，属于极乐世界系统。换句话说，观音菩萨不是灵山这个单位的，是"借调"过来的。本来就隔着一层，现在又插手对付灵山大佬的手下人，道理上说不通；就算道理上说得通，人情上也讲不开。

所以，这一回，观音菩萨完全没有露面，通风报信的动作，也是由太白金星完成的。这样再回看一系列的情节，大概能梳理出观音的心路了。

第十五回，观音送给悟空三根救命毫毛，不只因为取经过程危险、艰难，也因为之前诓骗悟空，教他戴上紧箍儿，安抚这个熊孩子，总得拿出切实的福利，加之预见阴阳二气瓶之难——佛家至宝，还需佛家至宝对付，便舍了三片杨柳叶。第四十二回，悟空算是已经死过一回，居然还没用上三根救命毫毛，菩萨就半开玩笑，打算把杨柳叶收回来，免得将来被文殊和普贤看破，彼此尴尬。幸亏悟空爱小，一毛不拔。否则，这一回，猎枪就响不了，连他这只爱吵爱闹的猴子，也得哑火了。

202　青毛狮子有健忘症吗？

这一回里，悟空主要的对手，就是青毛狮子精。

这头狮子精，最大的本事，就是"狮子大开口"。小钻风讲过，他也有闹天宫的"英雄事迹"：当年王母办蟠桃胜会，没邀请他，他就要造反，对抗天庭，玉帝差十万天兵来捉拿他，他现出原形，张开血盆大口，好像城门一样，用力一吸，要把十万天兵吞到肚子里。吓得天兵天将关了南天门，从此不敢招惹他。

这里，作者用了一个故事套路。之前说过，古代故事里表现下界妖魔的本事，或者民间神祇的光辉形象，经常套用"闹天宫"的情节。甭管是谁，一不高兴，就要闹一闹——说句玩笑话，大概玉帝也是够头疼的，下界妖魔都想在江湖上立名，动不动就挑战天庭，南天门外整日喧嚣不断，喊打喊杀，刀光剑影，鼓角争鸣，叫天仙们不得清净。

有趣的是，闹天宫的由头，经常是天庭的宫宴。要么，是因为宫宴的邀请函，不是偏了这个，就是少了那个，惹得本领强、脾气倔的人物不高兴；要么，是宫宴上吃酒，有人借酒撒疯，与人争执，一时意气，反下天宫。而宫宴的主题，十有八九是蟠桃宴。可见王母喜欢张罗蟠桃胜会，不只是个人爱好，也有些"搞事情"的嫌疑。而甭管是对付谁，天庭出兵都是"十万"起，仿佛只有"十万"之数，才能显示下界妖魔的本事。不够十万，就算闹了天庭，在江湖上也没什么可吹的 —— 人家压根儿没拿你当盘菜！可怜这十万天兵，就像打包的道具，动不动拿出来，摆一摆样子。当然，也只能摆样子，为了突出妖魔本领高强，天兵天将的战斗力，总是不强的。不是十万"天兵"，倒像十万"花瓶"。

到这一回，狮子精故技重施，要吞悟空。悟空不是花瓶，不仅不躲闪，反而迎头钻进去 —— 他有神猴哈奴曼的DNA，就是妖魔不开口，他还要想方设法（变桃子、变小虫）混进妖魔的肚子，这憨狮子主动送上门，悟空乐得再热闹一次。

当然，"狮子大开口"也是旧时的俗语，用来形容贪婪。狮子精妄想吃唐僧，也确实够贪婪的。从民俗实践的角度说，直到今天，大买卖的门面，还是摆着一对狮子的。大家可以留意观察一下，讲究一点的买卖，两只狮子的口型是不一样的：一只张开着，另一只就得闭合着。狮子大开口，是为了"吸财"，但两只狮子都开口，就是不讲江湖规矩，要把整条路上的财气都吸走，对面的买卖人家是肯定不会答应的。

还是说回到《西游记》里的这头狮子。

许多朋友都发现了，作者写到这一段故事，出现了一个疏漏。我们知道，文殊菩萨的青毛狮子，之前已经出现过一次。在乌鸡国，他假变国王，霸占江山，最后差点被悟空打碎天灵盖。这是吃了大亏，结了大仇。结果，这回再见面，狮子精完全不提这茬儿。

不仅不提旧事。狮子精好像第一次见到悟空。俩人一见面，狮子精先问了一句："你是孙行者？"孙行者的履历，使用的兵器，狮子精也都不清楚。我们不禁要问上一句:难道青毛狮子有健忘症吗？

其实，《西游记》里有健忘症的人物不少。之前说过，太上老君就健忘，刚把金角、银角收回来，悟空为了救活乌鸡国王，到兜率宫求九转金丹，太上老君居然说取经跟他"没半毛钱关系"。再比如，黑水河一段，鼍龙怪是泾河龙王的儿子、西海龙王的外甥，小白龙是西海龙王的小儿子，见了表弟，却像不认识一样。这也倒罢了，毕竟不是嫡亲血脉，但西海龙王派太子摩昂来捉拿鼍龙怪，亲兄弟见面，摩昂和小白龙也像完全不认识一样。

其实，不是人物得了健忘症——当然，也不是作者得了健忘症，而是疏忽，没有做好统稿的工作。我们知道，"西游"故事原本大都是独立发育的，后来逐渐聚合到一起，最终形成一个写定本。独立发育的时候，有相同的人物，形成写定本的时候，作者没做好统稿的工作，就出现了大大小小的BUG。

其实，过去就已经有人指出这个BUG了，并尝试修复BUG。比如张照领头编撰清宫连台本大戏《昇平宝筏》的时候，就对这段情节做了改动。

《昇平宝筏》是清代康熙、乾隆期间编成的宫廷戏。体制规模宏大，全剧十本，每本二十四出，一共二百四十出。每天从早到晚连着演，也只能演完一本。乾隆皇帝尤其喜欢这部剧。一方面，这部剧热闹好看，又是荒诞故事，没有影射当朝的嫌疑；另一方面，这部剧对演出场地、演员阵容、服装道具的要求很高，在清宫三层大戏台搬演，高潮的时候，舞台上差不多要站上近千人，服装道具也是美轮美奂的，还有各种近似魔术装置的舞台设计，完整演出这样的"大制作"，可以彰显国力，藻饰太平。所以，乾隆在木兰秋狝，过万圣节，召见外国使节的时候，特别喜欢下旨搬演这部剧。

这部剧丙集第十五出"幻假容乌鸡失国",演乌鸡国故事,为了与后来狮驼国的狮子精相区别,编创者把乌鸡国的狮子换成诺矩罗尊者手里的狮子。不过,这又造成新BUG。

诺矩罗尊者,是十八罗汉之一,俗称静坐罗汉。静坐罗汉的形象,跟狮子没关系。倒是另外一位罗汉,手里擎着一头小狮子,就是伐阇罗弗多罗,俗称笑狮罗汉。改编者应该是把这两位罗汉搞混了,张冠李戴,看来编剧的佛学知识也没有多少。当然,《昇平宝筏》篇幅太大,不可能是张照独立完成,应该有其他宫廷剧作家承当了基础工作,这些宫廷剧作家的文化水平,是参差不齐的。这个新BUG,可能就是出自某位"半瓶醋"的执行编剧之手。

总之,《西游记》中的疏漏不止这一处,我们看小说的时候,没必要吹毛求疵,正所谓瑕不掩瑜,一段小BUG绝不影响《西游记》的思想成就和艺术品位。

第七十六回
心神居舍魔归性　木母同降怪体真

203　唐僧也需要一个针灸婆子？

这段情节说的是：悟空在狮魔王肚子里折腾，狮魔王受不了苦，答应送唐僧过山。象魔王气不过，又找悟空等人挑战。悟空撺掇八戒去应战，八戒斗不过象魔王，被象魔王的鼻子卷住，捉回洞里。悟空救出八戒，合力制伏象魔王。两个魔王答应送唐僧过山。鹏魔王用调虎离山计，布置人手，假装送唐僧过山。人马到了狮驼城外，三个魔头突然发难，把唐僧抢进城去。

这段情节，写得委曲波折，人物塑造也很生动。

悟空和八戒"相爱相杀"的关系，以及唐僧对徒弟的不同态度，在这一回里，得到充分呈现。悟空是取经护法的主力，降妖捉怪，几乎所有的KPI，都压在他一个人身上。悟空任劳任怨，却出力不讨好。唐僧不太把悟空放在心上——当然，不是唐僧对悟空冷漠，而是对这位超级英雄毫不担心；八戒懒惰、怯战，经常拖取经团队的后腿，但是偶尔表现出一点英雄气概，哪怕没有获得积极效果，也能得到唐僧的肯定。

悟空说唐僧偏心眼，一点不假。

你瞧，悟空被狮魔王吞了，八戒跑回来，说师兄死了。唐僧也是捶胸顿足的，却不是替悟空感到悲伤，而是觉得取经事业，十有八九，到这里就 GAME OVER 了；之前的功业，全白费了。加上八戒又撺掇散伙，张罗分行李，再一次说出大不敬的话——要把白马卖了，给唐僧买一口棺材，把唐僧气得半死。上一次八戒说这话，唐僧还没亲耳听到，如今听见，又急又恼，忍不住"叫皇天放声大哭"。这哭声里，有沮丧，有愁闷，有焦急，有气恼，却很少有对悟空的哀悼——不能说一点没有，只是少得可怜。

等到悟空回来，教训八戒，甚至抽了八戒一个大耳光——书中，其实很少看到悟空抽八戒耳光，这不只是体罚，更是侮辱，但唐僧没有阻拦悟空，不是他不偏心，而是此时他还在气头上，也恨不能悟空再多抽八戒几个嘴巴。

然而，等到八戒被象魔王抓走，唐僧又开始埋怨悟空，说他没有兄弟相爱之意，专门怀着嫉妒之心。

这话，前半句，倒还好理解——悟空和八戒，表面上看，确实没有那种肉麻兮兮的师兄弟情谊，整天互敬互爱，兄友弟恭，这不是他们的画风；后半句，有点说不通。悟空嫉妒八戒？嫉妒他什么？嫉妒他长嘴大耳，相貌丑陋，体型肥壮？嫉妒他好吃懒做？嫉妒他只有三十六般变化？这些都说不通。八戒身上，似乎没有值得悟空嫉妒的优点。

如果有，只有一点，就是唐僧对八戒的偏爱。唐僧总是明里暗里替八戒说话，凡事更照顾八戒，对八戒的要求低，对八戒不尽如人意的表现，经常表示理解和肯定。这一点，会让猴哥感到不舒服。

有趣的是，"嫉妒"这个词，不是从悟空嘴里说出来的，是从唐僧嘴里说出来的。这当然是唐僧对悟空的误解，但也从另一个方面说明：唐僧知道自己偏疼八戒，更清楚其他徒弟对这种看法的观感。他没有刻意掩饰这件事——毕竟，这没法掩饰，他对八戒的偏疼，傻子都能看出来，他只是没有拿着喇叭到处喊罢了。这一回，又气又急，就说秃噜嘴了。

这不禁让我们想起《红楼梦》里的一个场景。

第七十五回，贾府中秋夜宴——此时的贾府，已经日薄西山，全家上下，弥漫着一股颓颓末落的氛围。宴会上，还照以前的规矩，击鼓传花。贾母主张这样做，一来是年老的人爱热闹，图开心，二来是看场面太冷，有意活跃一下氛围，期望大家强打精神，振作起来，自己安慰自己罢了。

花传到贾赦手里。贾赦就讲了一个尴尬的笑话：一家子有一个儿子最孝顺。偏偏母亲得了病，四处求医问药，总也治不好。遇到一个针灸婆子。这婆子根本不懂医术，只说是生了心火——与今天一样，不管什么病，都说是"有火"——针灸一下就好了。这儿子一听，就慌了，说：心遇铁就死，怎么受得了针灸之苦呢？婆子安慰他：不在心上下针，在肋巴条上下针。这儿子说：肋巴条离心老远，扎肋巴条做什么？婆子说：你不懂，这天底下的父母大都是心长歪了的！

这个笑话，就是讽刺一种社会现象：封建家长大都偏心眼。

笑话本身没毛病，但场合不对，说的人，听的人，都尴尬。中秋夜宴，阖家团圆，虽然此时贾府已经没有了"鲜花着锦，烈火烹油"的局面，表面上的温馨祥和，总是要维持一下的。况且，贾母是带着儿孙们取乐，老少几辈人都在，小辈儿们在座，弟弟贾政也在座——还刚讲了叫贾母开怀的笑话。贾赦此时讲出这个笑话，是叫贾母难堪，叫大家难堪，更是叫自己难堪。

当然，贾赦的心理，可以理解。他不得贾母欢心，尤其与受宠的弟弟比起来，更像是受到母亲的排斥。论起来，这主要是贾赦自己的问题。他荒淫无耻，德行败坏，既不能作为家族表率，又不懂得在贾母面前奉承，换作是谁，也不会待见他。但人性总是这样的——不喜欢内归因，喜欢外归因，在他看来，自己不受母亲待见，是因为母亲偏心。天长日久，难免心生怨怼。怨怼憋得久了，就容易在言语上表现出来。

私底下说一说，也就罢了，偏偏挑了一个最不适宜的场合，大家就很尴尬。贾母和贾政肯定是尴尬的，他们是矛头所指，这是儿子（哥哥）当着众人给自己难堪。小辈儿们也会觉得尴尬——这种酸话，怎么能当着孩子的面说出来？到底是谁不懂事？

所以，贾赦说完笑话，大家都礼貌性地笑一笑。必须笑，这是一种默契，一种封建家族的社交技巧。笑，说明我们只是把这个笑话，当作一个纯粹的笑话。既然是笑话，当然是无心的；笑话里夹杂的怨怼之心，我们完全没有听出来——如果听出来，我们就不笑了。

但笑过之后，场面就尴尬了。贾母勉强吃了半盏酒，隔了好一会，笑着说："我也得这个婆子针一针就好了。"[1] 这个好一会的时间空当，就极度尴尬了。可以想象，场面一下子冷下来，仿佛跌至冰点。贾母只吃半盏酒，半天不说话，说明老太太被冒犯了。虽然贾

---

[1] 曹雪芹著，无名氏续：《红楼梦》，北京：人民文学出版社2008年版，第1054页。

赦不是出语顶撞，尽管贾母也不是第一天知道大儿子愚蠢冒失，但在这样一个贾母最希望维持和谐氛围的场合，大家都看着指挥家、照着乐谱子表演，贾赦偏偏拿起破锣，敲出一个不和谐的音符，叫老太太吃了一只大苍蝇——老太太很生气，后果很严重。

严重的后果，就是贾母当众给大儿子摆冷脸，好一会的时间空当，就是摆冷脸。贾母不笑，旁人自然也不敢笑。最后，贾母再把场面挽回来，用一句玩笑话，化解大家的尴尬。但贾母的这句玩笑话，是给贾赦更大的难堪。贾母承认自己偏心眼。这件事，尽管全家心知肚明，但一直是台面下的；如今，傻儿子把它拿到台面上说，老母亲就给他"盖个章"，认证一下——我确实偏心，你知道，我也知道，大家都该知道。

照此看，《西游记》里的唐僧，也明知道自己偏疼八戒，而且毫不掩饰。好在悟空并不计较这件事，他并不嫉妒八戒，只是觉得不公平。在师父面前夹枪带棒地抱怨，也不是猴哥的性格。否则，唐僧恐怕也得找补一句："我也得这个婆子针一针就好了。"

204　白象因何甘当"绿叶"？

我们知道，古往今来，文学艺术的人物塑造，都是讲究对比的。这不只是塑造两个截然不同的角色，也是在相同或相近的角色中，比较其细微差别。一只兔子，一只老虎，摆在一起，不用附加任何说明，所有人都能看出差异。两只兔子摆在一起，大小、毛色、体态，看上去差不多，又要塑造出不同，叫人看到"一只兔子"和"另一只兔子"，就比较考验文学家和艺术家的功夫。

而多个相同、相近的人物出现在同一个情节里，又要注意分出主次。"三只兔子"只是一种概述，不具备打动人心的艺术力量。换一种说法：这有一只兔子，还有另一只兔子。别急，那里又冒出来一只！这就带一些审美色彩了。这种表述的逻辑，本身就隐含着角色的主次顺序——按照我们的艺术经验，前两只兔子，都是为最后一只做铺垫的。或者说，前两只兔子，是第三只兔子的"绿叶"。

这种情况，同样出现在"狮驼国"故事里。

这一回出现的三个魔头，都是灵山来的，都有强大靠山。但比较起来，狮魔王和象魔王都是给鹏魔王做绿叶的。

按长幼尊卑，鹏魔王最小，但真要论起来，鹏魔王才是这个黑社会组织的首脑。

论本事，鹏魔王最强，悟空斗得过青狮、白象，却拿鹏魔王没办法；论后台，青狮、白象只是菩萨的司机，虽然是身边人（当然，也是可靠的人），却没有亲缘关系，鹏魔王则是佛祖的舅舅；论心机，青狮、白象都有一些憨傻，只会刀对刀、枪对枪，与悟空硬碰，鹏魔王则很有城府，善用计谋；论心地，青狮、白象还保有向善的一面，悟空两次饶过他们，他们也有忏悔之心，一度要放过唐僧，鹏魔王则处心积虑，又怙恶不悛，算是《西游记》里最凶恶的一个魔头。与他比起来，青狮、白象都是配角。

而青狮、白象自相比较，白象又是青狮的"绿叶"。

在狮驼洞的段落里，主要的戏份，都压在狮魔王身上。作者花心思写狮魔王的颠顶，写他的愚蠢，写他被悟空按在地上摩擦的滑稽相，第七十五回，主要就是在写这些内容。到了第七十六回，按一般读者的期待，应该专门写象魔王的表现，等到第七十七回，再写鹏魔王的表现——哥仨一人一回，雨露均沾。但小说的塑造人物，不是现实里亲兄弟分家产，如果一人占一回篇幅，笔法就显得笨拙了，总要有个主次。所以，第七十六回，象魔王的独立篇幅，只有不到一半。可以说，象魔王是哥仨里戏份最少的，他真算是"金牌绿叶"了。

当然，象魔王甘当"绿叶"，主要还是受了他主子的影响。

在《西游记》里，普贤菩萨在"四大菩萨"里的出镜率就不高。

其实，普贤信仰在古代中国也是很流行的。

普贤，是梵语的意译，又翻译成遍吉，或者贤胜。音译是三曼多跋陀罗。三曼多，就是普、遍的意思；跋陀罗，就是贤的意思。

在密宗里，普贤的地位极高，仅次于大毗卢遮那佛。密宗信徒认为，普贤是大毗卢遮那佛的后补佛。

中国人熟悉的普贤形象，是释迦牟尼佛的胁侍菩萨，与文殊一西一东站立，坐骑是一头白象。这一形象，是由《法华经》确立的。

论起来，白象的意象，也是从古印度传过来的。

大象，是目前地球上体形最大的陆生动物。这种动物，很容易让人联想到权威，作为符号性的骑乘工具，也备受王公贵族青睐。进入传说故事，奇幻人物，也就经常以大象为坐骑了。比如，传说释迦牟尼化身，就是骑着一头白象，进入母胎的。同时，大象的性情比较温顺，这又很容易与菩萨道的大慈大悲联系在一起。所以，普贤菩萨骑白象的形象，就逐渐稳定下来，也深入人心了。

当然，从现实中来的形象，经过幻想改造，总要有奇异性。这是一头特殊的白象——白象在现实中是可以见到的，但传说里普贤菩萨的白象，是白中之最上乘，比颇梨雪山上的雪还要洁白。同时，这头白象有六支象牙。

为何有六支？一般认为，这象征佛教所讲的六度。所谓"六度"，指人从此岸度到彼岸的六种法门：一是布施，二是持戒，三是忍辱，四是精进，五是精虑（也就是禅定），六是智慧（也就是般若）。文殊骑着六牙白象，正好与其"德周法界"的形象契合。

到了民间传说里，人们就用"降妖"故事的套路，套在白象身上。说它是被普贤菩萨降伏的怪兽，后来甘心给祂当坐骑——文殊菩萨降狮子、赵公明降黑虎，都是这种思路。《封神演义》里也提到了这一故事。书中的九宫山白鹤洞普贤真人，就是从普贤菩萨的形象里借过来的，他是元始天尊十二大弟子之一，在破万仙阵的时候，降伏了灵牙仙。这灵牙仙，就是白象。

只不过，民间故事里，普贤菩萨的事迹，确实不如观音菩萨等形象多，所以在百回本《西游记》里，祂的形象也单薄得多，甚至看不到单独的戏份。比如第七十七回，文殊和普贤一道来收服坐骑，相同的行止，相同的言语，相同的动作。之前，文殊菩萨有过单独戏份，这里没有突出普贤菩萨，把两位菩萨当成一个模糊的集合，简单处理了。这倒不是因为作者有偏见，而是他所面对的前期艺术积累有限。

所以说，白象的主子就是《西游记》里的"金牌绿叶"，白象当然也在兄弟里，甘当"绿叶"陪衬了。

第七十七回

群魔欺本性　一体拜真如

205　瞌睡虫是什么虫？

这段情节说的是：悟空在狮驼国几番折腾，救出唐僧等人，又被鹏魔王捉回。悟空跑到灵山告状，佛祖讲明因果，带领文殊、普贤菩萨去收服妖魔，青狮、白象见了主人，立刻就伏法了，只有金翅大鹏鸟，怙恶不悛，不仅不放唐僧，还要伤害佛祖。佛祖用无上法力收伏了金翅大鹏鸟，回到灵山。

这一回里，有一段情节：妖魔们用四层大笼屉来蒸食唐僧师徒，悟空用了移形换影的法术，假身被抬进笼屉，他自己跳在云里，拘来北海龙王帮忙。龙王化作一股冷风，一刻不停地盘绕笼屉，唐僧等人才未被伤到。不料八戒得了便宜还卖乖，嫌笼屉冷，招呼小妖们卖力烧柴。悟空恐怕八戒走漏了消息，就用瞌睡虫迷倒小妖，好救唐僧等人出城。

其中，又有一个有趣的细节。

据悟空说，这瞌睡虫是他从北天门护国天王那里赢枚赢来的，一路上用去不少，还剩十二只。悟空本打算用掉十只，留下两只做种儿。没想到，一个拿火叉的小妖，体质好，没有被迷倒。悟空就给他加了药量，又补上一只。原来，瞌睡虫的用法是钻到鼻子里，引人打哈欠（本来是因为犯困，才打哈欠，现在把逻辑调过来，打哈欠，引人想睡觉。这也是原始交感巫术的一种生动有趣的反映）。拿火叉的小妖一个劲地揉鼻子，连着打喷嚏，瞌睡虫在鼻腔里安身不牢，才不曾把他迷倒。悟空加了一只，左出右进，右出左进，总能存下一只，这才最终放倒小妖。

可以看到，作者在写瞌睡虫的时候，是花了不少心思的。回看之前的情节，瞌睡虫也是多次出现的。第五回搅乱蟠桃宴，悟空就用了瞌睡虫；第二十五回，悟空在五庄观迷倒清风和明月，用的也是瞌睡虫；第七十一回，悟空迷倒服侍金圣宫娘娘的玉面狐狸，还是用到瞌睡虫。再看后面的情节，瞌睡虫也发挥了不小的作用。第八十四回灭法国、第八十六回隐雾山，悟空也都使用了瞌睡虫。

说明这个小法宝，不是作者临时起意的创造，而是反复使用的关键道具。

当然，作者写瞌睡虫的时候，也有一些前后矛盾、失于照顾的地方。

其一，是瞌睡虫的来历。这一回里，悟空说瞌睡虫是从北天门护国天王（也就是北方多闻天王）那里赢来的，但在第二十五回，又说是从东天门增长天王那里赢来的（这里，作者还有一个笔误，位居东方的是持国天王，位居南方的才是增长天王）。

其二，是瞌睡虫的生物性。按悟空的说法，瞌睡虫是需要繁殖的，所以他才要留两只做种儿。不过，这似乎是一种雌雄同体的生物——书里没说明它们分性别，悟空最后留下一只瞌睡虫，也可以做种儿。不管怎么说，总是要养起来，叫它们慢慢繁殖的。然而，在之后的情节里，悟空用的瞌睡虫，都是毫毛变的了。

当然，这两处笔误，也是可以给出合理解释的。

从来历看，瞌睡虫就是一种小法宝，饲养成本不高，又携带方便，天神们的兜里，经常揣着。所以，猜枚行令的时候，拿它做当头，赢了自然高兴，输掉了也不心疼。这不必然是某位天王才有的。况且，不管北天门，还是东天门，都不是正门——南天门才是正门。守门天王的工作压力不大，娱乐时间多，悟空在天庭做散仙的时候，东游西逛，也不必盯着某个天门的大将厮混。只要不是南天门就行，南天门热闹，门外终日喊打喊杀，动不动就有反下天宫的神将，或者下界造反的妖魔，在这里开打；即便平静的日常，也是迎来送往，增长天王带着四大神将，跑过来，跑过去，哪有工夫跟悟空猜枚行令呢？只要不说是南天门，就不算笔误。

至于生物性。瞌睡虫固然可以繁殖，但只剩一个种儿，产量跟不上用量。灭法国里，悟空要放倒一国的贵族；隐雾山里，悟空也要放倒一洞的妖精。一打瞌睡虫，肯定不够了。所以，悟空用毫毛变化。他的毫毛，可变死物，也可变生物。连小猴子、小妖精都能变，变些瞌睡虫，不算个事！况且，毫毛又能收回来，这比饲养瞌睡虫的成本更低。

当然，读者们更感兴趣的，可能是这小东西的来历。

它是作者原创的吗？不是；那么，这是来自本土神话传说的远古生物吗？也不是。

目前可以看到最早的类似记载。出自敦煌遗书的《正法念处经》。①

这部经文里，提到一种小虫子 —— 嗜睡虫。

这是一种如尘埃一般微小的生物，遍布人的身体，骨髓里有，皮肉里有，五官里有，连须发里都有。嗜睡虫的生物钟，与人是一样的。嗜睡虫感到困倦的时候，它们就会钻到人心里去休息。而在佛教的譬喻里，人心像莲花一样，到了夜里就闭合了。嗜睡虫钻到莲花里睡觉了，人也就跟着睡觉了（说到底，还是交感巫术的朴素思维）。

然而，《正法念处经》里的嗜睡虫，只是与瞌睡虫的名字相近，功能不同。嗜睡虫是人体自生的，它的生物钟和人一样，不会导致人在清醒状态下，突然睡过去；瞌睡虫却能教人非正常入睡。这就是另外一种逻辑了 —— 一股来自体外的、导致睡眠的因素。

有学者指出，这可能是把另一种形象嫁接过来，就是"瞌睡神"。同样保存在敦煌遗书中的《八相变》里，就有一个瞌睡神，他能够导致人的非正常入睡。只不过，他不是一种生物，而是在天上管理人类睡眠的神明。

这种神明，出现时间应该不会太早。上古时期，人们的作息习惯，与后世是不同的。尤其在神话传说产生的远古时代，人类的睡眠时间，相对而言是很多的，也不太规律 —— 感觉困了就倒着，找个地方就睡着。所以，在上古神话传说里，几乎看不到管理睡眠的神明，或影响睡眠的神奇动物 —— 因为不需要对无规律的睡眠，给出任何解释。之后，随着生产力的发展，特别是社会分工越来越

---

① 参见赵云芳：《〈西游记〉"瞌睡虫"小考》，《文学与文化》2022年第3期。

细，日间工作时长拉大，工作量增加，睡眠时间被挤压。换句话说，人体的生物钟需要根据生产力水平和社会分工进行调整。这样一来，人们需要有规律的睡眠，并对无规律的睡眠（尤其工作期间犯困的现象），给出合理解释。这才创造出管理睡眠的神明，或者影响睡眠的神奇动物——你瞧，不是我睡不着，而是瞌睡神没到；不是我非要在课上打盹儿，瞌睡神到了，谁也拦不了！

这种思维，到了《西游记》里，就变成了可爱的瞌睡虫。它们可能是神仙们居家旅行的必备品——兜里总揣着，神经衰弱的时候，往鼻子里塞一只，不沾枕头也能睡着。又可以像糖果一样做当头，"仨瓜俩枣"的成本，就能图一乐。况且，悟空的瞌睡虫，是从天王手里贩来的，应该算是"尖货"了，"药效"也比较强，比如清风、明月，都是一千多岁的地仙，说放倒就放倒了。只可惜，悟空心地单纯，不会对唐僧使坏。否则，赶上老和尚要念那话儿，一只瞌睡虫放出去，老和尚一头栽在马背上，沉沉睡去，悟空的耳根子，能清净好几天。

206　三魔头到底是不是大鹏？

解决一个重要的问题，就是三魔头的本相。

之前讲过，大魔头是青狮，二魔头是白象。那么，三魔头的本相是什么呢？有的读者可能要说：这还用问？分明是大鹏！书里交代得很清楚。

的确，书里反复说三魔头是大鹏。从作者对三魔头的形象描写看，也是按照上古神话传说中的大鹏来塑造的。第七十五回，作者用一段韵语描写三魔头。其中，我们可以捕捉到很多关键词。

比如"鲲头"。鲲，是上古神话传说中的大鱼。《庄子·逍遥游》里说过："北冥有鱼，其名为鲲……化而为鸟，其名为鹏。"也就是说，在古人的想象里，大鱼鲲可以化为大鸟鹏。

再比如"鷃笑"。就是说被鷃这种小鸟嘲笑。鷃，全名是斥鷃，是鷃雀一类的小鸟，飞得很低。《逍遥游》也提到了这个典故。大鹏振翅高飞，往南冥去。斥鷃就嘲笑大鹏，说自己飞几尺高就落下来，这已经是它飞行的极点了，大鹏搞这么大阵仗，要往哪里去呢？后人习惯拿这种鸟比喻目光短浅之人。

又比如"抟风"和"云程九万"。就是说大鹏乘风直上，至高至远。如《逍遥游》里就说过："鹏之徙于南冥也，水击三千里，抟扶摇而上者九万里，去以六月息者也。"（在基础教育阶段，这个"抟"字的字音、字形、字义，都是考点；《逍遥游》又要求全篇背诵。所以许多朋友记得这句话）。

如此看来，三魔头的原型，就是中国上古神话传说里的大鹏。在人们的想象里，这应该是一种体形庞大的鹰、雕一类的鸟。

然而，这段韵文里还有一些关键词，让我们发现问题没有那么简单。

比如"金翅"。说这只鸟的羽毛是金色的，这与中国本土的大鹏形象不一样。

再比如"龙惨"。说龙见了这只鸟都要害怕，本土的大鹏传说里，也没有这类情节。

那么，这种让龙见了都惨叫的鸟，是从哪里来的呢？

当然是从佛教的神话传说里来的。这种鸟，不是大鹏，而是金翅鸟。《西游记》里说三魔头的全名是大鹏金翅鸟（或大鹏金翅雕），逻辑重音应该放在后面。

金翅鸟，是梵语的意译。音译是迦楼罗，或者迦留罗、揭路荼等。意译的话，也可以翻译成妙翅鸟、顶瘿鸟。这是一种凶猛的鬼神，是八部护法之一。

当然，金翅鸟形象的产生时间是早于佛教的。在古印度教里，金翅鸟的地位就已经很重要了。相传，它是古印度教三大主神之一——毗湿奴——的坐骑。

后来，佛教兴起，吸收了这一形象。佛教典籍里，经常可以看到金翅鸟的形象。按《菩萨从兜术天降神母胎说广谱经·八贤圣斋品》里说：金翅鸟身长八千由旬，左右翅膀，各长四千由旬。

由旬，是古代印度计算路程的单位。分为上、中、下由旬。上由旬，折合六十里；中由旬，折合五十里；下由旬，折合四十里。即便按最短的下由旬计算，金翅鸟的身长，也有十六万里了！《西游记》的作者，还是把金翅鸟给写小了，倒是《封神演义》里形容的大鹏金翅雕更接近原型。书中的蓬莱岛羽翼仙，本相就是大鹏金翅雕，他协助张山攻打西岐，被哪吒的乾坤圈、黄天化的攒心钉打伤，又被哮天犬咬伤，到了晚上，就现出本相，张开两只巨大的翅膀，遮盖了一半天地。

佛典里关于金翅鸟的传说，最著名的就是猎食毒龙了。据《增一阿含经》里说，龙有四种：卵生、胎生、湿生、化生。卵生，就是由卵壳而生；胎生，就是由母胎而生；湿生，就是由湿气而生；化生，就是无所依托，凭借业力而生成的。与之相应，金翅鸟也有卵生、胎生、湿生、化生四种。在捕捉毒龙的时候，金翅鸟只能吃对应属性的龙。比如，湿生的金翅鸟只能吃湿生的龙。否则，金翅鸟就会死掉。不过，化生的金翅鸟，可以吃各种龙。

《增一阿含经》还描述了金翅鸟捕捉毒龙的方式：金翅鸟从铁叉树上，俯冲向大海，海水会分开。金翅鸟叼起毒龙，飞回铁叉树，当它重新落脚的时候，海水还没有合上。可见金翅鸟动作之迅疾。

当然，《西游记》的作者没有利用这一传说，而是借助当时佛像的常见形象，构造出一段情节。书中交代，鹏魔王来捉拿悟空，悟空藏到佛祖的背光里。佛祖见金翅鸟飞来，就大放金光，在头顶发髻中央，显出一块鲜红的血肉。金翅鸟来叼血肉，佛祖用手往上一指，金翅鸟就显出本相，不能远遁，只在佛祖头顶盘旋。

在藏传佛教的佛陀造像里，金翅鸟主要有两种形象：

一是出现在佛教建筑的券门上（券门就是用砖或石头砌成的中锏形或弧形的门洞），这种金翅鸟，大多是人的脸，鸟的嘴，长着一对牛角，上半身是人身子，下半身是鸟身子，双手合十，放在胸前，背后翅膀张开，鸟爪里抓着两条蛇，身旁有两个向外躲闪的龙女。比如北京居庸关云台南壁券门浮雕上的金翅鸟，大致就是这个形象（只不过，头上不是牛角，而是宝冠）。[①] 二是出现在佛陀背光里，形象与券门上的金翅鸟差不多。比如陕西神木郊家川石窟泥塑里后壁的佛像背光里，就是这种形象。[②] 这铺泥塑，时间是明嘉靖二十二年（1543），可见这类形象在明代中晚期是很常见的。而这一时期，正是《西游记》写定的时代。作者应该是受到后一种形象

[①] 参见石婷婷：《大鹏金翅鸟形象考略（上）》，《艺术品》2016年第10期。

[②] 参见李静杰：《金翅鸟图像分析》，《敦煌研究》2022年第4期。

的启发，写成了小说里的情节。

另外，作者又把金翅鸟与一个传说结合在一起。佛祖说凤凰生育了孔雀和大鹏，孔雀最恶，能吃人，曾经把佛祖吸到肚子里去。佛祖只得剖开孔雀的脊背。这样一来，好像是孔雀生了佛祖，所以佛祖把孔雀养在灵山上，封祂做孔雀大明王菩萨。之前朱紫国的段落里，已经提到了孔雀大明王菩萨——朱紫国王射伤了祂生育的一对雌雄孔雀，被罚与金圣宫娘娘分开三年。因为大鹏和孔雀都是凤凰诞育的，所以佛祖把大鹏看作舅舅。

只不过，这个凤凰诞育孔雀和大鹏的传说，佛典里是没有的，可能是密宗的传说，在民间不是很流行。比如之前提到《封神演义》里的羽翼仙，后来拜在燃灯道人门下（书中的燃灯道人，就是燃灯古佛），第七十回孔雀明王化为孔宣，在金鸡岭对抗西岐兵马。燃灯道人派羽翼仙和孔宣对战。两人不认识，也没有同胞关系。可见，《西游记》里的说法，不是当时为民间所广泛接受的。

这恰恰是《西游记》的动人之处，作者吸收、借鉴了各种传说，有民间流行的，也有民间不流行的，而不管是流行的，还是不流行的，都经过他的改造，点铁成金，化生成一个又一个奇幻形象，一段又一段富有奇趣的情节。我们看《西游记》，不必苛求作者笔下的人物和事件，是不是有原典可依。有原典可依的，就当知识看；无原典可依的，就当文学看。

第七十八回
比丘怜子遣阴神　金殿识魔谈道德

207　悟空动嘴，谁来跑腿？

这一回与下一回，讲的是"比丘国"故事。

这一回的情节是：唐僧师徒来到一个国度。这里本来叫比丘国，后来民间说法，改成小子城。原来，三年前来了一个道士，把一个妙龄少女献给国王。国王封少女做了美后，封道士做了国丈。国王和美后日夜贪欢，弄得身体羸弱，眼看要丧命。国丈说他有一个延寿的仙方，诸般药材都齐备，只差一千一百一十一个小儿的心肝做药引子。国王下令，叫国民把自家五到七岁的男孩献出来，养在家门口的鹅笼里，准备朝廷取用。百姓们苦不堪言，痛恨国王无道，就称呼这里是小子城。唐僧动了恻隐之心，求悟空搭救这些孩子。悟空就派遣各路阴兵，把小儿们送到城外，再观察朝廷的动静。第二天，悟空暗中陪护唐僧上朝。唐僧与国丈就佛道之争，展开辩论。国丈能说会道，加上主场优势，取得辩论的胜利。悟空却认出这是一个妖怪。国丈蛊惑国王，用唐僧的心肝代替一千一百一十一个小儿的心肝，可以延寿万年，国王昏聩，就动了恶念。悟空把唐僧改扮成自己的模样，他则变成唐僧，准备再上朝去会一会妖精国丈。

这一回的重点，主要在于两段：一是悟空派遣阴兵搭救小儿，即回目前半句"比丘怜子遣阴神"，一是唐僧和国丈的论辩，即回目后半句"金殿识魔谈道德"。后半段情节，趣味性比较少，主要是道教徒和佛教徒对于修行的不同理解，都是一家之言。国丈的胜利，不是道教理念对佛教理念的胜利（我们反复强调过，《西游记》是一部通俗小说，既不崇佛，也不崇道），而是国王崇信道教，文武百官也跟风拍马，迎合国王。你想，一场比赛，不只对手盼着你输，裁判和观众都盼着你输，连体育场外卖冷饮的都盼着你输，你还能赢吗？

比起来，前半段情节，就有意思多了。这是一场大功德，悟空救了一千一百一十一个小儿，更是他们背后的一千一百一十一个家庭。当然，这场功德的工作量，也是很大的。好在基层工作人员相当"给力"，保质保量地完成了任务。

许多时候就是这样的，工作质量，最终都是压在基层工作人员身上的。上峰拍脑门（有时候，都不是拍脑门，是拍脚后跟），想出来一个任务，又经常是时间紧、任务重的，下面人只能加班加点地落实。好比这次营救小儿的任务，唐僧属于大领导，负责拍板，他说搭救，就得搭救，没有任何商量余地。悟空好像是一个执行者，但他也就是动一动嘴皮子，一声吆喝，城隍、土地这些阴神，全员报道，立刻落实。至于这些工作背后的辛苦，特别是各种烦琐的工作细节，唐僧肯定是不知道的，悟空应该也不会想到。这一千多个孩子，要先登记造册，再组织鬼卒安全搬运 —— 这是活人，还是小孩子，比易碎品的运输要求还高。

把小儿们搬运出城之后，如何安置，也是大问题。悟空只给出一个大概方向，或在山坳里，或在树林深处——这个说法太笼统，不具备指导意义。就是囤白菜，或者储存建筑材料，还要精心选址，何况安置一千多个孩子！安置地点离国都的距离，就要用心斟酌一下。太远不行，交通成本就上去了；太近也不行，容易泄密。

安置地的多少，也得考虑。是集中安置，还是分区安置？集中安置，去哪里找能容纳一千多孩子的高山或密林；分散安置，各安置区又如何布局和排序，以什么方式联络，由谁负责统筹？悟空压根儿没想过这些。

此外，对餐饮质量有没有具体要求？悟空只说了一句话："与他些果子，不得饿损。"这是一个结果导向的笼统要求，压到基层工作，又是一系列问题。什么果子（这里的果子，指的是点心一类的面食），对品类有没有要求，定量又是多少？悟空说"收藏一二日"，到底是一天，还是两天？差一天，一千多个孩子的配餐量，可不是"仨瓜俩枣"的问题。再有，怎么叫"不得饿损"？稍微受一点饥饿，就是责任事故（五七岁的小孩子，本来就是容易感到饥饿的，受不了半点委屈）；还是说，没有一个人饿晕，就算完成任务？

最后，还要把孩子们平安送回城，又是一系列的罗乱事。

这真是悟空一张嘴，基层跑断腿！

更重要的是，这次任务的费用，最后走谁的账？

找唐僧？找悟空？这都不现实。唐僧这种"天选之子"，压根儿没想过：他一句话，背后涉及一笔巨额开销；悟空更是一个破壳子穷官，有权没钱，只要驴拉磨，不给驴添草。你找他要钱？小心那猴子的棒重！那么，上西天找佛祖？这简直是魔幻现实主义！

有这种想法的朋友，请等一等，让笔者再笑一会儿。

十有八九，最后还是地方阴神们自己先垫付，最后才从自己的衙门口子挪钱来填窟窿——毕竟，原本没有这项预算，但城隍、土地的香火钱是有限的（这都是有门槛人口的），就算自己掏腰包，也填不满这么大的窟窿。

这还只是比丘国，再往前看看，往后看看，唐僧拍脑门子、悟空动嘴皮子的事情，实在是不少的，最后辛苦的，还是山神、土地、城隍、社令一类的阴神。

所以说，不要只肯定上峰的魄力和智慧，也要肯定基层的韧性。光荣的取经之路，也是由一个又一个富有韧性的基层，最终成全起来的。

208 唐僧为何念诵药师佛？

上一讲说了，搭救一千一百一十一名小儿的项目，是由比丘国的城隍、土地、社令等基层阴神完成的，但功劳最后是算在悟空头上的。唐僧的一点怜悯心，得到悟空的重视，以及积极的行动——马上就办，而且办得漂亮。作为师父，唐僧特别激动，也由衷地替一方百姓感谢悟空。书中写道，唐僧领着八戒、沙僧一起念诵："南无救生药师佛！"

这一情节，反映的正是当时民众的药师佛信仰。那么，药师佛是哪一位佛祖呢？

之前讲过，在佛教的宇宙观里，有三个世界和我们关系最近。一个，就是我们所居处的娑婆世界，这里的教主是释迦牟尼佛；再一个，是西方的极乐世界，教主是阿弥陀佛；还有一个，就是东方的琉璃世界，那里的教主就是药师佛。

药师佛，梵语音译为鞞杀社窭噜，意译还可以称消灾延寿佛、大医王、医王善逝、十二愿王等。

关于药师佛信仰的来源，目前学界还有争论。

有一部分学者认为，药师佛信仰是在中国产生的。因为，印度本土佛典中对药师佛的记载很少，目前能看到的药师经典，是南朝刘宋时期的中国僧人撰写的。这位僧人叫慧简。梁代的僧祐就认为这是一部伪造的经典。这部经典后来流传到印度，被翻译成梵文，在隋代的时候，又回流到中国，被达摩笈多翻译出来，名为《药师琉璃光七佛本愿功德经》。经过这样一个"出口转内销"的过程，伪经就变成了真经，受到中国佛教界的重视①玄奘也曾经翻译过这部经典，名为《药师琉璃光如来本愿功德经》，所以《西游记》里的唐僧有药师佛信仰。

另一部分学者认为，药师佛信仰，应该是源自印度的。一方面，关于药师佛的传说，可能受到地中海地区医神传说的影响。另一方面，药师佛的形象，可能是从原来佛教系统中的药王菩萨等形象发展、演化而来的②。

也有学者认为，药师本来是一个历史人物，名字叫耆婆。③耆婆是一位古印度神医，与释迦牟尼生活在同一时代。根据《十诵律》

---

① 参见方广锠：《药师佛探源——对"药师佛"汉译佛典的文献学考察》，《宗教学研究》2014年第4期。

② 参见许立权：《中国药师佛信仰研究》，硕士学位论文，陕西师范大学2014年。

③ 同上。

的记载，佛陀、佛弟子和众比丘，都接受过耆婆的治疗，佛陀对耆婆的医术，也给予了高度肯定。这样一个历史人物，就很容易伴随着佛教传说的流传，实现神奇化、信仰化。同时，佛典里也经常用"药师"来打比方。比如《大智度论》里就说："譬如药师，不得以一药治众病；众病不同，药亦不一。佛亦如是，随众生心病种种，以众药治之。"说的就是"具体问题具体分析"。药师看病，要对症下药，不同的病患，用不同的方子。佛陀教化众生，也是一个道理。

再后来，药师就成了佛名，比如吴支谦翻译的《大吉祥神咒经》里，就出现了药师具足王如来，到了慧简的《药师经》里，就变成了药师琉璃光如来。

总之，药师信仰的兴起与演化，是一个复杂的问题，具体的来源和路径，还需要专业学者用材料说话，进行学理性的讨论。但有一点是肯定的：药师佛信仰在中国很流行。

为什么流行呢？原因很简单，药师佛信仰的主要内容，就是治病救人、消灾延寿。这是世俗社会的强烈渴望。往生极乐世界，是古时候许多人的"美好愿景"，但距离现实，还有很遥远的距离；这一问题，对于大多数人来说，其实也没有那么迫切。而人们总会面临各种病痛，慢性病，突发重症，即便发烧、咳嗽、流鼻涕，也是很折磨人的。同时，生活中又有各种灾祸，个人的、集体的、家庭的、部族的、自然界的、人类社会的，大大小小的灾祸，总是威胁着我们。更不用说，渴望长生，是绝大多数人的庸俗理想。如果有一位神明能够帮助我们解决以上问题，当时的人们，自然会狂热崇拜祂。

而在信仰流传的过程中，药师佛信仰又与其他佛教信仰结合在一起。

比如，药师佛信仰就结合了净土思想。之前讲过，弥勒信仰在魏晋南北朝时期就已经在中国流行，而这个时候，恰好是药师佛信仰兴起的时期。佛教徒就有意把药师佛信仰与弥勒信仰结合起来。比如慧简在《药师经》里就说，人们想要到兜率天见弥勒的话，也要礼敬药师佛才行。这样说，就更容易招徕信众。弥勒上生信仰，本来就很受古代民众欢迎——称颂弥勒菩萨的尊号，死后就可以往生兜率净土，摆脱现实的苦难。而药师佛的信仰，又进一步关怀现实，教人免受疾病、灾难的折磨。如此一来，现世活得平安顺遂、无病无灾，死后又可居处于兜率净土，不入轮回。这样的美事，还是很有吸引力的。

再比如，药师佛信仰与密宗的内容结合在一起。我们知道，密宗里有很多咒语，人们相信念诵这些咒语，可以降妖除魔、消灾解难，而药师佛信仰也有消灾解难的内容；密教又特别重视仪轨，药师佛的信仰里，就有一系列仪轨。比如之前讲过唐代的不空三藏（他是唐三藏的一个重要原型），就翻译过《药师如来念诵仪轨》，分别吸收了义净翻译的《药师经》和阿地瞿多翻译的《药师琉璃光佛大陀罗尼咒》的内容，把理论与实践结合在一起了。尽管这部经文可能是托名不空三藏翻译的，但与不空三藏结合起来，也可以看到药师佛信仰与密宗信仰的结合趋势。

可以看到，与"唐三藏"有关系的两位高僧——玄奘和不空——都翻译过药师佛信仰的佛教典籍，一位是唯识宗教主，一位是密宗教主，却都与药师佛有渊源。难怪《西游记》里的唐僧，在激动不已的时候，会念诵药师佛了。

当然，药师佛的名号，出现在这一回，主要还是与情节有关。悟空的行动，是消灾解难的具体表现，而消灾解难正是古代人们信仰药师佛的一个重要动机。

将来，唐僧正果旃檀功德佛，悟空正果斗战胜佛，因缘际会，或许与药师佛相见。见面的时候，药师佛可能要对师徒二人称扬一番——毕竟，他们一个动嘴，一个跑腿，又为药师佛信仰在世间的传播，贡献了一份力量。

第七十九回
寻洞擒妖逢老寿　　当朝正主救婴儿

209　比丘国王到底得了什么病？

这回情节比较简单：悟空在金殿上指破假国丈，假国丈带着美后逃回清华洞。悟空带着八戒赶到清华洞，里应外合，要打杀假国丈。南极仙翁赶来，救下假国丈。原来，假国丈是南极仙翁的白鹿。这白鹿趁着仙翁与东华帝君弈棋的空当，偷偷到人间，勾结一只狐狸精，蛊惑国王，残害国民。悟空打死狐狸精，请南极仙翁与他们一道回城，供君臣百姓瞻仰。城隍、土地等阴神将一千一百一十一个小儿送回，悟空又做了一场大功德。

这一回开篇的情节，是接着上一回的，还是在药引子上做文章。假国丈要假唐僧献出一颗黑心，假唐僧剖开肚子，掏出一堆心，把国王都看傻了。

这一奇幻情节，当然是很有趣的，显示出悟空的法力，以及爱玩爱闹的性格。但我们更感兴趣的，还是比丘国王到底得了什么病，能让他像得了失心疯，肆意残害无辜？这个具体的问题，又关联着另一个具体的问题：假国丈到底给国王配的什么药？

治病救人，总要对症下药。之前说过，佛教徒习惯用"药师"

来打比方，说明佛陀教化众生，讲究具体问题具体分析，就是因为医生开药，会针对不同的病患。白鹿变化的国丈是假的，但配制的药是真的。那么，这服药的功效是什么呢？

有的朋友可能要说：这是延年益寿的药。

乍看起来，似乎是这样的。白鹿是南极仙翁的坐骑。南极仙翁就是俗称的寿星老，人们崇拜这一形象，就是为了求长生。主子是管长生的，坐骑耳濡目染，也会配制一些延年益寿的丹药，是顺理成章的事情。

书里也交代，这药确实能延年益寿。金亭馆的驿丞被唐僧追问，只得吐露实情，就说到国丈寻了一个海外秘方，能够延长人的寿命。国丈蛊惑国王，也说：用一千一百一十一个小儿的心肝做药引子，只能延寿一千岁；用唐僧的心肝做药引子，可以延寿一万岁。可见无论宫外宫内，传说的药效都是延年益寿。

不过，延年益寿，说到底不是治病。健康的人，也可以追求"千年王八万年龟"的庸俗梦想；反倒是病患，正饱受病痛折磨，最要紧的问题是得到有效治疗，恢复健康。至于延年益寿，那是后话了。

我们看病患本人——比丘国王——就是指望用这药来治病的。他对假唐僧说："朕得一疾，缠绵日久不愈……特请长老，求些药引。"后来，他向悟空"交代问题"，也说自己得了不治之症，太医们束手无策，这才受了国丈蛊惑，动起歪心思。

那么，国王到底得了什么病？

要解决这个问题，可以从两方面入手：一是病因，一是病症。

先看病因。国王在"交代问题"的时候，已经透露了重要信息。原话是：

> 朕因那女貌娉婷，遂纳了，宠幸在宫。不期得疾，太医屡药无功。

可以看到，国王心里跟明镜儿似的。怎么得的病，他比谁都清楚。宠幸美后之前，他是健康的；宠幸美后三年，他才得了病。因果关系，简单明了。

还有一处细节，值得注意。悟空要替国王翦除后患，后宫嫔妃们听了，都顾不得内外之别，一齐出来叩头，请悟空务必替她们永绝后患。后宫嫔妃们的后患是谁？白鹿变化的国丈老儿？当然不是。那是前朝的事，与她们没关系。她们的眼中钉、肉中刺，是狐狸变化的美后。这美后不仅夺了她们的恩宠，教"六宫粉黛无颜色"，更直接戕害国王的身体，教"从此君王不早朝"。还是后宫的女人们了解内情，这到底是什么病，打哪里得的，外头的文武百官蒙在鼓里，她们清楚得很。

再来看病症。书里也明确写了比丘国王的病容，唐僧上金殿见驾时，就看这国王：

> 相貌尪羸，精神倦怠：举手处，揖让差池；开言时，声音断续。

见国丈的时候，国王还要宦官扶着，才勉强挣下龙床。
这副面容枯槁、精神倦怠的样子，当代人也是经常可以见到的。在哪里见到？养肾、护肾药品或食品的广告！这类广告的画面里，总有一个可怜巴巴的男人。眼窝身陷，目光涣散，直不起腰杆子，说话有气无力。比丘国王的状态，就完美贴合广告画面。当然，身边最好再加上一个美丽而温存的妻子，抚着丈夫的后脊背，一脸关切地问："是不是肾透支了？整点××宝吧！"《西游记》里的美后，就可以进入这个画面，人家模样更美丽，性格更温存，人家也可以抚着国王的背，说道："陛下，是不是肾透支了？××宝是没有的，我阿爹倒是寻了一个海外仙方，一定教陛下重振雄风！"

接下来，就该是服用后的画面了：要么，是夫妻在卧室相拥的温馨画面——人形渐渐虚化，淡出，最后出现药品的外包装。要么，是男人跟打了鸡血一样，意气风发；头发梳得锃明瓦亮，苍蝇落在上头，都要摔跤；目光如炬，仿佛能射出火焰来；大脖子梗着，大胸脯挺着，小领带飘着，小狼腰掐着……知道的，是准备进洞房；不知道的，还以为这厮要上山擒猛虎、下海斩蛟龙呢！

这种画面，应该也在比丘国王的脑海里过了好几遍，越过越兴奋，越过越期待，以至于丧心病狂，甚至泯灭人性。

说白了，都是肾虚闹的。国王自己心里知道，不好意思明说；身边人也清楚，也不方便说破。国丈配制的药，名义上是延年益寿，实际上是叫国王重振雄风。这两件事，倒也不冲突。一个昏聩的国王，一个道德和能力都处于及格线以下的国王，一个拜倒在石榴裙下的国王，渴望长生不老的最终目的是什么呢？肯定不是安邦定国，也肯定不是造福百姓，大脑皮层里填的都是些什么？还不是被窝里那点烂事儿！所谓"芙蓉帐暖度春宵"，有一千一百一十一个小儿的心肝做药引子，就可以度一千个春宵，有唐僧的心肝儿做药引子，就可以度一万个春宵。不是千年的王八、万年的龟，而是千年的种马、万年的脚猪！

当然，不少学者认为：比丘国王这个形象，其实是有所影射的。那么，他影射的是谁呢？下一讲再说。

210 比丘国王影射的是谁？

上一讲说到，比丘国王这个形象，是有所影射的。那么，他影射的是谁呢？

《西游记》这部小说，虽然写的是神佛叱咤、精怪腾挪的内容，实际上是有比较深刻的现实观照的。作者在一个又一个浓墨重彩的形象身上，在一段又一段离奇曲折的情节里，融入了自己对社会人生的思考。特别是当时的种种社会现象，作者看在眼里，放在心上，又形诸笔端，神魔世界就成了现实世界的倒影。

具体到人间国君的形象，多多少少都带着现实中皇帝的影子，又不是前朝皇帝，而是明代皇帝。在影射本朝皇帝方面，《西游记》的作者，胆子还是很大的。

之前说过，唐人作诗，喜欢借汉事言唐事，用汉代帝王，影射唐代帝王。但有的诗人胆子大，敢于写本朝的皇帝，像李商隐的《龙池》："龙池赐酒敞云屏，羯鼓声高众乐停。夜半宴归宫漏永，薛王沉醉寿王醒。"[1] 为什么薛王可以在宫宴上喝得酩酊大醉，散席归家，倒头就睡，寿王却睡不着呢？因为寿王李瑁的妻子，就是杨玉环，

---

[1] 彭定求等编：《全唐诗》第16册，北京：中华书局1960年版，第6195页。

如今被父亲李隆基夺去,封为贵妃。当初的爱妻,转眼成了自己的小娘。宫宴之上见着,有夺妻之痛,但又碍着君臣父子之礼,那种心情,用"打翻了五味瓶",都难以形容。还能畅饮御酒?还能睡得踏实?那心得多大啊!人家薛王,事不关己,高高挂起,说不定抱着"看热闹不嫌事大"的心情,瞅一瞅寿王的苦瓜脸,再看看皇帝和贵妃的肉麻做派,心里暗笑,又多饮了几杯。这两句诗,把温情脉脉的宗法面纱,一下子扯去,露出底下的龌龊实质——乱伦关系,而又没有经过任何历史修辞的伪装,就那么直白地呈现在读者的面前,不得不承认,李商隐是有胆子的。

但李商隐毕竟是晚唐诗人,盛唐的事件,距离他已经很远了。《西游记》的作者却是在写自己经历的皇帝,这胆子就更大了。

之前提过,《西游记》里提到的许多历史名称都是明代的。比如许多西天路上人间国度的职官,像司礼监、御马监、锦衣卫、东城兵马司,都是明代职官。作者这样写,当然首先是知识性问题——他没有更丰富的知识,既不熟悉唐代的中华官制,也不清楚同时代西域诸国的官制,只能就着自己有限的经验来写。

但这里也涉及一个技术性问题。

作者当然可以杜撰出一种职官——他的想象力很丰富,造词的水平也不低。不过,一种杜撰出来的职官,出现在情节里,读者可能不明白,作者还要再浪费笔墨去解释。比如第六十二回,祭赛国王要派锦衣卫去金光寺,把奔波儿灞和灞波儿奔给提来,他要亲自审问。这里,作者完全可以杜撰一种职官,说:那国王急降金牌:"着枭营快到金光寺取妖贼来,寡人亲审。"但读者不清楚这个"枭营"是干什么的。作者还得再解释一番:原来这枭营,就如国朝的锦衣卫一般。这不是脱裤子放屁，多一道手续吗？不如直接用"锦衣卫"，写着省事，读着也省事。

同时，这些历史名词也涉及创作主体性问题，它们反反复复出现，就一再提醒我们，《西游记》里的人间国度，其实就是明王朝的文学倒影。所以，即便可以杜撰的时候，作者也不杜撰，非要按历史真实，生生点出来。

比如这一回里，假国丈被悟空打跑，国王吓得躲起来，悟空带着文武百官寻找。书中写道："少时，见四五个太监，搀着那昏君自谨身殿后面而来。"这句话，写得是很露骨的，比李商隐那句"薛王沉醉寿王醒"还露骨——都直接称呼"昏君"了，又提到谨身殿。

谨身殿，就是明代的宫殿，是明故宫外朝三大殿之一，嘉靖年间重修，改为建极殿，入清后改名为保和殿。

本来，作者可以杜撰的。但谨身殿的名称，具有重要的叙事作用：一来，殿名谨身，就是提醒帝王要时刻注意修身养德。而比丘国王，恰恰不注意修身养德，是一个地地道道的昏君。这段情节的讽刺意味，就在殿名之上。二来，比丘国王是从谨身殿里走出来的昏君，暗示这个形象是影射明代的皇帝。

那么，是哪一位皇帝呢？

有朋友认为，影射的是嘉靖皇帝。一来，谨身殿在嘉靖年间重修过。二来，嘉靖皇帝是历史上著名的道君皇帝，对道教狂热崇拜，比丘国是一个佞道的国度。本来，国名比丘，看上去是一个以佛教为国教的国度，却听信道士谗言，戕害国民。嘉靖皇帝信道，一个重要的原因就是追求长生，假国丈献的海外仙方，名义上也是教人长生不老。

这样讲，是有一定道理的。但考虑到比丘国王的真实病症——因为纵欲导致肾虚，这个形象可能更直接地影射了嘉靖皇帝的儿子——隆庆皇帝。

隆庆皇帝，在明代历史上的形象，跟他的父亲和儿子没法比。嘉靖和万历都是超长"待机"的皇帝，昏聩荒淫，后人批判封建帝王的时候，经常把这祖孙俩先拎出来鞭挞一番。比较起来，隆庆皇帝在位时间太短，只有五年半——他只活了三十五岁，他的作为比较少（不管好的作为，还是不好的作为），后人经常忽略他。

其实，论荒淫昏聩，隆庆帝也算是一个典型了。最突出的一点，就是好色。清人修《明史》，对他的评价，就是"颇耽声色"，就是说他终日沉溺在歌舞和女色里。这是史官的委婉表述了，照民间的说法看，隆庆皇帝就是一个色迷。

登基之初，还在国丧期间，隆庆帝就在后宫声色犬马。他又热衷于从民间征集美女，充实后宫。搞得民间（特别是江南地区）人心惶惶，争先恐后地把自家的姑娘嫁出去，据《贤博编》等历史笔记的记载，当时江南一带，已经看不到十二三岁以上的未嫁之女了。饶是这样，隆庆帝的后宫，还是被填满了。两年半之后，被册封为妃子的，就有十三人之多了，嫔位以下者，已经难以统计了。①

如此充盈的后宫，只有一位皇帝。就是铁打的身子，也吃不消。所以，隆庆帝长年服食壮阳药，又派人从各处搜罗民间土方，用来帮助激发春兴。本钱不够，药物来凑，总之不能耽误享受美色。这和比丘国王的行为，是很相似的。

---

① 参见韦庆远:《论隆庆》,《史学集刊》1993年第2期。

817

如此纵欲，身体自然很快被掏空。所以，隆庆帝长年无法临朝，勉强出来听政，也坐不稳龙床，没一会就感到头晕目眩。回想《西游记》里写比丘国王"举手处，揖让差池；开言时，声音断续"，隆庆帝应该也是这一副样子。

况且，隆庆帝也没有真神仙来救拔，连寿星老随身带的火枣也吃不上，各路道士献的丹药，名义上是延年益寿，实际上还是古法"伟哥"，一时壮阳，反而更伤身体。所以，隆庆帝也只享受了五年半的光景，三十五岁，就呜呼哀哉了。《西游记》是不能把比丘国王写死 —— 这不符合书中单元故事的结局模式，如果写比丘国王未得到救治，身子已然被掏干挖净了，还想着美色，最终"大行不返"，那就跟隆庆帝更像了 —— 就差报他身份证号了！

当然，悟空制伏了白鹿，比丘国故事也就结束了。师徒们继续赶路，谁又知道这里后来发生了什么呢？没了狐狸美后，还有獾子美后、獐子美后、傻狍子美后；即便没有美后，还可以再从民间征集少女。比丘国王的身子骨到底还能撑多久，我们也不知道。

第八十回

姹女育阳求配偶　心猿护主识妖邪

211　为何总有一片黑松林？

从这一回到第八十三回，讲的是"无底洞"故事。虽然也是用四回篇幅讲述的故事，与之前的"狮驼国"故事又不同。"狮驼国"故事的神魔味道更重，这里的世情色彩更浓。

先概括一下情节：唐僧师徒离开比丘国，来到一片黑松林，遇到一个落难的女子，上半身被绑在树上，下本身被埋在土里。这女子自称是贫婆国人氏，随家人去上坟，不幸遭了强盗。父母亲人都逃命了，单落下她一个。强盗们都想霸占她，争执不下，怕伤和气，就把她留在这里，叫她自生自灭。唐僧又动了恻隐之心，要搭救这女子。悟空劝了几句，唐僧还是一根筋，悟空知道这是唐僧的又一劫，索性由他去。最后一行人徒步走出黑松林，来到镇海禅林寺。

这段情节，与之前的情节，有类似的地方。都是妖怪变化弱势群体，极力卖惨，博取唐僧的同情心。银角大王变受伤的老道士，红孩儿变小孩子，地涌夫人变小女子（红孩儿的情节与地涌夫人的情节又更接近，皆是遭遇土匪），都是拿捏住了唐僧的软肋——老弱妇孺，平常人看了都想帮一把，何况唐僧是十世修行的好人，最受不得弱势群体遭不幸，所以总在这件事上栽跟头。

当然，唐僧也是能够吸取教训的。悟空劝唐僧，八戒忙着使绊子，唐僧倒反过来维护悟空，对八戒说："你师兄常时也看得不差。既这等说，不要管他，我们去罢。"怎奈地涌夫人不仅有蛇蝎心肠，还有高超的销售技巧，一句话送到唐僧的耳朵里："师父呵，你放着活人的性命还不救，昧心拜佛取何经？"直击心灵，算是把唐僧拿捏得死死的。

有趣的是，不只是情节模式，故事发生的环境，也与之前有类似的地方——唐僧又来到一片黑松林。

之前的"宝象国"故事，唐僧就在黑松林里落入黄袍怪的陷阱，第二十八回的回目，后半句就是"黑松林三藏逢魔"。更重要的是，这是"八十一难"之一，按第九十九回灾难簿子上开列的名目，是"黑松林失散二十一难"，可见"黑松林"是这段故事的标签。到了"无底洞"故事，唐僧又一次在黑松林里遇到妖怪，又构成一难，灾难簿子上也明确写着："松林救怪六十七难"。可以说，唐僧真是与"黑松林"渊源匪浅，动不动就往黑松林里钻，钻进去就要遇到妖怪，完成灾难簿子上的 KPI。

其实，书里早就预言了这些遭遇。第十九回，乌巢禅师把《心经》传授给唐僧，又预告了前途吉凶，其中有一句，就是"仔细黑松林，妖狐多截路"。

有的朋友可能要质疑：《西游记》里没有狐狸精在黑松林截路的情节，第二十八回和这一回，都不是妖狐截路。其实，我们可以把这句话看成一种借代修辞，或者说泛指。比如之后的一句，"精灵满国城，**魔主盈山住**"，也是泛指。乌巢禅师并不是在预告第二十八或八十回的情节，而是警告唐僧：黑松林里妖怪多，千万小心！切记，切记！

只可惜，唐僧是选择性失聪患者。妖魔的甜言蜜语，或者八戒煽风点火的小话儿，他偏能听进去；要紧的话、警告的话、劝谏的话，他经常选择性忽略。所以，进入黑松林，不仅不加快脚步，反而要闲逛，逛来逛去，就撞着了妖精。

当然，这是一种讲故事的需要，但也是一种古老的故事记忆——先民的冒险故事里，总有一片密林，主人公总要进入密林，在密林里有所发现，进而形成矛盾冲突，引出后来的故事；密林往往不是开始的环境，也不是结局的环境，主人公是从外面进入密林的，他又必然从密林中走出，或者归来，或者进入下一个环境；当他离开密林的时候，他已经变成了"另一个"人——用今天时髦的说法，就是他"升级"了。他可能获得了某种本领，拿到了某件法宝，学会了某句咒语，带上了某只动物。或者，他知道了某个至关重要的消息。总之，经过改造升级的主人公，就可以像真正的"英雄"一样归来，或者继续下一段旅程了。

有趣的是，主人公经常是以被动地"打破禁忌"的方式，进入密林的。要么，他受到集体规约，被告知不得进入密林，但在无奈的情况下（比如生命受到威胁，或者寻找某件重要的东西），不得不进入密林。要么，他是被（强盗、女巫、蛇妖、狮王）掳进密林的。总之，主人公原本不想进入密林，他以消极的方式进入，又经常获得积极回报。

这类情节，广泛地存在于各民族的早期故事里。这些故事，大部分应该产生于人类的农耕时代。进入农耕时代后,树林 —— 尤其幽深的树林 —— 成为另一种环境(原本,我们的祖先就生活在密林之中,密林是家园,是最熟悉的环境),日常之外的环境,未知的环境。

这种"未知",代表着两个方向的可能性:一是机遇,一是危险。这来自人们的现实经验 —— 密林中有可供开发的资源,却也有毒虫猛兽。

对于近古时期的人来说,可能更看重机遇。对于上古先民而言,更看重的是危险。或者说,与危险直接关联在一起的后果 —— 死亡。人们当然惧怕死亡,但密林毕竟不是必然地导致死亡,而更多被看成死亡地带的象征。

这样一来,先民们便不自觉地利用这种象征,举行仪式,特别是成人授礼仪式。普罗普等人类学者早就指出了,许多地方的先民都是在密林里举行授礼仪式的。准备授礼的青年人被"赶"进密林,密林深处有象征着野兽肚子的茅屋,或者象征坟墓的坑穴,青年人要进入茅屋,代表被野兽吃掉,或者躺进坑穴,代表被埋葬 —— 总之,代表死过一次。之后,他们会"醒"来,走出密林,回到部落。这代表他们已经成为一个成人 —— 这个部落的正式成员了。先民们认为,只有进入密林这个死亡地带,并且成功回来,一个人才能自然而然地获得生存所需要的智慧和技能。

之前说过,唐僧的西天取经之路,其实就保有授礼仪式的痕迹,而黑松林的情节,更是直接的痕迹。

尽管,唐僧不是被动进入黑松林的,他也没有在这里学到什么。然而,主人公与集体分开,进行"孤独的探索"(请注意,无论第二十八回，还是第八十回，唐僧都是与徒弟们分开，独自游逛，才撞上妖精的），并有所发现，经历危险——可能导致死亡的危险，最终平安地离开，这本来就是授礼仪式的流程，也生动地保存在各类故事里。神话、传说、民间故事，可以说是俯拾即是的。

悟空的知识固然杂，但毕竟不是人类学家。否则，他更不会阻拦唐僧了，倒不在于这是灾难簿子上应有的 KPI，而是关乎主人公成长的一个重要节目。

212 地涌夫人为何叫"半截观音"？

既然这段故事的女主人公——地涌夫人——在这回里已经出场了，就说一说她。

她是一只老鼠精。在这一回里，作者故意卖关子，没有交代她的名号，只点破她是一只妖精。直到第八十三回，才借哪吒之口说出。原来，这女妖换了好几个"马甲"：最初，她是一只潜身养灵的金鼻白毛老鼠，没有江湖名号；三百年前，她跑到灵山修行，但鼠性难改，偷吃香花宝烛，就给自己起了诨号，叫"半截观音"；如来佛祖差李靖父子擒拿她，李靖父子留了她一条性命，她就跑到人间，改名"地涌夫人"。

单看字面的意思，半截观音，就是半个观音。怎么分成两半的？是按垂直方向，拦腰分开的，所谓"上半截"和"下半截"。但这两个半截，不是都能当得起"观音"之名的。正如"李评本"的评点者所说："半截观音，不知是上半截，不知是下半截？"也就是说，弄不清是上半截称"观音"，还是下半截称"观音"。他又促狭地问了一句:"请问世人还是上半截好,还是下半截好?"①这一问,会引起读者无限的联想。

为何会产生无限联想? 因为汉传佛教里的观音形象,多是女相。在一些民间传说里,观音又经常"因色设缘",度化世人。比如之前讲过的"鱼篮观音",幻化成放荡的妇人,诱惑浪荡子弟,引导他们研习佛经,戒掉淫邪之心。所以,在人们的想象里,观音的化身形象是美丽的,甚至说艳丽的,足以魅惑人的。

当然,有人认为,"半截观音"之名,源自她的罪过——偷吃香花宝烛。按书里哪吒的说法,似乎真是这样,所谓"因偷香花宝烛,改名唤做半截观音"。两个分句,构成一个因果关系。但是读者们搞不懂,为何"偷香花宝烛",就可以叫"半截观音"呢? 对此,有的人认为,这是指修行半途而废,所以叫"半截",因为修行的是佛法,所以自称"观音"。更有人认为,一只偷香烛的老鼠,居然需要李靖父子擒拿,可见法力不小,应该是修成了观音菩萨一半的法力,所以叫"半截观音"。

这些理解,未免想当然了。哪吒之说,只是交代老鼠精的三个人生阶段,在三个阶段里又对应了三个名字,偷食香花宝烛,只是第二个人生阶段的关键词,不一定是"半截"之名的直接来源。我们还得从这个角色的形象本身去看。

其实,书里刻画得已经很清楚,老鼠精魅惑人的把戏,全在上半身。这一回,地涌夫人把自己的下半截身子埋在土里,完全不知道什么样子,上半截身子则用葛藤绑在树上,看得清清楚楚,桃

---

① 吴承恩:《西游记:李卓吾评本》,上海:上海古籍出版社1994年版,第1127页。

脸、玉颈、香肩、酥胸、蛮腰……就那么热辣辣、香喷喷地呈现在面前，加上葛藤捆绑，女性身体的曲线美，更是得到了突出，甚至强化。只凭这火辣的上半身，就已经叫人神魂颠倒了。所以说，"半截观音"指的还是老鼠精幻化的女子，上半截美艳动人，堪比"鱼篮观音"的法相，令世俗中人欲罢不能。

那么，下半身呢？为何不把下半身也变化了？别忘了，旧时对女性的畸形审美里，还追求三寸金莲呢！古人不止追求"腰如柳"，还讲究"袜如钩"，若是能变化出一双"翠纹裙下映出的金莲小"，岂不是更勾人吗？

这老鼠精倒是想，但她得能做得到！

别忘了，她只有三百年道行。这个资历，在妖魔界里还是"入门"级，变化上半身已属勉强。况且，变化下半身，对于"高手"来说，也是很难做到的。《西游记》里一再告诉我们，悟空变化，也是很难处理下体的，尤其屁股和尾巴，总是藏不住。当初与二郎神赌斗七十二变，也是因为上身变庙门，却处理不了尾巴，只好竖在后面，才露出马脚。在莲花洞里变狐狸奶奶，也是因为弯腰露出尾巴子，被八戒看破，后来变小妖，又藏不住红屁股，被八戒当众戳穿。可见，按《西游记》的设计，动物修行者，即便到了更高段位，也掩藏不了下体。悟空有将近一千年的道行，已经修成太乙金仙，又善七十二变，还改造不了下体，小小的白毛老鼠精，又如何能做到呢？埋在土里，就是最好的方法了。无论怎样不堪，不管多么龌龊，遮得严严实实，一点破绽没有。

所以说，"半截观音"指的是上半身是美艳的，叫人垂涎欲滴，下半身丑陋，叫人心生厌恶。观音，在这里用来代指美艳的女色。

这种用法，观音本尊肯定是不答应的。别忘了，《西游记》里的观音，脾气很大，尤其憎恶别人盗用祂的身份。当年红孩儿假变观音模样，欺骗八戒，观音知道了，气得"哏"了一声，把宝珠净瓶都掼了。后来收服红孩儿，又叫他一步一拜，拜回南海，才消了气。若是知道一个披毛带尾的畜生，竟敢盗用自己的名字，又是行如此龌龊下流的勾当，还不知道要怎样发狠呢！

当然，我们也可以联想得再远一些。或许，观音是知道这件事的，却碍于身份，不好出面干涉，只能睁一只眼、闭一只眼。毕竟，饶过这只老鼠，是佛祖发的话，有这一道"免死金牌"，观音也不能把她怎么样；这鼠丫头又刁钻古怪，抱住李天王父子的大腿，有了这一层关系，观音也只好把老鼠精的勾当，看作熊孩子的胡闹。况且，此处离灵山已经不远了。观音不好再下场干预——毕竟是"借调"过来的，组织关系不在娑婆世界。想来，老鼠精也是算准了这一点，才敢欺世盗名，若是离灵山远一些，恐怕等不到唐僧到来，她就已经灰飞烟灭了。

有趣的是，这种说法后来在民间流行起来，成为人们对一种女子的戏称。

哪种女子？就是放足（不缠脚）的女人。

比如，晚清小说《海上花魅影》提到一个叫关凤的妓女，生得十分好看，面如满月，骨弱肌香，只可惜裙子底下是一双如船大脚，就被人戏称为"半截观音"。再比如《明代宫闱史》里的阁氏，也因为没有缠足，被称作"半截观音"。又比如《玉燕姻缘全传》里，吕相公躲在窗脚下，偷看小丫头临妆，心里想着："看他这副品貌，不知底下跶士如何？若是一双大脚，成为半截观音，那时便好也不值钱了。"① 可见，这种庸俗（甚至畸形）审美，在当时是很普遍的，而用"半截观音"来指代放足的女子，也是晚清时候的流行说法。这应该是《西游记》在晚清时期的市民大众阶层进一步流行的结果。

如此看，观音本尊倒是不必嫉恨地涌夫人，而应该抱怨《西游记》的作者了，谁叫他使用了这样一个生动的字眼，而《西游记》的文化影响力，又是如此之大呢！

---

① 无名氏：《玉燕姻缘全传》，南昌：百花洲文艺出版社1990年版，第394页。

第八十一回

镇海寺心猿知怪　黑松林三众寻师

213　山下的女人是老虎？

情节接着上一回：镇海寺的僧人热情接待了唐僧师徒，叫他们在方丈中住下，把地涌夫人安排在天王殿里。唐僧半夜起来解手，没戴僧帽，受了凉，第二天就病倒了。这一头，唐僧一连躺了三天；那一头，镇海寺接连死掉六个和尚，都是被地涌夫人吃掉了。悟空假变一个十多岁的小和尚，引诱地涌夫人。两人交上手，地涌夫人情知斗不过悟空，使出分身术，把一只绣花鞋，变作自己的假身，真身化作一道清风，把唐僧摄走了。悟空打听出地涌夫人住在千里之外的陷空山无底洞，就带着八戒与沙僧去找师父。

这段情节，概述起来，叫人觉得索然无味，细读起来，却毛骨悚然。当然，有一部分读者可能偏偏感觉此处有滋味，因为这一回里，作者集中表现了两种通俗文学必备的内容：暴力与色情。

之前提醒过大家，《西游记》不是一部"儿童文学"，儿童不是这部小说的期待读者。尽管在当代刻板印象里，儿童是《西游记》最主要的受众群体——儿童喜爱这部小说；这部小说，也适合儿童阅读——事实上，大部分儿童，以至青少年，并不是喜欢百回本原著，而是喜欢"西游"故事，他们喜欢故事里的人物，喜欢故事里的事件，也包括一些具体情节，但许多人没有读过《西游记》原著，他们关于《西游记》的知识，经常是通过选本来的，更多的时候，是通过影视剧、连环画或电子游戏来的。

同时，《西游记》原著也不适合直接给儿童阅读，书中"黄暴"的内容是不少的。

暴力的内容，还好说。毕竟，在神魔题材的掩护下，暴力变成了斗法较量——神魔人物上天入地，辗转腾挪，用各种法术、法宝来赌斗，作者又不善于细致刻画打斗场景，通过他的文字，感受不到"拳拳到肉"的暴力快感，也几乎看不到流血场面。

好比这一回，悟空现出原身，与地涌夫人在后园厮杀。在想象中，那场面应该是很骇人的——这是真刀真枪地打，悟空要取地涌夫人的命，地涌夫人也恨不能一剑刺死悟空。

当然，不是说只有死亡的联想，才会让人获得暴力快感，但打斗的动作，总是要以现实主义的风格呈现出来的。比如早年的武侠剧（不是近两年的古偶武侠，男女主人公只是披着古人"尸皮子"的模特，带着要死不活的表情，比画着莫名其妙的动作），在武打设计方面是很用心的，隔着镜头，观众也能感受到掌风、剑气；在没有更多特效的加持下，观众们仍能获得暴力快感，仿佛身体里的每一个细胞都在膨胀，眼看就要爆开；血管中的血液，在不断升温，抑制不住地沸腾起来。小时候看武侠剧，许多男孩子会跟着屏幕里的画面，不由自主地手之舞之、足之蹈之，就是获得了暴力快感。网剧《我的阿勒泰》第一集有一个生动场景，女主人公的奶奶，通过老旧电视机模糊的画面，跟着影片中的打斗，不自觉地捅咕拐棍。

老妪尚且如此，何况血气方刚的少年郎呢？

但《西游记》的作者，用艺术品位不高的韵语，表现武打动作：

> 孙大士，天上圣；毛姹女，女中王，赌赛神通未肯降。一个儿扭转芳心嗔黑秃，一个儿圆睁慧眼恨新妆。两手剑飞，那认得女菩萨；一根棍打，狠似个活金刚。

这种粗糙的文字，谁能读出来快感？如果有朋友从这类文字里获得了暴力快感，那笔者不得不佩服您——沸点太低了！听上一段"小兔子白又白"，就热血沸腾了！

不过，在这一回里，作者又在另一种场景中，突出了暴力。按说，妖怪吃人，在《西游记》里不算新鲜事，但此前的情节里，作者很少着意表现这类场景画面，特别是妖怪把人活吃了之后，留下来的骸骨。

看惯了恐怖片的朋友都知道，这种场景，其实比直接呈现吃人场景，能够提供更多暴力快感。如果说吃人场景是白描手法，遗留骸骨的画面，就是写意笔法。白描固然生动，但容易"洒狗血"，画面处理得不好，只会叫人觉得可厌，甚至可笑。写意笔法，就很讨巧。隐去过程，留下结果。结果已经足够血腥，过程更可以激发联想。每个读者，可以结合自己的艺术经验，"脑补"画面，就会越想越恐怖，积蓄的暴力快感也会越多。

《西游记》的作者利用了这种写意笔法，说镇海寺的小和尚去撞钟打鼓，钟鼓响罢，就没了声息。第二天寻找，只有僧帽、僧鞋和一堆骸骨，又补上四个字"将人吃了"，这就是提醒读者去联想吃人的画面。笔者小时候读到这里，就有了童年阴影。那阴影比86版电视剧《西游记》里，地涌夫人伸出利爪扑向镜头的画面，还伤害幼小心灵。

至于色情内容，《西游记》里就少多了。毕竟，这不是《金瓶梅》一类世情小说，更不是《绣榻野史》《株林野史》《空空幻》《桃花影》《杏花天》《灯草和尚》一类情色小说，色情的内容，不是其叙述的兴奋点所在。但正因为不是兴奋点，覆盖面不广，偶一出现，叫人防不胜防，家长们没留意，只凭刻板印象理解《西游记》，青少年抱着游戏心态阅读，读到这类情节，就会被"晃"一下。

特别是这一回，涉及的又是勾引、戕害未成年人的情节，就更不方便讲了。86版电视剧《西游记》改编这段情节的时候，把被害者改为成年和尚，角色气质看上去就很油腻，又带着夸张的猥琐表情，这就容易引导观众对被害者产生道德批判，从而消解老鼠精的魔性——被害者是好色的"怪蜀黍"，死有余辜。但在原作里，六个被害者都是小和尚，可知地涌夫人专吃青少年，利用他们血气未成、禅心不稳的弱点。所以，悟空也变成一个十一二岁的小和尚，给地涌夫人设下陷阱。接下来的情节，就是"怪阿姨"勾引懵懂少年的戏码，加上对人体器官的暴露，画面就"少儿不宜"了。

说到这，笔者倒是想起来儿时听过的一首歌《山下的女人是老虎》，歌里的主人公，也是一个懵懂的小和尚：

> 小和尚下山去化斋，老和尚有交代，山下的女人是老虎，遇见了千万要躲开。走过了一村又一寨，小和尚暗思揣，为什么老虎不吃人，模样还挺可爱？老和尚悄悄告徒弟，这样的老

虎最厉害。小和尚吓得赶紧跑，师傅呀，怪！怪！怪！老虎已闯进我的心里来！

这首歌，现在不流行了，因其内容涉及对女性的刻板化，甚至妖魔化。当年，却是红遍了大江南北，长年占据卡拉OK金曲榜的"大众必点曲目"。之所以流行，因为它迎合了特殊的时代。那是改革开放初期的事情，歌里的小和尚，其实是一种象征，象征着刚刚有机会饱览外面"花花世界"的普通人，"山下的女人"不仅仅是美色，也是伴随着开放而涌入的当代声色。有物质层面的，也有精神层面的。保守人士们总是板着面孔，告诫人们要提防这些声色，因为它们能腐蚀人心，使人堕落。但对于更丰富的物质与精神享受的追求，是人的天性，它们早已经"闯"进我们的世界。

论起来，这首口水歌，与《西游记》第八十一回没关系。但《西游证道书》这一回的评语，恰恰把地涌夫人比作"老虎"，说地涌夫人到镇海寺三日，就有六个小和尚进了她的肚子，老鼠俨然是老虎了。所谓"女能惑人，鼠能耗人，虎能噬人，三者绝不相类之物也，而今乃合而为一"[①]，人们见了美女，就忘了她的原形是一只老鼠，或者看到老鼠的表象，就忘了她的本质是一头老虎，所以就不自觉地走入美色陷阱，献出了性命。今天看这段话，其实还是说"美色伤性命"的老生常谈，但直到当代社会，人们还在用这种简单的类比关系，写成脍炙人口的歌曲。可见，许多旧观念，是不容易斩尽杀绝的。

[①] 《黄周星定本西游证道书》，北京：中华书局1998年版，第681页。

更有趣的是，之前讲到黄风岭上的老鼠，说他本来也是一只老虎，他的模样很帅；如今来到黑松林，老鼠还是和老虎"傻傻分不清楚"，她也长得很漂亮。如此看来，"美色 — 老鼠 — 老虎"的组合关系，在《西游记》里也是很稳定的。

所以，以后朋友们再见了帅哥靓女，还是不要急着流哈喇子，说不定，他（她）是一只老鼠变的。这还不是最可怕的，可怕的是他（她）本质上是一头老虎，要吃人的！

214　地涌夫人为何睡在天王殿？

说一处小细节，就是地涌夫人在镇海寺的安置地点。虽然是小细节，却有关涉讽刺主题的大作用。之前讲过，与"狮驼国"故事比起来，"无底洞"故事的世情色彩更浓，在这一小细节上也能体现出来。

书中交代，唐僧带着地涌夫人来到镇海寺，寺里的僧人倒是很热情，但在安排众人住宿地点的问题上，有一点犯难 —— 男人好安排，带来一个来历不明的女人，如何处置？

院主老和尚还是很讲究说话技巧的。你瞧他说的话，有理有据，入情入理。论起来，这事的确尴尬 —— 但这尴尬，是你们这些外来和尚造成的，不是我们这些土著和尚造成的；本来应该在一开始就把话挑明，但你们是天朝使者，恐怕冒犯，就先招待吃饭，等吃饱喝足了，再把事情说清楚；四位长老是贵客，就算安排在上等僧房，也是不够恭敬的，索性就在方丈住下来；至于那一名女子，身份来历，我们也不打听，只请你们给一个意见，到底安排在哪里合适？但我没有问，不代表你们不需要解释。毕竟，根本上的尴尬问题，不是这女子的安置地，而是一帮天朝来的大和尚，为什么会带着一个女子。你们自己不觉得尴尬吗？！

这一席话，身段放得很低，但问题讲得清楚；话语软绵绵的，里面却藏着针；又很讲究处理问题的策略：发一个上手飘球，直落到唐僧胸前，等你接不住，我们再给出具体的处理意见。院主老和尚，真是一个人精儿！难怪这镇海寺能与强盗据点做邻居。唐僧是一个不谙俗务的赤子，听了这一番话，根本招架不住，只是着急忙慌地解释，与女子撇清关系，最后把皮球，恭恭敬敬地递回到院主老和尚手里——你瞧，在世故的人精儿面前，唐僧连对手都算不上，充其量就是一个球童！

见唐僧把球递回来，院主老和尚就坡下驴：既然唐长老如此宽厚，那就请女菩萨到天王殿去，在天王像的背后，安排一个草铺，叫她在那里睡。

院主如此安排，当然是"技术性"的考虑——僧房里，当然是不能留女客的，只好把她安排在公共空间，佛殿便是上上之选，而天王殿，一般都是寺院的第一重殿宇。如此一来，男女内外，也就区别开来了。

然而，从作者的角度看，如此一番安排，另一层世情讽刺意味，也就出来了。

去寺院随喜过的朋友，可能留心观察过天王殿。一般的布局：正中供奉弥勒佛，两侧是四大天王，弥勒佛身后——也就是倒座里，供奉韦陀尊者。

从佛教发展的角度说，天王殿的普遍存在，反映的是净土思想与禅宗思想的融合；而从讲故事的角度看，地涌夫人在天王殿行凶，不只强化了她凶残至极、怙恶不悛的性格，也进一步暴露了《西游记》所构造的神魔世界里流溢的人情世故。

从地涌夫人这一面看，在佛殿上行凶，如此胆大妄为，《西游记》里也少有。我们可以把她和另一个女魔头——蝎子精——比较来看。蝎子精也是从灵山流窜下来的，也是胆大妄为的货色，当年就在经会上蜇了佛祖一下。《西游记》里，敢伤及世尊法体的，除了金翅大鹏鸟，也就只有蝎子精了。但金翅大鹏鸟作妖，是仗着亲戚关系；蝎子精没有靠山，敢蜇佛祖，胆量可谓最大。比较起来，老鼠精只是偷吃香花宝烛，这种小偷小摸的勾当，主要靠的是"不要脸"，对胆子的要求，还差一些。

然而，蝎子精在人间行凶，也是远离灵山的——靠近通天河，在十万八千里的中位线附近。老鼠精祸害人间，却距离灵山不远。况且，她的犯罪现场，就在天王殿里。

有朋友可能要说：弥勒佛"大肚能容"，不与这种毛团畜生计较。更何况，地涌夫人睡在弥勒佛身后。弥勒一时照顾不到，也是有的。

但弥勒身后是韦陀菩萨！在旧时的民间知识里，韦陀算得上最著名的护法神了。

一般认为，韦陀的形象，来自古印度神话中的战神——塞建陀，这是梵语的音译，也可以翻译成私建陀。祂是湿婆与雪山神女波哩婆提的儿子。后来被佛教吸收，变为护法天。

为什么"塞建陀"会变成"韦陀"呢？因为在翻译的过程里，辅音 S 经常不翻译，所以许多僧侣在翻译佛经的时候，都省去了"塞"或"私"，比如印度僧人昙无谶翻译的《大方等无想经》里就将祂称为"建陀"。而"建"字和"违"字形近,就出现了混淆,后来又逐渐省去了走之旁,就成了"韦陀",更经常地写成"韦驮"。①

进入中国后,又发生了本土化的演变。因为"韦"是中国的一个姓,人们就认为祂是一位姓韦的神明,又给祂加了名字——一般称祂为"韦琨",尊称为"韦将军"。这种说法,在唐代就已经流行起来了。

由于本来是战神,又是极具战斗力的战神(如《摩诃婆罗多》所说,塞建陀有天生的护甲,一到作战时,便显现出来。不受伤害、消灭敌人和保护世界的本领,都是塞建陀与生俱来的),进入佛教神谱后,韦陀也是战斗力最强的护法,无论佛典里,还是民间传说里,韦陀都是降妖除魔的能手。尤其怙恶不悛者,都畏惧韦陀。比如,《西游记杂剧》里色情狂一般的女人国王,就是见了韦陀,才不得不放掉唐僧。又比如《观音菩萨鱼篮记》里,张无尽百般折磨观音,连文殊、普贤两位菩萨来劝解,都不起作用,最后还是韦陀现身,张无尽才幡然悔悟,皈依佛法。

可见在元明时期,韦陀的破魔惩恶形象是很流行的。

当着韦陀尊者的面,地涌夫人就敢吃人,可见这老鼠精是吃了熊心豹子胆了。

然而,从天王殿里的神明关系来看,地涌夫人又不是单纯的胆大,而是有所倚仗。因为四大天王里,有她的干爹,就是北方毗沙门天王。《西游记》里说地涌夫人拜托塔李天王做干爹,而托塔李天

---

① 参见于怀瑾:《护法韦驮探源——印度战神"塞建陀"的中国化历程》,《世界宗教文化》2022年第6期。

王形象的一个原型，就是北方毗沙门天王（后文详细介绍）。有干爹在现场庇护，即是疾恶如仇如韦陀尊者，面对老鼠精的恶行，也只能睁一只眼、闭一只眼了。

当然，我们还可以注意一个细节。书中原话："就在天王爷爷身后，安排个草铺，教她睡罢。"既然叫"天王爷爷"，应该指的是毗沙门天王，而不是弥勒佛。如此看，犯罪现场不在天王殿的倒座，而是毗沙门像的背后。这简直就是在家长的羽翼庇护下作妖了。弥勒佛瞅着，其他三位天王盯着，老鼠精依旧可以躲在干爹身后，大快朵颐。韦陀尊者就是知道了她的勾当，义愤填膺，高高举起了降魔杵，恐怕也只能轻轻落下了。

如此看，世故的院主老和尚，倒是好心办坏事了——若是换在别的殿宇里，可能就不会牺牲那么多鲜嫩的小和尚了。但这也是没有办法的事，老和尚知道凡间的人情世故，哪里知道神界的人情世故呢！

第八十二回
姹女求阳　元神护道

215　睡唐僧,还讲究"仪式感"?

　　这段情节说的是:地涌夫人把唐僧摄到无底洞里,安排下婚宴,要与唐僧成亲。悟空一番进入无底洞,要唐僧假意答应婚事,给地涌夫人斟酒,他变作蟭蟟虫,藏在酒沫里,伺机钻进妖精肚子里。不料,唐僧斟满了酒,地涌夫人只顾说温情话,等到酒沫消去,露出蟭蟟虫来,地涌夫人就把它挑出去了。悟空只得变化一只饿老鹰,搅乱婚宴,飞出洞去。悟空二次进入无底洞,又变作一个红桃子,要唐僧哄地涌夫人吃下去。这一回,悟空成功了。地涌夫人受不得苦楚,就把唐僧送出了无底洞。"姹女求阳"说的就是地涌夫人张罗成亲,"元神护道"说的就是悟空护持唐僧。

　　这段情节并不复杂,但内容活色生香。从唐僧的角度看,这当然是苦恼的事,他又一次落入"烟花网",全凭自己禅心稳、意志坚,任她是"绮罗队",还是"锦绣丛",唐僧咬定一点:元阳不可泄。但妖精的"糖衣炮弹"攻势猛烈,唐僧就是铁打的心肠,总归是在活受罪;从地涌夫人的角度来看,这就是一件欢乐的事了。她兴致勃勃地筹备婚礼,留心每一处细节,包括婚礼用水——耗子洞里的水不干净，得派人去打井水。婚礼现场的灯彩装饰，以及全套的素食席面，也是她精心准备的。

婚礼之前，她又精心"捯饬"自己，整理青丝，笼起高高的发髻，匀脸描眉，再涂上一抹朱唇。为了突出这位准新娘的美丽，作者甚至忘记她"半截观音"的名号，把下半身也写到了，说她裙下是一对刚半拃的金莲。之前说过，妖精幻化人形，不善于处理下体。这段文字，是在韵语中出现的，作者是沿袭了中国古代形貌描写"从头写到脚"的艺术传统，写得套路化，所以出现了矛盾。

不管怎么说，此时的无底洞是一派欢乐场面。眼前的地涌夫人，也不再是天王殿里那个活吃人的女魔头，而是一个幸福的、忙碌的"五月新娘"。当代流行一种说法：五月的新娘是最美丽的。按照第八十回的交代，唐僧师徒走到黑松林，正是"冬残春尽"，眼前一片景物芳菲，差不多也是五月了。可以说，此时的地涌夫人是最美丽的，起码她心里是这样认为的。

这一点，又与蝎子精形成了鲜明对比。论起来，"求阳"就是搞到唐僧的一点元精，只要与唐僧行男女之事，破了他的童子身，这一结果就实现了。蝎子精就很务实，她主要看结果，尽可能省略过程。老鼠精却不同，她当然也要结果，但仍然看重过程，尤其是形式化的过程。或者说，仪式感的过程——唐僧的童子身要破，但必须走婚礼的仪式。

我们不免好奇：今天许多青年女孩，受网络洗脑，刻意追求生活中琐碎的仪式感；地涌夫人又不赶这种时髦，她为何如此在乎婚礼的仪式？

其实，这背后有一个更深刻的文化动因。因为这段故事，多多少少，受到了一种故事类型的影响——鼠婚故事。

这一故事，民间俗称"老鼠娶亲"，或者"老鼠嫁女"，在中国传播的范围很广，汉族地区有，少数民族地区也不少。

从大的方面说，这类故事分为两种：一种是民俗型鼠婚，一种是招婚型鼠婚。①

民俗型鼠婚，故事情节比较简单，就是一个核心情节——老鼠嫁姑娘。叙述的主要内容是各种婚俗，尤其一些热闹场面，比如放炮仗、抬轿子、吹唢呐，大大小小的老鼠，抱着各式各样的嫁妆，列队而行。从讲故事的角度说，这里没有复杂的情节——有的故事里，最后会出现一只猫，把婚礼搅散——但作为民俗文艺的表现对象，很受大众欢迎。比如剪纸、蜡染、版画、年画、布贴画、泥塑、木雕、石雕等艺术形式里，经常可以看到这类画面。有一部动画片，叫《邋遢大王》，其中一集的主要情节，就是城市的鼠王嫁女儿，乡下鼠王送来大批彩礼，电视机、录音机、电风扇、摩托车……都是从人类家里偷来的"大件"，可以看成这种民俗型鼠婚故事的当代改编。

招婚型鼠婚，有一个关键的情节，就是"循环招亲"。鼠老爹招女婿，要挑这世界上最有力量的对象，才把女儿嫁过去，但选来选去，还是老鼠。

最通行的版本是这样的：鼠老爹先找到太阳，太阳说自己会被云彩遮住；鼠老爹又去找云彩，云彩说自己会被大风吹散；鼠老爹转去找大风，大风说自己会被高墙挡住；鼠老爹掉过头去找高墙，

---

① 参见马昌仪：《中国鼠婚故事类型研究》，《民俗研究》1997年第3期。

高墙说自己会被老鼠给挖倒——原来，还是老鼠最厉害，天下第一！这种循环的情节里，带着一种朴素的辩证法，又有一种民间的谐趣，很受大众喜欢。当然，在一些版本里，人们又加了一个促狭的结尾——因为猫吃老鼠，所以猫比老鼠强大，鼠老爹陷入循环逻辑的陷阱，竟然忘记猫是天敌，把宝贝女儿嫁了过去。结果，女儿出嫁当日，也成了一家子的忌日。笔者小的时候，看过一个名叫《鼠女出嫁》的画册，故事最后就是："新娘刚到猫咪家，猫咪一口就吞下，猫说新娘怕人欺，为保平安藏肚里。"当时看得哈哈笑，既笑话鼠老爹的糊涂，又笑话猫咪说话狡猾。

该故事的原型，可能是从印度传过来的，许多民俗学家都指出了这一点。在古印度的故事集《故事海》与《五卷书》里，已经可以看到非常成熟的招婚型鼠婚故事了。应该说，这一故事是在中西文明交流的历史进程中，从印度逐渐流传过来的，最终实现了本土化。

当然，在流传的过程中，鼠婚故事的形态是会发生变化的，民俗型和招婚型，是可以融合在一起的，它们又可以联合其他故事类型，比如之前说的天鹅处女型故事。但这些故事都没有反映在《西游记》里，作者只是借了一个"鼠婚"的由头，强调地涌夫人特别看重婚礼的仪式感，执着于做新娘子。民俗型故事的内容，可以借鉴，比如写洞里张灯结彩，写筵席上的各种小菜，写地涌夫人精心打扮，都是对民俗型鼠婚故事的变相表现。至于招婚型的故事，情节离题太远，就不能涉及了——况且，《西游记》里是没有猫的。

只可惜，《西游记》里的地涌夫人，没有亲爹，只有干爹。李天王早把这个披毛带尾的干女儿忘记了，哪里有工夫替她招新郎呢！

216 是"地下城",还是"福地洞天"?

这一回的故事空间,已经从黑松林,转入千里之外的陷空山,又聚焦在无底洞里。不管是"姹女求阳",还是"元神护道",都是在无底洞里进行的。

我们今天说"无底洞",用的是这一概念的引申义,指"填不满的窟窿"。称呼人,称呼事,都可以这样讲。其实,这种说法,在晚清的时候就已经流行起来了。《清稗类钞》就有这一词条。按照徐珂的解释,这指的是一种欲壑难填的人。这类人,即便今天,也是很常见的。徐珂批判这类人的贪婪,又从上古典籍里给这个概念找了出处。《列子·汤问》里记载了一个叫"归墟"的大坑,在渤海之东亿万里的地方。大坑没有底,可以叫"无底壑"。徐珂认为,"无底壑"就是无底洞的历史原型。

在当时人们的日常交际中,"无底洞"也确实经常用来形容贪婪的人。比如《官场现形记》第三十五回,唐二乱子买官,进宫上贡,十万两银子的贡,额外还要三万两银子的"宫门费",从敬事房起,里里外外,倒有四十八处使银子的地方,唐二乱子就骂宫里的太监们都是"无底洞"。① 再比如狭邪小说(就是妓院题材的小说)里,"无底洞"就更多了。贪婪的鸨母、妓女们,常被人们戏称作"无底洞",大把的金银钞票,投到妓院里,连个响儿也听不到。《瞎骗奇闻》里就概括说:"从来说的,娼妓人家是填不满的无底洞。"②

---

① 李宝嘉:《官场现形记》,北京:人民文学出版社1957年版,第602页。
② 吴趼人:《吴趼人全集》第3册,哈尔滨:北方文艺出版社1998年版,第147页。

到了今天，人们见着"杀猪盘""校园贷"一类坑人把戏，也习惯说那是"无底洞"。总之，在人们的想象里，无底洞是一个没底的深渊，不断地吞噬、吸纳、消耗，凭你是谁，只要身陷其中，就很难爬上来。

《西游记》的作者倒是没有刻意使用这一引申义。起码，书里没有明显的讽刺文字。按作者的意思，这是一个经过后天改造的"地下城"。

我们知道，神魔故事里总是有很多洞府，大大小小，遍布山岳。所谓"洞府"，指神话传说中神仙的住所。神仙们习惯将自己的府邸，设在远离尘世、环境清幽的洞窟里。

这种想象，带着原始经验与思维的痕迹。一方面，它来自远古先民的穴居生活，是一种古老的原始记忆；另一方面，洞穴经常与女性生殖崇拜联系在一起，洞穴象征着孕育生命的地方——世界上许多地方，都可以看到画着女性生殖崇拜符号的洞窟。[1]可以说，将洞穴视作生命的原始出处，是许多种族、民族的人们共同的文化记忆。

同时，中国的洞府形象，又结合了道教的"福地洞天"概念。道教徒们利用华夏地理版图中的自然山川布局，构造出一个"福地洞天"的网络，包括十大洞天、三十六小洞天和七十二福地。这种想象，六朝的时候就出现了，到了唐代，已经非常成熟了。比如司马承祯编撰的《天地宫府图》里，就标明了每个洞天福地的位置和范围。

---

[1] 参见陈富荣：《宗教礼仪与古代艺术》，南昌：江西高校出版社1994年版，第11页。

为何道教徒看重洞府？一方面，"洞"有"通"的意思。洞天，也可以说是通天。道教徒们相信，在洞天中修炼，可以真正洞晓、贯彻自然的奥义，完美地与"道"结合，最终达到长生久视的目的，甚至飞升天仙。这当然是一种浪漫想象。不过，从自然科学的角度来看，洞穴生活也确实有一定合理性。有学者已经指出，洞穴因为缺乏日光节律的刺激，会使人体产生一种"双时辰现象"。长期在洞穴中生活，人体节律的一昼夜，只相当于洞外的一半。这可能就是为"洞中方七日，人间已千年"这种夸张的说法，提供了一种科学根据。①

况且，洞府大都位于风景秀美的自然山川之间，远离俗世纷扰，环境好，空气好，心理和生理状态也好；道教徒们又喜欢通过服食养生，各种矿物质食材，出了洞，拐个弯，兴许就能找到。为什么要做"大自然的搬运工"？应该搬到大自然里去住！

所以，在神话传说里，神仙们大多是住在洞府里的。特别是神仙和地仙，基本都住在洞天福地里——不用在天宫应差点卯，始终"居家办公"。只不过，神仙的洞府，距离俗世要远一些；地仙的洞府，距离俗世要近一些。

既然神仙们给"打了样"，同样抱着修仙梦想（或者说妄想）的妖魔们，也要把自己的府邸做成洞天福地的样子。他们的原型，大都是动物，本来就住在洞穴里，不用另外选址，在旧宅子的基础上，进行升级改造的工作就可以了。

当然，不同层次的妖魔，洞府环境也不一样。层次低一些的，

---

① 参见杨春辉：《〈西游记〉与洞府文化研究》，硕士学位论文，山东师范大学2013年。

基本还是兽穴的规模，比如第十三回的寅将军，他的住所基本就是老虎洞，几乎没有什么功能分区，吃喝拉撒，都在一个逼仄的洞里解决。高层次的妖魔，对生活质量还是有追求的。特别是有家小的，更要精心布置。比如奎木狼的波月洞、赛太岁的獬豸洞，环境都是五星级的。单说獬豸洞，赛太岁自己的办公区和生活区，就是很讲究的。入口处当然还是怪石嶙峋的，一进二门，到了剥皮亭，就是一个八扇窗的敞亮亭子，种植着奇花异草，还有苍松翠柏，套一句陶渊明的《归园田居》，可以说是"松柏荫后檐，琪瑶罗亭前"了。等到转过脚门，穿过厅堂，到了为金圣宫娘娘专门营造的生活区，更是一片高堂大厦，看上去富丽堂皇的。

这是有家室的，单身妖魔可能要差一点。但也分性别，女妖还是很讲究的。比如地涌夫人的无底洞，就是极为讲究的。洞口处就搭了一个三檐四簇的大牌楼。三檐，就是说有三重飞檐，这是很高规格的牌楼。牌楼上，又精雕细镂、妆花堆彩，一看就是女妖的家。进到洞中，则是另一派景象，书中交代：虽然是地下，却一样地有日光，有风声，有奇花异草。连悟空看了，都不由得赞叹一句："好去处啊！想老孙出世，天赐与水帘洞，这里也是个洞天福地！"你瞧，这里已经明确点出洞天福地的概念了。想那水帘洞，在《西游记》的洞府环境里，可以稳居三甲的，孙悟空又是一个心高气傲的英雄，轻易不夸赞人，连他都承认无底洞是洞天福地，这里的环境之优越，是可想而知的。

笔者读到这一段的时候，倒是经常想起一部影片，叫《地心历险记》。从第一视角出发的话，悟空看到的景观，仿佛影片里主人公看到的地下世界。当然，这部影片有一点老，年轻的朋友们可以回想一下动画电影《冰河世纪》的第三部，影片里主人公看到的地下恐龙王国，也是有日光、有风声、有奇花异草的。

有的朋友可能要质疑：一个洞府，怎么可以与地下世界匹敌呢？说"地下世界"，可能略有夸张的成分，但说是"地下城"，丝毫不夸张。因为无底洞的空间很大，方圆有三百多里。地涌夫人这位老鼠女王，带着鼠子鼠孙，东挖挖，西刨刨，这里间壁一下，那里连通一下，愣是建起一座庞大的鼠王"地下城"。

之前提到《邈邈大王》，故事里的鼠王也拥有一座地下城。但那座城，是在古墓的基础上改造的，鼠王是借了人工的力量，小修小改，打造出一座城。地涌夫人的无底洞，完全是后天开发的，自主研发，自主设计的。不仅美观，还实用，更具备易守难攻的战略性——连悟空在无底洞里都施展不出拳脚，急得抓耳挠腮，更不用说其他闯入者了。

只可惜，地涌夫人太讲究功能分区，在无底洞里专设了一个祭祀区，供奉李天王父子的牌位，这才让悟空找到解决问题的"钥匙"。可见，洞府的功能分区，也别太讲究。房子是给人住的，怎么舒服怎么来，不能为了追求功能分区，而反向地约束个人生活——好比许多人家，户型不大，硬要间壁出一个用餐区。实际上，这个用餐区，也就是摆摆样子，大部分的便饭，都是在客厅的茶几上，抱着一盆拌饭，一边看电视，一边解决的，何苦来？

第八十三回

心猿识得丹头　姹女还归本性

217　到底是谁"识得丹头"？

第八十三回的回目是"心猿识得丹头，姹女还归本性"。丹头，本来是丹道术语。从外丹派的角度说，指的是用来点化金丹的药物，好比用来点豆腐的卤水，没它不行。从内丹派的角度说，丹头指的是先天之气。日常言语里，用的是这个词的引申义，指的是影响事物的最关键因素。放到这一回里，就是李天王父子和地涌夫人的干亲关系。

这段情节说的是：地涌夫人二次掳走唐僧，悟空等人只好折回无底洞。进洞发现，一窝耗子，已经搬家了，方圆三百里的地下城，哪里去寻唐僧？悟空正在发愁，突然闻到一股香烟，顺着烟味找过去，发现了供养托塔李天王父子的香案——原来，地涌夫人是李天王的干闺女、哪吒的干妹子。悟空就揣着供养牌位和香炉，到天庭去告状。李天王不分青红皂白，要用斩妖刀砍了悟空，幸亏哪吒讲明前情，加上太白金星劝解，悟空才肯罢休。李天王与哪吒率领天兵，搜剿无底洞，最终擒获地涌夫人，救出唐僧。

有的朋友，可能已经想到：地涌夫人肯定不会被打死。按说，她在人间伤生害物，作了不少孽，又把悟空折腾得够呛 —— 不只悟空，八戒和沙僧也挨骂受累，所以他们恨不能把地涌夫人给剐了，但李天王说得明白：这妖精是奉玉帝旨意拿的，要杀要剐，得玉帝发话。换句话说，得按程序办事。

其实，即便押到天庭，玉帝也不会做出裁决。倒不是碍于李靖父子的面子，而是照顾佛祖的面子。当初饶过地涌夫人，固然是李靖父子动了恻隐之心，归根到底，还是佛祖的一句话："积水养鱼终不钓，深山喂鹿望长生。"别拿她当妖精看，只拿她当畜生看，就是养一只小猫、小狗，还希望它活得长，何况一只修了三百年的老鼠！佛祖有好生之德，一句话倒成了地涌夫人的"免死金牌"。最终要杀要剐，总得把她押回灵山，等佛祖裁决。

这背后的人情世故，是不得不考虑的。之前说过，"无底洞"故事比"狮驼国"故事的世情成分更多，也表现在这里。

当然，有的朋友可能要说：狮驼国的三个魔头，跟佛祖、菩萨的关系更近，论人情世故，难道不是狮驼国的成分更足吗？

话不是这样讲的。笔者这里说的"成分"，指的是文学书写的笔墨，是作者笔下暴露出来的内容，不是读者联想出来的内容。单论笔墨，还是"无底洞"故事的世情成分更重，特别是这一回，写悟空告状，即便不当神魔故事看 —— 把神话传说的皮子都揭掉，也是一段生动的世情故事。我们可以看到，在一桩"扯皮"官司里，各方人物是如何表现的。

你瞧，悟空确实是到天庭告状的 —— 他写了状纸，到灵霄殿里，当面呈交给玉帝。悟空是走了正常程序的，但玉帝不想走正常程序。

原因有两方面：一来，这官司牵扯太广，当事人（特别是被告）横跨佛道两个系统，天庭的"纪委"人员，不能独立办案，更不能从灵山借调一批人员参与办案——那是给佛祖难堪。毕竟，这事打根儿上起，是佛祖一念之慈。二来，告状的是悟空，这猴子是出了名的无赖——四大天师接悟空，听他说要告状，第一反应就是："这个赖皮，不知要告那个！"言外之意：不知哪位神仙又要"吃苍蝇"了！

我们都有这样的经验。跟无赖走程序，等于没走。无赖们在乎（或者说，他们肯定）的程序，都是对自己有利的程序。程序对自己有利——主要是能占到便宜——无赖就认为程序合理；程序对自己不利，无赖就认为程序不合理，或者"不正确"，甚至"不正义"。程序是规矩，但无赖只讲自己的规矩。

所以，玉帝没有把旨意下到主管部门，而是叫太白金星领着悟空去云楼宫，找李天王父子对峙。这就是说：不予受理！起码是"庭外和解"。

这里有一个有趣的细节：本来，玉帝也是想把这事掰扯一下的，所以叫太白金星去云楼宫宣旨，召李天王到灵霄殿，跟悟空对质。

之前说过，太白金星的形象，是玉帝的使者，叫他去宣旨，算是名正言顺。但悟空在这时候补了一句话："望天主好生惩治；不然，又别生事端。"

这就跟今天许多无赖一样，到了派出所，两方是非对错，还没掰扯呢，民警同志还没问话呢，他这边先做个有罪推论，督促司法机关尽快裁决，往重了判。好像说："同志，不能饶过他！拘他，拘他！拷上，给丫拷暖气管子上！"这都哪儿跟哪儿啊！

849

悟空一席话，提醒了玉帝：这猴子会放刁。所以加了一句："原告也去！"意思是说，你们赶紧离了这里，庭外和解吧！所幸，这差事交到太白金星手里，他是著名的和事佬。宣旨的工作，改成调解工作，太白金星也乐意。

论起来，这桩官司不好调解。李天王地位煊赫，脾气又烈，别人还好说，一见悟空，勾起五百年前大闹天宫的旧恨，已经带了三分气。再一听，他居然是被告，更是火冒三丈。所以，不由分说，就用缚妖索，把悟空给捆了。这就是在激化矛盾了。金星赶紧拦阻，提醒天王，莫要闯祸，又转过来提醒悟空，莫要放刁。可悟空偏是刁棍里的行家里手，没了被绑这一"抓手"，他还不好发挥。如今被绑了，他倒是更有精神了，要这样绑着去见玉帝——不是说好了庭外调解吗？！他怎么推我一跤？谁都别扶，别扶！叫法官来看看！这官司，老孙就躺着打，赢定了！

幸亏调解员是太白金星。一来，他有恩于悟空——悟空的天庭编制，是他给搞到的。猴子虽然刁，也是个感恩戴德之人，总要给金星几分面子。二来，太白金星总能抓住关键——这场官司的关键，是谁赢谁输吗？当然不是！根本问题，是要救出唐僧——敢情，不是悟空识得丹头，而是金星识得丹头。

最后，还是金星一席话点醒悟空：打官司，是一个耗时的事情。一日官司十日打，这是家常便饭。再说，天上一日，地上一年。十日官司打下来，别说唐僧和地涌夫人早就拜完天地了，生出的小和尚，都会打酱油了！

这话听得悟空"一激灵"，一骨碌爬起来——官司不打了。然而，这桩官司毕竟是经过大领导的，总要有个回复。还是金星有主意：教天王父子领兵除妖，回复玉帝，只说"原告逃脱，被告免提"。原告找不到了，相当于撤诉了，官司自然就不成立了。

不得不佩服太白金星，是和稀泥——不，是调解纠纷的好手。之前说过，在唐僧的几个徒弟里，沙僧是黄婆，对应着五脏中的脾土。脾土的作用，就是调和脏腑。所以，沙悟净总是在师父和师兄之间和稀泥，总以息事宁人为主。而太白金星，本来是西方杀星，是一个主战的神明，但民间的期待，还是"以和为贵"，愣是把杀星变成和事佬。取经路上，有沙悟净和太白金星两个和事佬围拢着，悟空就是再刁，行事也不至于走调儿。

218 托塔天王为何姓李？

填一个之前挖的"坑"——托塔李天王的形象。

在《西游记》里，托塔李天王，以及他的三儿子哪吒，当然不是主人公，也不是核心人物，但他们的"出镜率"太高了。从"大闹天宫"，一直到"西天取经"，总能看到这对父子的身影。在"大闹天宫"的段落里，他们是孙大圣的"敌对者"，受命镇压花果山。在"西天取经"的段落里，他们又成为孙行者的"帮助者"，帮悟空斩妖除魔。有时候，甚至是起决定性作用的力量——之前遇到牛魔王，最后就是哪吒收服的。

在"西游"故事传播的历史里，这对父子的形象也很突出。而又不只"西游"故事，许多神魔故事里，都可以看到他们，比如《封神演义》里，他们就是主要人物。

可以说，这对父子代表了天庭将领的刻板印象：有大神通，忠直刚正，受人尊敬，为天庭所倚重，但为了突出主人公，经常被拉低武力值，战斗力就显得不是很稳定。但没有这样的大将领衬托着，主人公的形象也得不到突出。所以，讲故事总爱拉上他们。

然而，这对父子在《西游记》里的身份，有些"怪怪"的。他们跨着两个系统，在天庭履职，又受佛祖差遣，两头领工资。同时，他们的关系，看上去又有一些紧张，父亲总提防儿子，在这一回里就表现得很明显：天王要砍悟空，哪吒拔剑拦阻，这举动把天王吓得"一激灵"，拿起宝塔，才敢和哪吒搭话。

这是为什么呢？因为他们本来就不是亲父子。

当然，这里没有阴谋论的逻辑，而是从形象演化来看的。主要问题，在于李天王形象有多个原型，他的本国原型是李靖，外国原型是北方毗沙门天王，宝塔和哪吒，都是属于北方毗沙门天王的符号，原来与李靖没有关系。

我们先来说本国原型。他是中国历史上赫赫有名的人物。

李靖，本名药师（一说药师是他的字），京兆三原（今陕西三原县）人。他本来是隋朝的将官，后来效忠于李渊父子，为唐室江山立下汗马功劳，是凌烟阁二十四功臣之一。历任检校中书令、兵部尚书、尚书右仆射等职，先封代国公，后改卫国公（故世称"李卫公"），谥号景武，陪葬昭陵。

这样一位出将入相的大人物，生前就是顶着光环的，更不必说身后为民众所追尊、美化了；而作为"始终全节者"，李靖也为历代的封建统治者所推重。在民间与官方的双向互动下，李靖在唐代就已经实现了崇高化、神圣化。

李靖之所以很早实现崇高化、神圣化，主要在于其武功建树。

据史传记载，李靖一生战功赫赫，南平萧铣、辅公祏，北灭东突厥，西破吐谷浑。所到之处，战无不胜，几乎是战神一般的存在。唐高祖评价他，武功建树远超白起、韩信、卫青、霍去病。更重要的是，李靖是军事理论家，且修持武德。

李靖在军事理论方面建树很多，据新旧唐书记载，有《六军镜》《阴符机》《玉帐经》《霸国箴》等。当然，其中不少应该是伪托的，但这也反映出人们对于其军事理论家的印象。隋时名将就已经充分肯定他的军事理论水平，称"可与论孙、吴之术者，惟斯人矣"[1]。唐太宗雄才伟略，睥睨千古，也佩服李靖的武功。后人更是将其与诸葛武侯相提并论。如此，李靖的神圣化自然顺风顺水。

而李靖性情仁厚，有君子之风。他善战而不好战，勇武而不嗜杀戮。他对待部下向来宽仁，极少苛责严惩；对敌国臣民也以怀柔、抚恤为主。萧铣投降后，不少属下建议抄没敌军将领家产来犒赏有功者，被李靖禁止。讨伐辅公祏时，李靖见丹阳地区因连年战乱而民生凋敝，更加严格地约束军队，安抚民心。其大军所到之处，百姓都安居乐业。

所谓"文能附众，武能威敌"，李靖正是这样一位理想型统帅的代表，既富于胆略，又修持武德，必然受民众爱戴，后人推崇，想不成圣成神也难。

李靖离世后不久，人们在描述他生前功绩的时候，就已经开始羼入各种怪力乱神的内容了。"初唐四杰"之一的杨炯在《唐昭武校尉曹君神道碑》中，就说李靖是通道术的。

---

[1] 刘昫：《旧唐书》第8册，北京：中华书局2013年版，第2475页。

应该说，杨炯神化李靖的做法，可能是怀有私心的，因为他和李靖有姻亲关系。但李靖字药师，本身就带有一股"道气"。当然，考虑到李靖出生于隋朝。隋人信佛者多，"药师"二字应该取自药师佛。而唐人普遍好道，给李靖披上一件"神仙"外衣，也就不足为奇了。

据皇甫氏《原化记》记载，大历年间，有人患上麻风病，眉毛头发脱落，羞于见人，便逃到深山里，幸亏遇到一位老人。老人让他在一座草堂内安顿，并赐给他一包丸药，以及各种供人服食的仙草等物。这人吃了两个月，就彻底康复了。老人送他出山，嘱咐他要安心修道，约定二十年以后再见。这人问老人姓名，原来就是李靖。此时，距离李靖去世已经有一百多年，在民众口耳相传中，他已经变成一个地地道道的老神仙了。

除了施药救人，李靖更能呼风唤雨。《续玄怪录》里就记载了一个李靖代替龙王行雨的故事。相传李靖曾在霍山中打猎，夜里迷失了路，忽然看见一座大府邸，便去借宿。府邸女主人说自己的两个儿子不在家，不方便留宿生人，又不忍见李靖露宿荒郊，还是礼貌地招待了他。其实这大府邸是龙宫，而女主人就是龙婆。快半夜的时候，天帝降下行雨旨意。两位小龙王不在家，龙婆一时找不到人，又不能贻误雨时，只好求李靖相助。龙婆给李靖一匹青骢马，马前面挂着一个小瓶。龙婆嘱咐李靖，只需信马由缰地走，马停下来跳踏嘶鸣时，便从瓶里取一滴水，滴在马鬃上。原来，这马就是一片雨云。这一想象，实在是既浪漫，又生动。李靖起初做得很好，忽然看到一个村子，想其曾受村民热情招待，作为回报，连下二十滴水。结果造成当地"平地水深二丈"①，用今天的话说就是"降水量达到6666毫米"，整个村子都被淹没了。龙婆虽然生气，却也没有责罚李靖，而是派两个家奴送李靖出府。一个家奴从东廊出来，神情和悦；另一个从西廊出来，一副气冲冲的样子。李靖自忖走山路用"凶相"家奴比较好，就选了西廊出来的家奴。结果走出来时，府邸和家奴都消失不见了。原来所谓"关东出相，关西出将"，李靖选西廊家奴，预示着他将来执掌兵权。

《续玄怪录》的成书时间大致在大和年间到开成年间。这距离李靖离世过去了将近二百年，人们对他的神异化想象，也就走得更远。这一行雨故事流传应该很广，故事中的李靖虽然好心办坏事，但广大民众还是对他充满信任，后世许多地方的李靖庙大都以祈雨为主要功能。而古时旱涝之后常有蝗灾，所以驱逐蝗虫也成为李靖庙一项重要的"配套服务"。

如此看来，民间信仰中的李靖看起来更像一位农业生产的保护神，距离《西游记》里的兵马大元帅有相当之距离。好在官方祀典中，李靖的官方形象始终是很崇高的。所以，道教徒才会不断神化他，积极地将其纳入道教神谱。

219　金鼻白毛鼠是李靖的干闺女吗？

说一说托塔李天王形象的外国原型——毗沙门。

毗沙门，是梵语音译，也可以翻译成俱毗罗、毗舍罗破拏、毗

---

① 李剑国辑校：《唐五代传奇集》第4册，北京：中华书局2015年版，第1791页。

舍罗门,意译是多闻。他本来是古印度教的财神和福神,是北方地区的守护者。佛教兴起后,把他纳入神谱,作为护法神,也就是"四大天王"里的北方多闻天王。之前说过,《西游记》中四大部洲的宇宙观是从佛教借来的,而四大天王各自率领部下的药叉神守护一方,多闻天王就是北俱芦洲的守护者。

毗沙门信仰,早在南北朝时期就传入中国西北地区了。[①]比如北魏时期瓜州刺史东阳王元荣就出资抄写了大量与毗沙门有关的经书,祈求天王护持国境、消灾解难、延寿保命。唐代的时候,毗沙门崇拜更是成为西北地区最流行的信仰之一。特别是于阗地区,更是将毗沙门信仰吸收进了建国神话,于阗国王就自称是毗沙门的后裔。同时,这个时期,毗沙门信仰也开始向中原流传。

在这一过程中,佛教密宗发挥了关键作用。我们知道,唐玄宗是很推崇密教的,而毗沙门是密教的护法大神,地位格外突出。天宝元年(742),吐蕃进犯安西,玄宗就请不空三藏在大内设立法坛,念诵咒语,请天将助战,请来的天将就是毗沙门天王的第二个儿子——独健。据说,因为得到神将护佑,这次唐军大败吐蕃军。之后,各州府的城门西北角都安置毗沙门天王像,军队出征的时候,要先祭祀毗沙门,祈求得到庇佑。唐武宗禁佛的时候,毗沙门信仰也受到了一定的冲击,但晚唐五代,一直到两宋时期,毗沙门天王在民间一直拥有数量可观的信众。

这样一来,我们就能够理解,为什么李靖和毗沙门形象会融合到一起了:都是唐代传说里的战神形象,受到军士们崇拜,最后在

---

① 参见党燕妮:《毗沙门天王信仰在敦煌的流传》,《敦煌研究》2005年第3期。

"三教混融"的观念里,逐渐被捏合为一,也就不奇怪了。

但是,人物形象的融合,并不总是"一比一"的关系,两种成分,不是各占50%的,要么是有轻有重,要么是有表有里。

那么,在托塔李天王的形象符号系统里,谁是轻的那个,谁是重的那个,谁是作为表的那一个,谁又是作为里的那一个呢?

应该说,李靖比较轻,毗沙门比较重;李靖为表,毗沙门为里。名义上是李靖,但多数符号都是从毗沙门形象里借来的,比如宝塔这一关键物象,哪吒这一主要人物,其实都是属于毗沙门形象系统的。再比如这一回里出现的老鼠精,也是跟毗沙门有关的。

有朋友可能注意到了,地涌夫人的动物本相,有一个突出的特点——鼻头是金的。它的全称是金鼻白毛老鼠。按说,白老鼠不少见,但金鼻子的老鼠,现实里找不到,这明显是从神话传说里走出来的形象,它的原型就是毗沙门天王手中的金鼠。

这只金鼠,很早就与毗沙门形象结合在一起了。

本来,西域不少国家,都有关于鼠王的传说。比如之前提到的于阗,就流传一个鼠王保护国家的传说。据说,匈奴曾经率领数十万兵马,侵犯于阗边境。于阗国王手里只有几万兵马,担心寡不敌众。于阗国都西边五六十里的地方,有一个大土丘,那里住着金银色的大老鼠,民间传说,这种老鼠是沙漠里的鼠王。于阗国王就焚香祷告,请求鼠王庇佑。鼠王便发动群鼠,偷袭匈奴兵营,将马鞍、铠甲、弓箭的带子全部咬断,匈奴人穿不了衣服、拉不开弓、骑不上马,只能举手投降。所以,于阗国就世世代代供奉鼠王。

这一传说,在玄奘的《大唐西域记》里就有记载。故事里虽然没有出现毗沙门,但毗沙门信仰在于阗很盛,两个传说之间的关系，本来就是很暧昧的。

到了天宝元年（742）的故事里，金鼠就跟毗沙门直接关联起来了。据说，胜利的一个关键，就是毗沙门放出金鼠，咬断了吐蕃军的弓弦。

今天，我们从唯物主义的立场出发，当然不会相信这件事。安西都护府送来的战表，明显是为了迎合玄宗，借机"愉悦圣心"，既然皇帝相信不空三藏的密宗法术，认定战争的胜利取决于对毗沙门的崇拜，不妨就在里面添点料。西域地区本来就有鼠王护国的传说，毗沙门天王的手里，又正好有一只老鼠，现成的条件，不利用就浪费了。于是，战表里不仅提到毗沙门天王在城门上显圣，又给小老鼠加了一场戏。

那么，毗沙门天王为何养一只老鼠呢？

其实，这本来可能不是一只老鼠，而是鼠鼬。[1] 还记得《狮子王》里的丁满吗？他的原型就是鼠鼬。早在古印度教时期，鼠鼬就与毗沙门形象结合在一起了。因为毗沙门最早是财神，而鼠鼬也与财富有关。

古印度的黄金，有很大一部分是从沙土里提炼出来的，而在许多文献记载里，经常提到一种生活在沙土里的生物，他们在沙土里打洞——这本来是生活习性，但黄金来源于此，古印度人就把它们想象成发掘黄金的生物，以为是它们带来了源源不断的金子。

这类生物，中文经常翻译为"蚂蚁"，虽然名字叫"蚂蚁"，其

---

[1] 参见张聪：《试论中国佛教美术中毗沙门天持鼠图像的来源》，《艺术工作》2020年第6期。

实不是昆虫，而是一种体形不大的哺乳动物。今天大部分学者认为，它可能是鼠鼬。

鼠鼬这种动物，在沙地是比较常见的。古印度人认为它们能够挖掘沙子，生产黄金，基于相似律的巫术心理，就用鼠鼬皮做成钱袋子，象征财富源源不断。既然毗沙门是财神，他的手里当然也要拿这种钱袋子，许多早期雕塑里，毗沙门都是一手拿着棒状武器，一手拿着鼠鼬形状的钱袋，武器表明他能守护一方，钱袋表明他能带来财富。

有趣的是，在现实里，从鼠鼬到钱袋子，这是从动物，变成饰物。在幻想里，饰物又逐渐变回动物。装钱、吐钱的钱袋子，变成叼着钱币的鼠鼬，成为毗沙门的宠物。而在毗沙门进入佛教系统之后，财神的形象逐渐褪去，护法神的形象最终固定。宠物又不再负责生产财富，而是参与作战。

传入中国之后，先经过西北地区的过滤，当地流传鼠王传说，鼠鼬就被换成了老鼠。等到传入中原地，老鼠的形象就已经固化了。毕竟，中原地区的民众，不太熟悉鼠鼬，却经常见到老鼠。他们对毗沙门天王的"财神"原型也不太了解，也不知道鼠鼬与古印度的黄金生产有关系，受了西北鼠王传说的影响，就认定毗沙门天王手里攥着的是一只好老鼠。要么是一只金色的小老鼠，要么是一只白色的小老鼠，但鼻头上点了金色。而无论金毛，还是鼻头的一点金色，都是财富的象征。

到了《西游记》里，作者进行了艺术创造，把宠物改成干闺女。人物关系变了，但地涌夫人还是金鼻头，保留着原始形象的痕迹。难怪她能建起一座方圆三百里的地下城，不仅占地面积大，而且绿化好，设施齐全，因为人家不只是老鼠，更是不差钱的老鼠！

220 李天王为何手托宝塔？

说一说李天王与哪吒的父子关系。

之前说过，李天王的本土原型——李靖——与哪吒是没有关系的，哪吒的父亲是北方毗沙门天王，李靖手中的宝塔，也是从毗沙门天王那里"转让"过来的。之所以转让，还是因为哪吒这位不叫人省心的儿子。

哪吒，原来写作那吒，是那吒俱伐罗的省称。这是梵语的音译，也译作那罗鸠婆。他与毗沙门的关系，有说是祖孙的（比如《北方毗沙门天王随军护法仪轨》），但更多说成父子关系。相传毗沙门天王有八十一个儿子，其中有五位太子常随左右，分别是禅尼只、独健、哪吒、鸠跋罗、甘露。五兄弟之中，又以独健和哪吒最著名。后来，哪吒在中国民间的影响力越来越大，人们只知道他号称"三太子"，却不熟悉禅尼只和独健，就又生造出来两个哥哥——金吒和木吒。这名字，一看就是"国产原装"的。

在人们的一般印象里，哪吒是个小娃娃。《西游记》里塑造的哪吒，就是这样的。悟空说他"奶牙尚未退，胎毛尚未干"，看上去就是一个三五岁的孩子。

其实，在佛经里的哪吒，不是这种形象，而是狰狞恐怖的。

我们知道，四大天王的部下神将，都是药叉神系统。药叉，就是夜叉。哪吒的原始形象就是夜叉。佛经里的哪吒，经常显出"忿怒"之相，身形魁梧，双眼圆睁，龇牙咧嘴，三头六臂。中国民间的图画里，经常塑造三头六臂的哪吒，这是他伏魔降妖的法相——大家可以回想一下动画片《哪吒闹海》里的形象。其实，这是从佛经里吸收了"忿怒"哪吒的原始形象，又经过中国本土的改造，形成的一个有神通的娃娃。

那么，佛经里的哪吒，为什么总作"忿怒"之相呢？这与他的工作岗位有关系。他主要的职责是护持佛法，尤其警示教训不礼敬佛法的人。比如不空三藏翻译的《北方毗沙门天王随军护法仪轨》里，哪吒就对佛祖说，如果有轻慢佛法的人，就用金刚棒敲他的头。

既然是一个护持佛法的药叉神将，当然得一脸恶相——比如大家在小学时候见过的大多数（男性）教导主任，因为要约束、管理、教育一届又一届的"皮猴子"，总是板着脸，看上去很凶，叫人不敢靠近。其实，许多教导主任在私底下还是很和气的，喜欢和孩子们说说笑笑，但工作性质如此，不得不戴上一副"职业面具"。

有的朋友可能要问：哪吒如此凶恶，难道就是李天王害怕的原因吗？

李天王自己就属于药叉神系统，怎么会因为哪吒模样凶恶而害怕呢？具体的原因，《西游记》里其实交代了：哪吒三岁的时候，下海洗澡，大闹水晶宫，抽了龙筋当勒裤腰的绦子。李天王恨哪吒闯祸，要杀了他。哪吒气性大，拿起刀来，割肉还母，剔骨还父——这就是断绝了骨肉亲情。哪吒的一点精魂，飘到灵山，向佛祖求告。佛祖就用莲藕作骨肉，以荷叶为衣裳，令哪吒重生。重生后的哪吒，法力更强，就要找李天王报仇。佛祖赐给天王一座玲珑剔透的舍利子如意黄金宝塔，见塔如见佛，哪吒就不敢在天王面前造次。

所以，这一回里，哪吒拔剑相对，李天王误以为儿子想起旧日的冤仇，要弑父。因为是闲居在家，没托着宝塔，这才大惊失色。

该故事不是《西游记》作者原创的，而是当时民间的一种流行版本。《三教源流搜神大全》里就有这一故事，情节要更详细——《西游记》的文字，看上去倒像是一段缩写。而《封神演义》第十二至十四回，讲述哪吒出身事迹，也是从这一版本来的，只是在情节上做了一些调整（比如，救活哪吒的不是释迦牟尼佛，而是太乙真人）。

《封神演义》里的这三回文字，算是全书艺术品位相当高的一段。作者也很重视哪吒这一形象——书里有名有姓的人物，有四百多位，仅算交代了出身事迹的，也有几十位。唯独哪吒的出身事迹，占了三回篇幅（超过姜子牙），可见作者对该人物的喜爱。

当然，《封神演义》这三回，之所以写得好，主要因为故事在明代已经非常成熟了，现成的艺术经验很丰富。这已经超出了作者的平均艺术水准，所以在书里显得很突出。

其实，早在中古时期，就有这一故事了。但情节没有后来复杂，矛盾产生的原因，也不是哪吒与天王的冤仇，而是哪吒礼敬佛法——太礼敬了，礼敬得过了头，忘却骨肉亲情。眼里只有佛祖，没有父亲。佛祖只好赐给天王一座宝塔，见塔如见佛。苏辙写过一首题为"那吒"的诗，就概述了这个故事："北方天王有狂子，只知拜佛不拜父。佛知其愚难教语，宝塔令父左手举。儿来见佛头辄俯，且与拜父略相似。"① 可以看到，苏辙是知道哪吒生父是谁的，也知

---

① 傅璇琮等编：《全宋诗》第15册，北京：北京大学出版社1991年版，第10123页。

道这一故事的更早期版本。说明宋代的时候，哪吒还是毗沙门天王的儿子，宝塔也留在毗沙门天王手里。诗里又形容哪吒是"狂子"，可能在苏辙的经验知识里，哪吒的形象还是佛经里的"忿怒"之相（不过，哪吒形象的中国化，似乎也是在宋代开始的。《宋高僧传》里提到释道宣遇到的哪吒，就是一位神采翩翩的少年了）。

只不过，这一早期版本的故事太简单，哪吒的原始形象也不符合市民的审美期待，慢慢演化，就成了后来的样子。至于毗沙门天王，因为把儿子"过继"出去了，宝塔也就没有留在手里的必要了。所以，我们印象中的毗沙门天王（也就是北方多闻天王）形象，一般是一手持宝伞，一手托金鼠。亲儿子让出去了，干闺女倒是还留在身边。

第八十四回

难灭伽持圆大觉　法王成正体天然

221　作者钦敬佛法吗？

这段情节说的是：观音和善财化身一对母子，来提醒唐僧师徒，前方是灭法国。国王曾发下誓愿，要杀一万个和尚。如今已有九千九百九十六个僧人遇难，加上唐僧师徒四人，就凑够数了。悟空偷来四套世俗衣服，与唐僧等人装扮上，一同进城，投宿在赵寡妇店。怕夜里露相，师徒就睡在一个大柜子里。阴差阳错，这柜子被盗匪抢走，又被总兵截获，抬到宫中。悟空用分身术，把国王和王后，以及各宫的妃嫔、宫女、太监，加上宫外各衙门的大小官员，都剃成大光头——三宫六院、五府六部，竟成了和尚的天下。第二天，唐僧师徒从柜子里走出来，国王尊他们为圣僧。悟空叫国王把国名改成"钦法国"。钦，就是钦敬的意思，这就是要国王从今以后钦敬佛法。

这段情节很短，也没有神魔斗法的内容。主要的趣味，就是悟空用分身术，叫毫毛变的小猴子去剃头。然而，悟空的分身术，在书里是反复出现的，毫毛可以变小猴子，毫毛可以变瞌睡虫，金箍棒也可以分出无穷多，又可以变成其他工具。单看这一回，当然有

864

趣；放在全书里看，就不觉得新鲜了。

不过，许多人还是很重视这一回的。在他们看来，这一回正好可以用来佐证一种观点——《西游记》是一部"崇佛抑道"的小说。换句话说，《西游记》表现的是佛教的胜利；与之对应的，是道教的失败。

这种观点不是今天才有的。自从《西游记》问世以后，关于这部书的主题，就一直存在争议。佛教徒与道教徒，以及儒家文人，都认为这部书是在给自家主张"背书"。正如胡适先生所说，和尚认为这部书讲的是"禅门心法"，道士认为这部书讲的是"金丹大道"，秀才们又要说这部书讲的是"明心见性"。①

这些说法，都是一家之言。只不过，道教徒的声势更大，所以清代不少人受其影响，认为《西游记》是一部"神仙书"。

对于这些论争，我们今天看的话，还是要回到历史环境中去，辩证地认识问题，不能把这些说法"一棒子打死"，或者简单地总结成古人的"历史局限性"。这些说法，有其产生的主客观原因，在《西游记》的传播和接受史上，也有一些积极的意义。

一来，《西游记》里确实有不少佛教、道教、儒教的内容，因为这部书本来就是世代累积形成的，在成书的过程里，各种系统、组织、集团的内容渗透进来，沉淀下来，成为故事内容里比较稳定的一部分。作者要整合故事，写定小说，就不得不继承这些内容——如果把这些内容都剔干净了，故事也就不存在了。

二来，从作者的理念来看，他是主张"三教混融"的，作者既

---

① 胡适：《中国旧小说考证》，北京：商务印书馆2014年版，第172页。

不是佛教徒，也不是道教徒，他是一位世俗文人，如果非要在知识系统上进行归类，说到底还是属于儒家的，但他也不排斥佛教和道教。请注意，笔者说的是，作者对于这两种当时影响极大的组织性宗教，主观上应该是不排斥的，他排斥的是背离"三教混融"的理念，迷信异端，鼓吹异端——在传统的儒家知识分子的集体意识里，主流的理念当然是儒家思想，是积极入世的思想，宣扬出世思想的佛、道二教，毕竟还是异端，对安邦定国、执政理民的大事业没有帮助。他们认可的"三教混融"，是以儒家思想为体，以佛、道二教的思想为用，吸收一部分积极的内容，但时刻警惕异端思想的进一步渗透与侵蚀。

同时，还要看到，作者是在写通俗小说。通俗小说，就希望受众多、传播广，特别是符合市民大众的文化期待。市民大众也是讲"三教混融"的。只不过，与精英阶层的理念有一些差别。市民大众主张的"三教混融"，不是思想争鸣——每天柴米油盐酱醋茶，起早贪黑地讨寻吃食，谁有工夫"玩"思想争鸣？——而是从实用主义的角度出发，渴求获得一些心理上的慰藉。佛、道二教的主张，从今天唯物主义的立场看，当然不足取，但对于当时相当一部分市民来说，帮他们解释了不少问题，也提供了许多心灵上的关怀。作者必须尊重这种市民大众的心理实际，也不可能贬低佛教，抬高道教，或者反过来。

三来，明清时期的佛教徒、道教徒和儒家文人，乐于拿《西游记》说事，替自己的理念背书，也客观地抬高了这部小说的身价，便于这部书的经典化。

之前提过，中国古代的"小说"，文化地位是很低的。即便大众喜欢看，乐于传播，精英阶层也是瞧不上眼的。当然，不少精英文人也是喜欢看小说的，但喜欢看小说，不耽误贬低小说。好比我们不少人喜欢吃"垃圾食品"——高油、高盐、高糖、高热，充分满足味蕾的庸俗快感，既没有营养，也谈不上品质——但我们爱吃。爱吃归爱吃，不耽误我们称呼这些食品是"垃圾"。

但问题是，总被归在"垃圾"里，就无法成为经典，需要有人垂青它们，把它们的身价抬起来。这部分人，就是"发现人"。他们发现了文化对象的价值和意义，指出其价值，阐发其意义。或者说，对象本来是没有意义的，被他们赋予了意义。本来，我们只是抱着"垃圾"大快朵颐，身边走来一个人，告诉我们：这不是"垃圾"，是块"宝"，富含70种微量元素，能够抗氧化，预防多种老年病。而且，这东西背后还有一段有趣的历史故事……这样一顿白话，我们就吃得心安理得了，也更乐于传播这东西了。以前是偷偷摸摸吃，现在是大大方方吃，不仅自家吃，还要推荐给亲戚朋友吃，连带着把"发现人"的一套说辞，也传递过去。这样一来，"垃圾"也可能变成经典。

可以说，在《西游记》经典化的过程里，和尚、道士和秀才们就扮演了"发现人"的关键角色。《西游记》当然不是"垃圾"，但通俗小说不受重视，尤其是内容荒诞不经的神魔小说，更被文人轻视，甚至鄙视。如果没有"发现人"的鼓吹，《西游记》很难在文化市场上打开局面，特别是在文人占主导的文化市场打开局面。

当然，话又说回来，肯定这些说法，不代表这些说法在今天还有价值。正所谓"此一时也，彼一时也"，在完成了自己的历史使命之后，这些说法应该被当代人摒弃。我们是把《西游记》当作一部文学经典来看的，它既不是"禅门心法"，也不是"金丹大道"，距离"明心见性"的深刻内涵，也差得远。

所以，没必要抱定"崇佛"或"崇道"的想法，先入为主地看问题，又从书里搜罗各种情节来佐证自己的想法。"灭法国"变"钦法国"，不是佛教的胜利，而是作者表达对于现实的讽刺。至于对什么现实的讽刺，下一讲再说。

222　西天路上只有一个灭法国？

上一讲说到，第八十四回的情节，表达了作者对社会现实的辛辣讽刺。

其实，这种讽刺，又不只局限于第八十四回。国王迫害僧人、禁毁佛教的情节，在书里是不少的。比如车迟国、祭赛国，国王都迫害僧人。车迟国王把僧人发给道士做苦役，祭赛国王将僧人判为罪人。两国的僧人都是饱受精神和肉体折磨，凄凄惨惨戚戚的。

一些国度虽然没有迫害僧人的情节，却也有直接或间接的反映。比如比丘国，原以"比丘"为名，后来国王迷信道士国丈，国丈又要挖大唐高僧的心肝儿做药引子，想来本国里的僧人们，也是不会有什么好果子吃的。

再比如朱紫国，国王似乎对僧人没偏见。然而，第六十八回有一处细节：悟空带着八戒去街上买调料，专门往人多的地方钻。最后来到鼓楼边，看到无数人喧嚷，挤挤挨挨，把路都堵死了。八戒一看这阵势，就冒出一句话："哥哥，我不去了。那里人嚷得紧，只怕是拿和尚的！"

注意，八戒的第一反应，不是"拿怪物"，而是"拿和尚"。按说，八戒这种丑头怪脸的形象，当然是不敢往人堆里挤的——一头体形硕大的黑猪精，长嘴大耳，獠牙龇着，鬃毛立着，还能站着说话！往人堆里一站，先吓死一半，剩下一半没吓死的，估计要喊打喊杀，石头瓦块，一齐朝老猪招呼了。但八戒条件反射地说出"拿和尚"，估计是这一路走来，各国各城，捉拿和尚的不少。甭管是丑的，还是俊的；无论是老的，还是少的；本国的也好，外国的也罢。总之一个字，给我"拿"！八戒是被"拿"怕了，才说出这句话。

看来，西天路上的灭法国，又不是第八十四回提到的这一个了，只是没以"灭法"为国名而已。

当然，反复写到国王迫害僧人，不代表作者同情僧人，更不用说为了写出佛教最后的胜利，而是表达讽刺。这一现实，就是明世宗禁佛。

之前提到过，"西游"故事的定型期，是在明朝中叶，主要就是在嘉靖朝的时候。嘉靖后期到万历初期，可能就已经有一种百回本的《西游记》存在了——不是我们今天看到的百回本，而是它依循、改订的底本，或者更早的祖本。

之前也说过，嘉靖皇帝是历史上著名的道君皇帝。他狂热地迷信道教，经常把朝廷和个人的重要问题，交给道教的醮禳法事来解决。《西游记》写到的各种坏道士、恶道士——特别是动物变化的道士，就是对这一现象的批判。

而与"崇道"相对应的，就是"禁佛"。

中国历史上的"禁佛"运动并不少见。比如唐武宗禁佛，就是很著名的。而明世宗的禁佛，又是一个典型。

所谓"禁佛",不仅是理念上的打压、贬抑,而是有一系列极端措施的。①

其一,就是毁刮宫中的佛像,焚烧宫中的佛骨。本来,佛教是不立造像的,但后期佛教特别重视佛像,而中国的寺院里,佛像大多是镏金的,就是用金涂佛身。至于佛骨舍利,更是被人们看重——因为传入中国的佛骨本来就不多,每每传闻佛骨出现,都会引来佛教信徒的狂热崇拜。嘉靖皇帝登基后,就先对宫中的佛像和佛骨下手。嘉靖元年(1522),明世宗便下令刮毁宫中佛像,得了一千多两黄金。十五年,更是把宫里的大善佛殿给拆了,供奉在殿里的佛骨、佛头、佛牙,也都被焚烧了。这样做,主要还是为了起到震慑作用。

其二,就是拆毁民间的寺院,严禁私设寺院,也不许修理废弃寺院,特别是尼姑庵,一律要拆毁。与之相应,明世宗不允许再开度僧人,特别是僧童,他还鼓励僧人还俗,强制尼姑还俗。嘉靖六年,明世宗就下了圣旨,勒令尼姑还俗,年轻的回家嫁人,年老的给予一定赡养费,去投亲靠友。二十二年的时候,又由礼部再次申明,无论驻寺,还是游方,尼姑一律还俗。这一方面说明,女人出家为僧的现象,是屡禁不止的。另一方面也说明,明世宗对这件事很认真,不是嘴上说一说——白吓唬人的。

其三,就是禁止传戒说法。本来,明初是鼓励传戒说法活动的,但明世宗屡次下旨禁止各大戒坛的活动。在位期间,曾三次下旨,对于抗旨者,决不轻饶。

---

① 参见何孝荣:《论明世宗禁佛》,《明史研究》第7辑。

其四，就是严格限制寺院经济。本来，历代僧侣大多是免除徭役的，寺院田产也不用缴税。明世宗对寺院的田产规模做出限制，对超出限制的土地，进行征税。比如二十一年就下诏，寺院田产不能超过五顷，超过的部分，每亩征收一钱的税。

可以说，明世宗禁毁佛教的举措，是比较彻底的（虽然具体执行的时候，也有不少打折扣的地方，历朝历代，"上有政策，下有对策"的事情，是屡见不鲜的）。

首先要承认，明世宗禁佛，主要还是他对道教的狂热崇拜，但禁佛的举措，是有一定现实原因的。比如应付朝廷的财政危机，打击异端思想，借机打压旧势力，等等。明世宗驾崩以后，禁佛运动也就偃旗息鼓了。然而，许多举措还是被后来人继承了，说明其中是有不少有利于封建执政的地方的。

只不过，《西游记》的作者是一个底层文人，他站得不高，看得不远。在他眼里，明世宗禁佛，就是迫害佛教徒，而原因只有一个，就是崇奉道教。所以，他笔下的情节，都遵循这样的模式：恶道士作祟，国王被迷惑，残忍迫害僧侣，最后恶道士被打败，僧侣们得到拯救。或者，像灭法国这样，国王失心疯，说不出来由，就要杀一万个和尚。反正没有人追问原因，如果追问的话，十有八九，也是某个恶道士给国王托梦了。

第八十五回

心猿妒木母　魔主计吞禅

223　八戒是"老饕"吗？

第八十五回的回目是"心猿妒木母，魔主计吞禅"。

这段情节说的是：唐僧师徒离开灭法国（此时已经更名为钦法国），前面又遇到一座高山。山里生起一阵大风，又滚起一团大雾，悟空飞到空中察看，原来是妖精在吹风喷雾。悟空骗八戒，说那雾气是山里人家做米饭、馒头的蒸汽。八戒嘴馋，就借口给白马寻草料，打算去饱餐一顿，结果被妖精围困。悟空用分身法，赶去照应。八戒本来已经处于下风，一见悟空到来，壮了胆气，举起钉钯，一顿乱打，反把妖精逼退了。妖精见悟空等人不好惹，有些犯难。一个小妖便出主意，用"分瓣梅花"计，调开三个徒弟，果然把唐僧抓进了洞。回目里的"心猿妒木母"，说的就是悟空戏弄八戒的情节（当然，这里的"妒"，不可简单理解成嫉妒，悟空没有那么狭隘，他只是得机会，就要捉弄一番八戒），"魔主计吞禅"说的就是妖精依计捉拿唐僧。

这一回，加上下一回，合起来是"隐雾山"故事。

与"黑风山"故事、"平顶山"故事、"火焰山"故事等"大"故事比起来，这段故事显得很"小"，也没有名气。许多粗心的读者，可能都没留意到妖精的住所在隐雾山。乍一听这个词，兴许还不知道是《西游记》里的地名。

同时，这段故事的艺术品位也一般。放在其他神魔小说里，还是比较精彩的——可以秒杀《封神演义》里的大部分故事，更不用说三四流的作品了，但跟《西游记》自己的一般水平比起来，就显得有一点"凹"。故事很简单，妖精的个性不鲜明，战斗力也不强，没有委曲波折的情节，也没有吸引眼球的场面。一些地方，与前面还有重复，比如下一回悟空用瞌睡虫迷倒妖精，妖精半睡半醒，悟空只好"增加剂量"，再添一只瞌睡虫——这与狮驼国的情节几乎是一样的。

当然，抛开神魔内容不谈，单看一些小细节，还是很有趣的。

比如，八戒的食欲。

好吃懒做，这是读者们习惯贴在老猪身上的一个主要标签。"懒做"这一点，之前已经讨论过：分情况，当真需要八戒出力的时候，老猪也不含糊，西天路上的"臭功"，都是八戒立下的。"好吃"这一点，之前也提到过，但还要再分析一下。

何谓"好吃"？这里的"好"，是动词，贪图、喜欢的意思。也就是说，八戒贪吃，喜欢吃。乍看起来，没有什么问题，仔细品一品，就有一点不对劲。

好吃，是以什么为标准的？以"量"为标准，还是以"质"为标准？如果以"量"为标准，那就是"饭桶"；如果以"质"为标注，那可是"老饕"。

近几年，流行起来一个词——老饕。这个词，形容的是喜欢吃喝、讲究吃喝的人，许多美食家，都自诩老饕。

其实，这词不是当代才有的，古代就出现了。苏轼写过一篇《老饕赋》，描述自己对吃喝的喜欢和讲究，其中有一句："盖聚物之夭美，以养吾之老饕。"[1] 这里的"老饕"，可以翻译成"老食客"，或者套一个网络上的流行词——"骨灰级"食客。这是苏轼自称，有玩笑的意味，却没有贬义。今天的人们使用这个词，也不含贬义，反而带着恭维的意思，称一个人是"老饕"，指这人会吃，讲究吃。

那么，饕是什么呢？饕，就是饕餮。这是上古神话传说里的一种恶兽，生性贪吃，连人都吃。商周时期的青铜器上，经常用饕餮纹来装饰。饕餮纹只表现饕餮的面部，也就是说，只有面部"特写"。这种纹样流行得久了，人们又基于刻板形象，生成额外的想象——既然只表现饕餮的面部，是不是饕餮没有身子？渐渐地，人们就传说饕餮只有头，没有身子。言外之意，只长了嘴，没长肚子。所以，它总也吃不饱。这又进一步突出了它的本性。

后来，人们在理解这个词的时候，又喜欢把它拆成两个词，分别理解，比如《左传》的杜注就说：饕，指贪财。餮，指贪食。这么说来，好吃的人，应该叫"老餮"了。

其实，饕餮本来是一个词，贪财之意，是从贪吃之意引申出来的，没有必要拆成两个词理解。况且，"老饕"是一种约定俗成的说法，没有必要修改。

这个词，其实也不是苏轼首创的。《颜氏家训》里就有一句："眉

---

[1] 苏轼：《苏东坡全集》中册，合肥：黄山书社1997年版，第11页。

毫不如耳毫，耳毫不如项条，项条不如老饕。"①眉毫，指眉毛中最长的一根毛。耳毫，指耳朵上有毛。项条，是脖子上的余皮，在食道两旁的位置。按古人的相术，这些都是长寿之相。但过去人们认为这些长寿之相，都比不上能吃——老年人胃口好，才是真正的健康。

后来，这个词就逐渐流行起来了。比如韦庄（或传为白居易所作）的《南阳小将张彦硖口镇税人场射虎歌》有一句："老饕已毙众雏恐"②，就用了这个词。不过这里的"老饕"，用的是本义。用这个词来形容好吃的人，并且流行起来，主要还是归功于苏轼的影响力。像陆游的《村舍杂书》里有一句："虽云发客笑，亦足慰老饕。"③就是沿袭了苏轼的用法，以老饕自比。

如果是以苏轼的用法作标准，猪八戒当然称不上"老饕"，他不在乎吃喝的质，只看重吃喝的量，食材、烹饪方法、色香味形意的品质，他都不讲究，能吃饱就行。

比如这一回里，悟空骗八戒，说前面有人家蒸米饭、馍馍，八戒就问：哥哥是吃了他家的斋饭才回来的？悟空说：吃了，没吃多少，他家的菜太咸了。八戒赶紧接口：呸！咸怕什么的！能吃饱就行，大不了回来多喝水！

你瞧，这哪里是苏轼《老饕赋》里的讲究食客？东坡先生吃肉，要吃乳猪脖子后面那一小块；吃螃蟹，要吃霜冻前上市的最肥美的，还主要吃蟹钳子里的嫩肉，至于蟹肉，得和着酒糟蒸，才美味；吃

---

① 王利器：《颜氏家训集解》，上海：上海古籍出版社1980年版，第642页。
② 彭定求等编：《全唐诗》第20册，北京：中华书局1960年版，第8054页。
③ 陆游：《剑南诗稿》，杭州：浙江教育出版社2011年版，第118页。

蛤蜊，要吃半熟的，得带一些腥气，就着酒吃，才有味道。这些放在八戒眼里，都是扯淡——这能吃饱吗？老猪要吃大盆的米饭，用笸箩盛的馍馍，哪怕都是残羹冷炙，老猪的长嘴也能噇个够。这哪里是食客，分明是饭桶，甚至泔水桶！

不过，要是按照饕餮本来的形象，老猪又的的确确是一只"老饕"了。西天路上，他从来没吃饱过，他人生的主题词就是"饿"，他总是处于饥饿状态，仿佛只有嘴，没有肚子。

这样形容八戒，当然是挖苦、讽刺他，但不是彻底贬低他。读者们更同情他，甚至能够充分理解他。我们挖苦、讽刺的是这一喜剧形象，同情、理解的是我们自己——毕竟，我们都有在某个时段、某个领域，化身成饕餮的可能。或者说，在我们的心底，都埋伏着一头贪婪的饕餮，神思稍一放纵，它就可能冒出来，占据我们的心灵，甚至把我们从人，异化为兽。八戒只是表现得比我们更极端而已。或者说，他比我们更真诚，更坦率，不懂得隐藏，不懂得矫情地掩饰而已。

224 都是小妖惹的祸？

上一讲说到，八戒在吃喝上面，一点不挑剔，能吃饱就行。比较起来，西天路上的一些妖魔，倒是比较讲究吃。当然，他们也不是苏轼那样的"老饕"，平时的吃喝，也就对付地过了，但面对唐僧这个"高级食材"，还是要讲究一下的。虽然不像《老饕赋》里说的，要请庖丁级别的屠户来切肉，请易牙一样的厨师来烹饪，起码不能"剁吧剁吧"，在锅里"翻吧翻吧"，就端上桌了，得用心处理一下。

这一回里的妖魔，就是一个典型。

首先，对食材要进行一番清理。其他妖魔可能不在乎这些，隐雾山的妖魔，却要讲究一下。抓来唐僧，先不着急吃，教小妖们把这胖和尚送到后院，绑在树上，三天不给饭吃，等他排泄干净了，再作处理。

其次，关于做法，也要讨论一番。要么，细细地剁成臊子，加上一把大料，煎着吃，又油又香。要么，煮了吃，这样比较省柴火，连汤带水，满洞的小妖都能沾光。要么，腌渍起来，慢慢吃——毕竟，这是千年不遇的宝贵食材，一顿吃掉，太糟践东西了，做成咸肉，当下饭，吃得长久。你想，一壶烧酒，一碟唐僧肉。一口酒，一口肉。可谓"唐僧肉下酒，越吃越有"。当然，还是蒸了吃，最能保持原味，营养流失得也少。可以说，西天路上，偏是隐雾山的妖魔，有一点东坡先生的派头儿。

不过，细读原著会发现，以上这些主意，都不是隐雾山的大妖魔想的，而是他手底下的小妖们说的。不管是清理食材，还是烹饪方法，都是小妖的主意。大妖魔呢？他根本没有什么主意。

不只是吃唐僧的工作，抓唐僧的工作，他也没有主意。

之前说过，隐雾山的魔头没有大本事，只是用了"分瓣梅花计"，调开悟空等人，才把唐僧搞到手。这个计策，也是小妖出的。

本来，看到悟空等人本领高强，大妖魔就有些犯难。这时候，一个小妖跳出来，把利害关系讲给大妖魔：唐僧的肉是吃不到口的，要是能吃到口，也轮不上隐雾山了。

的确，唐僧一路西行，翻过了多少山头，经过了多少魔域，哪家山头是白给的，哪个魔域里的妖精是吃素的，谁不想"吃金蝉得永生"？但唐僧都有惊无险地走过来了，眼看就走到天竺国了——下一段故事的凤仙郡，就在天竺国的外缘地带——无数失败的例子，就摆在眼前，痴心妄想者怎么就不睁开眼睛，仔细看一看呢？当然，真要睁开眼睛，也就不是痴心妄想者了。痴心妄想者，从来都没有闭上眼睛，他们的眼睛总是睁得大大的，像铜铃一样。只不过，这充满血丝的眼珠子，看不到主客观条件，看不到复杂的利害关系，只看到标的物，以及获得标的物后的各种幸福幻想。

可以说，这只小妖是有见识的。他为什么有见识？因为吃过亏！他是从狮驼岭跳槽过来的——狮魔王、象魔王、鹏魔王的失败，他亲眼见证了。人家什么本事，什么后台？最后还不是"洗洗睡了"！这小妖是没有把话挑明，话外的意思——隐雾山也不撒泡尿照照，就这副人马刀枪，就您老人家这一点教大家"吸二手烟"的本事，也配吃唐僧肉？再恶毒点，应该像《儒林外史》里的胡屠户骂范进一样，也把魔头臭骂一顿：不要失了你的时了！自己只觉得经营了一个山场，就"癞蛤蟆想吃天鹅肉"来！那些惦记着吃唐僧肉的，都是天上的星宿！你不看狮驼岭上的那些老爷，都是方面大耳的，像你这豹头环眼的，也该撒泡尿自己照照！不三不四，就想天鹅屁吃！

若是魔王真被骂醒了，隐雾山也就得救了。只可惜，另一只小妖跳出来，献上分瓣梅花计。这个计策，其实就是多批次的"调虎离山"，名字倒别致，却不是原创的。《水浒传》第四十九回有一个"分瓣梅花阵"，《西游记》的作者可能是受到了启发。

这计策本身，倒没什么问题，但排兵布阵，也得具体问题具体分析。用在别处，就是一条妙计；用在抓唐僧这件事上，就是一个馊主意——这是一个"没后手"的计策。抓得来唐僧,抱不牢唐僧,西天路上的妖魔,不是都在这件事上吃亏的吗?

唐僧是一个多么容易上当的和尚!而且是"吃一百个豆不嫌腥"的选手。你变成老弱病残,三言两语,就教唐僧着了道儿。一不留神,就给拿来了。还用大费周章地调虎离山?之前黄风岭上没有调虎离山,狮驼国外没有调虎离山?人家都调了,都把悟空调走了,也都把唐僧拿到了。后来呢?三界发布的"情况说明"里,犯罪分子的下场,你没看到?

再比如骗悟空,还是献计小妖出的馊主意,用柳树根做假人头,哄骗悟空。这小妖倒也有一些手段,树根变人头,就是他施的法术。但这种"小把戏",在隐雾山里算是本事,在悟空面前,是鲁班门前耍斧子。即便后来用了真人头,说到底还是"没后手"的主意。

照这小妖的意思:孙悟空虽然神通广大,却喜欢被奉承。奉承他几句,这事就给糊弄过去了。你瞧,这是什么逻辑!杀了唐僧,夺了取经小分队的"军旗",宣布游戏结束。这是两句奉承能解决的吗?更重要的是,人头糊弄过去,才是隐雾山最大的危机。唐僧没死,还则罢了;唐僧若死,隐雾山万事皆休!悟空喜欢被奉承,那只是一般性格;有仇必报,才是斗战胜佛的主体性格,即便真到"散伙分行李"那一步,悟空回花果山之前,也要先把隐雾山方圆五百里内,杀个精光,教你落得个"白茫茫大地真干净"。

以前有一首流行歌曲《月亮惹的祸》,歌里反复唱:"都是你的错——",隐雾山的大妖魔,如果有机会复盘,大概要唱起这首歌。当然,惹祸的不是月亮,而是小妖。与其他洞府的小妖比起来,隐雾山的小喽啰没留下名字，但他们也表现得格外活跃。或者说，表现得太活跃，最后给大魔头挖了坑，也给自己填上了土。然而，这当真是小妖们的错吗？隐雾山的小妖为何如此活跃？归根到底，还是大魔头没主见，他掌不稳舵，由着水手们卖弄手段，一通乱划。这样的船儿，遇到风高浪急之时，肯定是要翻的。

第八十六回
木母助威征怪物　金公施法灭妖邪

225　南山大王是黑豹，还是花豹？

这段情节说的是：悟空等人找到妖精的洞府，妖精谎称唐僧已经被他给囫囵吃了。一开始，妖精拿一块柳树根儿当人头，想用障眼法糊弄悟空，结果被识破。接着，妖精拿出一个真人头，血肉模糊的，悟空就当真了。悟空施展变身术，潜入妖洞，打算报仇泄愤，结果发现唐僧还活着。悟空就用瞌睡虫，迷倒满洞的妖精，释放了唐僧，还"白饶"了一个被抓进洞的樵夫。最后，八戒一钉钯打死刚要醒来的妖精，又与悟空等人把妖洞一把火烧了，永绝后患。

在上一回里，妖精只是露了面，没有报上家门。读到这一回，我们才知道：他是一头豹子精，江湖名号是"南山大王"，住在隐雾山折岳连环洞。

那么，这是一头什么豹子呢？

书里交代得其实也是很清楚的。第八十六回，豹子精被八戒一钯打死，显出本相，原来是一头艾叶花皮豹子精。也就是说，这是一头花豹，也就是金钱豹，身上排列的花纹，像艾叶一样大小。后来的影视剧也大都按书里的形象塑造。央视拍摄的《西游记》续集里有这段故事。剧中的豹子，就是一头金钱豹。因为和"金钱"沾边，网络上还一度流行用这只豹子做成的表情包——年轻人的当代"日常迷信"。

不过，有朋友质疑：因为豹子精名为"南山大王"，又以"隐雾山"为山场，这分明是用了典故，既然用了典故，就不应该写成一头花豹。

是哪一个典故呢？

就是《列女传》里的一句："南山有玄豹，雾雨七日而不下食。"①

这里的玄豹，就是黑豹。玄，就是黑色的意思。一些清代的本子里，改成元豹。这是为了避康熙皇帝的讳，元豹，就是玄豹。

如此看来，似乎是作者写错了。或者说，为了掉书袋（用典故）而造成矛盾。如果是花豹，就不能叫南山大王，不能住在隐雾山，得是一头黑豹，才有资格。

其实，从生物属性上来讲。我们今天看到的黑豹，是金钱豹的黑色变种。不过，这是现代生物学知识，我们不能用今天的知识，去要求古人的知识。换句话说，古人所说的玄豹或黑豹，未必就是今天动物分类中的黑豹。

首先，它是一种传说里的动物。据《山海经·中山经》里记载：即谷之山里，就有许多玄豹。郭璞为《山海经》做注释的时候，说这里的玄豹，就是黑豹。不过，《山海经》经常用人们经验世界之内的动植物，去比拟、命名经验世界之外的动植物。它们可能不是某

---

① 张涛：《列女传译注》，济南：山东大学出版社1990年版，第72页。

种动植物，只是长得类似于某种动植物。所以，书里提到的玄豹，到底是不是猫科的豹子，要打一个问号。同时，郭璞所理解的黑豹，是不是我们今天所说的黑豹，也要打一个问号。因为郭璞后边又补充了一句：这种黑豹，就是魏晋时期荆州一带比较常见的黑虎。但可以确定的是，这种动物长得很像豹子。

其次，古人的现实经验里，确实有一种叫玄豹的动物。《韩非子》就提到过，翟人（这里的翟，通狄。狄人，就是北方的少数民族）把玄豹皮献给晋文公。说明这种动物很早就成为古人的狩猎对象，并被视为珍贵的资源。

不过，这种现实里的玄豹，似乎不是全身黑色的。这里的"黑"，应该指的是花纹。起码，中古以来的知识里，黑指的是花纹。比如宋代药学家寇宗奭就描述过："豹毛赤黄，其文黑，如钱而中空，比比相次。"[①] 也就是说，豹子的毛皮，以赤黄色为底色，最突出的是黑色的花纹；这些花纹，像铜钱一样，中间是空的，密密麻麻，布满豹子的全身。这其实说的就是金钱豹了。如果发生了变异，比如底纹是赤色的，就叫作赤豹，底纹是白色的，就是叫作白豹，而花纹其实都是黑色的。

至于毛色全黑的，虽然也叫玄豹，可能就不是豹子一类的动物了。

比如《本草纲目》里提到，当时四川地区有一种叫作玄豹的动物，全身黑色的，长得像木狗。那么，李时珍所说的木狗，是一种猫科动物吗？不是的——其实木狗更接近熊。

---

① 顾嗣立：《元诗选二集》，北京：中华书局1987年，第1151页。

再比如宋代释文珦《为仇近仁赋山村》诗里有一句："白驹志虽洁，玄豹斑已露。"① 说明玄豹身上是有斑点的。元代郯韶《次玉山分题韵四首》诗里也说："白鸥波浪春江梦，玄豹文章雾雨秋。"② 这里的文章，就是花纹，说明玄豹是有花纹的。玄，应该形容的是花纹的颜色，而不是毛皮的底色。

又比如《女仙外史》第二十九回，唐月君看女金刚的打扮，下身穿一条"金钱玄豹皮"的襟裆裤。把"金钱"两字和"玄"字连在一起，可见玄豹就是金钱豹。

所以说，古人所说的玄豹，应该不是今天现代生物学意义上的黑豹，而是花豹。《西游记》里的艾叶花皮豹子精，自称南山大王，居住在隐雾山里，应该是没问题的。

那么，他为什么会吹风喷雾呢？ 下一讲再说。

226　花豹为何住在隐雾山？

接着说南山大王。

我们知道，《西游记》里妖精的杀手锏，大都与他们的动物本相有关系，比如蝎子精用尾刺，蜘蛛精会吐丝，耗子精会打洞……这都是他们的"自带技能"。那么，花豹精的技能是什么呢？ 上一讲说了，他是一头金钱豹，皮毛上的花纹，斑斓炫目，倒是可以在这上头做一番文章——比如，剥下皮毛，迎风一晃，千百万的铜

---

① 傅璇琮等编：《全宋诗》第63册，北京：北京大学出版社1991年版，第39669页。
② 李时珍：《本草纲目》，北京：中国医药科技出版社2016年版，第5301页。

钱，一起砸下来（今天，不是有一句流行语，叫"拿钱砸"吗？金钱豹有资本这么做）。要么，就是铜钱眼儿里放出金光，把火眼金睛的悟空，也给刺瞎了（当然，这样写，就和黄风怪、蜈蚣精的情节，略显重复了）。不管怎么说，金钱豹的技能总要在他的生物属性上找的，为何与吹风喷雾有关系呢？

要解决这一问题，不能从生物属性上找，得从文化属性上找。就是把豹子当作一个文化意象来看，看他在古人（尤其是文人）心目中的形象。

上一讲说到，豹子精叫南山大王，这个名号来自《列女传》。那么，《列女传》里的这句话，是谁说的呢？是陶答子的老婆。《列女传》记载这句话，是显示陶答子老婆的明智。

故事是这样的：陶答子在陶这个地方做长官，干了三年，没有政治建树，也没有积攒起来好名声，但家里越来越富（可以想象，三年里，陶答子搜刮了不少民脂民膏），他的老婆就经常劝他：一个人，能力小而官做得大，没有功勋而家里富足，这都是要招致祸患的。当年楚国的令尹子文，家里贫穷，却让国家富足，这就是给儿孙们积德积福，自己也能名垂史册。我听说南山有一种玄豹，赶上起雾下雨的时候，七天不下山。这是为什么呢？就是在隐藏着，躲避着祸患。你现在这样做，君主不礼敬你，百姓不爱戴你，早晚出事。我还是回娘家吧！于是，陶答子的老婆就带着年幼的儿子离开了。果然，过了一年，陶答子就遇害惨死了。陶母年纪很大，无人奉养，陶答子的妻子又回来赡养婆婆。

这个故事，主要体现了陶答子老婆的两个品质：一是明智，二是知礼。

关于玄豹的这句话，就体现了她的明智。

本来，赶上雾雨天，玄豹不下山，只是一种生物习性——捕获猎物的概率不高，只能在窝里挨饿。然而，人们看待自然现象，总是带着"移情"心理的，把主观认识"强加"到客观事物之上。在人们看来，玄豹在大雾天气里，选择不下山，这和隐士一样，是在韬光养晦。

雾，作为一种自然现象，是很常见的，尤其在深山里，受温度变化和地理环境影响，很容易在空气中凝结水汽，这就进一步遮蔽了深山里的环境。而隐士们多选择远离尘嚣，躲进深山密林里。豹子的行为，看上去就与隐士很像。所以，《列女传》说豹子不下山，是在润养自己的皮毛。

显然，这个比喻不是陶答子老婆发明的，她也是听别人说的，或者从书上看来的。不管是哪种途径知道的，换作一般的妇人，大概也就是当作有趣的传说，陶答子的老婆却能把传说与历史、现实的经验联系起来，说出一番大道理，的确是一个明达事理，又富有远见的女性。她主动离开，也是一个明智的选择。否则，她和年幼的儿子都要一同被害。

而南山玄豹的比喻，后来也一直流传着，经常出现在古代文学作品里。

为什么大家喜欢用这个比喻呢？

其一，随着故事流传越来越广，"豹"意象和"雾"意象，逐渐捆绑到一起，人们一写到雾，自然就想起来在南山上"藏而远害"的豹子了。

我们知道，诗词里有这一种类型，叫咏物诗。吟咏的对象，林林总总,风花雪月,都可以作为吟咏的对象。雾,当然也可以了。比如唐代李峤《雾》,就有一句:"倘入飞熊兆,宁思玄豹情"①,明代杨慎《晨雾》:"文彩南山豹,威凌北塞貂"②,用的都是南山玄豹的典故。

而雨和雾,经常是联系在一起的——水汽凝结得多了,聚集到一定程度,就会下雨。所以古人写到雨,也经常用这个典故。比如柳宗元的《雨中赠仙人山贾山人》,就说:"寒江夜雨声潺潺,晓云遮尽仙人山。遥知玄豹在深处,下笑羁绊泥涂间。"③用的就是这个典故。

其二,即便不写雾与雨,单写回归自然、修养德行的心理期待,也可以用此典故。或者说,一旦涉及隐逸情结,就喜欢用这一典故。必如元好问《少林》:"我无玄豹姿,漫云紫霞想。回首山中云,灵芝日应长。"④诗人自谦没有玄豹的英姿,但他也向往像玄豹一样,在清幽的山林中修养性灵。

同时,古人讲究"达则兼济天下,穷则独善其身",豹子"藏而远害"的行为,就有"独善其身"的意思。所以,人们经常用豹意象作比喻。比如杨万里《醉乐堂记》里有一句:"大丈夫不为风翩九霄之鹏,则当豹隐南山之雾耳"⑤,就是将南山豹意象和大鹏意象作对比。大鹏振翅高飞,抟扶摇而上九万里,象征着"达则兼济天下"

---

① 周勋初等主编:《全唐五代诗》第2册,西安:陕西人民出版社2014年版,第866页。
② 杨慎:《杨升庵诗词》,北京:中央文献出版社2015年版,第180页。
③ 彭定求等编:《全唐诗》第11册,北京:中华书局1960年版,第3938页。
④ 元好问:《元好问集》,太原:山西古籍出版社2006年版,第9页。
⑤ 曾枣庄等编:《全宋文》,上海:上海辞书出版社2006年版,第348页。

的豪情，玄豹隐藏在南山，润养自己的毛皮，躲避山下的危险，则象征着"穷则独善其身"的现实选择。

所以，南山豹（或者玄豹）意象，在古诗文中是很常见的。

只可惜，《西游记》里的豹子精，虽然号称南山大王，虽然居住在隐雾山，却不懂"藏而远害"的道理，非要招惹悟空，最后惨死。陶答子老婆的话，他忘得一干二净！

第八十七回

凤仙郡冒天止雨　孙大圣劝善施霖

227　四大天师有何职责？

这段故事很短，用一回就讲完了：唐僧师徒来到凤仙郡——这里是天竺国外郡——见到官民们正忙着求雨。原来，这里已经旱了三年。悟空请东海龙王来降雨，龙王以没有得到玉帝敕旨推辞，悟空就去天庭找玉帝，玉帝告诉悟空：三年大旱，不是天灾，而是人祸。因为前年腊月二十五日，民间"接玉皇"。凤仙郡的郡守也摆了斋供，却与老婆发生口角，一怒之下，推翻供桌。供品洒了一地，被狗吃了。这是冒犯了天威，上天降罪，不准给凤仙郡降雨。又在披香殿里设了三桩事：一座米山，旁边一只拳头大的小鸡雏；一座面山，旁边一只金毛哈巴狗；一把一尺多长、指头粗细的金锁，底下一盏小油灯。玉帝的意思，要鸡吃光了米山，狗舔光了面山，油灯烧断了金锁，才给凤仙郡下雨。悟空教凤仙郡守回心向善，感动上天，米山、面山倒塌，金锁断开，天降甘霖，凤仙郡的百姓终于得救。

这一回里，神魔色彩更淡薄——没有任何赌斗变化的内容，但出场的人物不少。比如频繁亮相的四大天师，在这一回里又出现了。

四大天师,就是张道陵、葛玄、许旌阳、丘弘济。这是《西游记》依循的版本,更通行的说法是:张道陵、葛玄、许旌阳、萨守坚。

张道陵,本名张陵,字辅汉。他是东汉末期的人,是早期道教的创始人。之前提到早期道教致力于将作为历史人物的老子,改造成作为道祖的太上老君,张道陵在其中就扮演了关键角色。葛玄,字孝先,他是三国时期的人,是道教灵宝派的祖师。许旌阳,就是许逊,字敬之,他是西晋时候的人,是道教净明派的祖师。萨守坚,自称汾阳萨客,号全阳子,他是南宋时候的人,是道教神霄派的代表人物。丘弘济,不见于道教文献。李时人先生认为,这可能是全真派代表人物丘处机和他的弟子李志常的合称,因为李志常被元武宗封为"真常妙应显文弘济大真人"。"弘济"之名,可能就是从这里来的。[①] 而《西游记》的成书,与全真教关系密切,丘处机和李志常就被捏合成一个形象,"硬塞"进"四大天师"。

可以看到,被尊为"四大天师"的人物,都是早年得道者,又往往是一派的祖师,或者代表人物,信奉者多,影响力广,慢慢就成为一个相对固定的形象组合。

他们在书中的工作,是在通明殿值班,负责上传下达。工作量不大,但职责很重要。

通明殿,是玉帝日常办公的地方,不是说进就进的。悟空虽然猴急,又自由散漫,起码的礼仪还是要讲的。每每到天庭拜见玉帝,先上南天门登记,再到通明殿外,请四大天师转奏,玉帝下旨召见,

---

① 参见李天飞校注:《西游记》,北京:中华书局2014年版,第46页。

悟空才能进殿。甭说悟空，就是观音要见玉帝，太上老君和王母要见玉帝，也都先由四大天师转奏——这是权威机构的规矩，人间就是这样，天庭当然也如此。

同时，各殿各司的奏报，也是先汇总到四大天师这里，再由天师们上奏玉帝，玉帝有了批复，也是四大天师负责传到通明殿以外，跟各殿各司对接。

有朋友可能好奇，玉帝不是在灵霄宝殿里坐吗，怎么又在通明殿呢？按《西游记》作者的设计，通明殿是外殿，灵霄殿是内殿。比如第七回，悟空逃出八卦炉，大闹天宫，打到通明殿里，灵霄殿外，就被王灵官给拦下了——砸毁灵霄宝殿的场面，是后来动画、影视作品的改编，目的是突出悟空的反抗精神。实际上，原著里悟空的抗争是止步于灵霄殿外的，没有搞"暴力强拆"。

其实，通明殿的说法，要更早一些。比如苏轼的《次韵乐著作天庆观醮》："无因上到通明殿，只许微闻玉佩音。"[1] 说明北宋时候，人们已经认为玉帝驾座在通明殿了。后来，灵霄殿的说法在民间更流行。供奉玉帝的道教宫观，有叫通明殿的，也有叫灵霄殿的，作者就兼收并蓄，处理成内殿和外殿的模式。玉帝在内殿办公，四大天师在外殿执事，上传下达。

虽然是一种程序性的情节，但作者总能写出一些趣味，四大天师每次见悟空，少不了几句言语"交锋"，有插科打诨的，也有曲尽人情的。

比如第五十一回，悟空到天庭查访青牛精的主子，还要问玉

---

[1] 苏轼：《苏东坡全集》，合肥：黄山书社1997年版，第224页。

帝一个管教不严的罪名,许天师就笑骂道:"这猴头!还是如此放刁!"看到悟空一改以往做派,葛天师又打趣他,为何前倨后恭。再比如第八十三回,悟空上天庭告状,四大天师接了状子,都吃了一惊,暗自捏一把汗,不知哪位神仙是被告。等拿到了玉帝批复,天师们就把猴子往云楼宫撺——快把这惹祸精送走,能早清净一分钟,就早一分钟。到了这一回,天师们又板起面孔,劝悟空不要管闲事。悟空执意拜见玉帝,葛天师急眼了,抱怨一句:"苍蝇包网儿,好大面皮!"言外之意:你算老几,说见玉帝就见玉帝?!还是许天师打圆场,教他们不要争执。可见,天师们也有不同的脾气性格。

当然,在通明殿里执事,是很"交人"的,道教神祇不必说,关说钻营,都得先过通明殿这一关,佛教神祇也不例外,菩萨们来交流,也是天师们负责接待。更重要的是,天师们还与下界保持密切联系,不只三山五岳的地仙,以及十洲三岛的神仙,还有妖魔。比如第四十二回,红孩儿自称在九霄之上遇到张道陵,张道陵看红孩儿长得可爱,问他生辰八字,要给他算命。红孩儿说忘了自己的生日,这话是假的;但牛魔王家族这样的地方势力,与天庭有瓜葛,甚至能攀到通明殿里的关系,未必是假话。可见,天师们不仅三界通吃,而且是黑道、白道通吃的。在《西游记》的这些细节里,我们总能看到讽刺的笔墨。

228 四部众神长什么样?

在这一回最后,孙悟空请天庭派来降雨的四部神祇显出真身,叫凤仙郡的官员和百姓瞻仰一番真容。一来,教凡人相信他们的存在，以后更加勤谨地供奉。二来，也显示一下猴哥的手段——求得来雨，不算大本事；教真神现身，才算本事。

类似的情节，在车迟国已经出现过一次。四部众神都是很给悟空面子的。想来，人家都是很忙的。行云布雨，是重要的职能部门；四部众神的差事，可不是"一碗茶水一张报，临走单位撒泡尿"的清闲工作。普天之下，四大部洲，各府各县，都有降雨量的KPI。按悟空的说法，五天一刮风，十天一下雨（其实，这也不是悟空的话，《论衡》里已经有了），这是古代农业国（尤其集中种植区）期待的理想天气状态，按这样的时间周期，在全天下范围跑一圈，可以说是"马不停蹄"地工作了。况且，雷神还有额外的差事——惩罚恶人，拿着花名册，满世界找"挨雷劈"的罪人，更得"加班加点"地干了。饶是这样，四部众神还愿意耽搁一会，教悟空耍一耍威风，可见悟空的面子，不是一般的大。

那么，这些神祇都是谁？归属在哪四部里呢？

按《西游记》上说的，是雨部、雷部、云部、风部。

雨部最重要，是四部的核心——干打雷，不下雨，这不是大家期望的。天庭考核的主要指标，也是压在雨部身上的，下雨的时间、地点，以及降雨的点数，都要准确，误差范围极小，稍有差池，就会被问责，甚至被问罪（泾河龙王的反面例子，就摆在前面）。这当然是民众的一种心理期待：按照人们生产、生活的实际需要下雨，既不要旱，也不要涝。只是难为了雨部的神明。

那么，是谁主管降雨呢？在《西游记》里，是龙王。

龙王的形象，之前已经说过。中国本来有龙，却不是人格神，后来吸收了佛教传说里的那伽，形成一种人格化的龙王形象（一般是龙头，人身子）。龙，本来是麟虫之长，是水生的神奇动物，又被想象成跟降雨有关，后来的龙王就主管降雨了。

只不过，按照民间的一般思维，龙王司雨，都是分区划片的。人们习惯向就近水域的龙王求雨。一来，远水解不了近渴；二来，古人对降雨的形成过程，也缺乏科学理解。"南水北调"是现代人才有勇气和智慧实现的大工程，古人认识和改造世界的能力还相对有限，认为雨水都是从附近的江、河、湖、泊里来的。好在有水就有龙，即便江、河、湖、泊都干涸了，还有"五方龙神"在呢！

但《西游记》里突出的是四海龙王。按理，小打小闹的降雨，也不必惊动海龙王。只是悟空面子忒大（或者说，海龙王参与取经事业的热情很高），每次被"拘"来的，都是海龙王，又以东海龙王最勤。这一回里，都已经到了天竺国外郡了，还是东海龙王应卯，可见敖广多么殷勤、热情。

有的朋友可能有疑问：不是说龙王是后起的形象吗？在龙王出现之前，哪一位神祇负责降雨呢？是雨师。

早在黄帝战蚩尤的神话里，就已经有这一形象了。如《山海经》的记载：蚩尤请风伯雨师，降下大暴雨，黄帝降下旱魃，才止住大雨。可见，在中国上古先民的神话思维里，早就有一位主管降雨的人格神了。龙王信仰流行起来之后，雨师的形象就被遮盖了很多，但民间还是会祭祀雨师——因为龙王信仰，经常是独立的，雨师则和其他几部神明一起被祭祀。按照《七修类稿》的说法，明代时候的雨师，是一位士子的模样。

雷部是《西游记》里最突出的。不只下雨，神魔斗法，也经常出动雷部诸将。之前已经说过，雷部按天、地、人分三部，每部十二名雷将，共三十六名。调动雷部，得经过九天应元雷神普化天尊，雷公得了天尊旨意，领了雷楎，就可以出外差。所以这一回里，悟空先去天尊处借了邓、辛、张、陶四名雷神，在凤仙郡上空先打了一通"急急风"，随后玉帝才下达降雨的旨意，风部、云部、雨部的神祇才赶来。这个情节，其实也是一种现实生活经验的反映——下雨之前，总是先有一阵电闪雷鸣的。

这里又牵扯出另一形象——电母。《西游记》里称作闪电娘娘，这是一种民间俗称，一般还是称为"电母"。中古时期就有该形象了，按《宋史·舆服志》的记载，当时就已经有了比较固定的风伯、雨师、雷公、电母的形象。御驾卤簿（卤簿，是古时候皇帝出行时扈从的仪仗队）的龙旗队里，就有风伯、雨师、雷公、电母的旗帜，各一面。元代的时候，电母的形象，一般是上身穿黄色（带一点赤色）衣服，下身穿朱色裙子，白裤子，两手里放出电光。明清时期的闪电娘娘，则大都是手里拿一面宝镜，从镜子里射出闪电。

云部的形象，相对而言，不是很突出的。这与我们今天的科学认识，正好相反。我们今天知道，降雨的主要原因，就是水汽凝结到一定程度，从空中落下来。没有云，也就无所谓雨；至于电闪雷鸣，其实也都是云的作用，是摩擦的结果。但古人更看重直接感官获得的信息，并且喜欢放大这些信息。风、雨、雷、电都是直观可感的，所以更看重它们的作用，也更重视对相应的人格神的崇拜和祭祀——一般地，庙里都供奉风伯、雨师、雷公、电母的泥塑或画像，云则大多是装饰性纹样。但民间的想象力是无穷的，人们看到云在移动，就幻想有神奇的力量在后面推动——推云童子的形象，就应运而生了。

为什么是童子呢？是从雷公和电母形象派生出来的。本来，只有雷公。这是一种男性形象，阳性的形象。后来派生出电母，这是一种女性的形象，阴性的形象。"公"和"母"形成对应，阴阳也就调和了；既然有了"公"和"母"，自然要再凑一个娃娃，这样看着才"齐全"，才符合民间集体期待的理想型。

比较之下，风部就很重要了。最早出现的关联形象，就是"风伯雨师"，而风神的形象也是可以独立出来的——风灾本身也是一种令先民感到恐怖和焦虑的形象。

下一讲，专门说风伯的形象。

229　风伯也玩"狗头表情"？

上一讲提到四部神明现身。既然现身，总得有一番描写。熟悉《西游记》的读者，大概已经猜到了，这里又要来一段艺术品位不高的韵语。书里是这样写的：

> 龙王显像，雷将舒身。云童出现，风伯垂真。龙王显像，银须苍茂世无双；雷将舒身，钩嘴威严诚莫比。云童出现，谁如玉面金冠；风伯垂真，曾似燥眉环眼。

可以说，四部神明都是很有镜头感的，知道是摆拍——人间的闪光灯"欻欻欻"响，便都拿出了大家期待的神圣面容。

只不过，作者用笔很吝啬，只是勾勒了大概的样子。我们得基于经验知识，"脑补"神祇们长什么样子。说龙王是一副古貌苍苍的样子,留着白胡子,大概是龙首人身的样子;雷神一般都是鸟喙,所以这里说他们"钩嘴";推云童子是一个俊朗的娃娃,白净脸儿,头顶戴着一只金冠。

至于风伯,火红的眉毛,眼睛瞪着,看上去有一点凶。然而,具体长什么样,我们还是想象不出来。或者说,容易想歪了——认为风神长得有几分像火神。毕竟,都是火红的眉毛和胡子。

其实,风神的形象,与火神完全不一样,即便都是红眉毛、圆眼睛,一眼也能看出来差异——风神是狗头人身的形象!

《元史·舆服志》记载的皇帝卤簿中,对风、雨、雷、电四面旗帜上的形象,有更为清晰的描写。其中,风伯的形象是:狗头,红色的头发,夜叉一样的身形,背着一只口袋,站在云里。

我们知道,御驾仪仗对形式细节的要求是很高的,风旗上的风神形象,代表了当时官方的认识——经过了"官方盖章"的形象,这也会影响到大众的理解。

那么,风神为何长着狗头呢?

因为上古以来的风神,来源是复杂的,形象也是各种各样的。

风神的产生,是上古时代人们对于风这一自然现象的幻想性理解。为什么会产生风,风从哪里来,风有具体可感的形象吗?围绕这些问题,人们展开一系列联想,以及奇异有趣的想象,由此也产生了许多形态的风神。

最简单的想象,就是把自然现象与动物联系起来——这是一种常见的原始思维,而跟风直接联系起来的动物,第一选项,当然是鸟类。鸟类善于飞翔,是它们可以御风而行,但逻辑也可以反过来,风是它们带来的,这就具备了风神潜质。

之前说过后羿的神话，在后羿诛杀的上古恶兽里，有一个叫大风。高诱为《淮南子》做注的时候，就说大风是"风伯"，又叫"鸷鸟"。可以看到，汉代人的一种认识，就是把风伯想象成大鸟。后来出现的"飞廉"形象——这是先秦时期江汉地区流行的风神，屈原的《离骚》就提到过——杂合了许多动物的生理特征，它长着鹿一样的身子，还长着角，又有蛇的尾巴，豹子的花纹，但原型基础仍旧是鸟。人们对"飞廉"的理解，也是一种飞禽。

天上飞的，能与风联系起来；地下跑的，也能跟风联系起来。有些朋友，可能会条件反射地想到马，但上古先民首先想到的是另一种动物——狗。毕竟，狗是一种很早就被驯化的动物，和先民的日常生产、生活紧密结合在一起。先民喜欢狗，观察狗，熟悉狗，对自然界里许多未知动物的认识和想象，也经常用狗作为参照。

同时，在六畜（六畜，指马、牛、羊、猪、狗、鸡）之中，狗是跑得最快的（论长跑的话，当然是马的耐力更好，但短跑的速度，还是狗最快），这种如疾风一般的动物，当然也就很容易与风的形象联系起来。汉代有一种习俗：磔狗止风。① 就是遇到风灾天气，祭杀一条狗，就能止住风。

当然，这种仪式还要与汉代流行的阴阳五行理论结合起来理解。当时人们祭祀风神，在戌地，就是西北的位置，因为秋天的风，基本是西北风，所以在这里祭祀风神，希望风神能够合理地控制风速，不要造成灾害。而十二地支中的戌，后来和十二生肖中的狗，对应在一起，风神是狗头的形象，就逐渐固化下来了。

---

① 参见贺紫君：《秦汉时期的风与风神崇拜》，硕士学位论文，武汉大学2023年。

到了明代，人们还是这样认识的，比如《七修类稿》里提到的风伯，还是狗头的。

所以，读到《西游记》里"风伯垂真"四个字，笔者就会想到"狗头表情"。

狗头表情，是近几年网络上流行的"表情包"，应用场景很多，意涵很丰富。可以用来自嘲，也可以用来讽刺他人。当然，也可以是开玩笑的意思，或者表达一种无奈，又或者仅仅是为了缓解尴尬气氛。一般情况下，看到狗头表情，没人会觉得被冒犯到——大家会自然而然地选择一种最安全、最"人畜无害"的理解。

狗头表情看起来"萌萌哒"，风神的样子则是威严的，甚至有一点凶恶；狗头表情是一种当代网络流行文化，风神的形象则是古代的一种一般性知识。本来没有关系，但明代的人仍然认为风伯是人身狗头的形象，这一文化常识，我们要知道。

当然，当代的影视改编，没必要胶柱鼓瑟，非要给风神设计一个狗头，这样可能不会产生良好的艺术效果，观众也看得一头雾水。毕竟，近古以来，大众对风神的想象，又形成一种新思路，就是"风婆婆"。比如清代李光庭编写的《乡言解颐》（这是一部记录民间风俗和方言的书）里就提到：当时的市井乡民，大多已经不知道"风伯"的历史起源，也逐渐淡忘了人身狗头的形象，更喜欢把风神想象成一位老婆婆。

续拍的《西游记》里，在"凤仙郡"一集，就采用了风婆婆的形象——"服化道"的品质可能差一些，风婆婆的妆容看起来有一些"杀马特"，但观众起码是可以理解的。这样的处理，就是符合当代受众的文化教养和心理期待的。

第八十八回
禅到玉华施法会　心猿木母授门人

230　是一窝师，还是一窝狮？

这段情节说的是：唐僧师徒来到玉华国，悟空、八戒、沙僧收了三位小王子做徒弟，每日操演武艺。小王子们要比照师父的兵器范样，打造自己的兵器，悟空等人就把兵器留在冶炼车间里。兵器放出霞光，惊动豹头山上的一个妖精，这妖精就盘算偷兵器。

妖精是哪一个？这一回留了一个悬念，没有交代出来。读过原著的朋友知道，这是一头黄狮精。他手底下有一帮小喽啰，都是狮子一类的动物，背后又有一个大靠山——太乙天尊座下的九头狮子，总归都是狮子。

《西游记》里为何有许多狮子？这与故事的佛教背景有关（之后再深入讨论），这里只看"狮"字本身，作者又故意利用了谐音梗，在"师"与"狮"上做文章。第九十回，悟空到妙岩宫请太乙救苦天尊降伏九头狮子，广目天王就挖苦悟空："那厢因你欲为人师，所以惹出这一窝狮子来也。"

当然，板子不能都打在悟空身上，八戒和沙僧也有责任。

平时，只有悟空一人爱卖弄本事，八戒与沙僧都比较低调，只是老老实实地看悟空"表演"。八戒低调，其实因为他懒惰——有本事，就要承担相应的义务；卖大力气，却得不到实际的好处。八戒胸无大志，他计较的是吃得饱，穿得暖，再有几两碎银子傍身，平平安安地混日子，完成西天取经的KPI，就是最理想的状态。何况，有悟空在台上卖弄，老猪可以更自在地"摸鱼"，何乐而不为呢？所以，除非有奖励和惩罚机制，否则八戒是绝对不肯下场的。沙僧低调，就是真低调了。他本领不如悟空，也不像八戒一般受唐僧偏爱，所以一直是"不显山不露水"的：跟定大哥，牵马走路，偶尔帮二哥挑一份担子；一般性的战斗，也用不上他，他只负责照管行李马匹，连带看护唐僧。既然没有足够的表现机会，莫不如少做事、少说话——说多错多，这是谙于世故的人传授给我们的"宝贵经验"。这还只是第一层的功夫。在一些江湖"老油条"嘴里，不仅说多错多，做多，也是错多。少说少做，甚至不说不做，是他们的生存法则。这样的经验，当然是不足取的，但眼下有这种心思的人，其实为数不少。

然而，在这一回里，不仅悟空卖弄本事，八戒、沙僧也提起了精神，都参与了表演，还都挺卖力气。

有的朋友可能要替八戒、沙僧辩解一番：这是因为玉华国王有三个小王子，三兄弟对三兄弟，才显得对称，看上去整齐。这样讲，其实是把因果关系给颠倒了。小王子的人数是灵活的，悟空兄弟的人数是固定的。是因为要对应悟空、八戒和沙僧，才设计出三位王子，而不是反过来。

所以说，是悟空兄弟集体好为人师，才惹出一系列麻烦。之所以引出"一窝狮"，是因为悟空、八戒、沙僧要做"一窝师"。

901

好为人师，这句成语出自《孟子·离娄》。孟夫子说：人的一个毛病，在于喜欢做别人的老师。这说明，当时已经有不少"好为人师"者。否则，孟子也不会对此提出批评。

做别人的老师，这本身是没问题的。一个人的成长，总需要经历若干老师，从老师那里习得经验、知识和方法，甚至学到对于社会、人生、世界的深刻理解。在积累了足够的精神财富和社会资源之后，一个人也应该把它们与后辈分享，帮助后辈快速成长，少走弯路。一代又一代的人，就是在这样的过程中成长起来的。老师，绝不仅仅是一种职业，更是一种普遍存在的社会角色。每个人，都不可避免地从老师那里获得帮助，也不可避免地扮演起老师的角色，为别人提供帮助。

笔者自己就是老师，但这只是一个职业。我也需要其他"老师"的帮助。这又不一定是专业领域的事情，而可能来自日常生活的方方面面。比如，我不会重装电脑系统，需要一个学生耐着性子指导我，一步一步，最终完成操作；再比如，我跑步的方法不对，一个陌生人过来告诉我，应该如何调整呼吸，如何把握节奏，如何避免受伤。这些时候，我都是很希望别人"好为人师"一下的。这里的"好"，指的是热情，为大家提供帮助的热情。

只不过，日常所谓"好为人师"，延续了《孟子》的含义，是用作贬义词的。

这里的"好"，是一种盲目的热情，一种自负的冲动，甚至干脆就是爱摆"老资格"的坏习惯。有的人喜欢给人家做老师，因为乐于输出经验，甭管这经验有多大价值，也不论对方是否需要，他都"疯狂输出"，这不是为了帮助别人，而是满足自己；有的人，则是因为自以为是（这个成语也是出自《孟子》的），总以为自己是正确的，又缺乏虚心的态度，反倒要求别人在他面前虚心，所有人都必须依循他的经验，肯定他的观点，赞赏他的智慧。在这类人看来，不是自己好为人师，反倒是对方不好为人弟子。有的人，则是倚老卖老，一贯轻视后辈，甚至PUA后辈，先入为主地认为后辈是无知的、缺乏经验的、不懂技巧的，又以傲慢的姿态教训人。

以上三类人，虽然动机不同，但在心理机制上有一个共性，用现下时髦的说法，就是从他人身上榨取情绪价值，在行为表现上，又大都是一副居高临下的态度，就很惹人生厌。

悟空、八戒和沙僧的好为人师，当然不在这三类人里，但可以想象：这三类人，作者身边应该有不少，就借着又一处狮子精作乱的情节，取其谐音，表达讽刺。既然我们认为"老师"不只是一种职业，更是普遍存在的社会角色，大家读到《西游记》这一段的时候，也可以反思一下，是不是在某些生活情境里，也暴露出好为人师的毛病。

231 九齿钉钯长什么样？

说一说这一回的主题物——九齿钉钯。

按道理说，金箍棒是最重要的兵器，但在这段故事里，黄狮精更看重钉钯，他为了炫耀赃物而开办的PARTY，就叫"钉钯会"，而八戒的钉钯，的确是一个有趣的存在，因为明清时期的人们，对这件兵器的形制，有不同的理解。

书中交代：这支钉钯，俗名九齿钉钯，全名上宝逊金钯，又写成沁金钯。第十九回，悟空挖苦八戒手里的钉钯，像锄地的农具，八戒就把钉钯的来历说明了一番。原来，这是天庭精工打造的兵器，神冰铁为材料，太上老君锻造，火德星君冶炼，五方五帝、六丁六甲也都参与了后期的精加工环节。钉钯的头上，排列九个尖齿，钉钯的长柄上，装饰着八卦星辰等纹样。因为八戒前身受封天蓬元帅，玉帝就钦赐这支钉钯，当作符节。这是一种凭证，代表帝王的权威。所以说，九齿钉钯不仅是一件武器，也是一个象征物，它是用于实战的，也是精美绝伦的，不是人们想象中笨重粗糙的样子。

然而，人们很难将一支钉钯想象成精工细作的神兵利器，因为它的原型，就是农业生产中常见的排耙。这种农具，直到今天也是很常见的，因为它确实很实用，锄地、搂草、翻晒粮食，经常用到。它的用法也很简单，基本就是筑、刨、扫，姿势不太美观，效率却是很高的。后来借鉴到兵器里，就是所谓的"排耙木"，也没有太多复杂的路数，使用者大多是力量型选手，以绝对重量取胜，不以"花活"见长。可见，从农具到兵器，钉钯给人的感觉总是有一些粗笨狼犺的，特别是跟刀、剑一类冷兵器里的"高端货"比起来，钉钯总是让人联想到农活，一旦代入田间地头的场景，就算是精工细作的东西，也缺乏"高级感"。

这种缺乏"高级感"的兵器，与八戒形象结合起来，倒是本色当行的 —— 很难想象，悟空那样矮小灵活的猴子，扛着一支九齿钉钯，八戒身肥体壮，肩宽背厚，扛着钉钯，就显得很协调。他平时又不太讲究武术的招式套路，只是举起钯子，一通乱挥乱舞 —— 算是一种无差别伤害，齿尖扫到谁，就算谁倒霉 —— 我们也无法想象八戒挥刀舞剑的样子，倒不是嘲笑八戒，而是心疼这些自带"高级感"的兵器。

按理说，书里交代得很明确，对于九齿钉钯的形制，后人应该没什么异议。但是翻一翻与《西游记》有关的图像，就会发现，人们的理解，存在很大差异。

当然，主流的想象，还是排耙的样子。比如张书绅《新说西游记》的插图里，猪八戒的钉钯就是排耙，柄很长，齿尖相对短一些，排得很细，与农具的原型比较接近。无名氏的《彩绘全本西游记》里，猪八戒用的也是排耙，还是长柄短齿，但齿尖内弯。这些图像里的九齿钉钯，因为无法表现精工细作的细节——毕竟，小说插图里的兵器，大都是辅助人物主题的次要符号，本身占的画面比例就不大，也无法展现足够的细节，能画出来九个齿尖，已经算是"尽力"了，至于日月星辰、五行八卦等繁复的纹样，根本体现不出来。乍一看，这个上宝逊金钯，与日常生活里的农具，几乎没有差别。

值得注意的是：这两种图像，都是清代的。说明清代的人更接受这种形制，更乐意把上宝逊金钯想象成近似农具的样子。上推到明代，上宝逊金钯，反而距离农具原型很远。

比如"世德堂本"的插图里，八戒用的其实是一种镋钯。更准确地说，是锯镋。这是一种地地道道的兵器。镋的头类似枪头，两旁展开弯月形的双翅，每只翅上，一般有两头贯穿的尖齿，所以人们也叫它锯翅镋。这种形象，在明代插图里是很流行的，简本系统的朱鼎臣本、杨志和本、杨闽斋本等版本里，用的也都是这种形象，画风虽然粗糙一些，大概还是能看出来镋钯的样子。

这应该是一个"美丽的误会"。按照作者原意，八戒的九齿钯，肯定是排耙，但镋钯是地地道道的兵器，看着更美观，更符合神兵利器的样子——既然是玉帝所赐符节，还是镋钯的形制，看上去更冠冕堂皇一些。况且，镋钯两翅上的锯齿，一般是一边四个，加上中间的镋头，也是"九齿"，这就更容易叫人误会了。

当然，与李评本插图比起来，这个误会就不算大了。大家翻一翻李评本插图，就会发现一个有趣的现象：八戒用的不是钉钯，而是短柄狼牙棒，远看像一个棒槌，锯齿排得很密，远超出九个，几乎就看不出"钉钯"的样子了。

有人认为，这种狼牙棒，与相传由戚继光发明的狼筅有密切关系。这种狼筅，据说是针对倭寇的战刀而设计的，全身大约有一丈五尺长，顶端类似枪头，上半部分排列着细密的枝节，丫丫杈杈的，围圆直径差不多有两尺。作战时，用狼筅遮挡住身体，倭寇的刀就发挥不了作用了。所以，一般对抗倭寇时，都是狼筅在前排做防御性进攻的。

不过，这样的解释，有些舍近求远。毕竟，古代兵器里，本来就是有狼牙棒的，没必要扯上狼筅。至于李评本为何把钉钯理解成狼牙棒，还要再作讨论。

总之，明代时期人们印象中的九齿钉钯，距离排耙的原型，是很远的。到了清代，人们逐渐回归原始文字，恢复排耙的原型。到了当代影视改编，又吸收戏曲舞台的经验，对钉钯做了美化——比如，钉钯的头设计成猪脸，这都是可取的。只是提醒一点，千万不要将钉钯做得太精美，不管多么精美，与原著夸张的描述比起来，总是有距离的，反而会弄巧成拙：八戒长得如此狼犺，扛着一件精美绝伦的排耙，正所谓"山猪吃细糠"，看上去是不协调的。

第八十九回
黄狮精虚设钉钯宴　金木土计闹豹头山

232　二十两的采买费，到底够不够？

这段情节说的是：悟空探查豹头山，发现两头狼精。他们是黄狮精的手下，一个叫刁钻古怪，一个叫古怪刁钻。黄狮精要举办钉钯会，派这俩妖精去采买猪羊果品。悟空用定身法制住小妖，回城报信。师兄弟们定下计策：悟空变作古怪刁钻，八戒变作刁钻古怪，沙僧假扮贩卖猪羊的商客，一起进入虎口洞，打退黄狮精，夺回宝贝。黄狮精逃到竹节山，向九头狮子哭诉，九头狮子就率领一帮喽啰，来玉华国报仇。所谓"金土木计闹豹头山"，说的就是悟空三人混进虎口洞的情节。只不过，这段情节谈不上什么"计"谋，无非是变形术的使用，"闹"的成分也不大，情节也不曲折，哥仨见了宝贝，就拿在手上，一路开打，黄狮精与他们僵持了一会，就败阵而逃，悟空清剿了虎口洞，又放了一把火。这类情节，之前已经出现过，也算不上新奇。

倒是一些与神魔斗法无关的情节，更吸引我们，让我们看到虎口洞的日常生活。

从规模看，虎口洞是小山寨，满洞里的妖精也就百十来个，比黄风岭还逊色许多，更不用说跟狮驼岭比了。论起来，规模如此小，倒不是因为黄狮精本领不济——黄狮精起码能同时应付悟空、八戒、沙僧三人，也算是《西游记》的一个"吕布"了——主要原因，可能在于这里是竹节山九曲盘桓洞的"分舵"，刚设立不久，还没成气候。书里交代，悟空向玉华国王打听附近有何妖魔，玉华国王回答："孤这州城之北，有一座豹头山。山中有一座虎口洞。往往人言洞内有仙，又言有虎狼，又言有妖怪。孤未曾访得端的，不知果是何物。"可见，当时虎口洞的对外"宣发"工作还处于起步阶段，流量没做上去，市场认知度不高，距离形成品牌效应，还差得远。玉华国的人们只知道"城外有座山，山上有个洞"，至于洞里住的是野兽，还是妖精，又或神仙，都闹不清楚。

另一个原因，可能是这段故事本来和隐雾山有关系——它们本来是一个故事，后来被拆分成两个，作者重新布置，把豹头山一段嫁接到竹节山一段，为了突出后者，就压缩了前者的规模。

说豹头山与隐雾山有关系，是有一定根据的。

其一，从位置看，两个故事离得很近，中间只隔着凤仙郡一段，而凤仙郡这段情节，没有任何神魔斗法的内容，仿佛是为了"切割"前后两段故事，硬塞进去的。

其二，从名目看，狮子精住在豹头山的虎口洞，看上去不伦不类（难怪玉华国的人们闹不清这里住着什么妖怪，到底是狮子，还是豹子，又或者老虎，真是"傻傻分不清楚"，黄狮精的"宣发"团队，似乎只是一味地抢注商标，甭管豹子的，还是老虎的，先揽到自己手里再说，却忘了本家是一头狮子）。

其三，从规模看，两座山场都是一百多人的规模（按书中交代，隐雾山的妖精有"一二百人"，应该是不到二百的）。

其四，从形象看，黄狮精和花豹精都是大型猫科动物，又都是"自力更生"的妖精。

其五，从情节看，故事的结局，都是悟空弟兄们放了一把大火，清剿妖洞。

总之，左看右看，上看下看，两段故事的关系是很暧昧的。大概，早期的故事只是讲述一只猫科动物作祟，这动物可能是狮子，也可能是老虎，又或是豹子——豹子之说，可能更流行一些，所以山场确定为"豹头山"。后来，豹子精的故事独立出来，作者将文人的知识趣味融入其中，用上"南山玄豹"的典故，豹子精就成了"南山大王"，山场也改成更有高级感的"隐雾山"，豹头山故事的"边角料"没有被丢弃，作者将其与"竹节山"故事嫁接在一起，成为故事高潮的铺垫，因为竹节山的妖精是狮子，豹头山的妖精也改成了狮子。

所以，笔者在读《西游记》的时候，总喜欢把隐雾山和豹头山合在一起读——两个山头叠加起来，能够更生动地反映民间野怪的生活日常。

两段故事里的洞府，烟火气都是很重的，妖精们都是在"用心"过日子的。只不过，故事拆分以后，对应不同的环境，作者因文生事，点染出不同的细节。

隐雾山位置偏远，附近没有大邦国，深山密林之中，妖精们生活得清苦，平时只能抓一些山猪野兔来充饥，若是抓到人类，更舍不得一次吃完，要切成肉巴子，晒干了，天阴下雨的时候当"储备粮"吃。

豹头山则不同，附近是玉华国。这玉华国物产丰富，物价又特别便宜。书中交代，玉华国的米价是四钱银子一石，按万历年间沈榜编撰的《宛署杂记》，白米的价格，最便宜的也要五钱银子，可见玉华国的白米产量丰富，价格要便宜得多。

当然，妖精不吃白米——他们都是茹毛饮血的家伙，但与隐雾山比起来，豹头山的妖精们不只在山中打猎，还可以去人类聚居区进行贸易，购买活猪活羊。这不是以物易物，而是钱货交易。在交易过程中，小妖们就可以"揩油水"了。

书中交代，刁钻古怪与古怪刁钻从黄狮精手里领来的采买费，是二十两银子。两只小妖一路走，一路盘算，开一个"花账"，每人赚二三两银子，各买一件棉袄穿。这笔账算得是很清楚的，按《宛署杂记》的记载，万历年间一头猪的售价是一两五钱，一只羊的售价是五钱。八猪七羊，不算批发价的话，满打满算，也就需要十五两五钱银子，确实能够剩下四两五钱银子，落到每人手里，正好是二两多。

然而，这是正常物价，按此物价买卖，不开"花账"，也能赚下这些钱。看来，小妖们平时被玉华国的商贩"坑"惯了，还蒙在鼓里。商贩们已经达成默契，看是豹头山的小妖来贸易，就抬高物价，价格浮动差不多是20%，小妖们只有做假账，才能赚回这笔费用。正所谓"从南京到北京，买的没有卖的精"，小妖们想占大魔头的便宜，反倒被小商贩们占了便宜。说到底，还是人比妖狠！

当然，与悟空比起来，这都不算狠。

悟空等人假变的小妖，回报黄狮精，从山下买来八头猪和七只羊。八头猪，要十六两银子；七只羊，要九两银子。黄狮精只给了二十两，还差五两，所以领了商客来领银子。悟空这样讲，当然是为了给沙僧进洞提供借口，却也暗合了小妖们的"生财之道"，又是"狮子大开口"，居然还要二次拨款，又是五两白花花的银子进账。

这种虚报账目的情况，在豹头山是很普遍的，黄狮精也不计较——五两银子，眼睛都不眨巴一下，就兑出来了（看来，与营销团队比起来，豹头山更需要一个正经的财务处）。可以想见，豹头山的小妖们，手里头活钱多，日子过得很滋润，应该吃得脑满肠肥的。悟空在豹头山放的一把火，大概要比隐雾山那场燃烧的时间更长，因为这里的油水实在太多，小妖们也实在太肥了。

233　西天路上为何多狮子？

论起来，西天路上有两种动物精怪，数量是最多的。一是牛精，二是狮精。牛精，之前讲过兕大王、牛魔王，之后还有犀牛怪。狮子精就更多了，文殊菩萨座下的青毛狮子，出现过两次，又有观音菩萨座下的狮子犼（之前说过，狮犼的原型就是狮子），这一段里又出现了九头狮子、金毛狮子，以及猱狮、雪狮、狻猊、白泽等与狮子密切相关的动物——唐僧师徒简直是一脚踏进"狮子林"了。

那么，西天路上为何有如此多的狮子呢？要知道，中国本土不产狮子，却为何有许多关于狮子的传说呢？这与故事的佛教背景有关系。

在佛教故事里，狮子是经常出现的。人物名号里常见狮子，人物形象的符号系统里，也经常可以看到狮子，许多情节里，狮子也

911

扮演重要角色，甚至主要角色。

这一方面因为南亚次大陆本来就有狮子，人们熟悉狮子，观察狮子，对这种自然界的猛兽产生移情作用，将人的主观经验，加到客观对象身上，进而形成种种联想，甚至文学性的想象，将其上升为一种文化意象。

当然，这也是一个复杂的过程。

我们知道，对于同一种形象，在不同的环境里，不同的时期里，人们会产生不同的理解和联想，这些理解和联想之间的差异可能是很大的，甚至正好相反。

自然界里的狮子是凶猛的，这是它的生理特性——处于食物链顶端的大型肉食动物，但面对这一生理特性，人们有不同的反应。

最原始的反应，当然是恐惧。所以，在早期的认识里，人们习惯把狮子看作来自日常生活之外的威胁。

这本来是一种原始的动物知识学——人们根据动物与日常生产、生活的关系，将它们分成不同的类别。参与到人类日常生产、生活的，比如作为生产资料、提供产品，或者可以用来祭祀的，就被视作"有用"的动物，其余则是"无用"的动物。在无用的动物里，又可以分成"无害"和"有害"两类。这里的判断依据，当然也是以人类自身为标准的——对人类的生命财产安全不构成威胁的，就是无害的；构成威胁的，就是有害的。根据这些分类，人们对不同的动物采取不同的态度。世俗生活是这样，宗教生活也差不多。

早在古印度教时期，人们就对动物进行分类认识，佛教兴起以后，也有一套动物分类认识，这些认识后来传入中国，又得到了继承与改造。比如唐代高僧道宣写过一部《量处轻重仪》(这部文献,为中国本土的寺院生活提供了一套分类处理寺院财产的规范),里面就提到了各种动物。其中,像骆驼、马、牛、羊这样的牲畜,是可以在寺院里豢养的,僧侣可以把它们视作财产,把它们当作日常劳作时必需的畜力。至于猴子、野兔、山鸡、獐子、鹿等野生动物,是不可以在寺院里豢养的。这类动物里,还有鸡、鸭、鹅、猪等动物,它们也不能在寺院里豢养。这与世俗社会是不同的,在世俗人看来,鸡、鸭、鹅、猪也是重要的家禽和家畜——但它们不是畜力,而是养肥了吃的,是另一种"有用",僧侣们戒杀生,既然不吃它们,也就"没用",当然不会把它们养在寺院里。为了突出这种无用,道宣又强调,豢养鸡、鸭、鹅、猪等动物,会污染寺院的净土。至于具有危险性的动物,就不仅"无用",而且"有害"了,猛兽基本在这一类。①

《量处轻重仪》中没有提到狮子,大概因为这种动物本来就不常见,道宣也就没有特别提到对它的认识和处置。但在竺佛念翻译的《四分律》和鸠摩罗什翻译的《十诵律》等更早的经文里,已经明确提出:狮子、老虎、豹子、熊、狼等动物,都是恶兽。它们不能与人类和谐共处,更会给人类带来灾难。这些灾难,一般称作虎狼难、狮子难。

这样一来,我们就知道西天路上为何有许多虎豹豺狼,也理解为什么隔三岔五就冒出一头狮子,因为它们本来就是"难"。唐僧西

---

① 参见陈怀宇:《动物与中古政治宗教秩序》,上海:上海古籍出版社2020年版,第53至80页。

天取经，步步该灾，处处有难，这些凶猛的食肉动物就是魔障的形象化。

当然，狮子威猛凶恶的特性，又会引起另一个方向的联想，就是力量、权威、神圣的象征。所以，人们又开始美化狮子，认为这是一种高贵的动物，有勇气，有智慧，有权力，并将这种动物与人类社会中的特定角色对应起来。国王，就经常被比作狮子。勇猛的英雄，也经常和狮子联系在一起。到了早期佛教里，佛陀就与狮子联系在一起了——人们认为，狮子是佛陀本人的象征。在佛教造像中，狮子的应用也越来越广，它经常被塑造成佛陀与菩萨的伴侣或坐骑。佛陀的名号里，也经常可以看到狮子，比如师子光明佛、师子奋迅力佛、师子威德佛、师子喜佛、师子慧佛，等等。菩萨的名号里，也常见狮子，比如师子幡菩萨、师子象菩萨、师子作菩萨，等等。一些高僧的名号里，也可以看到狮子，比如玄奘西行求法，就碰到不少以师子为名的高僧，他在那烂陀寺研习《瑜伽师地论》的时候，就与一位叫师子光的高僧进行过论辩，而师子光还有一位同学，叫旃陀罗僧诃。这里的"僧诃"，其实也是梵语"狮子"的音译。可见，佛教人物是多么看重狮子。

这种宗教幻想，当然也会传入中国，但中国本土不产狮子，人们对狮子不太熟悉，也就很难产生更深刻的移情反应。用来譬喻的狮子，依旧保留着——比如之前讲过的狮子犼，但人物名号里，狮子就不多见了，反而是各种"虎"，比如"律虎""义虎"，这个道理也是很简单的：中国产老虎，人们更熟悉老虎。

也正因为不熟悉狮子，移情作用不深刻，所以取经故事里，狮子更多保留了恶兽的象征性，他们反复出现，给取经人制造灾难，让取经人经历考验。虎狼难虽然也有，却比不上狮子难，因为狮子更能象征权威——你瞧，《西游记》里的虎狼，基本是民间野生的，狮子却大都是有来头的、有靠山的。

第九十回

师狮授受同归一　　盗道缠禅静九灵

234　狮子"男团"的成员都有谁？

第九十回的回目是"师狮授受同归一，盗道缠禅静九灵"，作者是在"疯狂"输出谐音梗，构成矛盾的对立统一关系。一方面，是悟空等人好为人师，传授武艺。另一方面是狮子精偷盗宝贝，侵犯正道，纠缠唐僧师徒，扰乱禅法。最后，太乙救苦天尊收服九头狮子，复归正道。

本回的情节，就是委曲波折地表现该理念：九头狮子带领一帮喽啰，来玉华国寻仇，捉走唐僧等人。悟空腾挪变化，擒获小喽啰，却奈何不了九头狮子，最后还是找到主人公，才解了这一场苦难。

九头狮子是"一窝狮"的大佬，下一讲再说，这里只说他手下的喽啰。

按说，九曲盘桓洞里的小妖们，大多是狮子，但书里点出名字的只有六个。分别是：狻猊狮、白泽狮、伏狸狮、猱狮、雪狮、抟象狮。再加上黄狮，凑成七人，组成一个"金刚葫芦娃"的阵容。

这些小字辈里，有的本来就是狮子，有的则不是，作者硬加上一个"狮"字，也把他们拉到"狮子窝"里，下面逐一介绍。

狻猊，本来就是狮子的形象。之前讲过"龙生九子"，其中一个就是狻猊。

白泽，实际上不是狮子，而是上古神兽。它是一种瑞兽。相传黄帝巡视天下，到达东海边，发现了白泽。这只神兽能说人话，通晓天地万物的形貌和习性。该传说流传很久，形态也比较稳定。后世的人们，只不过添加一些细节，进一步神化黄帝和白泽这一对神圣的"人—兽"形象，比如《云笈七签》引述北宋时期王钦若的《先天记》，提到一个情节：黄帝向白泽询问各种鬼怪的形貌，白泽把知道的一切都讲出来，黄帝就命人按照白泽的描述，画成图像，传示天下，这就是后来的《白泽图》。

这一传说，当然是很生动的。但白泽长什么样，经典文献里一直没有描述，而人们总希望对传说里的神奇形象，形成具象化的联想，种种动物形貌，就附会到白泽身上。

主要有四种说法。①

第一种，认为白泽就是貘。比如元代熊忠编撰的《古今韵会举要》就说：貘，就是后来所说的白泽。

第二种，认为白泽是一种狮子，具体地说，是狻猊的别名。比如朱熹《通鉴纲目》引述晋代杨泉的《物理论》，就认为狻猊，又名白泽。

另有两种，是现代人的理解。其一，认为白泽是虎。闻一多先生在《诗经通义》里，曾经论证了"虎"字和"泽"字的通假关系，根据这种关系，有学者就指出：白泽可能是"白虎"。其二，认为白

---

① 参见何凌霞:《"白泽"考论》,《云梦学刊》2013年第6期。

泽其实是海豚。有学者认为，既然白泽出现在东海之滨，可能是一种海洋动物，它是白色的，会说人话，有智慧。而海豚就是一种白色的海洋动物，它在古代传说里被称作"智叟"，是一种富有智慧的形象，海豚的声音，也很像人声。

现代人的解释，可能更有科学根据，但这与古人的想象，距离是比较远的。在古人的心目中，白泽应该更像貘，或者狮子。貘，我们之前说过，古人经常拿它和豹子作比较。可见人们大多认为白泽是猫科动物，但对于中古以后的人而言，貘的形象已经模糊了，狮子的形象则清晰许多。把白泽想象成狮子，应该更流行一些。

猱狮，是一种体形很小的狮子。猱，本来是一种猿猴。与其他动物联系起来，大多用来形容这种动物身形短小，动作灵活。自然界里的狮子，体形很大，跟"猱"字联系不上，所谓"猱狮"，应该是一种想象出来的动物，可能是"猱狮狗"的变形。猱狮狗，是一种真实存在的狗种，体形小，毛小，色泽看起来像狮子的鬃毛。人们可能以之为原型，想象出更凶猛的猱狮。当然，逻辑也可能正好是倒过来的：先有了想象中的猱狮，然后才把一种看起来像狮子的狗，称为猱狮狗。

雪狮，就是浑身雪白的狮子，一般指的是冰雪塑成的狮子（之前讲过明清俗语"雪狮子向火"），但现实生活中也确实可以看到白色的狮子 —— 白化病的狮子。

抟象狮，指的是能与大象搏斗的狮子。宗炳的《狮子击象图序》里提到一个故事，据释僧吉说，他曾经在天竺看到三头狮子击杀四头大象。这本来是一种自然现象，但在佛教徒的眼里，就加入了许多宗教幻想。狮子搏杀大型动物，在佛教传说中又有特殊寓意。比如狮子搏杀水牛的图像，就象征着佛陀的弟子摧伏外道的场景。敦煌莫高窟的壁画中，有舍利弗与牢度叉斗法的场景。其中一铺，就是舍利弗的狮子，扑在牢度叉的公牛身上。狮子搏杀大象的传说，可能受到这类象征联想的影响。

伏狸狮，则是一种杜撰出来的狮子。《博物志》里记载了一个传说，魏武帝讨伐冒顿，经过白狼山，遇到一头狮子，众将官围攻狮子，也不能制伏它。这时候，从树林里钻出一只像狸猫一样的动物，这动物跳到狮子的头上，狮子就乖乖地趴下，一动也不敢动。这个故事，本来讲的是一种神奇动物，能够降伏狮子。后来人们则反其道而行，又想象出能够降伏这种神奇动物的狮子，不得不佩服民间想象的灵活性。

这些身形、毛色、体态、本领各不相同的狮子，在《西游记》作者的笔下，又被攒成了一个"男团"，抱定九头狮子的大腿，心甘情愿地"装孙子"，九头狮子被他们围拢着，也着实过了一回"老祖宗"的瘾。

235　九头狮子有何来历？

说完黄狮精的弟兄们，再讲他们的"老祖"九头狮子。

说是"老祖"，其实他们没有血缘关系。之前说过，《西游记》的神魔世界，是一个以利结交的江湖，妖魔们基于利益需求，结成各种各样的关系，最常见的一种，就是干亲戚，比如干兄弟、干兄妹、干母子，之前都出现过，这一回又出现了干祖孙。

既然是"干"亲戚，论资排辈，谁居上位，谁居下位，就要看各自的资本。这里所谓资本，有江湖经验的多少，也有掌握资源的多少。当然，还要看本事的大小。比如，金角、银角拜九尾狐狸做干妈，主要就是看中后者的江湖经验和地方资源。照理说，金角、银角是太上老君的看炉童子，地位高贵，法宝又多，应该是做大辈的，但他们懵懂单纯，江湖历练几乎为零，来到平顶山，要打开局面，就得投靠"地头蛇"，所以甘愿矮上一辈，给九尾狐狸做儿子，平常总巴结着这位资深"大姐大"。

到了竹节山，情形就不同了。黄狮、狻猊、白泽、猱狮、雪狮、伏狸、抟象都是民间野生的狮子精，本事不大，抱团取暖。弟兄七人里，黄狮的本领应该是最大的（所以，他可以在豹头山独立执掌"分舵"），但放在《西游记》的"英雄榜"上看，也就是一个中游偏上的水平。更重要的是，他们没有靠山，单凭人多势众、血气方刚，在地方上咋呼一番，绰绰有余，真遇到棘手问题，就"两眼一抹黑"了，赶上九头狮子私逃下界，有同类近种的先天优势，黄狮精们就赶紧抱了后者的"大腿"。只不过，这条"大腿"，忒粗忒壮，自己又实在没有拿得出手的资本，只好降两辈，给人家"装孙子"。只有这样，九头狮子才愿意张开慈爱的臂膀，照顾、庇佑这帮地方上的小泥腿子。

书中交代，九头狮子是太乙救苦天尊的坐骑。

太乙救苦天尊，在道教系统中的地位是崇高的。之前讲过，道教系统中地位最崇高的是三清道祖（玉清元始天尊、上清灵宝天尊、太清道德天尊），次一级的是四御上帝（玉皇大帝、勾陈大帝、紫微大帝、后土皇地祇）。再下来，就是神霄九宸上帝了。九帝之中，前两位就是南极长生大帝和太乙救苦天尊。道教徒又经常将这两位帝君与"四御"结合起来,统称作"六御",再加上"三清",称作"九御"或"九卿"。可以看到,太乙天尊属于道教系统中"第一梯队"的神尊。

在这位神尊的名号里,有一个关键词——救苦,这也使他与民间众生有了一层更紧密的关系,格外受到古代民众的推崇。据《太乙救苦护身妙经》说,当初元始天尊为十方众圣说法,太上老君感慨三界众生遭受苦难,打算化身于三界,救拔众生。元始天尊认为太上老君不必亲自降临人间,有一个人可以代劳——东方长乐世界有一位大慈仁者,有广大神通,可以循声救苦,哪里有苦难,他就出现在哪里。太上老君请元始天尊将这位大慈仁者召来,元始天尊请众仙齐声呼唤"太乙"之名。这时候,听众群里走出一个童子,脚踩莲花,双目垂泪,代三界众生,向天尊诉苦。天尊就派他到人间去。童子一听,喜笑颜开,升空而去,手里托着杨柳枝净瓶,身边跟着九头狮子。等他升到空中,立时化作太乙救苦天尊的形象。

所以,在民间大众的心目里,太乙救苦天尊是一位大慈大仁的神明,也是一位直接回应民众救苦救难期待的神明。与这一认识相适应,太乙救苦天尊的传说也有几个突出特点。

其一,太乙救苦天尊主要执掌三界救苦之事。他居于东极妙严宫,统领青玄左府的一切真仙,他率领的仙众,也主要负责三界救苦的工作。

其二,太乙救苦天尊有诸多化身。既然往来于三界,当然要有不同的化身。天上的神佛菩萨,人间的君臣百姓,地域的鬼王,可能都是他的化身。比如之前讲过佛、道二教结合的中元节,在中元节的超度仪式中,就有太乙救苦天尊。据说,地狱里的饿鬼,因为难得吃上东西，见了斋供食物，就蜂拥而上，太乙救苦天尊便化身成鬼王，维持现场秩序。

其三，太乙救苦天尊是循声救苦的。这一点，与民间推崇的观音菩萨，有些相似。当时的人们相信，只要诚心念诵太乙天尊名号，天尊就会到来，解救祈祷者的苦难。

在太乙救苦天尊的各种法相中，以及他繁忙的日常工作里，不是总能见到九头狮的，但九头狮形象出现得很早，所以《西游记》的作者把它塑造成天尊的坐骑。

平时，天尊忙着往来三界，救苦救难，循声而至，随机应变，不是总骑狮子的，这头狮子也就很闲。所谓"静中思动"，人心如此，兽心也是一样的。闲得久了，就容易生事。趁着狮童睡着了，九头狮子就偷偷溜到人间。

这段情节，与青牛精下凡，是有一些相似的。青牛精下界，也是趁看守者熟睡，才逮到机会。有趣的是，看青牛的童子睡着，因为偷吃了太上老君炼制的"七返火丹"；看狮子的童子睡着，因为偷喝了太上老君送的"轮回琼液"。看起来，天宫里的童子们，大都比较贪嘴，经常背着师父，各宫各殿寻摸好吃好喝。同时，太上老君又经常炼制金丹、仙酒，这些金丹、仙酒，主要的功能就是助眠——大概，天宫里的神仙们，睡眠质量都不高，需要时不时地从兜率宫讨一点"加强版的褪黑素"。老君当然有更好的助眠丹药，但处方药是不可以随便开的，搞一些非处方药，服用一次，睡个三五七日，也就够了。

这当然是玩笑话。不过，一些读者又用阴谋论解释两段情节，认为是太上老君故意送来轮回琼浆——他的青牛偷逃下界，祸害一方，面子上不好看，所以搞一些小动作，教太乙救苦天尊的狮子也下界走一遭。

非要这样理解，是"脑补"故事，无可厚非，但从故事演化来看，两段故事相似，还是源自叙述的民间套路，不必奇怪。

而在作者笔下，两只私逃下界的坐骑，追求是不一样的。青牛精是食草动物，却心心念念地吃唐僧。九头狮子是肉食动物，反倒清心寡欲——自始至终，他也没想吃唐僧，照太乙救苦天尊的说法，"我那元圣儿也是一个久修得道的真灵……等闲也便不伤生"。这话，在阴谋论者看来，似乎是在对太上老君"隔空喊话"，也替自己遮羞——太上老君的青牛跑了，是要伤生害物的；我这狮子虽然也跑了，却不伤生害物。

抛开阴谋论不谈，九头狮子既然不伤生害物，图的是什么呢？只图一群"装孙子"的小狮子围在身边，他能享受含饴弄孙的人间快乐。这是他对黄狮精等人的唯一要求，只要满足了这一点快乐，九头狮子便乐于满足孙子们的所有愿望。所谓"隔代亲"，经常出现溺爱现象。究其原因，当然是多方面的，而其中一个重要原因，面对孙辈，祖辈们本来就是很容易满足，只求精神慰藉，不需要任何物质回报，而又是格外愿意付出的。

第九十一回
金平府元夜观灯　玄英洞唐僧供状

236　古印度也有元宵灯会？

第九十一回的回目是"金平府元夜观灯，玄英洞唐僧供状"。回目里明确点出了地点、时间和事件，是有一定用意的。

地点是在金平府。单看名目，"金平府"明显还是一个中华名号——作者实在不知道古印度的地理名称，但他点出这里距离天竺中心，已经很近了。按慈云寺和尚的说法，"此间到都下有二千里"，眼看离目的地越来越近，加上此地是一片太平安乐的景象，唐僧就有一些懈怠。然而，《西游记》的主旨是修心，修行者必须时时约束心神，稍有懈怠，危险也就跟着来了。

这还是一层意思，算是警示；另一层意思，则是讽刺了。

按说，这里距离灵山已经不远，正是佛光普化、佛恩普惠之地，寺名"慈云"，也照映这个意思。这里也是更接近佛教发源地的所在，是唐僧向往的境界。无论在佛祖口中，还是在古代中国民众的理想中，这里都是仿佛极乐净土的地方。然而，这里的僧人，反倒向往托生中华。慈云寺的和尚们，一听唐僧来自大唐，表现出无比艳羡的神情，按他们所说，"我这里向善的人，看经念佛，都指望修到你中华地托生"。

这真是绝妙的讽刺，中华的人渴望托生西方，西方的人又渴望托生中华，彼此艳羡，彼此想象，彼此美化。真应了那句话："国外的月亮格外圆。"在彼此眼中，对方的境界，才是可爱的，理想型的，近乎完美的。其实，天底下的月亮，都是一样大小，一样形状，一样明暗。只不过，本土的月亮，是经验的，外国的月亮，是未曾经验的，只存在于想象中的；本土的月亮，阴晴圆缺，是我们所看到的，经历过的，"一昔如环，昔昔长如玦"的遗憾，是我们的日常，外国的月亮是他人的日常、我们的幻想，它仿佛是没有缺憾的，不是"时逢三五便团圆"的，而是一年三百六十日，夜夜团圆的，"昔昔如环"的。在现实与理想的对照中，我们不断否定自己的经验，否定自己的日常，又一味地美化非经验，甚至把它上升为超经验。到头来，除了自我否定、自我压缩、自我贬损，什么也得不到。

再一层，作者对佛法的态度，也是玩世不恭的。佛祖鼓吹三藏真经，能使南赡部洲变作一片"不贪不杀，养气潜灵"的所在，观音菩萨更说大乘佛法"能超亡者升天，能度难人脱苦，能修无量寿身，能作无来无去"，这也只能是异地宣传——南赡部洲的人视作宝，西牛贺洲的人其实视作草。慈云寺的和尚们，只知道金平府距离首都有两千里，至于到灵山的远近，居然不知道。可见，他们从未去灵山朝拜过。所谓"近水楼台先得月"，现成的优越学习条件，天竺僧人们却不利用，可知并不把三藏真经当一回事。唐僧走了十万八千里，冒着生命危险，历尽苦难，只为取到本地僧人没有放在眼里的教材。想一想，也实在可笑。

至于时间和事件，是联系在一起的：上元观灯，就是肇祸根苗。

作者当然不知道古印度的节日，只能把中国本土的节日经验，搬到故事里。在各种传统节日里，哪一个最适合拿来做文章呢？除了上元节，没有第二个。

近几年，"传统节日"逐渐成为大众媒介的热门话题，人们尝试从各种文献资料中，更系统地梳理中国传统节日的发生、发展历史，更全面地搜集和整理描写节日景观的内容。在这些文献资料中，古代小说是一个格外重要的对象。小说描写生活，人物总是存在于生活情境中的，要表现生活情境，时不时就会涉及节日。"四大奇书"里，《金瓶梅》涉及的节日是最多的；"四大名著"里，《红楼梦》涉及的节日是最多的。比较起来，《西游记》讲述取经故事，表现神魔江湖，人间的节日就很少涉及，偶有涉及，也大多是轻描淡写，比如朱紫国段落里提到的端午节。重点描写的，只有上元节。

那么，为什么要在上元节上做文章呢？因为近古时期，这已经成为一个"全民狂欢"性质的节日了。

上元节的历史，是很悠久的。关于这个节日的起源，主要有三种说法。

一是太一神起源说。这种说法，认为上元节与汉武帝祭祀"太一"有关系。二是认为上元节和佛教燃灯有关。钟敬文先生撰写的《中国民俗史》就认为元宵赏灯的习俗，是汉代祭星习俗与佛教燃灯仪式融合而成的。三是道教"三元"之说。按道教徒的解释，上元日是天官赐福的日子，一些民俗学者就认为：民间的上元节是从道教的上元日发展而来的。[1]

---

[1] 参见董静威：《论明清白话小说的上元书写》，硕士学位论文，辽宁大学2022年。

不管是哪一种起源，到了中古时期，上元节已经形成了，这是学界的共识。唐代，上元节就已经成为"法定假日"了，观灯的节俗也正式形成，唐诗里经常可以看到上元放灯的景观，不少朋友背诵过苏味道的《正月十五夜》，从这首诗里，我们能够看到当时上元夜里的热闹场面，金吾不禁，士庶游冶，处处笙歌，在在笑语，嬉戏相随，通宵达旦，而"火树银花"的典故，直到今天，提到上元景观，我们还乐于引用。到了《西游记》写定的明代，上元节更是全民参与的"狂欢节"。作为"法定假日"，明代上元节的周期大大延长——放假十日。相关的民俗事象，也丰富多彩，花灯、烟火、百戏，这些传统项目，自不必说，又出现了"跳百索""走百病"等节俗。从节日准备期，一直到正月十五日夜的高潮部分，士农工商，男女老少，无不沉浸在欢乐的节日气氛里。这种欢乐氛围，本身就很吸引人，又很容易借机点染，因事成文，生发出许多委曲波折的细节。所以，明清小说的许多故事，或者故事里的关键情节，都是在上元夜发生的，《西游记》也不能免俗。关于这一点，我们放在下一讲里细说。

237 元宵灯会，旁人观得，唐僧观不得？

上一讲说到，古代小说的作者们习惯拿上元节做文章。其实，这是当时讲述故事的一种习惯——委曲波折的情节，经常以上元节为起点，或者是重要关节。

毕竟，这是一个"全民狂欢"性质的节日。与西方的传统不同，中国没有狂欢节（以西方标准定义的"狂欢"），儒家讲究"温柔敦厚",狂欢的氛围(暂时消除等级差异,打破社会禁忌,肆意嬉闹耍乐)与儒家极力维护宗法社会秩序的逻辑,是背道而驰的。不过,全民参与的热闹节日,从来是不缺少的,上元节就是当时最为典型的一个。

在上元节的周期里,特别是高潮部分,人们享受物质消费的快乐,在丰富多彩的娱乐活动中,获得精神愉悦。更重要的是,在这一天里,日常的时间与空间秩序,发生了相对的变化——夜间成为娱乐活动的主要时段,"内"与"外"的界限被部分地模糊,人们聚集到公共空间,不同身份、不同地位、不同角色的人们"混"在一起,等级秩序依然存在,没有丝毫改变,连形式上的"颠覆",也是很难看到的,但人们的注意力大都投向娱乐,集中在身心快感的满足,特别是市民阶层,在热闹的游艺活动中,在集中的物质消费过程里,不乏一种"宣泄"快感,这就形成了一种非日常(或者说反日常)的情态,也可以说"日常的变态"。在这种"日常的变态"里,许多寻常日子里缺乏根据和条件的事件,就获得了生发的环境与可能。

所以,放眼明清时期的小说,"上元的故事"是俯拾即是的。

比如《水浒传》第七十二回,宋江带着燕青等人进城看灯。当时,水泊梁山,已经在御前"挂上号"了,宋江等人乔装改扮,依旧大摇大摆进城,就是因为上元节的周期里,城乡人口的流动性、聚集性很大,特别是汴梁这样的大都会,三教九流,往来辐辏,酒楼、茶肆里人声鼎沸,勾栏瓦舍里摩肩接踵,通衢要冲之上,也是"车如流水马如龙"。骑马的,坐轿的,走着的,坐着的,有正经营生奔波的,闲着没事卖呆的,什么样的人没有?保不齐就混进一些"江湖人士",当局有心管,也管不过来。所以,旧时许多作奸犯科的故事,都发生在上元节的周期里。《水浒传》也是用了这类套路。只不过,作者由此生发出一个特殊事件——宋江等人观看灯市,一路闲逛,不觉走到烟花巷里,在李师师门首站住脚,访得李师师正与皇帝"打得火热",这又埋伏下后来招安的情节。可以说,没有上元节,宋江等人也走不上这条"洗白"身份的捷径。

再比如《金瓶梅》里,上元的情节、场景就更多了。没有上元节,我们就看不到当时西门庆一类的暴发户,家里过着怎样豪奢的生活,怎样逾制越礼的生活,家风是多么败坏,内闱秩序是多么混乱。没有上元节,我们也很难发现许多具体的矛盾冲突,以及人物的特定情态和主要气质——正是在"走百病"的过程里,我们看到宋惠莲的小脚儿,比潘金莲还小一圈,可以套着后者的鞋。这无疑触碰了潘金莲的"禁脔",而宋惠莲不知道收敛,反倒招摇过市,四处显摆,潘金莲嘴上不说,杀心已经埋伏下了。

又比如《红楼梦》,节日景观的描写,到了一个全新的境界。第五十三回,"荣国府元宵开夜宴",铺采摛文,极力敷演热闹。而这热闹背后,是无尽的悲凉。所谓"鲜花着锦,烈火烹油",过了这一场夜宴,也就逐渐拉上帷幕了。往前追溯,甄士隐家的悲剧,也是以上元节为转折的。我们知道,《红楼梦》的结构,是"葫芦形"的,所谓家族的悲剧,当然指的是以"四大家族"为代表的封建家族的悲剧,而在"四大家族"的败落之前,已经以甄士隐家的败落,做了一场具体而生动的预演。这场预演的关键场次,就是元夜观灯,香菱被拐走。癞头和尚提醒甄士隐:"好防佳节元宵后,便是烟消火灭时。"① 这是双关语,烟消火灭本指元宵的高潮之后,灯市结束,但也象征着家族的败落。而在上元的繁华热闹之后,"烟消火灭"的又何止甄氏一家呢,所有封建末世的家族——那些在"贵族世界的落日余晖"里偃蹇而行的时代弃儿,在勉强维持着"最后的繁华"之后,也必然"烟消火灭"了。

这里的寓意,当然是更深刻的,它照应着全书的主题:时代的悲剧,社会的悲剧,家族的悲剧,但也有最基本的历史经验、人生经验,就是乐极生悲。

《西游记》这一回的上元节,寓意当然不及《红楼梦》深刻,但也是乐极生悲。这不是笔者总结的,而是原著的意思。四值功曹给悟空指路时,就点出了这层意思:"你师父宽了禅性,在于金平府慈云寺贪欢,所以泰极生否,乐盛成悲。"在世俗人看来,唐僧并没有恣意享乐,他无非是想"给心情放个假",但对于一位修行者来说,片刻的放松,也可能是危险的。唐僧在安逸的环境里,放松心神,一时忘却取经的事业,耽搁几日,只为赏灯——追求世俗生活的快乐,所以招来祸患。

难为了唐僧,我们对他的期待太高,标准定得也太高。但也怪不得唐僧,因为上元节实在热闹,特别是灯市、烟火和百戏——这些从中古一直延续到近古的节俗项目,实在太吸引人了。不仅有官方组织的灯市,还有民间攒凑的灯市,家家放灯,处处热闹,移步换景,应接不暇,各种表演,跳舞的,踩跷的,鱼龙曼衍,总会仙倡,东一簇,西一攒,也是叫人看不过来,唐僧跟着慈云寺的僧人

---

① 曹雪芹著,无名氏续:《红楼梦》,北京:人民文学出版社2008年版,第10页。

们，一路闲逛，不觉走到金桥，这才赶上"佛爷吃灯油"的高潮部分。可以说，这一回里的上元节，也是故事生发的引子。没有上元节，唐僧就少遭一场罪。不过，这场苦难，总是跳不过去的——"九九八十一难"是定额指标，眼看就要到灵山见佛祖了，苦难簿子上本来还欠着一难呢，这一回绝对不能再"拉饥荒"了。

第九十二回

三僧大战青龙山　　四星挟捉犀牛怪

238　犀牛怪也"盘串"吗？

连着上一回，我们把整个故事概括一下：唐僧师徒来到金平府，住到慈云寺。正值上元佳节，慈云寺僧人就挽留唐僧多住几日，庆节赏灯。这里有一特殊节俗，在金灯桥上安设三口大海灯。每只灯上都照着金丝编就的两层楼阁，里面是琉璃片，看上去玲珑剔透。灯内盛着酥合香油。这酥合香油，每斤价值三十二两银子。三口大缸，每缸五百斤，加在一起就要一千五百斤，价值四万八千两银子，算上金丝琉璃装饰的造价，以及各项杂费，每年就要五万多两，需要向方圆二百四十里的灯油大户征缴，可谓劳民伤财。到了元宵中夜，会有三个佛陀现身，将灯油收走。

唐僧等人来到金灯桥，赶上佛陀收油。唐僧肉眼凡胎，看不出真假，就要拜佛，却被掳走。悟空得知佛陀是三只犀牛怪假变的。这三只犀牛，分别叫辟寒大王、辟暑大王、辟尘大王，住在青龙山玄英洞。他们生活精致，喜欢搜集珍宝——珊瑚、玛瑙、珍珠、美玉，又爱吃酥合香油，这次撞见唐僧，享受美食，也讲究烹调手法，要把唐僧肉，用酥合香油煎了吃。

悟空带领八戒、沙僧来到青龙山，兄弟三人大战犀牛怪，八戒、沙僧被俘虏，悟空只得到天庭搬救兵。玉帝派四木禽星——角木蛟、斗木獬、奎木狼、井木犴出战。四木禽星是犀牛的克星，见了对头，犀牛怪就现出原形，舍命逃窜，一直钻入西洋大海。西海龙王派太子摩昂助战，围堵犀牛怪。辟寒大王被井木犴咬死，辟暑大王、辟尘大王被活捉，悟空将他们带回金平府，公开处决。悟空把六只犀牛角割下来。其中两只，请四木禽星带回天庭，进献给玉帝；再有两只，留在金平府府库，警示后世。最后两只，悟空打算带上灵山，送给佛祖当见面礼。

这是《西游记》里最后一个需要多方力量合战的故事。犀牛怪的胆子很大，敢假冒佛陀之名——距离灵山越近，越是"灯下黑"，佛祖居然不知道自己的辖境之内，就有冒牌货在祸害百姓。或许，佛祖知道，却睁一只眼、闭一只眼，而灵山附近的冒牌货，又何止青牛山玄英洞这一伙呢！作者在这里，也有讽刺之意。

犀牛怪的本领也不算小：辟寒大王可以独战悟空，辟暑、辟尘更能活捉八戒、沙僧。难怪需要各路神兵帮忙，不仅有天上的星宿，还有龙王太子的水兵。

在形象塑造上，作者也花了一些心思。

他们都是两只角的犀牛。之前说过，亚洲的犀牛品种，主要是三种：大独角犀，小独角犀和苏门答腊犀。大独角犀，就是印度犀。小独角犀，就是爪哇犀。按说，此时已经到了天竺境内，在这里作乱的犀牛，根据历史真实，应该是大独角犀。然而，书中明确交代，每只犀牛两只角，可知是苏门答腊犀成精。当然，这些生物学知识，作者并不清楚，他应该分不清印度犀、爪哇犀和苏门答腊犀的区别，只是就着一般知识,加上各种传闻,塑造出想象的精怪形象。

这些传闻,大都是中国本土流传的"知识"。按太白金星的说法,三只犀牛,都有天文之象。所谓"天文之象",是当时人们对犀角的想象,按《宋稗类钞》的说法,犀牛角上有各种纹路,用油膏擦拭,就会清晰而温润,花纹最精微的,称为通天犀。这些花纹,仿佛日月星辰,甚至涵盖世间万物的形象符号,草木山川,飞禽走兽,无所不有。古人讲究"天人合一",所谓"天地人三才"相互承应。世间物理百态,与天文星象,都是一种相合相应的关系。人们从犀牛角的纹理中,可以看出物理百态,所以说有"天文之象"。

这些花纹,本来就是一种生理特征,人们却喜欢附会上各种奇妙的想象。为什么犀牛角上有各种物象符号呢?据说犀牛喜爱一物,流连玩味的时间久了,感应的时间久了,这物的形态符号,就会融入犀角。最典型的说法,就是犀牛望月,月之形影就会融入角中,犀牛望星,星之形影就会融入角中。难怪玄英洞里有那么多奇珍异宝。想来,日常闲暇,三兄弟的手中不时把玩各色玲珑物件,这些物件的形影,经过感应,也会融入他们的犀角之中吧!时下"文玩风"还很盛,狮子头的核桃,草里金的葫芦,满金星的紫檀手串……老干部、暴发户、文化名流、青年学生都在"盘",玩得不亦乐乎。只可惜,我们总比不上通天犀,犀牛怪们能够将文玩的形影映在犀角里,我们则只能用汗渍给文玩上包浆!

太白金星又说,三只犀牛都极爱干净,经常嫌弃自己的形影,要下水洗澡。这也是古人的想象。犀牛下水,本来也是一种习性,古人却要进行"移情"的认识,把人的好恶心理加到动物身上——

大概是世间好物看得多了，亲近得久了，犀牛对自己狼犺的身形，是十分厌恶的，最怕见着自己的影子，所以动不动就清洗身子，好像得了强迫症一样。同时，整天泡在水里，也就看不到影子了。眼不见，心不烦。或者说，看不见的事物，就约等于不存在，这也是一种自欺欺人的做法——我们人类喜欢自欺欺人，就想象动物们也自欺欺人。

那么，犀牛如何入水呢？想象的思路，还是在犀角上做文章。这种想象，很早就已经有了，《抱朴子·内篇》就说：通天犀的角，三寸以上就可以分水。人们拿了犀角，刻成鱼的形状，衔在嘴里，跳入水中，水就能分开，三尺之内，仿佛陆地，人们就可以呼吸了。刻成鱼形的想象，当然还是一种原始的交感巫术思维——是"相似律"的机制在发挥作用。因为鱼类可以在水中自由活动，入水的法宝，也要做成鱼的形状。当然，材质也是关键，不是什么材料都能改造成入水法宝的，犀角本来就能分水，所以《西游记》里说道："原来这怪头上角，极能分水，只闻得花花花，冲开明路。"作者在这里使用的拟声词，是可爱的，也是生动的，连用了三个"花"字，我们可以想见：三头犀牛，没命地奔逃，犀角到处，海水就自然分开。犀牛一路跑，海水一路分；犀牛跑得急，水路分得急。作者的笔墨，不必啰唆，三个叠字，场面自然就呈现出来了。

穿衣打扮上，犀牛怪们也是很讲究的。例如辟寒大王，头戴狐裘花帽，辟暑大王，则是一领轻纱，辟尘大王不必随着冷热寒暑，增减衣物，但也是一身锦绣。

总之，玄英洞里的三头犀牛怪，虽然模样粗鄙，身形狼犺，却过着精致的生活。吃穿用度，都是很讲究的。《牡丹亭》里的杜丽娘，

935

有一句脍炙人口的唱词:"可知我常一生儿爱好是天然。"① 天然,就是天性使然;爱好,就是爱美。好,指的是美丽的事物。明清文学中的许多主人公,都是"爱好"的典型,柳梦梅是爱好的,贾宝玉是爱好的,婴宁是爱好的 …… 这些人物身上,散发着强烈的人本主义的光芒,其爱好、逐好、护好的言行,是对人之本性的高度肯定。《西游记》里的犀牛怪,也是爱好的。只不过,他们所爱,太过肤浅,自然也得不到肯定,最后身首异处,也得不到同情。

239 犀牛怪为何犯"辟"字?

上一讲说到犀牛怪的角,他们在吃穿用度方面的讲究,都是由犀角的奇异功能联想而来的。其实,犀牛怪的名号,也是从与犀角相关的文史知识来的。

三个魔头的名号里,都有个"辟"字。这里的"辟",是祛除的意思。只不过,祛除的对象不同,辟寒、辟暑、辟尘,也都有传说的根据。

辟寒,就是祛除寒凉。据《开元天宝遗事》记载,开元二年(714)冬至,交趾(就是今天的越南)进贡了一只金黄色的犀角。使者请人用金盘盛放犀角,摆在大殿中央,大殿之内就慢慢升腾、循环起一股暖流。玄宗皇帝很好奇,使者回答:这是辟寒犀的角。隋文帝的时候,交趾曾经进献一只,今日再进献一只。这明显是为了拍玄宗的马屁。犀角又不是中央空调,不可能调节室温。交趾使者

---

① 汤显祖:《牡丹亭》,北京:人民文学出版社1963年版,第53页。

特地点出隋文帝，无非是进行历史时段的类比，盛赞开元盛世。玄宗皇帝当然很高兴，给予使者丰厚的奖赏——不是辟寒犀的角值钱，而是使者的马屁值钱。这一故事很有名，后来的许多笔记小说里都传抄转录，明清时期的人们，对此仍是津津乐道的。所以，作者把该名号用到《西游记》里。

辟暑，就是祛除炎热。据《杜阳杂编》记载，唐文宗博览群书，又喜欢宣召大臣进内廷讲说经义，李训讲授的《周易》，深得文宗之心。当时，正是盛夏，文宗就赐给李训一条水玉腰带和一柄如意，用来解暑。这如意的材质，就是辟暑犀的角。皇帝的恩赏，有多大的实际功用，是值得怀疑的——水玉腰带、犀角如意，无非因为材质本身寒凉，暑天里摸着，能感受到一丝凉意而已，真实效果可能还不到竹夫人（用竹子编成的解暑用具，类似今天的抱枕）的一半。御赐之物，主要是一种象征，是皇恩，是雨露，是个人与家族的荣耀，是一种幸福感。甭说水玉、犀角的价值昂贵，就算赏一把木勺子、竹笊篱、铁耙子，那也是冬天握着暖、夏天抱着凉的。所以，这个故事也是被后世当作佳话来传诵的。

辟尘，就是祛除灰尘。这种犀角，经常用来做簪子或梳子，据说妇女用了这种簪梳，头上、身上就染不上灰尘。唐代裴铏的《传奇》里，已经提到了辟尘犀角做的簪子——有头皮屑烦恼的人，应该是很喜欢辟尘犀角的，只要一支簪子，或是一把梳子，每天簪着，每日梳着，就能"头屑去无踪，秀发更出众"了。

其实，人们对于犀角功能的想象，远不止此。比如刘恂的《岭表录异》（这是一部记录唐代岭南地区土物风俗的书籍）就提到光明犀、辟水犀、骇鸡犀。

光明犀，容易理解——仿佛夜明珠，能使暗室生辉。辟水犀，也不新奇，古人本来就认为通天犀的角能分水。骇鸡犀，指这种犀角，鸡见了就害怕。而段公路的《北户录》（这也是一部记录唐代岭南土俗的书）里说，骇鸡犀的角可以用来驱散大雾，祛除潮湿。

如此看来，不只有辟寒、辟暑、辟尘大王，还可以有辟暗大王、辟水大王、辟雾大王或辟露大王了。总之，令人们感到身体不适的环境，都可以用犀角来改变或调解。它可以是净化器，也可以是加湿器，还可以是除湿器，古时候没有多功能空调，所有的现实期望，都落实在神奇的犀角之上了。

这自然都是一些奇妙的想象。不过，伴随着人们对犀牛逐渐科学地认识，犀角也确实具有了实际功用。最主要的功用，就是入药。中医认为，犀角是一味珍贵药材。它性寒，具有凉血、清热、解毒、定惊的功效。在治疗热病、发狂、斑疹、呕血等症状时，都有很好的效果，李时珍的《本草纲目》更认为犀角是"万能"解毒药。

这样的药材，当然是珍贵的。有了买卖，自然就有杀害，对犀牛的滥捕滥杀，从古至今就没有断过。

当然，"买卖"的主要动机，还不是看重犀角的药用价值——今天，我们已经能够用人工合成的成分，大部分取代来自自然界的"原始"成分，但人们依然猎杀犀牛，只为了拿到犀角，因为这是财富、地位、权势的象征。《金瓶梅》里，王婆向金莲描述西门庆的丰厚家底，就有一句："也有犀牛头上角，大象口中牙。"[①] 犀角、象牙

[①] 兰陵笑笑生著，张竹坡批评：《张竹坡批评金瓶梅》，济南：齐鲁书社2014年版，第55页。

本身没有价值，它们的主要成分就是碳酸钙一类的物质——不是价值连城的东西，但它们是稀罕的，不易获得的，又被附会上各种想象，就成了特定的象征物。一根大棒骨和一只犀牛角，本质上是差不多的东西，但前者是"穷人乐"，后者是"富人乐"，更是"贵人乐"，作为后者，并不是一件幸福的事，因为这意味着无餍的追求、无尽的杀戮。

三头犀牛怪，生时过着精致的生活，死后却身首异处，都是犀牛角的缘故。悟空会做人情，天上、人间、佛境，都打点到。儒、释、道三家，一家两只犀角，不偏不倚，谁也挑不出毛病。悟空本来就在南赡部洲的"社会大学"历练过，陪着唐僧一路西行，经过各国的州府县城，人间百态看得多，也越发世故了。若是以往，四木禽星帮悟空降伏魔头，悟空无非唱个大喏儿，口头感谢一番，如今倒学会做人情了；眼见灵山将至，悟空也愈来愈不可爱——毕竟，这猴子是要成长的。不可爱，经常就是成长的一种"牺牲"。

240　犀牛怪为何见了四木禽星就"麻爪儿"？

说完三头犀牛怪，再说它们的对头——四木禽星。

所谓"四木禽星"，指角木蛟、斗木獬、奎木狼、井木犴，他们是太白金星推荐给悟空的。这段情节里，我们又可以领略一次太白金星的世故——这个老滑头，既要卖人情，还明哲保身，又坚持"程序正义"。

按说，唐僧路阻金平府，悟空一时奈何不得犀牛怪，主动到天庭求援，这正好给太白金星提供了卖好的机会。太白金星先给悟空上了一节"生物课",科普了一下犀牛的分类,又简单介绍了三头牛怪的来历,铺垫得差不多了,就顺带道出禽星,说犀牛见了四禽就畏伏。悟空虽然交友广泛,但记不住各类小角色的名号,也对不上人物 —— 微信通讯录快满额了,各种昵称,奇奇怪怪的名号,没有备注的话,谁能对得上 —— 就问是哪"四禽"? 太白金星却说:"你去奏问玉帝,便见分晓。"卖完好,又卖关子,这就是金星世故的地方。

一来,四木禽星里有奎木狼。之前,奎木狼捉拿唐僧,与悟空成了对头,太白金星摸不准这猴子会不会衔恨。

二来,四木禽星愿不愿意帮忙,也不好说。毕竟,《西游记》的神佛,除了观音和金星两个"救火队长",以及黎山老母一类"好心肠儿",大多是不爱揽事的。所谓"事不关己高高挂起",这也算是另一种"清静无为"吧! 若是后来查访出来,是金星透露的消息,可能埋怨这老家伙多事。请朋友们留意一个细节:许旌阳天师带着悟空到斗牛宫点人,四星一听说有任务,角木蛟、斗木獬、奎木狼就说:不需要我们全员出动,井木犴一个就够了。悟空还没反应过来,幸亏许天师接了话 —— 许天师是通明殿里的"老机关",捕捉弦外之音,是其行政工作的庸俗日常。许天师听出三人的意思,立马拉下脸来,教训道:"你们说得是甚话! 旨意着你四人,岂可不去? 趁早飞行!"可见,四木禽星是不大乐意出这趟公差的。

三来,即便悟空不计前嫌,四木禽星也爱凑热闹,还是得走正规程序。眼下就把名单交给悟空,悟空猴急,可能直接"打电话摇人",这就是公事私办了!

卖人情,那是"私"的;动用天庭人力资源,必须走"公"的。一码归一码,在体制内混得久了,金星在这方面最拎得清。后文写到，悟空领了玉帝旨意，到斗牛宫点人，悟空就笑了，说道："原来是你！这长庚老儿却隐匿，我不解其意。早说是二十八宿中的四木，老孙径来相请，又何必劳烦旨意？"可见金星的担心，并不多余：这猴子不熟悉体制内生活，真能公事私办。四木禽星要是磨不开面子，直接答应了，日后查点起来，都有罪过。为了卖人情，惹一身骚，就得不偿失了。

那么，四木禽星为什么是犀牛怪的对头呢？咱们先分别介绍一下他们。

奎木狼，前面已经做过"专辑"，就跳过去，先说角木蛟。

之前也提到过，角木蛟是二十八宿里的老大。在人们的想象中，角宿睿智勇敢，这是一种理想型人格。到了《西游记》里，理想型人格就显得有一点"滑"。在小雷音寺，角木蛟由着亢金龙出风头，一点也不抱怨；这一回，出差的人数少，他又是"带头大哥"，按理应该出尽风头。结果，他还是不显山不露水，井木犴下狠手，按住辟寒大王，生吞活剥，摩昂太子赶忙阻拦，他却袖手旁观。这倒也是一种做老大的智慧——大哥不好当，围拢手下一帮弟兄，就得照顾到他们的多样性，维护他们的多样性，同时懂得放手。

况且，井木犴实在不好惹。为什么角木蛟等人力推井木犴？因为他本事大。书里说"他能上山擒虎，下海擒犀"，这话是有根据的。《禽星易见》里就说，井木犴是天威星，号称禽星之王，能上山吞虎豹，下海食蛟龙。陆生动物，水生动物，都惧怕他。同时，井木犴生性奸狠，不好招惹。在人们的想象中，井宿多变多诈，是奸伪英雄的象征。与这位兄弟一起出差，角木蛟当然要低调一些，即便兄弟发野性，他也不吭声。

至于斗木獬，在这个小团队里，存在感更低。角木蛟和井木犴是冲在前线的，斗木獬则与奎木狼清剿后方，功劳不大，却出不了大差错。獬，就是獬豸。这是上古神话传说里的一种独角神兽。据说，它能辨别是非曲直、正邪善恶，遇到有罪的人、奸邪的人，它就用角去顶撞。所以，人们是很崇拜獬豸的，它也成为一种司法公正的原始象征。只不过，在这段神魔故事里，不涉及司法公正的内容——《西游记》玩世不恭，全书里也找不到多少司法公正的内容，斗木獬便"英雄无用武之地"了。

可见，四木禽星的本领和心性是不同的，但他们有一个共同点，五行属性都是木。而牛的五行属性（犀牛，也被归在"牛"的大类里）是土。按五行相生相克原理，木能克土，所以犀牛见了木禽，就"麻爪儿"了。这个道理，并不复杂。《西游证道书》第九十二回总评就说道："四星之降三犀，人皆知为木克土。"[1] 说明，这在当时是一种一般知识。汪象旭则在这个一般知识的基础上，又做了一点发挥，他认为：犀牛不同于一般的牛，通天犀的角可以分水，则三只犀牛怪是土性兼水性。木能克土，所以四木禽星必胜；水能生木，见了分水犀牛，四木星禽功力大长，还是要胜利的。相生相克，三只犀牛都必死无疑。这其实就有"强制阐释"的味道了。但证道派的评点，本来就有不少"强制阐释"的成分，考虑到这些评点在《西游记》经典化的过程中，发挥了举足轻重的作用，在一定程度上，也是能够自圆其说的，今人就不必对其苛责了。

---

[1] 《黄周星定本西游证道书》，北京：中华书局1998年版，第772页。

第九十三回
给孤园问古谈因　天竺国朝王遇偶

241　布金禅寺里真有黄金吗？

第九十三回的回目是"给孤园问古谈因，天竺国朝王遇偶"。地点与事件都点明了。

这段情节说的是：唐僧师徒来到天竺国的中心地带，先在布金禅寺投宿，得知院主收留了一个落难女子，这女子自称是天竺国公主。受院主委托，唐僧、悟空到天竺国打探公主的虚实，正赶上公主彩楼招亲，绣球打中唐僧。唐僧被众人强拉入皇宫，悟空嘱咐唐僧，叫国王召他入宫，他好趁机查访。

这是一个"真假公主"的故事。在布金禅寺，唐僧等人遇到的是真公主，"问古"只是一个因子，"谈因"才是正戏，这里的"因"主要是公主落难的前情；在天竺国都，唐僧等人遇到的是假公主，"朝王"是因子——唐僧不去朝王见驾，倒换通关文牒，就不会遇到彩楼招亲的事。只不过，唐僧是歪打正着，假公主却是蓄谋已久，整个招亲活动，其实是给唐僧设下的陷阱。公主在彩楼之上，耗了大半天，不见唐僧不撒鹰。

既然真公主是先登场的，我们就先讲一下她的舞台环境。

这一环境，就是布金禅寺。不过，书里涉及好几个地方概念，有的朋友，可能一时理不清关系。我们来讲一下。

首先是舍卫国。唐僧一听到"布金"二字，就想到舍卫国。连八戒都纳闷：唐僧是个出了名的"路痴"，这回怎么反倒认路了？唐僧回答：自己长年看经诵典，当然知道舍卫国的典故。只不过，唐僧对舍卫国的来历，还不清楚。

舍卫，是梵语音译，也可以翻译成室罗伐，或室罗伐悉底。意译的名字有很多，比如闻者、闻物、丰德、好道等，说的都是这里。这里本是一座城，是古时候中天竺拘萨罗国的都城。拘萨罗国，位置靠北，当时南部还有一个拘萨罗国，为了区别，北边这个就用国都名代替国家名，改称舍卫国了。

这里气候宜人，物产丰富，它的一个意译名是"闻物"，或者"多有"，就是说这里出产各种好东西。自然环境好，农业基础好，人们安居乐业，生活富足，自然就有向学之心、向善之心，所以舍卫国也是一个政治清明、风俗淳厚的地方，人们也好学问、崇道德，出了不少有智有德的学者，闻名五天竺各国。诸如"闻者""丰德""好道"等意译名，说的就是舍卫国多出德才兼备者。

这样的政治、经济、文化氛围，自然也适合佛教流布。相传，释迦牟尼长年居留于此传道说法，这就自然引出了祇园精舍。

祇园，是祇树给孤独园的简称。祇树，并不是一种树，而是对只陀太子所拥有的园林的声称。只陀，是梵语音译，也可以翻译成只多、逝多等，意译是胜。所以，这位太子也可以叫胜太子，他是舍卫国波斯匿王的皇太子。

给孤独，是给孤独长者的简称。这是当时舍卫国的一位大富商。有的朋友，一听到"长者"二字，基于中国本土的语用传统，容易误解，把给孤独误看成一位年高德劭的长辈。86版电视剧《西游记》把给孤独称作"长老"，应该就是误会了。其实，在佛经里，"长者"大多指富有的人，第九十八回，佛祖提到的"舍卫国赵长者"，也不是老者，更不是长老，同样是一位富商。

当然，佛祖肯定的富商，一定是乐善好施者，给孤独长者就是其中典型。给孤独，是意译。给，就是给养，供给、施舍。孤独，就是鳏寡孤独等弱势群体。这位长者，一贯乐于布施，给养弱势群体，所以得了这个好名字。

不只乐善好施，给孤独还花重金买下只陀太子的园林，建造精舍，供养佛祖。这座祇园精舍，也与王舍城的竹林精舍并称为佛教最早的两大精舍。

精舍（也叫精庐），本来指智德精练之人的宅舍。这里的"精"，指的是修为，是精神层面的概念，但供养佛祖的精舍，当然得是精美的园林，这又落实到物质层面了。相传，祇园精舍占地有八十多顷，中央是香室（相当于今天的佛殿），周围分布讲堂、温室、浴室、食堂等，功能性空间一应俱全，园内外遍植奇花异草，又有清泉净池，环境宜人。

布金禅寺的传说，应该就是在此基础上发展而来的。在历史真实中，祇园精舍应该是只陀太子与给孤独长者合力建造的，一个出场地，一个出经费，两人都有功德。进入传说渠道之后，就增加了戏剧性。一个要买，另一个不卖；一个硬要买，另一个就提出苛刻条件——用黄金铺满地面，还要达到五寸厚。没想到给孤独财力惊人，当真用黄金铺满了祇园，只陀太子只好让出"宅基地"。佛教徒看重这个传说，主要是为了强调佛陀受到崇奉，信徒极为虔诚，但世俗人对此津津乐道，主要还是聚焦在满地金灿灿的黄金，妄想摸去两块，哪怕在大雨过后，从墙缝地砖缝里抠出些金珠银粒也好，与《西游记》里八戒的表现一样。

历史真实中的玄奘是到过祇园的，只不过当时已经荒芜了。据《法苑珠林》记载，祇园建成后二百年，就被烧毁了。五百年后，游育迦王在旧址上重建，但人力物力有限，规模只有原来的十分之一，经历百年之后，也毁于火灾。又过十三年，六师迦王也进行了重建，恢复了殿宇壮丽的盛景，但好景不长，一百年后也荒废了，变成刑场。正所谓"世间好物不坚牢"，尤其物质层面的景观，不可能永世不坏，到头来不过是荒园废地，一片狼藉而已。玄奘看到的，也只是一些断壁残垣，精舍早已不在，何况黄金呢？

所以，小说里的唐僧看到的也只是荒芜的基址，黄金的影儿也没有，倒是听到了女人的哭声。这个凄凉的环境，正好适合落难公主登场。因为久已荒废，人迹罕至，公主才好在这里存身，又受了布金禅寺院主的启发，每日装疯卖傻——知道的是天竺国的公主，不知道的还以为是《简·爱》里的疯女人呢！

疯女人的来历，总是叫人浮想联翩的，好事者又喜欢寻根究底。由此，才引出后来"朝王遇偶"的事件，唐僧再一次掉进"烟花网"。

那么，问题又来了：唐僧为什么总也躲不掉"烂桃花"呢？只因为他人物丰秀吗？又或者仅仅源于那宝贵的"一点元阳"？还有其他原因吗？下一讲细说。

242 唐僧为何招"烂桃花"？

上一讲提到，天竺国的假公主处心积虑，要"搞"到唐僧，彩楼招亲的活动，是专门为唐僧准备的"烟花"陷阱。书中交代，假公主算定了时间——唐僧在此年、此月、此日、此时，来到此地，特地搭起彩楼，等候唐僧。准备工作早已完成，假公主迟迟不行动，直挨到午时三刻，眼见唐僧出现，才拿班做势，焚香祷告起来，等到唐僧走近，抛出绣球。

可以说，在《西游记》的女妖里，假公主做的准备是最充分的。在"睡"唐僧这件事情上，假公主可不是"搂草打兔子"的做派。

请注意，我这里说的是假公主，不是玉兔精。假公主是玉兔精，这没问题。但假公主是女的，玉兔精的性别，还要再斟酌。这里先卖个关子，按下不表。

论起来，《西游记》里要"睡"唐僧的女妖不少，以致读者形成一种刻板印象：但凡女妖，就巴不得"睡"唐僧。其实，书中的一些女妖，心思很单纯，只想"吃"唐僧。

比如头一个出现的女魔头——白骨夫人（之前讲过，白骨夫人其实不是妖精，而是一个僵尸，但这里采取宽泛理解，把她算在"女妖"里）——就对男女之事"不感冒"；再比如盘丝洞里的蜘蛛精，虽然是淫欲化身——盘丝盘丝，明里是蛛丝，暗里是情丝，但她们见了唐僧，也首先想到"吃"，不是"睡"（色诱唐僧的桥段，是后来改编作品的演绎）。

真正要"睡"唐僧的，只有蝎子精、白鼠精和玉兔精。虽然不是绝对值,但已经占到百分之六十了。加上女人国王,只看性别,不看属性,《西游记》里惦记唐僧"身子"的,实在不少。西天路上,一处接一处的"烟花网",也实在叫唐僧应接不暇。

论起来,这些女妖(人),都是唐僧的"烂桃花"。

所谓"烂桃花",是一个网络流行词,源自"桃花运"。人们追求爱情,讲究交运,桃花有爱情、婚姻的寓意,便拿来给这方面的时运冠名。不过,交运交运,不一定都是好运。如果遇人不淑,迎来的不是"桃之夭夭,灼灼其华。之子于归,宜其室家"的美好结果,而是叫人巴不得"逃之夭夭"的麻烦,那就是"烂桃花"了。

这还是对世俗人来说的。对于唐僧这样的受戒者而言,不是"遇人不淑"的问题,而是遇"女人"就"不淑"的问题。甭管人间国王,还是披毛带尾的妖精;无论温柔娴静,还是张牙舞爪。只要是女人,在唐僧看来就是"粉骷髅",就是危险,就是厄运。所有桃花,不管是红的、白的,还是紫黄月白毛蓝色的,都是"烂桃花"。

从女妖的角度看,她们也没有"宜其室家"的期待,"睡"唐僧主要是肉欲满足,没有长长久久过日子的打算。

那么,女妖们为什么惦记唐僧呢?

有人说,因为唐僧俊俏。这话不假,唐僧确实模样俊俏,尤其经过悟空等人反衬,更显出中华人物的非凡仪表。有人甚至开玩笑,说唐僧是《西游记》里的"小鲜肉"。

所谓"小鲜肉",也是网络流行词。在一个"看脸"的时代,在人们可以大大方方地讨论"肉欲"快感的时代,"小鲜肉"一词流行起来,一点也不奇怪。人们甚至不把它理解成贬义词,即便有一点讽刺的成分——可能包含"金玉其外"的意思,但更多是一种艳羡或追慕的心理。在刻板印象里，特别是经过后来影视作品的强化（影视作品的选角，经常用俊俏小生），人们把唐僧说成"小鲜肉"，也无可厚非，但回归原著，"小"和"鲜"字，有些不符合实际。

唐僧离开长安时，已经三十出头，走了十四年，抵达天竺，已经四十五岁 —— 眼看"奔五张儿"的人了。当初走到西梁女国，还不到四十岁，勉强可以叫一声"御弟哥哥"，如今黄土已经没过半月板了，得叫"御弟叔叔"了。而天竺国的公主，才二十岁。十五岁的年龄差，放在今天，倒也不算是事儿；放在过去，还是有一点"惊世骇俗"的。

所以说，女妖们看重的不是"小"，也不是"鲜"，而是"肉"。

这块"肉"有奇效。唐僧十世修行，自幼出家，元阳未泄 —— 也就是说没有破身。若能汲取这一点元阳真气，妖邪就能修成正果，飞升天界。第九十三回，已经把玉兔精的盘算交代得明明白白。

只不过，这一连串的"烂桃花"背后，还有一个更深层次的动力：唐僧身上，有阿难的影子。换句话说，唐僧是在替阿难背锅。

书里交代，唐僧的前身 —— 金蝉子 —— 是释迦牟尼的二弟子。然而，金蝉子是一个杜撰出来的名号，正经的二弟子是谁呢？一般认为，是阿难。

阿难，全称阿难陀。这是梵语音译，意译是欢喜、庆喜、无染。历史真实中，阿难是释迦牟尼的堂弟，他出生当天，正是释迦牟尼成道之日。阿难在二十五岁出家，一直是佛祖的常随弟子。佛祖另一位著名的常随弟子，是迦叶。相传，佛祖生前，阿难尚未开悟，佛祖传道于迦叶，迦叶再传法给阿难。所以，人们就认为迦叶是佛祖的大弟子，阿难是二弟子。

那么，阿难的形象，是怎么与玄奘结合在一起的呢？

之前讲过，玄奘身后，人们不断神化他，最终把一位历史真实中的佛教宗师，想象成罗汉，就是十八罗汉中的最后一位。作为罗汉的玄奘，最著名的是博学多闻。按《大慈恩寺三藏法师传》里说的，玄奘修行九世，每一世都是博学多闻，富有辩才，在当时的中国佛教界算得上是"第一"人物。①《基公塔铭》（基公，指玄奘的弟子窥基）中又有一句话，说玄奘"多闻第一"②。而"多闻第一"，正是阿难的关键词。在佛祖十大弟子中，阿难的记忆力是最好的，佛祖说过的话，他都记诵在心，倒背如流，被推为"多闻第一"。可以说，从才学能力上看，玄奘和阿难是很像的。

从外表上看，两人也是很像的。传说，阿难是一位美男子。如《佛祖统纪》所言，"面如净满月，眼若青莲华"③。而历史真实中的玄奘，也是美男子，"眉目舒朗，端严若神，美丽如画"④。可以说《西游记》里那位"浑如极乐活阿罗，赛过西方真觉秀"的唐僧，身上既有玄奘的影子，也有阿难的影子。

更重要的是，历史真实中的玄奘没有"烟花网"的苦恼，阿难的著名传说之一，恰恰是一个"烟花网"的故事，就是摩登伽女的故事。《摩登伽经》《楞严经》《摩登女解形中六事经》等经文里，都记载了这一故事。故事的基本情节是阿难从祇园精舍出来，到舍卫城里化斋，返回途中，经过一口水井，摩登伽女（这是一位首陀罗

---

① 慧立、彦悰：《大慈恩寺三藏法师传》，北京：中华书局1983年版，第224页。
② 王昶：《金石萃编》，台北：台湾新文丰出版公司1977年版，第2036页。
③ 志磐著，释道法校注：《佛祖统纪校注》，上海：上海古籍出版社2012年版，第136页。
④ 慧立、彦悰：《大慈恩寺三藏法师传》，北京：中华书局1983年版，第223页。

种姓的年轻女子，首陀罗是古印度"四大种姓"中地位最低的）在井边打水，见阿难俊美，就动了邪念，把阿难掳走，摩登伽女百般色诱阿难，阿难志操坚固，不毁戒体。

这个故事，不能简单地理解成"一次事件"，而是类似事件的"合并同类项"。由于阿难俊美，常有妇女骚扰他，这本是日常的尴尬事，但在佛教徒看来，就有了象征性。女性被看作情欲的化身，甚至被理解为"魔难"，摩登伽女也成为女色的代名词，象征着对修行者的严峻考验。

既然唐僧的身上有阿难的影子，当然也要遭遇阿难的烦恼了。

更重要的是，阿难遇摩登伽女的故事，本来就与舍卫国有关。第九十三回，唐僧正巧也来到舍卫国。只不过，摩登伽女出身低贱，是首陀罗女子。公主则出身高贵（想来，是刹帝利种姓）。但无论首陀罗，还是刹帝利，对于阿难来说，都是女色磨难；对于唐僧来说，都是彻头彻尾的"烂桃花"罢了。

第九十四回
四僧宴乐御花园　一怪空怀情欲喜

243　玉兔精是"女装大佬"？

这一回的回目是"四僧宴乐御花园，一怪空怀情欲喜"。这里的"一怪"，当然指的是玉兔精，这妖精处心积虑，最后落得狗咬尿泡——空欢喜一场。

值得玩味的是，为何这里说"一怪"，而不是"女怪"？

当然，用"一"字是为了形成对仗，"一怪"与"四僧"正好构成对偶。但通观第九十三至九十五回的回目，作者也都回避了性别。之前，在地涌夫人的段落里，作者反复用"姹女"一词，代指老鼠精。这当然是利用丹道术语的借代修辞，但也道破了性别。为何到了玉兔精的段落里，作者绝口不提性别呢？

不仅不提，还有意味深长的暗示。这一回，唐僧抱怨悟空多事，悟空说道：等到拜堂成亲的时候，他在旁边察看，"若还是个真女人，你就做了驸马，享用国内之荣华也罢！"唐僧听了这话，气得要念紧箍咒，悟空又说："莫念！莫念！若是真女人，待拜堂时，我们一齐大闹皇宫，领你去也。"说明这不是口误——作者就是要悟空这样讲的。

儿时读这句话，没读出额外的意思，只当悟空调侃唐僧，所以唐僧越发气恼。后来经历的人事多了，经验更丰富了，才读出这句话额外的意思。当然，悟空还是在调侃，只是口味有一点重。或者说，带着一股恶趣味。

照说，进国都查探虚实，本来是受了布金禅寺院主的托付，但人家是叫悟空辨别公主之真假，而不是性别上的男女。若是辨别公主真假，悟空应该说成："若还是个真公主"，为何说成"若还是个真女人"呢？难不成，这公主不是女的？看来，悟空似乎已经察觉到：问题的关键并不在于身份，而是性别；公主之真假，姑且不论；这厮拿班做势，巧笑倩兮，美目盼兮，却未必是女人！

其实，不用说"未必"，考虑到《西游记》的写定时代，书里的玉兔肯定不是雌的，而是雄的。

这样讲，有相当一部分读者，要大跌眼镜了。基于刻板印象，特别是经过影视作品的强化，大家习惯认为玉兔精是一个美丽活泼的少女。86版《西游记》里的玉兔精，是最深入人心的一个形象；扮演者李玲玉女士，在当时可算是"国民女神"了。人们心目中的玉兔精就应该是这副样子，模样俊俏，身段苗条，声音像黄莺鸟，眼睛会说话。这不仅是玉兔精的理想型，更是人们心目中美丽少女的理想型。这样的形象，怎么不是"真女人"？书里又交代过，玉兔精处心积虑"睡"唐僧，若不是"真女人"……那画面太美，我们也看不下去。

其实不必大跌眼镜，笔者说玉兔不是雌的，没说公主不是女的。照书中的形象塑造，公主是少女的形象，这一点毋庸置疑。但这是幻化出来的形象，女妖可以幻化，男妖也可以幻化。菩萨既然可以

953

幻化成男妖，男妖自然也可以幻化成女人。

按照当时的民间信仰，月宫中的那一只月兔，是公兔子。与之对应，天下的兔子都是母的，若要生兔子，对月一拜，感应到月中雄兔的精气，就能怀孕，生下来的还是母兔子。

这种想象，起源是很久的。晋代张华的《博物志》里就说："兔舐毫望月而孕，口中吐子。"① 也就是说，兔子舐舐自己的毛，望向月亮，就能受孕。小兔子是从母亲的嘴里吐出来的。这是张华听来的说法，是当时流行的传闻。作为一名负责任的"记录者"，张华如实记录了一种当时普遍接受的"知识"，并强调自己没有验证过。

可以看到，该传闻还保留了一点物源神话的痕迹。"兔子"与"吐子"谐音，因为口中吐子，这种动物才叫兔子。到了近古时期，人们对自然界的认识更加深刻了，大部分人是不会相信这种奇葩说法的，但先民的想象力，仍旧产生影响，比如《封神演义》里伯邑考的悲剧，就利用了这一神话。

《博物志》里没有提到月中玉兔的性别，但人间的母兔"望月而孕"，自然会让人联想到月中玉兔的性别。这种认知，到了唐宋时期，不仅没有衰减，反而被强化了。比如北宋笔记小说《春渚纪闻》就提到，当时的"野人"，大多认为人间没有公兔子，母兔子只能望月而孕。所谓"野人"，指的是无知识者。但无知识者所掌握的"知识"，在主要依靠口头渠道传播的时代，可能覆盖的范围更广，又是高度固化的，所以很难被修正、更改。明代沈德符编写《万历野

---

① 张华：《博物志》，见《汉魏六朝笔记大观》，上海：上海古籍出版社1994年版，第198页。

获编》的时候，又专门提到这一传闻，沈德符从自己的养殖经验出发，证明兔子是有公有母的，但巴巴地写到笔记里，当作"真知灼见"，可知当时仍有相当一部分人相信旧日传闻。

况且，即便证明人间的兔子有公有母，也不能反证月宫的玉兔不是公的。毕竟，这本来就是一个神话，自始至终都是基于神话思维在发展，后来又融入阴阳理论。月亮，是太阴之精，但古人讲究阴阳辩证。所以，月宫玉兔成为一个符号，它象征太阴中的一点阳精。既然是阳精，当然是公兔子了。

此外，到了明代，"兔子"又成了一种污名化的称呼。因为传闻兔子望月而孕，古人把自然界的现象，比附到人类社会的现象，用"兔子"代指"不夫而孕"，没有丈夫而生子的妇人，被人们称作"兔子"，又进行了夸张的描述——撑目兔。撑目，就是瞠目。兔子把眼珠子瞠得溜圆，望向月亮，巴不得"不夫而孕"，借以讽刺这类妇女不知羞耻。陶宗仪《南村辍耕录》里就提到了这个词，所谓"家眷皆为撑目兔，舍人总作缩头龟"，① 说明元代已经流行这种说法了。

再后来，娼妓被称作"兔子"—— 因为她们也有"不夫而孕"的风险。② 元末明初的《墨娥小录》里，就提供了这一解释。不止于此，污名化的称呼，又从娼妓转移到娈童，以至于所有喜好男风者，晚明以后，这甚至成为刻板形象。说起"兔子"，人们大多不会联想到娼妓，而是好男风的人。比如《品花宝鉴》里有句俗语："婊子无

---

① 陶宗仪：《南村辍耕录》，见《宋元笔记小说大观》，上海：上海古籍出版社2007年版，第6496页。

② 参见贺为国：《詈词"兔子"考》，《广西民族师范学院学报》2011年第4期。

情,兔子无义,你的钱也干了,他的情也断了。"①这里"婊子"和"兔子"是对举关系。婊子,特指妓女;兔子,则泛指好男风者,尤其当时梨园行里的一种变态时髦。

《西游记》写定于晚明,这种认识,当时已经形成了。作者没有点明,却有暗示。今人读不出来,当时的人,则能捕捉到一种恶趣味。所以"李评本"的评点者,在第九十五回的总批里说:"向说天下兔儿俱雌,只有月宫玉兔为雄,故兔向月宫一拜,便能受孕生育。今亦变公主,抛绣球,招驸马,想是南风大作耳。"②你瞧,追溯到中古时期的传说,又联系到当时的社会风气,评点者倒是捕捉到了作者的"恶趣味"。在他脑补的画面里,悟空说"若是真女人"的时候,嘴角大概是划过一撇坏笑的。

244 素酒是什么酒?

从故事发展看,这一回是一段过渡的情节。彩楼招亲的日子是初八日,婚礼的日期定在十二日,还有四天光阴,悟空等人就陪着唐僧待在皇宫里,每天宴饮消遣。唐僧是掐着指头数日子,四天过得仿佛四年,当然是乐不起来的,悟空等人倒是玩得痛快。

宴饮的过程中,自然要出现一种饮品——素酒。这一回里没有提到,但之前的国宴情节里,素酒是经常出现的。比如,第十二回,太宗送别唐僧的时候,就赐了一杯素酒。第五十四回在女儿国,

---

① 陈森:《品花宝鉴》,北京:宝文堂书店1989年版,第720页。
② 吴承恩:《西游记:李卓吾评本》,上海:上海古籍出版社1994年版,第1284页。

国王也准备了素酒。第六十九回在朱紫国，第八十八回在玉华国，也都提到了素酒。

一般情况下，唐僧是不吃酒的。在唐僧看来，酒是僧侣第一戒，他是严格执行这条戒律的。除了第十二回，太宗御赐素酒，唐僧不敢不喝。在西天各国的招待宴上，面对国君们的好意，唐僧都是婉言谢绝的。悟空等人，都是喝素酒的。

其实，不只国宴之上，民间的招待宴，或者妖洞魔窟的餐桌上，也可以看到素酒。比如第十九回，高员外答谢唐僧，就献上素酒。第四十八回陈澄兄弟招待唐僧，也有素酒。第八十四回，赵寡妇的客店也提供素酒。第八十二回，地涌夫人敬奉给唐僧的也是素酒，唐僧为了博取地涌夫人的信任，还勉强喝了一口。

那么，素酒到底是一种什么饮品呢？为什么唐僧把它算在戒条里，又为什么在极特殊的情况下，可以勉强喝下去呢？

这里的"素"，当然是与"荤"相对应的。有素酒，当然就有荤酒。通过贴标签，酒这一饮品，被分成两大类。汉传佛教很早就形成了不动荤的"铁律"，但事物的分类，归根到底来自人们对于它们的认识。一种饮食，到底属于"素"的，还是"荤"的，取决于人们对它的解释，这是一个约定俗成的结果，在具体的执行过程中，又有很多特殊情境——事物的属性，本来就是相对而言的，即便是贴标签，也很难做到严格的区别。

其实，酒本身就是僧侣戒断的对象。它是"五戒"之一。五戒，是戒杀生、戒偷盗、戒邪淫、戒妄语、戒饮酒。不可饮酒，这是汉传佛教的一个明确戒条。《四分律》就要求：沙弥持受十戒，其一就是终生不得饮酒。

然而，有了"荤"与"素"的区别，执行"酒戒"的时候，就有了灵活性。你瞧，猪悟能别名"八戒"，戒饮酒，必然是算在里头的。但老猪尽管断了五荤三厌，却没有戒酒；唐僧平时只是嘱咐徒弟，不要贪杯误事，却不禁止他们喝酒。许多时候，还叫悟空等人替自己挡酒。极特殊情况下，甚至自家也要抿一口。可见，唐僧对酒戒的执行，也是灵活性的。而灵活的根据，就是酒分"荤"与"素"。

那么，什么是素酒呢？

到目前为止，也没有一个权威的解释——这本来就是一种民间的灵活性认识，并没有得到佛教徒的普遍接受。这里只给大家介绍几种常见的说法。①

一种说法，是从酿酒的材料来区分。我们知道，在中国的酿酒史上，植物原材料，始终是占据绝对主体的。不管是粮食，还是水果，都是植物。既然是植物，当然是"素"的，与之对应，以动物原材料酿制的酒，就是"荤"的。这种酒，虽然不多见，但历史不算晚，宋代就出现了羊肉入酒的情况。岭南地区，更是长期保持着用猪肉酿酒的传统。同时，一些以动物材料泡制的酒，也被看作荤酒。比如虎骨酒、蛇胆酒，酿酒的材料是植物，但后期加工过程里，羼入了动物成分，就被视作荤酒。这种分法，是最容易理解的，却不符合以《西游记》为代表的明清小说的情节——小说里出现的素酒，大部分都是由植物酿制而成的，却也区别荤素。

第二种说法，也是从酿酒的材料来区分的。尽管都是植物，却

---

① 参见王强：《〈西游记〉"素酒"概念再辨析》，《江苏海洋大学学报》(人文社会科学版) 2023年第4期。

硬贴标签。将粮食酿制的酒，视作荤酒；把水果酿制的酒，视作素酒。这种分法，看似古怪，却能从《西游记》里找到一些"根据"。比如第八十二回，唐僧接过地涌夫人敬的酒，暗暗祷告：这杯酒，如果是素的，弟子吃一口，不算破戒，还能见佛；如果是荤的，吃了就永堕轮回！悟空知道唐僧平时也吃葡萄酿制的素酒，叫师父放心。如此看来，葡萄酒一类水果酒，就是素酒了。但这不能反过来证明粮食酒就是荤酒。比如，第八十八回玉华国的素酒，就是糯米酿制的。可见这种说法，看似依循原著，却是以偏概全的，站不住脚的。

第三种说法，是从酿制工艺来看的。我们知道，早期的酿酒工艺是发酵，后期的酿酒工艺则大量采用蒸馏，尤其工业化的过程里，蒸馏技术总是占据主流的。发酵，就是谷物水果等原材料陈化，分泌出酒精。杜康造酒的传说，大家都是知道的。这显然是一个将集体智慧浓缩、具化到特定人物的故事，酒的"发明"，归根到底是先民的集体劳动经验。先民无意中发现了发酵现象，总结其规律，进而不断改良发酵工艺，提高酒的品质。在此过程中，又发现了酒精与水的沸点差异，进而利用这一物理现象，生产蒸馏酒。蒸馏酒，就是在发酵酒的基础上，利用蒸馏技术，进一步提高酒精含量。这种酒，叫作烧酒，或者白酒。

蒸馏酒的产生时间，学术界还有争议。一般认为，在宋元时期，蒸馏酒技术已经十分完善了。元代以后，蒸馏酒就比较普及了，但传统的发酵酒没有退出市场，特别是在民间日常生产中，个体酿制的发酵酒，直到今天也是很常见的。《西游记》写成于晚明时期，市面上流行的"酒精饮料"，应该以蒸馏酒为主，但发酵酒仍然不乏其见。或许，书里提到的荤酒就是蒸馏酒，素酒就是发酵酒。

值得注意的是，不少人习惯从酒的口感和效果来理解"荤"与"素"：口感辛辣，容易令人沉醉的，就是荤酒；口感清淡，不容易上头的，就是素酒。这似乎是第四种说法。

然而，酒的口感和效果，很大程度上取决于酿制工艺。发酵酒一般口感比较淡，甚至有点甜，也不容易喝醉；蒸馏酒则大多是辛辣的，喝起来"嘶嘶喇喇"。好这一口的人，喝得咂嘴；不好这一口的人，只感觉舌头生刺，喉咙里冒火。

总结起来，第三种说法，可能是更合理的，起码适用于《西游记》的情节，无论葡萄酿制的酒，还是糯米酿制的酒，都是发酵酒，而它们在书里都被称作"素酒"。

第九十五回
假合真形擒玉兔　真阴归正会灵元

245　捣乱的是玉兔，还是蟾蜍？

　　这一回，玉兔精显出本相，拿了一根捣药的玉杵，与悟空赌斗。悟空把金箍棒变作万千条，玉兔精招架不住，逃往天宫，被神将阻挡，只得逃回毛颖山。经山神、土地指引，悟空找到兔子窝，逼出玉兔精。两人再战，悟空发急，要置玉兔于死地。幸好太阴星君赶到，救下玉兔。原来，天竺国的公主本是月宫里的仙娥，打过玉兔一巴掌，后来思凡下界，投胎到天竺国。玉兔衔恨，假变公主，把真公主丢到荒郊野外，又动了魅惑唐僧的念头，才引出这一场祸事。

　　月宫里的玉兔，这一意象的历史是很久的。屈原的《天问》里有一句："夜光何德，死则又育？ 厥利维何，而顾菟在腹？"[①] 大致意思是：月光有怎样的德行呢？ 居然能够经历从生到死的转变。月光中的那一点黑影是什么呢？ 难道是兔子吗？

　　对于屈原这句话，不同的人，其实有不同的解释。比如，这里的"德"字，有人认为是通假字，通"得"，应该翻译成"得以"。整

[①] 洪兴祖：《楚辞补注》，北京：中华书局1983年版，第88页。

句话的意思就是：月亮怎么得以死而复生呢？

这是对月亮阴晴圆缺现象的一种浪漫想象。古人认为太阳、月亮等天体，都是具有生命的。只不过，它们的生命是周期性的，可以在生与死之间转换，因为古人观察到的太阳和月亮，都是处于规律性的变化之中的。太阳早上从东方升起，仿佛新生命开始，升至中天，普照大地，是生命力最旺盛的时候。之后，太阳就渐渐西沉，像人逐渐老去，等到最后消失于地平线仿佛死去。到了第二天，太阳又重生了（这很容易令人联想到古埃及的太阳神拉）。月亮也是这样的，从新月到满月，月面的变化，更直观，更容易被人观察到，这也像生命的发展周期，所以说"死则何育"。

至于"顾菟"，争议就比较大了。有一部分人认为，这里的"菟"，就是"兔"，所谓"顾菟"，东汉时期的王逸（王逸的《楚辞章句》，是《楚辞》最早的完整注本）认为，就是顾望人间的兔子。顾，本来是回头看的意思，后来泛指看。月宫里的兔子，看向哪里呢？当然是看向人间了。在人们的移情心理作用下，这又带上情感色彩。顾望，指对人间的眷恋。这倒是与后来的民间传说相适应的：天底下的兔子都是母的，只有月亮里的兔子是公的，这只公兔子朝下看，世间的母兔子向上望，就能受孕。再后来，人们甚至认为"顾菟"是一个专有名词，特指月宫里的那只兔子。比如南宋朱熹的《楚辞辩证》，就是这样解释的。不过，这种传说是后起的，汉代以后才逐渐流行的，屈原应该不是这样理解的。

另有一部分人，从训诂的角度，指出这里的"顾菟"，实际上是蟾蜍。

代表人物，就是闻一多先生。在《天问释天》里，闻一多指出，当时没有称兔子为"顾菟"的。更重要的是,"菟"这个词,和蟾蜍的"蜍",发音相近——其实,这两个双音节字的整个发音,都是很相近的。蟾蜍,又叫籧篨、居诸、屈造,和顾菟的发音是相近的(现代汉语发音不同,古汉语发音相近)。可以说,"顾菟"两个字,是用来记音的,没有实际的意思,这不是顾望人间的兔子,只是蟾蜍的另一种发音而已。

只不过,人们总是喜欢"望文生义"的,看到了记音的字,往往要联想到字义,比如之前讲过的"沐猴","沐"字是记音的,人们却要联想到"沐浴"。再比如"狼狈",本来都是记音的字——狼狈,本来是刺㹚,形容人走路踉跄的样子,人们却要对应上两种动物,又想象生发,说两种动物搭配合作,一起干坏事。

用"顾菟"来记音,也产生了类似的结果。本来是蟾蜍,但"菟"字叫人联想到了另一种动物,矮墩墩的蛤蟆,就蜕变成了肉嘟嘟的兔子。反正,月亮里的黑影,也没有一个十分清晰的形象,说是蟾蜍也行,说是兔子也行,都有一点道理。

比较起来,兔子更招人喜欢,更容易被拟人化,所以后世的人们,更愿意把那一片黑影想象成可爱的玉兔。比如我们今天的探月车,名叫"玉兔",一台冷冰冰的机械设备,因为有了这个名字,突然之间有了温度,有了情态,叫人喜欢。若是叫"蟾蜍",感觉上总有一些怪怪的,也很难产生积极的心理投射。试想,新闻里播报:"下面请看'蟾蜍'一号月球车返回的画面……"还没看到画面,我们已经有些生理不适了。

大概,唐僧也不希望"顾菟"是蟾蜍。甭管玉兔是男是女,形象气质这部分,还是拿得出手的。要是换作一只蛤蟆,且不论男女,

那副尊容 —— 大概长得和狮驼岭的有来有去差不多！哎呀呀，不当人子！阿弥陀佛！悟空哪里？快快救我！

246 玉兔的主人到底是谁？

上一讲提到，这段故事的最后，是太阴星君出面，救下玉兔。这与许多人的一般印象有出入。大部分人熟悉《西游记》，是通过影视剧实现的，影视剧讲述这段情节，又习惯搬出嫦娥这位"观众缘"更好的角色。其实，原著交代得清楚：悟空举起棒子，只听有人高叫："大圣！莫动手！莫动手！棍下留情！"悟空回头看去，原来是太阴星君，带领姮娥仙子，驾着彩云来到。这里的姮娥，就是嫦娥。在作者的知识和经验里，月宫里的嫦娥并不是指一个特定的人，而是对一群仙娥的统称，广寒宫的真正主宰是太阴星君。

太阴星君是一位道教神明，是"十一太曜星君"之一，主宰太阴星，也就是月亮。全名一般写作"上清月府黄华素曜元精圣后太阴皇君"，民间则俗称其为"太阴娘娘"，或者"月姑"。这其实是一个后起的形象。更早的形象，还是嫦娥。

只不过，一开始，这位女神不叫嫦娥。

《山海经·大荒西经》里记载了一个神话，帝俊（帝俊，就是帝喾，也就是高辛氏）娶了一个女子，名叫常羲，常羲生了十二个月亮 —— 既然上古先民们认为太阳不止一个，那么月亮也应当不止一个，而且是与阴历十二月相对应的，弟兄十二人，他们的母亲就是常羲。

常羲，也叫常仪，尚仪，这都是因字音、字形相近而造成的一人多名。

《吕氏春秋》说常羲擅长"占月",就是观测月相,进行占卜。这就建立起了神话和历史之间的直接联系。要么,是人们把神话历史化。本来是神话形象,是月亮的母亲,转化为历史形象后,这就说不通了——现实中的人,怎么能生育月亮呢?但"月亮"的符号必须保留,就说她是一位擅长占月的人。要么,是人们把历史浪漫化,本来是善于占月的人,被神秘化、神圣化,成为月亮的母亲。基于一般经验,可能前一种逻辑更靠谱。

再后来,常羲变成嫦娥,"改嫁"给后羿,又与西王母赐不死药的神话结合在一起。《淮南子》里记载了这个故事,说后羿从西王母那里求来不死药,没来得及服用,就被他的妻子嫦娥偷吃了。嫦娥吃了仙药,举身飞升,飞到月亮里,化作月中精灵。这个版本的故事,已经有点脱离神话本色,向着传说迈进了,因为其中带有一股伦理批判的色彩,说嫦娥的行为是"盗",是"窃",背后又隐含着对丈夫的背叛。

特别是说嫦娥化作月中精灵。月中精灵是什么?就是上一讲说到的蟾蜍!张衡《灵宪》里就是这样讲的。一个美女,最终变成了蛤蟆,原因是盗窃,是背叛丈夫,这个故事背后的逻辑,是很清楚的:违背封建妇德的女子,最终要受到惩罚,下场是很难堪的。这已经不再是原始神话的思维了,而是传说的逻辑,又带有一股封建伦理色彩。

有的朋友可能注意到了:《西游记》里说的不是"嫦娥",而是"姮娥"。作者不是写错了,而是用的古名,姮娥这一称呼,是在嫦娥之前的。

为什么要改名字呢？为了避讳。避讳，是古时候的一种礼仪制度，就是在书写或称呼君主和尊长的时候，不能直呼其名。今天，我们也保留了一些避讳的习惯。比如，子女是不太敢称呼父母全名的，也不太会称呼老师的全名。但这在今天只是一种习惯，封建社会的避讳要严格得多，复杂得多。早期，还只是避正讳，就是回避本字，后来则发展到避嫌名，就是回避发音相同、相近的字。

把姮娥，改成嫦娥，就是为了避嫌名。避谁的讳呢？汉文帝——刘恒。恒和姮，发音相同，这就是嫌名了。

这种因避嫌名而改名的情况，在古代是很多的。比如更改物名，许多人喜欢吃山药。其实，山药本来叫薯蓣，但是到了中唐的时候，就不能这么叫了，因为唐代宗叫李豫，薯蓣就改成了薯药。到了北宋后期，又不能叫了，因为宋英宗叫赵曙，薯药就改成了山药。更改人名的例子就更多了，比如唐初大将徐世绩，避唐太宗李世民的讳，把"世"字去掉，又因为赐国姓李，所以在文献，我们一般看到的都是"李绩"。再比如宰相裴矩，本名裴世矩，也是因为避唐太宗的讳，改了名字。

人间的名字要改，必要的时候，神明的称呼也要改。

怎么改呢？方法有很多，比如缺笔、空字等，改字也比较常用。就是找一个同义不同音的字来替代。比如为了避秦庄襄王的讳，改"楚"为"荆"，为了避汉高祖的讳，改"邦"为"国"，为了避汉景帝的讳，改"启"为"开"。

同样的道理，为了避汉文帝的讳，改"恒"为"常"，都是"不变"的意思嘛！

这样一来，"姮娥"就变成"嫦娥"了。《西游记》的作者是晚明时期的人，犯不着避汉文帝的讳，所以用了古称，但民间相沿成习，已经习惯"嫦娥"这个名字了，看到古称，反倒有一点迷糊。所以，今天影视作品改编《西游记》，也尊重大众习惯就好——不必加入太阴星君，因为大众其实不熟悉原著，不知道玉兔是太阴星君的手下；也不必称呼姮娥，许多观众压根儿就不知道这个名字。

第九十六回
寇员外喜待高僧　唐长老不贪富贵

247　铜台府在哪里？

这一回的回目是："寇员外喜待高僧，唐长老不贪富贵。"难得作者没有用丹道术语来打比方，也没有身心炼养的比喻，只看回目，就知道讲了什么故事。

说唐僧师徒离开天竺国首都，继续西行，一路平安无事，再没有妖魔鬼怪。四人来到铜台府地灵县，县里有一位寇员外，是个大财主。寇员外四十多岁的时候，发下宏愿，要斋僧一万名，已斋过九千九百九十六名，加上唐僧师徒，正好圆满。唐僧师徒被寇员外留住，直过了半个月，寇员外的老婆和儿子又苦留唐僧师徒，还要再供养半个月。唐僧取经心切，宁可得罪施主，也要启程。寇员外只好放唐僧师徒离去，四人走到天晚，又赶上下雨，就到一座破败的华光庙里避雨休息。

到这一回，神魔斗法的故事就全部结束了，灵山已经很近 ——从地灵县到灵山胜境，只有八百里路程。

八百里，在《西游记》里是一个模糊而又具体的距离。说它模糊，因为作者使用这个数字的时候，是比较随意的，西天路上许多地方，都是"八百里"长，或"八百里"远近，比如流沙河就是八百里，通天河也是八百里；不止河水，山场也一样，黄风岭就是八百里，火焰山也是八百里，狮驼岭又是八百里；连许多山道，像稀柿衕、荆棘岭，都是八百里。作者的态度是很随意的，没有具体丈量过，随口一说，反复使用。大概唐僧一听到"八百里"这个词，头皮就要发麻的。

说它具体，因为这是一个可感知的距离，说长也长，说短也短。说它长，八百里路，悟空扭一扭腰，就飞过去了，但唐僧肉身凡胎，飞不过去，骑在马上，也要走上好几日，何况八百里的距离之间，还充满艰难险阻，妖魔挡路，精怪作乱，就是普通的豺狼虎豹，也要打发一阵子。所以，听到八百里，就叫人不自觉地想到需要付出的时间和体力成本，以及可能遇到的困苦。说它短，这毕竟不是三千里，不是十万八千里，虽然"道路阻且长"，总不至于"会面安可知"的，线段的另一端，是可以想见的，能够给人带来一种安慰，甚至鼓舞，总之不会泄气。

所以，这一回里，唐僧显得格外急切，寇员外一家人苦苦相留，唐僧也不愿再多耽搁一天，八戒在一旁叽叽歪歪，唐僧更是气得骂起来，一口一个"畜生"，悟空在旁边笑，唐僧又要念紧箍咒。可见唐僧这回是真急眼了，而之所以急眼，就是因为"八百里"，灵山马上就要到，线段的另一端，已经向自己招手了，怎么不急？若是还有三千里远近，哪怕一千里远近，唐僧也是可以再散荡散荡的。

如此看来，铜台府的"八百里"，是最叫唐僧感到兴奋的一个。只不过，在早期故事里，铜台府不在这里。

该故事的原型应该是《大唐三藏取经诗话》"到陕西王长者妻杀

儿处",这是《诗话》的第十七节故事,也是最后一节故事。

这段情节是在唐僧返程途中发生的,师徒已经回到中华,进入陕西地界。只不过,《诗话》的作者犯了一个小错误,说故事发生在河中府。

河中府,是山西的蒲州。唐代开元八年(720),升蒲州为府,因为位于黄河中游,所以叫"河中府"。不过,同一年,又改叫"蒲州"了。后来也用过"河中府"的说法,但时间大都比较短,影响不大。作者应该是听过这一名字,却把省份弄混了。况且,唐僧从陆路回国,抵达长安,到了陕西,也就"到站"了,不可能再去山西,特地打一个来回。

所以,这个故事还是发生在陕西的。

故事说的是,陕西有个王长者,前妻亡故了,留下一个儿子,叫痴那。老王又娶了孟氏做老婆,生了个儿子,叫居那。孟氏嫉恨痴那,趁老王出门做买卖,设计谋害痴那,几番使坏,都有神灵庇佑痴那。最后,丫鬟春柳把痴那推进河里。老王回来,追荐儿子,设无遮大会(就是布施僧俗的大斋会),赶上唐僧师徒回来,参加斋会。唐僧不吃斋,只吃鱼,又要一百斤的大鱼。大鱼买回来,唐僧亲自操刀,剖开鱼腹,痴那就从鱼肚子里爬出来。

这个故事与铜台府的故事相比,还是有很大距离的,但相似性也是有的,男主人公都是大财主——之前说过,长者指富贵的人,王长者,也可以叫王员外;都是两个儿子,都是妻子害人,都是申冤昭雪的情节套路。所以,把前者看作后者的一个原型。

只不过,《西游记》的作者对故事进行了改造,地点变了,情节变了,寓意也变了。原来的故事,主要是为了解释"木鱼"的来历。

木鱼，是一种法器，主要是佛教徒用，道教徒也使用。因为鱼类没有眼睑，一天到晚都不闭眼，佛教徒就把木头刻成鱼的形状，时时敲击木鱼，警示信徒。木鱼主要有两种：一种是直的，悬挂在廊上，召集僧众的时候敲击；一种是圆的，摆在经案或供桌上。因为痴那是从鱼肚子里出来的，唐僧就说以后寺院里要设置木鱼，吃斋的时候，用木槌敲打鱼肚。这就是在解释直木鱼的来历。直木鱼，当然不是由此而来的，但扯上了唐僧，又附会上一段离奇的故事，就显得更有"来头"了。

到了《西游记》里，作者用这个故事来阐发福祸相倚的道理，也带有讽刺意味。

248 福兮，祸兮？

我们已经知道，《大唐三藏取经诗话》里的"陕西王长者"故事，是"铜台府"故事的一个原型，但两个故事的位置不一样，主题不一样，作者的用意也不同。

前一个故事，是唐僧取经归来；后一个故事，是唐僧眼看要到目的地。尽管都没有神魔斗法的成分，唐僧的处境还是有很大差别的：前一个故事里，遇难的不是唐僧，唐僧是以"解救者"的形象出现的；后一个故事里，唐僧虽然也保留了一点"解救者"的形象——他指示悟空找回寇员外的亡魂，但他自己也遇难了，被诬陷，吃官司，下大狱。

这个故事，可以与"灭法国"故事对看。

在灭法国，国王发下誓愿，要杀一万个和尚，杀了九千九百九十六个,加上唐僧师徒四人,正好够数;在铜台府,寇员外也发下誓愿,要斋一万个和尚,加上唐僧师徒,也正好够数。前一个是恶愿,是对僧侣的迫害,更是对佛法的轻慢,甚至挑战;后一个是善愿,是对僧侣的供养,更是对佛法的礼敬。

表面上看,走到灭法国是"祸",走到铜台府是"福"。然而,古人也是讲究朴素辩证法的,所谓"祸兮福兮",两者之间,不是完全对立的,而是相生的,相互转化的。就像《道德经》里说的:"祸兮,福之所倚;福兮,祸之所伏。"① 祸,可以转化为福;福,也可能埋伏着祸。《西游记》的两个故事就是这样的。在灭法国,表面上看是"祸",但唐僧师徒没有遭遇什么危险,最多是事前担些惊,受些怕,在大柜子里憋屈了一夜 —— 唐僧没有"幽闭恐惧症",除了憋闷燥热,也没吃什么苦头。在铜台府,享受了半个月的好日子,结果却吃一场屈官司。到底哪一个是福,哪一个是祸,还真不好说。

不只如此,在"福兮祸兮"的辩证法里,还能读出一点讽刺来。

按理说,寇员外发的善愿,应该是带来福报的。与之相应,灭法国王发的恶愿,应该带来恶果,使他遭受严厉的惩罚。

然而,我们看小说原文,情况不是这样的。双手沾满鲜血的灭法国王,最后只是被剃了一个大光头,连小灾小病都没有,更不用说生命危险了,最后又因为礼遇唐僧师徒,表示痛改前非,得了福报。之前被杀的九千九百九十六个僧人,都白白牺牲了 ——NPC的命,就不是命吗? 不需要抵偿吗?

---

① 辛战军:《老子译注》,北京:中华书局2008年版,第225页。

所谓"放下屠刀,立地成佛",这是佛家语,本来是一种譬喻。这里的"屠刀",指的心口意三业,以及一切妄想、妄念。放下屠刀,指的是放下妄念,皈依佛法。但人们在讲故事的时候,总喜欢把抽象的譬喻具体化。故事里的主人公,经常是杀人如麻的恶徒,但他们一经大德高僧劝化,表示愿意痛改前非,就可以得到谅解,甚至庇护,之前的罪孽,居然就一笔勾销了。这当然是为了体现佛法的慈悲,体现佛法的无差别,但在世俗人眼里,罪行总是需要对等抵偿的,欠下的血债,怎么能一笔勾销呢?

笔者儿时读《射雕英雄传》,对一灯大师点化裘千仞的情节,一直意难平。裘千仞是大恶人,心狠手辣,更通敌叛国,两只铁掌,沾满了血,最后被一灯大师劝化,皈依佛门,改了一副面皮,居然就"你好,我好,大家好"了!那些直接或间接地死于铁掌之下的无辜性命呢?那个死在褓襁中的婴儿呢?瑛姑为此遭受的大半生折磨呢?就这么算了?!笔者是一个俗人,没有那么大的慈悲心,总是想不通的。

灭法国王,比裘千仞更狠毒,残害了小一万的生命,炮轰他两回,都不为过,结果改一个国名,从"灭法"到"钦法",照样做国王,掌握权力,享受欢乐。头发被剃掉了,没几天就长出来了。况且,整天山珍海味,油脂分泌过盛,那点头发,早晚也是要掉光的,只是来早与来迟的问题。就算做一个"秃瓢国王",群臣百姓,谁敢笑话他?人家裘千仞,起码要用余生的"长伴青灯古佛旁",来抵消前生的罪,最后为了打探元军消息,被金轮法王重伤,死前得到瑛姑的原谅。灭法国王"放下屠刀",居然一点成本都不需要付出的!

比较之下,寇员外四十岁上发善愿,坚持了二十四年,却惨遭横祸,这算什么道理？当然,书中交代,寇员外之死,因为阳寿已尽,勾司人也没敢勾取他的魂魄,是寇员外自己走到地狱,被地藏王菩萨的金衣童子引去,菩萨见他是一个善士,就收他做了掌管善缘簿子的案长。案长,就是掌管案卷的人。能在翠云宫里做秘书,当然也是一个好结果。可在世俗人看来,既然是大善人,应该现世得善报,应该长命百岁,子孙荫繁,富贵绵长。这种愿望当然是庸俗的,但也提供了行善积德的最直接动力。总要有"肉眼可见"的好处,大多数人才愿意为此付出行动,不能把所有的美好结果,都悬在遥远的、不可见、不可验证的未来。毕竟,现实里"好人没好报"的案例太多,而翠云宫里的编制,总是有限的。

如果没遇到唐僧师徒,寇员外依旧要惨遭横祸,依旧要枉死。只不过,没有人知道他在翠云宫里收获了一个"小公务员"的编制,也没有人把他的亡魂带回来,又在人间享受了十二年的富贵烟火。当然,后一种情形,应该更接近历史真实。

第九十七回

金酬外护遭魔毒　圣显幽魂救本原

249　不怕"黑"，怕"粉转黑"？

　　这段情节说的是：寇员外花大钱，搞大排场，送别唐僧师徒，惊动了一伙强盗。强盗们乘夜打进寇家，劫掠金银珠宝，寇员外上前阻拦，被一脚踢死。寇员外的妻子——小名穿针儿，因为苦留唐僧不住，转生出恨意，要陷害唐僧，就谎称亲眼看到唐僧师徒行凶，叫两个儿子去府衙告状。刺史接了状子，点出马步快手，去捉拿唐僧。偏巧，强盗们出城后，遇着唐僧师徒，师徒制伏了强盗，夺回宝贝，正要给寇家送回去。马步快手赶到，倒成了"人赃并获"。悟空知道：这是唐僧的灾星又到了，不辩解，也不出手，由着马步快手们拿办，一样被捆，一样过堂，一样下狱。等到四更天，灾星将消，悟空施展神通，替唐僧解难：他先是来到寇家，假装寇员外还魂，叱责穿针儿诬告好人；再来到刺史府，假变先祖显灵，批评刺史不辨善恶，滥用刑法，敦促他尽早放人。最后，又显了一个大神通——从半空中伸下一只大脚，踩在地灵县的县衙大堂上，悟空自称浪荡游神，奉玉帝旨意，警告全县的官民，若不放了唐僧师徒，他就先踢死全县的官员，再踩死全县的百姓，将地灵县夷为平地。如此一来，唐僧等人便被释放了，悟空又去地府寻找寇员外的亡魂，地藏王菩萨有大慈悲，为寇员外延寿十二年。

这段故事里，有许多套路，我们放在之后讲。这里主要讲一点，就是导致唐僧蒙冤受屈的关键人物——穿针儿，这是一个"粉转黑"的角色。

所谓"粉转黑"，是网络流行词。粉，是对fans（仰慕者）的音译。本来是仰慕者，后来黑化，变成厌弃者，甚至诋毁者，就是所谓"黑粉"。

如果仅仅是厌弃，也就罢了。偶像的粉丝千千万，不差一两个流量，只要不是大量"掉粉"，偶像们都是不担心的。诋毁者，就比较可怕了，特别是"粉转黑"的厌弃者，原来爱得有多深，如今恨得就有多深。可以说：爱之深，恨之切。能量总是守恒的，积极的能量会转化成同等的消极能量；转化来的消极能量，又格外叫人吃不消，原来是蜜糖，现在是散发着腐臭的粪疙瘩，后者总是叫人头皮发麻的。

穿针儿，就是一个"粉转黑"的角色。

从功能看，这个人物是负责串联情节的，也就是在故事里穿针引线的，所以叫"穿针儿"。上一讲说到"福兮祸兮"的问题，如何将"福"转化成"祸"，怎么把前半段的"阳光灿烂"与后半段的"阴云密布"连起来，靠的就是这只小小的绣花针。

从形象塑造看，穿针儿本来也是良家女子，与寇员外筚路蓝缕，从小门小户，经营起十万贯资本的家业，应该也是个勤劳的妇女。她又受到寇员外影响，礼敬佛法。一听说有高僧造访，穿针儿就要披了衣服去看，丫鬟们提醒她，唐僧的三个徒弟，形貌丑陋。穿针儿倒有一番见识：这不叫形貌丑陋，而是骨骼清奇，但凡这样的人，十之八九，都是有来历的，是有大本事的。想悟空等人一路西行，也见了不少女人，上至女人国王，下至乡野妇女，以至女魔头、女妖精，见了他们哥仨，都表现出厌恶，甚至惧怕，只有这位员外奶奶"慧眼识英雄"。这说明穿针儿不是只看皮相的庸人，也说明她确实礼敬佛法。寇员外供养了唐僧半个月，穿针儿也情愿拿出私房钱，再供养半个月——人家不是只喊口号，是真采取行动的。

只可惜，唐僧的急切表现，惹恼了穿针儿，不仅当时"吊脸子"，更生出妒害之心。口口声声：是唐僧点着火，八戒拿着刀，沙僧搬财宝，悟空打死人。又把事件合理化：唐僧师徒在家住了半个月，空间布局摸清了，作案路径查勘好了，凶犯不是他们，又是何人？见母亲说得有理，又声称是目击证人，两个儿子便信以为真；苦主既然看得清，讲得明，刺史虽然是一个清官，也只好发牌抓人。

所以说，这一场"福兮祸兮"的转变，关键人物就是穿针儿。只不过，该人物的"粉转黑"过程，显得太生硬，不能叫人信服。

不是不可以塑造"粉转黑"的角色。正相反，这类角色有利于激化喜剧冲突，又能串联情节，更能让我们看到人性的不同侧面，是很可以拿来"做文章"的。

然而，"粉转黑"的过程，我们不只要看到结果，更要看到转化的心理根据，到底是因为什么，一个狂热的粉丝，会变成恶毒的诋毁者？是因为盲目的爱，得不到回馈？是发现了偶像的猥琐本质？是迫于环境的压力？是生理病变导致的心性改常？总要给出一个合理的解释。小说家好像魔术师；小说里的人物，好像魔术师手中的扑克牌。魔术师手中的牌，当然可以（也必须）翻到另一面，但总要给我们一个理由 —— 魔术师像表演哑剧一样,自顾自地翻转扑克牌,这样的魔术,谁要看呢?谁又能看得懂呢?

在《西游记》的人物形象群里,绝大多数人物,特别是配角人物,气质是不变化的。尤其给唐僧造成灾难的人物 —— 西天路上的大小妖魔,他们本来就是"黑"的,他们的面向大多是"黑"的,心肠也是"黑"的,下手更"黑"。作者只需要刻画他们的"黑",以漫画式的笔墨,放大他们的"黑",就能收获很好的艺术效果。但"粉转黑"的人物,作者处理得是不够好的,叫人看着"假",感觉这段叙述比较敷衍。

大概是注意到了这一点,后来的影视改编作品,大都对人物塑造进行了调整,比如《西游记》续集里,寇员外的老婆便与管家私通,谋害亲夫,栽赃唐僧。这种剧情,当然也很狗血,起码合理一些。以后的影视作品,如果改编这段情节,还要再动脑筋,"粉转黑"肯定是有卖点的,但必要的心理根据,也要让观众看到。

250 是"审"案,还是"断"案?

上一讲提到,"铜台府"故事里有很多套路,这里就专门说一说。

主要是两个大套路:一是利用误会与巧合,一是借神鬼断案。

先看误会与巧合。这是古今中外的故事里,最常用的套路。没有误会,矛盾就很难得到生发与升级;没有巧合,复杂的人物和事件,就很难被有效地组织到一起。

现实生活里,本来就充满误会与巧合。误会的发生频次更高。可以说,我们每天的庸俗日常,总是伴随着大大小小的误会 —— 生活,不就是我们对彼此的"误读",对自己的"误读",以及对世界的"误读"吗?有的误会,叫人哭笑不得,有的叫人如坐针毡,有的叫人如鲠在喉,有的叫人如芒刺背……但归根到底,我们对误会是很无奈的。巧合,就没有那么高的发生频次了——否则,就不能称其为"巧"了。一个"巧"字,许多好事,是由它串联起来的;许多坏事,也是由它黏合起来的。关键是,许多误会就是由巧合导致的——同桌丢了一支自动铅笔,你碰巧买了一支同款的自动铅笔,这怎么解释明白呢?

这些生活经验,被总结起来,用到文学艺术创作里,就形成了叙述的套路。

比如大家比较熟悉的《十五贯》,就是利用误会和巧合叙事的典型。多数人熟悉《十五贯》,是因为昆曲。这部昆曲,曾经被拍摄成戏曲电影,借助大众媒介,得到广泛传播。

其实,这个故事的历史是很早的,宋元话本里已经可以看到成熟的作品了,就是《错斩崔宁》。故事讲的是:刘贵从丈人家借来十五贯钱,打算开柴米店,当晚却遭入室盗窃(后来升级为抢劫),十五贯钱被抢,刘贵也被杀害。刘贵有一个小妾,名叫陈二姐。陈二姐听信刘贵酒后戏言,误会官人要把自己典卖,便连夜跑回娘家,路上遇到一个后生,刚从城里收账回来,名叫崔宁。两人一同赶路,被缉捕的人赶上,大家一翻查崔宁的行李,收账得来的钱,正好十五贯钱——骗色骗财的罪证,算是坐实了。结果,陈二姐与崔宁都被糊涂官判了死罪。冯梦龙据此改编了一篇拟话本,就是《醒世恒言》第三十三卷的《十五贯戏言成巧祸》,清代的戏曲作品,也是根据这篇小说改编的。

在《西游记》的这一回，误会和巧合也发挥了关键的作用。强盗们出城之后，正巧撞上唐僧师徒。师徒截获财物，返程去寇家，正巧撞上缉捕的快手。"人赃并获"，穿针儿的诬告就算坐实了。都在一个"巧"字上——姜刺史毕竟不是一个糊涂官，如果没有这些巧合，他也不会把唐僧师徒关进大牢。

再来看借鬼神断案。姜刺史不是糊涂官，相反，他是正直的清官。书里交代，他"平生正直，素性贤良"。作者又拿他与龚遂、黄霸、卓茂、鲁恭进行比较，这四位都是以贤良正直闻名的官吏（龚遂和黄霸是西汉人，卓茂和鲁恭是东汉人）。只不过，正直贤良是道德层面的气质，审案推理需要的是智慧。在这方面，姜刺史表现得很差劲——几乎没有推理能力。

当然，也不只姜刺史缺乏这方面的能力，中国古代的公案故事里，官员大多没有推理方面的能力。为什么没有呢？因为不需要！

公案故事，就是以审案为主要内容的故事。公案，本来指官府处理的案牍。后来用来指代案件，特别是疑难案件。这类故事，古今中外，比比皆是。它是现实的司法生活在文学作品中的反映。

只不过，中国的公案故事，有自己的民族特点，虽然也是以审案为主要内容的，但重点不在于"审"案，而是"断"案，或者说"翻"案。

如果是"审"案，就要讲证据，重推理，把证据链条串起来，弄清楚来龙去脉，搞清楚是非曲直。好比《名侦探柯南》里的经典台词——真相只有一个。要找到这个真相，需要官员具有智慧，心思缜密，善于推理，又要具有一定的侦查能力（当然，侦查能力可以分派给其他配角人物，比如大侦探波罗的优势是推理，侦查工作则要交给贾普总督察和黑斯廷斯上尉，有的时候，莱蒙小姐也要出一份力。但在大部分推理小说里，尤其"硬汉派"推理小说里，侦探一般都是兼具推理能力和侦查能力的）。

如果是"断"案，或者"翻"案，就不大需要推理和侦查能力了，而是正直的品格，以及敢于面对和挑战恶势力的勇气。

一般来说，这类故事都有一个前提：发生了一个冤假错案。正直的人蒙冤受屈，甚至丢了性命，作恶的人逃过惩罚，甚至更加嚣张。有了这一前提，大众的情绪就会被带起来，人们替蒙冤者抱不平，希望作恶的人得到应有的审判。这时候，就需要一个正直的官员——比如包公这样的铁面无私者——他不畏强权，敢于翻案，使沉冤昭雪，让大众感到畅快。

可以看到，两种故事提供了两种快感。前一种是跟着主人公一起侦查、推理，一起"动脑子"，在发现真相的过程中获得快感；后一种是通过主人公平反冤狱的结果获得快感。在古代中国，后一种故事更受欢迎——人们首先看重主人公的道德，而不是他的智慧。

所以，古代中国一直没有发展出推理小说的类型。直到晚清近代的时候，西方的叙事文学经验传入中国，推理小说被翻译进来，才提供了一种新的叙述范式，中国本土的小说家们也开始自觉地模仿这种小说的叙述模式。

在《西游记》写定的时代，还没有推理小说，姜刺史当然也就没有推理能力。但公案小说可以提供另一种范式，就是借鬼神断案。

因为主人公缺乏推理和侦查能力，讲述公案故事的人，需要解决一个关键问题：真相是如何被发现的？主人公自己找不到（缺乏能力），就需要别人来告诉他。然而，蒙冤受屈的人，大都已经被害了——尸体自己不会说话；况且，遇到陈年旧案，被害者的坟堆上，野草也有三尺高了，当事人也大都风流云散了，谁来承担"告知"的任务呢？

没关系，可以引入"怪力乱神"的元素，要么是神佛传谕，要么是精怪暗示，要么干脆叫被害人的鬼魂，自己找上门来，把事情原委说清楚。之前在乌鸡国，不是已经用过这个套路了吗？

也正因为用过了，所以作者在这里做了一些调整。叫悟空假扮寇员外，又冒充姜刺史的祖先，虽然都是"鬼话"，却不是当事"鬼"讲的，而是假冒的。最后，悟空又假充浪荡游神，假传玉帝敕旨。一会儿鬼，一会儿神，算是把这类故事的套路用全了——没办法，下一回就到灵山脚下了，不把"压箱底"的叙述经验用光、用尽，之后就没有机会了。这不只是对悟空来说的，也是对作者来说的。

第九十八回
猿熟马驯方脱壳　功成行满见真如

251　唐僧死在了凌云渡？

从这一回到最后，是整个故事的尾声。唐僧师徒已经抵达终点，"灾难簿子"上的KPI都完成了，再没有什么大灾厄了。

更重要的是，随着任务量完成，唐僧师徒的身心也发生了变化。之前说过，西天取经的过程，就是不断地锁定心猿、拴牢意马的过程，要修心，也要修身，保持身心合一。这才是取经的根本目的。一路上，悟空这只躁动的猴子，总是不服管教，不受约束，逞强好胜，惹是生非，以致与唐僧生嫌隙，闹矛盾。这就是收不住心，也做不到身心合一。

好在悟空是一只"灵根育孕"而成的灵猴，有潜心向道的一种自觉与执着。所以，悟空的气质也是在慢慢变化的，躁动的态势也是在逐渐下降的。换句话说，悟空身上的"肾上腺素"是在持续走低的。原来可能有一些暴躁，甚至带有恶的成分，透出一股魔性，后来则在内外环境的综合作用下，逐渐被洗刷、过滤掉了，特别是在"真假美猴王"一回后，更是被彻底鹯灭了。虽然为了保证故事的趣味性，悟空依旧是上蹿下跳的，还是喜欢招揽是非，但仔细观察就会发现,这已经不是暴躁,更不是原始的恶意和魔性,而是纯粹的顽皮。

所以,这一回叫"猿熟马驯",就是说修心的锻炼,最终完成了。

当然,足足三回的尾声,还是要写出波澜的,既要保证一片"光明"局面,维持一片"祥和"氛围,又不能叫水面太平静。太平静,就可能叫人觉得沉闷,感到乏味。这样一来,就没法兜住前面精彩纷呈的故事主体了。

那么,作者是如何处理的呢?他先是渲染灵山胜境的庄严神圣,表现唐僧师徒抵达目的地后的愉悦安逸,仿佛要给整篇乐章,加上一个华丽的尾声,使它得到最后的升华,又在其中加入一些不和谐音,提醒我们小说的主旨并不是鼓吹佛法无边,不代表佛教的最后胜利。

先来看前半部分的工作。

说唐僧师徒来到灵山脚下,玉真观的金顶大仙迎接他们。大仙向唐僧卖好,说自己被观音"诓骗"了,当年菩萨说取经人两三年便到,大仙终日苦等,直到第十四个年头,才把取经人给盼来。金顶大仙是不是等得"望穿秋水",我们没有看到,这都是他自家说辞;这玉真观是上灵山的必由之路,又是第一站,每天来往的佛祖、菩萨、仙人,以及各路肉身凡胎的取经僧,像走马灯一样,大仙迎来送往,能分出多少心神给唐僧,是要打问号的。但这种说辞,叫人觉得热情,又感到自己受到了重视,唐僧等人当然是很欢悦的。

唐僧师徒在玉真观进行整顿,一个重要项目,就是沐浴。

沐浴,不仅是洗去一路风尘,也是彻底涤滤身心,完成最后的净化程序。正如书中所说的:"千辛万苦今方息,九戒三皈始自新。"

九戒三皈，其实是道教的说法。九戒，一是敬让（主要指孝顺父母），二是克勤（主要是忠于国君），三是不杀生，四是不淫乐，五是不盗窃，六是不嗔怒，七是不欺诈，八是不骄傲，九是无二心，即一心奉戒。三皈，指的是皈依三宝。三宝，指道、经、师。

有的朋友可能要质疑：既然到了灵山脚下，为什么要下榻在道教的观宇里，由道教神祇接待，还要接受道教的洗礼仪式？原因很简单。之前说过，《西游记》的文化底色是"三教混融"，佛教、道教、儒教的思想观念杂糅在一起。佛教的禅门心法，道教的金丹妙诀，儒家的明心见性，说法不一，路径不同，本质上是一回事。既然已经到了灵山，眼看正果，自然也就完成了三皈九戒的洗礼。所以，到了玉真观，不必另寻路径，直接从后门出去，自然抵达灵山。

只不过，还有一道关节，就是凌云渡。说唐僧师徒离开玉真观，走了五六里，遇到一条大河——这是《西游记》中最后一条大河。与流沙河、黑水河、通天河比起来，这条大河看上去是"小儿科"，只有八九里宽，水流虽然急，却没有惊涛骇浪的危险。然而，这条河是最难逾越的。河上只横着一根独木，又圆，又细，又滑。连悟空走起来，也摇摇摆摆的，更不用说八戒、沙僧、唐僧了。

这是具有象征意义的——凌云渡是取经五众"超凡入圣"的最后一关。在古代神话传说里，神奇境界与凡俗世界之间，经常有一道水阻拦着。这是一种基于自然地理空间经验而生成的浪漫想象——在当时的生产力条件下，涉水的危险性是很大的，人们探索自然世界的阶段性实践，总是被一道又一道江河阻隔着：江河这边是相对安全的世界，即已知的世界；江河那边是充满未知性的经验外世界。而经验外的世界，总是靠人们的浪漫想象构建的，"平常"

与"奇异"的空间区隔,也就由此生成了。

然而,古人也是讲辩证法的,阻隔总是相对而言的,大水之上,经常有一道桥,这就是由"平常"进入"奇异"的唯一路径。这桥看上去是危险的,也无法使用作弊手段,只能硬着头皮过去。如此一来,缺乏勇气、决心、毅力,以及精进自觉的人,就被淘汰了。一道小桥,就分开了作为凡夫俗子的绝大多数和神圣的极少数。

悟空能够走过独木桥(尽管是摇摇摆摆的),说明他早已完成超凡入圣的试炼,师徒四人中,他是最早正果的。唐僧、八戒、沙僧,完成了三十六拜,还差"最后一哆嗦"。没哆嗦成,就前功尽弃了。

当然,故事已经写到这里,不能再横生枝节了——之前在通天河,可以写前功尽弃,因为取经才走了一半,可以将经验值清零,重新"练级";眼下是凌云渡,还有两回,来不及清空经验值了,只能另想办法。

于是,宝幢光王佛撑着无底船而来。书里说宝幢光王佛是接引佛祖,而接引佛祖就是阿弥陀佛。之前说过,祂才是西方极乐世界的教主。只不过,作者的佛教知识有限,将释迦牟尼佛误认作极乐世界的教主,原来的教主只负责接待工作。

有朋友认为,这段情节是佛祖给唐僧开后门。其实,更重要的原因,是为了落实一个关键情节,就是最终的"金蝉脱壳"。

书中交代,唐僧登上无底船。不一会,见到自己的尸骸从上游漂下来,这意味着:登上无底船后的唐僧,已经是脱却肉身的精神存在,正如原文所说:"脱却胎胞骨肉身,相亲相爱是元神。"唐僧名唤金蝉子。佛教与道教,都用"金蝉脱壳"作为隐喻,指代精神超越肉体。唐僧西行,就是要脱去金蝉的蝉蜕,精神飞升。此时,他才是真正意义上的金蝉了。

只可惜，唐僧直到看见自己的尸骸，才恍然大悟（之前，他还埋怨悟空逼他登船，更把他拽到水里）；西天路上的妖魔，更不懂得这个道理，他们心心念念吃唐僧，却不知道凌云渡之前的唐僧，还没有完成蜕变，名为"金蝉"，实际上只是幼虫。吃幼虫，只能补充微量蛋白质，根本无法超凡入圣；与其吃幼虫，倒不如吃蝉蜕——毕竟，蝉蜕还可以入药。

252　阿难、迦叶索贿是个案吗？

上一讲说过，作者用了不少笔墨，渲染灵山胜境的庄严神圣，除了玉真观、凌云渡两处比较细致的描写，还有一般性的描写。

比如写唐僧师徒刚一踏进佛地，就看到遍地的琪花瑶草、古柏苍松，自然环境已经与其他境界大不相同。人文环境更是另一番景象，家家向善，户户斋僧。山脚下，密林间，随处可以看到诵经拜佛的人。

等到上了灵山，楼阁殿宇的恢弘壮丽，就不必说了。仪式感，也是被拉得满满的。唐僧拜过守山门的金刚力士，就要进雷音寺，却被金刚力士拦住。金刚力士转报给二门上的四大金刚，四大金刚又转报到三门上，一层一层转报上去，最后才传到大雄宝殿。如来召集八菩萨、四金刚、五百罗汉、三千揭谛、十一大曜、十八伽蓝，两行排列——灵山上有头有脸的神祇，全员到场，把大雄宝殿挤得满满当当。如来这才传旨，叫唐僧拜寺。佛祖金旨，又是一层一层传递下去，最后才传到山门外的唐僧耳朵里。这是一个空间转移的过程，也是一个时间延宕的过程。在这个时空的变换与拉伸过程里，仪式感也就做足了。

我们总是喜欢利用时空拉伸来营造仪式感的，而仪式感的背后，是权威的隐喻，是神圣感、庄严感的物质化修辞。无论古代的大宫殿、大陵寝、大庙宇、大道观，还是今天的大礼堂、大法院，都有一段高拔的、漫长的台阶。台阶本身就是权威的象征，就昭示出一种神圣感、权威感。而个体跋涉台阶的过程，就是对权威的认可与服从，更是对神圣感和庄严感的生理与心理体验——每迈出一步，都是一次切实的体验。回看《西游记》前文，描写过孙悟空跋涉台阶的画面吗？当然没有！猴哥从来是云路来、云路去的，越过台阶，直达山门。不只因为他有筋斗云的神通，更因为他原本是一个挑战型的英雄，一贯蔑视权威，怎么会用生理与心理体验的方式，去表现对权威的认可与服从呢？

如今，已经是"猿熟马驯"的时候，挑战型的英雄，最终完成了归化。悟空不仅要随着唐僧，从玉真观一步一步攀上灵山，还要陪着唐僧吃闭门羹，由着佛祖拉满仪式感。

这里，是有一些讽刺意味的。但这种讽刺，是我们今天的人读出来的，应该不是作者的本意。作者的讽刺，表现在其他地方。

其一，是对他所处的世俗世界的讽刺。唐僧拜过如来以后，如来用教训的口吻，指出了南赡部洲的现实：多贪多杀，多淫多诳，多欺多诈。这还是从佛教立场说的，后面又说：不忠不孝，不仁不义。这就转到儒家立场上了。紧接着，还有"瞒心昧己，大斗小秤"，这又把庸俗日常中的各种丑陋现象，以点概面地揭示出来了。可见，虽然是借佛祖之口道出，实际上表达的是对现实社会的整体性批判；

不是佛祖的意思，是作者的意思。作者隐在佛祖的身后，把自己看到的种种现实丑恶，骂了个遍。幸亏，作者是以佛祖金口玉音作伪装的，说得还含蓄一些。以他的性格和笔法，换作其他角色，估计要露骨得多。

其二，就是反过来又讽刺了佛教。灵山胜境里，居然也有"瞒心昧己"的行径，阿难和迦叶胆敢向取经人索要"人事"，事情被揭破后，佛祖还偏袒弟子。

我们知道，取经事业是佛祖一手安排的重大项目，唐僧本来就是"下放"干部，完成取经任务，就能够重新落实编制，还能提高行政级别。面对这样的项目，面对这样的选手，阿难、迦叶还敢"雁过拔毛"，索贿不成，又敢使坏。一来，说明二人有恃无恐——他们依仗的就是佛祖的包庇、纵容，即便丑事被揭破，佛祖也要偏袒身边人。二来，说明索贿事件在灵山上，绝非个案。取经僧，不止唐三藏一个。其他历险跋涉而来的取经僧，没有"佛祖二弟子"的大旗，还不知要被阿难、迦叶二人如何勒掯呢！说不定，在山门外，就要被金刚力士刮去"一层皮"。一层一层山门转上去，不知道要刮几层皮，能不能囫囵着到藏经阁，都是未知数。

更有甚者，可能连山门也到不了。这一回，唐僧登上灵鹫峰，见了优婆塞、优婆夷、比丘僧、比丘尼，一一施礼。慌得众人，急忙阻拦，异口同声：圣僧不要行礼，等见过了释迦牟尼佛，再来叙谈。优婆塞，就是受持的男性居士。优婆夷，就是受持的女性居士。无论在家的居士，还是出家的僧侣、尼姑，是不敢受唐僧这一礼的——人家是谁？佛祖二弟子！见了佛祖，就要落实级别，正果旃檀功德佛。到那时，连"叙谈"都是高攀了，哪里受得起他一拜？

然而，其他取经僧呢？那些没有主角光环的修炼者呢？他们也跋山涉水，也穿过八百里流沙，也翻过火焰山，也遭遇毒虫猛兽，也经历过妖洞魔窟里的九死一生，当他们抵达灵山的时候呢？有宾至如归的"温泉大礼包"吗？有无底船的"第二种选项"吗？即便有，都是免费项目吗？那优婆塞、优婆夷、比丘僧、比丘尼，不会"雁过拔毛"吗？

这些内容，《西游记》没有涉及，但我们可以想象，有了阿难、迦叶这一个案例，其他案例，都是可以想象的。

只不过，苦了阿难和迦叶两位圣者。之前讲过，阿难和迦叶是国人最熟悉的两位佛祖弟子，他们也是庄严神圣的，特别是阿难，唐僧身上就有他的影子。如果要塑造人物，迦叶或许还是须生，阿难必须是一位俊俏小生。然而，在以讽刺戏谑为主调的《西游记》里，在玩世不恭的作者笔下，不管是须生，还是小生，都被勾上了小花脸，成了小丑。眉间两颊三片红，一块粉白七笔黑。耸肩躬背，歪脖噘嘴，挤眉弄眼，看着就叫人发笑。

也幸亏还有这一段情节，幸亏还有这两个小丑式的人物。不然，在一派祥和里，我们差点忘记《西游记》是一部什么性质的小说，作者是一位什么风格的艺术家了！别忘了，这是一部以滑稽诙谐为主基调的通俗小说，作者是一位玩世不恭的世俗文人，不是一个虔诚的佛教徒。

第九十九回
九九数完魔刬尽　三三行满道归根

253 "灾难簿子"里有什么密码？

这段情节说的是：唐僧等人离开灵山，四值功曹、五方揭谛、六丁六甲、一十八位护教伽蓝向观音菩萨打报告，申请结项。菩萨翻看"灾难簿子"，只有八十难，不合"九九"归真之数，便又策划了一难，命八大金刚将唐僧师徒丢在通天河。老白鼋赶来接唐僧过河，途中问起当年嘱托——托唐僧询问佛祖，自己几时才能得道，唐僧一心拜佛，早把这桩事丢在脑后了。老白鼋一气之下，把唐僧师徒都跌在水里，人虽没有危险，经文包袱都浸湿了。唐僧师徒在河滩上晾晒经文，被陈家庄的人们认出来，陈氏兄弟邀请唐僧师徒到家里，热情招待，全庄百姓又要接连宴请。唐僧师徒急于回国，半夜溜出陈家庄，正赶上八大金刚又来接引他们。

到此为止，"八十一难"就全部凑齐了。

为什么要历经八十一难呢？照书中所说，是佛家讲究"九九归真"，九乘以九，就是八十一。古人认为：九是"数之极"，也就是单数里最大的一个，"九九"当然就是最圆满的数目了。所以，回目上半句的关键词是"九九数完"。

然而,"八十一难"并不是佛教的理念。佛教文献里,没有这种说法。这其实是从道教来的。《西游记》的文化底色是"三教混融",佛教和道教的观念,总是杂糅在一起的。道教的仙人经常有佛家的思想,佛祖和菩萨也经常持有道教的观念,观音菩萨讲"九九归真"也就不奇怪了。

只不过,道教讲的"八十一难",是八十一种苦难,到了《西游记》里,变成了八十一处苦难。原来说的是种类,现在说的是项目。

当然,不是严格的八十一"处",或者说八十一"个"。小说里的许多魔障,是可以拆成多个苦难的。比如黄袍郎的故事,就拆成了三个苦难:黑松林失散第二十一难、宝象国捎书第二十二难、金銮殿变虎第二十三难。

必须这样拆分,《西游记》只有一百回,还要刨掉"大闹天宫"的段落,以及取经缘起和取经收尾的段落,剩下"西天取经"的段落,是从第十三回正式开始的,到这一回就算结束了。一共才八十七回,篇幅是很紧张的。作者又要把故事讲得委曲波折、妙趣横生,一处魔障占用的篇幅,少则一两回,多则三四回,怎么可能讲述八十一"个"故事呢?

只能进行拆分,某一"处"魔障,经常包含不止一"个"苦难。

除了拆分,作者还把一些没有写到的苦难,也算在"灾难簿子"里。比如前四难,分别是:金蝉遭贬、出胎几杀、满月抛江、寻亲报仇。这是完整的唐僧出身故事。但之前已经说过了,现存最早的"世德堂"本里没有这段故事。后来"证道书"补入了唐僧出生以后的一段故事,也就是今天被当作"附录"看的"陈光蕊赴任逢灾,江流僧复仇报本",但金蝉子被贬落凡间的情节,还是没有的。

这其实也可以提示我们：在更早的版本里，应该是写了这四难的，不管是金蝉子被佛祖惩罚，还是唐僧出身遇险，以至长大成人，寻亲复仇，都有对应的篇幅。只不过，目前看到的写定本里，把这部分内容删掉了。正文删掉了，"灾难簿子"却没有改——也没法改，本来就凑不够八十一难的KPI，一下子再删掉四个苦难，这不是"人为制造矛盾"吗？

同时，朋友们仔细查看"灾难簿子"，又会发现很大的问题。以"世德堂"本为例，簿子上记载的灾难顺序，其实不是与正文顺序一一对应的。比如，簿子上的第六十六难，是凤仙国求雨，即"凤仙郡"故事，第六十七、六十八难是"无底洞"故事，第六十九难是"稀柿衕"故事，第七十难是"隐雾山"故事，第七十一难是"荆棘岭"故事，第七十二难是"黑水河"故事，第七十三难是"灭法国"故事。但正文的顺序，应是黑水河、荆棘岭、稀柿衕、无底洞、灭法国、隐雾山、凤仙郡。而且，有几处磨难的距离，隔得很远。簿子上的稀柿衕，是紧接在无底洞后面的，而正文里的稀柿衕在第六十七回，无底洞是从第八十回才开始的。更不用说，黑水河故事远在第四十三回，这里却排在了几乎所有故事的后面。

可以说，如果以正文为标准，"灾难簿子"上的顺序，简直乱得"一塌糊涂"。

当然，我们也可以换一个立场来看文体——如果以簿子的顺序为标准，那正文就是"一塌糊涂"的。

笔者认为，后一个立场，可能更接近历史真实。也就是说，"灾难簿子"上的顺序，是更早期版本的。我们知道，"西天取经"段落的故事顺序，在写定本出现之前，一直是处于变化调整之中的，从宋元时代，一直到明初故事群落逐渐形成，许多故事逐渐固定下来，但位置还不固定。比如之前说过，在宋元平话里，无底洞故事的位置，是很靠前的，后来则变得很靠后。不同时代，不同地域，以及不同讲述者的口中或笔下，各有一套灾难顺序，大概到了明代中期（嘉靖朝），出现了一部"百回本"（目前还没有发现），灾难的顺序基本定型了，我们今天看到的"灾难簿子"，很可能反映的是这个本子里的顺序。到了明晚期，出现了一部升级版的百回本，"世德堂本"就是在这个升级版的基础上形成的，写定者（不管他是不是吴承恩）出于种种考虑，对正文里的故事顺序，又做了一番调整，但第九十九回的"灾难簿子"没有动，就出现了我们看到的问题。

观音菩萨翻看"灾难簿子"的时候，只查点了个数，没有细看顺序——祂当时的心情大好，又急于向佛祖缴纳旨意，申请结项，没发现问题，我们今天读书，还是要仔细一些，对这些问题就不能放过。

此外，如果再把"世德堂本"里的灾难顺序，与其他本子比一下，也会发现：灾难的名目和顺序，仍旧是有差异的。小说里的人物，当然不会知道文献方面的问题，特别是版本差异的问题。我们在故事之外，尤其从事相关研究，却要注意这些问题。

总之，"灾难簿子"是能够反映许多信息的，故事流传的信息，祖本与写定本关系的信息，后期版本系统差异的信息，等等。这些信息，就是解读"西游"故事演化传播，以及百回本《西游记》成书历史的密码。有兴趣的朋友，可以再深入比较、分析一下。

254　第八十一难还有另一种版本？

上一讲说了"灾难簿子"上的魔障顺序，而第八十一难是计划外的KPI，不在"灾难簿子"上，这一讲就专门说一说。

从内容看，这一难的内容是很简单的。作者为了照应前文，把地点设置在取经程途的中位线——通天河。人物和事件，也形成照映，陈家兄弟和老白鼋再度亮相，尤其后者，是制造灾难的"罪魁祸首"。而老白鼋制造的灾难，是叫唐僧再沉到河里。之前，唐僧就在这里落过水，被八戒戏称为"沉到底"。那时候，唐僧急于求成，以致"大丹脱漏"，搞得功亏一篑，前半段积攒的"经验值"一下子被清空了。这时候，唐僧已经得道，沉不了底，也没受到多大的惊吓。等到师徒们爬上岸，这一难就算了账。

普通的读者，读到这一难，都会觉得乏味、无聊，更不用说对作品的思想和艺术有更高要求的批评家了，比如胡适先生就批评这一难"寒伧"。寒伧（寒碜），就是不体面，难看。我们一般用这个词来形容人的面容和气质。比如《红楼梦》里的贾环，人物猥琐，举止荒疏，长得像"小冻猫子"似的，就属于寒碜的角色。用这词来形容小说的文字，就是笔墨简淡，甚至敷衍潦草，缺乏思想性和艺术性。

胡适不仅是著名学者，也是新文学运动的领袖。一位杰出的文学家，看到这样寒碜的文字，免不了就会手痒，要改写一下。于是，胡适就改写了这一回，从"观音菩萨把唐僧一路上经历的灾难簿子从头看了一遍"，到这一回结尾，中间改换了六千多字，讲述了一个完全不同的故事。①

这段故事说的是：八大金刚将唐僧师徒丢在波罗涅斯国，经当地人指点，唐僧等人来到一处佛教遗迹——三兽窣堵波，传说这里是当年如来修菩萨行时烧身供养天帝释的地方。这个胜迹，其实是三座宝塔，中间一座高塔是"月中玉兔塔"，两边的小塔，分别是狐狸塔和猿猴塔。当年，如来投生为一只玉兔，在这片林子里修行，还有两个同伴，一只狐狸和一只猴子。天帝释（今天一般译作帝释天）为了考验三只小灵兽，变成一个老人，到林子里乞讨食物。三只灵兽都外出给老人寻找食物。狐狸抓回一条鲤鱼，猴子摘回一只果子，只有兔子空手而归。兔子叫狐狸和猴子生起柴火，它自己跳到火中，要用肉身布施老人。天帝释赞叹兔子能够"舍生救人"，已经正果菩萨道，就用须弥山尖作画笔，用月亮当画布，画出了一只玉兔的形状。后来人们为了纪念玉兔，就在这里建起宝塔。见到如此胜迹，唐僧又勾起扫塔的心。扫完宝塔，唐僧就沉沉睡去。地藏王菩萨派当年死在悟空和八戒手里的妖魔，到梦里找唐僧算账。唐僧决定效仿玉兔"舍生"的故事，把自己的骨肉，一刀一刀割下来，布施给妖魔们。只听得天空中一声赞叹："善哉！是真菩萨行！"唐僧惊醒，这一难也就结束了。

对于胡适改写的这一回，学界大多持批评的态度。钱钟书就称这一回写得"板滞"。所谓"板滞"，就是死气呆板的意思。钱钟书这样讲，当然是有道理的。这一回脱离了原著的主旨精神，胡适缩

---

① 参见刘荫柏：《西游记研究资料》，上海：上海古籍出版社1990年版，第267至277页。

写的故事，明显是在阐发佛教"舍生救人"的旨意，但原著讲究"三教混融"，几乎每一回都是将金丹要诀、禅门心法杂糅在一起的，没有纯粹的佛教教义，也没有纯粹的道教教义，原作者的叙事重点，在于组织妙趣横生的神魔故事，而不是用故事来"图解"某种宗教理念。同时，入梦、申冤等情节，也与前文重复，原创性不强。

不过，学界的批评，主要是拿胡适改写的这一回，与原著的一般风格比。换个角度看，这一回还是有不少可取之处的。

首先，这回情节更丰富，起码是一个有头有尾、血肉丰满的故事。原著第九十九回的情节其实更"板滞"，敷衍潦草，很难兜住前面妙趣横生的各处磨难，有一点虎头蛇尾的感觉。胡适也正是因为这一回托不起整个故事，才动手改写。

其次，胡适改写的时候，尽量模仿原作的叙述风格，从叙述语言，到人物言语，尽量向原著靠拢。有一些地方，也是很有趣味性的。比如唐僧说到猿猴塔，八戒就大笑，说："怪道老师父欢天喜地，原来他替弼马温大师兄寻得了祖坟也！"等唐僧说完玉兔塔的来历，八戒又"涎着嘴脸"，大笑道："好个多情的师父！忘不了大天竺国抛绣球招亲的假公主！你瞧那河上起来的团圆月，正照着绣球选中的驸马爷的僧帽上。只怕太阴星君管束不严，玉兔知道了我师父今夜扫塔的多情，又要逃出广寒宫，来寻你耍子去也！"

这一方面照应了之前的情节，另一方面也符合八戒插科打诨的喜剧形象，人物声口也比较接近原著。

再次，胡适改写，不是胡编乱造。三兽窣堵波，是有来历的。本来也和历史真实中的玄奘有关系。这处胜迹，就记载于《大唐西域记》。同时，《杂宝藏经》《经律异相》等文献里也记载了这一故事。

将它引入《西游记》，是合情合理的，也符合原著的知识学倾向。

胡适是现代"西游学"的奠基人之一。1921年，他为上海亚东图书馆的新式标点排印本《西游记》写序，1923年又在这篇序言的基础上，写成《〈西游记〉考证》，是关于《西游记》成书研究、作者研究的里程碑式的文章。对于"西游"故事的演化、传播史，对于《西游记》的成书史，胡适有深入研究。对于原著，胡适也非常熟悉。也正因为如此，胡适才能驾轻就熟地改写这一回。今天，许多《西游记》（以及其他名著）的改编者，不做任何学术方面的积累，甚至都不愿意花心思研读原著，随便"糟改"文学经典，不只敷衍潦草，甚至粗制滥造，还口口声声，说是在弘扬传统文化，传播文学经典，简直能把原作者"气活"。两下里比较，胡适的改写，不知道要高出多少！当代的个别改写之作，才真叫"寒伧"。

只不过，胡适太想拔高作品的旨意，太想在故事里融合宗教文献的知识，反而忽略原作的风格和旨趣，尤其是他自己在《〈西游记〉考证》给出的结论:《西游记》至多不过是一部很有趣味的滑稽小说、神话小说；作者并没有什么微妙的意思，他至多不过有一点爱骂人的玩世主义。说白了，作者是个玩世不恭者，他只想把故事写得有趣一些，借神魔故事来讽刺现实，反映自己对社会人生的一般性思考。胡适改写的这一回，明显是滑稽不足，而思考的内容又太多，也显得有一些刻意了。

第一百回
径回东土　五圣成真

255　取经到底用了多少年？

这一回的回目是"径回东土，五圣成真"。

前半回写唐僧师徒被八大金刚送回东土，受到唐太宗的迎接与嘉奖；后半回写唐僧等人被接回灵山，正果本位，唐僧正果旃檀功德佛，悟空正果斗战胜佛，八戒正果净坛使者，沙僧正果金身罗汉，白龙马正果八部天龙。

先说前半部分。这段情节是程式性的，趣味性不强。总要写这一段，不然无法收束故事，但离奇曲折的情节都没有了，确实叫人感到有一些乏味。写唐太宗礼遇唐僧，写唐僧讲述西行见闻，写唐僧请示太宗，组织缮写、翻译佛经……这些内容，都是基于历史本事的文学创作，加了一些想象的成分，一定程度上满足了大众期待，却谈不上有趣。

太宗礼遇唐僧，这是历史真实。之前说过，历史上的玄奘西行，是"偷渡"行为，但他后来归国，在于阗驻脚，写了一篇《还至于阗国进表》，对当年"冒越宪章，私往天竺"的行为进行了解释，托商队向唐太宗呈请，探一探皇帝的口风。太宗的回应是积极的，按《答玄奘还至于阗国进表诏》里的说法，是"欢喜无量"，他急切地盼望玄奘归国，又安排好了沿途的迎接工作。这是自然的事情，当年的"偷渡客"，摇身一变，成为"海归博士"，带回大量佛经造像，不管是真情，还是假意，太宗总要表现出积极的态度，既是做给玄奘本人看的，也是做给世俗大众看的。

况且，接见唐僧后，太宗确实对这位高僧产生了极大兴趣。据《大慈恩寺三藏法师传》记载，当时太宗在洛阳，便安排留守长安的房玄龄接待玄奘，等到玄奘赶到洛阳，太宗已经集结好军队，准备伐高句丽。就在这样的节骨眼儿，太宗还是召见了玄奘，居然谈得投机，把时间都忘了。这次召见，太宗感到意犹未尽，要求玄奘跟随他出征，一路方便召见，玄奘以僧侣不得见刀兵事为由推拒；太宗甚至要求玄奘还俗，到朝廷里任职，玄奘又婉言谢绝。这固然可以看出玄奘心思纯粹，一心在于弘扬佛法，但也可以看出太宗确实欣赏玄奘，打心眼儿里愿意和这位高僧交谈。

究其原因，一方面是玄奘带来的西行见闻，满足了太宗的好奇心，西域的山川地理、土俗风情，本来就叫人遐想，加上带有宗教幻想成分的描述，就更叫人好奇。太宗大概是把玄奘当成活体的《正大综艺》了，所谓"不看不知道，世界真奇妙"。用在这件事上，就是"不听不知道，西域真奇妙"！另一方面，是玄奘的西行经历，使他锻炼出了与君主打交道的技能，想他一路西行，见过高昌国王，游历五天竺，与大大小小的城邦主人周旋，最后更是跟戒日王结下深厚情谊，"一把手"们喜欢听什么，喜欢听人们以什么样的口气和思路表达意见、说明情由、讲述故事，玄奘是心知肚明的，不用生硬地拍马屁，也可以叫太宗满心欢喜。

所以，不管是在大众面前做样子，还是真心欣赏玄奘，太宗对玄奘的礼遇，都是极高规格的，这是一般求法僧、取经僧望尘莫及的。

到了《西游记》里，作者又做了"移花接木"的工作，将高昌王麹文泰的事迹，转嫁到唐太宗身上——他把唐僧认作"御弟"，原来的"偷渡客"，转身成为"天朝特使"，私人旅行变成公务出差，这更是一般求法僧、取经僧，想都不敢想的了。

同时，作者对取经时间做了改动。通行的说法，玄奘是贞观三年（629）出发的，唐代的记述，大多采用这说法，如《大慈恩寺三藏法师传》《大唐西域记》《法苑珠林》《开元释教录》等文献，都是这样讲的。不过玄奘自己写的《请御制三藏圣教序表》里，说他是贞观元年出发的。所以，杨廷福的《玄奘年谱》就以贞观元年为西行启程的时间。① 至于归国的时间，通行说法是贞观十九年，但《请御制三藏圣教序表》里，说是十八年回京的。

按整年计算，玄奘西行用了十八年时间，但《还至于阗国进表》里，玄奘自己说"历览周游十七载"，通行的说法，也就以此为准了。

这是历史真实中的时间，即便有争议，也是学术圈子里的争议。大众对这些争议，并不关心，甚至对"十七"这个年数也"不感冒"，取经历史时间就发生了很大变化。

比如《大唐三藏取经诗话》，就说唐僧取经用了三年时间。只不过，《诗话》里的说法是自相矛盾的。一会儿说，唐僧抵达天竺国

---

① 参见杨廷福：《玄奘年谱》，上海：上海古籍出版社2011年版，第97至112页。

用了三年；一会儿又说，唐僧往返用了三年。到了元末明初的一些故事里，翻了一倍，变成六年。但说法也经常矛盾，有的说抵达天竺用了六年，有的说往返用了六年。主要的问题，是在这些故事里，唐僧往返都是步行，单程旅行和往返旅行的时间，肯定不能相同。一般情况下，往返时间应该是单程时间的两倍，从三年到六年，可能就是因此形成的，只是说法没有统一，产生了新的矛盾。

到了《西游记》里，往返方式发生了变化："走"着去，"飞"着回，单程时间和往返时间也就差不多了。

然而，沿着之前的逻辑，加倍计算，应该是十二年，怎么成了十四年呢？因为唐僧取回的经文是5048卷，刨掉零头，是5040卷，按一年360天计算，正好一天对应一卷的经文。这就是书里说的"合于藏数"——原来，西行路程的每一天，就是对应经文总数的一卷"经验值"；只要走在路上，不管是否遇到妖魔，都是在积累经验，都是功德。①

如此一来，文学与历史的距离就越来越大，还保留着历史的影子，但形态、质地、色泽都不一样了，是"另一个"故事了。

毕竟，小说是虚构的艺术，不以纪实为目的。小说家没有历史的"包袱"，不必把人物和事件（更不用说各种细节），刻板地对应于历史真实。由于《西游记》是神魔小说，素材本身是荒诞不经的，读者天然地知道文学和历史之间的距离，但素材的"仿真性"不影响小说的虚构本质，无论看起来多么"真实"，都是虚构出来的文

---

① 参见王进驹、杜治伟：《取经故事的演化与〈西游记〉成书研究》，南京：凤凰出版社2019年版，第148至155页。

学，不是历史本身。比如《三国演义》《金瓶梅》《红楼梦》《儒林外史》，在阅读这些作品的时候，读者也必须自觉地认识到文学与历史之间的距离。

256　英雄的愿望达成了吗？

作为故事的收尾，这一回的叙事高潮，就是"五圣成真"，也就是师徒五人完成取经任务，修成了正果。这里的"成真"，字面的意思就是领悟真义，修成真身，弘扬真理。

当然，之前一再提醒朋友们，《西游记》的理念是"三教混融"，这里的"真"，不是纯粹从佛教的角度看的，也包含道教的观念和儒家的观念，既然强调"三教同源"，最终的结果也是取向于一致的。不管是禅门心法，还是金丹大道，又或者明心见性，总之是师徒五人最终积累满"经验值"，并突破瓶颈，进入全新的身心境界。

从这个角度看，英雄们的愿望是达成了——我们可以将"五圣"都视作英雄，好比《指环王》里的"护戒小分队"，不管出身是什么，不管扮演什么角色，发挥什么功能，为了一个共同的目的，踏上同一段路程，奔向同一个方向，团队的成员都是英雄。

英雄们的愿望有两个：一个是表面的，就是取得真经。这个愿望容易达成——取经，本来就是佛祖设计的一场"秀"，与其说是一个项目，不如看成一场仪式。仪式的结果是既定的，重要的是过程。现在，经文已经送回东土，原本将得到妥善保管，官方又集合了众多高僧进行缮写、翻译，第一个愿望当然是圆满达成了。

第二个愿望，是实现自我救赎。这个欲望是深层次的，也比较艰难。五位英雄，都有获得救赎的渴望。他们都犯过错误（甚至罪过），遭受了来自权威的惩罚，经历了苦难，需要获得一个契机，通过实现一个目标，弥补过错，被权威重新接纳。这个愿望也达成了，佛祖论功行赏，使师徒五人都获得了果位。

不过，这是将"五圣"作为一个集体来看的，分开来看，每个人的愿望达成，存在质量差异。不同的人，组成同一个团队，完成同一个项目，最终的结果固然是一致的，但每个人付出的成本不一样，受益也不一样。

"五圣"中受益最高的，其实是两个果位略低的徒弟——沙和尚和小白龙。

若论虔心和韧性，四个徒弟里，沙和尚和小白龙表现得最出色。他们从来没有生出退悔之心，两眼只盯住前方，步伐坚定，即便团队分崩离析的危难时刻，他们也毫不动摇，发挥着自己的作用。之前讲过，沙僧是"黄婆"，象征脾土，具有调和五脏的作用；龙马是"意马"，与"心猿"一样，是心的象征。由于"黄婆"稳定，始终发挥调和作用，不管铅汞调和的过程中，发生了怎样的矛盾（就是悟空和八戒的冲突），也不管身心合一的过程中，存在怎样的张力（就是悟空和唐僧的冲突），都不会导致团队的彻底失败；而"意马"始终是被拴牢的，不管"心猿"如何躁动，上蹿下跳，翻江倒海，也闹不出大名堂——好比跷跷板的两端，一端被焊死在地面上，另一端跷得再高，也没有危险。可以说，有这两人在，取经小分队就有了"定盘星"。

但"定盘星"付出的成本是很低的，他们只需要保持稳定的状态，就能获得果位。相应地，果位也就比较低。沙僧正果金身罗汉，小白龙正果八部天龙。只不过，与两人此前遭受的惩罚比（沙僧遭受酷刑，小白龙则被送上刑场），这个受益已经相当高了。

受益平平的，是唐僧。他是"带帽"的项目负责人，内定的佛果位（在早期故事里，师徒五人里，只有唐僧成佛，悟空得菩萨道）；他当然是团队里最虔诚与坚定的，不只因为他是师父，要起到模范带头作用，更因为他是"军旗"，是游戏的根本。"军旗"被拔掉了，整个游戏就结束了。

所以，他其实不需要付出任何成本。有朋友要说：经历危险的总是唐僧啊！

的确，西天路上的每一处魔障，都是针对他而发起的，他无数次地经历引诱、恐吓、胁迫，但他面临过真正的危险吗？从来没有！悟空终究会来营救他的，不管是靠悟空自己，还是靠外援；即便救援尚未赶到的"空档期"，唐僧也不会面临真正的危险，四值功曹、五方揭谛、六丁六甲、十八位护教伽蓝，时刻不停地轮值守候；妖魔们"吃"唐僧或"睡"唐僧的愿望，永远不可能实现。况且，《西游记》的作者总是将战斗处理为游戏，妖魔们面目狰狞，却不叫人真正觉得可怕。有多少人在阅读《西游记》的时候，真正为唐僧担心过？应该是极少的。

这样一路走来，唐僧的"取经"和"救赎"愿望都达成了，投入低，回报高，但他只不过是回到原来的"核心圈子"里，用另一种方式（或者说另一种路径）获得本应属于自己的成就，而这种方式或成就，也是"计划内"的，并不叫人觉得欣慰，更不用说欣喜了。

　　受益比较低的，就是猪八戒了。他出的苦力最多，脏活累活，都在他肩上，危险又经常与唐僧分担，许多情况下，唐僧还没遇险，他先替师父到魔窟妖洞里"一日游"了，旅游体验又不太好，绷巴吊拷，是常有的事。最后，他正果净坛使者，得了菩萨道。算是对以往出苦力、受委屈的补偿。然而，《西游记》里的净坛使者，看着就是一个活"泔水桶"，八戒放弃了笑傲山林、纵横江湖的自在，舍弃了小农生活的幸福，只换来一张"长期饭票"，这不仅不能教人感到欣慰，甚至替他抱屈。

　　受益最低的，还是孙悟空。八戒好歹满足了原始欲望的一个方面——吃。所谓"饮食男女"，"男女"之事，不必再提，也不能再想，"饮食"之事，倒也永远不需要担心了。但悟空的愿望是什么？只是获得救赎吗？

　　之前说过，悟空是一位挑战型英雄，他先是挑战造化规则，继而挑战制度规则。前一个挑战，他成功了。但成功的结果，是自然过渡到后一个挑战。后一次挑战，他失败了，彻头彻尾的失败——不只是遭受惩罚，也是被迫接受规则。获得救赎的前提，就是接受并学会接受规则，不只是在外界压力之下，被迫接受规则束缚，更是从内部自觉，主动"阉割"挑战规则的原始冲动，变成一只温驯的猴子。与八戒所舍弃的比起来，悟空的牺牲实在太大，是一百个"斗战胜佛"的果位都无法补偿的。

　　更不用说，在两次挑战之后，还有一个终极挑战，就是对人情物理的挑战，这是悟空从来都没有完成的。不管是美猴王，还是弼马温，抑或齐天大圣；也无论孙悟空、孙行者，还是斗战胜佛，谁也跳不出人情物理的约束。跳出了人情物理，跳出了这个世界的介质，我们又是谁呢？也许，只有当年初生世间的那只小石猴，不必受此困扰，但那只是还没有感知到人情物理的压力而已。随着年龄增长，人世经验不断积累，人情物理的压力，必定是越来越大的。做了斗战胜佛，又能怎样呢？想一想西天路上各路神祇的世俗表现，瞻前顾后，明哲保身，投鼠忌器……日后的斗战胜佛难道能够免俗吗？

设想多少年后，又一个挑战型英雄，求到斗战胜佛的驾前，猴王该如何处之？没有佛祖金旨，师出无名；当事人与自己有情谊，有利益纠葛，不方便露面；当事人背后靠山，是自己的同僚或上司……种种顾忌，猴王大概是"恼怒"不起来的，充其量展慈眉、启金口："我与你指一条明路，你到某山某洞，请某处神仙，他自有法宝克制；切记，不可说出老孙的名号来，那神仙喜欢怪罪人！"想起一句已经烂大街的话：我们终将活成自己曾经讨厌的样子。谁又能免俗呢？

送走了后辈英雄，看着酷似早年自己的背影，悟空或许是要苦笑一声的，也可能陷入回忆，咂摸儿时在花果山自在玩耍的日子，如今也是"山中无甲子，寒尽不知年"，当年的"不知年"，却是切切实实的自在，是真自在。眼下则是"成人不自在"了。

从小到大，笔者都没有为悟空正果斗战胜佛，感到欣慰。儿时是无知，如今是无奈。小的时候，我们总盼望长大，那是艳羡成年人享受的福利。青春期的时候，我们开始迷茫，既渴望长大，又害怕长大。因为我们逐渐意识到成人福利背后，有相应的成本。如今，我们已经长大，反过来羡慕儿时的自己，那个对人情物理缺乏足够

1007

感知的、自由自在的自己。悟空就是我们自己。当我们最初阅读《西游记》的时候,悟空就把我们将要面对的,完整地预演了一遍,这部小说就像童话一样,将我们可能在成人世界所经历的成功与失败、欢悦与沮丧、所得与所失,生动而具体地展演出来,只是当时我们还不知道而已。

后　记

　　这部书，是在喜马拉雅付费节目《趣谈西游记》的基础上整理而成的。

　　口头表述与案头表述，总是存在差别的。这不仅仅是语气、词汇的差别，也有表述逻辑的根本区别。口头表述是诉诸听觉的，叙述的逻辑要尽量简单，线性特征也更突出；案头表述则是诉诸视觉的，纸面上的文字，可以形成更为复杂与灵活的组织关系，"读者"也可以比"听众"表现出更强的能动性，在接受与分析信息的过程中，具有更多自由。同时，平台的"算法"对于叙述的形式与体量提出了具体要求，这也限制了叙述的结构与策略。

　　尽管在整理过程中，我进行了一些调整，但读者依旧能够发现：书中保留了大量口头表述的痕迹。对此比较介意的读者，本人在这里先表示歉意。

　　原来的节目以"趣"为关键词，如今改以"知识"为关键词，并不是换"马甲"以博眼球，而是考虑到两者之间的关联。

　　在大众阅读中传播的知识，首先应当是有趣的。

　　一提到"知识"，许多人会感到无趣，甚至觉得枯燥、乏味，十有八九，这是因为他们回想起自己在基础教育阶段的学习体验——缺乏愉悦感的体验。基础教育阶段的大部分知识，是"凝固"在课本上的，其内容是"格式化"的，知识的传播方式也不是"分享"型的，而是"教导"型的，甚至"灌输"型的，与其说它们是知识，不如说是教条。教条当然也是有益的，尤其具有指导性，但很少有人会觉得它们有趣。

当我们脱离基础教育阶段，会逐渐发现：原来不是所有的知识都是教条，它们有丰富的形态，有各种各样的成色。知识未必是"绝对正确"的，但它们总可以是有趣的。

尤其是参与了文学阅读活动的知识，伴随着由文字幻化而成的艺术世界，勾连着我们对于生活、人生的体验和思考，形成一个庞大而丰盈，又不断向外延伸的知识网络，既帮助我们加深对于作品本身的理解，又帮助加深对于我们内心世界的理解，以及对于外部世界的理解。它们是具有指导性的，又是有趣的。

当然，与不同作品相伴随的知识，其知识性也是不同的。

比如《红楼梦》，在相当长的时间里，与之伴随的知识网络，都带有一股浓重的"精英"气息，过去流行一句话："开谈不说《红楼梦》，读遍诗书也枉然。"这当然反映出《红楼梦》的经典性，但明显不是大众的趣味，"读遍诗书"已经预设了小说的期待读者，设置了阅读量与理解力的门槛。

相比之下，《西游记》本来就是一部真正属于大众的文学作品。在"世代累积"的成书过程里，推动故事演化，使其如"雪球"一般越滚越大的动力，主要是大众的兴趣。在这部小说的后世传播阶段，道教徒评点者固然发挥了至关重要的作用——他们将《西游记》视作"神仙之书"，借金丹大道发挥原著主旨，虽然偏离了文学的轨道，却变相地促进了作品的经典化——但大众的推动力量才是根本性的。

大众因何喜爱《西游记》？说到底是这部小说满足了我们对于文学叙事的趣味性的期待。主人公为什么是一只猴子？这只猴子又是从哪里来的？他为什么要护送一位"脓包"和尚去西天，一路上会有哪些奇幻经历？这还仅仅是关于主人公的好奇，书中的其他人物与事件，也引起我们极大的好奇。我们正是带着一连串的好奇，开始了由知识网络伴随的阅读活动，尝试在作品内外寻找答案。无论是否找到了真正的答案，"寻找"的过程本身就是有趣的。

也正因为这一点，本书的每一节都抛出一个问题。有些问题是与作品直接相关的，有些则"扯"得远了一些；有些问题是属于文学范畴的，有些则靠向了叙事学、历史学、民俗学、人类学等领域；有些问题引入了学术的思考范式，有些则滑入日常生活的庸俗逻辑。这样，既能充分调动读者的兴趣，也保证与《破顽空》相伴随的知识网络是具有弹性的。

至于本书的解读，是否提供了读者想要的答案，也是有弹性的。

本书的责编老师希望将其塑造成一部阅读《西游记》的"通关宝典"，笔者则更愿意将其比作一盆"乱炖"。一方面是自感不具备撰写"宝典"的资格，另一方面也觉得"乱炖"一词，显得更具有弹性。

乱炖的魅力，在于食材与食客，而非烹饪者——想来，再高明的厨子，在乱炖这道菜上，也玩不出"大花活儿"（听上去，笔者是在做免责声明），归根到底还是食材与食客间是否匹配。俗话说：萝卜白菜，各有所爱。但萝卜白菜确实能够满足食客的"最大公约数"。读过此书，如果一部分读者觉得少了些滋味，可能是锅里缺了食材，比如海鲜——总要照顾对海鲜过敏的朋友；另一部分读者或许给出"不高级"的评价，笔者只能再一次致歉——毕竟，恐怕再"高级"的厨子,也不会在"乱炖"锅里加松茸,这既是对松茸的不尊重,也是对"乱炖"的不尊重。

当把这盆"乱炖"端上桌的时候,除了感谢面前的食客们,还要感谢师友们的鼓励与帮助。

感谢恩师胡胜教授。正因为有老师作为专业后盾,我才敢于尝试在学术研究之外,做一些大众文化普及的工作。在本书的撰写过程中,老师也给出了许多专业性指导。感谢师弟赵鹏程副教授,以及冯伟博士。他们分担了相当一部分教学工作,我才有足够的时间和精力做"杂事"。

要特别感谢马佩林老师。《趣谈西游记》就是由马老师一力策划、促成的。本人原来也擅长"乱炖",这不是马老师最早发现的。但正是感动于马老师的热情与真诚,同时折服于其沟通、协调、组织的专业能力,我才最终选择走出书斋,来到灶台边,系上了围裙。否则,可能直到现在,我还抱着"君子远庖厨"的老观念,在逼仄的书斋里"独乐乐",而不愿(或者说不敢)走出来"众乐乐"。那样的话,也就没有《趣谈西游记》,以及后续的一系列产品了。

最后,要再次感谢本书的读者朋友,不只在于各位捧场,更感谢诸君对《西游记》的喜爱。

乙巳年正月
于在田小舍

師獅授受
同歸一